KB212384

최인훈의 아시아

"문쉐, 난 중국이 좋아."

아시아를 살아간다는 것을 가르쳐준
강시현 님(1983.9.4.－2018.12.31.)의 삶과 꿈을 기억하며

최인훈의 아시아

연대와 공존의 꿈으로 세계사 다시 쓰기

반동의 디스토피아를 넘어설 지혜를 찾다

남북관계, 한일관계, 한미관계가 정략적으로 급격히 반동화하는 지금, 민중의 연대와 공존을 바탕으로 한 새로운 유토피아를 근본적으로 모색해야 한다는 길을 최인훈은 이미 60년이 넘는 세월 전에 소설을 통해 선명하게 제시했다. 그 점만으로도 경이로운 일이지만, 이를 다시금 조명하고 체계적으로 분석한 장문석의 연구는 더욱 특별한 의미를 지닌다.

10여 년에 걸친 연구 끝에 완성된 이 저서는 1960~70년대의 국제정치는 물론, 최인훈조차 상상하지 못했을 현실 속에서 동아시아 민중의 평화를 고민한 그의 문학적 유산을 되살려낸다. 이를 통해 최인훈이 왜 20세기 한국의 위대한 소설가인지 다시금 확인하게 될 뿐 아니라, 숨 막히는 현실 속 국가권력의 디스토피아를 넘어설 지혜를 제공한다는 점에서 더욱 소중한 업적이라 할 수 있다.

_박홍규(전 영남대학교 법학과 교수/저술가)

최인훈이 멈춘 곳에서 가능성을 떠올리다

고백하건대 때로 내게 '한국문학사'는 자신의 성별을 의심할 필요 없는 특수한 종(種)의 자족적인 계보처럼 여겨진다. 하지만 그럴 때조차 몇몇 작가들이 남긴 교훈은 각별했다. 염상섭, 최인훈, 김수영, 조세희…… 이들은 내게 '후식민지의 민중으로 산다는 것'의 의미를 고통스럽게 가르쳐주었다. 이 책은 '아시아'라는 기표를 통해 '중립'과 '통일', '민주주의'의 정치적 상상력을 집요하게 실험한 최인훈의 문학적 생애를 입체적으로 분석한다. 독자는 이 책에서 한국문학사상 가장 지적인 작가가 걸어간 사유의 궤적과 함께, 그의 사상을 훼손 없이 탐구하려는 한 연구자의 성실한 분투를 만날 것이다. 최인훈이 멈춘 곳에서 '돌봄'과 '행성적인 것'의 가능성을 떠올리는 이 책이 공존과 연대를 향하는 한국문학연구사의 풍요로운 토양이 되기를 기대한다.

_오혜진(문학평론가)

샹그릴라를 찾아서

최인훈, 혹은 우리의 아시아

好雨知時節　좋은 비 시절을 알아

當春乃發生　봄이 되니 만물을 싹틔우는구나.

隨風潛入夜　바람 따라 남몰래 밤에 들어와

潤物細無聲　만물을 적시는데 가늘어 소리조차 없구나.

野徑雲俱黑　들길엔 구름이 함께 어두운데

江船火獨明　강배엔 불빛만이 홀로 밝구나.

曉看紅濕處　새벽에 붉게 젖은 곳 바라보면

花重錦官城　금관성(錦官城)에 꽃이 무겁겠지.

— 두보(杜甫), 「봄밤에 기쁘게 내리는 비(春夜喜雨)」*

---

*　두보, 「봄밤에 기쁘게 내리는 비(春夜喜雨)」, 김만원·김성곤·박홍준·이남종·이석형·이영주·이창숙 역, 『정본 완역 두보전집 5 – 두보 성도시기 시 역해』, 서울대출판문화원, 2012, 265쪽.

"중국어 연극을 할 거야."

21년 전. 그러니까 대학 첫 여름방학을 앞두었던 어느 날 친구 도양(韜養)은 제게 예상치 못한 계획을 밝힙니다. 그는 저처럼 중어중문학과로 전공 진입을 하려던 것도 아니었고, 중국어도 한 학기 동안 '중국어 입문 1'을 보통의 성적으로 수강한 것이 전부였습니다. 함께 고등학교에서 배웠던 제2외국어 역시 독일어였습니다. 그런데 가을에 열리는 학교 외국어 연극제에 나가서 중국어로 연기를 하겠다니, 무슨 소리인가 싶었습니다. 왜 하겠다는 거냐고 물었지만 웃으면서 뚜렷한 이유는 알려주지 않았습니다.

그렇게 도양은 여름 석 달 동안 선배들과 동기들의 도움으로 중국어와 연기를 연습했고, 그해 가을 무대에 올랐습니다. 리바오췬(李宝群)의 『아버지(父亲)』(1998)라는 작품이었습니다. 도양은 둘째 아들 '소강'의 역할을 맡았고, 지금은 우리의 마음에서 활짝 웃고 있는 강시현 님은 첫째 아들 '대강'의 역할을 맡았습니다. 연기를 한 도양도, 음향과 촬영을 맡은 저도 인생에서 처음으로 경험한 '중국 희곡'이었습니다. 시간이 20년 넘게 흐른지라 자세한 내용은 기억나지 않지만, 개혁개방 이후 1990년대 시아강(下崗) 문제를 마주한 중국의 현실과 그것을 겪어내는 한 가족의 이야기였습니다. 당시는 한국 사회도 IMF 대규모 정리해고를 경험한 지 얼마되지 않았던 때였습니다. 중국 가족의 이야기는 한국 사회의 이야기와 닮아 있었습니다. 우리의 시야를 넓혀주셨던 선생님께서는 이 희곡이 의로움(義)에 대한 중국인의 존중으로 사회의 아픔을 넘어서는 길을 보여 준다고 가르쳐주셨습니다.

"중국문학 전공수업을 같이 듣자."

그해 가을 친구 도양은 제게 또 다른 제안을 합니다. 한국문학을 공부하겠다던 그가 왜 중국문학 수업을 같이 듣자는 것인지 궁금하긴 했으나, 저로서는 함께 수강하면 좋은 일이니 그냥 그러자 했습니다. 도양은 저 말고 장치기도 수업에 끌어들였습니다. 장치기는 특정한 전공에 머물기보다는 글을 쓰면서 자유로운 삶을 꿈꾸었던 친구였습니다. 각자 다른 전공을 지망했던 세 친구가 나란히 중국문학 전공수업을 함께 듣는 기묘한 상황. 왜 다른 전공을 지망하는 친구까지 끌어들여 이 수업에 참여하는지 물었지만, 그는 역시나 웃으면서 뚜렷한 이유를 알려주지 않았습니다.

수업에서 저희 셋은 타이완 작가 황춘밍(黃春明)의 단편소설 「두 페인트공(兩個油漆匠)」(1971)에 대해 발표하였습니다. 한국에서 연극 〈칠수와 만수〉(1986)와 영화 〈칠수와 만수〉(1988)로도 만들어졌던 작품으로 평범한 도시 노동자 두 사람이 비극적인 상황으로 내몰리는 이야기입니다. 타이완의 소설이 한국의 영화로 만들어지면서, 무엇이 달라졌고 무엇이 계승되었는지가 저희의 발표 내용이었습니다. 산업화와 민주화라는 근현대사의 궤적, 이로 인한 노동자 소외라는 사회 문제는 한국뿐만 아니라 동아시아 여러 나라의 공통 경험이었습니다. 발표를 준비하며 공통의 기억을 가진 타이완 사회에 묘한 연대감까지 느꼈던 기억이 납니다. 몇 년 후 저는 그 발표의 쟁점을 발전시켜서 쓴 논문을 제출하고 대학교를 졸업하였고, 도양은 지금도 가끔 그 주제로 한 시간 정도 학부 수업을 진행하고 있습니다.

"중국 여행이나 같이 가자."

13년 전. 그러니까 어느덧 제가 대학 졸업을 1년 앞둔 가을, 친구 도양은 오랜만에 다시 한 가지 제안을 합니다. 이번에는 중국 여행입니다. 저는 선배들이 그랬던 것처럼 중국으로 1년 어학연수를 다녀온 뒤 언론사 입사를 준비하고 있었고, 도양은 대학원 박사과정에 갓 들어갔을 무렵입니다. 둘 다 바쁘던 시기에 왜 길게 여행을 떠나자는 건지 선뜻 이해가 가지 않았습니다. 역시나 이번에도 웃기만 할 뿐 뚜렷한 이유는 알려주지 않았습니다. 그저 통역할 사람이 필요했겠거니 하고 봄을 기다리던 늦겨울 함께 중국으로 떠났습니다.

대학 1학년이었던 우리에게 선배 한 명이 언젠가 꼭 찻집을 내고 싶다고 버릇처럼 말하며 꿈을 심어둔 곳, 윈난성(云南省)과 쓰촨성(四川省)을 3주간 다녔습니다. 촉(蜀)나라 승상을 기린 무후사(武侯祠)를 가장 먼저 찾았던 청두(成都). 압도적인 자연 앞에서 인간의 역사가 무엇인지 가늠했던 도강언(都江堰). 서쪽으로 이어진 차마고도(茶馬古道)와 옥룡설산(玉龍雪山)이 교차하고 나시족(納西族)의 멋진 글자 아래 운하가 햇살 반짝이던 리장(麗江), 쏟아질 듯한 밤하늘 별빛이 아름다움을 넘어 엄숙과 공포를 선사했던 샹그릴라(Shangri-La)의 추운 새벽. 샹그릴라를 찾아 떠난 길에서 우리는 기대와 상상을 훌쩍 넘어선 생명의 존엄과 이야기의 매혹을 발견할 수 있었습니다. 물론 그것만은 아니었습니다. "위로만 보지 말고 아래도 좀 볼 생각을 해."라는 늙은 홍위병의 조언은 길에 나선 우리의 발걸음에 계속 울렸습니다.* 잘못 읽은 정보로 메뉴에도 없는 탄탄면을 황당해 하는 식당 주인께 굳이 부탁했던 날, 조금 풀린 날 작은 연못을 품은 공원 의자에 한 나절 앉아서 꽈즈(瓜子) 껍질을 수북히 쌓았던 날, 정류장과 역에서 하염없이 기다리다가 그것보다 훨씬 길게 버스와 기차를 탔던 날, 우연히 만난 중국인 청년들의 후의로 미니버스에 올랐다가 작은 모험에 휩쓸린 날 등. 몹시 짧은 시간, 몹시 좁은 경험이었지만 우리 나름으로 만났던 '저 낮은 중국'에서 살아가는 인민들의 표정과 음성을 기억합니다.

도양은 이 책 『최인훈의 아시아』를 쓴 저자입니다. 또한 그는 바로 이해하기는 어려웠던 여러 제안을 했던 저의 친구입니다. 대학에 입학한 지

---

*   라오웨이, 이향중 역, 『저 낮은 중국』, 이가서, 2004, 274쪽.

20년이 넘은 지금, 그가 건네준 이 책의 원고를 읽으면서 오랫동안 궁금해했던 몇 가지 장면의 이유를 조금은 짐작할 수 있었습니다.

저자와 저, 그리고 친구들은 대학 입학 후 인문대학 기초과정 학생으로 2년을 보냈습니다. 2년 동안 자유롭게 전공을 탐색하고, 이후에 전공을 결정하는 제도였습니다. 덕분에 1, 2학년 시절은 서로 다른 전공을 희망하던 친구들과 뒤섞여 어울리기 쉬웠습니다. 전공이 주는 무게감을 조금 내려놓고 서로 다른 길을 추구하는 사람들이 만나 자유롭게 이야기를 나누었던 시절. 돌아보면 저자에게나 저에게나 즐겁고 빛나는 시기였습니다. 특히 저희가 대학에서 공부했던 2000년대 초반은 중국의 개혁개방, 6·15 남북공동선언, 한일월드컵에 힘입어 동아시아가 서로에 대한 이해와 소통을 시도하던 때였습니다. 따뜻한 선생님들과 멋진 선후배의 조언으로 한국문학, 아시아문학, 나아가 세계문학에 처음 관심을 가지게 되었고, 한국인, 아시아인, 나아가 세계인으로서 나의 정체성이 무엇이고 어떠한 앎을 쌓고 어떠한 삶을 그려갈 것인가 고민하였습니다. 개인적으로는 문학작품의 힘이란 이러한 철학적 고민을 하도록 만드는 것임을 인생에서 비로소 처음 느낄 수 있었습니다.

한국문학을 공부하는 학자가 되고 싶었던 도양이 중국문학으로도 그 관심을 넓혔던 것 역시 우리의 대학 시절 어떤 풍경과 관련이 있었을지도 모릅니다. 물론 시간이 흐르면서 그도, 저도, 친구들도 졸업과 진로의 중압에 짓눌렸고 각자의 길에 집중하게 되었습니다. 우리는 빛나는 시기를 자연스레 흘려보냈지만, 이번에 이 책 『최인훈의 아시아』를 통해 "섬광처럼 스치는 어떤 기억을 붙잡"을 수 있었습니다.* 이 책의 문장 사이사이에서 20년 전 우리를 매혹했던 아시아, 그 기억의 풍경이 스쳐 지나갑니다.

---

* 발터 벤야민, 최성만 역, 「역사의 개념에 대하여」, 『발터 벤야민 선집 5 – 역사의 개념에 대하여 외』, 길, 2008, 334쪽.

저희가 공부했던 학교는 산에 안겨있어서, 저희끼리는 대학원으로 진학하는 것은 곧 사회로 내려가지 않고 산에 남는 것이라고 이야기하곤 했습니다. 언젠가 저와 친구들은 도양에게 산에 남아 지내보는 것이 어떨까 권유하고 웃었습니다. 그는 웃으며 바로 대답하지 않았고, 조용히 대학원에 진학하였습니다. 졸업을 한 후 한참 사회의 경륜을 쌓던 어느날, 저희는 다시 그에게 산에서 지내는 삶이 어떠한지 물었습니다. 그는 이번에도 웃으며 바로 대답하지는 않았습니다. 하지만 그도 저희도 마음은 절로 한가로웠습니다.[*] 역시나 이유를 명확하게 이야기해 주지 않았지만, 어느 해인가 저자는 불쑥 일본에 다녀오겠다고 사라졌다가 다시 나타나기도 했습니다. 그렇게 시간이 지나는 사이 동아시아는 서로 간의 갈등이 고조되었습니다. 저자 역시 아시아도 잊고 지낸 기간도 꽤 길었다고 합니다. 하지만 존경하는 선생님들의 가슴 뛰게 만든 가르침과 예기치 못한 소중한 인연이 겹치면서 도양은 최인훈의 문학을 통해 아시아를 다시 만날 수 있었다고 합니다. 20년의 기억과 10년의 노력은 이 책『최인훈의 아시아』로 결실을 맺었습니다.

이 책은 '아시아'라는 시각에서 최인훈의 작품을 새롭게 해석합니다. 20세기 한국의 역사는 한국인의 손으로만 일군 것이 아니었습니다. 제국주의와 식민주의, 냉전과 전쟁, 그리고 자본주의와 신자유주의 등 지구적 흐름은 20세기 동아시아와 한국에서 살아갔던 사람들의 삶에도 깊이 개입하였습니다. 20세기 한국문학 역시 한반도라는 지리적 영역 안에 한정된 사상과 상상의 결과물이 아닙니다. 최인훈은 한국과 아시아, 나아가 세계가 교차하는 20세기를 살아냈고, 그 기억과 상상을 소설로 남겼습니다. 최인훈과 그의 문학을 '동아시아'와 '세계'라는 인식의 틀을 통해서 바라볼 가치가 있는 이유입니다.

---

[*]   이백, 「산중답속인(山中答俗人)」, 김학주 역, 『당시선』, 명문당, 2011, 137쪽.

저는 대학 졸업 후 취재를 하고 기사를 쓰면서 지난 14년을 살아왔습니다. 작가 최인훈에 대해서는 명예 학위 수여나 별세의 소식을 들었고, 저는 여전히 그에 대해 아는 것이 많지는 않습니다. 대표작인『광장』과『소설가 구보씨의 일일』정도를 학창 시절에 그것도 입시 준비를 위해 읽어보았습니다. 작품을 읽은 지 20년이 넘게 지나버리면서 '분단', '냉전', '중립국' 같은 열쇳말만 어렴풋이 남아있습니다. 저의 친구들도 비슷하리라 생각합니다.

그래서 적어도 제게는『최인훈의 아시아』가 의미가 있었습니다. 이 책은 몇 가지 단어로만 기억되었던 최인훈의 문학에 새로운 숨결을 불어넣습니다. 시험지에서 최인훈의 작품을 만나면 자연스레 답안 가운데 '냉전', '한반도', '중립'을 찾곤 하였습니다. 답을 찾은 후에는 저의 시선은 다음 문제로 향했고, 학창 시절을 마무리하면서 최인훈의 문학 역시 시험지와 함께 흘려보냈고 그렇게 기억 속에 고정하였습니다.『최인훈의 아시아』는 최인훈 문학에 대한 고정된 형상을 깨뜨립니다. 이 책을 읽고 나서 최인훈의 새로운 면모와 그의 작품을 궁금해하는 저 자신을 발견할 수 있었습니다. 이 책의 제안을 따라, 저 역시 새롭게 만나게 된『태풍』과「두만강」을 읽어보고 싶습니다. 그리고 1930년대 남성 지식인인 최인훈의 아시아, 두만강변 마을에서 시작하여 일본을 거쳐 동남아시아에 닿았던 그의 아시아가 멈춘 지점, 곧 중국이라는 문턱의 의미 역시 다시 한번 새깁니다. 그 문턱은 대학 시절 저희가 꿈꾸었던 아시아의 문턱이었습니다.

마지막으로 긴 시간『최인훈의 아시아』를 완성한 저자이자 저의 친구에게 고맙고 고생했다는 말을 건넵니다. 덕분에 젊은 시절의 궁금증도 풀었고, 기억의 깊은 곳에 드리워진 우리의 아시아와 우리의 최인훈을 새롭게 발견하면서 기뻤습니다. 물론 아시아에 관한 저희의 꿈이 좋았다거나 옳았다는 것은 아닙니다. 오히려 저희의 꿈은 들떴지만 사려 깊지 못했고 현실에 밀착하지 못한 것이었습니다. 그렇지만 "아무리 에누리를 하더라도 그것이 아시아 나라들의 연대(침략을 수단으로 삼건 삼지 않건 간에)를 지향했다는 공통점만큼"은 조심스럽게 마음에 새깁니다.* 다시 길어 올린 기억을 '좋았던 옛날'에 머무르도록 하지 않고, 지금 우리의 삶과 세계에 새롭게 흐르도록 하는 것. 또 다른 샹그릴라를 찾아가는 것. 친구들과 함께 그 길을 궁리합니다.

　이십 대 후반 이제 사회로 한 걸음 걸어갈 것을 준비하며 함께 샹그릴라를 찾아가는 길, 한나절 쉬어갔던 늦겨울 시성(詩聖)의 초당. 그곳에서 저희는 천 년 전 시인의 바람처럼 시절을 아는 좋은 비가 내리고 꽃이 만발한 봄날의 평화를 꿈꾸었습니다. 스승께 올리는 엽서 한 장에 적어두었던 그 꿈을 붙듭니다.

스무살 봄날 〈동양의 고전〉 강의실,
무심히 들었던 '불혹(不惑)'을 화두로 삼으며
2024년 9월 21일
저자의 오랜 벗, 배주환

---

* 　다케우치 요시미, 윤여일 역, 「일본의 아시아주의」(1963), 마루카와 데쓰시·스즈키 마사히사 편, 『다케우치 요시미 선집 2 - 내재하는 아시아』, 휴머니스트, 2011, 302쪽.

차례

일러두기

1. 최인훈의 작품을 인용할 때, 다음 약호를 통해 본문에 바로 표기하였다. 최인훈의 산문, 평론, 서문, 작가 소개 등은 주석을 통해 서지를 밝혔다.

1. 「그레이구락부 전말기」
   - 최인훈, 「GREY구락부 전말기」, 『자유문학』, 1959.10, 154쪽. → (그레이, 1959: 154)
2. 『광장』
   - 최인훈, 「광장」, 『새벽』, 1960.11, 238쪽. → (광장, 1960: 238)
   - 최인훈, 『광장』, 정향사, 1961, 192쪽. → (광장, 1961: 192)
3. 『회색인』(『회색의 의자』)
   - 최인훈, 「회색의 의자」 1, 『세대』, 1963.6, 299쪽. → (회색-1, 1963: 299)
   - 최인훈, 「회색의 의자」 2, 『세대』, 1963.7, 350쪽. → (회색-2, 1963: 350)
   - 최인훈, 「회색의 의자」 3, 『세대』, 1963.8, 355쪽. → (회색-3, 1963: 355)
   - 최인훈, 「회색의 의자」 4, 『세대』, 1963.9, 388쪽. → (회색-4, 1963: 388)
   - 최인훈, 「회색의 의자」 5, 『세대』, 1963.10, 352–353쪽. → (회색-5, 1963: 352–353)
   - 최인훈, 「회색의 의자」 7, 『세대』, 1963.12, 393쪽. → (회색-8, 1963: 393)
   - 최인훈, 「회색의 의자」 8, 『세대』, 1964.1, 379쪽. → (회색-8, 1964: 379)
   - 최인훈, 「회색의 의자」 10, 『세대』, 1964.3, 360쪽. → (회색-10, 1964: 360)
   - 최인훈, 「회색의 의자」 11, 『세대』, 1964.4, 362쪽. → (회색-11, 1964: 362)
   - 최인훈, 「회색의 의자」 12, 『세대』, 1964.5, 298쪽. → (회색-12, 1964: 298)
   - 최인훈, 「회색의 의자」 13, 『세대』, 1964.6, 413쪽. → (회색-13, 1964: 413)
4. 「크리스마스캐럴」
   - 최인훈, 「속 크리스마스 캐럴」, 『현대문학』, 1964.12, 62–63쪽. → (속캐럴, 1964: 62–63)
   - 최인훈, 「크리스마스 캐럴 3」, 『세대』, 1966.1, 437쪽. → (캐럴3, 1966, 437)
   - 최인훈, 「크리스마스 캐럴 4」, 『현대문학』, 1966.3, 115쪽. → (캐럴4, 1966: 115)
   - 최인훈, 「크리스마스 캐럴 5」, 『한국문학』, 1966.여름, 118쪽. → (캐럴5, 1966: 118)
5. 「총독의 소리」, 「주석의 소리」
   - 최인훈, 「총독의 소리」, 『신동아』, 1967.8, 483쪽. → (총독, 1967: 483)
   - 최인훈, 「총독의 소리 II 」, 『월간중앙』, 1968.4, 418쪽. → (총독2, 1968: 418)
   - 최인훈, 「총독의 소리 3」, 『창작과비평』, 1968.12, 623쪽, 628쪽. → (총독3, 1968: 623, 628)
   - 최인훈, 「주석의 소리」, 『월간중앙』, 1969.6, 369쪽. → (주석, 1969: 369)
6. 『서유기』
   - 최인훈, 「서유기」 4, 『문학』, 1966.8, 265쪽. → (서유기-4, 1966: 265)
   - 최인훈, 「서유기」 6, 『문학』, 1966.10, 179–180쪽. → (서유기-6, 1966: 179–180)
   - 최인훈, 『서유기』, 을유문화사, 1971, 225쪽. → (서유기, 1971:225)
   ※ 『서유기』(1971)의 후반부에 삽입된 '주석의 소리' → ('주석', 서유기, 1971: 310)
7. 「두만강」
   - 최인훈, 「두만강」, 『월간중앙』, 1970.7, 420쪽. → (두만강, 1970: 420)
8. 『소설가 구보씨의 일일』
   - [6] 최인훈, 「갈대의 사계」 1, 『월간중앙』, 1971.8, 429쪽. → (갈대-1, 1971: 429)
   - [7] 최인훈, 「갈대의 사계」 2, 『월간중앙』, 1971.9, 402쪽. → (갈대-2, 1971: 402)
   - [8] 최인훈, 「갈대의 사계」 3, 『월간중앙』, 1971.10, 450쪽. → (갈대-3, 1971: 450)
   - [9] 최인훈, 「갈대의 사계」 4, 『월간중앙』, 1971.11, 439쪽. → (갈대-4, 1971: 439)
   - [10] 최인훈, 「갈대의 사계」 5, 『월간중앙』, 1971.12, 456쪽. → (갈대-5, 1971: 456)
   - [11] 최인훈, 「갈대의 사계」 6, 『월간중앙』, 1972.1, 430쪽. → (갈대-6, 1972: 430)
   - [12] 최인훈, 「갈대의 사계」 7, 『월간중앙』, 1972.2, 419쪽. → (갈대-7, 1972: 419)
   - [13] 최인훈, 「갈대의 사계」 8, 『월간중앙』, 1972.3, 424–425쪽. → (갈대-8, 1972: 424–425)
   - [16] 최인훈, 「갈대의 사계」 11, 『월간중앙』, 1972.6, 435–436쪽. → (갈대-11, 1972: 435–436)
   - [17] 최인훈, 「갈대의 사계」 12, 『월간중앙』, 1972.7, 429쪽. → (갈대-12, 1972: 429)
8. 『태풍』
   - 최인훈, 「태풍」(『중앙일보』, 1973.1.1.–10.13.), 『최인훈 전집 5 - 태풍』, 문학과지성사, 1978, 185쪽. → (태풍, 1973: 185)
9. 『화두』
   - 최인훈, 『화두』 1, 민음사, 1994, 73–74쪽. → (화두-1, 1994: 73–74)
   - 최인훈, 『화두』 2, 민음사, 1994, 40쪽. → (화두-2, 1994: 40)

2. 인용문 표기는 원문을 존중하여 입력하는 것을 기본으로 하였다. 다만 한자를 한글로 표기하였고 일부 한자는 병기하였다. 띄어쓰기와 기호는 현대의 표기법 및 관례에 따라 수정하였다. 명백한 오식은 별도로 표시하지 않고 수정하였다. 인용문의 밑줄은 인용자의 것이다.

3. 단행본, 신문, 잡지 등 간행물은 겹낫표로 표시하였고, 간행물에 실린 글은 홑낫표로 표시하였다.

4. 주석에서 앞서 인용한 문헌을 다시 인용할 경우, '저자, 책(글) 제목, 쪽수'의 형태로 표기하였다.

5. 이 책의 본문은 저자가 학계에 발표한 논문을 바탕으로 수정 및 보완하여 집필하였다.

2장 1절	• 「현해탄을 오간 중립 – 최인훈의 『광장』과 동아시아의 역사적 경험」, 『역사문제연구』 46, 역사문제연구소, 2021.
2장 2절	• 「냉전 너머의 아시아를 상상하기?! – 최인훈과 아시아·아프리카 작가회의의 어긋난 마주침에 관한 몇 개의 주석」, 『한국언어문화』 62, 한국언어문화학회, 2017. • 「중립의 후일담 – 최인훈과 이호철, 그리고 이병주의 1960년대」, 『서강인문논총』 56, 서강대 인문과학연구소, 2019.
2장 3절	• 「통일을 기다리는 나날들 – 7·4 남북 공동 성명 직전의 최인훈과 『소설가 구보씨의 일일』」, 『통일과 평화』 9(1), 서울대 통일평화연구원, 2017.
3장 1절	• 「'우리 말'로 '사상(思想)'하기?! – 후기식민지 한국과 『광장』의 다시 쓰기」, 『사이間SAI』 17, 2014. • 「후기식민지라는 물음 – 최인훈의 『회색의 의자』에 관한 몇 개의 주석」, 『한국학연구』 37, 인하대 한국학연구소, 2015.
3장 2절	• 「실패의 '전통'으로 유비를 탈구축할 수 있는가? – 1960~70년대 최인훈의 소설 쓰기와 한국 근대(문학)의 '전통'」, 『한국현대문학연구』 53, 한국현대문학회, 2017.
3장 3절	• 「슬픈 육체를 가진 짐승이 내는 별들의 토론 소리 – 최인훈의 『화두』와 소련이라는 질문」, 『인문논총』 77(3), 서울대 인문학연구원, 2020.
4장 1절	• 「최인훈 문학과 '아시아'라는 사상」, 서울대 박사논문, 2018.
4장 2절	• 「이주로서의 식민과 지역의 발견 – 최인훈의 『두만강』과 뒤늦게 도착한 식민지 유년의 초상」, 『인문논총』 74(4), 서울대 인문학연구원, 2017.
4장 3절	• 「주변부의 세계사 – 최인훈의 『태풍』과 원리로서의 아시아」, 『민족문학사연구』 65, 민족문학사연구소, 2017.

최인훈, 아시아를 궁리하며 상상하던 무렵

1957년 신병 훈련 시절(『현대한국문학전집 16 - 최인훈집』, 신구문화사, 1968)

1958년 가족 사진(『현대한국문학전집 16 - 최인훈집』, 신구문화사, 1968)

군 복무 시절(최윤구 님 제공)

1960년 10월 1일 육군병참학교 제9기 정비장교반 졸업기념
둘째줄 좌측에서 세 번째 인물이 최인훈(최윤구 님 제공)

책상에 앉아(「한국문학 '광장' 열었던 전후 최대의 작가 최인훈」, 『한국일보』, 2018.7.23.)

1966년 무렵(『현대한국문학전집 16 – 최인훈집』, 신구문화사, 1968.)

1967년 5월 24일 남정현 결심공판
왼쪽부터 안수길, 이항령, 한승헌, 남정현, 박용숙, 표문태, 최인훈
(한승헌, 「독재가 낳은 '60년대 미네르바'」, 『한겨레』, 2009.1.19.)

1968년 무렵(『총독의 소리』, 홍익출판사, 1968)

이호철과 작품을 심사하며(이호철, 『우리네 문단골 이야기』 2, 자유문고, 2018)

1971년 무렵(『한국대표문제작가전집』, 예조사, 1971)

1971년 무렵(『한국대표문제작가전집』, 예조사, 1971)

1971년 무렵(『한국대표문제작가전집』, 예조사, 1971)

1971년 무렵(『한국대표문제작가전집』, 예조
사, 1971)

1973년 무렵(『회색인』, 삼중당, 1973)

1976년 10월 19일 한국문학사 주최 제1회 작가와의 대화(「한국문학 '광장' 열었던 전후 최대의 작가 최인훈」, 『한국일보』, 2018.7.23.)

1982년 무렵 서울예전 소극장에서(『문예중앙』, 1982.3.)

1982년 무렵 서재에서(『문예중앙』, 1982.3.)

최인훈,

아시아를
질문하다

1장

최인훈이라는 질문 - 『광장』과 중립국, 그리고 그 너머

한국인에게 최인훈(1934-2018)은 『광장』
(『새벽』, 1960.11; 정향사, 1961)의 작가로 기
억된다. 최인훈과 『광장』이 한국인의
기억에 남게 된 큰 이유는 중 하나는
1990년 이후 30년이 넘는 시간 동안 계
속 교과서에 실리고 있기 때문이다.

〈그림1〉 『새벽』 1960년 11월호 「광장」의 첫 면

　　크레파스보다 진한 푸르고 육중한
비늘을 무겁게 뒤채이면서 숨 쉬는 바
다. 동지나 바다의 훈김을 헤치며 미끄
러져 가는 선박 타고르호. 타고르호 위
의 남성 인물 이명준. 그는 중립국을 선

택한 한국전쟁 포로였다. 송환심사에서 아홉 번이나 "중립국."이라고 단호하게 대답한 인물. 중립국에 대한 상상. "중립국. 아무도 나를 아는 사람이 없는 땅." 다시 타고르호의 이명준. 부채의 사북 자리에 서서 자신의 삶을 돌아본 후 배를 따라 날고 있는 갈매기 두 마리를 바라본다. 결국 그는 남지나 바다로 뛰어든다.

　이 책은 많은 한국인이 기억하는 『광장』이 제시한 단편적인 장면들에 대한 긴 주석이다. 첫째, 이 책은 『광장』의 작가 최인훈이 누구인지 알아본다. 최인훈은 1934년 두만강 변 함경북도 회령에서 태어나 식민지 아래에서 유년 시절을 보냈으며, 해방 이후 원산으로 이주하여 북한 체제 아래에서 청소년 시절을 보내다가, 한국전쟁 중인 1951년 월남한 작가이다. 그는 월남 작가로서 신중하면서도 날카롭게 한국과 아시아, 그리고 세계의 움직임을 바라보았다. 둘째, 이 책은 최인훈 문학 창작의 배경이 된 20세기의 역사, 곧 식민지와 냉전이 이어졌던 동아시아의 역사를 살펴볼 것이다. 『광장』의 이명준은 해방 이후 냉전의 이념에 따라 분단된 한국과 북한에서 살았고, 냉전 양 진영이 충돌한 한국전쟁의 소용돌이에 휩쓸렸다. 그가 섰던 송환심사의 자리에는 미군 장교와 중공군 장교가 참여했으며, 그가 탔던 타고르호는 중립국 인도를 향해 나아갔다. 셋째, 이 책은 최인훈이 문학을 통해 만들어낸 인물들이 어떤 고민을 하였는지 생각해 볼 것이다. 교과서에는 보통 수록되지 않지만, 그는 세계사의 맥락 안에서 한국과 북한의 현실을 끊임없이 진단하면서 실망하고 또 기대하였다. 『광장』의 이명준 역시 한국의 현실 안에서 자신의 위치를 찾기 위해 끊임없이 노력하였다. 넷째, 이 책은 최인훈의 문학에 등장하는 인물들이 무엇을 꿈꾸었는지 살펴볼 것이다. 『광장』에서 이명준이 상상한 중립국은 평화의 나라였다. 그는 식민지와 냉전의 폭력이 이어졌던 현실을 넘어서 평화를 꿈꾸었다. 다섯째, 이 책은 최인훈 문학의 역사적 맥락, 인물의 고민, 그리고 꿈을 살펴보면서 작가 최인훈이 남겨 놓은 유산을 살펴본다. 이 책은 20세기 한국문학의 도도한 흐름 가운데에서 작가 최인훈과 그의 문학을 건져 올려, '최인훈이라는 질문'을 함께 고민해 보고자 한다.

최인훈이라는 질문. 최인훈은 문학을 통해 한국이 무엇이며 한국인은 어떤 삶을 살아야 하는가, 라는 질문을 제시하였다. 최인훈은 이 질문에 솔직히 대답하였다. 솔직히 대답하였다는 것은 개인의 경험, 세대의 경험, 그리고 동시대의 현실에 기반하여 질문하고 최선을 다해 대답을 마련했다는 의미이다. 최인훈의 질문과 대답은 솔직한 것인 만큼 한국인, 1930년대생, 남성, 지식인, 월남, 일본어 등 그의 삶을 규정하는 다양한 조건과 맥락 안에서 구성된 것이었다. 문학평론가 서영채가 지적하였듯, 최인훈의 문학적 기율은 "자기 땅을 떠나는 것만은 불가능한 것"을 전제로 "현실의 실패를 자기 책임으로 받아들이는 것, 그것을 책임지는 자리에 서는 것"이었다.[1] 최인훈이 자신의 시대에 정직하고 성실히 마련한 응답이 지금 반드시 유효한 것은 아니다. 하지만 그의 고민과 모색 중에는 지금의 시각에서 다시 조명하면서 귀 기울여 볼 의미 있는 질문과 대답 역시 분명히 존재한다. 특히 이중 언어 세대의 작가에게 '한국적인 것' 혹은 '문학적인 것'의 구성과 그에 대한 기투는 '당위'로서 주어진 것이 아니라 '가능성'으로 존재하는 것이었다는 문학 연구자 최서윤의 언급을 존중하면서,[2] 최인훈의 문학적 실천을 수행적으로 살펴볼 필요가 있다. 이 책은 최인훈의 질문을 당대적 맥락에 유의하여 재구성하고, 그 대답을 현재의 시각에서 검토하려는 것이다.

최인훈이 문학을 통해 고민했던 두 가지 중요한 주제는 냉전과 후진성이다. 최인훈이 집중적으로 문학 작품을 창작했던 시기는 냉전 시기였다. 이 책은 최인훈의 작품 중 장편소설과 연작소설을 주로 살펴보는데, 이들 작품은 1960~1970년대에 창작된 것이다. 냉전과 독재가 이어졌던 한국의 정치적 상황에서 최인훈은 문학을 통해 평화를 꿈꾸었다. 또한 최인훈이 한참 작품을 발표했던 시기 한국인은 한국을 후진국이라고 생각하였다. 후진국은 경제적인 의미에서 저개발상태이며 동시에 문화적으로는 주체적인 문화를 갖추지 못했다는 의미다. 최인훈은 문학을 통해 한국문화의 상황과 나아가야 할 방향을 진단하였다. 냉전과 후진성은 모두 지금 한국 사회에서는 생경한 용어이다. 1991년 소련의 붕괴로 냉전체제는 역사 속으로 사라졌다. 그리고 1980년대 후반 한국은 'NICs형 종속 발전'으로 자본주의의 고도성장을 이루었다.[3] 2000년대 이후 한류가 지구적으로 확산하면서 한국문화에 관한 관심도 고조되었다. 냉전과 후진성은 이미 잊혔지만, 최인훈이 냉전 아래에서 꿈꾸었던 평화, 그가 고민했던 한국의 문화적 정체성은 조금 다른 조건에서 현재진행형의 질문으로 남아 있다.

최인훈의 상상 – 식민지 없는 우리나라가 갈 수 있는 세 가지 길

최인훈이 지속적으로 고민했던 중요한 질문은 '식민지를 가지지 못했던 한국이 나아갈 수 있는 길은 무엇일까?'라는 문제였다. 『광장』만큼 널리 알려진 것은 아니지만 최인훈의 중요한 작품 중 하나인 『회색인』에 등장하는 질문이다. 『회색인』은 1963~1964년에 집필된 작품이다. 이 시기는 4·19 혁명이 열어 주었던 가능성이 5·16 군사 쿠데타로 닫히고, 한국과 일본의 국교 재개 이슈로 사회적으로 많은 논란과 토론이 오갔던 시기이다. 4·19 혁명 직전을 배경으로 한 『회색인』에는 냉전의 압력과 식민지의 문제를 고민하는 20대 대학생이 등장한다.

한국전쟁 중 월남한 대학생 독고준은 친구들이 발간하는 동인지 『갇힌 세대』에 글을 싣는다. 그 글은 "만일 우리나라가 식민지를 가졌다면 참 좋을 것이다."라는 엉뚱한 상상으로 시작한다.

> 만일 우리나라가 식민지를 가졌다면 참 좋을 것이다. 우선 그 많은 대학 졸업생들을 식민지 관료로 내보낼 수 있으니 젊은 세대의 초조와 불안이 훨씬 누그러지고 따라서 사회의 무드가 유유(悠悠)해질 것이다. 〔…〕 경제

사정은 나쁘지 않을 것이다. 현지 농민의 무지와 법의 불비를 농간질하여 방대한 땅을 빼앗아서 본국(우리, 즉 한국 말이다) 농민을 이주시켜 정착시킨다. 식민지의 이권을 대폭 장악하는 조건에서는 웬만한 경영 수완이더라도 수지는 맞출 수 있을 것이다. 〔…〕 대학에서는 국학(國學) 연구가 성하고 허균은 죠너단 스윕트의 대선배며 토마스 모어의 선생이라고 밝혀질 것이며 이퇴계의 사상이 현대 핵 물리학의 원리를 어떻게 선취했나를 밝혀낼 것이다. 우리들의 식민지(植民地)를 가령 나빠유(NAPAJ)라고 부른다면 "정송강(鄭松江)과 나빠유를 바꾸지 않겠노라." 이런 소리를 탕 탕 할 것이다. (회색-1, 1963: 299)

"만일 우리나라가 식민지를 가졌다면." 독고준의 기고문에서 상상한 '우리나라'는 나빠유(NAPAJ)라는 식민지를 운영한 덕분에 정치와 경제가 모두 여유로웠다. 적어도 '우리나라' 본국에서는 민주주의가 온전히 실현되었고 문화 역시 충분히 발전하였다. '우리나라'의 부강한 국력과 풍요로운 문화 덕분에 빈은 '오스트리아의 '서울''이라고 명명되고, 허균은 죠너선 스위프트의 대선배로 칭송을 받는다. '우리나라'의 문화적 자부심은 "정송강과 나빠유를 바꾸지 않겠노라."라는 허세 섞인 선언으로 귀결된다.

독고준의 논문은 '주변부(the Periphery)'로서 그리고 비서구 제국의 식민지로서 19세기 말에서 20세기 초 세계사에 접속한 한국의 역사적 경험을 뒤집어 제시한 것이다. 한국은 일본의 식민지로 세계사에 접속하고 근대를 경험하였다. 식민지 지배 아래에서 한국은 민주주의를 성취할 수 없었고, 경제적으로 어려움을 겪었고, 문화 역시 풍요롭게 발전하지 못했다.

20세기 세계사 안에서 한국은 자신의 이름으로 스스로를 표상하지 못했다. 한국은 '동방의 그리스' '한국의 루쏘' 등 서구 세계의 지명과 명명에 '한국의' '동방의' 등의 수식어를 붙여서 자신을 표현하였다.[4] 따라서 독고준의 글이 빈을 '오스트리아의 '서울''이라고 일컫는 것은 주변부 한국의 역사적 경험을 뒤집은 것이다. 1922년 문학사가 안확은 『조선문학사』에서 허균의 문학적 성취를 '조너선 스위프트'에 빗대어 설명하면서 한국문학의 보편성을 확증하였다.[5] '조너선 스위프트'의 스승으로 '허균'이 제시되는 것 또한 한국의 상황을 뒤집은 것이다. 식민지의 문화를 전혀 존중하지 않는 "셰익스피어와 인도를 바꾸지 않겠노라."라는 무례한 선언을 뒤집은 "정송강과 나빠유를 바꾸지 않겠노라."라는 난폭한 선언.[6] 무리한 선언을 제시할 만큼, 독고준은 한국의 정치, 경제, 문화의 후진성에 깊이 절망하였다. 그리고 그는 한국의 후진성이 식민지 경험 때문이라고 인식하였다.

반대로 서구 세계의 선진국은 "국민사(史)인 것이 바로 인간사(史)"인 나라, 곧 자신의 경험이 지구적으로 보편성을 가지는 나라였다. 문제는 선진국은 '식민지'를 기반으로 발전했다는 사실에 있었다. 한국은 어떤 길을 선택해야 하는가? 식민지를 경영하지 않으면서도 문화의 발전을 이룰 수 있는가? 독고준 역시 "식민지 없는 민주주의는 크나큰 모험이다."(회색-1, 1963: 300)라는 생각에서 더 나아가지 못하고 글을 멈춘다.

최인훈은 후진국 한국이 나아갈 수 있는 길을 궁리하였고, 『회색인』에서 세 개의 길을 제시할 수 있었다. 첫째 길은 노예의 환상에 충족하고 만족하는 길이다. 노예선 한 척이 폭포를 향해 흘러가고 있다. 하지만 노예선의 노예는 배가 향하는 방향에는 관심이 없고, 갑판의 텔레비전에 투사된 USA라는 배의 화려한 이미지에 감동할 뿐이다. 이 길은 한국의 현실을 외면한 채, 타자를 모방하는 길이다. 둘째 길은 한국이 후진국이라는 생각 자체를 거부하는 길이다. 한국을 후진국이라고 인식하는 것은 서양을 기준으로 삼았기 때문이다. 기준을 서양이 아니라 한국을 삼을 수도 있다. 다만, 이 경우 자칫하면 외부와의 소통을 스스로 닫을 수 있다.

그런 속임수에 자꾸 따라갈 게 아니라 주저앉자. 나만이라도. 그리고 전혀 다른 해결을 생각해 보자. 한없이 계속될 이 아킬레스와 거북이의 경

주를 단번에 역전(逆轉)시킬 궁리를 하자. (회색-10, 1964: 360)

　독고준이 선택한 세 번째 길은 선진(주인)과 후진(노예)의 관계를 정지하는 것이었다. 독고준은 선진과 후진의 관계 안에 자신을 두는 것을 거부하고 주저앉은 후 자신의 길을 고민한다. 독고준이 선택한 길은 올바른 대답이었을까. 적어도 잠깐은 현명하다. 그는 시류에 휩쓸려 주체를 망각하지 않았고 또한 외부와의 소통을 단절하지 않았다. 다만, 언제까지 주저앉을지 알지 못했고, 일어나더라도 무엇을 해야 할지 정확히 알지는 못했다. 일어났더라도 선택할 수 있는 길이 여전히 선진(제국)과 후진(식민지) 둘뿐이라면 독고준은 무엇을 선택해야 하는가. 독고준의 주저앉음은 불완전한 임시방편이었다. 이것이 1963-1964년 최인훈의 솔직한 대답이었다.

　결론을 미리 당겨서 말하자면 10년 후인 1973년 최인훈은 독고준의 질문에 대한 훌륭한 대답을 발견한다.[7] 최인훈이 해답을 찾을 수 있었던 것은 그가 자신의 질문에 '아시아'라는 보조선을 그었기 때문이다. 서구와 비서구, 선진과 후진, 제국과 식민지, 세계와 한국 등 두 개의 항을 기반으로 질문했을 때 최인훈은 해답을 찾지 못했지만, 아시아를 발견하고 고민하는 과정에서 기존에 생각하지 못했던 방식으로 해답을 만들어 간다. 이 책은 최인훈이 그 해답을 찾기까지의 과정을 섬세히 추적하고자 한다.

　이 책은 "깊이는 외화(Entäußerung)하는 힘과 결코 분리될 수 없는 것"이라는 T.W. 아도르노(Theodor W. Adorno)의 통찰에 공명하면서, 최인훈의 문학을 한국의 '역사적 지평' 안에서 보다 '두텁게' 독해하고자 한다.[8] 이 책은 최인훈의 문학을 균질적이고 본질적인 대상이 아니라, 1960-1970년대 후식민지 한국이라는 구체적 시공간의 역사적 경험 속에서 수행적으로 형성된 것으로 이해하고자 한다. 나아가 이 책은 최인훈 문학을 '역사화(historicize)'하여 새롭게 읽은 성과를 '작가'라는 형상으로 재구성하고자 한다. 이 책이 구성하는 '작가'의 형상은 '단단하고 단일한 주체'가 아니라, '시대를 표상하고 자기 내부에 타자의 다양한 목소리를 내장한 존재'이다.[9] '역사화'는 문학 연구의 전통적인 세 영역인 작품론, 작가론, 문학사론에서 새로운 담론 생산의 가능성을 탐색하고 각 영역의 관계를 재구성하는 것을 목표로 한다. 이 책은 최인훈 문학을 '역사화'하여 텍스트의 재배치를 수행함으로써 새로운 문학사적 의미망을 구성하려고 한다.[10]

최인훈의 아시아

문학평론가 김윤식은 "한국문학은 어떻게 아시아를 만나는가?"라는 질문 앞에서, 식민지와 냉전으로 인해 한국문학의 상상력이 한반도의 범위를 넘지 않았음을 돌아본다. 물론 지리적 한정이 한국문학의 상상력을 제한한 것은 사실이었지만, 한국문학이 "유례없는 고도의 내공을 갖춘 문학으로 응축"되도록 하였다. 그가 사유의 밀도를 갖춘 문학의 사례로 든 작품은 최인훈의 『회색인』이었다. 또한 김윤식은 한국군의 베트남전 참전을 계기로 한국문학이 비로소 아시아를 만날 수 있었다고 보면서, 1973년 최인훈과 이호철 등이 베트남전에 시찰을 갔다는 사실을 적어둔다.[11] 이 책 『최인훈의 아시아』는 식민지와 냉전의 경험 가운데에서 사유의 밀도를 갖추었던 최인훈의 문학적 상상력이 아시아라는 계기를 만나면서, 어떻게 새로운 사유와 상상력의 가능성을 열어갔는지 살펴본다.

이 책의 제목이 『최인훈의 아시아』인 것은 그가 발견한 '아시아'라는 보조선이 가진 가능성에 주목했기 때문이다. 고대 그리스인들은 에게해로부터 흑해로 이어지는 가상의 선을 긋고, 그 선의 이서(以西)인 펠로폰네소스반도와 에게해를 'Europe'라고 칭했으며, 그 이동(以東)인 아나톨리아반도를 'Asie'라고 지칭하였다. 이후 서구에서 'Asie'를 라틴어로 표기한 'Asia'는 광범위한 '동방(orient)' 지역, 페르시아, 인도, 중국을 포함하는 포괄적 이름으로 활용된다.[12]

사상사 연구자 요네타니 마사후미(米谷匡史)는 동아시아의 주체가 '아시아'를 인식하게 된 계기로 19세기 중반 '세계시장'의 충격에 따른 아시아의 상호 개방에 주목하였다. 유럽 제국주의의 확산에 따라 성립한 '세계시장'은 그 이전까지 유럽 및 아시아의 각 지역에 존재했던 여러 경제권을 해체하면서, 분업 및 교환의 네트워크를 형성한다. '세계시장'의 충격으로 아시아 각 지역은 연쇄적으로 교착되었고, 유럽 역시 아시아와 만남을 통해 사회 및 경제의 변용을 경험한다. 연결의 움직임 속에서 아시아 여러 지역의 주체는 서로를 인식하였고, 마찰 및 항쟁을 경험하는 한편, 연결의 상상력을 구축하였다.[13] 역사학자 야마무로 신이치(山室信一)에 따르면, 19세기 말에서 20세기 초 동아시아에서는 서양의 충격 및 아시아의 상호 연관 속에서 아시아에 대한 인식, 아시아에서의 사상 연쇄, 그리고 아시아를 매개로 한 사상적 기투(project) 등 아시아에 대한 다양한 사유가 모색되었다.[14] 문학 연구자 정한나가 지적했듯, 아시아라는 정체성은 특정 국가의 전유물이 될 수 없었으며 초국가적인 지향을 가진다. 20세기 초반 아시아에 대한 상상은 민족과 인류에 대한 상상을 추동하는 한 편, 침략과 반목 혹은 인류애와 평화라는 이중성을 노정하였다. 동아시아의 여러 주체는 각자의 인종, 국적, 젠더 등 발화의 위치와 조건에 따라 각기 다른 아시아를 상상하였으며 연대하면서도 분열하였다.[15]

이 책이 제안하는 '최인훈의 아시아'라는 질문 역시 20세기 동아시아에서 모색한 '아시아'에 대한 사유와 상상에 빚지고 있다. 하지만 그것이 최인훈에게서 아시아라는 정체성을 특권화하거나 그에게 한국이나 세계가 상대적으로 중요하지 않다는 의미는 아니다. '최인훈의 아시아'는, '최인훈의 한국'과 '최인훈의 세계'를 보다 면밀히 살펴볼 수 있는 하나의 시각이다. 특히 이 책은 한국-동아시아-세계의 상호 연관 및 내재성에 유의한다. 문학 연구자 류준필은 한국이라는 지정학적 공간에 지역(지방)적 차원, 한국(한반도)적 차원, 동아시아적 차원, 세계적 차원의 역학이 동시에 작용하고 있으며, 한국이라는 공간에서 살아가는 주체는 그 공간에 작용하는 복합적인 차원의 규정적 힘에 나름의 방식으로 대응하게 된다고 보았다.[16] 최인훈은 한국인이었지만 동시에 회령 사람이기도 했고, 아시아인이기도 했으며, 세계시민이기도 하였다. 다만, 지금까지 한국문학 연구는 한국의 차원과 세계의 차원에는 상당히 주목했지만, 아시아의 차원, 혹은 동아시아의 표상 가능성에는 충분히 주목하지 못하였다.

이 책에서는 아시아를 공간, 시간, 원리 등 세 가지 맥락에서 살펴본다. 첫째, 지리적 개념으로서의 아시아이다. 최인훈에게 아시아는 그의 경험, 이동, 지식의 범위와 연동하여 냉전 질서 아래의 동아시아를 의미했다. 이 책은 동아시아를 일본, 북한, 한국, 중화인민공화국, 타이완을 가리키는 용어로 사용한다. 일부 동남아시아에 관한 서술이 있기에 동북아시아로 표기하는 것이 더 정확한 개념 활용이다. 하지만 2000년 이후 한국 학술 장에서 동아시아론을 논의할 때, 동북아시아의 범위를 동아시아로 지칭하였고 그것이 널리 쓰이기에 이 책 역시 그러한 용례를 따랐다.[17] 둘째, 비동시성 및 후진성의 표상으로서 아시아이다. 프랑스 계몽주의, 영국의 경제학, 독일의 역사철학 등은 서구 중심의 '세계'를 상상하고 사유할 때, '아시아'를 하나의 단위 혹은 변수로 삼아, 그것과 유럽의 차이를 드러내거나 그것을 유럽사의 진보성 이해의 근거로 삼았다. 타자인 유럽인에 의한 지칭으로서 '아시아'는 식민지와 함께 아시아의 각 나라에 도달하게 된다. 『회색인』에서 독고준이 고민했듯, 뒤늦게 근대에 접속한 한국이 완미한 문화를 향수하지 못하고 타자의 이름을 가진 것은 비서구 아시아의 후진성을 드러낸다. 셋째, 세계 인식의 원리로서의 아시아다. 일본의 문학평론가 다케우치 요시미(竹內好)는 "선진국 대 후진국이라는 유럽적 원리"와 대별되는 "아시아적 원리"의 가능성을 제안한 바 있다.[18] 주체와 타자의 관계를 주인과 노예, 선진과 후진, 제국과 식민지 등의 위계적 대립 관계가 아닌 방식으로 논의하는 것이 가능한가. 유럽이 제국을 경영하면서 선진과 후진의 구도를 자연화하였다면, 아시아는 새로운 삶의 원리를 요청한다.

아시아의 세 가지 차원을 염두에 두고 1960~1970년대 최인훈의 문학에 주목하여 동아시아라는 표상의 재현 가능성을 탐색하고자 한다. 작가 최인훈은 1934년생으로 유년 시절 식민지에서 제국 일본의 초등 교육을 받았으며, 소년 시절 북한에서 중등 교육을 받았고, 한국전쟁 중에 월남하여 한국에서 고등 교육을 받았으며, 소설가로 활동하였다.[19] 최인훈의 생애사는 1950~1970년대 동아시아 냉전 질서의 형성 및 변동 과정에 연동하였다. 1960년대 최인훈은 현실적 정치 질서로서 동아시아 냉전 질서를 예민하게 관찰하고 한국의 문화적 위치를 성찰하였지만, 아시아를 사유의 계기로 활용하지는 않았다. 1960년대 최인훈은 여전히 '한국-세계'라는 틀을 통해 세계를 인식하였다. 하지만 1970년대 그는 점차 자신에게 내재한 아시아의 차원을 발견하며, 아시아를 사유의 계기로 활용한다. 1970년대 최인훈은 '한국-동아시아-세계'라는 틀을 통해 세계를 인식하였다. '한국-세계'라는 문제틀을 활용하다가 후에 '한국-동아시아-세계'라는 틀을 발견하게 되는 최인훈의 행보는 그 자체로 동아시아가 표상될 수 있는 조건과 과정을 보여 주는 예시이다.

이 책은 최인훈 문학을 세 가지 관점에서 분석한다. 첫째, 최인훈 문학에 나타난 아시아의 공간에 대한 인식을 살펴본다. 20세기에 현실적으로 존재했던 동아시아 냉전 질서의 성립 및 변동 과정 및 이에 대응한 최인훈의 정치적 상상력을 검토한다(2장). 둘째, 최인훈 문학에 나타난 아시아의 시간에 대한 인식을 살펴본다. 비서구 근대의 후진성에 대한 최인훈의 인식과 그 극복 시도를 검토하고자 한다(3장). 셋째, 최인훈 문학에 나타난 아시아의 원리에 대한 인식을 살펴본다. 최인훈이 주변부의 역사적 경험에 근거하여 세계사를 새롭게 이해하는 과정을 톺아 본다(4장). 이로써 1960년대 최인훈의 소설을 통해 '한국-세계'의 틀에 기반한 아시아의 공간(2장) 및 아시아의 시간(3장)을 살펴보는데, 이때 아시아는 주체 외부의 현실이자 조건이었다. 마지막으로 1970년대 최인훈의 소설을 통해 '한국-동아시아-세계'의 틀에 기반한 아시아의 원리(4장)을 살핀다. 이때 아시아는 주체에 내재한 사유의 계기였다.

동아시아 냉전 질서를 넘어서

냉전의 역사를 '오랜 평화'이자 단일하고 포괄적인 지정학적 질서로 이해했던 기존의 통념을 비판하면서, 최근에는 냉전의 불균질성에 관한 역사적 탐구가 진행되고 있다. 서구 중심적 냉전 개념에 대한 비판적 검토는 지구적 냉전이 "지역적으로 특수한 다수의 역사적 현실과 다양한 인간 경험으로 이루어졌"음을 환기하는 것으로부터 시작한다. 인류학자 권헌익은 '식민지'와 '냉전'의 관계에 주목하면서, "세계 일부 지역에서는 냉전의 시작이 제국주의 식민 지배의 끝과 시기적으로 일치했던 반면, 다른 지역에서는 두 시대의 정치형태가 불안하게 얽혀서 사실상 떼어 놓을 수 없는 것"이었음을 강조하였다.[20] 아프리카의 알제리, 동남아시아의 베트남, 인도네시아 등은 제2차 세계대전이 연합국의 승리로 돌아간 이후 재식민화를 기도했던 서구의 제국에 맞서서 탈식민 항쟁을 수행하였다. 이들 국가는 또한 지구적 냉전과 탈식민 항쟁을 동시에 경험하였다.

　동아시아는 패전국 일본의 식민지였다는 점에서 연합국의 식민지와는 다른 역사적 경로를 걸어갔지만, 동아시아에서도 식민지의 유제와 냉전의 형성은 겹쳐 있었다. 사회사학자 김학재에 따르면, 유럽의 경우 베스트팔렌 조약 이후 상당 기간 국민 국가 체제가 자리잡은 상태에서 냉전에 접어들었으며, 1949년에서 1955년에 걸쳐 점진적으로 냉전과 분단이 구조화되었다. 동아시아의 경우는 식민 지배 이후 새로운 독립 국가 수립이라는 과제가 분단 정부 수립으로 귀결되었고 한국전쟁이 발발함으로써, 동아시아에서는 냉전이 분단국가의 형태로 급격히 제도화된다. 이에 더하여 미국이 주도하는 '자유' 진영은 중국과 북한을 정치적으로 배제하면서 한국을 정전 협정 아래 두었으며, 일본을 냉전의 하위 파트너로 호명하여 샌프란시스코 평화 조약을 체결함으로써 동아시아 냉전을 구조화하였다.[21] 또한 샌프란시스코 평화 조약(1951.9.8.)은 제2차 세계대전의 종식을 위한 강화조약이었음에도 전면 강화가 아니라 부분 강화에 그쳤고, 제국 일본의 피해국인 중국, 타이완, 한국과 북한 등의 참여는 배제되었다. 유럽의 경우 냉전 초기부터 유럽공동체를 추진하거나 국가의 경계를 넘어선 광역권(Großraum) 단위, 지역 단위의 세력화가 필요함을 알고 국가라는 경계를 넘어선 움직임을 모색하였으나, 동아시아의 경우는 식민 지배에 대한 책임이 충분히 심문되지 않는 상태에서 탈식민 개별 독립 국가의 단위로 냉전체제에 포섭되었고, 그 결과 개별 국가 단위로 냉전을 경험하게 된다. 사회사학자 정근식이 제시한 동아시아 냉전·분단체제의 형성과 해체 과정을 염두에 두고, 최인훈의 생애사 및 문학적 행보를 정리하면 다음과 같다.[22]

시기	생애 및 사건	문학적 실천
식민지 시기 (1936–1945)	식민지 소학교	① 전시 교육과정 ② 국어·교양어로서의 일본어
동아시아 냉전의 형성 및 고착기 (1954–1953)	북한 중등학교 한국전쟁	① 「낙동강」 독후감 및 자아 비판 ② 미군 폭격 및 방공호 체험 월남(LST)
동아시아 냉전의 제1국면	대학 및 서구문화 4·19 혁명 5·16 군사쿠데타 한일기본조약 체결	① 『광장』 창작 ② 『회색인』, 「크리스마스캐럴」, 「총독의 소리」, 『서유기』 창작
동아시아 냉전의 점진적 해체 (1970–1989)	중일수교 미중수교 아이오와 체류	① 『소설가 구보씨의 일일』, 「두만강」, 『태풍』 창작 ② 희곡 창작 ③ 전집 간행
동아시아 냉전의 탈냉전적 전환 (1992–)	남북한 동시 UN 가입 소련기행	『화두』 창작

〈그림2〉 최인훈 문학의 시간

1934년 함경북도 회령에서 출생한 작가 최인훈은 식민지와 냉전, 그리고 탈냉전을 경유하면서 동아시아 냉전 질서의 변동에 예민하게 반응하였다.[23] 1945년까지 최인훈은 식민지 시기 '소학교'를 다닌 마지막 세대로서 아시아태평양 전쟁기 전시 동원 체제하에서 유년 시절을 보내며 일본어를 '국어(國語)'로 배웠다. 이는 해방 후에 그가 일본어 독서를 통해 매개(medium)로 구성된 지식을 기반으로 교양을 형성하는 근거가 된다.

동아시아 냉전 질서가 형성 및 고착되었던 1945년~1953년 최인훈은 분단의 경계를 넘는다. 그는 탈식민국가 북한의 원산에서 중등 교육을 이수하면서 '자아비판회'에 서기도 했고, 「낙동강」에 대한 독후감을 써서 칭찬을 받기도 하였다. 한국전쟁 당시 최인훈은 미군의 원산 폭격을 피해 방공호에 숨었으며, 아버지가 국군에게 협조했기 때문에 1·4 후퇴 시 일가와 함께 LST를 타고 월남하여 부산을 거쳐 목포에 정착하였다.

동아시아 냉전 질서가 분단과 함께 성립한 첫 국면인 1954년~1970년, 최인훈은 작가로서 전신한다. 1950년대 중반 서울대학 법학과에서 수학한 후, 군에 입대한 상태로 4·19 혁명을 목격한다. 그가 집중적으로 소설을 창작한 시기는 1960년에서 1973년까지이다. 1970년대 중반에는 미국에 체류했고 귀국 후에는 희곡을 창작한다. 또한 1970년대 중반 그의 전집이 문학과지성사에서 간행된다. 탈냉전으로 동아시아 냉전 질서가 재편된 직후인 1994년 최인훈은 자신의 생애와 문화적 실천을 결산하는 자전적 장편 『화두』를 발표하였다.

최인훈의 이동과 문학적 실천은 동아시아 냉전 질서의 변동에 밀접하게 반응했다. 그의 소설 창작은 동아시아 냉전 질서의 제1 국면(1959~1970)에서 집중적으로 이루어졌는데, 이 시기의 특징은 민족국가 단위에서 탈식민화와 냉전이 겹쳐 있었다는 것이다. 탈식민지화라는 문제틀이 냉전이라는 문제틀에 의해 구조화됨으로써, 식민지 경험에 대한 문제 제기와 해결 방법의 모색이 냉전의 이념이 허용한 사상과 실천의 임계를 넘지 못한다. 또한 주체의 이동 또한 제한되어 공간적 이동에 근거한 문화적 상상이 차단된다. 냉전하에서는 "사고의 틀을 남북 대결의 코드 이하로 제한·단순화하고, 사유의 단위 또한 대립하는 두 정체(政體) 이상으로 확장하지 않을 것을" 요구받았다.[24] 냉전으로 인해 탈식민화의 문제 제기와 해결이 차질을 빚고 지연되는 것 또한 포함된다.

1960년에서 1973년에 이르는 시기 최인훈의 문학은 세 시기로 분절할 수 있다. 첫째 시기는 4·19 혁명을 전후한 시기이다. 최인훈은 4·19 혁명의 정신사적 영향 아래서 「광장」(『새벽』, 1960.11.; 정향사, 1961)을 발표하면서 중립에 대한 정치적 상상을 제시한다. 둘째 시기는 한일기본조약 체결 전후 시기이다. 최인훈은 장편『회색인』(1963-1964), 연작「크리스마스 캐럴」(1963-1966), 연작「총독의 소리」(1967-1969), 장편『서유기』(1966-1967/1971)를 창작한다. 그는 냉전과 식민지가 겹친 후식민지 한국의 문화적 정체성을 탐색하고 그 극복 가능성을 모색한다. 셋째 시기는 '데탕트'로 인해 동아시아의 냉전 질서가 점진적으로 해체되는 1970년대 초반이다. 최인훈은 데탕트의 충격 속에서『소설가 구보씨의 일일』『두만강』『태풍』을 발표한다. 냉전의 압박으로부터 비교적 자유로운 분위기 속에서 창작된 이들 소설은 다른 새로운 가능성을 발견한다.

시간과의 경쟁을 넘어서

비서구 제국의 식민지로서 세계사에 접속했다는 점은 한국이 지니는 특수한 역사적 경험이다. 이와 더불어 한국의 지식인들은 세계사적 동시대성(보편성)과 후진성(특수성)의 낙차라는 조건 속에서 자기를 인식하고 한국이라는 표상을 형성하였다. 즉 세계사와의 동시대성을 인식하면서도 동시에 한국의 후진성 및 서구와의 거리감을 아프게 인식하면서 논리의 분열과 봉합을 거치며 한국의 정체성을 탐색하였다.

19세기 이래 서구에서는 인류의 진보 가능성을 더는 의심하지 않았다. 발전이라는 일반 법칙에 따라 인류가 진보한다는 믿음 또한 광범위하게 유통되었다.[25] 근대는 자신의 시대를 '새로운 시대'로 이해하며 자기를 준거로 '혁신'이 가능하다고 인식했다. "근대는 과거 전체에 세계사적 질을 부여한다."라는 라인하르트 코젤렉(Reinhart Koselleck)의 지적처럼,[26] 근대적 역사의식으로서 '진보의 이념'은 고대-중세-근대라는 형식으로 역사를 분절하여 서술하였다. 동시에 18세기 이후 인류학적 보고를 통해 발견된 "지구상에 존재하는 비동시적인 것의 동시성(Gleichzeitigkeit des Ungleichzeitigen)"[27]에 대한 감각은 역사적 시간 의식을 공간적 인식으로 전화하였다. G.W.F. 헤겔(Georg Wilhelm Friedrich Hegel)의 세계사 이해는 이러한 역사의식을 전형적으로 보여 준다. 헤겔은 '세계사'를 "정신 그 자체의 본질에 대한 앎에 이르기 위해 어떻게 정신이 스스로를 가꾸어 나가는가에 대한 정신 자신의 서술"로 정의하였다.[28] 세계사에 대한 헤겔의 해석은 그리스인에 의해 서구에서 자유 의식이 처음으로 싹튼 이래, 그 의식이 발전하여 근대 시민혁명을 통해 근대국가 체제를 형성한다는 결론을 염두에 둔 것이었다.[29]

> 동양인들은 정신이나 인간이 그 자체로 자유롭다는 것을 알지 못했다. 그들은 단 한 명만 자유롭다는 것을 알 뿐이었다. 그러나 그렇기 때문에 [단 한 명만 자유롭기 때문에] 그 자유는 단지 자의나 열정의 야만성과 둔탁함이거나, 또는 단지 우연이나 자의에 지나지 않는 열정과 관대함과 온순함일 뿐이었다. 그렇기 때문에 이 '단 한 사람'은 전제군주(ein Despot)일 뿐이며 결코 자유로운 인간은 아니었다.[30]

근대의 직선적 역사의식 위에서 서구는 발전과 진보, 그리고 '보편'의 장소인 중심부로서, 그리고 비서구는 후진과 정체의 장소인 주변부로서 이해되었다. 이러한 근대적 역사 인식은 이후 20세기 초반에는 마르크스주의에 전유되어 역사 발전 단계론이나 아시아적 생산 양식론으로, 20세기 중반 이후에는 근대화론과 경제 발전론이라는 논리로 유포되었다. 제3세계의 근대사는 발전과 이행의 서사라는 문제틀과 그 형식으로 서술되며, 이행 서사의 주제들은 대개 발전, 근대화, 자본주의를 벗어나지 못했다는 역사학자 디페시 차크라바르티(Dipesh Chakrabarty)의 지적은 20세기

한국에도 적용할 수 있다.[31]

서구적 지식을 통해 자기를 형성한 20세기 동아시아 지식인들 또한 근대적 역사의식을 공유하였고, 보편으로서의 서구와 특수로서의 동아시아를 공간적인 위계의 형태로 이해하였다. "시간과의 경쟁". 역사학자 민두기의 통찰처럼, 동아시아의 지식인은 "시대적 과제를 추구함에 있어 몹시 조급하여, 역사의 시간과 숨가쁜 경쟁"을 수행하였다.[32] 메이지 유신 이후 근대국가로 도약한 일본은 러일 전쟁의 승리 이후 '탈아입구'의 입장에서 '국사'를 서술한다. 일본의 '국사'는 중국과 한국으로부터 일본을 분리하였고, 동시에 일본의 역사와 유럽 역사의 유사성을 강조하였다. 이때 핵심적인 논점은 일본의 중세가 '봉건제(feudalism)'였음을 증명하는 것이었다. 이는 일본의 역사가 보편사인 서구의 역사 발전단계와 동형으로 전개되었다는 것을 밝히는 것이었다.[33]

20세기 초 일본의 식민지가 된 한국에서 지식인들의 입장은 일본과 다를 수밖에 없었다. 문학평론가 김동식의 지적처럼, 한국의 지식인은 한국을 '무차별적 결핍'의 상태로 이해하고 서구와 한국 사이의 낙차를 고민하면서, 한국 사회의 진보 가능성을 모색하였다. 한국의 지식인들도 고대-중세-근대의 역사 발전을 경유한 서구의 근대를 보편사로 이해하면서, 근대의 시작인 르네상스를 한국에 전유하고자 하였다.[34] 20세기 한국의 지식인들은 한국에서도 세계사의 발전이라는 보편성을 발견할 수 있을지 고민하면서 식민지화로 인해 타율적으로 근대화되는 한국의 상황을 진단하였다.

> 자기의 실력에 의하여 구세력과 대체하였다느니보다 더 많이 국제 관계의 영향과 거의 타력에 의하여 자주화의 길을 걸은 조선의 신세력이 신문화를 고유 문화의 개조와 그 유산 위에다 건설하느니보다 더 많이 모방과 이식에 의하여 건설했음은 당연한 일이다. 〔…〕 일방적인 신문화의 이식과 모방에서도 고유문화는 전통이 되어 새 문화 형성에 무형(無形)으로 작

용함은 사실인데, <u>우리에게 있어 전통은 새 문화의 순수한 수입과 건설을</u>
<u>저해하였으면 할지언정 그것을 배양하고 그것이 창조될 토양이 되지는</u>
<u>못했다</u>는 점이다.[35]

1930년대 후반 문학평론가 임화는 고대와 중세의 유산과 전통 위에 근대를 세운 서구와 달리, 한국에서는 고유의 문화가 전통으로 기능하지 못했다고 판단하였다. 문학 연구자 손유경의 지적처럼, 정치적 전위이자 미학적 전위를 자처했던 식민지 시기 한국의 예술가들은 "난숙한 부르주아 문화 자체가 형성되지 못한 1930년대 식민지 조선에서" 부정할 전통을 가지지 못하였고, '멋진 실패'조차 불가능한 역사적 조건을 마주해야만 했다.[36]

지금까지 살펴본 입장은 보편성을 서구의 역사적 경험이라는 구체적인 실체에 근거하여 사유하는데, 수잔 벅모스(Susan Buck-Morss)는 보편성을 실체로서 이해하는 방식에 대해 이의를 제기하였다. 그는 헤겔이 제안한 '보편적 자유의 기획'을 비서구의 역사적 경험이라는 새로운 기초 위에서 복원하고 재구성하고자 하였다. 그가 생각하기에 보편성이란 헤겔의 이해와 같이 서구의 역사적 경험을 기반으로 실체로 존재하는 것이 아니었다. 그는 기존의 문화가 파열되는 지점에서 역사의 불연속성의 형태로만 보편성은 간취될 수 있다고 보았다.

보편사의 진정한 원천은 그 반란 사건에 대한 특별히 아이티적인 관점에서의 설명에 있는 것이 아니며, 프랑스 혁명 서사에 의한 그 사건의 흡수에 있는 것은 더더욱 아니다. 현 상태를 인간적으로 참아낼 수 없다는 노예들의 자각, 그 상태가 문명의 배반과 문화적 이해의 한계 ─ 그 비인간성에 있어 문화적 이탈자(cultural outlaw)가 고안해 낼 수 있는 어떤 것도 능가하는, 인간 역사의 합리적이지 않고 합리화될 수도 없는 진로 ─ 를 나타낸다는 자각의 순간에 보편성은 존재한다.[37]

헤겔은 자신의 역사철학을 정립하면서 진보에 관한 자신의 공식에 맞지 않는 서구의 역사적 경험을 반대 증거로 무시하였다. 하지만 벅모스는 노예들의 고유한 역사적 경험과 문화, 언어 등이 자원이 되어 그것들이 비선조적으로 조응(correspondences), 혹은 리좀적으로 연결될 때, 보편성의 순간이 가능하다고 주장하였다.[38] 그는 보편성을 원리와 순간으로 인식하였다.

1960년대 초반 최인훈 또한 주변부로서 세계사에 접속한 한국의 후진성과 전통 형성의 곤란이라는 문제 앞에서 고민하였다. 그는 『회색인』의 주동 인물 독고준의 생각을 통해, 헤겔을 서구 철학의 '원선율'이자 기본형으로 이해하였다(회색-4, 1963: 388). 독고준은 서구를 보편으로 이해하면서 한국 문화가 보편에 미달한 것은 아닌지 거듭 질문하였다. 하지만 1960년대 중반 최인훈은 4·19 혁명의 형상을 자신의 소설 안에 삽입하였다.[39] 이 작업은 '정신적 자유의 기획'으로 충일한 시간이자 자각의 순간이었던 혁명의 순간을 소환함으로써, 보편성의 원리를 현재화하는 것으로 이해할 수 있다. 동시에 나아가 최인훈은 자신에 앞서서 한국의 후진성과 '전통' 형성의 곤혹이라는 같은 고민을 했던 한국 근대 문학 작가들의 작품을 자신의 소설 안에 삽입하고 그것에 '겹쳐서' 소설을 창작한다. 이러한 시도는 주변부의 역사적 경험을 그 자체로서 '전통'으로 구성하고 그로부터 '보편성'의 원리를 파악하는 방식이라 할 수 있다. 이러한 시도는 탈냉전 이후 최인훈이 소련을 방문하여 비서구 민중의 역사적 경험에 근거하여 사회주의의 몰락으로부터 탈식민화와 사회적 연대라는 이상을 건져 올려 사회주의의 이념형을 복원하는 『화두』(1994)에서 한 절정을 이룬다.

새로운 세계사 이해를 향하여

2017년 2월 24일 최인훈은 서울대학교 법과대학·법학전문대학원 학위수여식에 참석하여 명예졸업장을 받았다. 이날 그는 "헤겔의 법철학과 관련된 졸업논문을 쓰기도 했지만 복사본도 남겨둔 것이 없어 이후에 구경한 적이 없다."라고 밝혔다.[40] 헤겔의 『법철학 강의』는 '가족-시민사회-국가'의 관계를 밝히며, 근대의 공동체를 논한 저작이다. 이행, 분열, 통일의 과정을 거친 헤겔의 가족-시민사회-국가의 모델은 근대 이후 세계와 사회를 상상하는 데 상당한 영향을 미쳤다.[41] 헤겔은 하나의 인격을 형성하는 자유로운 합의에 따라 가족이 성립된다고 보았다. 가족은 윤리적, 자연적 이유에 의해, 그리고 인격의 자유의 원리에 의해 다수의 가족으로 분열하며, 다음의 단계인 시민사회로 이행하게 된다. 가족이 직접적 통일의 단계인 데 반해, 시민사회는 통일이 상실된 차이 및 분열의 단계이다. 시민사회는 시장·법·복지 등 세 개의 시스템으로 구성되어 복합체를 이룬다. 시민사회는 욕구의 체계와 사법 활동을 통해, 인격 및 소유의 자유와 '주체적 자유'를 사회 제도 안에서 실현함과 동시에, 행정 및 동업 단체를 통해 주체는 가족의 실체적 통일로 되돌려지는 형태로 존재하였다. 이 점에서 개인은 '시민사회의 아들'로 재정위된다. 나아가 국가는 가족의 직접적 윤리와 시민사회에서의 분열을 통합하는 역할을 한다. 헤겔은 국가가 '주체적 자유'와 '실체적 통일'의 통일을 동시에 실현한 체제라고 이해하였다.

헤겔의 관점에 따라 근대의 사회와 국가를 상상할 때 '자유로운 개인'은 기본적인 단위가 되었다. 자유로운 개인은 중세와 달리 소유권을 보호받을 수 있는 소유권을 확립하며, 소유권에 근거하여 '시민사회'를 형성하였다.[42] 찰스 테일러(Charles Taylor)의 지적처럼 역사적으로 정치적 주체이자 상인이었던 시민(Bürger)들은 이윤을 찾아 사회의 외부, 국가의 외부로 나아갔다. 시민의 이동은 '세계사'에 대한 상상을 추동하였다. 시민사회와 세계사에 대한 상상과 이해는 특정한 '서사의 형식'으로 구성된다. 시민의 성장은 도덕 질서, 자유, 권리를 위한 진보와 '구원의 역사'로 이해되었고, 세계사의 경우는 처음에는 발견의 형식으로, 이후에는 진보와 정체, 문명과 야만 등의 이항 대립의 형식으로 나타났다.[43] 근대세계는 헤겔이 정식화한 가족-시민사회-국가의 정식과 세계라는 지구적 공간이 절합하는 방식으로 재현되었으며, 근대인들은 국가나 민족을 사유의 단위로 삼아 사상을 구성하고 실천을 모색하였다.

1960년대 초중반 최인훈 역시 국가가 모여서 세계를 구성한다는 견해를 취했다. 동아시아의 냉전은 서구의 냉전과 달리 민족국가의 단위로 경험되었다. 또한 주체의 이동이 제한되었다. 4·19 혁명 직후 비교적 자유로운 정신적 분위기에서 창작한 『광장』(1960/1961)의 주동 인물 이명준은 '만주'와 남지나해로 이동하였다(②). 동아시아 냉전 질서 아래에서 창작된 『회색인』 이후 1960년대 중반의 소설들은 서사 공간이 한반도에 한정되었고(③), 민족국가와 민족국가의 이항 대립적 관계로서 한국과 일본의 관계를 다루었다. 1970년대 초반 데탕트로 인해 냉전의 압력이 다소간 사라졌을 때, 최인훈은 민족으로 환원되지 않는 사회적 영역을 소설 속에 묘사한다. 데탕트의 사회적 분위기에서 다시 '만주'의 입구였던 회령(『두만강』)과 아시아태평양전쟁의 전선(戰線)이었던 인도네시아(『태풍』)를 소설의 공간적 배경으로 삼으면서 서사의 공간을 확장한다(④). 냉전체제의 압력과 서사 공간의 범위는 음(-)의 상관관계라고 할 수 있다.

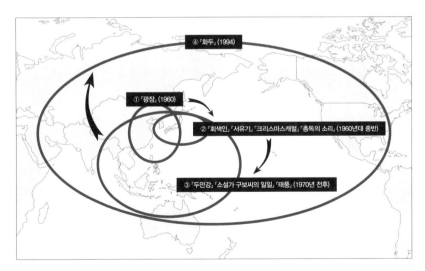

〈그림3〉 최인훈 문학의 공간

②와 ④의 공간적 상상이 한반도에 한정된 ③보다 넓다는 점은 공통적이지만 ②와 ④의 차이는 분명히 존재한다. ②의 관심은 지식인 주체의 내면에 있으며, 그 지식인 주체는 '민족/국가'의 범위를 넘어선 사유를 전개하지 않는다. ④의 관심은 지식인이 아니라 민중의 일상과 사회의 구체적인 경험에 있으며, '민족'의 범위를 넘어선 사회에 관심을 두고 있다. 민중의 일상과 사회의 구체적인 경험에 주목하면서 최인훈은 인륜성을 원리로 하는 헤겔의 사회 인식에서 점차 벗어나 '분업에 의한 연대'를 강조하는 에밀 뒤르켐(Émile Durkheim)의 사회 인식으로 나아간다. 뒤르켐은 현대 사회를 '유기적 연대'의 사회로 판단하였다. 그는 개인이 고유한 행동 영역을 가지는 동시에, 다양한 전문적 기능으로 분업화된 사회의 각 부분이 유기적으로 결합한다고 보았다.[44]

1970년대 최인훈은 서구 및 근대 중심의 세계사 인식을 재구성한다. 일찍이 로자 룩셈부르크(Rosa Luxemburg)는 보편으로서 서구라는 형상이 허상임을 역사적 분석을 통해 제시하였다. 그는 서구의 근대를 자본주의가 '비자본주의 환경'을 전제로 할 때만 존립할 수 있음에 주목하였다. 그는 스스로를 보편으로 정위한 서구의 근대가 비서양의 식민지 사회에 침투하여 그곳의 자원, 인력, 노동을 착취한 제국주의 체제 위에서만 가능했다고 강조하였다.[45]

경제사, 환경사의 최근 성과 역시 세계사를 새롭게 이해할 수 있는 통찰을 제시한다. 역사학자 케네스 포메란츠(Kenneth Pomeranz)는 산업혁명 이전의 영국, 중국, 일본, 인도 등의 경제 발전 정도를 분석한 결과, 이들이 대개 비슷한 수준의 경제 발전 단계에 있었다고 판단하였다. 이들은 인구가 늘고 경제가 성장하지만, 자원의 부족으로 대표되는 생태적 한계 상황으로 '발전의 덫'에 걸린 상태였다. 이때 유럽은 두 가지 계기, 해외 식민지의 획득과 부존자원의 활용을 통해 생태적 곤경을 돌파(breakthrough)한다. 식민지를 통해 식량과 자원을 강제적으로 획득함으로써 유럽 내부의 위기에서 벗어나고, 영국의 노상 석탄을 활용하여 산업혁명을 이루었다. 결국 1820년을 전후하여 중국과 유럽의 대분기(Great Divergence)가 일어난다. 주목할 점은 이 두 계기 모두 우연적이라는 사실이다. 해외 식민지는 유럽 사회의 내부 구조로부터 발생한 필연적 현상이 아니라 외부로부터 더해진 조건이라는 의미에서 우연적(contingent)이었으며, 노상 석탄의 존재는 전적으로 운에 의한 것이었다는 점에서 우연적(accidental)이었다. 포메란츠는 유럽의 산업혁명과 세계사의 헤게모니 장악을 '우연' 및 '폭력'의 결과로 이해할 가능성을 열었다.[46] 또한 역사학자 미야지마 히로시(宮嶋博史)는 동아시아의 역사를 서구의 역사 발전단계에 따라 이해하는 것에 거리를 두면서, 독자적인 문명을 가진 소농 사회로 이해할 것을 제안하였다.[47] 인류학자 이타가키 류타(板垣竜太)는 동아시아의 근대를 '근세적인 것'과 '근대적인 것'의 절합이라는 시각에서 이해하고자 하였다.[48]

1970년대 초반에 발표한 「두만강」과 『태풍』을 통해 최인훈은 제국이었던 서구와 식민지 아시아의 관계를 세계사의 범위에서 재인식하고, '환경'이라는 요인이 가진 중요성을 인식한다. 그는 아시아의 고유한 역사적 경험을 강조하면서 동아시아 문명권을 인식하고 새로운 세계사를 상상하는 데 도달한다.

'최인훈의 아시아'를 탐색하는 지도

문학평론가 정과리는 최인훈 문학의 문학사적 의미를 "한국 문학사상 최초로 주체적인 개인의 한국적 존재 여부를 맹렬히 실험하던 그 한 켠에서 매우 암시적인 방식으로 실행된 그 실험에 대한 반성적 돌이킴의 최초의 시도"이자 "독립적 자유인이라는 의미에서의 근대국민이 되고자 하는 욕망을 분석적으로 해체해 세계시민으로 나아갈 통로를 열어놓기 위한 최초의 실험"으로 설명하였다. 국민국가의 국민으로서 한국인을 넘어서 세계시민으로서 한국인의 존재와 형상에 대한 성찰이 필요한 지금 최인훈

문학이 현재성을 가지는 것은 그 까닭이다.[49] 이 책은 최인훈 문학으로부
터 길어올릴 지금을 위한 지혜를 '최인훈의 아시아'라는 이름으로 살펴
본다.

　2장에서는 아시아의 공간을 다룬다. 동아시아 냉전 질서의 역사적 변
천 과정을 살펴보면서 이에 대한 최인훈의 정치적 상상력을 '중립' '통일'
'민주주의'라는 시각에서 살펴보고자 한다. 1절에서는 1960년이라는 당대
적 맥락에 유의하면서, 최인훈의 『광장』을 분석하며 동시에 동아시아 역
내 소통 가능성의 문제를 살펴본다. 2절에서는 냉전하의 지식인으로서 이
동의 곤란과 '통일'이라는 이념을 서사화하는 방식을 살펴본다. 3절에서
는 최인훈의 데탕트 국면에서 민주주의에 대한 최인훈의 상상을 살펴보
고자 한다.

　3장에서는 아시아의 시간을 다룬다. 비서구 근대라는 조건 속에서 한
국적 근대라는 '전통'을 구성하고자 했던 최인훈의 기획을 다룬다. 1절에
서는 최인훈이 비서구 근대를 경험과 교양의 불일치로 파악하였고, 이 문
제를 후식민지라는 틀로 이해한다. 2절에서는 최인훈이 그에 앞서 한국
근대의 파행을 고민했던 20세기 초반의 문학자의 문학적 실천에 '겹쳐 쓰
기'를 통하여, 한국의 근대 자체를 하나의 전통으로 구성하였음을 살펴보
았다. 3절에서는 탈냉전기에 들어선 최인훈이 비서구 민중의 역사적 경험
에 근거하여 탈식민화와 사회적 연대라는 이상을 발견하는 과정을 살펴
본다.

　4장에서는 아시아의 원리를 다룬다. 최인훈은 주변부의 역사적 경험
에 근거하여 서구 중심의 세계사를 재인식하고자 하였다. 1절에서는 서구
근대사 재인식 문제와 '광역권'의 원리에 대한 최인훈의 탐색을 살펴본다.
2절에서는 최인훈이 유년 시절에 겹친 식민지 기억을 발견하여, 식민지를
지역으로 재현하는 양상을 살펴본다. 3절에서는 최인훈이 '아시아주의'를
수행적으로 재구성하고, 주변부의 시각에서 새로운 세계사의 원리를 제
시하는 과정을 살펴본다.

아시아의 공간

냉전을 넘어선
평화의 상상력

2장

명준은 고개를 쳐들고 반듯하게 친 천막 천정을 올려다보면서 한층 가락을 낮춘 목소리로 혼잣말 외우듯 나직이 말했다.

"중립국!"

설득자는 손에 들었던 연필 꼭지로 테이블을 톡 치면서 곁에 앉은 미군을 바라보았다. 미군은 어깨를 추스르며 눈을 찡긋하고 웃었다.

퇴출구 앞에서 서기(書記)의 책상 위에 놓인 명부에 서명(署名)을 하고 천막을 나서자, 그는 마치 재채기를 참았던 사람처럼 상체를 벌떡 뒤로 젖히면서 맹렬한 웃음을 터뜨렸다. 눈물이 찔끔찔끔 번지고, 침이 걸려서 캑캑거리면서도, 그의 웃음은 멎지 않았다.

그렇게 해서 결정한 중립국행이었다.

최인훈, 「광장」, 정향사, 1961, 195–196쪽.

"불편? 이렇게 죽은 사람이 다 있는데(그 손가락으로 조봉암을 가리켰다) 좀 불편하면 어때요? 이 사람이 죽었을 때 우리의 욕망도 죽은 거예요. 이 사람이 죽었을 때 우리의 야심도 죽은 거예요. 아하 끔찍도 해라. 당신은 보고만 있었죠?"

최인훈, 「서유기」 6, 「한국문학」, 1966.10, 180쪽.

인간이 다시 야누스가 되는 때, 자기 자신인 그 신화인(神話人)이 될 때 인간의 마음은 참다운 기쁨과 평화를 찾지 않을까. 어떻게 하면 그렇게 할 수 있을까. 생활의 태양이 빨리 문명의 궤도를 찾게 하는 것이다. 어떻게 하면 그렇게 할 수 있을까.

— 남북이 통일되는 것이다. 구보씨는 이 마지막 결론이 어떻게 튀어나왔는지 알 수 없었다. 그래서 그는 어안이 벙벙했다.

최인훈, 「소설가 구보씨의 일일」, 삼성출판사, 1973, 188쪽.

2장에서는 최인훈 문학에 나타난 아시아의 '공간'을 살펴본다. 20세기에 현실적으로 존재했던 동아시아 냉전 질서의 성립 및 변동 과정과 이에 대응한 최인훈의 정치적 상상력을 검토하고자 한다. 20세기 한국은 식민지와 냉전이 가져온 억압과 분단의 아픔을 경험하였다. 최인훈 문학은 식민지와 냉전을 넘어선 평화를 지속적으로 탐색하였다. 4·19 직후 1960년대 초반 최인훈은 중립이라는 정치적인 이념을 직접 제시하였다(『광장』). 군사독재 아래에서는 정치적 상상력을 적극적으로 제시하지 못하지만 통일에 대한 관심을 이어간다(『서유기』). 1970년 동아시아에서 냉전이 누그러진 데탕트를 맞이하면서, 최인훈은 평범한 사람의 일상에서 통일을 논의하고 사회적 연대로서 평화를 상상한다(『소설가 구보씨의 일일』).

(1) 동아시아의 광장, 중립을 쓰다 -『광장』

　『광장』은 1960년 전후 동아시아의 민중이 수행한 정치적 실천과의
공명 속에서 중립의 상상력을 제안하였다. 『광장』은 해방공간 및 한
국전쟁의 한국과 북한이라는 시공간을 넘어선 상상력을 보여 준다.
4·19 혁명 이후 최인훈은 역사 취재를 바탕으로 『광장』을 집필하였
다. 일본에서 활동하던 김삼규는 현해탄을 건너와 중립화 통일론을
제안하였고, 한국의 민중은 통일을 위한 정치적 실천에 나섰다. 『광
장』은 중립화 통일론과 한국 민중의 정치적 실천을 기반으로 중립의
이념을 제시하였다. 편집자 신동문은 『광장』을 훗타 요시에의 「광장
의 고독」과 겹쳐 읽으면서 공동의 광장을 형성하여, 동아시아 냉전 질
서의 의미를 성찰하고 새로운 주체 형성의 가능성을 탐색하였다. 김
삼규, 최인훈, 신동문의 문화적 실천은 1960년 한국의 4·19 혁명과

일본의 안보 투쟁이라는 동아시아 민중의 정치적 실천에 근거한 것이
었다.

① 타고르호를 타고 중립국으로 떠난 이명준

1 『광장』, 타고르호의 여정

일찍이 아시아의 황금시대에
등불의 하나인 코리아,
그 등불 다시 한번
켜지는 날에
너는 동방의 밝은 빛이 되리라.
×
마음엔 두려움이 없고
머리는 높이 쳐들린 곳
지식은 자유스럽고
좁다란 담벽으로 세계가
조각조각 갈라지지 않은 곳
진실의 깊은 속에서 말씀이
솟아나는 곳
끊임없는 노력이 완성을 향해
팔을 벌리는 곳
지성의 맑은 흐름이
굳어진 습관의 모래벌판에

길 잃지 않은 곳

무한히 퍼져 나가는 생각과 행동으로

우리들의 마음이 인도되는 곳

그러한 자유의 천당으로

나의 조국이여, 깨어나소서.[1]

    1960년 새해 첫 호『새벽』에는 '인도 시인·1913년도 노오벨 문학상 수상'이라는 설명 아래 '라빈드라나트 타고오르'라는 제목이 있다. 그리고 이어지는 라빈드라나트 타고르(Rabindranath Tagore)의 시. 잡지 첫머리에 실린 타고르의 '시'는 동방의 등불 '코리아'가 다시 빛을 비추길 기대하였고, '나의 조국'이 깨어나 빛과 자유, 진실과 평화를 향해 나아가기를 노래하였다. 타고르는 한국과 일본에서 "약한 나라의 시인"이자 평화를 노래하는 시인으로 널리 알려졌다. 이러한 이해는 "식민지"라는 조건을 비판적으로 응시하면서 작품의 "바닥에는 몹시 강렬한 분노를 간직"했던 "민족해방운동의 전사"인 타고르의 또 다른 면모를 누락한 평면적인 수용일 뿐

〈그림1〉 『새벽』 1960년 1월호 타고르의 시

이다.[2] 이해의 평면성과는 별개로『새벽』이 타고르에게 겹쳐둔 '평화'의 이미지는 결과적으로 1960년 새해를 여는 적절한 예언의 기능을 수행하였다.

그 이전까지 극단적으로 대립하였던 지구적 냉전 체제는 1950년대 후반에 이르면서 어느 정도 누그러진 상황이었다.[3] 타고르의 '시'의 마지막 행에 제시된 바람처럼 한국의 민중은 '깨어나서' 4·19 혁명을 일으킨다. 1960년 4월 12일 김주열의 시신이 인양되자 마산에서 봉기가 일어났고, 4월 19일 적어도 10만 명의 학생과 청년으로 이루어진 군중이 경무대 앞에 집결하여 이승만과의 면담을 요구하였다. 경무대 경비병의 발포로 서울 시내는 아수라장으로 변했고 적어도 115명의 젊은이가 죽었고 거의 1천 명이 부상을 입었다. 4월 25일 수백 명의 대학교수와 5만 명의 시민이 시위에 나섰고 26일에도 5만 명의 시민이 거리에 나섰다. 29일 이승만은 하와이로 망명을 떠난다.[4] 그리고 그해 11월 같은 지면『새벽』에는 최인훈의 소설「광장」이 게재된다. 작가 최인훈은 소설과 함께 실은「작자 소감 – 풍문」을 통해 "저 빛나는 4월이 가져온 새 공화국에 사는 작가의 보람"을 두드러지게 표명하면서, 이 소설이 4·19 혁명에 기반하여 가능했음을 강조하였다.[5] 후일 1976년 최인훈의 전집을 엮었던 한글세대의 문학평론가 김현은 "정치사적인 측면에서 보자면 1960년은 학생들의 해이었지만, 소설사적 측면에서 보자면 그것은「광장」의 해이었다고 할 수 있다."[6]라고 그 감동을 적었다. 김현의 명제는 4·19 혁명 당시 한국의 대학생들이 "가자 북으로 오라 남으로"라는 구호와 함께 기존의 냉전 상황을 넘어선 정치적 실천을 적극 수행하였다는 사실을 떠올리도록 한다.[7] 하지만「광장」의 첫머리는 한국이라는 맥락으로만 한정할 수 없는 이 소설의 의미망을 보여 준다.

"바다는 크레파스보다 진한 푸르고 육중한 비늘을 무겁게 뒤채이면서 숨 쉬고 있었다. 중립국으로 가는 석방 포로를 실은 인도 선박 '타골'호는 흰 펭키로 말쑥하게 단장한 삼천 톤 선체를 진동시키면서 물체처럼 빼곡이 들어찬 동지나해의 대기를 헤치며 미끄러져 가고 있었다.”(광장, 1960: 238) 소설의 시작은 『광장』이 한국과 북한 모두를 거부하고 중립국을 선택한 인물의 서사임을 환기한다. 중립국행 석방 포로라는 주체와 동지나해라는 공간은 지구적 냉전, 동아시아 냉전과 분단, 그리고 한국의 냉전과 분단이 위계적이면서도 독립적으로 얽혀 있는 동아시아 냉전 체제의 특성을 포착한 것이다.[8] 나아가 주동 인물 이명준이 오른 선박이 타고르호라는 이름을 가졌다는 설정은 그의 중립국행에 지구적 냉전을 넘어선 평화의 상상을 겹쳐 두게 해 준다. 이러한 맥락에서 타고르의 시가 『새벽』 1960년 1월호에 실렸다는 사실은 「광장」을 『새벽』이라는 장(場)과 관련하여 검토할 필요성과 가능성을 열어 준다. 최인훈이 『새벽』 1957년 2월호에 시 「수정」을 추천받았고 1960년 2월호에 소설 「9월의 따리아」를 발표했던 것에서 볼 수 있듯, 그는 1957년 이래 잡지 『새벽』의 기고자이자 독자였다.[9]

② 제삼국과 중립국

1960년 10월 15일 최인훈의 중편소설 「광장」이 실린 종합지 『새벽』 11월호가 간행된다. 『새벽』 11월호의 편집후기에서 잡지 『새벽』의 편집을 담당하였던 시인 신동문은 최인훈과 「광장」을 다음과 같이 소개하였다.

> 「그레이 구락부」 「가면고」 등으로서 혜성처럼 나타난 신진작가 최인훈씨의 중편 역작 「광장」을 전재한다. 양단된 조국의 남북의 풍토를 마치 시대의 증인처럼 딩굴어야 했던 주인공을 그린 이 작품은 아마 전후 한국문단에서는 찾아볼 수 없었던 문제성을 지닌 작품이라고 생각한다.[10]

소개의 글은 편집인 신동문으로서도 긴장 속에서 적어 간 문장이었다. 그는 소설이 가져올 파문을 의식하여 은밀히 「광장」을 편집하였다. 물

〈그림2〉『새벽』1960년 11월호

론 "무명에 가까운 신인 작가" 최인훈의 600매 분량의 원고를 "한꺼번에 다 신"는 담대한 결정을 내린 것도 그랬다.[11] 결국 『새벽』 11월호 표지에 "전재 600매 광장 최인훈"이라는 표시와 함께 「광장」은 세상에 발표된다. 한 달의 시간이 지난 후 최인훈이 등단하였던 잡지 『자유문학』에 깊이 관여하였던 문학평론가 백철은 「광장」을 두고 "하나의 돌이 던져지다."라고 평하였다.[12] 후일 최인훈 스스로도 「광장」을 4·19 혁명의 충격으로 "한 인간의 머릿속에 존재했던 전

통적이고 문명사적인 습관이 지각변동을 일으켜서 깨지고 스스로 나온 것"으로 의미화하였다.[13]

「광장」은 서두 두 번째 문장에서 이 소설이 "중립국으로 가는 석방 포로"의 서사라는 것을 분명히 드러낸다(광장, 1960: 238). 그가 오른 선박의 이름 '타고르'는 '중립국'에 대한 낭만적이고 평화로운 상상으로 이어진다. "중립국. 아무도 나를 아는 사람이 없는 나라. 〔…〕 이런 모든 것이 미지의 나라에서는 가능하리라고 믿었다. 그래서 중립국을 택했다…"(광장, 1960: 292, 294).

'남과 북 모두를 거부한 석방 포로의 이야기'. 이 이야기가 갖는 당대적 의미는 절대 가볍지 않았다. 한국전쟁의 전쟁 포로 88명은 '본국' 송환을 거부하고 '중립국' 인도를 선택하였다. 「광장」은 포로들이 타고르호에 탑승하여 항해를 떠난 이후의 상황부터 제시되지만, 포로들이 중립국을 선택하기까지 많은 폭력과 적대적 사건들이 발생하였고 그들이 배를 타기 위해 인천항으로 이동할 때도 테러의 위험으로 인해 UN군의 삼엄한 경비가 필요했다.[14] 북과 남 모두를 버린 포로의 선택은 1950년대 한국에서 환영받지 못했고, 그들의 증언이나 기록은 출판이 불가능했다.[15] 1958년 문학평론가 이어령은 "두 개의 역사를 향하여 모두 '노'라고 대답한" "중립국 인도로 간 한국인"을 "역사에서 일탈하고 자기 자신의 존재를 포기하고 자신을 거부하는, 즉 자기 시대에서 도피하려는 영원한 패자"이자 "이 세기의 가장 이단적인 피에로요 도피자"라고 규정하였다.[16]

　문학 연구자 권보드래의 지적처럼, 4·19 혁명에 힘입어 출판된 「광장」은 '석방 포로'의 선택을 '거부'와 '도피'가 아니라 중립국의 '선택'으로 다시 기술한 셈이다.[17] 다만 1960년 11월에 발표된 「광장」이 중립국이라는 개념을 충분히 맥락화한 것은 아니었다. 『새벽』에 실린 「광장」에는 '중립국' 개념이 단 3번 등장하며, 이명준의 지향은 대부분 '제삼국'으로 제시한다. "송환 등록이 시작됐을 무렵 갈팡질팡하던 생각이 떠올랐다. 제삼국에 갈 수 있다는 말을 들었을 때 바로 자기를 위해 마련된 조항이라고 그는 생각했었다."(광장, 1960: 292)라는 서술에서 볼 수 있듯, 『새벽』의 「광장」에서 이명준의 제삼국 선택은 뚜렷한 지향의 결과가 아니라 갈팡질팡하면서 선택한 것이었다. 중립국이 중립의 이념을 뚜렷이 제시하는 개념이라면, 제삼국은 남북 양자가 아닌 다른 선택을 의미하는 유보적인 개념이다. 1960년 11월 「광장」에서 이명준이 오른 타고르호의 목적지는 중립국과 제삼국이 혼재하는 것이었다.

　발표 이후에 「광장」은 사회적으로 큰 주목을 받았지만, 최인훈은 「광장」을 집필하는 과정에서는 사회적, 역사적 의미와 파장을 분명히 자각한 것은 아니었고, 위험한 일을 한다는 생각도 들지 않았다고 회고하였다.[18] 4·19 혁명 당시 최인훈은 광주에서 군사훈련을 받고 있어서 "육체 자체"는 혁명과 단절된 상황이었다.[19] 「광장」의 "집필 기간은 1960년 여름 한 철 3개월 정도이며, 집필 장소는 거의 대전"이었다.[20]

　정병준: 선생님은 중립국으로 간 포로들의 존재를 휴전 당시에 알고 계셨

던 건가요, 아니면 그 후에 알게 되셨나요?

최인훈: 그 후였습니다. 휴전회담 당시에는 신문에 나온 것을 읽기는 했을지 모르겠지만, 당장 캉캉한 뭔가를 느낀 건 아니었어요. 『광장』을 쓸 무렵에는 '이거 상당한 거다' '대단한 거다' 소설에 표현된 정도의 충격으로는 받아들여지고 있었지만요.

정병준: 그럼 1960년의 일이었군요. 자료는 어떻게 모으셨습니까?

최인훈: 특별한 뭔가는 없었고, 그냥 평범한 자료들을 참고했어요. 그때는 이미 전사(戰史)도, 육군 전사도 있었으니까. 그런 걸로 전쟁 상황을 알았고, 주영복 씨 같은 인물들 60~70명이 중립국으로 갔다는 사실도 알고 있었습니다. 〔…〕 신문기사에 나오는 기본적인 사실들과 내가 그때까지 가지고 있었던 문학청년으로서의 인간관이라고 할만한 것들을 가지고 아무튼 빨리 썼어요. 한여름 동안에 그걸 다 썼어요. 1960년 한여름 동안에.[21]

대학 시절 최인훈은 중립국행 포로의 기사를 접하고, 그들을 "북한송환도 거부하고 남한에 남기도 원치 않는 사람들", 곧 남과 북 모두를 거절한 사람이라고 생각하였다.[22] 그가 중립국 선택 포로라는 존재를 다시 발견한 것은 4·19 혁명 이후였다. 최인훈은 별도의 자료 조사 없이 언론 기사와 육군 전사 등에 실린 기본적인 사실과 '문학청년으로서의 인간관'을 바탕으로 『광장』을 집필한다. 『광장』의 뼈대에는 역사적 사실보다는 "에세이 및 토론"이 자리한다.[23] 1960년 11월에 발표된 「광장」은 중립국을 선택한 포로를 서사의 중심에 제시하지만, 그 선택이 무엇을 지향하는지 구체적으로 제시하지는 않았다. 「광장」의 결말에서 이명준은 '제삼국'으로의 여정을 포기하고 "초라한 내 청춘에 〈신〉도 〈사상〉도 주지 않던 〈기쁨〉을 준 그녀들에게 〈정직〉해야지."(광장, 1960: 295)라는 다짐과 함께 바다에 뛰어들어 실존적인 자유와 인간으로서의 존재를 복원한다. 1960년 「광장」은 상당히 "추상성" 높은 작품이었다.[24]

해를 넘긴 1961년 2월 최인훈은 정향사에서 단행본『광장』을 간행한다. 단행본 발매 직전『동아일보』 2월 7일 자 1면 하단에 실은 출판사 광고가 강조한 것 역시 "그는 왜 조국을 등졌나?"라는 주인공의 행보에 관한 의문과 "중립국을 택한 포로의 경우"라는 서사의 초점이었다.[25] 최인훈은 단행본 편성 과정에서 특히 '중립'의 이념을 더욱더 적극적으로 기입한다.

〈그림3〉『광장』(정향사, 1961)

단행본『광장』에서 새롭게 기입된 장면 중 하나는 '정전' 소식을 들은 이명준이 '기독교의 도식'과 '컴뮤니즘의 도식'을 그리는 장면이다. 하지만 그는 끝내 선택하지 못했고, "흡사 막다른 골목에 몰린 짐승"처럼 답답함을 느낀다.

> 그때 중립국 송환이 쌍방 간의 합의를 보았다. 그는 살았다. 막다른 골목에서 마지막 각오를 하는 찰나 난데없이 밧줄이 내려온 것이었다. 그때의 기쁨은 그는 아직도 기억한다. 판문점(板門店). 쌍방의 설득자들 앞에서처럼 통쾌했던 일이란 그의 과거에서 두 번도 없다. (광장, 1961: 192)

'막다른 골목에 몰린 짐승'과 '난데없이 내려온 밧줄'의 대비는 단행본『광장』에서 중립국 송환을 극적으로 제시한다. 이명준은 중립국 송환 가능성을 기뻐하고 이전 삶에 두 번 없던 통쾌했던 일로 기억한다.『광장』의 가장 유명한 장면인 '중립국 송환심사' 역시 단행본 편성 시에 새로 삽입한 장면이다.

장내 구조는 양측 설득자들이 마주 보고, 책상을 놓은 사이로 포로는 왼편에서 들어와서 바른편으로 퇴장하게 돼 있다. 순서는 공산측이 먼저였다. 네 사람의 공산군 장교와 국민복을 입은 중공(中共) 대표가 한 사람, 도합 다섯 명. 그는 그들 앞에 가서 걸음을 멈췄다. 앞에 앉은 장교가 부드럽게 웃으면서 말했다.

"동무. 앉으시오."

명준은 들리지 않는 양 그대로 버틴 채 움직이지 않았다.

"동무는 어느 쪽으로 가겠소?"

"중립국."

그들은 서로 쳐다보았다. 앉으라고 하던 장교가 상반신을 테이블 위로 바싹 내밀면서 말했다.

"동무. 중립국도 역시 자본주의 국가요. 굶주림과 범죄가 우글대는 낯선 곳에 가서 어쩌자는 거요."

"중립국!" [···]

퇴출구 앞에서 서기(書記)의 책상 위에 놓인 명부에 서명(署名)을 하고 천막을 나서자, 그는 마치 재채기를 참았던 사람처럼 상체를 벌떡 뒤로 젖히면서 맹렬한 웃음을 터뜨렸다. 눈물이 찔끔찔끔 번지고, 침이 걸려서 캑캑거리면서도, 그의 웃음은 멎지 않았다. (광장, 1961: 192-196)

서술자는 '중립국 송환심사' 장면을 상당한 분량으로 공들여 제시한다. '공산측'과 '유엔측' 설득자의 끈질긴 설득에도 불구하고, 이명준은 단호하게 '중립국!'이라는 단답만을 9번 반복한다. 이어령은 석방 포로들을 "'사우스 코리아냐?' '노스 코리아냐?' 하는 두 가지 물음에 모두 '노(否)'라고 대답한 사람들"로 설명하였다.[26] 최인훈은 이어령의 설명을 심사 장면으로 새롭게 쓰고, '노'라는 석방 포로의 부정적 대답을 이명준이 9번이나 명확하게 대답한 '중립국!'으로 다시 쓴다. '중립국 송환심사' 장면은『광장』에서 이명준이 주체적인 선택을 수행한 첫 장면이자 맹렬한 웃음을 터

트린 첫 장면이다. '중립국 심사 장면'을 제시한 후, 『새벽』본 「광장」에도 실려 있는 '중립국'의 낭만적인 삶에 대한 상상이 이어진다.

　　1960년 11월 『새벽』에 실린 중편 「광장」에 남과 북 모두의 거부와 중립의 선택이 혼재하고 있다면, 1961년 2월 단행본 『광장』은 '중립(국)'에 대한 이명준의 선택에 뚜렷하게 초점을 맞춘다. 작가 최인훈은 단행본의 「추기-보완하면서」를 통해 "『새벽』 지에 실렸을 때 잡지의 사정 때문에 그중 일부를 할 수 없이 떼어 버리지 않을 수 없"었던 200여 매를 단행본으로 성권하면서 "완전히 살릴 수 있는 기회를 얻"어서 "보충하여 얘기를 완성"했다고 설명하였다.[27] 정향사 편집장 강민은 출판사가 『광장』 단행본의 출판을 결정하면서 작가에게 단행본 분량에 모자란 분량 보완을 요청했음을 증언하였다.[28] 출판사는 단행본 출판을 위해 작가에게 분량의 보완을 요청하였고, 작가는 그것을 받아들여 200여 매의 분량을 다시금 보완한 셈이다. 보완의 과정은 일부 삭제한 초고의 복원일 가능성과 작품의 본의를 살리는 당대적 맥락의 증보일 가능성 모두 열려 있다.

③ 중립의 기입

최인훈이 단행본 『광장』에서 중립의 상상력을 구체적으로 기입하게 된 계기 중 하나로 1960년 다시금 현해탄을 건너온 김삼규의 중립화 통일론과 이에 호응한 한국 지식인과 민중의 실천을 들 수 있다. 4·19 혁명 이후 한국 사회가 선거 국면으로 접어들자 각 정당은 공약을 발표하였다. 총선거를 앞두고 한국의 각 정당이 '통일'에 대해서 발화하기 시작할 무렵, 한국전쟁 시기 일본으로 망명하였던 언론인 김삼규가 현해탄을 건너 한국으로 들어왔다.[29]

〈그림4〉 김삼규

　　김삼규는 1950년대 일본에서 『개조(改造)』

『중앙공론(中央公論)』『문예춘추(文藝春秋)』등의 잡지에 중립화 통일론을 다룬 평론을 지속적으로 발표하였고, 1955년 '한국중립화운동위원회'를 창립하고 1957년 잡지『코리아평론(コリア評論)』을 창간하였다. 한국의 4·19 혁명과 일본의 안보 투쟁을 목도한 김삼규는『코리아평론』을 정간하고 1960년 6월 한국으로 일시 귀국한다. 그는 한국에서『새벽』『사상계』『세계』그리고 일간지에 '중립화 통일론'을 주장하는 여러 글을 발표하였다. 그가 '중립화 통일론'을 한국에서 처음 발표한 지면은『새벽』1960년 7월호였고, 그가 한국에서 마지막으로 발표한 글인「중립국통한론을 해명한다」역시 최인훈의「광장」이 실린 다음 호인『새벽』1960년 12월호였다.[30]

중립화 통일론이 한국의 지식인과 학생에게 본격적으로 반향을 일으킨 것은 1960년 여름 이후였다. 중립화 통일론을 둘러싸고 일각에서는 논쟁도 벌어졌지만 급속히 퍼져나갔다. 1960년 9월 24일 고려대학교에서 열린 '남북통일에 관한 전국대학생 시국토론회'에 참여했던 25명 중 11명이 중립화 통일론과 맥락을 같이할 정도였다. 이후 10월 20일 미국 맨스필드 상원의원의 보고서 제출을 계기로 중립화 통일론은 혁신 세력과 학생들에게 더욱 현실적 호소력을 가지게 되었으며, 11월 1일 서울대학교 민족통일연맹 발기대회에서는 급기야「대정부 및 사회건의문」에 오스트리아식 중립화를 내용에 담게 된다. 11월 5일 부산대 학생은 중립화 통일방안 검토를 촉구하는 시위를 열었고, 이튿날은 마산에서 열린 한국 영세중립화 촉진 시민대회에 한국의 민중 1,000여 명이 참여하였다. 중립화 통일론은 1960년 11월 무렵 혁신정당 및 사회운동 조식과 연계되면서 뚜렷한 통일 운동의 흐름으로 현실화되었다.[31] 1961년 초『한국일보』조사에서 일반인의 32%가 중립화 통일에 찬성하였으며, 1961년 5월 혁신정당, 사회단체의 통일운동을 하나의 통합 조직을 구성한 민족자주통일중앙협의회(민자통)의 통일방안심의위원회에서 중립화 통일론을 채택하였다.[32]

김삼규의 귀국과 활동을 계기로 중립화 통일론이 한국 사회에서 확

〈그림5〉 4·19 혁명 이후 냉전과 분단을 넘어서고자 한 한국 시민의 움직임

산되는 과정과 『광장』에 중립의 상상력이 기입되고 당대 한국의 민중에게 호응을 받는 과정 역시 겹쳐 있었다. 최인훈은 1960년 여름 중립국 선택 포로에 대한 기사와 육군 전사 등 기초적인 정보에 기반하여 「광장」을 창작하였다. 그리고 한국 사회에서 본격적으로 중립화 통일론이 확산되는 1960년 가을과 1961년 초의 시공간에서 최인훈은 이명준의 '중립(국)' 선택을 뚜렷하게 제시하는 방향으로 단행본 『광장』을 완성한다.

김삼규가 『새벽』 1960년 12월호에 발표한 「중립국통한론을 해명한다」는 중립국통일론을 비판한 논자들에 대한 반비판이다. 최인훈의 『광장』의 서사가 이명준이 중립국을 선택한 한국전쟁 휴전 시점에 주목하였듯, 이 글 역시 한국전쟁의 시점과 의미에 주목하고 있다. 그는 한국전쟁을 통해 냉전 진영 한 편의 이데올로기에 기반한 통일이 불가능하다는 것이 드러났다고 판단하였다.

일방적인 통일에의 길은 6·25사변과 더불어 영원히 사라졌다. 반공통일은 유엔군의 힘을 가지고도 이루지 못하였고, 공산통일은 중·쏘의 힘으로도 이루지 못하였다. 환언하면 일방적인 통일에 대해서는 타방이 결사

적으로 반대한다는 것이 6·25사변의 결론이었다. / 이러한 역사적 과정에
비추어 한민족의 비원(悲願)인 통일독립은 일방적인 통일을 추궁하는 종
래의 방식으로서는 도저히 달성될 수 없다는 것이 명백히 되었다. 그럼에
도 불구하고 이제도 반공통일이니 불통일(不統一)의 원인이 한민족에 있
다는 듯이 협상을 주장하는 남북협상론 혹은 연방제를 외치는 사람이 있
다면, 그것은 완전히 시대역행이요, 통일의 이름 밑에 분단을 계속하자는
의도가 아니냐는 의심을 모면할 길이 없을 것이다. 우리의 통일 문제는
대외적으로는 6·25사변을 통하여 숙지한 바와 같이 우리나라는 위요한
관계 각국의 국가적인 이해관계에 관련된 국제문제요, 대내적으로는 민
족적 자각에 관한 문제다.[33]

냉전 어느 한 진영이 주도하는 통일이 불가능하다고 판단한 김삼규
는 남북협상론과 연방제를 신뢰하지 않았다. 그는 미소 양국을 비롯하여
세계열강에 한반도 중립화를 촉구하고, 그들의 승인과 동의에 기반하여
중립화 통일을 수행해야 한다고 주장하였다. 김삼규의 중립화 통일론이
한국 내부의 역량보다 국제정치에 편향된 입장을 가진다고 평가되는 것
은 그 때문이다. 중립화 통일론은 "분단의 원인을 냉전 체제, 즉 미·소의
세력권 투쟁 때문이라고 파악하고, 한반도를 냉전의 틈바구니에서 분리
하는 것(중립화)이 통일의 과정에서 가장 중요한 것"으로 판단하였다.[34] 남
북으로 분단된 냉전의 상황에서 스스로를 분리하여 중립국을 선택한 『광
장』의 이명준의 행위는 김삼규의 중립화 통일론과 공명하면서 선택의 이
론적 근거를 갖추게 된다.
　　또한 김삼규는 한국의 장면 정부가 '반공' 이데올로기에서 벗어나지
못했다고 비판하였으며, 최소한의 의사표시조차 불가능한 체제라는 점에
서 북한의 '공산' 체제 역시 비판하였다.

이북(以北)에서도 중립화 운동이 전개되느냐 하는 질문이 있을 법하나 기

본적 인권이 확보되지 않은 이북에서 민족적이고 평화적인 중립화 운동이 전개될 리가 없다. 그러기에 기본적인 인권이 확보되면 남한 동포들 사이에서 이러한 운동이 초당파적 국민 운동으로서 전개되어야 할 필요성이 더욱 통감되는 것이다. 국제 여론에 호소할 수 있는 힘을 갖는 것은 남한 동포들뿐이오, 또 이러한 노력에 의하여서만 남한 동포들은 비로소 조국의 통일 독립에 대하여 주도권을 장악할 것이다. 이러한 주도권이야말로 4월 혁명에 흘린 피가 얼마나 고귀한 것인가를 이북 동포들에게 현시하는 것이 될 것이다.[35]

김삼규의 중립화 통일론은 '민주주의'라는 가치에 근거하고 있었다. 김삼규는 "북한 동포들은 의사표시의 자유가 없기 때문에" "남한 동포들이 전 국민의 의사를 대변하여 널리 국제적으로 호소"해야 한다고 주장하였다.[36] 그의 중립화 통일 방안은 4·19 혁명을 이룬 한국 시민의 역할은 중립화 운동에 적극 참여하고 국제 사회에 호소하고, "관계 각국의 협상"을 끌어내는 것이었다.[37] 김삼규는 오스트리아 중립화 모델처럼 "사전에 관계 각국의 승인을 얻어서 한국이 영세중립국임을 관계 각국을 비롯하여 세계 각국에 승인시키고 유엔에 가입"하고, "중립화를 전제로 자유 총선거를 실시하여 통일 독립을 달성"하고자 하였다.[38]

김삼규의 중립화 통일론은 『광장』의 서사와도 공명했다. 『광장』 역시 한국과 북한 모두를 비판하였다. 이명준은 한국을 "밀실만 풍성하고 광장은 사멸"한 곳, "필요한 약탈과 사기만 끝나면 광장은 텅" 비는 곳으로 이해한다(광장, 1961: 54-55). 또한 월북한 아버지로 인해 신체적 폭력을 당하자 "튼튼하리라고 믿었던 에고의 문이 노크도 없이 무례스리 젖혀지고, 흙발로 침입한 폭한이 그를 함부로 구타했다."고 느낀다(광장, 1961: 70). 또한 이명준은 북한에 대해 "'당'이 생각하고 판단하고 느끼고 한숨지을 테니 너희들은 복창만 하라는 겁니다."라고 비판한다. 북한의 인민과 공산당원은 "그저 어리석고 몽매한 인민, 일찍이 불꽃 위에서 살을 태운 종교적 정열

도 없었고, 관군이 출동하면 저희 지도자를 묶어서 내준 배반의 악덕에 충
만한 사람들"에 불과했다(광장, 1961: 130-131).

최인훈은 한국과 북한 모두에 거리를 두면서도 『광장』의 창작을 마
친 후 "아세아적 전제의 의자를 타고 앉아서 민중에겐 서구적 풍문만 들
려줄 뿐 그 자유를 '사는 것'을 허락지 않았던 구정권하에서라면 이런 소
재가 아무리 구미에 당기더라도 감히 다루지 못하리라는 걸 생각하면 빛
나는 사월이 가져온 새 공화국에 사는 작가의 보람을 느"낀다, 라고 분명
하게 밝힌다.[39] 최인훈 역시 4·19 혁명이 열어 준 민주주의의 가치에 근거
하고 있는 셈이다.

4·19 혁명 이후 통일운동의 주요한 흐름은 중립화 통일론과 남북 협
상론이었는데, 두 흐름은 연대하다가 분화한다.[40] 『광장』은 냉전 동아시
아가 고착되기 직전을 다루고 있다는 점에서 남북 협상론과도 공명할 여
지가 있었다. 『광장』이 포착한 시간은 냉전으로 인해 한국과 북한이 분단
되었지만, "이북 가는 배 말씀입죠"(광장, 1961: 93)라는 귓속말과 함께 이명
준이 그 경계를 넘어갈 수 있는 시간이었다.

최인훈의 『광장』이 중립화 통일론을 자원화하는 과정은 역사를 거슬
러 한국의 역사적 경험을 다시금 점화하는 것이기도 하였다. 최인훈을 비
롯한 1930년대생 한국 지식인에게 김삼규의 중립화론은 1960년 현해탄을
건너온 것이었던 동시에, 1950년대 헌책방을 통해 은밀히 수득하였던 영
어, 일본어 사회과학 서적 및 해방공간 월북 문화인의 이론서 및 작품집과
나란히 접했던 것이기도 하다.[41] 『광장』이 주목한 중립국행 포로의 이동
역시 마찬가지다. 중립국행 포로의 이동이 1950년대에는 단편적인 기사
로 소개되는 데 그쳤다면, 4·19 혁명의 시간에 그들의 실천은 중립화 통일
론과 만나서 "과거로부터 희망의 불꽃을 점화"하게 된다.[42]

최인훈의 『광장』은 한국의 역사적인 경험을 자원화하여서 중립의 상
상력을 구축하였다. 김삼규는 한국전쟁을 가능성이 닫힌 사건으로 기술
하지만, 최인훈은 한국전쟁을 중립의 선택이라는 새로운 가능성이 가능

한 시공간으로 제시한다. 그는 중립의 상상력을 '번역'하여 수용하는 것에 머문 것이 아니라, 한국의 역사적 경험을 전통 삼아 "자신의 힘으로 자신의 형태를" 구축하는 방식으로 중립의 원리를 구성하였다.[43]

4·19 혁명 이후 한국에서는 1930년대 혁명운동 및 해방공간의 정치적 기억을 귀환시키면서, 혁명의 전통을 형성하고자 하였다. 1960년 7월 대구역 집회와 제주도의 매장지 발굴은 1950년 7월 전후 민간인 학살이라는 역사의 아픔을 귀환시켰다.[44] 소설가 최정희는 『인간사』(1960 최초 연재: 신사조사, 1964)의 임화와 이귀례의 서사를 통해서 떠난 지하련과 남은 이귀례를 환기하였다.[45] 김삼규 역시 1960년 『조선의 진실』에서 1930년 혁명의 시간과 임화의 정치적 실천을 제시하였다.[46] 시인 김수영에게 4·19 혁명은 '통일'을 환기하는 사건이었다. 4·19 혁명 직후 월북한 김병욱에게 쓴 글에서 김수영은 "사실 4·19 때에 나는 하늘과 땅 사이에서 '통일'을 느꼈소."라고 고백하면서, "좀 더 좋은 시를 쓰기 위해서도 통일이 되어야겠소."라고 적었다.[47] 「서울대학교 문리과대학 학생 4·19 선언문」에는 "보라! 우리는 캄캄한 밤의 침묵에 자유의 종을 난타하는 타수(打手)의 일익(一翼)임을 자랑한다."라는 구절이 있는데, 이것은 임화가 1939년에 집필하여 해방공간에 시집 『찬가』(1947)에 실은 시 「밤의 찬가」의 일 절을 가져온 것이다.[48] 한국의 역사적 경험을 자원화하여 중립의 정치적 상상력을 제시하는 『광장』의 문화적 실천은, 다양한 역사적 시공간과 사건을 귀환시키면서 혁명의 '전통'을 형성하였던 1960년 4·19 혁명 이후의 문화적 실천과 공명하는 바였다.

『광장』은 직접적으로 김삼규의

〈그림6〉 **최정희와 지하련**

중립화 통일론과 공명하지만, 넓은 맥락에서 남북 협상론을 비롯하여 냉전과 분단을 넘어서고자 한 당대의 논의 및 한국 민중의 움직임과 공명한다. 그 공명에 힘입어『광장』에 나타난 중립의 상상력은 현실적 맥락을 갖추고 두터워진다.『광장』이 중립의 상상력을 기존의 "도피"에서 "도전이자 모험"[49]으로 의미 전환할 수 있었던 것은 한국의 역사적 경험을 자원화하고, 4·19 혁명 이후 한국 지식인과 민중의 실천과 공명한 덕분이었다.

② 동아시아 공동의 광장을 찾아서

1 동아시아의 민중, 냉전 질서에 이의를 제기하다

1960년대 후반『새벽』의 편집자이자 번역가였던 신동문은 현해탄을 건너와 당대 한국 민중의 실천에 근거하여 구성된『광장』의 상상력을 바탕으로 냉전 동아시아에서 '공동의 광장'을 구축하고자 하였다.『새벽』1960년 7월호에는 임시 편집위원이었던 문학평론가 이어령이 질문하고 고려대학교 총장 유진오가 대답하는 형식의 대담「일본을 말한다」가 실

린다. 4·19 혁명 이후 한국 사회에서는 일본문화가 크게 유행하는데,[50] 대담은 이에 대한 반응이었다. 최인훈과 동년배인 1934년생 이어령은 자신을 일본에 대한 열등의식이 없는 "영 제네레이션"

〈그림7〉『새벽』1960년 7월호 유진오와 이어령의 대담「일본을 말한다」

으로 규정하면서 일본문화에 대한 전면적인 개방을 요청하였다. "개방주의"라고 스스로 정리한 그 입장의 근거는 한국전쟁과 4·19 혁명이었다. "6·25동란을 통해서 우리는 더 깊은 인간의 문제와 직접 대결할 수 있"게 되었고, "4·19 이후로" 한국에 대한 일본인의 "인식이 달라졌을 터"였다. 이어령이 생각하는 한일관계는 "서로 주고받"는 관계였다. 1908년생 유진오의 입장은 보다 신중했다. 그는 일본보다 서구에 관심을 더 많이 보였는데, 그에게 서구는 근대 문화의 "원천지"이자 "공산주의와 절연"한 반공의 근거지였다. 유진오는 미국의 동아시아 냉전 정책이 한일관계의 상수라는 점을 분명히 인식하면서, 당대의 안보 투쟁과 한국전쟁 당시 1951년의 방일 경험을 언급한다.[51]

1960년 5월 19일 자유민주당 기시 노부스케(岸信介) 내각은 미일 군사동맹을 강화하고, 극동의 전쟁에 일본이 개입할 수 있도록 미일안전보장조약의 개정을 강행하였다. 처음에는 사회당과 일본 공산당, 일본 노동조합총평의회 등 정당과 노동조합이 개정에 반대하였지만, 이후 일본의 민중은 자율적으로 새로운 형태의 조직을 구성하며 국회 앞에서 평화시위를 개최하였고 정권 퇴진 운동을 벌였다. 시위가 절정이던 6월 중순 10만여 명이 운집하였고, 기시 내각은 붕괴하였다. 안보 투쟁에서 일본 민중들이 직접 대면한 대상은 일본 정부였지만, 구조적으로 마주한 대상은 일본을 군사기지화하려고 했던 동아시아 냉전 질서를 구축한 미국 정부였다. 안보 투쟁에서 일본의 민중이 마주한 적은 뒤섞이고 엉

〈그림8〉 안보 투쟁의 거리(『오무라 마스오 저작집』 6, 소명출판, 2018)

클어져 있었다.[52]

1960년 봄 한일 양국의 민중은 거리에서 "육체의 형태로서 민주주의가 추정하는 가장 기본적인 것 중 하나를 주장하는 방법"[53]인 집회를 이어갔다. 한국의 4·19 혁명과 일본의 안보 투쟁의 내적 연관성을 구성하기는 어렵지만, 두 사건은 넓은 의미에서 모두 식민지/제국 체제의 유제와 미국 주도의 냉전 국제질서가 결합한 반민주-권위주의에 대한 민중의 저항이라는 성격을 공유한다.[54] 한일 언론은 서로의 집회를 보도하였다.

일본의 안보 투쟁을 염두에 둘 때, 4·19 혁명 직후 유진오가 1951년으로 거슬러 올라간 것은 어색하지 않다. 5월 19일 미일안전보장조약 개정 강행은 안보 투쟁의 계기가 되는데, 미일안전보장조약은 1951년 9월 8일 미국 샌프란시스코에서 일본과 연합국 48개국이 체결한 샌프란시스코 강화 조약과 동시에 체결된 것이었다.[55] 당시 미국은 일본이 동아시아의 '냉전의 파트너'로 기능할 수 있도록 전 연합군과의 강화인 '완전 강화'가 아니라, '자유' 진영을 중심으로 한 '단독 강화'를 서둘렀다. 일본 정부 또한 이에 호응하였고, 일본의 전쟁 책임은 충분히 논의되지 않은 채 샌프란시스코 강화 조약을 체결하였다.[56] 유진오는 반공주의의 입장에서 한국의 4·19 혁명을 일본의 안보 투쟁과 겹쳐서 공간적으로 확장하였으며, 1960년 한일의 상황을 동아시아의 냉전 질서가 구조화된 한국전쟁 시기와 겹쳐서 시간적으로 확장하여 이해하였다.

〈그림9〉 시인, 번역가, 편집자 신동문

1960년 12월 15일 신동문은 그 자신이 공동의 번역자로 참여한 번역소설집『일본 아쿠타가와상 소설집(日本芥川賞小說集)』을 '세계 수상 소설선집' 1권으로 신구문화사에서 출판하였다. 1960년 12월『새벽』이 폐간된 후, 신동문은 1961년 봄 신구문화사로 자리를 옮겨서 '세계전후문학전집'의 비상임 편집 및 기획위원으로 활동한다. 하지만

그는 1960년 중반부터 이미 신구문화사의 출판물 편집 작업에 참여하고 있었다.[57]

출판사 편집실은 독자에게 보내는 서문에서 '공동의 광장'을 기대한다.

그러므로 비단 좋은 작품을 소개하고 그저 독자에게 그를 읽히려는 의미에서만 이 책을 엮은 것은 아니다. 그보다 더 중요한 것은 말하자면 이 작품집이 문학을 공부하는 미래의 한국 작가에게 거울이 되고 자극제가 되어 줄 수 있다는 희망 때문이다. / 침체한 한국문학의 음산한 자리를 차고 미래의 문학을 창조하는 숨은 우리 문학인에게 다시 없는 힘의 반려가 되어 주리라 믿었기 때문이다. / 그러므로 이 아쿠타가와상 소설집을 편집하며 독자와 함께 일종의 흥분을 맛보는 것이다. 젊은 이방의 그들과, 겨루어 이길 수 있는 신인이 우리에겐 없을 것인가? 그 넓은 공동의 광장에서 함께 호흡하고 함께 창조하는 그 역군이 우리에겐 없을 것인가?[58]

아쿠타가와상 수상 소설의 번역이 한국의 문학자에게 자극이 되고, 수상 작가와 겨루어 이길 한국 문학자의 출현을 대망하는 편집자의 서술은 이어령의 개방주의를 떠올리게 한다. '침체한 한국문학'과 '신인'을 대별하는 서문의 시각은, '전후 한국문학'과 '신진작가'를 대별했던 1960년 11월 신동문이 쓴 『새벽』 편집후기와도 겹친다. 출판사의 서문은 '젊은 이방의 그들'과 한국의 '신인'이 '함께' 호흡하고 '함께' 창조하는 문학의 공간을 "넓은 공동의 광장"으로 명명한다. 최인훈의 「광장」 발표 직후 '광장'이라는 개념이 널리 사용되었던 당시 상황을 보여 주는 사례이다.

『일본 아쿠타가와상 소설집』의 마지막 소설은 신동문이 번역한 홋타 요시에(堀田善衛)의 「광장의 고독(広場の孤独)」이다. 이 소설은 1951년 8월 잡지 『인간(人間)』에 일부가 발표되었으나, 잡지의 휴간으로 인해 9월 『중앙공론』(문예특집 제9호)에 소설 전체가 실렸다. 같은 해 11월 중앙공론사는 단

〈그림10〉『일본 아쿠타가와상 소설집』(신구문화사, 1960)

행본 『광장의 고독(広場の孤独)』을 발간하였으며, 이 작품은 이듬해 1952년 1월 아쿠타가와상(1951년도 하반기)을 수상하였다. 문학평론가 다케우치 요시미는 홋타 요시에를 "국제정치의 복잡한 얽힘을 모자이크로 작품을 조립하는 것이 특기인 작가"로 소개하였다. 「광장의 고독」은 "1950년의 도쿄"라는 한정된 시공을 배경이자 주제로 삼아서, "관여(commit)라는 열쇠 말"로 다룬 작품이다. 「광장의 고독」은 미숙한 점도 있지만, "'일본인은 어떻게 살아야 하는가'라는 주제와 '소설을 쓴다는 행위가 무엇을 보증으로 해서 성립하는가'라는 문제"를 진지하게 마주하고 있다. 다케우치는 이 소설을 "오늘날 일본의 문제를 정면으로 다루고 있"고, "작가가 전 존재를 걸고 있기에 독자로서도 자신의 생활 체계 전체를 흔들지 않고는 작품의 감상이 불가능"한 작품으로 평가하였다.[59] 「광장의 고독」은 번역소설집 수록작 10편 중 수상 시기가 가장 앞서 있지만 목차상으로는 가장 마지막이다. 또한 제목에 '광장'이 들어가 있고 신구문화사의 출판기획에 참여하고 있던 신동문이 번역했다는 점에서, 간행 직전에 마지막으로 선별되어 번역 및 조판되었을 가능성도 있다. 또한 권말에 실린 신동문의 「광장의 고독」 해설은 출간 직전인 12월 5일 자로 작성된 편집실 서문과 공명한다.

> 요즈음 일본의 전후문학 작품의 소개가 하나의 유행을 이루고 있다. 그리하여 가치 상반하는 작품들이 한결같은 선전과 과장된 칭찬으로 독자들을 현혹하고 있다. / 그런 때이니 만큼, 이런 작업은 신중을 다해야 할 것이며, 따라서 역자로서는 새삼스러울 정도의 책임감을 느껴야 할 것이라

고 생각한다. 〔…〕 그 점은 이 작품이 발표된 지 <u>십 년이나 지난 오늘날에</u> <u>있어서도 일본에서는 곧잘 논의된다.</u> 미국과 쏘련이라는 양대 세력과 이 넘하에서 방황해야 했던, 당시 피점령하 일본의 인테리의 고민과 자각을 다룬 주제를 이만큼 성공시킨 작품이 아직 없기 때문인지도 모른다. 물론 그 주제 속에는 우리의 눈으로 (직접 동란의 도가니 속에서 세기적인 고통을 맛본) 볼 때에는 지나치게 말초신경적이고 의식의 심도가 얕은 점이 없지 않지 만 아뭏든 지식인이면 누구나가 꼭 겪어야 할 역사적인 문제점을 포착한 점은 살 만하다고 본다. 이 점을 무조건 금기나 타부하는 것보다는 여유 있는 비평력으로 여과시킬 수 있을 지성만이 인간성을 수호하고 자유를 택하는 길이라고 생각된다.[60]

신동문은 당대 일본 문학의 유행 가운데에서 「광장의 고독」의 위상을 특기한다. 그것은 「광장의 고독」이 10여 년 전 지구적 냉전의 역학으로 동아시아 냉전 체제가 형성되던 무렵 일본 지식인의 고민을 포착한 소설이라는 사실이다. 「광장의 고독」에는 동아시아 냉전 체제에 편입되는 역사적 상황과 '우경화'하는 일본의 이 넘적 조건에서 그에 순응하지 않는 주동 인물이 등장하는데, 신동문은 '우경화'를 거부하는 지식인의 선택을 금기시하기보다는 '지성'에 근거하여 '여유 있게' '비평'할 것을 역설한다. 신동문의 요청은 4·19 혁명 이후에 가능한 태도였다.

신동문은 '열전(熱戰)'을 경험한 분단국가 한국의 지식인 시각에서, 홋타가 「광장의 고독」에서 제시한 고민이 그다지 깊지 못하다는 것을 비판

〈그림11〉 홋타 요시에 『광장의 고독』(중앙공론사, 1951)

적으로 소개한다. 문학 연구자 고영란의 지적처럼 「광장의 고독」은 전쟁의 당사자인 한국인이 일절 등장하지 않은 채 '한국인 없는 한국전쟁'으로 한국전쟁을 재현하며, 중심인물 기가키의 고민은 일본의 민중 바깥으로 벗어나 한국이나 아시아의 여러 민족과 현실적인 관계를 구성하지 못한다.[61] 「광장의 고독」의 고민을 두고 '말초신경적'이라고 평가하는 신동문의 입장은 전쟁으로 폐허가 되었던 나라에서 혁명으로 민주주의를 성취한 나라로 나아간 한국 지식인으로서의 자의식과 자부심에 근거한 것이었다.

한국전쟁을 경험한 한국의 입장에서 「광장의 고독」에 대한 여유로운 비평을 요청하는 신동문의 역자 해설과, 일본 작가와 함께 겨루며 '공동의 광장'을 형성할 한국의 신진작가를 대망하는 『일본 아쿠다카와상 소설집』의 서문을 겹쳐 읽는다면, 1960년 12월 신동문이 「광장의 고독」을 번역하기 한 달 전에 『새벽』에 편집하였던 최인훈의 「광장」이 떠오르는 것은 자연스럽다. 최인훈이 이명준을 두고 "풍문에 만족치 못하고 현장에 있으려고 한 우리 친구"라고 명명하였듯,[62] 이명준 역시 '역사'와 '이념'의 선택이라는 문제를 마주한 인물이었다. 「광장의 고독」에 등장하는 인물들이 한국전쟁에 관해서 '전보'와 신문 기사로 전해 들으면서도 행동하지 않았던 것과 달리, 「광장」의 이명준은 남에서 북으로 그리고 한국전쟁의 한복판에서 역사의 현장을 지향했던 인물이었다. 4·19 혁명 이후 한국의 지식인과 민중은 『광장』을 읽으며, 이명준의 '중립국' 선택에 주목하고 그 의미를 토론하였다. 다른 한 편, 최인훈의 「광장」과 홋타의 「광장의 고독」은 각기 1960년 4·19 혁명 직후와 1951년 샌프란시스코 강화 조약 직전에 창작된 것이지만, 서사의 시간적 배경으로 한국전쟁이라는 역사적 시간을 공유한다. 1960년 한국의 4·19 혁명과 일본의 안보 투쟁으로 한일 민중이 동아시아 냉전 질서에 의문을 제시한 상황에서, 한국의 독자는 두 소설을 겹쳐 읽으면서, 공동의 광장에서 동아시아 냉전 체제의 형성과 그 역사적 의미를 심문하게 된다. 유진오 역시 한국전쟁의 시간을 떠올렸음에도 심정적인 반응에 머물렀다면, 신동문은 '공동의 광장'을 통해 동아시아 냉전에 대한 비판적인 접근을 요청하였다.

1960년 한국의 독자가 두 소설을 겹쳐 읽을 때 열리는 첫 번째 가능성은 『광장』의 추상성을 「광장의 고독」의 구체성으로 보충하여 동아시아 냉전 체제 형성의 역사적 맥락을 구성하는 것이다. 최인훈의 『광장』은 이명준의 이동과 실천을 제시하지만, 그 실천의 맥락을 구성하는 동아시아 냉전의 역사는 추상적으로 제시하고 있다. 반면 홋타의 「광장의 고독」이 제시하는 냉전 동아시아의 상황은 더욱더 구체적이다. 이 소설은 일본이 전쟁 책임을 외면하였지만 한국전쟁의 발발로 일본 경제가 부흥하는 과정, 한국과 타이완 등을 제외한 부분 강화인 샌프란시스코 강화 조약의 체결로 동아시아가 냉전의 논리와 질서 아래 편성되기 시작한 원점인 1951년의 상황을 포착하였다.[63] 두 소설을 겹쳐 읽은 한국의 독자는 1960년 당대까지 지속되는 동아시아 냉전 체제의 기원으로서 1951년 '샌프란시스코 강화 조약'과 1953년 한국전쟁 정전의 의미를 탐색하게 된다.

1960년 한국의 독자가 두 소설을 겹쳐 읽을 때 열리는 두 번째 가능성은 이명준과 기가키의 비교를 통해 동아시아의 주체 구성과 실천을 질문하는 것이다. 「광장」의 주동 인물 이명준의 이동 가능성 및 태도와, 「광장의 고독」의 주동 인물 신문사 직원 기가키의 이동 가능성 및 태도에는 상당한 차이가 있었다.[64] 구 식민지의 대학생이었던 이명준이 가진 자원과 구 제국의 국민으로 직장을 가진 기가키가 가진 자원은 불균등하였다. 이명준은 20대 대학생으로 사회적 자본을 가지지 못했지만 남과 북의 현실에 관여(commit)하고자 하였다. 하지만 최소한의 '광장'을 찾고자 하였던 이명준의 시도는 번번이 실패하게 된다. 기가키는 중국 내륙에서 도쿄에 이르는 동아시아를 이동하는 능력을 갖추고 있었지만, 냉전 체제 아래 우경화하는 일본 사회에 개입하는 것을 끝내 거부하였다. 1951년의 홋타는 행동을 거부하는 기가키를 제시하지만, 기가키의 국가 일본이 한국전쟁에 후방 기지로 참여하여 경제부흥을 맞이하고 있었다는 점에서 그 역시 이미 한국전쟁에 연관되어 있었다. 한국의 독자가 두 소설을 겹쳐 읽을 경우, 한일 양국의 불균등하고 비대칭적인 조건에 근거하여 각기 다른 방식으로 정치적 실천을 수행하였던 동아시아의 주체를 비교하고, 새로운 주체 형성의 조건과 가능성을 성찰할 수 있다.

신동문과 신구문화사 편집실은 1960년 동아시아 민중의 실천인 한국의 4·19 혁명과 일본의 안보 투쟁을 마주하면서, 한국의 독자에게 「광장」과 「광장의 고독」을 겹쳐 읽어서 공동의 광장을 탐색할 것을 제안하였다. 공동의 광장을 탐색하는 읽기는 동아시아 냉전 체제의 형성을 거슬러 그 근거를 검토하는 동시에, 그 안에서 주체 구성과 실천의 의미를 시공간적으로 확장하여 탐색하는 것이었다. 이러한 읽기는 다케우치 요시미의 시각을 빌리자면 "전쟁 상태가 고정화되는 냉전 상태에 대해 아시아의 입장에서 이의를 제기"하는 실천이라 할 수 있다.[65]

② '공동의 광장'이라는 화두

단행본 『광장』의 발간으로부터 두 달이 지난 1961년 4월과 5월, 『광장』은 현해탄을 건너서 「광장(広場)」이라는 제목 그대로 도쿄의 잡지 『코리아평론(コリア評論)』에 번역된다.[66] 번역자는 김삼규였다. 동아시아의 역사적 경험에 근거한 중립의 상상력은 1961년 다시금 현해탄을 건너 안보 투쟁 이후 일본에 도착한 셈이다. 김삼규는 완역을 목표로 번역을 시작하지만, 번역은 2회로 중단된다. 1961년 5월 한국에서 벌어진 군사 쿠데타 때문으로 추측할 수 있다.

현실적인 가능성의 유무와는 별개로 1960년~1961년에 걸친 김삼규의 이동과 그로 인한 「광장」의 번역 과정은 한반도에서 발표된 임화, 김태준, 김기림, 이원조 등의 작품과 비평을 재일조선인이 거의 동시적으로 일본어로 번역하였던 해방공간의 역사적 상황을 환기한다.[67] 최인훈 역시 4·19를 두고 "전쟁 후 10년 동안 경직되었던 지적 논의의 해빙-10년을 격해서 부활된 듯한, 45-50년 사이의 기간을 방불케 하는 정치적 참여의 분위기"였다고 언급하였다.[68] 문학연구자 조은애에 따르면, 해방공간은 "'점령'과 '점령 이후'가 교차하고 남북일냉전 구조의 역학이 작동하는 곳, 또한 일본어 글쓰기와 조선어 글쓰기가 교차하고 조선의 '해방'과 일본의 '패전'을 대하는 복수의 시선이 교차하는 공간"이었다.[69] 최인훈이 4·19에 겹쳐 보았던 해방공간은 정치적 참여의 시기일 뿐 아니라, 냉전의 형성 이전 많은 지식인과 민중이 동아시아 국가의 경계를 넘어서 이동하고 번역을 통해 소통 가능성을 모색했던 시기였다. 김삼규의 이동으로 일본에서 그동안 그가 발표했던 '중립화 통일론'과 그가 번역한 『광장』은 한국과 일본 양국에 동시에 읽힐 계기를 맞았다. 이 점에서 1960년 한국과 일본은 한국전쟁으로 동아시아의 냉전 질서가 구조화되기 이전, 해방공간에서 가능하였던 한일의 텍스트 주고받기 혹은 동아시아 역내 소통 가능성의 문턱에 닿아 있었다. 하지만 김삼규가 일시 귀국을 마치고 한국에서 일본으로 돌아간 이후 다시 입국하지 못하게 되고,[70] 한국에서는 군사 쿠데타가 일어나면서 그 소통 가능성이 닫힌다.

「광장」의 번역은 결국 하나의 우발적 사건으로 그치게 되지만, 국민국가의 단위에서 냉전을 경험한 한국과 일본이 국교 수립 이전 텍스트의 주고받음이 가능했던 한 사례로서 기억할 수 있다. 하지만 이는 1908년 생으로 도쿄제국대학을 졸업하고 무산자사에서 활동하였던 김삼규라는 (후)식민 주체가 행한 주고받음이었으며, 또한 해방공간의 형식을 반복한 것이었다. 그 형식은 동아시아 식민지/제국 체제의 유산에 기반한 것이었다.[71] 그의 소통이 닫힌 후, 한국문학과 일본문학의 소통은 1960년대 중반 한일기본조약 체결을 기다려야 했다. 최인훈의 『광장』은 1973년 김소운 (金素雲)의 이름으로 번역 및 간행된 『현대한국문학전집(現代韓国文学選集)』 제1권(冬樹社, 1973)과 1978년 다나카 아키라(田中明)가 번역한 『한국문학명작선 1 – 광장(韓国文学名作選 1 - 広場)』(泰流社, 1978)에 번역되어 실린다.[72]

가라타니 고진은 일본의 헌법 9조에 근거한 '전후' 체제를 '도쿠가와의 평화'를 회복하고자 한 시도로 이해하였다.[73] 현실에서 평화를 열어가기 위해 평화를 상상했던 전통의 중요성을 강조한 그의 통찰을 참조한다면, 동아시아의 역사적 경험과 정치적 상상력은 현재를 위해 '전통'을 구성하는 작업으로서 여전히 필요하다. 김삼규, 최인훈, 신동문은 1960년 한국의 4·19 혁명과 일본의 안보 투쟁이라는 동아시아 민중의 정치적 실천을 목도하면서 '중립의 상상력'을 기반으로 '공동의 광장'을 제안하였다.

'좋은 일'이며 가능하기까지 한 공통의 광장은 이뤄지지 않으면 안 된다. 그것은 오늘날 우리들이 소홀히 할 수 없는 실천 과제이다. 많은 사람들이 이 공통의 목표를 향해 현상을 분석하고, 그곳으로부터 강령을 끌어내는 일에 협력하는 것이 바람직하다. 나도 미력을 다하여 협력하고 싶다. 내가 가능하다는 입장에 의심을 품는 것은 그것이 우리 세대의 손에서 실현되는 것을 의심하는 것이지, 다음 세대에 싹트고 있는 바람직한 징조에 대해서는, 나는 큰 기대를 걸고 있다.[74]

1952년 다케우치 요시미는 잡지 『문학계』 좌담회에서 '공통의 광장'이라는 논제를 마주하였다. 1952년 일본의 '공통의 광장'과 1960년 한국의 '공동의 광장'은 구체적인 맥락과 의미는 전혀 다르다. 하지만 '공동의 광장'이라는 화두를 하나의 선언으로 남기는 것이 아니라, 보다 많은 사람이 참여하여 현상을 분석하고 새로운 강령과 이념을 도출할 것을 주장한 다케우치의 언급은 지금도 유효하다.

한국의 4·19 혁명과 일본의 안보 투쟁이라는 동아시아 민중의 정치적 실천을 기반으로 구축한 '중립의 상상력'을 통해 "아시아의 일원으로서 아시아에 책임을 지는 자세"[75]를 형성하는 것. 그것은 새로운 동아시아 질서의 상상과 주체 구성을 위해 필요한 과제이다.

(2) 한국의 지식인, 통일을 말하다 – 「크리스마스 캐럴」과 『서유기』

1960년 4·19 혁명 이후 '중립'에 대한 정치적 상상력은 1961년 2월 최인훈의 단행본 『광장』과 4월 이병주가 중심이 된 『중립의 이론』의 간행으로 결실을 본다. 하지만 5·16 군사 쿠데타로 인해 이병주는 필화를 겪고 중립의 상상력은 봉쇄된다. 1963년 잡지 『세대』가 창간되었고, 최인훈은 『세대』에 소설 『회색인』을 연재한다. 『회색인』 연재를 종료한 후, 언론인 황용주가 『세대』의 편집에 개입하고 소설가 이호철이 『소시민』을 연재한다. 황용주는 통일을 주장하는 기사를 여럿 쓰는 한편, 아시아·아프리카 탈식민 국가의 정치 지도자를 소개한다. 황용주의 적극적인 통일론은 필화 사건에 휘말렸고, 언론인이었던 이병주는 『세대』에 「소설 알렉산드리아」를 발표하면서 문학자로 전신한다. 최인훈, 이병주, 황용주, 이호철의 문학적 실천은 4·19 혁명 이후 '중립'의 상상이 5·16 군사 쿠데타 이후 '통일'에 대한 논의로 계승되는 양상을 보여 준다. '중립의 후일담'이라는 문제는 이호철의 『소시민』, 최인훈의 「속 크리스마스 캐럴」 「크리스마스 캐럴 5」 『서유기』 등에서 그 잠재적인 모습을 확인할 수 있다.

① 필화 사건에 휘말린 작가들

1 중립의 봉쇄

김삼규가 「중립국 통한론을 해명한다」를 발표했던 『새벽』 1960년 12월 호. 부산의 『국제신보』 주필이었던 1921년생 언론인 이병주는 "조국이 없다. 산하가 있을 뿐이다."라는 단언으로 시작하는 한 편의 글을 싣는다. 제목은 「조국의 부재 – 국토와 세월은 있는데 왜 우리에겐 조국(祖國)이 없는가?」였다. 조국이 부재했던 까닭은 첫째, 식민 지배에 협력했던 지배 세력이 해방 이후까지 건재했고 그들은 한국의 민중을 위한 정치에 무관심했기 때문이다. 둘째, 38선이 유지되는 한 조국은 부재하기 때문이다. 조국의 부재라는 문제적 상황에 대한 이병주의 대안 역시 중립화 통일이었다.

> 우리들은 기왕의 4·19 때 국민의 민주적 의욕이 그만큼한 혁명의 단서를 잡고서도, 우리는 공산주의자와 사상적으로 대결할 수가 있었다. "너희들은 이렇게 할 수 있는 기회만이라도 가졌냐"고. 우리는 먼저 우리 내부의 38선부터 철거해 버려야 하는 것이다. 38선을 미끼로 한 일부의 조작을 봉쇄해야 하는 것이다. (…) 중립 통일이란 이 심각한 "한국적" 현황 속에서 고민에 빠진 젊은 지성인들의 몸부림이다. 중립 통일론은 고민 끝의

하나의 결론이다. (…) 공산주의까지를 흡수하려는 신념 없이 그저 공산
주의를 겁내는 태도는 진정한 조국을 건설하려는 태도가 될 순 없다. 자
주성을 가진 평화적 통일을 우선 마련해 놓고 다음은 민주 정신, 민주 정
치에 의한 공산주의의 흡수, 소화, 이런 방향으로 정치인의 패기가 발현
되지 않고선 조국은 아득한 미래에 있는 것이다. 요는 중립 통일론까지를
사고 범위에 포섭하는 민주주의적 논의의 바탕을 만드는 게 급선무다.[76]

  마음속의 38선을 제거할 것을 과감히 제안하는 이병주가 중립화 통
일론을 주장할 수 있었던 자신감 역시 4·19 혁명이었다. 그는 4·19 혁명이
라는 민주주의의 성취를 신뢰하고 중립화 통일을 통해 진정한 조국을 건
설할 것을 요청하였다.

  4·19 혁명 이후 중립화 통일론이 출판물로 결실을 본 것은 1961년 2월
과 4월이었다. 1961년 2월 최인훈은 『새벽』에 연재했던 「광장」에 200여 매
분량을 보완하여 단행본 『광장』을 출판하였다. 『광장』은 4·19 혁명 이후
한국의 정치적 상상력이 도달한 하나의 절정으로 받아들여졌다. 같은 해
4월 이병주는 '국제신보사 논설위원
일동'의 명의로 단행본 『중립의 이
론』(샛별출판사, 1961)을 간행하였다. 논
과 산 앞에 덩그러니 놓인 38선 표지
석에 초점을 맞추고 있는 표지는 냉
전 아래 분단된 한국의 '산하'를 강력
히 환기한다. 이 책은 중립의 정의와
역사, 중립국 스위스, 스웨덴, 오스트
리아, 인도, 유고슬라비아의 사례 등
의 이론적 논의와 해방 이후로부터
1960년에 이르는 시기 한국과 북한,
국제기구에서 논의되었던 '통일'과

〈그림12〉 『중립의 이론』(샛별출판사, 1961)

관련된 문헌, 그리고 4·19 혁명 이후 김삼규의 중립화 통일론, 전국 대학생 시국토론대회 입선 논문 4편, 이병주 자신의 「조국의 부재」 등이 함께 실렸다.

1961년 5월 16일 군사 쿠데타로 전국에 비상계엄령이 내려졌고 언론과 출판의 사전 검열이 시행되었다. 17~18일 언론 지면에서는 검열의 흔적이 있었고, 언론의 논조는 '군사혁명' 찬성으로 돌아섰다. 계엄령과 사전검열이 해제된 것은 27일이었다.[77] 쿠데타 이튿날인 5월 17일 이병주는 부산 『국제신보』 지면을 통해 '군사혁명'에 대한 기대를 공개적으로 천명하지만, 결국 20일 『부산일보』의 황용주와 함께 체포되어 영도경찰서에 수감되었다.

6개월 후 황용주는 석방되지만 이병주는 '국제신보사 주필 및 상임 논설위원 사건'이라는 명칭으로 1961년 11월 혁명재판소에 회부된다. 검사는 「조국의 부재」가 '용공 사상'을 고취하였고, 『중립의 이론』 서문의 "장면 씨와 김일성이가 3·8선상에서 악수하고 통일을 위한 방안 모색을 못 할 이유가 없는 것이다."[78]라는 구절이 선량한 국민을 선동하였다고 주장하였다. 나아가 그가 사회당 경남도당의 인사들과 함께 『중립의 이론』

〈그림13〉 혁명재판소 법정의 이병주(『한국혁명재판사』 3, 한국혁명재판사편 집위원회, 1962)

3,000부를 간행하고 「조국의 부재」에서 "중립화 통일론을 주장"했던 것도 문제였다. 1961년 12월 이병주는 '특수범죄 처벌에 관한 특별법' 제6조의 소급 적용을 받아 징역 10년을 선고받았고, 이듬해 2월 상소 기각으로 형이 확정되었다. 이병주는 2년 7개월 동안 영어의 몸이 된다.[79]

4·19 혁명 이후 '중립'에 대한 상상이 1961년 초반 절정에 달했다가 봉쇄되는 과정에 한 걸음 비껴서, 최인훈의 『광장』이 놓여 있었다. 최인훈의 「광장」 발표와 이병주의 「조국의 부재」 발표는 한 달 차이였고, 최인훈의 『광장』 간행과 이병주의 『중립의 이론』 발표는 두 달 차이였다. 남과 북을 거부하고 중립국을 선택한 전쟁포로가 바다에 투신하는 문학적 상상과 '공산주의'를 두려워하지 말고 중립화 통일로 나아가자는 정치적 논설 사이의 거리는 분명 존재하지만, 최인훈의 『광장』은 중립에 대한 상상이 사회적으로 사법적 대상이 되지 않는 임계에 놓여 있기도 하였다. 군사 쿠데타 이후 『광장』은 1960년대에 『현대한국문학전집 16 – 최인훈집』(신구문화사, 1968)으로 단 한 번 출판되었다는 사실은 최인훈의 신중함과 염려를 방증한다. 최인훈이 다시금 『광장』을 간행한 것은 1970년대 초반 데탕트의 나날과 7·4 남북 공동 성명을 확인한 이후였다.

② 광장 이후의 광장

1963년 6월 종합지 『세대』가 창간된다. '군사혁명 주체 세력'의 지적 대변인 격이었던 이낙선의 주도와 재정 지원으로 간행된 『세대』의 편집 실무는 당시 고려대 재학 중이던 신인 문학평론가 이광훈이 맡았다. 『세대』의 창간사는 '세대교체'를 머리말로 앞세우면서 『사상계』와 함석헌으로 대표되는 앞선 세대와 결별을 선언하였다.[80] 창간사는 당대 한국 지식인의 시대적 임무로 공산주의 독재의 극복, 후진적 민주주의의 극복, 한국적이고 새로운 민주주의의 성립을 든다. 또한 미국의 독립과 프랑스의 혁명에 앞서 100여 년의 계몽시대가 있었음을 강조하면서, "세계의 창을 통해서

〈그림14〉「광장 이후」(『세대』, 1963년 6월호)

신사조의 광장에 나아감으로써 각개의 양식, 전 민족의 긍지를 가다듬어 전체의 자체를 바로 잡는 데서 빚어지는 역사적 창조로의 공통된 자각"에 기반하여 세대의 교체를 수행하고자 하였다.[81]

『세대』는 새로운 세대가 수행하는 새로운 계몽의 기획을 요청하였다. '광장'이라는 은유를 자연스럽게 사용하는 이들은 민족주의적 입장에 서 있으면서도 '세계'로 개방된 시각을 확보하고자 하였다. 최인훈은 『세대』의 창간호 1963년 6월호에서 이듬해 6월호에 이르기까지 장편소설 『회색의 의자』를 13회 연재하였다. 최인훈은 『회색의 의자』를 1968년 신구문화사에서 간행하는 『현대한국문학전집 16 – 최인훈집』에 실으면서 『회색인』으로 제목을 바꾼다.[82] 연재 첫 회에서 편집자는 "이번엔 역사와 현실 아래 사상적 대결을 시도하는 그리고 저항하는 한 젊은이의 모습을 보여 주려고" 한다는 최인훈의 언급을 인용하면서, 이 작품이 "『광장』의 이미지를 뛰어넘는 하나의 대답이 될 것"이라 기대하였다.[83] 최인훈 역시 『회색인』 '작가의 말'에 "광장 이후"라는 표제를 붙인다.

4월은 우리들에게 '신화'를 가져다 주었습니다. 우리는 오랫동안 '신화' 없이 살아왔습니다. 〔…〕 한때 우리들에게 '신화'였던 것들도 이미 퇴색해 버렸고 시대의 형편을 따라 수입해 들였던 외국산 '신화'들은 왜 그랬는지 뿌리를 내리지 못했습니다. / 그런데 돌연히 그 4월에 사화산(死火山)이라고만 체념했던 산맥이 불을 뿜었습니다. 〔…〕 스스로 선택하고 동시에

<u>소명된 새로운 한국인들이 그날에 탄생했습니다. 나는 여기 그런 4월 당</u>원 가운데 한 사람에 관해서 이야기해 볼 생각입니다.[84]

신화가 부재한 한국에서 외국산 신화가 뿌리내리지 못한 채 존재한다는 상황은 『광장』에서 '풍문(rumour)'과 현장의 대립이라는 문제틀로 검토한 바였다.[85] 이 점에서 『광장』과 『회색인』은 문제의식을 공유한다. 두 작품의 차이는 '한국인'에 대한 관심에서 확인할 수 있다. 『광장』의 이명준이 남북 모두에 거리를 두고 '중립국'을 선택한다면, '광장 이후'를 화두로 써나간 『회색인』은 독고준을 통해 4·19 혁명으로 인해 탄생한 "스스로 선택하고 동시에 소명된 새로운 한국인", 곧 '민족'의 정체성과 주체성에 주목한다. 『광장』에서 이명준의 이동이 '만주'→남한→북한→'만주'→북한→(중립국)의 경로로 한반도를 초과하는 동아시아를 그 공간적 배경으로 삼고 있다면,[86] 『회색인』은 서사의 공간을 한반도의 경계 내부에 한정하고, 원산, 부산, 서울, 경주 등 구체적인 공간에 초점을 맞춘다. 이 변화는 군사 쿠데타 이후 정치적 상상력의 봉쇄가 심상 지리의 축소를 가져온 결과이지만, 최인훈이 '민족'의 정체성에 대한 문제의식을 심화하면서 심상 지리를 조절한 것으로 이해할 수 있다.

『세대』의 첫 호에 실린 송건호의 글은 1960년대 초중반 '민족' 개념이 재구성되는 당대의 상황과 논점을 잘 보여 준다. 그는 집권자와 민족의 관계를 부자 관계로 이해한 이승만의 민족주의와 지사 '개인'의 희생에 근거한 김구의 민족주의 모두를 구세대의 민족주의로 규정하면서 거리를 둔다. 그는 고립적, 비합리적, 주관적인 구세대의 민족관을 벗어나 대중적, 합리적, 국제적, 객관적인 신세대의 민족관을 요청하였다. 그리고 "우리의 내셔널리즘은 민족의 주체성을 견지한 채 우리와 역사적 조건을 비슷하게 가진 아시아, 아프리카와 긴밀한 관계 속에 있어야 한다."라고 주장하였다.[87]

4·19 혁명 직전의 서울을 배경으로 한 『회색인』은 고향을 가진 자로

서 '수동혁명(passive revolution)'을 주장하는 김학과 고향을 잃은 자로서 '사랑과 시간'에의 기투를 주장하는 '비국민'으로서 독고준 두 사람의 긴장을 중심에 두고 있다.[88] 최인훈이 4·19 혁명을 통해 주체화한 '한국인'을 호명하였듯, 송건호 역시 대중 자신이 주체가 된 새로운 민족주의를 요청한다. 『회색인』마지막 연재분인 13회에서 최인훈은 "뜻 있는 분들이 모여서 당파를 만들고 폭력으로 정권을 인수"하는 '혁명'을 지지하는 김학과 '지사(志士)'의 독선을 비판하는 독고준의 대화를 병치한다. 김학의 '혁명'은 엘리트가 주도하는 '수동혁명'을 구세대의 것으로 이해한 송건호처럼 '지사적 민족주의'와 겹친다. "어느 날 이천만 민중이 홀연 인간적 모욕을 실감하고 일제히 동시에 폭동을 일으킨다면 나도 그 대열에 있을"것(회색-13, 1964: 413)이라는 독고준의 주장은, 송건호가 신세대의 민족관으로 제시한 대중적 민족주의와 공명할 여지가 있다. 물론 독고준은 최종적으로 '사랑'과 '시간'에 기투한다는 점에서 『회색인』은 혁명에 관하여 신중하면서도 입체적인 시각을 취하고 있다.

　　잡지 『세대』는 '한국 사상과 외래 사조'(1963.11.), '한국의 이단자들'(1964.12.), '우리는 어디에 서 있는가'(1964.1.), '오류에 대한 현대적 비판'(1964.1.), '우리는 왜 뒤떨어졌는가'(1964.2.), '꽃에 얽힌 한국인의 초상'(1964.4.), '한국적 가치의 새로운 방향'(1964.5.), '한국 학생의 레지스탕스적 구조'(1964.6.) 등의 주제로 현대의 시각에서 한국인의 '정체성'을 진단하는 특집을 편성하였다. 최인훈과 『세대』의 편집자는 『세대』라는 지면을 공유한다는 점을 의식하였다. 최인훈의 『회색인』은 한일 국교 재개가 사회적으로 논의되는 가운데, 잡지 『세대』의 일본 담론과 긴장을 형성하였다.[89] 『회색인』첫 연재분(1963.6.)에서 김학 등 '갇힌 세대' 동인들은 독고준이 국문학과 학생이라는 사실에 놀라면서 "생활의 질서를 곧이곧대로 차원도 옮김이 없이 자수에 맞춰서 발언"하는 시조는 예술일 수 없다고 언급하는데,(회색-1, 1963: 301) 곧이어 1964년 1월호 『세대』는 특집 '시조를 수정한다'를 편성하였다.

최인훈이『회색인』을 연재하는 동안, 잡지『세대』는 아시아·아프리카 탈식민 국가에 대한 관심을 이어간다.『세대』가 편성한 '세계의 테라스'는 미국과 서구뿐 아니라, 캄보디아, 베트남 등 동남아시아, 이집트, 알제리, 콩고 등 아프리카, 그리고 남아메리카의 소식을 두루 실었다. 이집트의 지도자 낫세르 소개(1963.7.) 알제리 '독립' 경과 추적(1964.1.) 라오스식 중립화 검토(1964.6.) 등 정치를 직접 다룬 일부 예외를 제외하면,『세대』는 '문학'을 매개로 한 교양주의의 관점에서 아시아·아프리카의 국가를 다루었다. 미국의 흑인 문학(1963.7.), 인도 문학(1963.9.), 타이완 문학(1963.10.), 실론 문학(1964.1.)이 그 예이다. 최인훈은『회색인』에서 독고준이 1959년 4월호 잡지『애틀랜틱(Atlantic)』을 통해 아프리카의 문학과 예술을 접하면서 식민주의를 비판하고 한국인의 식민성을 성찰하도록 한다.[90]『회색인』의 마지막 장면은 독고준이 대북 방송과 대남 방송을 번갈아 듣는 것이다. 문학평론가 임헌영은 이 장면을 두고 "남북을 등거리에서 비판적으로 바라봤던『광장』과 같은 입장이 그대로 견지되고 있음을 보여 준다."라고 평하였다.[91]

　최인훈의『회색인』연재가 종료된 다음 호인 1964년 7월호부터『세대』의 논조 변화가 감지된다. 변화의 계기는 황용주가『세대』편집위원으로 참여한 일이었다. 황용주의 참여 이후『세대』는 한국의 민족주의와 아시아·아프리카 탈식민 국가의 정치 및 통일에 대해 적극적인 목소리를 발화하는 특집을 다수 편성한다. 약산 김원봉의 비서를 지낸 바 있던 황용주는『부산일보』주필 활동 당시,『국제신보』의 이병주, 군수 기지 사령관 박정희와 우정을 나누었으며, 5·16 군사 쿠데타 이후 이병주와

〈그림15〉 박정희와 황용주

구속되었던 바 있다.

황용주는 『세대』에 '민족적 민주주의'와 민족의 주체적 통일론을 주제로 한 정치적 논설을 정열적으로 발표하였다. 그는 제국주의의 억압을 경험한 아시아·아프리카 탈식민 국가에서 '민족주의'가 정치의 중요한 계기로 기능한다고 보았다. 또한 4·19를 계기로 평화통일론이 '용공'이라는 의혹은 해소되었고, 5·16을 계기로 민족주의에 근거하여 통일을 논의할 수 있게 되었다고 판단한 황용주는 통일을 '민족의 비원'으로 엄숙하면서도 적극적으로 다룰 것을 요청하였다.[92] 황용주는 남북한 적대 상황의 해소 및 민족의 주체적 통일을 주장한다.

> 남북한이 불가침이란 민족정기의 이름 아래 지켜야 할 명백한 약속과 이에 따른 군비의 축소화는 당연한 정도(正道)이며 이상을 말하면 경계선에만 치안을 위한 UN 경찰군의 극소주둔으로 족해야 한다. UN의 동시 가입과 제3국을 통한 대화의 방안도 수립되어야 하겠다. 과거 20년간이나 부질없이 계속된 비난의 소리가 오늘날 무엇을 이 민족에 프라스하였을까 하는 기본적인 반성 같은 전체 국민이 홀로 있을 때 본능적으로 솟아나고 있는 인간성의 자연 앞에 성실하자는 것이다.[93]

황용주의 통일론은 1960년 4·19 혁명 직후 김삼규나 이병주의 중립화 통일론과 분명한 거리를 유지하고 있었다. 하지만 남북한의 군사적 대치 해소 방안 강구, 남북한의 상호 불가침과 군비 축소, 남북한의 유엔 동시 가입 및 대화 등을 주장한 그의 논설은 필화 사건으로 이어진다. 1964년 11월 19일 황용주는 서울지검 공안부에 의해 구속되고, 이듬해 4월 30일 징역 1년 집행유예 3년, 자격정지 1년을 선고받는다.[94]

황용주의 구속을 계기로 잡지 『세대』는 1964년 12월호와 1965년 1월호, 두 호를 자진 휴간한다. 1965년 2월 『세대』는 간행을 재개하면서 「사고」를 통해 "본지 1964년 11월호에 실린 황용주 씨의 논설 「강력한 통일정부에의 의지」가 편집상의 부주의로 사회적 물의를 야기하게 된 데 대하여 깊은 사과의 말씀을 드"리는 한편, "뼈저린 반성"의 뜻을 밝힌다. 「알림」을 통해 황용주가 이미 1964년 10월 28일 "일신상의 사정"으로 편집위원을 사임했음도 밝힌다.[95] 속간한 『세대』 2월호의 첫 특집은 '한강과 라인강의 기적'으로 박정희 정권의 경제성장에 주목한 것이었다. 『세대』 4월호부터 특집 '한국의 얼굴'을 편성하고, 첫 번째 얼굴로 박정희 대통령을 소개하였다. 7월호 특집 '꿈틀거리는 신생 국가들'은 이집트, 이스라엘, 알제리, 파키스탄, 인도네시아, 가나 등 아시아·아프리카 탈식민 국가에 다시금 주목하지만, 열쇠 말은 '개발'과 '기적'이었다.

편집 방향 조정 이후 『세대』 1965년 6월호에 이병주가 다시 등장한다. 출옥한 언론인 이병주는 잡지 『세대』에 중편 전재의 형식으로 500매 분량의 「소설·알렉산드리아」를 발표하면서 작가로 전신(轉身)한다.

> "어떤 사상이건 사상을 가진 사람은 한 번은 감옥엘 가야 한다고 생각한다. 사상엔 모가 있는 법인데 그 사상은 어느 때 한 번은 세상과 충돌을 일으키기 때문이다."라고 작가는 말하고 있다. / 이병주 씨는 직업적인 작가가 아니다. 오랫동안 언론계(전 국제신보 주필)에 종사하며 당하고 느낀 현대의 사상(事象)을 픽션으로 승화시킨 것이 이 「알렉산드리아」다. 화려하고 사치한 문장과 번뜩이는 사변의 편린들은 침체한 한국문단에 커다란 자극제가 될 것이다.[96]

『세대』의 편집자는 이병주가 언론인이라는 사실을 강조하면서 그 옆 페이지의 '작자 이병주 씨 약력'에서는 "5·16혁명 직후 필화 사건으로 징역 10년을 언도받고 2년 7개월간 복역타가 1963년 12월 석방"되었음을 두드러지게 강조한다. 「소설·알렉산드리아」에서 중립화 통일론을 피력한 이유로 "한국의 감옥에 갇혀 있는 것으로 그려지는 프린스 김의 형은, 군사 정변 이후 소급법에 의해 투옥된 작가 이병주의 소설적 형상"인 동시에,[97]

〈그림16〉 이병주

반공법 위반 혐의로 구속된 동료 황용주의 형상이었다.

　석방된 이병주의 글을 발굴하여 『세대』 편집자 이광훈에게 전달한 사람은 1960년 최인훈의 「광장」을 『새벽』에 실었던 편집자이자 시인 신동문이었다. 이광훈은 또 다른 필화를 염려하면서 표제에 '소설'을 삽입하였고,[98] '편집자의 말'과 '작자 이병주 씨 약력'을 통해 이병주가 필화 사건을 경험한 작가라는 사실을 거듭 강조하였다.

신동문은 『조선일보』 문화부장 남재희에게도 이병주의 원고를 건넸고, 문학평론가 유종호가 평론 「항의의 서 – 역사의 원근법을 거침없이 활용」을 『조선일보』 1965년 6월 8일 자 지면에 기고한다.[99]

　황용주와 이병주는 1961년 초반 『중립의 이론』을 중심으로 한 필화 사건뿐 아니라, 1964년 후반 『세대』 지면의 필화 사건에서도 중심이었다. 필화 사건의 한 걸음 곁에 최인훈과 이호철의 자리가 있었다. 월남인으로서 이호철과 최인훈은 1960년대 자신의 경험 및 이념을 기록으로 남기는 데 무척 신중하였다. 하지만 두 사람은 각자의 방식에서 신중한 태도로 중립의 상상력이 봉쇄된 당대 상황에 대한 소설을 발표하였다.

② 조심스럽게 중립을 기억하기, 신중하게 통일을 말하기

1 사상의 점화를 기다리며

이호철, 최인훈의 원산고등중학 2년 선배이자 월남 작가. 1960년 가을, 그리고 1961년 5·16 군사 쿠데타 1주일 전 이호철은 판문점을 방문한다. 최인훈의 단행본 『광장』이 출판된 지 2달 후인 1961년 3월 이호철은 「판문점」

(『사상계』, 1961.3.)을 발표한다. 해방공간을 배경으로 삼은 『광장』이 '현장'으로 북한을 선택한 이명준의 이동과 실패를 그렸다면, 1960년을 배경으로 삼은 「판문점」은 남한에서 가닿을 수 있는 최북단이자 북한과 가장 가까운 판문점을 그렸다. 문학 연구자 임유경의 지적처럼, 두 소설은 4·19 혁명이 문학에 가져온 정치적 상상력 재현의 임계를 보여 준다.[100] 최인훈의 『회색인』 연재가 끝난 다음 호이자 황용주가 처음으로 논설

〈그림17〉 이호철(『현대한국문학전집 8 - 이호철집』, 신구문화사, 1965)

을 발표했던 『세대』 1964년 7월호부터 이호철은 『소시민』의 연재를 시작한다. 1965년 8월호까지 『소시민』은 모두 12회 연재되었다. 이호철은 『세대』에 소설을 연재하면서, 세대사 편집부에 자주 출입하였다.[101] 『소시민』의 연재는 황용주의 필화 사건과 자진 휴간 및 속간의 시간과 겹친다. 『소시민』은 한국전쟁기 부산을 사건의 배경으로 하는데, 이병주와 황용주 역시 한국전쟁 이후 부산에서 언론인으로 활동한 바 있었다. 『세대』는 1960년 중반 서울에서 간행되었지만, 이호철, 황용주, 이병주는 한국전쟁에서 4·19 혁명에 이르는 시간과 부산이라는 공간을 공유하였다. 최인훈이 쓴 『회색인』의 독고준 또한 유년 시절을 부산에서 보냈다.

> 준은 피난 온 다음 해에 학교에 들어갔다. 피난민 촌에 있는 바라크 학교였다. 그들 두 사람의 생활은 어려웠다. 〔…〕 게다가 남한 사회는 한국이 여태까지 겪지 못한 새 사회로 변모하는 중이었다. 돈이면 그만인 사회. 적당한 겉치레와 부레이크를 걸 수 있는 전통도 없는 채 자본주의의 가솔린 냄새 나는 사회로 변해 가고 있는 속에서 그는 낙오자의 생활이었다.

약해진 아버지는 어린 아들을 데리고 곧잘 심각한 이야기까지 나누는 것이었다. 고독했을 것이다. 〔…〕 아무튼 그는 학생이었고 바라크일망정 집이 있고 집에는 '아버지'가 계셨다. 준이 대학에 들어갔을 때 아버지는 숨을 드셨다. 너만 성공하면 내 고생은 아무 일도 없다. 아버지는 그렇게 말씀하셨다. 대학 이학년이 된 봄에 아버지가 돌아가셨을 때 준은 어른이 됐다. 〔…〕 아버지는 그의 생활의 뿌리다. 그는 거기서 자양(慈養) - 돈과 애정을 공급받았다. (회색-2, 1963: 350-351)

『회색인』은 한국전쟁기 부산이라는 공간을 두 가지 의미로 제시한다. 첫째, 부산은 브레이크 없이 자본주의 사회로 재편되는 한국의 현실을 축도한 곳이었다. 둘째, 부산은 '비국민' 독고준이 월남 이후 아버지와 유년 시절을 보내며 성장한 곳이었다. 그는 가난했지만 아버지의 사랑 아래에서 뿌리를 갖추고 삶의 기율을 지키며 성장하였다.

이호철의『소시민』은 특히 최인훈이 제시한 부산의 첫째 의미에 유의하였다. "결국 부산은 일선과는 다른 양상으로 밤마다 타 오르고, 여기서부터 한국 사회의 새로운 차원이 열려지게 마련이었다. 살아갈 기력이 없는 퇴물들은 쓸려 가고 있는 자만 남아나게 마련이었다."라는 서술이 대표적이다.[102] 이호철은 월남 이전 원산과 월남 이후 부산에서 읽은 사회주의 서적에 근거하여 사회과학의 시선에서, 한국전쟁의 피난지 부산을 관찰하고 동아시아 냉전 질서 아래 한국이 자본주의로 재편해 가는 양상을 분석하였다.[103] 동시에『소시민』은 한국전쟁기 부산을 식민지 시기 이래 혁명의 사상과 실천의 흔적을 간직한 곳으로 제시한다.

내가 이북에서 나왔다는 사실을 그(정 씨 - 인용자)는 그냥 흘려듣지는 않았다. 무엇인가를 차곡차곡 듣고 싶은 눈치였다. 그러는 그에게는 어느 구석 조심스러운 것이 곁들여 있었다. 일군들에게도 그는 특유한 저 나름으로의 애정을 지니고 있는 듯했다. 그러나 그것도 답답한 기운, 어떻게도

할 수 없는 한정을 인정한 사람의 초조기가 감돌았다. 〔…〕 그는 강 영감을 웃음의 소리로 룸펜 푸롤레타리아라고 불렀다. 그 어투에는 떼글떼글한 책냄새가 왈칵 풍기고는 했다. 정 씨에게서 유식한 소리가 나오면 으레 주인은 한풀 꺾였다.

"룸펀 푸루르가 뭐 소리고?"

이렇게 되묻곤 하였다. 이러면 <u>정 씨는 필요 이상으로 큰 소리를 내며 웃는데, 그 웃음 속에서도 예사로 넘길 수 없는 것이 분명히 있었다. / 나는 나대로 그의 이런 투를 냉연하게 알고 있었다.</u>[104]

월남한 '나'를 둘러싸고 정 씨와 강 영감은 침묵 속에 긴장을 형성한다. 노동자를 존중하지만 깊은 절망 속에 있던 정 씨는 '나'로부터 무언가를 듣고 싶어 하면서도 끝내 그것을 묻지는 않는다. 정 씨는 사회주의와 관련된 용어가 등장하면 '필요 이상으로 큰 소리'로 웃어넘기며 '예사로 넘길 수 없는 것'을 숨기면서도 드러낸다. '나' 역시 그들이 말한 것과 말하지 않는 것을 분별해 간다. '나'와 부산에서 만난 이들의 발화가 자유롭지 못한 것은 사상 때문이다. 강 영감은 일본 히토쓰바시대학을 졸업한 인텔리였지만 좌익 경력으로 해방 이후 보도연맹에 가입해야 했다. 정 씨 또한 징용에서 돌아와 해방 이후 좌익에 몸담았고, 언국은 지리산에서 빨치산으로 활동한 인물이었다.

이호철이 『소시민』에서 제시하는 부산은 피난민의 공간이었다. 동아시아의 냉전 및 열전과 연동하여 대한민국 정부와 월남인이 몰려갔고, 미군의 물자가 풀려나가는 곳이었다. 동시에 "이미 1950년 그때의 원산에는 일본 책을 취급하는 서점은 사그리 없어져 있었던 것이었다. 그런데 이 부산 바닥 서점에는 저렇게 일본어로 된 안톤 체호프가 버젓이 당당하게 서가에 꽂혀 있었다. 나로서는 참으로 가슴이 울렁거릴 정도로 희한하였다."[105]라는 이호철의 인상적인 언급이 보여 주듯, 부산은 식민지와 해방 공간의 사회주의 계열의 서적과 지식을 뒤늦게 접할 수 있는 곳이었다. 부산은 사회주의 사상에 공명(혹은 전향)하였던 이들의 사상과 실천이 잠재하고 있는 공간이었다. 『소시민』이 재현하는 한국전쟁기 부산은 1960년 이병주가 보여 준 중립이라는 상상력의 근원이었다.

한국전쟁기 부산은 피난지이자 임시 거처라는 소극적인 의미에 머물지 않고, 다양한 사상과 실천이 모색되었던 장소였다.[106] 이호철은 냉전 시대에 적응하지 못하는 과거의 이데올로기들이 자본주의의 소용돌이 속에 던져져 분투 속에 사라지는 과정을 포착하면서, 한국전쟁기 부산에서 잠재적으로 존재했던 해방 이후 다양한 사상과 실천을 애도한다.[107] 이호철이 '사상'의 봉쇄로 서사를 맺은 것은 아니었다.

이 일은 오래도록 내 인상에서 지워지지 않았다. 그때 그 소년의 눈길이나 억양에서는 소년답지 않은 적의(敵意)가 번뜩였던 듯하다. 그리고 그 눈길에서 나는 선뜩하고도 칠칠한 바람을 느꼈던 것이었다. 모두가 한 덩어리로 한 방향으로 술형을 이루어 밀려가는 속에서, 그와는 다른 어느 차원이 집요하게 이렇듯 도사리며 새쌌을 이루고 있다고 생각했던 것이었다.
과연 십여 년 후, 이 소년은 가난한 대학생이 되어 외세배격과 주체성 회복이라는 명제를 내걸고 데모를 일으킨 그 학생 데모의 주동자의 하나로 되어 있었다. 나는 그 소년의 이름을 잊지 않고 있었던 것이다. 물론 이때 그 아버지인 정 씨는 어떻게 되었는지 알 길이 없었다.[108]

이호철은 '사상'의 봉쇄를 기록하면서도 동시에 잠재화한 '사상'이 다시 점화(點火)할 순간에 대한 작은 기대와 그에 대한 목격을 『소시민』의 한구석에 기록해 두었다. 이 기대는 발터 벤야민의 언급을 빌리면, "지배자들의 개선의 행렬"로 구축되는 역사의 연속성을 정지하고, "무명의 동시대인들의 노역"의 역사 혹은 "전율(Grauen)"에 대한 기대이다.[109] 『소시민』의 서술자는 정 씨의 아들을 통해 한국전쟁기의 시공간과 1960년대의 시공간을 단속적으로 연결한다. 이호철은 한국전쟁기에 봉쇄된 '사상'이 부정적인 형태로 보존되다가, 냉전 너머를 지향하고 독재에 저항하였던 1960년 4·19 혁명이나 한일협상 반대운동으로 다시 점화하기를 기대하였다.

1964년 한일협상을 반대했던 6·3항쟁에 참여한 대학생 김중태, 김도현, 현승일, 김지하, 김정남, 최동전, 최혜성 등도 『세대』에 연재 중이던 『소시민』을 읽었다. 후일 이호철은 대학생의 주장에 온전히 동의하지 않았지만, '1964년'의 시간을 대학생이 주도한 6·3항쟁이 이어졌던 나날 안에서 『소시민』을 써 갔던 "최절정의 고양감"을 느꼈던 시간으로 기억하였다.[110] 이호철의 『소시민』은 식민지와 해방공간의 사상, 1960년의 혁명 그리고 1964년의 실천 등 겹친 시간 속에 현실과 공명하면서 미래를 향해 개방된다.

② 절제된 언어와 장광설 사이의 '통일'

최인훈은 단행본 『광장』과 불과 두 달 차이였던 출판물 『중립의 이론』으로 이병주가 구속되는 것을 목도하였고, 자신이 『회색인』 연재를 마친 직후 『세대』에 글을 쓰기 시작한 황용주 역시 필화 사건으로 구속되는 것도 보았다. 최인훈은 『소시민』을 통해 사상의 유산을 물었던 이호철보다 한층 신중하였다. 1960년대 중반 최인훈은 5·16 군사 쿠데타 이후 정치적 상상력이 봉쇄되고 재현의 가능성이 좁아지는 상황 앞에서 서술의 언어를 정확하게 계산하고 다양한 서사적 장치의 중층 속에 본의를 가려 두었다.

황용주의 필화 사건으로 『세대』가 자진 휴간에 들어갔던 1964년 12월, 최인훈은 「속 크리스마스 캐럴」(『현대문학』, 1964.12.)을 통해 1964년 크리스마스 무렵의 서울을 제시하였다. 한 해를 결산하는 시기에 아버지, 아들('나'), 그리고 여동생 옥이는 신문을 읽으면서 '올해의 십 대 뉴스' 중 하나로 선정된 '신금단 부녀 비극의 상봉'에 관해 토론하였다. 신금단 사건은 그해 10월 일본 도쿄에서 일어난 사건이었다. 신금단은 북한의 뜀틀 선수로 도쿄 올림픽에 참가하고자 하였다. 1·4후퇴 당시 월남했던 그의 아버지는 1964년 10월 도쿄를 찾아가서 딸을 만나고자 시도하였고, 소동 끝에 15분 정도 딸과 상봉한다.

토론은 어머니와 딸의 크리스마스 외출을 막으려는 의도로 시작했지만 점차 열기를 띠었고, 신금단을 '통일'의 희생양으로 볼 수 있는가 하는 쟁점이 도출된다. 당대 한국의 언론이 신금단의 사건을 비극으로 보도하면서 혈육의 만남을 제지한 북한의 비인도적 처사를 규탄하는 반공적 논조를 취하였다는 점에서,[111] 「속 크리스마스 캐럴」에 나온 부자의 토론 역시 한국 언론의 입장과 크게 다르지 않았다.

신금단 사건이 한국과 북한만의 문제였던 것은 아니었다. 신금단 사건은 가네포(GANEFO, Games of the New Emerging Forces, 신흥국 경기 대회)의 개최를 두고 냉전의 두 진영이 충돌한 사건이었다. 가네포는 공산권 및 아시아 국가가 중심이 된 국제 경기로, 1963년 11월 인도네시아 자카르타에서 제1회 대회가 개최되었다. 가네포라는 경기 이름과 헌장에 등장하는 '신흥 역량(New Emerging Forces)'이란 개념은 1955년 인도네시아 반둥에서 열린 아시아·아프리카 회의에 근거한 것이었고, 가네포의 헌장은 경기의 목적을 식민주의와 제국주의로부터 자유로운 새로운 세계의 건설로 명시하였다.[112] 1962년 제4회 아시안게임을 개최한 인도네시아가 타이완과 이스라엘 선수에 대한 비자 발급을 거부하자, '자유' 진영 중심의 국제올림픽위원회(IOC)는 인도네시아를 제명하였고, 그것이 가네포의 성립으로 이어졌다. 이듬해 가네포 제1회 대회에 '공산' 진영 국가와 아시아 신흥국이 참여하면서, 이 대회는 '자유' 진영이 중심인 올림픽과 대립적인 위상을 가지게 된다. IOC를 탈퇴한 중화인민공화국은 제1회 가네포를 통해서 국제 스포츠 무대에 복귀하였고 북한 역시 가네포에 참가하였다. 북한의 육상 선수 신금단은 '천리마 정신'으로 두 개의 세계 신기록을 세우며 육상 3관왕에 오른다.[113] IOC는 가네포의 선수 기록을 인정하지 않았고, 가네포 출전 선수의 올림픽 참가 자격을 박탈하였다. 신금단 역시 도쿄올림픽 참가가 불허되었다.

신금단을 비롯한 북한의 선수단은 1964년 늦여름 도쿄올림픽에 참가하려고 했지만, 끝내 자격을 얻지 못하고 귀환한다. 신금단의 아버지가 도쿄에서 신금단과 상봉한 것은 이즈음인 10월 2일이었다. 신금단 사건은 '자유' 진영 중심의 올림픽과 '공산' 진영 및 아시아·아프리카 탈식민 국가 중심의 가네포의 대립 아래에 일어난 사건이었다.

1960년대 중반 군사정권은 대중적 매체인 신문과 한정된 독자를 가진 비판적 지성 잡지를 구분하면서, 잡지보다 훨씬 높은 강도로 신문의 논조를 통제하고 관리하였다.[114] 한국 언론은 신금단 사건을 보도하면서 '가네포'라는 명칭은 쓸 수 있었지만 자세히 설명하지 않았고, 신금단 사건을 북한 혹은 공산당의 '비정함', 혹은 '비인도적 만행'이 초래한 '비극'으로 규정하고 규탄하였다. 11월 『세대』 필화 사건을 목도하였던 최인훈은 「속 크리스마스 캐럴」에서 서술자의 언어를 철저하게 통제한다. 그는 남, 북, 통일, 이산가족, 도쿄 이상의 단어를 제시하지 않았으며, 가네포라는 단어는 등장하지 않는다.

그런데 「속 크리스마스 캐럴」에서 방만하고 장황하게 서술을 나열하는 부분도 존재한다. 통일에 대한 아버지와 아들('나')의 토론이 그것이다. 서술자는 진실성을 가늠할 수 없는 인물의 복잡한 진술 사이에 통일에 대한 의견을 조심스럽게 제시하였다.

"① 지금 모양으로 통일이 된다면 큰일입니다. 해방된 지도 스무 해나 되었으니 북은 북대로 남은 남대로 지금 있는 정권에 좋건 싫건 몸을 맡긴 사람들이 생겨나지 않았읍니까? 이 사람들은 서로가 절대 용납 못 하는 사람들입니다. 자 이런 형편으로 어떻게 통일이 된다면 어떻게 화합을 하겠읍니까? 서로 엇갈려 싸우니 처참하다는 것이죠. 해방되던 해 한 살이던 아이가 스무 살이 아닙니까? (…) 준비가 하나도 돼 있지 않으면서 그

저 통일만 하자는 건 고자가 제 욕심에 장가들겠다는 거나 마찬가집니다." (아들의 발언-인용자)

"② 네 말을 들으면 북한 정부하구 우리 정부를 동격으로 보고 하는 것 같으니, 그 점을 분명히 해다구." (아버지의 발언-인용자)

나는 황급하게 손을 내저었다.

"③ 아닙니다. 물론 제가 아버님을 의심하는 것은 아닙니다만, 말하자면 밀고를 하신다거나……" (아들의 발언-인용자)

"너무하는구나……"

"불초 미련한 놈이, 구변이 모자라,……"

나는 송구스러워서 머리를 조아렸다.

"안다. 네 죄가 아니니라. 그래 말해보렴."

"네, 제 뜻은 이렇습니다. 남의 정부와 북의 정부를 같이 생각한다는 것이 아니고 ④ 남의 정부가 옳기는 하나 그렇다고 피를 보면서 통일하거나 혹은 통일된 연후에 피를 보아야 할 그런 통일을 해서는 안 된다는 생각입니다."

"⑤ 네 말대로라면 한국이 해방된 것이 잘못이구나."

"네?"

⑥ 아버님은 또 무슨 말씀을 하시려는구?

"해방이 되면 친일파들이 괴로와야 하니 해방해서는 안 된다는 이치가 설수 있지 않았겠니?" 〔…〕

"그것은 그렇지 않습니다. 〔…〕 ⑦ 첫째로 친일파들은 괴로와도 마땅한 사람들이었던 반면에 통일이 되어서 괴로울 사람들 가운데는 도덕적으로 비난할 수 없는 사람들이 섞여 있읍니다. ⑧ 둘째로 해방을 위해서는 준비가 있었읍니다만 통일을 위해서는 아무 준비도 없읍니다. 해방을 위해서는 안중근 의사를 비롯해서 한국 사람의 양심과 용기를 대변해준 훌륭한 사람들이 스스로 제단에 올라가서 피를 흘렸읍니다. 그런 까닭에 우리는 남의 덕으로 해방되었다고는 하나 떳떳합니다." (속캐럴, 1964: 65-66)

서술자는 '아버지'를 맥락에 어긋난 엉뚱한 소리를 하는 구세대의 어른으로 형상화한다. 아들이 남과 북의 적대적 공존을 지적하자 아버지는 북한과 남한 정부를 동격으로 본다고 곡해하였고(②), 아들이 통일의 과정에서 피를 흘려서는 안 된다고 말하자 아버지가 그렇다면 친일파가 괴로울 수 있으니 해방도 잘못된 것 아니었냐며 반문한다(⑤). 아들은 아버지의 발언을 말도 안 되는 소리로 취급하면서도(⑥), 혹시 아버지가 자신을 '밀고'하지 않을까 염려한다(③). 아버지를 엉뚱한 대답이나 하는 인물로 제시하는 서술의 효과는 복합적이다. 첫째, 아버지의 엉뚱한 대답은 독자에게 이 대화가 진지하지 않다는 것을 다시 한번 환기한다. 그 결과 대화의 신뢰도는 떨어지지만, 그만큼 대화의 긴장은 느슨해지고 다룰 수 있는 범위는 넓어진다. 둘째, 아버지를 통해 구세대의 시대착오적 특성을 드러낸다. 『세대』지의 편집진처럼 4·19 혁명 이후 1960년대에 활동을 시작했던 20대 청년 지식인의 입장과 닿아 있다. 셋째, 구세대 아버지가 엉뚱한 논리로 자신을 '밀고'할 수 있는 상황은, 1960년대 초중반 통일에 대한 언급으로 일어난 여러 필화 사건이 실은 견강부회에 근거했음을 환기한다.

서술자는 진실성을 확신할 수 없는 부자의 장황한 대화 사이에 통일에 대한 아들의 생각을 나누어 싣는다. 아들은 분단 20년이 되어가는 현재의 상태로는 통일이 곤란하다고 말한다(①). 이 부분을 피를 흘리지 않는 통일이 필요하다는 언급(④), 통일을 위한 준비가 없었다는 언급(⑧)과 겹쳐 읽는다면, 남북 관계가 적대적인 당대 상황에서 피를 흘리는 기존의 통일 방식이 아니라 새로운 통일 방식이 필요하다는 입장이 된다. 또한 아들은 친일은 민족의 시각에서 도덕적 선악이 분명하지만, 통일은 도덕적으로 판단할 수 없는 애매한 영역이 존재한다고 언급한다(⑦). 북한과 통일에 대한 새로운 이해를 요청하는 셈이다.

언급의 분절로 아들의 본의를 파악하기는 어렵지만, 적어도 아들은 남과 북이 적대에서 벗어날 것과 통일에 대한 새로운 시각을 요청한다. 황용주가 필화 사건으로 구속된 이유는 '남북한 상호불가침'과 '남북 동시

유엔 가입'을 주장했기 때문이었나. 아들의 언급이 황용주의 주장보다 온건하지 않지만, 남북 관계를 적대적으로 규정한 당대의 시각과는 거리를 두고 있다. 최인훈은 아들의 온건한 입장을 제시하기 위해, 겹겹의 서술적 장치를 마련하였다. 그는 두 명의 발화자를 설정하고, 아버지의 오해와 엉뚱한 소리로 대화가 중단되고 맥락이 전환되도록 설정하고, 아들의 생각을 여러 문장으로 나누어 배치하였다. 하지만 소설가 김원우의 지적처럼, 서사적 설정이 과도한 탓에 월남인으로서 장광설 내 통일에 대한 작가의 관심을 숨기는 것을 넘어서 읽기에 부담이 되고 본의를 종잡기 어렵게 만들기도 한다.[115]

　「속 크리스마스 캐럴」은 통일론의 공간이 위축되어 가던 상황에서 쓰였다.[116] 최인훈은 신금단 사건을 통해 지구적 냉전 질서와 아시아·아프리카 탈식민 국가의 움직임을 간접적으로 환기하고, 아버지와 아들의 장광설 안에 통일에 관한 생각을 흩어 둔다. 그의 서술 방식은 4·19 혁명 이후 단행본 『광장』에서 냉전의 대리인 앞에서 '중립국'이라는 답변을 9번 단호히 발화하는 이명준의 모습을 인상적으로 장면화한 것과 상당히 거리가 있다. 최인훈은 5·16 군사 쿠데타 이후 발화의 가능성이 좁아지는 가운데, 냉전과 분단에 얽힌 정치 상황을 마주하면서 계산한 언어의 정확한 사용과 서사적 장치의 중층적 활용 가운데 '통일'에 대한 입장을 신중히 제시하였다.

③ 혁명의 조건으로서 정신의 탈식민화

「크리스마스 캐럴 5」(『한국문학』, 1966.여름)가 발표된 1966년은 1961년 5·16 군사 쿠데타로 정권을 잡고, 1963년 10월 15일 대통령에 취임한 박정희의 첫 번째 임기가 끝나던 무렵이었다. 그 무렵 최인훈은 남정현, 박용숙, 임헌영 등과 어울리면서 친일파, 미 제국주의, 남북 분단, 이승만, 박정희, 헤겔, 마르크스, 레닌, 마오쩌둥, 호치민 등에 대해 "넷이서는 온전히 언론 자유를 한껏 누리며" 토론하였고, 일본어 번역판 책을 돌려 보았다.[117] 다음 대통령 선거는 이듬해 1967년 5월 3일이었다. 대통령 박정희의 첫 번째 임기에 끝이 보이던 시기, 최인훈은 이상의 「날개」 모티프를 활용한 「크리스마스 캐럴 5」를 통해 1960년 4·19 혁명 전후의 시점을 다시 한번 소설로 불러온다. 1959년 여름을 배경으로 한 이 소설에서 '나'는 어깨에 돋아난 '가래톳'으로 가려움을 참지 못하고, 통행금지 시간인 야심한 밤중에 서울을 돌아다닌다.[118] 야간 산책을 하면 '가래톳'의 가려움이 가라앉기 때문이었다. 이동의 자유를 제한했던 야간 통행금지는 소설의 배경인 1950년대 후반과 소설이 창작된 1960년대 중반 한국 정부의 억압을 환유한다. 야간통행 금지를 어기고 한밤의 도시를 산책하던 초점화자 '나'는 외인 주택가에서 옥외등으로 빛나는 잔디에 홀렸다가 외국인 한 사람을 마주한다.

"당신도 알다시피 여기는 통행 제한이란 게 있어요. 그러나 나는 밤 시간의 산책을 못하면 시상(詩想)이 메말라버려요. 나는 미쳐요. 그래서 나는 밤의 산책을 하는 겁니다. 그러니까 당신은 시인을 체포한 겁니다."
그의 낯빛이 초콜렛 색이 되었다.
"큰 실수를 했군요. 사실 우리들 외국인의 심정이란 건 정말 복잡합니다. 나는 지난날에 홍콩에도 있어 보았고 레바논, 베이루트, 카이로 등지에서도 살아보았어요. 그게 취미어서 말이죠. 또 그쪽 여자들이 좋잖아요. 〔…〕 외국에 살면 나는 보람이 있어요. 엑조티시즘이라 할 수 있겠죠 네? 『마르코 폴로』, 『아라비안 나이트』, 『금병매』 그런 걸 어렸을 때 읽은 게 탈이었죠. 알아요 알아요. 하지만 외국인에게는 그런 나라들이 아무리 근대화해봤자 그저 그렇구 그래요." (캐럴5, 1966: 118)

우발적으로 만난 외국인은 레바논의 베이루트, 이집트의 카이로, 그리고 홍콩을 거쳐서 서울에 온 인물이었다. 베이루트와 카이로는 아시아·

아프리카 회의 및 아시아·아프리카 작가 회의와 관련된 주요 도시이다. 외국인은 냉전 아래 '자유' 진영과 '공산' 진영 모두에 거리를 두면서, 아시아·아프리카 탈식민 국가들이 제시하였던 '비동맹'의 목소리에 공명한 인물인 셈이다. 소설의 배경인 1959년 역시 1955년 반둥의 아시아·아프리카 회의로부터 멀리 떨어진 시점은 아니었다.

> "그래도 호텔 문밖에 나서면 거기는 인간이 있죠. 자기의 매너의 보편성, 특수 속의 보편성이라는 대지에 굳게 발을 디딘 인간의 가족들이 말예요. 서양 제국주의자들이 인류에게 끼친 무한한 해독, 그건 금덩어리가 실려 갔다든가, 상품을 팔아먹었다든가, 그런 게 아니라고 생각합니다. 원주민들의 영혼을 골탕 먹인 것, 경험적인 것이 선험적인 것처럼 위장한 것. 이겁니다. [···] 요 먼저 외국 기관 종업원들이 파업을 했더군요. 장해요 장해. 한국 인텔리들은 언제쯤 할 모양인가요. 안 될걸요. 사꾸라들 농간에 안 될 거예요. 아까 어디까지 얘기했던가요. 참, 호텔 밖에만 나가면 거기는 인간이 있다. 거기였죠? 암마. 있고 말고요. 뿌듯한 인간입니다. 만져 봐서 속이 있는 인간입니다. [···] 카이로, 베이루트, 다마스쿠스, 그런 도시에서 호텔 밖으로 한 발 나가면 그런 살아 있는 인간들이 득시글하지요. 원주민 나으리들 말마따나 구더기처럼 득시글하죠? 인간은 구더기가 아닙니까? 나으리들은 구더기가 아닙니다. 그들은 구더기의 뱃속에 있는 십이지장충들이죠. 살아 있는 인간들 틈에 산다는 건 뿌듯하고 보람은 있지만 한편 위험하죠." (캐럴5, 1966: 118-119)

아시아·아프리카 회의의 이념에 동의했던 외국인은 서구 제국주의와 '원주민 인텔리'를 비판하였다. 제국주의는 '경험적인 것(서구적인 것)을 선험적인 것(보편적인 것)으로 위장'하는 정신의 해악을 끼쳤다. 그 결과 식민지의 '원주민 인텔리'는 서구의 문화를 모방하는 '노랑 원숭이'에 불과하게 된다. 그의 입장은 식민지인의 정신병리에 주목하였던 프란츠 파농의 언급과 공명한다. 파농은 식민지의 흑인들이 자신에게 가치를 부여하지 못하고 "항상 '타자'의 출현에 의존하고 있으며" "백인이 되고자 한다."라고 지적하였다.[119] 식민지 해방 이후에도 흑인은 스스로 '주인'이 되지 못하고, "주인의 태도를 취할 것을 허락받은 노예"의 상태에 머물렀다.[120] 서구를 선험적인 것으로 생각한 식민지 인텔리 역시 스스로를 주인으로 생각하지 못하는 병리에 시달리고 있었다. 서술자는 외국인의 장황한 언급 사이에 '파업', 즉 혁명에 대한 언급을 섞어둔다. 하지만 그는 정신적으로 식민화한 원주민 인텔리가 있는 한 혁명은 불가능할 것을 제시하고 있다.

원주민 인텔리가 서구인이 머무는 호텔에서 살아간다면, 호텔 문밖에서 살아가는 인간도 있었다. 염상섭이 쓴 『만세전』의 이인화가 조선의 현실에 환멸을 느꼈던 것처럼, 원주민 인텔리들은 호텔 문밖에 서 있는 인간들을 '구더기'로 바라본다.[121] 하지만 외국인이 판단하기에 호텔 문밖에 선 인간들은 '자기의 매너의 보편성, 특수 속의 보편성이라는 대지에 굳게 발을 디딘 인간'을 가진 인간이었다. 외국인은 현실에 발을 디딘 인간으로서 산다는 것은 힘들지만 보람 있는 일이라 언급하면서, 현실에 발 디딘 인간에 근거한 새로운 세계 인식을 요청하였다. 시간적 배경이 4·19 직전임을 염두에 둔다면, 이 소설은 혁명의 조건으로 '정신의 탈식민화'를 요청하고 있다.

최인훈은 정신의 탈식민을 주장하는 외국인을 '오리엔탈리스트'로 설정하였다. 야간 산책에서 만난 외국인은 어려서 읽은 동양에 관한 신비한 소설을 좇아 동양 이곳저곳을 다니며 거주하는 사람으로, 문학평론가 에드워드 사이드(Edward Said)의 표현을 빌리면 "동양에서 보아야 하는 것을 보는 것이 아니라, 도리어 자신과 동양(죽은 것이고 황폐한 정신적 미라)을 만들어 내는 것을 향하고 있"는 오리엔탈리스트였다.[122] '오리엔탈리스트'의 형상은 『회색인』에서 '갇힌 세대' 동인의 토론 장면 한 대목과 겹쳐 읽을 필요가 있다.

우리가 사는 세기에서는 아프리카에서 흘려진 피는 불란서의 지식인들을 노하게 만들며, 코리아에서 모욕당한 민주주의는 워싱턴에서 격정을 일으키는 그런 식으로 되어 있어. 한 국가의 정치가 고립되지 않고 세계적인 관련 속에 들어 있단 말야. 가령 알제리인들을 예로 든다면 자기들의 독립운동을 탄압하는 자들과 자기들에게 하루속히 독립을 주라고 외치는 사람들이 꼭 같이 불란서인이라는 사실은 기묘한 컴플렉스를 일으켜. 또 이승만정부의 부패를 묵인하는 것이 미국 정부인가 하면 이승만정부를 아프게 꼬집는『워싱턴 포스트』도 미국신문이라는 거야. 서양 사람들은 패를 두 장 가지고 있으면서 엇바꿔 던지는 거야. 그 사람들의 선의(善意)는 여하튼 후진국 사람들에게 독(毒)이 되고 있어. (회색-3, 1963: 355)

『회색인』과 「크리스마스 캐럴 5」의 시간적 배경은 모두 1959년이다. '갇힌 세대' 동인 중 한 사람은 식민주의의 주범인 서구인이 식민주의 비판까지 떠안는 것이 '후진국' 사람에게는 오히려 독이 된다고 판단하였다. 「크리스마스 캐럴 5」에서 한국 인텔리의 정신적 식민성으로 인해 혁명이 불가능하다는 외국인의 진단은 타당하지만, 그 언급 역시 타자인 식민지인을 향해 제시된 것일 뿐이다. 외국인의 정신적 탈식민 요청은 그가 느낀 동양의 이야기에 대한 매혹과 다르지 않다. 최인훈은 아시아·아프리카를 다녀온 외국인을 오리엔탈리스트로 설정하고, 외부의 진단에 대해 비판적으로 점검하였다.

1950~1960년대는 제2차 세계대전 이후 연합국이 다시금 옛 식민지를 점령하자 아시아·아프리카의 민중이 서구에 대한 반식민 투쟁을 전개하던 시기였다. 한국의 민중이 스스로 주체가 되어 정신의 식민성을 반성하고, 그에 기반하여 '혁명'을 수행해야 한다는 것. 「크리스마스 캐럴 5」에 등장하는 외국인 만남 장면의 결론이다. 「크리스마스 캐럴 5」는 4·19 혁명의 순간을 제시하지 않는다. 하지만 그로부터 1년 후, 역시 한밤중에 산책하던 '나'는 서울 시청 앞에서 대학생 유령들이 출몰하여 "눈구멍에 쇠붙

이가 박"힌 아이를 중심으로 피라미드를 세우고, "피에타는 이루어졌다!" 라고 외치는 장면을 목도한다(캐럴5, 1966: 123). 이 장면은 4·19 혁명 이후에 혁명을 다시금 현재화하고 '수행'하는 행위였다. 그러나 1961년 5월 16일 이후 다시 유령들은 출몰하지 않고, 야간 통행금지 또한 해제되지 않는다. '나'는 야간 통행금지가 환유하는 권위주의적 독재가 언제 끝날지 알지 못한다. 하지만 독재의 종식과 민주주의 역시 외부로부터 주어지는 것이 아니라, 한국의 민중이 정신의 탈식민화를 수행한 후에 '혁명'으로 성취할 수 있다는 것. 문학평론가 김예림의 지적처럼, 유령의 4·19 혁명 수행은 강력한 현실적 규제력을 가지는 것은 아니었지만, 야간 통행금지 시대에 가능했던 "가난하고도 절박한 윤리"였다. 그리고 그것은 혁명을 실체로서 소유하는 것이 아니라, 원리로서 수행하는 것이었다.[123] 1967년 대통령 선거를 한 해 앞두고, 최인훈이 한밤의 산책을 소설로 제시한 이유이다.

④ 중립의 후일담

최인훈은 1966~1967년에 연재한 『서유기』(『문학』, 1966.5.-1967.1.; 을유문화사, 1971)에서 냉전과 독재라는 한국의 역사적 조건 안에서 새로운 움직임을 모색했던 정치적 인물 조봉암을 등장시킨다. 『서유기』의 독고준은 고향 W시를 향한 여정을 밟아가는데, 석왕사역 인근에서 그는 역장, 이순신, 이광수 등과 한국의 식민성과 주체성에 관해 대화를 나눈다. 『회색인』에서 혁명을 주장한 김학은 이광수를 식민지 시기에 유일하게 정치 기획을 지녔던 인물로 제시한다. 그리고 『서유기』에서 헌병은 이광수의 『흙』의 허숭을 '식민지 조선의 한 전형'이자 '폐하께서 바라는 청년'으로 평가한다. 최인훈은 김학과 이광수를 연결하면서, 해방 이후 한반도의 현실 개혁 및 혁명의 기획에 뿌리 내린 식민성을 비판적으로 제시한다. 그리고 독고준은 그로부터 거리를 두고 '월남인'이자 '난민'의 시각에서 정치의 가능성을 탐색한다.[124] 문학 연구자 반재영의 지적처럼, 독고준의 여정은 '단독적 보편성'을 지향한 것이었고, 완고한 민족주의에 균열을 일으키는 탈식민적 여정이었다.[125] 순차적인 만남의 한가운데 서술자는 조봉암과 독고준의 대면을 짧게 삽입한다.

> 그(간호원-인용자)는 독고준을 (기차의-인용자) 다음 칸으로 끌고 들어갔다. 그 칸에는 조봉암(曺奉岩)이가 혼자 앉아 있다. 그는 수척해 있었다. 독고준과 간호원이 가까이 가도 그는 감은 눈을 뜨지 않았다. 그는 거의 해골처럼 보인다.
> "자, 보세요."
> 간호원이 외마디 소리 지르듯이 날카롭게 부르짖었다. 독고준은 그녀가 흥분하는 까닭을 알 수 없었다. 〔…〕
> "어디 불편하신데라도……" (독고준의 발언 – 인용자)
> "불편? 이렇게 죽은 사람이 다 있는데(손가락으로 조봉암을 가리켰다) 좀 불편하면 어때요? 이 사람이 죽었을 때 우리의 욕망도 죽은 거예요. 이 사람이 죽었을 때 우리의 야심도 죽은 거예요. 아하 끔찍도 해라. 당신은 보고만 있었죠?" (간호원의 발언 – 인용자)
> "네? 이 사람이 죽었읍니까? 난 아직 신문을……"
> "신문? 신문에 죽었다고 나면 죽어야한다는 말인가요? '조봉암사건'은 끝났다는 말인가요? 〔…〕 좋아요, 내가 화를 내려던건 당신이 이 사람이 이 지경이 될 때까지 손끝 하나 까딱 안한 게 섭섭해서 그랬는데 그 얘긴 더 안 하겠어요. 그 대신 부탁이 있어요."
> "뭡니까?"
> "이 사람은 지금 빨리 치료해야 합니다. 그러니 도와 주셔야겠어요."
> "어떻게 돕는단 말입니까?"
> "<u>다음 정거장에서 나하고 이 사람이 내릴 테니 당신이 이 자리에 앉아 있다가 누가 찾거든 내노라고 해달란 말입니다.</u>"
> "그건 못합니다." (서유기-6, 1966: 179–180)

『서유기』에서 조봉암과 독고준은 대화하지 않는다. 조봉암은 죽은 상태로 침묵하며, 서술자는 조봉암의 치료를 둘러싼 '간호원'과 독고준의 토론으로 장면을 제시한다. '간호원'은 "조봉암의 사형 사건에 침묵했던 지식인의 비겁함"을 날카롭게 비판한다.[126] '간호원'은 조봉암이 죽을 때 '보고만' 있었던 것에 대한 사후적 책임으로서, 독고준이 기차 안 조봉암의 자리에 대신 앉아 있다가 '누가 찾거든 내로라.'라고 말해달라고 부탁한다. '간호원'의 요청은『성경』의「요한복음」이 기록한 예수 그리스도가 그의 제자 가룟 유다의 배신으로 예루살렘 인근 감람산에서 잡히는 날 밤의 상황을 배경으로 하고 있다.

> 유다가 군대와 및 대제사장들과 바리새인들에게서 얻은 하속들을 데리고 등과 홰와 병기를 가지고 그리로 오는지라 예수께서 그 당할 일을 다 아시고 나아가 가라사대 너희가 누구를 찾느냐 대답하되 나사렛 예수라 하거늘 가라사대 내로라 하시니라 그를 파는 유다도 저희와 함께 섰더라 예수께서 저희에게 내로라 하실 때에 저희가 물러가서 땅에 엎드러지는지라 이에 다시 누구를 찾느냐고 물으신대 저희가 말하되 나사렛 예수라 하거늘 예수께서 대답하시되 너희에게 내로라 하였으니 나를 찾거든 이 사람들의 가는 것을 용납하라 하시니[127]

『성경』의 복음서「요한복음」은 예수 그리스도가 스스로 "내로라"라고 자신의 신원을 밝힌다. 예수는 제자의 안전을 조건으로 체포된다. 제자 베드로는 법정 마당까지 따라가지만, 예수의 제자인지를 묻는 한 여성의 질문에 대해 예수의 제자가 아니라고 세 번 부인한다. '간호원'의 요청에서 "보고만 있었"던 이의 위치는 스승을 부인한 제자 베드로의 위치이며, "누가 찾거든 내로라."라고 발화하는 이는 십자가를 지는 예수 그리스도의 위치이다. '간호원'은 독고준에게 조봉암을 대신하여 조봉암의 위치에서 줄 것을 요청한 셈이다. '간호원'의 강력한 요청은 1959년 조봉암의 죽음을 보고만 있었던 독고준에게, 늦었지만 그의 죽음에 최소한의 "염치"를 가져 달라고 요청한 것이었다. 서술자는 논평을 삼가고 두 사람의 긴 토론을 장면으로 제시한다. 끝내 독고준은 "나는 남의 일 때문에 내 일을 망치고 싶지 않"다고 하면서 그 요청을 거절하고, '간호원'이 독고준을 "염치까지 버린 유다"라고 비난하는 것으로 조봉암을 둘러싼 두 사람의 대화 장면은 종료된다(서유기-6, 1966: 180-181).

조봉암은 4·19 혁명 직전 한국에서 정치적 상상력의 가능성과 한계를 보여 주는 인물이었다. 문학 연구자 장세진의 지적처럼, 조봉암의 '평화통일론'은 1955년 아시아·아프리카 회의가 촉발한 '반둥정신'을 한국의 현실 정치에 응용한 사례였다. 그는 이승만이 주장한 북진 통일론의 비현실성을 비판하면서, 한반도의 군사 현실에 대한 객관적인 분석 위에서 '평화통일론'을 주장하였다. 하지만 그는 자신의 입장이 반둥회의와 함께 거론되는 것을 경계하였으며, 평화통일을 주장하면서도 남북 협상이나 중립화 통일안, 남북 교류 등에 대해서는 거리를 두었다.[128] 1960~1961년 '중립'을 주장하였던 이병주나 1964년 민족의 주체적 통일을 주장하였던 황용주와 비교한다면 조봉암의 평화 통일론은 보수적인 성격을 가진 것이었다. 하지만 '평화 통일'이 '북한 괴뢰'의 용어라는 혐의로 조봉암과 진보당 간부들은 국가보안법 위반으로 기소되고, 조봉암은 4·19 혁명 한 해 전인 1959년 7월 31일 죽음을 맞는다.

4·19 혁명 이후 『광장』에서 '중립'의 상상력을 제시했던 최인훈은 5·16 군사 쿠데타 이후 필화가 거듭되면서 정치적 상상력이 봉쇄되고 서술의 가능성 또한 좁아지는 과정을 목도한다. 최인훈 소설의 지향 역시 '중립'으로부터 한 걸음 물러나서

〈그림18〉 조봉암

'통일'로 조심스럽게 옮겨 간다. 1966~1967년은 남북한의 긴장이 고조되어 충돌이 거듭 발생했던 시기이자 독재 정권이 공안 사건과 필화 사건을 지속적으로 일으켰던 시기였다.[129] 봉쇄의 정점에서 최인훈은 '통일'에 대한 지향을 신중하게 제시한다. 그는 『서유기』에 죽어 있는 조봉암과 독고준과의 짧은 만남을 서술자의 논평 없이 독고준과 '간호원'의 대화로만 제시했다.

> 내가 살아온 세월동안에는 한마디 정치적 발언이 곧 '목숨을 내걸어야' 하는 상황이 되는 경우가 많았습니다. 5·16 이후나, 특히 유신 상황에서는 그랬지요. 그동안 내가 '정신'을 우대하는 경향의 소설을 썼는데, 지금은 여러 이야기를 자유롭게 할 수 있지만, 그 당시에는 말 한 마디 하는 것이 곧바로 끌려가 고문당하고 죽는 것과 관련되었습니다. 많은 학식이나 지위가 있던 사람들조차 '밀실'에 불려 들어가 고문을 당하는 상황에서, 육체적 고문을 견디지 못해 창문 밖으로 뛰어내리는 상황을 뻔히 보면서, 무슨 말을 할 수 있겠어요. 그것은 정신이 얼마나 강인한가의 문제와는 전혀 상관이 없는 문제입니다. <u>남북 이데올로기를 다룬 『광장』과 마찬가지로 조봉암의 죽음을 말썽없이 『서유기』에서 다룰 수 있었다는 점에서 나는 작가로서의, 긍지를 느낍니다.</u> 귄터 그라스는 서양의 사회적·문화적 전통에서 얼마든지 비판을 할 수 있었지만, 나는 그럴 수 없었습니다. 그 정도로 만족해야 했지요."[130]

탈냉전 이후 최인훈이 기억하는 1960년대 한국은 자기 문화를 비판할 최소한의 자유조차 보장받지 못하는 사회였다. "한 마디 정치적 발언이 곧 '목숨을 내걸어야' 하는 상황"에서, 그는 『서유기』의 무척 짧은 장면에서 과소 진술을 통해 조봉암의 형상을 제시함으로써 4·19 혁명 이후 '죽어버린' 꿈을 환기하였다. 봉쇄 아래 부정적으로 제시된 상상력. 『서유기』에서 스치듯 재현한 조봉암의 형상은 철학자 강동원의 표현을 빌리면,

〈그림19〉 남정현 결심공판에 참여한 최인훈(1967.5.24.)(한승헌, 「독재가 낳은 '60
년대 미네르바'」, 「한겨레」, 2009.1.19.)

"'진보'의 숨가쁜 역사 동학 속에서 '덧없이' 사라져간 자들에 대한, 폐허
와 상처와 파편에 대한 '기억'의 이념"이라 할 수 있다. 그것은 몹시 우울
한 기억이지만, 사물화된 진보의 이념을 교란할 수 있는 유일한 가능성이
다.[131] 그 기억의 이념은 언젠가 다시 점화할 잠재적 가능성을 품고 있었
다. 훗날 최인훈이 조봉암의 형상을 제시한 『서유기』의 성취를 냉전의 이
념을 넘어선 『광장』의 성취와 같은 반열에 둔 것은 그 때문이다.

　　최인훈은 『광장』에서 한국에서는 '민주주의'를 풍문으로만 들을 뿐
그것을 역사의 현장에서 경험한 바가 없었다고 진단하였다. 그에게 4·19
혁명은 한국 민중 스스로 역사의 현장에 서서 민주주의를 성취한 경험이
었다. 혁명의 성취가 군사 쿠데타로 인해 봉쇄된 이후에도 최인훈은 지구
적 냉전의 변화 과정을 예민하게 포착하면서 한국이라는 시공간에서 '중
립'의 후일담을 기록한다. 그는 서구나 제3세계 등 외부를 참조하는 길을
선택하지 않았다. 최인훈은 실패한 혁명과 점차 가능성이 봉쇄되는 한국
의 역사적 경험에 주목하면서, 한국의 지식인 조봉암, 황용주, 이병주의
사상과 실천에 유의하고, 그들의 '실패'에서 가능성을 탐색하였다. 동시에
그는 자신의 지향을 '중립'에서 '통일'로 조정한다.

동시에 최인훈과 같은 걸음으로, 때로는 어긋난 걸음으로 냉전 너머를 지향하면서 문학적 실천을 수행하였던 문학자들이 있었다. 이병주와 이호철 외에 신동문을 중심으로 김수영, 유정, 안동림, 유종호, 박재삼, 고은 등의 작가들은 1960년대에 가깝게 혹은 거리를 두면서 교류하였다.[132] 그 교류와 연결은 '책'의 형태로 물질화되어 '전통'으로 남겨졌다.

『소시민』은 연재를 마친 직후 1965년 11월 30일 신구문화사에서 출판한『현대한국문학전집 8 - 이호철집』에 실린다. 전집의 편집위원은 백철, 황순원, 선우휘, 신동문, 이어령, 유종호였다. 1968년 1월 20일 최인훈의『회색의 의자』는『회색인』이라는 새로운 제목으로『현대한국문학전집 16 - 최인훈집』에 실려 출간된다. 8권『이호철집』보다 늦게 간행된 16권『최인훈집』은 이 책의 첫 부분에서 다룬 '중립'의 상상력의 한 절정을 보여 준『광장』을 1961년 2월 정향사 이후 오랜만에 활자화하였다. 최인훈이 "조봉암의 죽음을 말썽없이" 다루었던『서유기』연재를 마친 후였다.『최인훈집』의 말미에 실은 산문에서 최인훈은 "'진보'로서의 문학 예술은 자기 매재인 언어의 현실 결박성을 십자가(十字架)로서 인수하고 현실의 각각의 변동(變動)에 스스로를 맡김으로써 불리한 (예술로서) 조건을 역용(逆用)하여 스스로 미래를 향한 기(旗)로써 정립한다."라고 썼다.[133] 현실이라는 조건을 충분히 받아 안은 언어의 가능성과 한계에 유의한 문학 예술로부터 "미래"를 기약한 최인훈의 소회는 이호철이『소시민』의 연재를 마친 직후인 1965년 10월에 쓴 것이었다.

(3) 지역의 민중, 민주주의와 평화를 꿈꾸다 – 『소설가 구보씨의 일일』

최인훈의 『소설가 구보씨의 일일』(1970-1972/1973)은 데탕트 국면에 서 변화해 가는 남북 관계와 사회적 분위기에 대한 월남인의 대응과 문화적 상상을 담고 있다. 1960년대 이념과 지식인에 관심을 가졌던 최인훈은 1970년대 초반에 쓴 이 소설에서 일상과 민중에 관심을 둔 다. 『소설가 구보씨의 일일』은 데탕트 아래 한국의 사회와 문화에 대 한 월차 보고서이다. 월남인 구보씨는 뉴스와 신문을 통해 냉전 질서 의 변동과 남북의 접촉에 깊은 관심을 보인다. 뉴스를 보면서 기대와 실망, 놀람과 지루함이 뒤섞인 1년을 보낸 후, 구보씨는 통일에 대한 생각을 가다듬는다. 통일은 국가에 의해 결정되는 것이 아니라, 민간 이 수행해야 한다는 것이 그의 결론이었다. 구보씨는 한국에서 공공 영역이 형성되지 못한 이유를 탐색하면서, 민중의 일상에 대한 존중과 친밀권에 근거한 지역에서의 대안적 공공권을 구축하였다. 구보씨의 결론은 '광장으로 나오는 공공의 통일론'이라고 명명할 수 있다. 또한 구보씨는 분단 이후 금지된 월북 작가의 작품을 간행하고자 하였다. 그의 기획은 단절된 문학사의 복원을 넘어서, 문학과 예술의 여러 영역이 서로 협업하고 연대하여 사회적 평화를 만들어 가는 실천이었다. 할 수 있는 공통의 '전통'을 형성하는 것이었다. 『소설가 구보씨의 일일』은 민중의 생활 감각과 대안적 공공성에 근거하여 통일을 이해하고, 사회적 연대로서 평화를 상상한 소설이다.

① 어느 월남인이 기록한 데탕트의 월차 보고서

① 1971년, 동아시아의 데탕트

1960년대 말 청와대 기습 사건(1968.1), 푸에블로호 피랍 사건(1968.1), 울진 삼척 간첩 침투 사건(1968.10-11), 미군 EC-121 정찰기 격추 사건(1969.4) 등이 연이어 발발하였다. 이에 연동하여 박정희 정부는 예비군을 창설하고, 고등학교와 대학교에서 교련 교육을 시행하는 등 사회적 분위기를 경직시켰고, 남북의 군사적 긴장을 이유로 '국가 안보 우선주의'에 따라 노동 운동과 민주화 운동을 탄압하였다. 경직된 사회 분위기 안에서 최인훈은 '통일'에 대해 발화하는 것조차 신중을 기하였다.

1970년대 초반 냉전이 누그러지는 데탕트의 국면이 도래하면서 냉전 동아시아나 남북 관계 및 사회적 분위기에도 다소간 여유와 변화가 체감된다. 사회적 분위기의 변모는 '남북 적십자 회담'을 준비하는 예비 회담이 개최되고 1972년 7·4 남북 공동 성명이 발표되면서 절정에 달한다. 최인훈은 동아시아 데탕트의 나날에 예민한 관심을 두었고, 그 관심을『소설가 구보씨의 일일』에 기록해 두었다. "1971년 여름부터 1972년 봄에 이르는 시기에 대한 연대기적 기술이『소설가 구보씨의 일일』의 숨은 서사"이며, "이 연대기는 7·4 남북 공동 성명을 소실점으로 한다."[134]

『소설가 구보씨의 일일』을 살펴보기에 앞서 텍스트의 편성을 검토하고자 한다. 문학과지성사『최인훈 전집』에는 전체 15장으로 구성된 연작 소설집『소설가 구보씨의 일일』(초판 1976, 재판 1991, 3판 2009)이 실려 있다. 하지만 최인훈이『소설가 구보씨의 일일』을 처음 기획하고 연재할 때는 현재와 같은 15장 단행본 구성이 아니었다.

「소설가 구보씨의 일일」이라는 표제로 최인훈이 소설을 처음 발표하였던 것은 1970년 2월『월간중앙』([1])이었다. 이어서『창작과 비평』1970년 봄호에 「소설가 구보씨의 일일 2」([2])를,『월간중앙』1971년 3월호에 「소설가 구보씨의 일일 3」([4])을 발표한다. 1971년 8월부터 1972년 7월까지 1년간 「갈대의 사계」([6]-[17])라는 제목으로 소설 12편을 연재한다. 이 소설 15편을 15개의 장으로 편집한 것이 단행본『소설가 구보씨의 일일』(삼성출판사, 1973)이다. 이 책이 후일 문학과지성사 전집에 편성된다. 단행본『소설가 구보씨의 일일』에 정리 및 수습되지 않은, 또 다른 「소설가 구보씨의 일일」도 존재한다. 최인훈은 또 다른 「소설가 구보씨의 일일 3」([3])을『신상』1970년 겨울호에, 「소설가 구보씨의 일일 4」([5])를『월간문학』1971년 4월호에 발표하였다.

「소설가 구보씨의 일일」 3편은 여러 매체에 약간의 시차를 두고 발표되지만([1], [2], [4]), 「갈대의 사계」는 1971년 8월에서 1972년 7월까지 잡지『월간중앙』에 12회 연재된다([6]-[17]). 「갈대의 사계」는 잡지가 1년간 지면을 제공한 것이 창작의 계기였음을 짐작할 수 있다.

연번	단행본 『소설가 구보씨의 일일』(1973)		최초 발표 서지			시간적 배경[135]
	장	제목				
[1]	제1장	느릅나무가 있는 풍경	소설가 구보씨의 일일	월간중앙	1970.2.	1969년이 다 가는, 동짓달 그믐께를 며칠 앞둔 어느 날 아침
[2]	제2장	창경원에서	소설가 구보씨의 일일 2	창작과비평	1970.봄.	어느 봄날
[3]	–	–	소설가 구보씨의 일일 3	신상	1970.겨울.	어느 여름날
[4]	제3장	이 강산 흘러가는 피난민들아	소설가 구보씨의 일일 3	월간중앙	1971.3.	늦가을
[5]	–	–	소설가 구보씨의 일일 4	월간문학	1971.4.	새봄
[6]	제4장	위대한 〈단테〉는	갈대의 사계 1	월간중앙	1971.8.	1971년 초여름의 어느 날
[7]	제5장	홍콩 부기우기	갈대의 사계 2	월간중앙	1971.9.	1971.7.
[8]	제6장	마음이여 아무져 다오	갈대의 사계 3	월간중앙	1971.10.	1971.8.
[9]	제7장	노래하는 사갈	갈대의 사계 4	월간중앙	1971.11.	1971.9.
[10]	제8장	팔로군 좋아서 띵호아	갈대의 사계 5	월간중앙	1971.12.	1971.10.
[11]	제9장	가노라면 있겠지	갈대의 사계 6	월간중앙	1972.1.	1971.11.
[12]	제10장	갈대의 四季	갈대의 사계 7	월간중앙	1972.2.	1971.12.
[13]	제11장	겨울 낚시	갈대의 사계 8	월간중앙	1972.3.	1972.1.
[14]	제12장	다시 창경원에서	갈대의 사계 9	월간중앙	1972.4.	1972.2.
[15]	제13장	남북조시대 어느 예술노동자의 초상	갈대의 사계 10	월간중앙	1972.5.	1972.3.
[16]	제14장	홍길레진 나스레동	갈대의 사계 11	월간중앙	1972.6.	1972.4.
[17]	제15장	난세를 사는 마음 석가씨를 꿈에 보내	갈대의 사계 12	월간중앙	1972.7.	1972.5.

〈표1〉 「소설가 구보씨의 일일」 및 「갈대의 사계」 표제 소설 서지 및 시간적 배경

　　「소설가 구보씨의 일일」 표제로 연재된 단편 [1], [2], [4]와 「갈대의 사계」 표제로 연재된 [6]-[17]은 구보씨가 등장하고 그의 하루가 재현된

다는 점은 공통적이다. 단행본 1권으로 편성해도 크게 어색하지 않았던 것은 그 덕분이었다. 하지만 [1], [2], [4]와 [6]-[17]에는 차이도 있다.

[1], [2], [4]의 시간적 배경은 다소 막연하게 제시되지만, [6]-[17] 은 시간적 배경을 특정 가능하다. 「갈대의 사계」는 1971년 8월부터 1972년 7월까지 연재되는데, 연재분은 1971년 6월(초여름)부터 1972년 5월까지를 배경으로 한다. 각 연재분은 발표 시점으로부터 두 달 전을 시간적 배경 으로 하고 있다. 두 달의 차이가 나긴 하지만, 실제 발생한 사건을 바탕으 로 소설을 창작하고 조판, 편집, 인쇄하는 데 걸리는 물리적 시간을 감안 하면, 「갈대의 사계」는 현실과 동시대성을 확보한 소설이다. 1970년 10월 「갈대의 사계 3」에서 서술자는 8월 20일에 발표된 적십자 회담을 두고 "지 난 20일에 있었던" 일로 표현하고 있다(갈대-3, 1971: 450). 창작 시기를 9월 20일 이전으로 추측할 수 있으며, 최인훈이 집필 한 달 안에 일어난 사건 을 서사에 삽입한 것을 알 수 있다.

「갈대의 사계」 12편([6]-[17])은 동시대 현실을 1년이라는 시간 동안 재현한다. 『소설가 구보씨의 일일』에 관한 연구는 대부분 이 소설이 구보 의 하루 일상을 12번(혹은 15번) '반복'하여 재현하는 것으로 파악하였고, '일상성'이 연구의 중심 개념이었다.[136] 하지만 「갈대의 사계」 12편은 일 상을 '반복'하는 동시에 특정 사건과 사회의 '변화'를 시계열적으로 추적 하면서 반복 안의 '차이'를 포착한다. 최인훈이 추적하는 대상은 데탕트 (Détente, 긴장 완화)와 '남북 적십자 회담'이다.

「소설가 구보씨의 일일」 표제의 [1], [2], [4]에서 구보씨는 서울의 거 리를 산책하며 자유롭게 상상하고, 지식인 친구를 만나 토론하지만, 동시 대 국제 정치의 변동에 관해서는 큰 관심을 두지 않는다. 구보씨가 데탕트 의 나날에 관심을 둔 것은 「갈대의 사계」 표제 2회차 연재분인 [7]부터였 고, [6]에서는 데탕트에 대한 관심이 없다. 연재를 시작할 무렵까지만 해 도 최인훈은 데탕트 국면을 서사화할 계획이 없었던 것으로 보인다. 하지 만 「갈대의 사계」 연재 중에 만난 데탕트와 그 충격이 작가 최인훈에게 가지는 의미는 무척 컸기에 그는 연재 종료까지 데탕트 국면과 남북 관계의 변동을 매달 추적한다. 『소설가 구보씨의 일일』은 예기치 못하게 도달한 데탕트의 도래와 그것으로 기대할 수 있는 혹은 기대와 어긋나는 일상의 경험과 감각에 근거하여 작성되었다.

② "마음이여, 야무져 다오" – '데탕트', 어느 월남인의 내면에 관한 월차 보고서

「갈대의 사계 1」(『월간중앙』, 1971.8.)의 첫 연재분이 지면에 실리기 직전인 1971년 7월 16일 한국의 신문에서는 일제히 1면에 미국 AP 통신 및 로이터 통신과 홍콩 신화(新華) 통신 발 특종을 보도하였다. 같은 달 9일~11일 미국 대통령 닉슨의 국가 안보 담당 특별 보좌관 헨리 키신저가 파키스탄을 통해 방중(訪中)하였고 베이징(北京)에서 중공(中共) 수상 저우언라이(周恩來)와 회담을 가졌다는 것, 미중 양국은 "쌍방 간의 관계 정상화"를 모색하고, 이듬해 5월 이전에 닉슨이 중공을 방문하기로 합의했다는 것, 미국과 중공이 동시에 그 결과를 발표한다는 것이었다.[137]

한국 외교부는 즉각적으로 "놀라운 사실"이라 반응했고, 언론사 편집국에서는 "세계의 충격"이라고 평하였고, "냉전서 공존의 극적 진전" "항구 평화 노력의 대진전" "대전환 시대의 개막" 등의 중제목을 사용하여 신문을 편집하였으며, 며칠간 후속 보도 및 논평을 이어갔다. 미 대통령 특사 헨리 키신저도 "북경 밀사"로 유명세를 탔다.[138] 세계를 충격에 빠뜨렸으며 한국 큰 반향을 일으킨 이 사건은 두 달 후에 발표된 「갈대의 사계 2」(『월간중앙』, 1971.9.)에도 서술되어 있다.

〈그림20〉 저우언라이와 키신저(『동아일보』, 1971.7.19.)

김문식 씨가 가리키고 있는 것은 미국과 중공의 화해 기운에 대한 해설 기사였다. 그리고 미국 대통령의 밀사인 키신저 씨와 중공 수상 주은래가 악수하고 있는 사진이 곁들여져 있었다. 며칠 동안 아마 지구 위의 모든 사람들을 놀라게 한 뉴스가 오늘도 다루어져 있는 것이었다. '밀사'라는 표현이 구보씨에게는 괴물같이만 보였다. 구보씨와 같은 삼류 지식인, 삼류 생활자는 이럴 때마다 쓰디쓴 현실 인식의 기회를 가지게 되는 것이다. 교과서에 씌어 있는 대로 역사가 걸어왔고, 신문에 나는 일만으로 하루가 이루어지는 줄만 알고 사는 민중의 한 사람이라는 사실을 느낀다. '밀사'라면 구보씨는 거의 '전기(傳奇)'인 낱말로 알고 산다. 그런데 어느날 느닷없이 '전기'가 '일상'이라는 사실이 드러날 때의 짜증스러움, 발을 헛짚은 느낌, 그것은 아주 고약한 악몽에서 깨었을 때의 느낌이다. (갈대-2, 1971: 402)

지구적 냉전 질서가 바닥에서부터 흔들리는 상황을 마주한 구보씨는 흥분과 기대가 아니라, 악몽에서 깬 짜증을 느낀다. '민중'의 한 사람으로 구보씨는 자신의 삶에 깊이 개입하고 있는 냉전 질서의 변동 가능성을 차마 받아들이지 못한다. 비현실적인 서사인 전기가 일상이 된 듯한 느낌. 구보씨는 키신저의 방중을 현세에서 일어날 수 없는 일로 생각하며 큰 충격을 받는다.

서구에서도 '반공'의 사회 분위기나 매카시즘은 존재하였지만, '반공'의 분위기는 한국을 비롯한 탈식민 국가에서 더욱 강력하고 장기적으로 나타났다. 냉전과 독재가 겹쳤던 1960년대 한국의 민중은 "사고의 틀을 남북 대결의 코드 이하로 제한·단순화하고, 사유의 단위 또한 대립하는 두 정체(政體) 이상으로 확장하지 않을 것"을 강력히 요구받았다.[139] 구보씨는 자신의 삶을 "철 들고부터 이 세상은 빨갱이와 흰둥이로 갈라져 있고 그 두 세력은 물과 불같은 것이라는 소리 속에 자라고 배우고 지금껏 살고 있다."라고 진술한다. 그에게 냉전의 대립은 당연한 것이다. 1956년 흐루쇼

프의 스탈린 비판이나 1960년 전후 중·소 대립의 소식을 듣고도 "견문이 좁은 구보씨는 중·소가 짜고서 미국 사람을 속이기 위해서 싸우는 체하는 줄"로만 알뿐 그것을 믿지 못하였다. 구보씨는 남북의 적대적 대립을 압도적인 현실감으로 체감하였으나, 지구적 냉전의 변동은 언론을 통해 인지했을 뿐 맥락과 추이를 전혀 파악할 수 없었기에 "수상쩍은 낌새"로 느낄 따름이었다(구보2, 1971: 410-411).

1960년대 후반 전 지구적 냉전 질서의 완화와 분단과 독재 아래 한국의 경직된 사회 분위기의 낙차는 구보씨에게 인지부조화를 일으킨다. 인지부조화는 구보씨에 한정된 것이 아니라, "교과서에 씌어 있는 대로 역사가 걸어왔고, 신문에 나는 일만으로 하루가 이루어지는 줄만 알고 사는 민중"(갈대-2, 1971: 402) 모두가 경험하는 것이었다. 구보씨가 보기에 한국의 민중은 한국 사회의 규율과 규범에 (비)적응하며 한국 언론을 통해 정보를 얻고 살아가지만, 정작 자신의 삶을 규정하는 근본적인 조건은 그들이 체감하고 재현할 수 있는 범위를 넘어선 곳에서 결정되었다. 구보씨는 "'공식(公式)'으로 돌아가던 세상이 거짓이요, 탈바가지고 그 뒤에서 구보씨 수준인 인물은 언감생심 짐작도 못할 꿍꿍이가 익어간다는 이 현실의 진행 방식"(갈대-2, 1971: 402)을 의심하고 비판하였다. 구보씨를 포함한 한국 민중에게 역사는 풍문으로만 전달되었다. 역사학자 이남희의 통찰처럼, 한국의 민중은 역사의 주체가 아니었고, 그 자신 역사의 중심으로부터 소외된 "역사 주체성의 위기"를 경험하였다.[140]

비판적인 인식과 별개로 구보씨 역시 키신저의 중국 방문을 "한 시대의 의식의 공준(公準)이 흔들릴 만한 무슨 일"(갈대-2, 1971: 410)로 이어질 것인지 신중히 주시하였다. 1961년 7월 키신저의 중국 방문 이후 8월 12일 한국 적십자사 총재 최두선은 북한의 적십자사에 이산가족 찾기 운동을 위한 대화를 제안했고, 이틀 뒤 북한 적십자사 중앙위원회 위원장 손성필이 화답한다. 남북 적십자사는 예비 회담을 시작하여 이듬해 8월까지 적십자 예비 회담을 25차례 진행하였다. 「갈대의 사계 3」(『월간중앙』, 1971.10.)은 이러한 상황을 포착하였고, 구보씨와 친구 김순남은 "세상이 바뀔 모양인가?"라고 자문하였다.

> "세상이 바뀔 모양인가?"
> "글세." 〔…〕
> 이것이 무슨 말인가 하면 지난 20일에 있었던 적십자사 대표의 판문점 접촉을 두고 하는 말이다. 8월 20일에 대한 적십자사가 '가족찾기 운동'을 북한 적십자사에 제의했다. 그랬더니 대뜸 북적이 수락한다는 방송을 하고 지난 20일에 양쪽 파견자들이 판문점에서 만나 제의문서와 수락문서를 바꾼 것이다. <u>잘난 나라들이 어지럽게 줄타기를 하는 것을 한국 사람은 입을 헤벌리고 구경만 해온 게 근래 몇 해 안쪽 우리 형편인데 말마따나 큰 양반들이 재채기가 심하다 싶더니 끝내 우리가 감기가 들고 만 것이었다.</u>
> "살다 보면 이런 때도 있군." (갈대-3, 1971: 450)

냉전 질서의 변동을 의심하던 구보씨는 남북 적십자사의 대표가 판문점에서 접촉했다는 보도를 보고서야 현실의 변화를 감지한다. 1970년 전후 프랑스 서독의 독자 외교, 중·소 대립 등으로 인해 냉전이 다극화되었고, 미·소 군사력이 대등해지면서 데탕트 국면이 형성된다. 그리고 그것은 동아시아의 냉전과 남북 관계에도 영향을 미쳤다.[141] 구보씨는 '큰 양반의 재채기', 즉 강대국의 입장 변화로 남북이 '감기'가 들지 않을까 궁금해한다.

최인훈은 매달 발표하는 「갈대의 사계」에서 데탕트와 연동한 동아시아와 한국의 여러 사건을 다양한 형식으로 적극적으로 포착하고 구보씨의 반응을 소설에 삽입한다.

연번 및 발표일시		정치적 사건	배경 시간	서술자의 제시 방법
[7]	1971.9.	키신저 저우언라이 비밀회담 공개	1971.7.	신문 읽는 장면 묘사
[7]	1971.9.	미국이 한국을 '홍콩'화한다는 계획	1971.7.	기사 삽입
[8]	1971.10.	남북적십자사 접촉 시작	1971.8.	대화 묘사
[9]	1972.11.	적십자 회담이 문제 없이 진행되는 것에 놀람	1971.9.	구보씨의 내면 서술
[10]	1971.12.	중공의 UN가입	1971.10.	기사 삽입
[11]	1972.1.	적십자 회담 진전 소식이 없음에 답답해함	1971.11.	구보씨의 일기 삽입
[12]	1972.2.	월북작가 작품집 출판에 대한 논의	1971.12.	구보씨의 대화 묘사
[14]	1972.4.	미 대통령의 중국 방문	1972.2.	신문 읽는 장면 묘사
[15]	1972.5.	김일성의 미국기자 초청	1972.3.	기사 삽입
[16]	1972.6.	북한에서의 유년시절 회상	1972.4.	구보씨의 회상 서술
[17]	1972.7.	미 대통령의 소련 방문, 핵무기 중단 논의	1972.5.	신문 읽는 장면 묘사

〈표2〉「갈대의 사계」 연재에서 포착한 데탕트의 징후 및 구보씨의 반응

　　서술자는 지구적 냉전 질서 변동을 감지하게 해 주는 사건을 보도한 신문 기사를 소설에 직접 삽입하는 '몽타주 기법'을 지속적으로 활용하면서 구보씨의 충격을 가시화한다.[142] 「갈대의 사계」의 연재가 종료될 때까지 구보씨는 언론의 보도를 읽고 친구와 지구적 냉전 및 남북 관계의 변화를 이야기하였다. 지구적 냉전의 변동에 대한 진단과 상상은 이전의 구보씨라면 쉽게 수행할 수 없던 것이었다.

　　구보씨가 가능성과 기대로 1년을 보냈던 것은 아니었다. 「갈대의 사계」에서 서사화한 1년 동안 구보씨는 착각과 정정, 혼란과 기대 등 거듭되는 시행착오의 시간을 통과해야 했다. 남북 적십자사 접촉 소식으로 놀랐던 바로 그날, 구보씨는 "인천에 올라온 무장 공비"가 영등포 대방동에서 폭사하는 소식을 TV로 접한다. 구보씨는 말없이 TV를 보면서 그동안 "너무 날씨가 좋다 싶더니." 결국 "올 것이 왔구나."라는 생각에 마음이 내려앉는다(갈대-3, 1971: 455-456). 그날 저녁 라디오를 통해 무장 공비가 아니라 실미도 특수부대원이었다는 진상을 듣고서야 구보씨는 마음을 진정한다.

박정희 정부는 적십자 회담 시작 이후에도 지속적으로 북한의 도발 위협을 과장하여 발표하였다.[143] 구보씨의 1년은 기대로만 채워질 수 없었다.

하지만 구보씨는 체념과 회의 속에서도 조금씩 세계의 변화를 경험한다. 적대적이었던 남북의 사람들이 "한 번 만나도 두 번 만나도 아무 탈이 없자" "어리둥절"하게 생각한다(갈대-4, 1971: 439). 중국이 압도적인 지지 가운데 UN에 가입하자 그간 실감하지 못했던 일들이 "조금씩 손에 잡히는 것 같다."고 생각하면서, "구보씨는 근래에 날마다 새로워지는 느낌"을 기록한다. 구보씨는 실감을 넘어서 자신의 시각에서 해외 언론을 적극적으로 비평하기도 한다. 미국 통신사 기사의 표면적인 내용은 "거짓말·엄살"이고, 실제로 "미국 대통령의 보좌관인 무엇이라든가 하는 사람이 지금 북경에 가서 방문 절차를 논의하고 있는 중일 것"이라는 것이 그의 추론이었다(갈대-5, 1971: 456-457).

문제는 남북 적십자 회담의 진척이 잘 알려지지도 않고, "신문이나 잡지에 나는 글이나 보도도 알차지 못"했다는 데 있었다. 구보씨는 남북 적십자 회담을 "생각하면 할수록 엄청난 일인데도 어쩐지 겉도는 느낌"을 받는다(갈대-6, 1972: 32). 그의 느낌은 연재 종료까지 이어진다.

1945년에서 어느덧 삼십 년 가까운 세월이 흘렀다. 이러다가 십 년 이십 년이 또 어마지두에 지나고 보면 구보씨의 경우로 보면, 한창 나이를 다 넘기고 마는 것이 된다. 그런데 작년에 난데없이 남북 간에 적십자 회담이라는 것이 열렸을 때는 깜짝 놀랐다. 너무 뜻밖이었기 때문이다. 그런데 그 후 회담이 거북이걸음으로, 지금은 실무자 회의라는 단계에 있는 모양이다. 구보씨는 요즈음에는 신문 제1면 가운데로부터 아래쪽으로 짤막하게 실리는 그 실무자 회의 소식이 있는가 찾아 보았지만 오늘은 실리지 않았다. 실리지 않았다고 해서 꼭 아무 진척이 없었다고는 짐작 못한다. 이런 회담이 시작될 때만 해도 미리 그런 낌새가 보인 것은 아니었으니까. 보이지 않는 데서 잔뜩 곪았다가 어느 날 갑자기, 자 터졌소 하고 아

닌 밤 홍두깨를 맞을 차비를 하는 편이 되레 낫지 않을까 싶다. (갈대-12, 1972: 429)

「갈대의 사계」 마지막 연재분의 시간적 배경은 1972년 5월이었다. 연재 종료를 앞두고 최인훈은 1945년 해방과 분단 이후의 시간을 헤아린다. 대략 서른 해. 구보씨는 처음 키신저의 방문과 남북 적십자 회담이 개최되었을 때는 크게 놀란다. 하지만 이후 회담은 거북이걸음이었다. 구보씨는 여전히 신문 1면에서 회담 소식을 찾는다. 그는 회담 소식이 실리지 않아도 진척이 없다고 속단하여 실망하지 않는다. 오히려 구보씨는 이제 "아닌 밤 홍두깨를 맞을 차비"를 하고 있다. 불투명한 미래와 불확실한 정보 속에서 구보씨는 불확실성 자체에 대응할 준비를 하고 있었다. 기대와 실망, 깜짝 놀람과 지루함 속에 시행착오를 반복했던 1년을 보낸 결과, 구보씨는 불확실한 기대 안에서도 무언가를 준비하고 기획하였다.

1972년 7월. 「갈대의 사계」 마지막 회가 공개되었다. 동시에 서울과 평양에서는 자주, 평화, 민족 대단결을 통일 3원칙으로 제시한 7·4 남북 공동 성명을 동시에 발표한다. 7·4 남북 공동 성명이 비밀 외교의 결과로 발표되었다는 점에서[144] 구보씨의 통찰은 무척 현실적인 기대였다.

7·4 남북 공동 성명 20일이 지난 후, 문학평론가 임헌영은 일본의 K선생에게 드리는 글을 써서 잡지 『한양』에 기고한다. 그는 4·19 혁명을 맥락으로 하는 최인훈의 『광장』을 비판적으로 진단하면서, 그것을 넘어서는 7·4 남북 공동 성명 이후의 문학적 과제를 제시하였다.[145] 그리고 최인훈은 1973년 8월 15일 『광장』을 개작하여, 민음사에서 다시금 출판한다. 문학평론가 김욱동은 1973년 『광장』이 "새삼스럽게 다시 출간된 것은 7·4 남북 공동 성명으로 촉발된 민족 통일에의 의지를 반영한 것으로 보아도 틀리지 않을 것이다."라고 논평하였다.[146]

② '광장으로 나오는 공공의 통일론'과 사회적 연대로서의 평화

1 민중의 발견과 민주주의의 재인식

7·4 남북 공동 성명 발표 후 남북 조절 위원회가 가동되었지만, 남북의 입장 차이는 좀처럼 좁혀지지 않았다. 박정희 정권이 통일을 위한 국내 체제 정비가 필요하다는 논리를 내세웠고, "7·4 남북 공동 성명은 유신 체제의 명분"으로 전락한다. 남북 대화는 급속히 동력을 잃었다. 1973년 6월에는 남한의 6·23 선언이 있었고, 8월 28일에는 북한의 공식적인 대화 중단 의사 표명이 있었다.[147]

잠시 열렸던 남북 대화의 가능성이 닫혀 갔던 1973년 봄 혹은 초여름 최인훈은 한국문학전집 제61권으로 『소설가 구보씨의 일일』(한국문학전집 61, 삼성출판사, 1973)을 편집한다. 그는 「갈대의 사계」의 연재분에 새롭게 제목을 부여한다. 구보씨가 남북 적십자 회담 소식을 듣고 동향 친구와 토론하고, 실미도 특수부대원 사건 오보로 인해 몇 번이나 마음을 쓸어내려야 했던 '긴 하루'를 다룬 「갈대의 사계 3」(『월간중앙』, 1971.10.)에는 「마음이여 야무져 다오」라는 제목을 붙인다. 남북의 대화 가능성이 소멸해 갈 때, 최인훈은 남북 적십자 회담이 시작되었던 그날을 더듬으면서 희망도 절망도 기대도 체념도 아닌, '야무진 마음'을 요청하였다. '야무진 마음'은 결단이나 다짐만을 의미하는 것은 아니었다. 1971년 초여름에서 1972년 초여름까지 1년간 구보는 그 이전과 다른 '사회'를 상상하였다.

> "정치적 프로이트주의란 것도 있지. [⋯] 정치의식의 심층에 있는 바람 말이야." (김순남의 발언-인용자)
> "글세 그게 문제 아닌가? 왜 그걸 정신의 심층에 눌러둬야 하는가? 밝은 햇빛 아래 내놓아서 서로 토론하고 외치고 권유해야지. [⋯] 민간의 세력이 원동력이 돼서 이번 운동 같은 게 일어났다면 하는 의견이야." (구보씨의

발언-인용자)

"적십자면 민간단체 아닌가?"

"적십자? 글쎄, 적십자가 민간단체 아니란 말은 아니지. 가족찾기 같은 건 좀 더 토착적인 단체가 주관이 됐으면 하는 거야. 〔…〕 그야 서양에서야 적십자가 민간의 생활과 직결해 있겠지. 거기서 생긴 단체 아닌가? <u>그러나 우리나라 같은 데서 적십자가 이번 일 같은 게 있기 전까지야 일반 민중과 무슨 관계가 있나? 이번 일 같은 걸 위해서라면 피난민 단체가 얼마든지 있지 않은가? 그런 단체라야 이번 운동의 당사자들과 직접 통해 있지 않아? 적십자래야 이번 일에는 〈관청〉이지.</u> 〈관청〉에서 하시는 일이지. 자기 고향 사람들을 만나본다는 일까지 관청에서 주관한다, 좀 생각할 일이지. 아니면 하다못해 종교단체 연합 같은 형식으로 했더라면 훨씬 뜻이 있지 않았을까." (갈대-3, 1971: 452)

1972년 8월 적십자 회담 보도 기사를 읽은 구보씨와 친구 김순남. 김순남은 월남의 경험을 가진 세대가 통일을 주도해야 한다고 주장하지만, 구보씨는 특정 세대나 위치의 인물이 통일을 주도해서는 안 된다고 판단한다. 또한 김순남은 적십자 회담을 현실 정치의 표면에 가려 보이지 않던 심층이 표출된 것으로 이해하지만, 구보씨는 국가가 심층을 독점하는 것에서 벗어나 "밝은 햇빛 아래", 즉 공공의 영역에서 토론할 필요가 있다고 한다.

구보씨는 스스로를 공적으로 공개된 언론을 통해서만 정보를 획득할 수 있었고, 비밀 회담이 공개될 때마다 놀랄 수밖에 없는 '일반 민중'의 위치에 두었다. '역사 주체성의 위기' 앞에서 한국의 학생과 지식인은 민주화 운동의 역사적 경험을 바탕으로 정치적 주체로서 민중의 의미를 구성한다.[148] 구보씨 역시 같은 위기를 앞에 두고 있었으나, 그는 강력한 권력이나 고도의 지식과 무관하게 일상의 삶을 살아가는 평범한 사람으로서 민중의 삶에 주목한다.[149] 1970년대 중반 일본의 한국사 연구자 가지무라

〈그림21〉 서울 시내를 걷고 친구와 대화하는 구보씨(김경우, 『월간중앙』 1971.8, 423쪽)

히데키(梶村秀樹) 역시 완전무결한 존재로서가 아니라, "참된 주체로서 실수도 하고 경우에 따라서는 웃기도 울기도" 하는 한국 민중을 발견하였다. 한국의 민중은 박정희 정권의 근대화 노선에 포섭된 듯하지만, 자본의 전일적 지배를 허락하지 않으면서 굳건히 생활 세계를 지켜나가는 주체였다.[150]

나아가 구보씨는 적십자 회담의 활동에 주목하면서도, 서양의 적십자사는 민중의 삶과 밀착해 있지만, 한국의 적십자사는 정부가 주도하기 때문에 관청과 다름없으며 민중의 삶과 떨어져 있다고 비판하였다. 구보씨는 국가 주도의 협상보다는 민중의 요청에 의한 협의를 중시하였다. 작가 루쉰(魯迅)의 문제의식을 받아 안으면서 '관이 말하는 민'과 '민이 말하는 민'을 대별하고, '민이 말하는 민'에 근거할 때 사회의 근본적인 변혁이 가능하다고 판단했던 다케우치 요시미의 판단을 떠올리는 대목이다.[151] 특히 구보씨는 민중의 요청에 의한 협의의 사례로 종교 단체를 들었다.[152]

하지만 식민지와 냉전을 경험하면서 1970년대 한국 사회는 공공성을 담당할 주체나 공적 영역이 충분히 성숙하지 못한 상태였다. 최인훈은 「주석의 소리」(『월간중앙』, 1969.6.)에서 상하이 임시 정부의 주석이었던 김구의 목소리를 빌려서 "일본 제국주의의 통치가 우리들에게 국가와 사적 활동 사이에 있는 건전한 감각을 해체시키고 망국적인 이기주의의 심성을 배양한 것은 틀림없"다고 비판하면서 그 결과 한국에는 '공적인 것'에 대한 감각이 부재하게 되었다고 판단하였다(주석, 1969: 369). 또한 그는 「총독의 소리 Ⅱ」(『월간중앙』, 1968.4.)에서 해방 이후 한국에서 암약하는 가상(假想)의 조선 총독은 해방 이후 "남쪽 주민들"은 서구적 "시민사회로 조속히 옮아가려는 욕구"를 가졌지만, 냉전 체제의 이념적 대립과 미국의 아시아 정책이 그것을 허락하지 않았다고 평하였다(총독2, 1968: 418). 생애사적으로 최인훈은 고등학교 시절 가족과 함께 LST를 타고 원산에서 부산으로 월남하였고, 목포와 서울을 전전하면서 '피난민'으로서 20대와 30대 시절을 보냈다. "피난민이자 독신자인 구보씨에게는 이러한 (서울의-인용자) 주택가는 늘 두려움에 가까운 힘을 느끼게 한다."(갈대-2, 1971: 401)라는 서술에서 볼 수 있듯, 사회에 자신을 정위하지 못하였다. 김윤식은 최인훈 문학의 근원적인 특징으로 "농민처럼 땅만 파는 정주민의 부동하는 감각이 아니라, 별을 보고 길을 찾는 유목민스러운 감각"을 든다.[153]

피난민으로서 결핍을 대리 보충하듯, 1960년대 초중반 최인훈은 「그레이구락부 전말기」(『자유문학』, 1959.10)나 『회색인』(『세대』, 1963.6-1964.6; 『회색의 의자』)을 통해 공동체를 상상한다. 이들 소설이 모색한 공동체는 지식인 중심의 공동체였거나, 대낮의 빛으로 은유되는 공적 영역의 공동체가 아니라, 어두움과 "회색을 사랑하는 자로 자처하는" 비밀 결사였다(그레이, 1959: 154). 최인훈 또한 지식인 중심의 폐쇄적 공동체를 제시하지만, 그것에 신중한 거리를 두었다.

1960년대 지식인의 사유에 주목하였던 최인훈은 1970년대 민중의 구체적인 삶에 관심을 가진다. 『소설가 구보씨의 일일』에서 구보씨는 서울의 주변부를 자신의 생활 공간으로 인식하고, 지역의 민중과 일상을 공유한다. 「소설가 구보씨의 일일」 연작([1], [2], [4])과 「갈대의 사계」 연재분([6]-[17])은 광화문 주변을 산책하는 구보씨의 하루를 서사로 제시한다는 점은 공유한다. 전자에는 구보씨가 살아가는 구체적인 공간이 등장하지 않지만,[154] 후자에는 그가 살아가는 구체적인 공간인 집과 마을, 그곳에서 살아가는 민중의 모습이 등장한다. 구보씨의 하루는 집을 나서는 것으로 열리고, 집으로 돌아오는 것으로 닫힌다.

> 저녁에 구보씨는 일찍 집으로 돌아왔다. 세수를 하고 구보씨는 신문을 본
> 다. 〔…〕 이 집에 지난봄에 하숙을 들었는데 아직까지는 만족하고 있다.
> 변두리에 새로 들어선 살림집 동네이지만 큰 '저택'들이 아니고 서민층에
> 알맞은 자그마한 지음새들이어서 거창하지 않고, 그중에서 이 집은 원래
> 부터 여기 살던 집이라 신식 집이 아니고 한옥이다. 이 집을 두고 말하자
> 면, 제자리에 앉아서 자기는 바뀌지 않고 둘레만 개명해진 셈이다. 그래
> 도 터도 새집 서너 채는 더 지을 만한 넓은 빈자리가 있고, 거기에 감·복
> 숭아·목련 따위 나무가 있다. 원래 시골집 마당에 자연스럽게 있던 야생
> 나무들이 일부러 가꾸는 관상목처럼 되었다. 주인집 식구는 셋인데 중년
> 부부와 옥순이라고 하는 고등학교 다니는 딸이다. 이 식구들도 마치 이
> 뜰의 나무들처럼 반농촌 반도회지 사람들이다. <u>닳아빠지지도 않았고 그
> 렇다고 벽창호도 아니다. 구보씨로서는 이만한 사람들이 가깝게 사귀기
> 에는 가장 안심할 수 있는 편이다.</u> (갈대-1, 1971: 429)

「갈대의 사계」 첫 연재분에서 광화문에서 귀가한 구보씨는 저녁이
있는 날을 보내면서 자신이 거주하는 공간을 세밀히 살펴본다. 팽창하는
서울의 변두리 지역의 오래된 한옥. '닳아빠지지도 않았고 그렇다고 벽창
호도 아닌' 평범한 사람. 그곳에서 구보씨는 마음 깊이 안심한다. 그는 서
울 주변부 민중의 삶을 관찰한다. 구보씨는 하숙집 주인인 옥순 어머니
와 이발사와 대화하면서, "민중의 신앙 속에서 자라온 민중의 아들"인 그
들의 "인삿말"을 비롯한 풍속과 "생활의 구석"을 유심히 관찰한다(갈대-5,
1971: 453-454).
　　구보씨는 지역이라는 공간과 민중의 삶에 밀착해 갔지만, 민중의 생
활을 정형이나 고정적인 것으로 이해하지 않는다. 그는 '사회적 종(社會的
種)'이라는 개념을 제안한다.

〈그림22〉 마을 사람들을 관찰하는 구보씨(김경우, 『월간중앙』, 1971.12, 453쪽)

옥순네 식구도 뚜렷한 '사회적 종'인데 구보씨는 그들이 자기와는 다른 '사회적 종'임을 믿는다. 원래 서울 근처의 농민이다가 서울이 불어나는 바람에 서울 사람이 저절로 되어버린 사람들이다. 그들이 서울에 온 게 아니고 서울이 그들에게 와버린 것이다. 그래서 그들은 아직 농가 사람들이고 말도 구식이다. 옥순이만이 신여성인 셈인데 그녀도 집에 오면 어머니 비슷해진다. (갈대-6, 1972: 434)

구보씨는 옥순 가족이 보여 주는 삶의 형식을 관찰하면서, 자신과 그들이 전혀 다른 '사회적 종'임을 깨닫는다. 구보씨가 착안한 '사회적 종'은 인종적 특징이나 본질론적 정체성이 아니라, 삶이 근거를 둔 공간과 풍속에 따라 역사적으로 형성된 것이고 다양한 계기에 의해 변화 가능하다. '사회적 종'은 서로 다른 생애사적 경험을 가졌던 민중이 서로의 삶을 이해하고 존중하면서 역동적으로 포착하기 위해 고안한 개념이었다.

피난민 정체성을 가진 구보씨는 처음에는 서울의 정주민에 대해 거리를 느낀다. 하지만 민중의 삶을 관찰한 결과, 서울의 민중이 "순 토박이 서울 사람들"(갈대-6, 1972: 433)이라는 균질화된 정체성을 가지는 것이 아니라, 비균질적이고 다양한 삶을 살고 있다는 것을 깨닫는다. 구보씨는 "서울에 살면서 대부분 사람은 넓은 도시에서 숱한 사람과 함께 사는 걸로 알고 있는데 실은 허황된 느낌에 지나지 않는다. 실지로 관계하는 사람은 얼마 되지 않는다. 자기 직업을 중심한 몇 사람들하고 어울려 사는 것뿐"(갈대-7, 1972: 419)이라고 평한다. 여전히 '농민'의 풍속을 따르는 사람도 많지만, 피난이나 이주 등의 경험으로 "뿌리 없는 자의 버릇"을 가진 이도 적지 않았다. 역사적으로 살펴본다면 "개화기 이래 진행되고 있는 사회 변혁", 곧 근대화의 역학에 따라 서울 민중의 삶 역시 지속적으로 재편된다. 구보씨는 "서울이라는 이 도시에서는 모든 사람이 피난민"(갈대-6, 1972: 434)이 될 것이라는 결론에 도달한다. 그는 피난민의 삶에 기반한 공동체 성립 가능성을 탐색하였다.

> 이것이 가령 대구나 부산만 해도 서울보다야 낫겠지만, 광주나 마산만 하더라도 한 십 년 붙박여 살면 웬만한 사람은 알게 마련이다. 미국 사람들이 말하는 지역 사회란 것은 그만한 규모에서 자연스러울 수 있다. 그러나 서울에서는 아무래도 모두 남일 수밖에 없다. 그런데 음식집에서 숟가락을 같이 쓴다는 사실로 해서 얼굴을 모르면서도 얼마나 많은 사람들이 숟가락 동창생이 되어 있을 것인가. 이를테면 숟가락 공동체에 참여하고 있는 것이 된다. 범죄라든지 무법자라든지 하는 것을 지극히 싫어하는 소시민인 구보씨는 이와 같은 삶의 공동체에 귀속한다는 일을 높이 생각한다. 그래서 구보씨는 숟가락 콤플렉스에서 벗어날 수 있었던 것이다. (갈대-7, 1972: 419)

구보 씨는 전통적인 삶의 형식과 관계의 네트워크가 남아 있던 지역의 중소도시는 서구적인 의미에서 지역 사회로 기능할 수 있으리라 짐작한다. 또한 "마을이라든지 읍 소재지만 한 곳이면, 거기 사는 사람들 사이에는 거미줄 같은 연락이 닿아 있다."(갈대-21, 1972: 431). '피난민'의 도시로서 서울에서는 전통적인 혹은 서구적인 공동체가 아닌, 새로운 관계에 근거한 '삶의 공동체'가 가능하다는 것이 구보씨의 결론이었다. '숟가락 공동체'. 최소한의 안전을 보장하는 동시에 익명성에 기반한 느슨한 공동체. 구보씨는 새로운 관계에 근거한 '삶의 공동체'에 참여함으로써 공동체에 참여하지 못했던 콤플렉스를 넘어선다. 새로운 연결에 기반

〈그림23〉 구보씨에게 약을 건네는 옥순 어머니(김경우, 「월간중앙」 1972.2, 419쪽)

한 공동체를 상상하는 구체적인 근거는 구보씨가 서울의 민중과 공유한 생활이었다. 구보씨가 새로운 '삶의 공동체'에 대한 상상을 마친 순간, 구보 씨의 방문이 열리면서 옥순 어머니가 감기약을 건넨다. 구보 씨에게 건네진 "약 세 봉지"(갈대 7, 1972:420). 약을 선호하지 않는 구보씨였으나, 옥순 어머니의 돌봄에 응답하면서 약을 복용한다.

새로운 '삶의 공동체'의 발견은 새로운 언어의 발견으로 이어졌다. 어느 아침 구보씨는 잠결에 들은 동네 여성들의 싸움 소리를 노랫소리로 착각한다.

이러들 마오 / 이러들 마오 / 사람 괄시 그리 마오

사설과 푸념이 엿가락처럼 끊일 줄 모르는 창 소리가 무엇인가를 간곡히 호소하면서 이런 후렴만을 그중 똑똑히 가려들을 수 있었다.
구보씨는 인제 온전한 깨어 있는 정신으로 이 때 아닌 곳 아닌 노랫마당

의 연고를 가려듣기 위해서 온 조바심을 귀에 모았다. 수월치 않은 몇 분이 지난 끝에 구보씨는 빙그레 웃고, 다음에는 사뭇 놀라움을 감추지 못하는 낯빛을 지었다. 〔…〕 옥순 어머니는 (배추를-인용자) 더 날랐다 하고, 동네 사람은 덜 날랐다고 하는 모양이다. 지금 창을 하는 게 그 동네 아주머니다. 그만 가져갔으니 그렇다는 것이지 사람을 어떻게 보느냐, 배추 몇 포기 가지고 속인단 말인가 하는 넋두리를 노래로 하고 있는 것이다. 싸움을 노래로 하다니, 그래서 구보씨는 놀랐던 것이다. 하기는 이런 비슷한 일은 처음 당하는 일은 아니었다. 구보씨 어머니, 그들 시어머니 세대의 사람들은 가부간에 말 속에 가락이 섞이는 일이 많다. 이야기가 어느새 한숨이 되고 어느새 사설이 되고, 말꼬리가 판소리 한 대목같이 떨어지는 것이다. 이런 말투는 그들보다 젊은 사람들에게는 이미 없는 버릇이다. (갈대-6, 1972: 430)

구보씨가 간곡한 노랫소리로 기분 좋게 들었던 것은, 동네 여성들이 배추를 사고팔다가 그 수량을 두고 싸움하는 소리였다. 중년 여성들은 이해와 오해, 배려와 짜증이 섞여 있는 싸움을 하면서, 노래이고 말이면서 동시에 욕설인 언어를 통해 의사소통을 수행하였다. 자신은 전혀 알지 못했던 민중의 낯선 한국어의 화용은 구보씨에게 큰 충격을 주고 그는 문학의 언어를 고민한다. 그는 "말이 노래가 되게 할 것. 후퇴함으로써가 아니라 전진함으로써 그렇게 할 것. 그렇게 해서 글에 점잖음을 줄 것."(갈대-6, 1972: 430)이라는 통찰을 길어 올린다.

1970년대 최인훈 문학의 언어 역시 변화한다. 일본어 독서를 통해서 지식을 축적하고 세계를 이해하였던 최인훈은 창작에서도 서구의 개념을 번역한 일본식 한자 개념어를 많이 사용하였다. 1973년 최인훈은 7·4 남북 공동 성명에 공명하여 한동안 절판되었던 『광장』을 민음사에서 재간행하면서, 문장의 형식을 유지하면서 한자 개념어와 용언을 고유어로 수정한다.[155] 지식인의 언어에서 민중의 언어로 변모한 셈이다.

구보씨가 남북 관계의 변화 가능성을 예민하게 관찰하였던 1년은, 서울에서 민중과 일상을 공유하면서 새로운 '삶의 공동체' 형성 가능성을 탐색한 시간이었다. 그가 탐색한 '삶의 공동체'는 정치학자 사이토 준이치(齋藤純一)의 표현을 빌리면, 지역이라는 구체적 생활 공간에서 친밀권을 기반으로 한 대안적 공공권에 대한 탐색이었다.[156] 혹은 법학자 박홍규의 언어를 빌린다면, 구보씨가 상상한 공동체는 "우리가 모두 같은 사람으로서 자유롭고 평등하게 함께 살면서 자치하는 사회"이다. 모든 사람이 평등한 인간이라는 전제와 모든 사람이 자유롭고 평등하게 살 수 있어야 한다는 공동의 확신을 바탕으로, 개인이 구체적인 현실 속에서 의지적인 노력을 수행할 때, 사회는 창조된다.[157] 문학사적으로 살펴본다면, 1970년 전후 최인훈의 문학적 상상의 앞자리에는 젠더와 문식성(literacy)이라는 조건을 숙고하며 민중의 친밀성에 기반한 공공권의 형성 가능성을 탐색했던 해방공간 엄흥섭의 문학적 실천을 놓아볼 수 있다.[158]

구보씨는 민주주의라는 이념 역시 국가의 체제로서가 아니라 민중의 구체적인 삶의 층위에서 성찰하였다. 어느 날 구보씨는 일기에 "지방 자치와 민주주의가 따로 있는 게 아니라 민주주의의 운용 원리가 지방 자치다."(갈대-6, 1972: 432)라고 기록하였다. 1960년 4·19 직후『광장』의 지식인 이명준은 민주주의를 서구의 역사에 기반한 것으로 한국에는 '풍문'에 불과했다고 판단하였고, 1960년대 중반 군사 독재 아래「크리스마스 캐럴 5」의 지식인은 야간 산책을 통해 한국에서 민주주의와 혁명의 가능성을 고민하였다.『소설가 구보씨의 일일』에서 구보씨는 민중의 구체적인 삶을 통해 민주주의의 이념을 재고하였다.

<u>통일이 가져오는 변화는 결국 생활의 가까운 곳에서 무슨 눈에 보이는 것으로 나타나지 않으면 안 된다.</u> 어떤 일이 나타날지도 두고 보아야 한다. 이번처럼 남북의 적십자회담이라도 열리고 보면 문득, 통일은 또다시 우리 마음을 차지하기는 한다. 그러나 이제 양쪽 사람들은 너무 다른 세상

에서 살아 왔기 때문에 통일이 다음에 무엇이 지금보다 달라질 것인지 짐작할 수 없게 되어 있다. (갈대-5, 1971: 449)

구보씨는 국가가 독점하였던 민주주의와 통일을 민중의 일상에서 새롭게 감각하고 상상할 것을 제안한다. 민중의 삶에서 바라본 통일은 하나의 고정된 상을 가지지 않는다. 통일, 그리고 통일 이후의 생활은 민중의 선택으로 새롭게 구축될 미정형의 가능성이었다. 1960년대 지식인을 주체로 한 중립화론에 관심을 기울였던 최인훈은, 1970년대 초반 민중의 일상과 공공의 토론에 근거한 통일론으로 그 관심을 이동하였다. 1970년대 최인훈의 통일론을 '광장으로 나오는 공공의 통일론'으로 명명하고자 한다.[159]

② 평화를 위한 문화의 형성 – 월북 작가의 해금과 사회적 연대로서의 평화

『소설가 구보씨의 일일』에서 구보씨는 스스로를 "월남 피난민이자 홀아비 소설 노동자"(갈대-7, 1982: 418)로 정의하며, 그 일상의 상당한 시간을 동료 시인이나 소설가를 만나거나 잡지사에 들러서 원고를 전달하고 원고료를 정산하는 데 할애한다. 1972년 4월 구보씨는 광화문 전국 예술문화단체 총연합회를 찾아서 그곳 기관지

〈그림24〉 잡지 편집실에서 이문장을 만난 구보씨(김경우, 『월간중앙』 1972.6, 429쪽)

를 편집하는 이문장을
만난다. 구보씨는 그를
두고 "매우 솜씨 있는
소설 노동자"(갈대-11,
1972: 427)라고 칭하는
데, 이문장은 그 자리
에서 최근 유명을 달리
한 가와바타 야스나리
(川端康成)에 관한 짧은
글을 구보씨에게 청탁
한다. 이 일화는 한국

〈그림25〉 문인들과 이야기하는 구보씨(김경우, 『월간중앙』 1972.3,
427쪽)

문인협회와 그곳의 기관지 『월간문학』, 그리고 편집장 이문구를 소재로
한 것이다.[160] 최인훈, 박화성, 황순원, 안수길, 이호철 등 작가 25명이 쓴
글은 『월간문학』 1972년 6월호에 「가와바타 야스나리는 왜 자살했나?」라
는 제목으로 실린다.[161] 문학 연구자 이소영의 지적처럼, 1970년대 이문구
는 식민지, 4·19 혁명, 1965년 한·일 협정 등 세 개의 시간을 중첩하면서, 한
국에서 혁명과 민주주의의 의미를 심문하고, 시민과 '민주주의적인 인간
상'이라는 이념형을 탈구축하는 데 힘쓰고 있었다.[162]

　　1971년 10월 평론가 김공론(김견해)은 구보씨를 만나 "종래의 기준 같
은 데 사로잡히지 말고 자유롭게 채택"한 새로운 문학전집 편집에 대해
의논하였다(갈대-5, 1971, 458). 그들은 사실주의 소설과 대중 소설을 함께 편
집하는 방향을 검토한다. 2개월 후 김공론은 다시 구보씨를 만나 문학전
집에 월북 작가의 작품을 전집에 포함하는 문제를 신중히 논의한다.

　　"월북 작가들 작품 말이야." (김공론의 발언-인용자)
　　"응." (구보씨의 발언-인용자)
　　"이번 기회에 어떻게 안 될까?"

"해방 전 작품 말이겠지?"

"물론이지, 해방 전에야 같은 문단에서 살면서 쓴 작품이구, 지금 읽어봐도 특별히 이데올로기 냄새가 나는 것도 아닌 작품을 묶어놓을 필요가 뭔가?" (…)

글 쓰는 사람들이 모이면 가끔 나오는 얘기였다. 그러나 구보씨는 일이 수월하리라고는 여겨지지 않았다.

"하긴, 별것 아닌데."

"응?"

"글세, 그 작품들 말이야, 지금 여기서 읽는대야 크게 어긋날 것도 없는 작품들인데 말이야."

"작품 때문이 아니라 물론 쓴 사람 때문이지."

"그러니 복잡하지."

"이번 남북 적십자 회담 같은 데 비하면야 복잡할 것 뭐 있나?"

"그렇군."

"될 만한 일부터 골라서 약간씩이라도 숨통을 여는 게 옳지."

"혹시 적십자 회담 같은 데 성과가 좋으면 다른 문제들도 실마리가 풀릴지 모르지."

"글세."

이번에는 김공론 씨가 입을 다물었다. (갈대-7, 1972: 431-432)

평론가 김공론은 최인훈과 동년배인 1936년생인 문학평론가 김윤식을 가리킨다. 서울대 교양과정부 조교수였던 김윤식의 회고에 따르면, "그 무렵『소설가 구보씨의 일일』을 쓰던 최인훈과 시인 고은이 찾아오면 캐비닛 속에 든 소주를 마셨고 시인 고은, 최인훈과 셋이 배밭 순례를 하고 육군사관학교 앞 청요리집 이층에서 벌겋게 취하여 가을 들판에 타오르는 모닥불을 지켜보면서 말을 함께 잃었던 기억도 있다." 동년배인 이들은 함께 문예지를 내기로 약속하기도 하였다.[163]

문학 연구자 김윤진의 지적처럼, 해방을 맞은 한국의 작가는 새로운 나라의 문학 및 언어를 창출하기 위한 다양한 기획을 구상하였으며, 교과서 및 문범을 편집하여 어문 실천의 범례를 제시하였다.[164] 하지만 해방공간은 "가슴 떨리는 미래의 첫 페이지가 아니라 어두운 과거의 끝자락"에 가까웠고, 식민지 조선의 모순 또한 이월된 상황에서 적지 않은 작가가 월북하였다. "남한 문단의 건설은 영광을 기리기보다는 상처를 덧나지 않게 하는 방향으로 진행되었다."[165] 한국전쟁 전후 작가의 지리

〈그림26〉 도쿄대학 야스다 강당 앞의 김윤식 (1970)

적 위치는 사상의 선택을 가시화하는 것으로 간주되었고, 월북 작가는 단행본 출판이 금지되고 문학사에서 삭제된다.[166]

김공론과 구보씨 두 사람은 남북 적십자 회담의 경과를 염두에 두면서, 그동안 출판할 수 없었던 월북 작가의 작품을 문학 전집에 실을 수 있을지 고민하였다. 월북 작가의 해방 전 작품은 특별히 이념적인 색채를 가지는 것도 아니기에, "지금 여기서 읽는대야 크게 어긋날 것도 없"다는 판단. 구보씨는 조금 더 신중하였고, 김공론은 "될 만한 일부터 골라서 약간씩이라도 숨통을 여는 게 옳"다고 주장하는 등 약간의 차이가 있었지만, 두 사람 모두 월북 작가를 해금하여 "문학사를 새롭게 볼 수 있는 계기"(갈대-5, 1971: 459)를 마련해야 한다는 데 뜻을 모았다. 일본의 제1세대 한국문학 연구자 오무라 마스오(大村益夫)의 통찰을 빌리면, 월북 작가의 작품과 한국 작가의 작품을 하나의 작품집에 함께 수록하여 출판하는 것은, 한국 문학사를 복원하여 문학의 영역에서 '통일'을 모색하는 의미가 있다.[167]

최인훈은 구보씨의 발언을 통해서 월북 작가의 작품 출판을 통한 '해

〈그림27〉 박태원

금'을 조심스럽게 제안하는 동시에, 월북 작가의 문학적 성과를 창작의 자원으로 삼으면서 한국문학의 전통을 자신의 소설 안에 현재화한다. 대표적인 작가가 박태원이다. 탈냉전 이후 발표한『화두』에서 최인훈은 "그의(박태원의-인용자) 모든 단편들이 마음에 들었고, 그의『천변풍경』이 좋았다. 특히「소설가 구보씨의 일일」이 대뜸 그 안에 나를 들여앉히고 싶은 그릇으로 좋았다."라고 회고하였다(화두-2, 1994:47). 문학평론가 정영훈이 지적했듯, 최인훈은 박태원을 자신을 비춰 볼 '문학사적 거울'로 이해하면서, 작품 속에 작가가 등장한다는 서사 기법에 매력을 느꼈다.[168] 소설「소설가 구보씨의 일일」과『천변풍경』모두 최인훈의『소설가 구보씨의 일일』의 서술 기법과 연락되어 있다.

『소설가 구보씨의 일일』은 그 제목을 1930년대 박태원의 동명 소설을 빌려왔다. 특히「소설가 구보씨의 일일」표제로 연재된 [1], [2], [4]와 박태원의 동명 소설은 주동 인물의 이름이 '구보씨'라는 것, 주동 인물이 광화문을 중심으로 하루 종일 이동하고 여러 문화인을 만나며 그 경로를 따라 서사가 전개된다는 것 등을 공유한다.

「갈대의 사계」표제의 연재분([6]-[17])은 박태원의『천변풍경』과 많은 점을 공유한다. 문학 연구자 임미주에 따르면, 박태원의『천변풍경』은 청계천 변에서 살아가는 민중에 주목하면서 빨래터나 이발소 등 생활 공간의 작은 갈등과 화해를 포착하였다.[169] 문학 연구자 송민호의 지적처럼,「소설가 구보씨의 일일」이 대도시와 군중의 익명성에 의탁하여 서울의 공적 공간과 식민지 근대성을 시각적으로 관찰했다면,『천변풍경』은 친밀성을 바탕으로 서울의 '내밀한 뒷길'을 따라 민중의 인정과 생활을 시각과 청각 등 다양한 감각으로 포착하였다.[170] 최인훈 역시「갈대의 사계」표제 연재분에서 공적인 공간에서 잠시 눈을 돌려 골목, 집, 이발소 같은 친밀성의 생활 공간을 서사화하고 민중의 일상과 감정의 교류를 포착하여 풍요로운 감각으로 재현하는 서사의 기법을 적극 활용한다.

박태원의 문학적 행보는 시각과 고현학에 근거한 지식인의 관찰(「소설가 구보씨의 일일」)로부터 민중이라는 타자와의 만남과 일상의 공유(『천변풍경』)로 나아갔다.[171] 최인훈의 문학적 행보 또한 박태원의 문학적 행보와 구조적 상동성을 가져서, 1960년대 소설에서는 지식인의 이념과 실천에 주목하다가 1970년대 초반 민중의 일상을 발견한다. 한 편의 텍스트 『소설가 구보씨의 일일』의 창작 과정 역시 초반 「소설가 구보씨의 일일」 표제 연재분([1], [2], [4])으로부터 후반 『갈대의 사계』 표제 연재분([6]-[17])으로 나아가면서 같은 행보를 보인다. 1970년대 중반 이후 최인훈은 "개체발생은 계통발생을 되풀이한다."라는 진화론적 명제에 주목하면서, 개체와 종(種)의 상동적 구조성을 포착하면서 개체발생의 특수성을 주목하였다.[172] "개체발생은 계통발생을 되풀이한다."라는 명제는 『소설가 구보씨의 일일』과 최인훈의 문학적 행보 전체에서도 확인할 수 있는 원리이다.

구보씨는 문학을 자원으로 삼아, 인접 영역의 예술가들과 연대와 소통을 시도하였다. 김공론과 구보씨의 대화에서 주목할 것은 두 사람이 '작가'로서 문학을 하나의 사회적 단위로 본 사실이다. 에밀 뒤르켐(Émile Durkheim)은 현대 사회를 '유기적 연대'의 사회로 판단하였다. 개인이 고유한 행동 영역을 가지는 동시에, 다양한 전문적 기능으로 분업화된 사회의 각 부분이 유기적으로 결합하여 '분업에 의한 연대'를 가능하게 한다.[173] 나아가 그는 "사람들은 어떤 사회적 관계에 이미 결합되어 있는 상황에서만 평화를 바란다. 그러한 경우 사람들을 서로 끌어당기는 감정은 아주 자연스럽게 이기주의의 격정적 발작을 완화한다."고 보았으며, 연대 의식을 가진 사회의 각 기관이 충분히 접촉하며 분업에 필요한 규범을 자율적으로 형성할 때, 사회 내부에 연대가 발생하고 '균형'을 이룬다고 보았다.[174]

사회사학자 김학재는 뒤르켐의 『사회분업론』(1893)을 '평화'라는 시각에서 다시 읽으면서, "지속적인 만남과 자유로운 교류가 이어지고 분업 관계와 사회적 연대가 형성되며, 사회적 정의의 원칙으로 평화의 기반을 수립하는 것"을 과제로 삼는 "사회적 연대로서의 평화"라는 기획을 제안하였다.[175] 분업에 의한 연대와 균형은 '사회적 평화'의 조건이다. 김공론과 구보씨가 구상하는 월북 작가의 해금은 문학이라는 영역에서 "약간씩이라도 숨통을 여는 일"이 되며, 분업화한 다른 사회 영역과의 연대를 통해 사회적 평화를 열어갈 계기가 된다.

조선문학가동맹은 해방공간에서 문학, 미술, 음악, 영화 등 여러 문화 영역의 협업과 연대를 제안하였다.[176] 구보씨 역시 문학이라는 영역의 사회적 주체로서 음악, 미술, 영화 등 다른 영역과의 연대와 협업을 고민한다.

구보씨는 음악과 미술 등 여러 예술 양식의 공통성과 고유성에 관심을 가졌다. 1971년 8월 20일에서 9월 20일까지 1달간 경복궁 국립현대미

〈그림28〉 마르크 샤갈의 〈전쟁(La Guerre)〉(1943)

술관에서 조선일보 주최 〈프랑스 현대 유화전〉이 개최되었다. 개막 후 5일간 1만여 명이 관람할 정도로 전시회는 한국 시민의 관심을 받았다. 전시 작품 중 단연 주목을 모은 것은 마르크 샤갈(Marc Chagall)의 작품이었다. 샤갈은 자신이 러시아의 고향에서 지낼 때인 19세기 말 견직물들을 팔러온 한국인 상인들을 만난 적이 있다고 회고하면서 작품의 한국 전시를 허락하였다.[177] 구보씨 역시 1971년 9월 전시회에 참

여하여 샤갈의 작품 〈전쟁(La Guerre)〉(1943) 앞에 선다.

구보씨는 그림 앞에 마주 섰다. 순간 시간은 버선목처럼 뒤집어 지고 구보씨는 다른 시간 속에, 용궁에 간 심청이처럼 서있었다. 으흥 이것이야 말로 그림이다. 높이 앞발을 든 말과, 붉음을 실은 수레. 바랑을 메고 그림의 왼쪽으로 사라져가고 있는 남자. '백(白)'이 아스팔트처럼 녹고 있는 길. 그 위에 큰 대자로 누운 또 한 사람의 남자. 하늘로 올라가는 또 하나의 말과, 그것이 끄는 수레. 그 수레 위에 앉은 여자. 의 품에 품에 안긴 아기. 하늘 한가운데를 걸어가는 괭이를 맨 농군들(혹은 총검 달린 총을 맨 까자크 병사들인지). 거리의 집. 반대편에 거꾸로 선, 그래서 호수에 어린 그림자 같은 또 한 줄의 집. 보고 있노라니 구보씨의 시간은 또 한 번 버선목이 뒤집혔다. 그러자 이 그림의 내장이, 오장육부가 드러나는 것이었다. 이 선(線). 이것은 막 보고 온 그림들의 그 선이 아니다. 저쪽 그림들의 선이 자로 댄 금이라면, 이것은 숨을 죽이며 떨면서, 약간의 경풍기가 있는 손이 단연코 그은 선이다. 저쪽이 어네스트 존에서 튀어나간 탄알의 탄도라면 이것은 줄타기를 하는 어릿광대의 걸음걸이가 허공에 그린 자욱이다. 그리고 이 선들은 소용돌이처럼 바람의 기압골처럼 여기저기서 뭉쳐 있다. 〔…〕 이것은 색깔의 음악이다. 그림의 아래쪽에서 화재처럼 타는 붉음. 불길의 혓바닥처럼 바퀴에 매어달린 노랑은, 집의 벽의 노랑과 서로 부른다. 〔…〕 색깔의 강물과, 색깔의 바람과, 색깔의 땅이. 그 화재가 번지지 않기 위하여 강물이 넘어나지 말게, 바람이 태풍이 되지 않게 하기 위해서 물고기 모양의 틀이 있다. 가까이에서 보면 그림 위의 모든 모양 가진 것들이 서로 밀고 당기고 있다. 〔…〕 물건과 물건 사이에서 붓은 어느 편을 들어야 할지 진땀을 빼면서 줄타는 줄대가 아래까마득한 눈에는 보이지 않는 씨름을 공기와 인력과 더불어 벌이는 것처럼 상하좌우로 멈칫거린다. (갈대-4, 1971: 445-446)

법학자 박홍규에 따르면, 제2차 세계대전의 극단에 달한 시점에 그려진 샤갈의 「전쟁」은 인류의 모든 전쟁을 증언한다. "병사는 왼쪽 위에 어렴풋이 묘사되고 있을 뿐이고 나머지 공간은 살육당한 인간과 동물의 형상으로 가득 차 있다. 마을은 불타 뒤집히고 소와 말, 닭은 울부짖고 있다. 어머니의 머리카락이 위로 휘날리고 아이의 창백한 얼굴과 놀란 눈이 매우 선명하다."[178] 구보씨는 「전쟁」의 강렬한 이미지에 집중한다. 그는 샤갈이 전쟁을 떠올리면서 고통 속에 그은 선들이 만들어낸 화려한 색채가 가져오는 긴장을 자신의 것으로 받아 안는다. 한 가지 눈길을 끄는 것은 구보씨가 샤갈의 손을 "경풍기가 있는 손"이라 명명하고 있는 것이다. '경풍기'라는 표현을 통해 샤갈이 극도의 긴장과 억압을 대면하면서 성취한 예술적 수준의 높이를 보여 준다. 최인훈은 "경풍 들린 십삼인의 아해들처럼."(캐럴3, 1966, 437)이라는 표현에서 보듯, '경풍'이라는 표현을 작가 이상의 「오감도 시제일호」의 운동성과 연동하여 사용한다. 문학평론가 강동호에 따르면, 「오감도 시제일호」에서 13명의 아해들이 벌였던 질주는 "원근법적 직선 운동이라는 근대적 시간성으로부터 이탈을 감행하는 예외적 운동의 가능성"을 의미한다.[179] 구보씨는 샤갈의 미술 작품에서도 미학적 규범 및 실천에서 이탈을 감행하는 새로운 예술적 운동의 면모를 읽어낸 셈이다.

전시회를 나온 후 구보씨는 샤갈의 작품이 만들어낸 형상과 색채에 대해 깊이 사색한다. 조금씩 샤갈의 작품이 준 감동을 상대화하면서, 구보씨는 예술의 공통성과 고유성에 대한 상상을 이어간다. 그는 경복궁의 탑이 가진 "욕심을 버린 다음에 얻은 기쁨과 평화"와 샤갈의 그림이 가진 "꿈속에서 마음껏 호사해본 후에 얻은 기쁨과 평화" 모두를 긍정한다.(갈대-4, 1971: 452). 구보씨는 기쁨과 평화를 지향하는 예술의 공통성을 긍정하면서, 동시에 그것이 지역, 양식, 매체에 따라 각기 다른 모습으로 발현하는 고유성 모두를 존중한다. 나아가 구보씨는 예술을 통해 평화를 상상한다.

사람은 양인이고 동인이고 모두 야누스의 핏줄이다. 다만 이 지구의 어느 한 고장에 붙박여 살면서 그 두 얼굴의 어느 한쪽이 녹이 슬고 덩굴에 덮여버리게 된다. 그 풍토의 형편으로서는 그 그쪽을 볼 필요가 없거나 보아서는 살기에 불편하기 때문에. 바람 센 지방의 소나무가 한쪽으로 휘듯이. 그렇게 돼서 생긴 감수성의 버릇이 더욱 닦이고 굳어버리면 전통이 된다. 그러나 이 전통은 결코 다시 분해할 수 없는 실체는 아니다. (…) 야누스가 이형(異形)의 괴물인 게 아니라 지금의 사람들이 반신불수일 뿐이요, 안면 마비증이다. 그들은 외눈을 자랑하는 슬픈 동물이다. 인간이 다시 야누스가 되는 때, 자기 자신인 그 신화인(神話人)이 될 때 인간의 마음은 참다운 기쁨과 평화를 찾지 않을까. 어떻게 하면 그렇게 할 수 있을까. 생활의 태양이 빨리 문명의 궤도를 찾게 하는 것이다. 어떻게 하면 그렇게 할 수 있을까.
— 남북이 통일되는 것이다. 구보씨는 이 마지막 결론이 어떻게 튀어나왔는지 알 수 없었다. 그래서 그는 어안이 벙벙했다. (갈대-4, 1971: 452-453)

구보 씨가 특별히 마음을 두었던 미술가인 샤갈과 이중섭은 모두 고향을 떠난 피난민이었고, 평화와 사랑의 이념을 제안한 예술가였다.[180] 평화를 형상화한 샤갈의 작품 앞에서, 구보씨는 남과 북, 동양과 서양, 자유진영과 공산 진영 등 대립의 역사 안에서 형성된 감성이 전통으로 굳어지면, 세계를 단일한 시각에서 바라보게 된다고 진단하였다. 결과적으로 냉전의 문화는 "적대와 배제의 문화"로 존재하게 된다.[181]

하지만 구보씨는 전통을 변동 불가능한 것으로 이해하지 않는다. 그는 이중섭의 전시회를 보고 난 후에도, "현재의 계통과 전통을 고정불변한 것으로 보"는 것을 비판하면서, "인간 정신의 다양화를 위해" "복수의 전통을 허용할 것"을 요청한다(갈대-10, 1972: 411). 구보씨는 인간이 적대와 배제의 전통을 넘어서, 다시금 야누스의 면모, 곧 다양성과 상호존중의 전통을 회복하면, '참다운 기쁨과 평화'를 실현할 수 있다고 판단하였다.

한국에서 '참다운 기쁨과 평화'를 실현하는 방법은 통일이었다. 남북 통일 회담을 앞둔 최인훈의 통찰은 4·19혁명 직후 시인 김수영의 통찰과 도 공명한다. 김수영 역시 남북통일에 대한 논의가 활발하였던 사회적 분 위기를 바라보면서, "이북 작가들의 작품이 한국에서 출판되고 연구되어 야 한다."라고 강조하였고, "좀 더 좋은 시를 쓰기 위해서도 통일이 되어야 겠소."라는 통찰을 제시하였다.[182]

1940년 문학평론가 임화는 단속적(斷續的)인 시간 속에서 비연속적으 로 연속하는 '의미와 가치'를 두고 '전통'이라고 명명하였다.[183] 월북 작가 의 해금은 문학이라는 사회적 영역에서 다양성의 전통을 다시 구축하는 방법이었고, 여러 예술 양식과 협업하면서 '사회적 평화'를 위한 새로운 연대를 구축하는 기반이 된다. 구보씨가 꿈꾼 "참다운 기쁨과 평화"는 예 술을 매개로 한 사회적 연대로서 현실화할 수 있을 것이다.

1977년 일본의 역사학자 가지무라 히데키는 민중의 구체적인 삶에 주목하여 한국의 역사 서술을 마무리하면서, 이미 형해화되었던 남북 공 동 성명에 대한 전망을 제시하였다. 가지무라는 한국의 민중이 진창투성 이가 되어서도 쉽게 절망하지 않고, 목숨을 건 도약을 통해 지혜를 되살 려 온 역사를 상기하면서, 한국 민중의 예지가 표면적으로는 남과 북 모두 에서 이미 무의미해진 남북 공동 성명의 정신을 소생시키리라 기대하였 다.[184] 가지무라가 불패와 무오류의 민중을 상상했기에 이러한 기대를 쓴 것은 아니다. 그는 정당한 것, 깨끗한 것이 이기는 것이 역사가 아니라는 현실을 명확하게 인식했고, 그 위에서 '만신창이'인 현실의 민중 가운데서 '이념형(理念型)'으로서의 민중을 발견하였으며, 이념이자 실체로서 민중 을 신뢰하였다.[185]

1953년 한국전쟁 휴전협정이 체결되었지만, 여전히 '비무장 지대'가 한국의 평화를 유지하고 있다. 역사학자 브루스 커밍스(Bruce Cumings)가 강 조했듯, 평화 조약은 체결되지 않았고 한국은 법률적으로 전쟁 상태에 있 다.[186] 지금 1970년대 초반에 발표된 『소설가 구보씨의 일일』을 다시 읽

〈그림29〉 브루스 커밍스

으며, 최인훈의 문화적 상상을 다시 검토하는 것 역시 진창의 역사와 '만
신창이'인 민중의 구체적 경험으로부터 어떤 지혜를 건져 올리기 위해서
이다.

아시아의 시간

비서구 근대의
경험에 기반한
보편성의 재인식

3장

물론 우리는 원주민(原住民)이다. 우리의 정치제도는 우리가 싸워서 얻은 것이 아니다. 우리는 나사 못 하나도 발명하지 않았다. 지성인이 되기 위해서는 될수록 많은 외국어를 습득해야 할 입장에 놓여 있다. 우리가 쓰는 일용품 ─ 정신적인 것이건 물질적인 것이건 ─ 의 전부가 외래품. 〔…〕 우리들이 가지고 있는 모든 것이 한국이라는 풍토에 이식된 서양이 아닌가.

최인훈, 「회색인」, 『현대한국문학전집 16 ─ 최인훈집』 신구문화사, 1968, 524쪽.

현실적 전제인 '부르조아'라는 역사적 현실이 우리의 경우에는 결여되었거나, 기형적인 데서 오는 현실적인 당연한 귀결이다. 한국 작가들의 일반적인 고통은 체계로서 주어진 소설이라는 양식에 어울리는 현실적 기반으로서의 근대 시민 사회의 생활력의 쌓임이 없는 곳에서 소설적 발상을 해야 한다는 데 있다.

최인훈, 「야누스의 얼굴을 가진 작품들 ─ 어떤 서평」 『역사와 상상력』 민음사, 1976, 144–145쪽.

우리 혁명은 프랑스 혁명보다 훨씬 깊은 곳에서 진행되고 있다. 다시 말하면 프랑스 혁명은 다만 한 가지 형태의 착취를 다른 형태의 착취로 바꾼 데 지나지 않지만, 이에 비해서 우리들은 인간에 의한 인간의 착취에 바탕을 둔 사회를 인간의 연대성에 바탕을 둔 사회로 바꾸어 놓고 있는 중이다.

최인훈, 「화두」 2, 1994, 506쪽.

3장에서는 최인훈 문학에 나타난 아시아의 '시간'을 살펴본다. 비서구 동아시아는 유럽 중심의 세계사에 뒤늦게 참여하였으며, 선진 유럽을 문화적 표준으로 이해하면서 그것으로부터 수백 년의 시간이 지체된 아시아의 문화적 후진성을 마주하였다. 1960년대 초반 최인훈은 아시아의 문화적 식민지성을 교양(서구적 이념)과 경험(아시아의 역사적 현실)의 불일치 때문이라고 판단하였다. 그리고 성급한 서양 문화의 이식으로 인해, 한국 문화가 건강한 전통을 형성하지 못하고 있다고 비판적으로 진단하였다(『회색인』). 이후 1960년대 중반에서 1970년대 초반 최인훈은 한국 현대 문학의 역사 그 자체가 새로운 문화 창조를 위한 '전통'이 될 수 있다고 판단하였다. 그는 한국의 역사적 경험을 통해 보편성을 새롭게 이해할 것을 제안하였다(『총독의 소리』). 냉전이 종식된 1990년대 초반 최인훈은 소련을 방문하였다. 그는 그곳에서 20세기 초반 한국 작가들의 꿈이었던 탈식민화와 사회적 연대가 가진 세계사적 의미를 되짚었다(『화두』).

(1) 한국이라는 풍토에 이식된 서양 – 『회색인』

최인훈의 『회색인』은 현실과 교양의 어긋남이라는 『광장』의 문제의식을 계승하면서, 그 어긋남의 역사적 조건으로 '식민지'를 발견한 소설이다. 1950년대 한국에서는 전쟁의 상처와 지구적 냉전의 무게로 인해 식민지라는 문제가 가시화되지 못하였지만, 1960년대에 들어서면서 1930년대에 출생하여 식민지의 소학교를 다닌 한국의 지식인과 문학자들은 냉전과 식민지가 중첩된 한국 문화의 조건을 문제화하기 시작하였다. 『회색인』 역시 식민지의 문제가 충분히 해소되지 못한 상황에서 냉전 질서에 의해 재구조화된 한국의 문화적 성격을 검토하는데, 그 문제틀을 '후식민지(postcolony)'라고 명명할 수 있다. 후식민지 한국의 주체는 식민지 지식의 지속과 이중 언어라는 조건 속에서 자기를 형성하였다. 이들은 세계 안에서 한국 문화의 성격을 후진성으로 파악하였으며, 한국 문화가 나아갈 방법과 방향을 고민한다.

① 혁명과 근대를 풍문으로 들은 나라

⒈ 경험과 교양의 어긋남

1944년생 송하춘은 "60년대에 대학을 다닌 사람치고 최인훈의 『광장』을 모르는 사람은 없을 것이다."라고 회고하였다. 1960년대 『광장』은 "대학에서, 대학생들이 떳떳하게 옆구리에 끼고 다니면서, 모이면 함께 토론하고, 심각하게 고민하는" 소설이었다. 그 인기는 1980년대까지 이어졌다.[1] 함께 모여서 소설을 읽고 토론하는 대학의 풍경이 사라진 2000년대에 송하춘은 대학의 토론 문화가 1960년 『광장』의 출판을 계기로 만들어졌음을 추억하였다.

　　1970년대 문학평론가 김현은 최인훈 문학의 중요한 특징으로 "지적 축적물로서의 전적(典籍)에 대한 깊은 신앙심"을 들었다.[2] 「광장」은 책과 교양에 관한 소설로, 이명준은 독서의 경험을 통해 자신의 인격과 세계관을 드러내며, 세계를 책처럼 독해의 대상으로 삼는다.[3] 이와 같은 『광장』의 특징은 1950년대에서 1970년대까지의 한국 지식사의 풍경과 겹쳐 볼 수도 있다. 1950년대 중반 백철은 당대 한국인들이 동시대 한국의 현대 문학을 살펴보면서, "사상성의 빈곤"과 "교양 지적 수준의 저하"를 지적하였다. 백철은 한국문학에서 사상의 빈곤을 "우리들" 작가의 재능 부족으로 돌리지 않고, "학문의 전통과 지성의 수준"이 "뒤떨어져 있기 때문"이라고 판단하였다. 그는 문학을 지망하는 학생에게 "외국어 실력"을 강조하였다.[4] 한국 문화의 후진성에 대한 자각은 전쟁 직후 '대학 붐'으로 인해 급격히 팽창한 대학 및 서구의 '고전'에 기반한 교양 교육의 기반이 되었다.[5]

1961년 단행본으로 출판된『광장』은 교양에 관한 한국 문화사의 요청을 충족하였다. 최인훈은『광장』창작의 "객관적 조건"으로 "4·19 후의 전반적인 분위기, 특히 터져 나온 통일논의, 전쟁 후 10년 동안 경직되었던 지적 논의의 해빙, 10년을 격해서 부활된 듯한, 45-50년 사이의 기간을 방불케 하는 정치적 참여의 분위기 등"을 들었다.[6]『광장』은 최인훈이 서구 지식과 교양에 대한 섭렵을 기반으로 창작한 텍스트로, 서구의 문화적 정전과 그 전통을 모방하는 인물 이명준의 내면과 실천을 제시한다. 문학평론가 조남현은『광장』이 철학적 사변, 개념, 에피그램, 에세이 등 다양한 기법을 통하여 '사유의 실험'을 개진한 관념 소설 혹은 '해부(anatomy)'의 중요한 성취로 판단하였다.[7]

아카시아 있는 풍경

아카시아 우거진 언덕을
우리는 단둘이
노상 거닐곤 했다.

푸른 싹이 노리끼 하니 움터 오는 계절에
벗은 오히려 하늘을 보면서 말했다.
"근사한 서막이 눈앞에 다가 있는 상 싶어, 아카시아 새싹 같은 말이야,
응?" 〔…〕

벗은 이윽히 가지에 눈을 주며 말하는 거다.
"인생은 엄숙한 것이야, 이 아카시아 가지처럼 단단해."

그래도 나는 아주 심상한 낯빛으로 천천히 한 대 피어 물면
그도 헐 일 없이 담배를 꺼내 물고 아카시아가 우거진 언덕을
우리는 또 묵묵히 거니는 것이었다. (광장, 1961: 22-23)

이명준이 『대학신문』에 기고한 시 「아카시아 있는 풍경」는 윌리엄 버
틀러 예이츠(William Butler Yeats)의 「수양버들 공원에 내려가(Down by The Sally
Garden)」를 연상하게 한다. 예이츠의 시에 이성 연인이 등장한다면 이명준
의 시에 벗이 등장하는 차이가 있고, 시의 구조 역시 다르다. 하지만 두 시
에 인물 둘이 등장한다는 점, 수풀을 걸으면서 대화를 나눈다는 점, 한 사
람이 인생에 대한 가벼운 철학적 깨달음을 전한다는 점, 다른 사람은 그
말을 듣고도 깨닫지 못한다는 점 등 공통점 역시 확인할 수 있다.

이명준은 친구 변태식의 방에서 우연히 『성경』을 발견하고는 "그것
을 뽑아서 잡히는 대로 열어" 본다. 그는 "이번에 의미 깊은 구절이 나오
면 신을 믿으리라."라고 생각하면서 거듭 책을 펼치지만, 발견한 구절에
서 아무 감흥도 느끼지 못한다. 몇 번의 시도는 '하느님의 말이면 어느 페
이지, 어느 구절, 아니 어느 글자든 대번 이편을 때려눕힐 수 있어야지, 스
토리를 읽은 다음에야 그 경중을 가릴 수 있다면, 인간의 말과 무엇이 다
르담'(광장, 1961: 41-42)이라는 냉소로 이어진다. 『성경』을 펼치며 신의 계시
를 기다리는 장면은 4세기 교부 아우구스티누스(Augustinus)의 『고백록』의
회심 장면에 대한 패러디이다.[8] 이명준은 스스로도 "단순히 유치한 착상"
인지 "더 깊이 단적인 진리"인지 확신하지 못한 채, 고대 희랍 자연 철학
자들의 에피그램을 늘 "기쁨으로 읽곤" 하였다(광장, 1961: 86, 128, 130, 28-30).
『광장』은 아프로디테와 양치기 등 고대 희랍신화, 알렉산더의 일화로부
터 '이태리 로망에 나오는 산적 이야기'를 거쳐 '철학이니 예술이니 하는
19세기 구라파의 찬란한 옛날이야기 책' 등 두 세기에 거친 서구의 교양을
텍스트에 수렴하였다.

파우스트처럼 "행동을 위해선 악마와 위험한 계약을 맺어도 좋다고

뽐내"거나, 서구인 앞에서 'University'의 r을 몹시 굴려 발음하였다가 교정을 당하는 등(광장, 1961: 32, 10) 이명준은 서구의 지식에 근거하여 행동하였고, 텍스트를 통해 알게 된 인물의 행위를 모방하고 있었다. 서구적 교양을 욕망하고 그것을 모방하는 인물의 형상은, 서구적 교양에 기반한 1960년대의 독자가 지적으로 친숙함과 세련함을 느끼는 근거가 되었다. 문학평론가 김현은 자신이 처음『광장』을 접했을 때 "지적으로 충분히 세련된 문체"에 깊은 인상을 받았다고 적어두었다.[9]

　『광장』의 이명준이 서구의 지적 전통을 섭렵하고 모방하는 시기로서 해방공간을 설정한 것 역시 실제 한국 문화사의 역사적인 경험과도 상당 부분 어울린다. 해방공간은 일본어의 시대가 끝난 동시에 영어 및 러시아어의 시대가 시작된 시기였다.[10] 문학평론가 이수형의 지적처럼, 1950년대 권위주의 독재 시기를 지적으로 위축되었던 시기로 파악한 최인훈은 해방공간과 4·19 직후의 한국을 정치와 지식 문화의 측면에서 연속적으로 파악하고 두 시기를 중첩하였다.[11]

　월북 이후 이명준을 둘러싼 언어와 교양의 성격은 전혀 다른 것으로 변하게 된다. 한국의 언어가 서구의 교양을 모방하고 있었다면, 북한에서

〈그림1〉 북한에 간 이명준(『새벽』 1960.11, 313쪽)

만나게 된 언어와 교양은 사회주의적 교양을 현실에 강제하고 있었다. 해방 후 북한은 '혁명적 정의(正義)'의 이념 아래 체제를 인민에게 강요하였고, 체제의 의지를 따르지 않는 이는 자아비판 활동에 참여해야 했다.[12] 이명준은 북한을 "혁명이 아니고 혁명의 모방이" 있을 뿐이며, "신념이 아니고 신념의 풍문(風聞)"만 있는 곳으로 인식한다(광장, 1961: 126). 자기비판 이후 이명준은 식민지에서 갓 해방된 한반도의 인민들에게는 "주체적인 혁명 체험이 없었"고 다만 "공문(公文)으로 시달된 혁명"만이 있는 것을 "비극"으로 감지한다(광장, 1961: 153).

> 그는 『볼쉐비키 당사(黨史)』를 일주일 만에 독파했다. 당원들이 '당사'라는 말을 발음할 때는 일종의 경건한 가락을 그 말에 주도록 무의식 간에 애쓰는 것을 보았기 때문이었다. 어느 집회에서나 당사가 인용되었다.
> "일찍이 위대한 레닌 동무는 제○차 당대회에서 말하기를……."
> 현실에서 일어나는 사상(事象)의 원형을 또박또박 '당사' 속에서 발견하고, 그에 대한 답안 역시 그 속에서 찾아 내는 것. 목사가 성경책을 펴들며 "그러면 하나님 말씀 들읍시다. 사도행전……." 그런 식이었다. 그것이 컴뮤니스트들이 부르는 교양이었다. 언제나 당해 사건에 합당한 '당사'의 귀결을 대뜸 정확히 인용할 수 있는 능력. 그것을 컴뮤니스트들은 '교양'이라 불렀다. (광장, 1961: 125-126)

『광장』은 해방공간 한국과 북한의 언어를 나란히 제시하면서, 식민지 이후 한국의 현실과 교양의 이념 사이의 괴리를 분명히 드러냈다. 한국의 언어가 서구의 교양을 모방하고 지향했고, 북한의 언어는 주어진 이념형으로부터 연역적으로 현실을 인식하도록 명령하고 강제하였다는 차이에도 불구하고 교양과 현실이 결합한 상황은 공통적이었다. 사회사학자 서호철의 지적처럼, 해방 이후 한국 문화의 역사적 조건을 두고, 『광장』의 작가와 서술자는 '현장'과 대립하는 '풍문'의 나라라고 명명하였다.[13]

바스티유의 감격도 없고, 동궁(冬宮) 습격의 흥분도 없다. 기로틴(단두대)에서 흐르던 피를 목격한 조선 인민은 없으며, 동상과 조각을 함마로 부수며 대리석 계단을 몰려 올라가서 황제의 침실에 불을 지르던 횃불을 들어본 조선 인민은 없다. 그들은 혁명의 풍문만 들었을 뿐이다. (광장, 1961: 153)

역사의 '현장'인 서구로부터 떨어져, 그곳에서 있었던 혁명과 민주주의를 '풍문' 혹은 공문으로만 듣고 알게 되었던 '거리감'은『광장』의 이명준에게 주어진 세계의 조건이었다.『광장』의「작자의 말」은 "'메시아'가왔다는 이천 년 래의 풍문(風聞)이 있습니다. 신(神)이 죽었다는 풍문이 있읍니다. 신이 부활했다는 풍문도 있읍니다. 컴뮤니즘이 세계를 구하리라는 풍문도 있었읍니다."로 시작한다. 그리고 '작자'는 이명준을 두고 "풍문에 만족치 못하고 현장에 있으려고 한 친구"로 부른다.[14] 한국과 북한은 모두 경험과 교양이 결합하지 못한 상태였고, 한국의 현실과 서구 이념의 거리를 상상의 영역, 혹은 지식의 영역으로 봉합하기 위한, 필연적으로 실패할 '노력'들을 지속하였다.

　『광장』은 지식으로서 세계를 구축하는 주체로 자기를 정립하고자 하는 이명준의 기획을 보여 주는 동시에, 한국에서 지식에 기반한 세계 구축이 불가능한 상황을 제시한다. 그럼에도 이명준은 그 불가능을 마주하면서 지식을 통해 자기를 구축하고자 하는 교양주의적 입장을 보여 준다.[15] 교양과 경험의 불일치라는 비서구 한국에서 쓰인『광장』은 교양과 경험의 결합을 목표로 한 교양소설(Bildungsroman)이다. 이명준은 교양과 경험의 불일치라는 세계의 조건을 선험적인 것으로 수용하기를 거부하면서, 자기 경험과 교양을 결합하는 '교양 의지'에 충실하고자 노력한다.[16] 이명준을 비롯하여 최인훈의 소설에 등장하는 남성 인물이 지식과 여성을 등가로 놓으면서 물신화하거나 소유하고자 하는 욕망과 태도는 그러한 거리감의 전도된 형상이며, 식민지 남성 지식인이 취했던 태도를 반복하는 것이었다.[17]

『광장』은 역사의 '현장'이 될 수 없었고 역사를 '풍문'으로만 전해 들었던 한국의 역사적 조건을 경험과 교양, 혹은 이념과 삶의 불일치라는 틀로 문제화하였다. 1960년대 최인훈은 지속적으로 경험과 교양의 불일치라는 문제를 탐색한다.

② 한국은 후진국이다?

최인훈의 『회색인』. 발표 당시의 제목은 『회색의 의자』(『세대』, 1963.6-1964.6)였으며, 최인훈은 이 소설로 "4월 당원 가운데 한 사람에 관해서 이야기해 볼 생각"이라고 밝혔다.[18] 소설의 배경은 1958년 가을에서 1959년 여름까지 4·19 혁명 직전이었다. 1958년 어느 가을날. 맑은 하늘 아래 독고준과 김학, 오승은, 김정도, 김명호 등 '갇힌 세대' 동인은 캠퍼스 잔디밭에 누워 떨어지는 낙엽을 바라보며 토론한다.

> "우리들에게는 드라마가 없다고. 그게 사실이야. 이것이 아니면 죽는다 하는 신념이 없기 때문에 자유가 박탈당했을 때도 그것이 절실하지 않은 거야. 그러니까 반항도 하지 않아. 그래서 드라마도 없다는 결론이 나오지. 이 구원받을 수 없을 것만 같은 감옥 속에서 어떤 사람들은 여기가 정말 우리들이 살 수 있는 단 하나의 장소일까 하고 의심을 품고 그런 의심을 품는 여러 사람이 모여서 이 감옥을 때려부시는 것. 이것이 이 시대를 사는 지식인의 길이 아니겠어? 자유를 박탈당하고 사는 것은 치사한 일이라는 것. 민주주의를 노래하면서 선거구민에게 고무신을 보내는 것은 치사한 일이라는 것. 그런 상태는 참을 수 없다는 것." (김학의 발언 – 인용자)
> (회색-3, 1973: 354)

드라마가 없는 한국인. 김학에 따르면, 한국인은 자유와 민주주의에 대한 신념을 가지지 못하기에, 그것을 박탈당해도 절실하지 않은 상황에 있었다. 혁명을 풍문으로 들었다는 『광장』의 인식을 계승하는 것이다. 그는 1950년대 후반 권위주의 독재 정권하의 한국인을 감옥의 수인 형상으로 떠올린다. 감옥에 관해 의심을 품고 여럿이 함께 감옥을 부수는 것을 한국 지식인의 길로 인식하였다. 김학의 언급은 반세기 전인 20세기 초반 중국 작가 루쉰(鲁迅)의 첫 소설집 『외침(吶喊)』(1923)의 「서문」에 등장하는 쇠방의 비유를 환기한다.

> 그들은 한창 『신청년』이란 잡지를 내고 있었다. 하지만 그 무렵 딱히 지지자가 있었던 것 같지도 않고, 그렇다고 대놓고 반대하는 사람도 없는 것 같았다. 필시 그들도 적막을 느끼고 있었으리라. 그런데 내 대답은 이랬다.
>
> "가령 말일세, 쇠로 만든 방이 하나 있다고 하네. 창문이라곤 없고 절대 부술 수도 없어. 그 안엔 수많은 사람이 깊은 잠에 빠져 있어. 머지않아 숨이 막혀 죽겠지. 허나 혼수상태에서 죽는 것이니 죽음의 비애 같은 건 느끼지 못할 거야. 그런데 지금 자네가 고래고래 소리를 질러 의식이 붙어 있는 몇몇이라도 깨운다고 하세. 그러면 이 불행한 몇몇에게 감아 없는 임종의 고통을 주는 게 되는데, 자넨 그들에게 미안하지 않겠나?"
>
> "그래도 기왕 몇몇이라도 깨어났다면 철방을 부술 희망이 절대 없다고 할 수야 없겠지."
>
> 그렇다. 비록 내 나름의 확신은 있었지만, 희망을 말하는 데야 차마 그걸 말살할 수는 없었다. 희망은 미래 소관이고 절대 없다는 내 증명으로 있다는 그의 주장을 꺾을 수 없었기 때문이다. 그리하여 결국 나도 글이란 걸 한번 써보겠노라 대답했다. 이 글이 최소의 소설 「광인일기(狂人日記)」다.[19]

일본 유학 후 고독과 적막에 침잠하였던 루쉰에게 잡지를 내는 벗이 찾아와 글쓰기를 권한다. 루쉰은 쇠방 안에 깊이 잠든 사람들의 모습을 떠올린다. 계속 잠들어 있다면 조만간 고통 없이 죽게 된다. 몇몇을 깨울 수

〈그림2〉 루쉰

는 있지만 깨어난 몇몇은 고통 속에 임종할 것이다. 이때 몇몇을 깨우는 것이 합당한가. 벗은 혹시라도 몇몇이 깨어난다면 쇠방을 부술 가능성을 언급한다. 루쉰은 "희망이라는 것은 대체 '있다'고도 말할 수 없고 또는 '없다'고도 말할 수 없는 것이다."라고 생각하는 인물이었기에,[20] 벗의 말에 동의하지 않았다. 그럼에도 그는 글쓰기로 나아간다.

문학평론가 다케우치 요시미(竹內好)는 일본 유학에서 돌아온 1909년에 첫 소설을 발표하면서 작가로 전신하는 1918년 사이의 시기가 루쉰의 생애에서 가장 명확하지 않은 시기이지만 가장 중요한 시기라고 보았다. 하지만 그는 쇠방 비유를 제시한 것은 루쉰이 자신의 회심을 온전히 설명하지 못했기 때문이라고 진단한다. 루쉰은 삶에 수많은 비애와 적막을 축적하였고, 비애의 축적으로 어떤 자각을 얻는다. 다케우치는 그것이 정치와의 대결로 얻은 문학적 자각이라고 보았다. 또한 중국 문학 역시 이 시기를 기준으로 앞뒤의 시대가 구획되고, 가치가 전환하지만, 그 양상을 구체적으로 파악하는 것은 불가능하다고 보았다. 다만, 이 시기는 사라지는 것과 새로운 것이 집적되면서 "암흑의 단층"이 형성되었고 그 결과 다음 세대로 이어진다.[21]

루쉰은 쇠방 안에서 잠든 사람들이 깨어나는 것으로 문제가 해결된다고 보지 않았다. 오히려 그는 적막과 비애 안에서 희망과 절망을 동시에 사유하였다. 『회색인』에서 '혁명'을 주장하는 김학은 쇠방에서 잠을 깬 사람들이 바로 그것을 부술 것을 주장하고 신뢰하였기에, 루쉰의 입장과 다소 거리가 있다. 루쉰의 입장은 '사랑과 시간'에 기투한 독고준의 입장에 더 가깝다. 독고준의 길은 뒤에 다시 살펴보고, 우선 김학과 같이 '갇힌 세대' 동인인 김정도의 언급에 귀 기울인다.

"우리들의 이 현실은 혁명도 불가능하도록 되어 있어. 〔…〕 우리가 사는 세기에서는 아프리카에서 흘려진 피는 불란서의 지식인들을 노하게 만들며, 코리아에서 모욕당한 민주주의는 워싱턴에서 걱정을 일으키는 그런 식으로 되어 있어. 한 국가의 정치가 고립하지 않고 세계적인 관련 속에 들어 있단 말야. 가령 알제리아인들을 예로 든다면 자기들의 독립운동을 탄압하는 자들과 자기들에게 하루 속히 독립을 주라고 외치는 사람들이 꼭 같은 불란서인이라는 사실은 기묘한 콤플렉스를 일으켜. 또 이승만 정부를 아프게 꼬집는 『워싱턴포스트』도 미국 신문이라는 거야. 서양 사람들은 패를 두 장 가지고 있으면서 엿 바꿔 던지는 거야. 그 사람들의 선의(善意)는 여하튼 후진국 사람들에게는 이것이 독(毒)이 되고 있어." (김정도의 발언 – 인용자) (회색-3, 1973: 354-355)

김정도는 혁명의 필요성에 동의하지만, 한국의 현실에서는 혁명이 불가능하다고 주장한다. 혁명이 불가능한 이유는 세계사 안에서 한국의 위치가 후진국이기 때문이다. 식민지였던 후진국은 혁명과 반혁명을 자신의 목소리로 발화하지 못하고, 오히려 옛 제국의 선의와 악의에 기대고 있다. 그가 "우리 사회에는 절망이라는 활자(活字)는 있으나 절망은 없어."(회색-3, 1973, 355)라는 고백을 토로한 것은 그 때문이었다.

후진성. 1843년 카를 마르크스(Karl Marx)는 "오늘날 독일의 체제는 하나의 시대착오이며, 일반적으로 인정된 공리들에 대한 명백한 모순인데, 세계 전람회에 출품된 하찮은 구체제는 여전히 자기 자신을 신뢰한다고 착각하고 있을 뿐만 아니라, 세상에 대해서도 똑같은 착각을 요구하고 있다."라고 하면서 독일의 "시대 착오"를 비판하였다. 그는 "우리의(독일의 – 인용자) 역사가 미숙한 신병처럼 진부한 역사들을 따라다니면서 연습해 보는 과제만을 아직까지 가지고 있었"다고 판단하였다. 마르크스는 독일이 "세계사"를 공유하면서도, 영국 및 프랑스와 비교할 때 정치를 제외한 사회적 현실 전 영역이 현저하게 뒤떨어져 있다고 보았다.[22] 역사학자 디페

〈그림3〉 카를 마르크스

시 차크라바르티의 지적처럼, 비서구의 지식인은 '하나의 가상'인 유럽을 중심부로 이해하면서, 유럽의 역사적 경험과 그 서사를 보편의 위치에 두는 것에 자발적으로 동의하고 자신의 위치를 주변부로 인식하였다. 그들은 유럽의 근대성, 자유주의적 가치, 보편들, 과학, 이성, 거대 서사, 총체화하는 설명 등을 배우고자 하였다.[23]

식민지의 상태로 세계사에 접속하였던 한국 지식인은 한국과 세계의 동시대성 및 후진성을 고민하였다. 1910년대 후반의 지식인들은 한국과 세계의 동시대성을 발견하는 동시에 르네상스를 기준으로 하면 한국은 유럽보다 500여 년 뒤처져 있다고 판단하였다.[24] '후진성'의 문제는 1930년대 아시아적 생산 양식론을 통해 이론으로 구성된다. 아시아적 생산 양식론은 봉건제, 부르주아의 발흥, 자본주의 등 유럽의 표준적인 발전 모델에 견주면서 아시아의 결여에 주목하는 이론이다. 일본어로 생산되거나 번역되어 유통된 사회 경제사 지식에 근거한 아시아적 생산 양식론은 서구의 역사적 경험으로부터 추상하여 상상한 '원시 공산제 - 고대 노예제 - 중세 봉건제 - 근대 자본주의'로 이어지는 보편적 역사 발전의 법칙과 아시아 혹은 조선이라는 특수한 지역 사이의 관계를 어떻게 구성할 것인가라는 문제의식을 품고 있다.[25] 아시아적 생산 양식론은 1950년대까지 영향을 미친다. 카를 비트포겔(Karl Wittfogel)은 매카시즘 이론 분야의 주요 학자로 활동하면서 아시아적 생산 양식을 설명하는 데 있어 역동적이고 진보적인 서구와 정적이고 게으른 아시아의 대립을 공고히 하였다.[26] 제국 일본의 조치대학(上智大學)에서 수학한 1917년생 사회 경제 사학자 조기준은 1950년대 중반 한국의 역사를 발전의 시각에서 다룬 김용섭의 석사학위논문 심사에서 "그러면 발표자는 지금까지 많은 학자들이 한국 사회를 정체성 사회로 보았고, 또 이론적으로도 세계적인 대학자들에 의해서 아시아적 생산 양식이 제창되었는데, 이를 부정하는 것입니까?"라고 질의하였다.[27] 잡지 『사상계』에서도 아시아적 생산 양식론의 자장과 유관한 '후진성' '정체성' '침체성' 등의 개념으로 아시아를 설명하였다.[28]

한국의 후진성에 대한 인식은 20세기 초반부터 이어졌지만, 후진국이라는 개념이 한국 사회에서 결정적으로 널리 확산된 것은 1950년대 중반 미국의 '후진국 경제 성장론'이 일본을 경유하여 한국에 도착한 이후였다.[29] 1955년 라그나르 넉시(Ragnar Nurkse)의 『후진국 자본 형성론(Problems of Capital Formation in Underdeveloped Countries)』이 번역 및 출판된다.[30] 'underdeveloped country'를 '후진국'으로 번역한 것에서 볼 수 있듯, 1950년대 이후 '후진'이란 (문화의 상태가) 뒤처져 나간다는 글자 그대로의 의미보다는 '저개발' 혹은 '성장 이전'이라는 경제사적인 의미가 강했다. '선진국(advanced country) - 개발 도상국/중진국(developing country) - 후진국(underdeveloped country)'이라는 위계에 근거한 경제 발전 또한 널리 공유되었다. W.W. 로스토(Walt Whitman Rostow) 등 미국의 경제학자는 냉전의 맥락에서 군사 원조에 집중하였던 이전의 후진국 정책을 비판하면서, '후진국'의 민족주의에 기반하여 장기적이고 계획적인 대규모 경제 개발 원조가 필요하다고 주장하였다. 로스토는 개별 국가의 역사적, 문화적, 지리적 특수성과 무관한 경제 개발의 단계를 단선적 진보관으로 제시하였다. 특히 그는 한국의 인적 자원에 주목하면서

〈그림4〉 『경제성장의 제 단계』(케임브리지 대학 출판부, 1960)

수출형 경공업으로 발전하기에 적합한 곳으로 판단하였다. 1961년 경제학자 이상구가 로스토의 『경제 성장의 제 단계(The Stages of Economic Growth)』를 번역하여 출판하자 한국인들은 이에 적극 호응하였고, 경제 자립 및 개발에 대한 민족주의적 열망은 일종의 '시대정신'이 되었다.[31]

　　1950년대 중후반 후진국 경제 성장론 소개 이후, 경제 개발의 시각에서 한국을 '후진국'으로 인식하는 것이 확산되었다. 이와 연동하여 '아시아'라는 지역 범주에 대한 관심은 감소하고 '한국'이라는 국가 범주에 대한 관심이 상승한다. 또한 종족적, 문화적, 경제적으로 다기하게 검토하였던 아시아의 역사적 경과는 '후진성' '정체성'으로 단일하게 구획되고 서술된다.[32]

② 후식민지 한국이 갈 수 있는 길, 혹은 가지 않은 길

① 테니스공에 대한 명상, 혹은 후식민지의 발견

『회색인』에 등장하는 인물들은 후진성의 문제를 경제의 문제로 한정하지 않고, 그것을 서구 유럽의 제국주의적 팽창이라는 정치사적 맥락 및 식민지의 문화사적 조건과 병렬로 놓아둔다. 독고준 역시 한국인을 "식민지인"이라고 부르며 자신들이 "노예로서 세계사에 등장"하였음을 부기한다 (회색-1, 1963: 304).

　　『회색인』은 『광장』의 문제틀을 계승하는 동시에, 그 문제의 역사적 조건으로서 식민지를 논제화한 소설이다. 최인훈이 1960년에 발표한 『광장』이 '냉전'이라는 문제의식하에 있다면, 1963~1964년에 발표한 『회색인』은 '냉전'과 '식민지'가 겹쳐 있는 문제틀을 구성하였다. 물론 『광장』의 이명준 역시 유년 시절 '만주'의 기억을 가졌지만, 그 의미는 개인이 성장한 장소에 머물렀다. 이명준은 식민지라는 역사적 경험을 주체 구성에 개입하는 '문제'로 인식하지 않았다. 이명준은 '밀실과 광장의 대립' '현장과 풍문의 불일치'를 한국의 문제로 받아 안고 고민하였지만, 대립과 불일치의 역사적 기원이 식민지와 연결된다는 것을, 혹은 자신의 주체 구성과 연락된다는 것은 성찰하지 않았다.

최인훈은 1960년 '나는 냉전하에 살고 있다.'라는 문제의식을 가졌고, 1963년에는 '나는 냉전하에 살고 있는 식민지인이다.'라는 방향으로 문제의식을 심화하였다. 최인훈의 발견이 늦은 것은 아니었다. 『회색인』의 발견은 식민지와 냉전의 중첩이라는 문제를 무척 이른 시기에 발견한 셈이다. 1950년대 한국 사회는 식민지를 자연화하거나 망각하였다. 『회색인』은 이명준의 깨달음이 늦은 이유를 탐색하면서, 식민지를 망각했던 1950년대 후반 한국의 분위기에 대한 몇 가지 증언을 기록하였다.

[가] 전의 것은 사변에 다 타 버렸어요. (회색-11, 1964: 362)

[나] 사람이 살기 위해서는 사랑도 필요하지만 증오도 역시 필요해. 해방 직후에는 그런대로 '일본 제국주의'가 당분간 그런 증오의 목표물 구실을 했지만 6·25 바람에 끝장이 나 버렸어. 하기는 6·25 전에도 반일 감정은 이미 국민적 단합의 심볼로서의 효력을 잃고 있었어. 그 대신 '빨갱이'가 그 자리를 메꾸었어. 오늘의 불행을 만들어 준 나쁜 이웃에 대해서 이렇게 어물어물 감정 처리를 못 한 채 흘려 버리는 것은 기막힌 일이야. 강간 당하고도 웃는다면 말은 다 한 것 아닌가. (회색-3, 1963: 357-358)

[다] 해방 후에는 무슨 연설마다 '36년간'이란 말이 나오지 않았어? 지금 그런 말을 쓰는 사람은 없어. 말해 봐야 쓸데없기 때문이지. 지난날에 있었던 못난 역사의 상처를 자꾸 그리는 것은 가장 쉬운 일이지만, 그것은 다만 그걸로 끝나는 거야. 문제는 미래의 시간에 있어. 미래만이 진정한 시간이지. (회색-3, 1963: 352)

[가]는 안양 인근 P 면에서 족보나 일가에 관한 흔적을 찾던 독고준이 면사무소 직원으로부터 들었던 대답이다. 그의 대답은 한국전쟁으로 인해 식민지에 관한 문서고 등 물리적 증거 자체가 소실되었음을 의미한다. 한국전쟁 중인 1952~1953년에 쓰인 염상섭의 『취우』에서 통장과 반장은 "실상은 동회의 반적부가 반은 없어지구, 뒤죽박죽 돼서 새루 만드는 판"이라고 말하면서, 전쟁으로 문서고가 일실된 상황을 제시한다.[33] 나아가 한국전쟁이라는 역사적 경험이 준 무게감과 압박감은 식민지에 대한 기억을 덮을 여지도 있었다. 1950년대 말에 대학생인 독고준은 최인훈과 마찬가지로 1930년대 중반생으로 추정할 수 있는데, 이들에게 식민지란 유년 시절 경험에 한정된다. 청소년기의 한국전쟁 경험은 더 강렬했을 것이다.

　[나]는 해방공간 정치적 이념의 대립과 한국전쟁의 경험이 식민지와 관련된 기억을 말소하고 식민지라는 관점의 시효를 만료시켰다는 진단이다. 해방공간과 한국전쟁을 경험하며 생사의 경계를 거듭 넘나들었던 한국의 작가들은 자신의 식민지 경험을 (비)자발적으로 은폐하고 망각하였다. 백철이나 유진오는 월북한 작가들과 교류하였던 '식민지' 경험을 침묵에 붙이고 과소 진술로 일관하며, 자신의 심상 지리에서 '만주'를 삭제하고 식민지의 기억을 한반도에 한정한다.[34] 식민지 이후 남성 지식인은 식민지 경험을 '정치적인 강간'으로 의미화하면서 식민지를 젠더화하고, 자신의 기억에서 망각한다.[35]

　[다]는 직선적 역사의식이 식민지를 잊도록 하였음을 보여 준다. 직선적 역사의식은 "역사 전체가 일회적이라면 미래는 과거와 달라야만 한다."라고 믿으면서,[36] 역사를 '진보'로 파악한다. 하지만 '진보'를 신뢰하는 역사의식은 끝없는 '희망'을 산출할 뿐 끝내 그 희망에 도달하지 못하고, "미래 쪽을 향하여 간단없이" 떠밀릴 뿐이다.[37] [다]는 경제 개발을 강조하는 후진국 경제 성장론과 구조적 상동성을 가지는데, 식민지는 '과거'를 고정적으로 인식하면서 자연화되고 망각한다.

『회색인』의 경험적 증언에 더해 1954년 이후 권위주의 독재 정권이 친일파가 이미 속죄했다고 선언하고, 그들의 중용을 천명한 정치적 상황 역시 기억해 둘 필요가 있다. 이승만 정권은 검열과 캠페인을 통해 '일본적인 것'을 과도하게 통제하였는데, 반일주의 캠페인은 구조화된 식민지의 유제와 동시대 한국 문화에 있어서 일본의 영향력을 은폐하는 계기로 작동하였다.[38] 『광장』에 식민지에 대한 성찰이 누락된 것은 1950년대적인 역사적 맥락과 연관된다. 공적 영역에서는 식민지가 침묵에 붙여졌지만, 해방공간에서 1950년대에 이르는 시기 한국인의 신체는 여전히 식민지를 기억하였다. 독고준은 한국전쟁 시 미군의 폭격으로부터 피신한 경험을 아시아태평양전쟁의 공습 피신과 겹치며, 소련의 영화 〈당증〉을 보면서 전시기에 보았던 '군국의 어머니적인 영화'라고 평가한다.

　　1960년대 초반 한일 협정에 대한 논의가 본격화되면서 1950년대 '유령'과 같이 존재하였던 식민지라는 문제가 다시금 한국 사회의 전면에 등장한다. 영화 연구자 이화진에 따르면, 해방 이후 적대의 대상이었던 일본인이 1960년대 한국 영화에서는 연인, 가족, 이웃으로 등장하며 한일의 상상적 화해를 도모하는 존재로 재현된다. 특히 한일 양국의 친선을 기원하면서 기획된 영화 〈총독의 딸〉(1965)은 조선총독의 딸이 항일 민족주의자 조선 청년과 사랑에 빠진다는 설정 및 해방 20년 만에 일본인 여성 배우가 주인공으로 출연하여 화제를 모았다. 이 영화는 내선연애의 젠더 재현 관습, 1945년 및 1965년의 중첩 등을 통해 한일 친선을 도모하는 방향으로 기획되지만, 한국 민중의 민족주의적 열정 및 일본에 대한

〈그림5〉 영화 〈총독의 딸〉(1965) 포스터

복합적인 감정으로 인해 촬영된 영상은 기획의 의도를 거슬렀으며, 정치적 상황에 연동하여 결국 개봉에 이르지 못한다.[39] 같은 시기 『회색인』은 식민지와 냉전이 겹친 역사적 경험을 이론적으로 성찰한다. 『회색인』의 서술자는 냉전과 식민지가 겹쳐진 상황에 놓인 주체의 조건과 위치를 '테니스공에 대한 명상'으로 제시한다.

> 준은 일어나서 창으로 갔다. 이 집은 낡은 일본 집인데 집주인네는 아래층을 쓰고 그는 윗층을 쓴다. 〔…〕 준은 이층에서 내다보는 전망을 사랑했다. 남쪽으로 창을 내다보면 미군부대가 있고 그 저쪽으로는 한강이다. 미군 부대는 막사와 시설이 먼 눈에 보면 더욱 반듯한 것이 눈을 끈다. 아름답다고 해도 좋을 만하다. <u>테니스코트가 있는데 하얀 공이 반짝 하면서 나르는 것을 보기를 준은 즐겨하였다.</u> (회색-2, 1963: 353)

적산 가옥 2층에서 미군 부대의 테니스공에 매혹된 독고준. 미군 부대의 테니스공이 가진 역동과 빛깔에 매혹되는 것은 미군 부대에서 먹은 '오렌지 주스'의 영롱함을 찬탄하였던 증언을 떠올리게 해 준다.[40] '한국에 없던' 빛깔과 음식으로 결정화(crystallization)한 '선진' 서구 문화가 가져온 미의식에 '후진' 한국의 주체는 매혹되었다. 그리고 독고준은 적산 가옥 2층에 서 있었다. 독고준은 식민지의 유산인 '건물'이라는 물질적 토대에 서 있으며, 그의 눈은 냉전의 상징인 미군 부대와 그 문화적 생산물인 테니스공을 향해 있었다. 그가 서 있는 곳과 바라보는 곳이 상징적으로 드러내듯, 1960년을 전후한 시기 한국의 역사와 문화는 식민지의 유산과 냉전의 문제가 겹치는 지점에 놓여 있었다.

최인훈은 『회색인』을 통해 냉전 시대 한국 주체의 인식과 실천, 그리고 물질적인 토대에 여전히 관여하고 있는 식민지라는 조건을 포착한다. 식민지라는 조건이 여전한 1960년대 냉전 한국의 문화적 상황. 최인훈은 '후식민지(postcolony)' 한국을 발견하였다.[41] 발견이라 표현한 것은 [가]-

[다]에서 확인하였듯, 1950년대 한국은 식민지를 기억 속에 '봉인'하였기 때문이다.[42] '후식민지'라는 시각은 식민지로부터 '독립'은 되었지만 아직 '해방'은 충분히 수행하지 못한 문화적 상태에 관한 문학평론가 에드워드 사이드 (Edward Said)의 분석을 기반으로,[43] 『회색인』이 1960년 전후 한국의 문화적 현실을 포착한 시각에서 도출한 것이다.

〈그림6〉 에드워드 사이드

1930년대 후반 임화는 "묘사(환경의!)와 표현(자기의!) 하모니!"를 서구적 본격 소설의 기율로 이해하고 식민지 조선에서 그것이 분열되어 나타나는 현상을 절망적으로 진단하였다.[44] 그는 '분열'을 작가 개인의 문제를 넘어 비서구 식민지의 역사적 조건과 관련된 문제임을 포착하고, 이 문제를 문화사적으로 해명하기 위해 '이식 문화론'을 제안하였다.

> 뒤떨어진 문화 사회는 선진한 문화 사회의 수준을 따라가려 적극적인 노력을 경주하지 않으면 두 문화 사회의 접촉 결과는 자연 후진 문화의 패배, 즉 정치상 피정복(被征服)으로 결과하고 만다. / 그러므로 몰아(沒我), 맹목(盲目)에 가까우리만치 열심으로 선진문화를 학습하지 않을 수가 없으며, 이런 경우에 자각되지 않은 획득 의욕, 선망은 왕왕 모방심리로 나타나는 것이다. 〔…〕 이런 경우 모방, 이식 그 자체가 벌써 후진국이 선진국에 대한 일 투쟁 형태다.[45]

해방 이후에도 임화가 고민했던 문제는 바로 해소되지 못한 채 잔존하였다. 『광장』의 이명준이 주목한 '풍문의 나라' 한국, 『회색인』의 독고준이 주목한 '이식된 서양'이라는 고민 역시 임화의 고민과 그다지 거리가 멀지 않았다.

> 물론 우리는 원주민(原住民)이다. 우리의 정치제도는 우리가 싸워서 얻은 것이 아니다. 우리는 나사못 하나도 발명하지 않았다. 지성인이기 위해서는 될수록 많은 외국어를 습득해야 할 입장에 놓여 있다. 우리가 쓰는 일용품 ― 정신적인 것이건 물질적인 것이건 ― 의 전부가 외래품. 〔…〕<u>우리들이 가지고 있는 모든 것이 한국이라는 풍토에 이식된 서양이 아닌가.</u>
> (회색-4, 1963: 388)

독고준은 한국의 문화적 상황에 대해 위와 같이 진단한 후에, "만일 기독교를 (의지할 - 인용자) 언덕으로 받아들인다면 우리는 또 한 번 8·15를 가져야 할 것이다."라고 이어서 썼다(회색-4, 1963: 389). 독고준은 '식민지'의 문화적 조건이 냉전 시기에도 지속 및 잔존하고 있으며, 식민지의 유산이 내전의 경험과 냉전 질서의 맥락 안에서 재구조화한다고 보았다. '후식민지'는 비서구 식민지의 경험에 기인한 문제들이 충분히 해소되지 못한 해방 이후 시기 한국의 문화적 상황을 포착하는 개념이다. 『회색인』의 인물들 역시 "우리 시대는 유관순의 시대가 아니"라고 언급하며 식민지와 식민지 이후를 분명히 구분한 것처럼(회색-5, 1963: 353), '후식민지' 개념으로 식민지와 해방 이후를 평면적인 연속으로 이해하는 것은 경계할 필요가 있다. '후식민지'는 해방 이전과 이후의 차이에 유의하면서도, 두 시기에 단속적으로 현상하는 문화적 곤란이 가진 식민지적 기원을 부각하는 개념이다.

1960년대 초반 미국의 동아시아 정책의 변화와 연동하여 한일 관계가 재편되었다. 중국의 핵실험과 베트남 전쟁의 격화라는 상황을 마주하면서, 로스토를 비롯한 미국의 정책 전문가는 한미일 삼국 정부에 한일 관계 정상화를 촉구하였고 미국의 동아시아 정책이 변화하였다. 1962년 '김

종필·오히라' 메모가 작성되면서 '한일 국교 정상화'는 논의에 가속도가
붙는다. 1964년 3월 한국의 야당과 종교·사회·문화 단체 대표 및 재야 인
사 2백여 명은 '대일 굴욕 외교 반대 범국민 투쟁 위원회'를 결성하여 정
부의 굴욕적 저자세와 일본에 의존적인 태도, 국민 참여를 배제한 정치 흥
정을 비판하였고, 대학생들은 시위를 이어갔다. 1964년 여름 6·3 한일 협
정 반대 운동이 절정에 도달한다. 『회색인』은 한일 관계의 재편이 쟁점이
되었던 1963년 6월에서 1964년 6월까지 연재되었다. '후식민지'의 발견은
1960년대 초반 한일 관계의 재편이라는 역사적 맥락과 맞물려 있다.[46]

　『회색인』의 창작은 1930년대에 출생하여 식민지 시기에 유년 시절을
보낸 세대가 한국의 공공 영역에 등장했던 과정과도 맞물린다. 문학평론
가 한수영의 지적처럼, 1920년대생 작가 장용학, 하근찬, 김수영, 박인환
등은 이중 언어 세대로서 일본어 중역을 통해 세계를 인식하고 주체를 구
성하였다.[47] 이들은 식민지를 사사화(私事化)하여 기억하였지만, 식민지를
이론적 문제틀로 구성하지 않았다. 이들 세대는 식민지의 기억은 강렬했
지만 동시에 자연화되어 있었고, 청년 시기에 경험한 한국전쟁의 폭력을
더욱 강렬하게 경험하였다.

　1930년대생 식민지 주체들은 식민지에 겹친 유년 시절에 소학교를
다녔고, 청소년 시절에 한국전쟁을 경험하여 전 세대와 비교할 때 전쟁의
폭력에 상대적으로 적게 노출되었다. 이들은 식민지를 유년의 기억과 더
불어 향수와 낭만화의 대상으로 인식하는데, 그 미화가 '사후적으로 정
신적 외상'으로 작동하게 된다.[48] 임종국, 김용섭, 강만길, 김윤식, 최인훈
등 이중 언어 세대의 가장 마지막 자리에 놓일 1930년대생은 식민지를 이
론적으로 탐색한다. 1929년생 임종국은 "6·3 사태를 전후로 한 정치적 문
화적 상황"과 연동하여 식민지의 '국민 문학'을 가시화한 『친일문학론』
(1966)을 집필하였고,[49] 1931년생 김용섭은 식민 사학의 극복이라는 문제
의식에 근거하여 내재적 발전론을 체계화한 『조선 후기 농업사 연구』(일조
각, 1970)를 간행한다. 김용섭의 농업사 연구는 1955년에 기획되어 1960년

대 10년 동안 쓰였다.[50] 1960년대는 '식민지'를 논제로서 발견하는 시간, 1970년대 이후에 본격적으로 실천할 식민지의 유제 극복을 '준비'하는 시간이었다.

② 식민지 문화적 실천의 후식민지적 반복 - 유비와 도식

후식민지의 발견은 한국 사회에 냉전과 겹친 식민지의 유산에 대한 성찰을 요청하였다. 그 성찰은 주체의 위치와 조건에 따라 다양한 시도로 귀결한다. 또한 그 시도는 성공, 실패, 혹은 시행착오 모두를 포괄한다.『회색인』은 후식민지를 발견하는 순간을 포착한 소설로, 후식민지 주체(post-colonial subject)의 현실 인식과 문화적 실천의 곤혹과 시행착오 역시 포착한다.

후식민지 주체가 수행한 문화적 실천의 첫 번째 양식은 '유비'의 시도이다. 독고준은 서구와 한국의 문화적 낙차를 인식하였지만, 그 차이를 역사적 실체로 인정하는 것에 머물지 않았다. 그는 서구와 한국의 거리를 좁히기 위한 모색을 이어갔고, 그 모색은 후식민지 한국의 주체가 보편적 주체로 성립할 가능성에 대한 탐색으로 현상한다. 독고준은 서구를 보편으로 인식한 뒤, 자신 역시 비슷한 자리에 서고자 하였다. 그에게 있어 '유비'는 보편으로서 서구와 특수로서의 한국 사이에서 작동하였다.

개인도 아니고 한 시대를 산 수많은 사람들이 공통으로 지니고 있었던 환상(幻想)을 다른 위치에 있었던 사람으로서 실감한다는 것은 거의 불가능한 일이다. 준은 월남후 가끔 그것을 전달할 수 있는 방법을 생각해 보았다. 마침내 그는 생각해 냈다. 아날로지에 의하는 길밖에는 없었다. 근세 구라파의 지식인들과 예술가들이 이태리에 보낸 동경과 광기(狂氣). 저「미뇽의 노래」가 풍기는 향수의 몸부림 속에 그는 그 상사물을 발견하였다. 바이런, 궤테, 헬다린, 니체 같은 그 시대의 에일리트들의 이태리에 대해서 알고 있던 환상의 강렬함. 그들은 이태리에 그들 영혼의 주소를 가지고 있었다는 사실을 그들의 전기를 읽어 볼 기회를 가진 사람이면 쉽사리 알 수 있다. (회색-1, 1963: 309-310)

독고준의 질문은 '특정 시대 수많은 사람의 환상'을 그 자리에 없던 '다른 자리의 사람'이 실감할 수 있는가였다. 독고준이 거리감의 해소를 위해 제안한 방법은 '유비(analogy)'이다. 철학자 미셸 푸코(Michel Foucault)에 따르면, 유비는 서구를 관계의 근거이자 성찰의 출발점인 중심에 두고, 그것을 중심으로 한 방사(放射)의 공간 안에 한국을 비정하는 사유 방식이다.[51] 스스로를 후진적이라고 생각하던 근세 유럽의 지식인은 선진적인 이탈리아의 문화를 유비하면서, 보편과 스스로의 동시대성을 상상하였다. 독고준 역시 계속해서 서구의 지적 전통에서 등장한 인물들에 유비하여, 그들과 자신을 같은 궤에 놓고 스스로의 주체를 정립하고자 하였다. 그는 라스콜리니코프, 카프카, 드라큘라에 자신을 유비하고, 그 유비의 불가능성을 마주하고 좌절을 반복한다.

독고준이 선택한 유비라는 방식은, 근대성을 글쓰기의 기율로 삼았던 식민지 지식인의 문화적 실천을 같은 형식으로 뒤늦게 반복하는 것이었다. 문학평론가 김동식이 지적했듯, 1930년대 문학평론가 김남천과 임화, 그리고 최재서는 보편으로서의 서구 문학과 후진으로서의 조선 문학 사이의 거리감에 좌절하고, 유비의 방식으로 그 낙차를 상상적으로 또 논리적으로 '극복'하고자 하였다. 다만, 그들은 끝내 결핍과 거리감을 재확인하고 분열하였다.[52] 1960년대 후식민지 주체 독고준의 문제틀은 서구 중심의 세계 체제에 뒤늦게 편입된 1930년대 식민지 지식인의 문제틀을 반복하는 것이기도 하였다.

서구와 한국의 역사적이고 물질적인 경험과 조건의 차이로 인해 유비를 다짐하는 것으로는 문제가 해결되지 않는다. 독고준은 유비의 불가능성을 인식한 후, 비로소 자신의 이름으로 서명한다.

불가능한 것을? 그렇다. 내가 신(神)이 되는 것. 그 길이 있을 뿐이다. 그러나 그것은 번역극이 아닌가? 거짓말이다. 유다나 드라큐라의 이름이 아니고 너의 이름으로 하라. 파우스트를 끌어대지 말고 너 독고준의 이름으로 서명하라. 너의 성명을 회피하고 가명을 쓰려는 것, 그것이 네가 겁보인 증거다. 남의 이름으로는 계약하지 않겠다는 깨끗한 체하는 수작을 모험을 회피하자는 심뽀다. 아니 나는 모험을 했다. (…) 그는 창으로 걸어가서 우리 속을 들여다보았다. 창백한 남자가 그를 지켜보고 있었다. 그 남자는 쌀쌀하게 말했다. 정직하게 살아. 아주 정직하게. (회색-13, 1964: 419-420)

문학 연구자 이경림의 지적처럼, 독고준이 자신의 이름으로 서명하는 것은 자유에 기반하여 '이름을 갖는 주체'인 존재자로서 출현하는 자기의 정립을 의미한다.[53] 인용문의 앞부분에서 보듯 독고준은 서구의 인물들을 참조하여 주체성을 구성하는 태도를 번역극으로 규정하고 비판적인 거리를 둔다. 하지만 독고준이 자신의 이름으로 서명하는 것은 후식민지 주체로서 정체성과 삶의 무게를 온전히 받아들이는 것이기보다는 자신 역시 스스로 행동하는 자유로운 '행동자', 곧 서구의 근대적 개인(individual)이 되겠다는 추상적인 '선언'에 가깝다. 독고준은 '보편과 에고'의 황홀한 일치를 통해 '주인'이 되고자 하였으나, 주인에 머무르려는 그의 의식은 모든 변화 및 운동을 차단하였기에 독고준의 시도 역시 추상적일 수밖에 없었다.[54] 물질적인 조건에 대한 성찰을 갖추지 못했기에 이는 상상적인 선언이었고, 근원적인 불안정성을 내포하고 있었다. 독고준은 재귀적으로 '당위'를 선언할 수밖에 없었고, 그 선언은 위태로웠다. 하지만 유비로서 주체를 구성하는 질문 방식은 이후 1970년대 백낙청 역시 수행한 주체 구성의 방식이었다.[55] 20세기 한국의 지식인은 각자 위치와 조건의 차이에도 불구하고 (후)식민지라는 단속적인 문화적 조건의 규제성을 공유하면서 유비를 통해 주체를 구성하였다.

독고준이 거듭하여 유비를 시도하여 요청한 대상은 '근대적 개인'이
었다. 이 문제는 후식민지 주체의 문화적 실천의 두 번째 양식인 '도식'으
로 이어진다. 독고준이 관심을 가지는 개인은 자유로운 개인인 동시에, 국
가를 구성할 수 있는 '개인'이다.

> 현대 한국인에게도 '가문'이라는 말은 절실할망정 '국가'는 아무래도 어
> 색하다. 그런대로 가문이나 씨족(氏族)을 확대해서 유추(類推)할 수 있는
> '민족'은 훨씬 알아먹기 쉽다. (회색-4, 1963: 386)

> 혼자다. 가족이 없는 나는 자유다. 신은 죽었다. 그러므로 인간은 자유다,
> 라고 예민한 서양의 선각자들은 느꼈다. 그들에게는 그 말이 옳다. <u>우리
> 는 이렇다. 가족이 없다, 그러므로 자유다. 이것이 우리의 근대 선언이다.</u>
> (회색-4, 1963: 395)

> 우리에게는 선도 없고 악도 없다. 아직도 우리들 엽전에게는 '집'이 제일
> 이다. (회색-4, 1963: 396)

독고준의 사유는 G.W.F. 헤겔(Georg Wilhelm Friedrich Hegel)의 철학을 따
라 개인, 가족, 시민 사회, 국가의 개념으로 사회를 진단한다. 독고준이 판
단하기에 서양의 근대는 개인에 기반하고 있지만 한국에서는 가족이 여
전히 주요한 사회적 단위로 작동하고 있다. 헤겔에 따르면, 서구에서 "가
족은 그 본질에서 인격의 원리에 이끌려 여러 가족으로 나눠"고, 이에 따
라 개인은 "각각이 자립한 구체적인 인격으로서 서로 외적으로 관계"한
다.[56] 하지만 독고준은 가족으로부터 분화하지 못한 한국의 개인은 국가
를 구성할 수 없다고 보았다. 독고준은 '신은 죽었다. 그러므로 인간은 자
유다.'라는 서구의 근대 선언을 패러디하여, '가족이 없다. 그러므로 인간
은 자유다.'를 한국의 근대 선언으로 제시한다.[57] 독고준은 한국에서 가족

〈그림7〉 게오르크 빌헬름 프리드리히 헤겔

으로부터 자유로운 개인의 출현을 대망하였다. 근대에 미달한 한국에서 개인이 할 수 있는 것은 몇몇 임시적인 '사회(civil society)'를 만드는 것뿐이었다. 하지만 한국에서 '사회'는 계기로서 존재할 뿐, 실체적인 가능성과 역학을 형성하는 데 이르지 못한다. 독고준 역시 끝내 '갇힌 세대' 동인에 가입하지 않는다. 이점에서 개인, 가족, 사회, 국가의 관계에 대한 독고준의 이해는 무척 도식적인 것

이었다. 헤겔 철학에서 가족, 시민사회, 국가는 서로의 계기를 공유하고 있는 것이었다.[58] 하지만 독고준의 사유에서 개인, 가족, 시민사회, 국가의 관계는 각기 단절된 것이었다.[59] 『광장』의 중심인물 이명준 또한 가족과 개인의 관계를 도식적이고 단절적으로 사유하였다. 문학평론가 이수형이 지적했듯, 『광장』의 이명준은 전쟁이라는 역사의 현장에 참여함으로, 아버지의 법을 중단하고 자율적이고 독립적인 '나'를 정립하고자 하였다. 하지만 그는 결국 자율적인 법을 정초하는 데 이르지 못하고, 스스로 부정하고자 했던 아버지의 위선을 더욱 급진적으로 흉내내는 것에 머물렀다.[60]

불교에서 대안을 찾는 황 선생조차도 보편과 특수라는 범주에 기대어 발화하는 등 『회색인』의 인물 대부분은 헤겔의 체계를 경유하여 질문하고 사유하였다. 독고준은 자신이 헤겔에 주목하는 이유를 다음과 같이 설명하였다.

서양 예술처럼 단순한 것도 없다. 그것을 줄곧 이 유일한 라이트 모티브인 '신과 인간의 씨름'을 한없이 변화시킨 수많은 변주곡에 다름 아니다. 성경에 나오는 탕자의 비유의 기본 계기(契機)인 '안주(安住)→방랑(放

浪)→귀향(歸鄕)'의 공식에 살을 붙인 것들이다. 미학은 간단하다. 서양 예술은 항상 삼박자로 춤춘다. 왜 예술뿐이랴. 헤겔의 철학은 방대한 '왈쯔곡집'을 연상시킨다. 그가 만일 작곡가가 되었더라면 틀림없이 요한 스트라우스가 되었을 것이다. 정반합(正反合), 정반합, 정반……. 이런 식이다. 이것은 서양 문화의 밑바닥을 흐르는 '원선율(原旋律)'이다. 그들의 문화의 어느 한 곳을 취하든 우리는 이 가락을 적발할 수 있다. (회색-4, 1963: 388)

독고준은 헤겔을 서구 철학의 '원선율'이자 기본형으로 이해하였고, 그 기본형을 단호히 한국에 적용하고자 하였다. 이것은 독고준 개인의 판단이지만, 최인훈이 『회색인』의 여러 인물이 두루 헤겔의 철학을 참조하도록 하는 상황의 한 방증이기도 하다. 『회색인』의 인물들은 보편성에 대한 도식적인 이해를 바탕으로 도식적인 질문을 통해 한국의 근대성을 심문하였다. 서양의 역사적 경험을 기반으로 역사의 보편적 '발전'을 추상하고 이론화하며, '보편'의 도식을 기준으로 한국 사회를 진단하는 독고준의 질문은 '원시 공산제 – 고대 노예제 – 중세 봉건제 – 근대 자본주의'라는 역사철학의 도식에 근거하여 한국에서 역사 발전의 법칙이 보편적으로 실현되는지 질문하였던 1930년대 식민지 조선의 아시아적 생산 양식론과 그 질문의 형식이 같다.

1930년대 식민지 주체의 질문 방식을 30년 뒤인 1960년대에 와서 후식민지 주체가 반복하는 것은 한국이 '식민지'라는 조건으로 세계사에 접속하였고, 한국의 전통을 형성하지 못했기 때문이다. 해방 이후 냉전 질서 아래에서도 식민지의 문화적 조건은 지속되었다. 1960년대 후식민지라는 조건을 발견한 독고준은 1930년대 식민지 주체의 세계 인식과 문화적 실천을 공유하였다. 그는 서구를 보편으로 이해하면서 유비와 도식을 통해 사유하고 '주인'이 되고자 했으나 결국은 '환멸'에 도달한다.[61]

③ 갈 수 있는 길과 가지 않은 길

『회색인』은 근대 서구와 후식민지 한국의 낙차 안에서 고민한 독고준의 형상을 제시하였다. 『회색인』의 서술자는 독고준을 비롯한 후식민지 주체가 "수인(囚人)의 언어"(회색-3, 1963: 359-360), 곧 '노예의 언어'로 말하고 있었다고 언급하였다. 『회색인』이 제안하는 후진국의 '노예'가 나아갈 수 있는 길은 크게 세 가지였다.

후진국 한국이 선택할 수 있는 첫째 길은 '노예'의 환상에 충족하고 만족하는 길이다. 『회색인』의 캠퍼스 잔디밭 토론 장면에 삽입된 노예선 이야기에 등장하는 노예가 이에 해당한다. 노예들은 폭포를 향해 천천히 흘러가고 있는 배에 탄 채, 갑판의 텔레비전에 투사된 USA라는 배의 화려함에 감동할 뿐이었다(회색-3, 1963: 356). 이 길은 구체적으로는 법률학을 공부하고 '고등문관'이 되었던 식민지 노예들이나 '이공계'의 길을 간 해방 후 노예의 길(회색-8, 1964: 379), 혹은 성찰 없이 모방과 자기 계발에 몸을 맡긴 이들이 걸어간 길이다. 이들은 상처에 화장품을 바르며 거짓 위로를 주고받는다(회색-10, 1964: 361).

후진국 한국이 선택할 수 있는 둘째 길은 서양이 제시한 문제틀 자체를 거부하는 길로, 『회색인』의 황 선생이 선택한 길이다. 그는 "동양 사람이 제구실을 하는 길은 이 서양사적 문제 제기를 거부하는 일"이며, 서양인의 "출제 방식 그 자체를 거부하"고 "우리들의 도식(圖式)도 출제"하자고 주장할 것을 제안한다(회색-8, 1963: 393). 그러나 이는 보편과의 소통을 스스로 닫는 길이었다.

후진국 한국이 선택한 셋째 길은 첫째 길과 둘째 길 사이에 존재하는 길이자 독고준이 걸어간 길이었다. 『회색인』에서 독고준은 노예의 '환상'에 사로잡히지는 않지만, 스스로 '주인'이 되고자 하며 유비와 도식을 통해 재귀적으로 보편을 선언하고 그 불가능성을 마주했다. 독고준은 선언과 "실수"(회색-12, 1964: 298)를 반복하는 회로 안에 놓인다.

독고준의 고민은 단지 논리의 영역에서 제시되는 고민만은 아니었다. 서구와 아시아를 선진과 후진의 틀로 이해하고, 아시아를 지체된 시간성의 공간으로 이해한 인식은 1960년대 한국 사회의 정치적 상황과 문화적 정향과 관련된 중요한 논점이었다. 한국의 군사 정권과 이에 동의하는 지식인들은 자신들의 쿠데타를 후진성의 극복과 '근대화'라는 목표 아래 정당화하였다. 그들은 자신들의 쿠데타를 후진국 민족주의 혁명으로 이해하였고, 후진 사회의 근대화를 위해서 독재는 불가피하다고 주장하며 민주주의를 유보하였다.[62]

> <u>그런 속임수에 자꾸 따라갈 게 아니라 주저앉자. 나만이라도.</u> 그리고 전혀 다른 해결을 생각해 보자. 한없이 계속될 이 아킬레스와 거북이의 경주를 단번에 역전(逆轉)시킬 궁리를 하자. (회색-10, 1964: 360)

독고준이 선택한 세 번째 길은 주인(아킬레스)과 노예(거북이)의 관계를 정지하고자 주저앉는 길이었다. 침몰선의 길과 황 선생의 길은 방향은 달랐지만, 어디론가를 향해 혹은 무언가를 기준으로 움직이고 있다는 점에서는 같았다. 독고준은 우선 걸음을 멈추고 주저앉는다. 그리고 노예의 시각에서 가능한 사유의 길을 '궁리'한다. 움직임을 멈추었다는 점에서 이 길은 후진국 경제 성장론이나 보편 및 진보를 향한 욕망에 대해 '부정적'으로 사유할 계기를 마련한다. 독고준이 기투한 '사랑과 시간'은 주인과 노예의 관계를 정지하고자 주저앉는 것에 불과하였다. 하지만 이 길 역시 '단번에 역전시킬' 것을 목적으로 한다는 점에서는, 다시금 '주인'이 되고자 하는 욕망으로 회수될 여지를 남긴다.

『회색인』보다 조금 이른 시기, 일본의 문학평론가 다케우치 요시미가 고민한 길은 독고준과 비슷하면서도 조금 달랐다. 일본이 아시아를 망각하는 상황을 앞에 두고,[63] 다케우치는 노예에게 필요한 것은 "노예가 노예임을 거부하고 동시에 해방의 환상도 거부하는 것, 노예라는 자각을 품은 채로 노예인 것, 바로 꿈에서 깨어난 '인생에서 가장 고통스러운' 상태"를 요청하였다.[64] 이 길은 "주인-노예라는 표상 체계 내부에 존재하면서도 내부적으로 표상(재현)되지 않는" 길이었고, 문명의 모방 가능성과 불가능성이라는 동시적으로 사유해야 하지만 동시적으로 재현될 수 없는 두 영역의 관계 문제에 닿아 있다.[65] 다케우치가 고민한 길은 독고준이 짐작은 했으되, 그 자신이 가지 않은 길이었다.

20세기를 관통하여 식민지 주체가 수행하고 후식민지 주체가 되풀이하여 수행한 선언과 그 반복의 임계 앞에서 후식민지 한국의 역사적 상황 안에서 '노예의 노예됨'을 고통스럽게 성찰하여 '절망'에 닿을 수 있는 사유의 가능성은 현재를 위한 질문으로 여전히 남아 있다. 그 길은 20세기를 통괄하여 반복된 서구와 한국, 혹은 주인과 노예의 복합적인 연관을 재구성하는 방법을 발견하는 것이었으며, 동시에 '아시아'를 사유의 계기로서 모색하는 길이었다. 이중 언어 세대에게 '한국적인 것' 혹은 '문학적인 것'의 구성과 그에 대한 기투는 '당위'로서 주어진 것이 아니라 '가능성'으로 존재하는 것이라는 점에서,[66] 『회색인』이 제기한 '후식민지라는 물음'은 노예의 절망과 사상이라는 질문과 과제를 남긴다. 1970년 최인훈 또한 『태풍』을 통해 이 질문을 다시금 마주하였다.[67]

1970년에 도달하기 전인 1960년대 중반 최인훈은 1960년대 초반과는 다소 다른 방식으로 한국의 후식민성을 문제화하며, 또 다른 시간 의식을 발견하게 된다. 그것은 1920~1930년대 식민지 조선의 문화적 실천을 그 자신의 전통으로 형성하는 것을 통해서 가능하였는데, 이 문제는 다음 절에서 살펴보겠다.

(2) 한국의 역사적 경험으로 새롭게 만든 '전통' – 「총독의 소리」

1960년대 중반에서 1970년대 초반 최인훈은 문학의 형식적 실험을 통해 한국의 세계사적 동시대성을 고민하면서, 한국 근대 문학을 문학적 전통으로 발견하였다. 세계사적 동시성과 비동시성이라는 문제는 20세기 한국에 거듭 질문된 문제였다. 『광장』과 『회색인』은 '역사'의 현장으로서 서구와 '풍문'의 나라로서 한국이라는 이항 대립을 제시하면서 한국 근대(문학)의 전통 부재라는 문제를 발견하였다. 최인훈의 형식적 실험은 한국에서 '전통' 형성 가능성이라는 문제를 탐색한 것이었다. 최인훈은 한국 근대 문학의 역사적 경험과 유산에 겹쳐서 자신의 소설을 창작하였으며, 구체적으로 전문 인용, 흔적 삽입, 서사 기법 차용 등의 방법을 수행하였다. 1960년대 중반에서 1970년대 초반 최인훈은 주변부의 근대 문학이었던 한국 근대 문학의 실패한 역사를 '전통'으로 형성하여, 서구와 한국의 유비 관계를 탈구축하고 보편성을 재인식하고자 하였다.

① 겹쳐진 해도 – 1930년대 작가의 질문을 반복하며

① 후식민지의 근대와 '전통' 형성의 곤혹

식민지의 상태로 세계사에 접속하였던 한국의 지식인들은 세계와의 동시대성 및 후진성의 조건을 탐색하였다. 『회색인』으로 '후식민지'의 문화적 조건을 고민하기 시작한 최인훈은 1960년대 중반에도 이 문제를 거듭 고민하였다. 「크리스마스 캐럴 4」(『현대문학』, 1966.3.)는 역사의 현장인 서구에 유학한 한국의 지식인이 한국의 전통 부재를 뼈아프게 인식하는 소설이다. 이 소설의 겉 이야기는 현재 한국에서 활동하는 '그'의 이야기이며 속 이야기는 십수 년 전 유럽의 도시 R에 유학하던 '그'의 이야기이다. R은 중세의 은성했던 상업 도시이자 프로테스탄트 운동의 요람지 중 하나로, '그'는 한국전쟁을 뒤로하고 서구 문화사 공부를 위해 유학길에 올랐던 터였다.

> 대학에도 그는 만족하고 있었다. 그런데도 그는 여전히 어딘가 겉도는, 무거운 기분을 안고 강의실을 나오곤 했다. 교수들에게서 그는 늙은 신기료장수를 보고 있었다. 머리가 희끗한, 거칠고 마디 굵은 손가락을 가진, 등은 굽고 허우대는 큼직한 늙은 신기료 장수. 〔…〕 이 튼튼한 심줄과 굵은 손가락 마디를 가진 노인들에게 학문은 무슨 막연한 것이 아니고 그 손가락으로 주무르고 이기고 꿰매는 아교풀이고 암말의 허벅지 안 가죽

이고 쇠못이고 구두창이었다. 학문은 그들에게는 논리적 조작이 아니라 손에 익은 수공업이었다. 그러한 손가락 마디가 또한 그의 마음을 무겁게 했다. 그것은, 학문은 코즈머폴리턴한 것이며 관념적인 것이라고 생각해 온 동방의 이방인 학생에게 어떤 모욕을 느끼게 했기 때문이다. (캐럴4, 1966: 115)

운하의 도시 R에서 대학 교수의 학문을 보고 들으면서 '그'는 후식민지 지식인으로서 이질감을 감추지 못한다. 그가 보기에 서구의 학문은 중세 이래 유럽의 역사 및 생활과 밀착해 있었고, 관념적인 논리의 조작이 아니라 손에 익은 자연스러운 것이었다. 그는 후식민지 한국에서 절대적 보편성으로 여겼던 가치가 서구의 현장에서는 오류를 내포한 상대적 가치 가운데 하나에 지나지 않는다는 사실을 발견한다.[68] 하지만 '그'에게 전통의 부재는 한국의 전쟁과 겹치면서 절망으로 이해된다.

누군가 말했지. 한국의 젊은이가 전쟁터에 나갈 땐 무슨 책을 배낭 속에 넣어야 할 것인가고. 개죽음이야. 완전한 개죽음이야. 죽음을 위한 최소한의 센티멘털리즘도 마련해 줄 힘이 없는 사회. 여기서 전사한다는 건 그저 사고(事故)야. 교통사고야. 〔…〕 역사가 있지 않은가. 있겠지. 허나 들쥐와 구더기들이 붕괴시켜 가는 썩은 고기와 뼈 부스러기에게 역사가 어쨌다는 것인가. 그렇다면 죄스러울 것 없지 않은가. 남을 위해서 살 수는 없지 않은가. 속이지 말자. 속이지 말자. (캐럴4, 1966: 119)

제1차 세계대전 전몰 학생의 편지를 편집한 『독일 전몰 학생의 편지(ドイツ戦没学生の手紙)』(岩波書店, 1938)는 중일 전쟁과 아시아태평양 전쟁에 참전했던 제국 일본의 청년 군인에게 널리 읽혔지만, 이 역시 동아시아나 일본의 전통이 아니라 서구로부터 이식한 교양주의의 결과일 뿐이었다.[69] '그'는 자신의 나라에서 발발한 전쟁에 참전하면서조차 배낭에 넣어 갈 책

을 가지지 못한 한국의 전통 부재에 절망한다.[70] 다만 그는 스스로 속이지 않을 것을 다짐한다. 귀국 후 그는 크리스마스의 풍속을 모방하며 서구적 근대화를 따르는 한국 사회에 의식적으로 거리를 유지한다. "서양 갔다 온 사람이 더 구식"이라는 지청구를 들으면서도 '그'가 견지했던 길은 후 식민지 한국의 전통 부재를 부재 그 자체로서 인식하는 길이었다. '그'에게 초점화한 서술자는 그가 귀국 후 선택했던 길이 "해도 없는 항해처럼 위험에 가득 찬 것"이라고 평가하였다(캐럴4, 1966: 112-113).

「크리스마스 캐럴 5」(『한국문학』, 1966.여름.)의 외국인은 서양 제국주의 가 인류에게 끼친 해독이란 경제적 수탈이나 폭리 취득만이 아니라, 경험 적인 것을 선험적인 것처럼 위장하여 원주민의 '영혼'을 골탕 먹인 것이라 고 비판하였다(캐럴5, 1966: 188-189). 「크리스마스 캐럴 4」의 서술자가 '해도 (海圖) 없는 항해'라고 칭했던 것처럼, 서구의 보편성과 한국의 특수성 사 이의 관계 설정은 쉽게 결론을 내릴 수 없었다. 하지만 최인훈은 1960년대 에 계속해서 후식민지 한국 근대(문학)의 전통이라는 문제를 고민하였고, 그것을 문학의 형식적 실험을 통해 제시하였다.

② 겹쳐진 해도(海圖) ─ 서구의 '형식'과 한국의 '현실'

서구 근대 문학의 형식은 세계 시장의 형성과 상품의 유통에 따라 '번역' 과 '출판'을 매개로 전 지구적으로 확산되었고, 세계 각지에서 서구 문학 의 형식과 지역적인 내용의 결합을 통해 근대 문학이 발생한다. 1930년대 문학평론가 임화 역시 한국의 근대 문학을 "근대 정신을 내용으로 하고 서구 문학의 '장르'를 형식으로 한 조선의 문학"으로 정의하였다.[71]

> 춘원, 상섭, 동인 혹은 태준 같은 이의, 즉 경향 문학에 선행했다고 할 소
> 설들도 역시 경향 소설과는 다른, 즉 고전적 의미의 소설 전통을 불충분
> 하게인망정 조선에 이식한 것이다.

조선 문학은 서구가 19세기에 통과한 정신적 지대를 겨우 1920년대에 들어섰으니까…… 그런데 여기 간과치 못할 문제의 하나는 조선적 본격 소설과 경향 소설의 과도점이 과연 서구의 20세기 소설에서 보는 그러한 위기로서 표현되었는가 하는 것이다.

논리의 순서로 보면 당연히 한 사람의 프루스트, 한 사람의 조이스가 있어야 할 것이나 어쩐 일인지 이렇다 할 사람은 없었다.[72]

임화는 한국에서도 서구적 의미의 소설 전통이 존재한다고 거듭 강조하였지만, '불충분하다'라는 단서를 붙일 수밖에 없었다. 서구 문학과 한국문학의 유비적 인식과 불충분한 전통 형성의 문제는 임화, 최재서, 김남천, 이원조 등 1930년대 문학평론가들이 공유한 바였다.[73] 1960년대 최인훈 역시 서구 근대 문학의 '형식'과 한국의 '현실' 사이의 낙차를 문학의 형식이라는 측면에서 고민하였다.[74]

(A) 소설을 부르조아의 서사시(敍事詩)라고들 한다. 부르조아라는 역사적 계층이 왕성한 활력을 가지고 부(富)를 쌓고, 권력을 인수하고, 삶의 여력을 기울여 새로운 그들의 생활력(生活歷)에 어울리는 감수성으로 인생을 사색하고, 아름다움을 추구한 결과로 이룩된 문화의 한 부분으로서 소설을 생각할 때, 이것은 맞는 말이다. 예술의 본질론이라면 우리에게도 별로 생소한 것이 아닌 반면에, 예술을 통시적으로 발생론적으로 이해하는 힘이 부족한 것이 우리들의 문학 이론에서 모자라는 감각이다. 이것은 우리들의 사고의 경향이라든가, 문학적 기질이라든가 하는 관념적인 조건에서 오는 결과가 아니다. 소설이 부르조아의 서사시라고 할 때에, (B) 현실적 전제인 '부르조아'라는 역사적 현실이 우리의 경우에는 결여되었거나, 기형적인 데서 오는 현실적인 당연한 귀결이다. (C) 한국 작가들의 일반적인 고통은 체계로서 주어진 소설이라는 양식에 어울리는 현실적 기반으로서의 근대 시민 사회의 생활력의 쌓임이 없는 곳에서 소설적 발상

<u>을 해야 한다는 데 있다.</u>[75]

최인훈은 근대 소설을 부르주아의 서사시로 이해하는 루카치의 관점을 수용하면서도(A), 한국은 부르주아의 역사적 경험을 가지지 못한다고 진단하였다(B). 그는 시민사회와 그 전통이 부재한 상황에서, 서구 시민사회의 문학적 양식인 소설을 창작하는 후식민지 한국 작가의 곤혹(C)을 분명히 제시하였다. 1960년대 중반 최인훈의 고민은 한 세대 앞선 문학평론가 임화와 김남천의 1930년대 중후반 고민을 반복한 것이었다. 1937년 김남천은 (a) "'로만'이라는 장르가 자본주의 사회의 가장 전형적인 표현형식"이지만, (b) "조선에 있어서의 자본주의가 가장 뒤떨어져서 그의 걸음을 시작하였고 다시 그것이 급히 기형적인 왜곡된 진행"을 했고 결과적으로 (c) "조선에 있어서 '로만'의 꽃이 아름답게 만발할 수 없었다."라고 진단하였다.[76] 1930년대 중반 임화와 김남천은 한국 근대의 파행이 부르주아 계층의 미성숙을 야기했고, 결국 그것은 소설 양식의 분열로 나타난다고 판단하였다. 그들의 논리는 1930년대 후반 루카치의 이론을 수용하면서 보다 정교해진다.[77] 1930년대 중후반 임화와 김남천의 고민에 겹쳐서 최인훈은 루카치의 소설론에 기대어 서구적 '형식'과 한국적 '현실' 사이의 거리를 고민하였다.

「크리스마스 캐럴 4」의 서술자는 후식민지 한국의 '전통' 부재를 부재

〈그림8〉 김남천

그 자체로 인식하는 '그'의 행로에 관하여 '해도 없는 항해'라고 칭하였다. 하지만 1960년대 초반 후식민지 한국의 작가 최인훈 앞에는 '해도'가 한 장 놓여 있었다. 그것은 최인훈 자신에 앞서 보편성과 특수성, 동시대성과 후진성 사이에 고민했던 20세기 한국 작가가 작성해 둔 '실패'한 해도였다. 최인훈은 선배 작가의 고민에 자신의 고민을 겹쳐 두었다.

특히 최인훈은 자신의 선배 작가와 같은 책을 읽었다. 최인훈은 1953년 정부 환도 이후 서울에서 대학에 다니는 동안 동대문의 헌책방에서, 1950년대 중반 군 복무 중에는 대구역 헌책방에서 구한 일본어 서적을 통해 지식을 형성하고 세계를 인식하였다. 그는 헌책방에서 "해방 전, 40년대, 30년대, 20년대에 나온 책들"을 입수한다. 최인훈은 체계적인 지도를 받지 못해서, 문학, 철학, 일역본 서양 인문학 서적, 검열을 피해 필요 이상 관념적으로 기술된 일본 교토 학파의 철학서를 남독하였다고 고백하였다. 하지만 그는 고본점을 매개로 한 일본어 독서 경험을 두고 "나의 대학"이라 명명하였다. 헌책방을 통한 일본어 서적을 통해 고급 지식과 교양을 습득하는 것은 1920~1930년대생 이중 언어 세대의 한국인에게 보편적인 경험이었다.[78] 1933년생 소설가 남정현은 1950~1960년대를 '고서점의 시대'라고 명명하였다. 그는 어떤 책을 읽고자 마음을 먹고 정신없이 고서점을 뒤지면 어딘가에서는 그 책을 꼭 발견할 수 있었고, "아무리 혹독한 권력도 우리들의 정신 세계의 문을 완전히 닫을 수 없었던 모양"이라고 회고하였다. 문학평론가 김윤식은 수복 후 폐허가 된 서울 청계천 헌책방에서 일본어 역 서구 문학을 읽었다.[79] 최인훈은 일본어 독서를 한다는 점에서, 자신을 식민지 조선의 지식인들과 같은 '지적 세대'로 이해하였다.

아직 우리말로 된 읽을 만한 책이 없었고, 그렇다고 해서 서양말 공부를 차근차근 해 간다는 자각도 없으면서 마음만 급하기 때문에 해독력이 있는 일본말 번역의 서양 저자들의 인문 과학 책에 정신의 형성을 의존했다는 것을 보면, 20년대나 30년대의 지식인 선배들과 같은 지적 세대로 나를 분류하고 싶다. / 생물학적 세대 기준에 상관 없이 나는 지적 정보물의 공급 원천을 그들과 함께하고 있기 때문이다. 이상이나, 박태원, 이태준 같은 사람들에게 나는 지식 종사자로서 전혀 이질감을 느끼지 않는다. 나는 동경에 유학한 적이 없으면서도 그들과 함께 〈와세다〉며 〈명치〉 대학에 다닌 느낌을 갖는다. 그리고 지식인으로서는 20년대와 30년대의 그들의 지적 방황과 인간적 고뇌를 계승하고 있는 것처럼 느낀다. (화두-2, 1994: 205-206)

　도쿄의 대학 거리에서 자기 선배가 읽었던 책을 자신도 읽었다는 점을 특기하면서, 최인훈은 "20년대와 30년대의 선배들의 〈의식〉이 나의 의식이 된다는 빛나는 기적"을 경험했다고 진술한다(화두-2, 1994: 205-207, 213-216). 그 결과 "식민지 체제에서 살았던 선배 문학자들의 여러 모습과 태도가 언제부턴가 남의 일 같아 보이지 않"게 된다(화두-2, 1994: 47).

　1930년대 문학평론가들과 최인훈은 세계 인식의 기반 및 논리 구성의 방식을 공유하였다. G.W.F. 헤겔의 세계사 인식 및 루카치 죄르지(Lukács György)의 예술론은 1930년대 작가와 최인훈이 공유한 세계 인식의 기반이 된다. 헤겔은 세계사를 '절대정신'의 자기 서술로 이해하면서, 자유의 의식을 원리로 삼아 '단계별' 진행 과정으로 나타난다고 보았다. 그의 시각에 따르면 서양은 그리스에서 자유 의식이 싹튼 이래 시민 혁명에 의해 근대 국가 체제가 성립하였지만, 동양은 전제정 아래 머물러 있었다.[80] 학업 중단으로 인해 끝내 제출하지 않은 최인훈의 학부 졸업 논문 역시 헤겔의 법철학을 주제로 한 것이었다.[81] 1963년 『회색인』 연재 첫 회에 루카치와 '전형'에 대한 언급이 나오는 것으로 보아(회색-1, 1963: 302), 최인훈은 1960년 무렵 이미 루카치의 예술론을 접한 것으로 보인다. 문학평론가 김윤식 또한 1960년대 초반 루카치의 이론에 근거하여 평론을 집필하였다.[82] 1930년대 작가와 최인훈은 일본어라는 지식의 매개(medium)로 역사철학과

〈그림9〉 루카치 죄르지

예술론을 형성하였다. 그들은 서구의 역사와 문학을 '표준'으로 인식하고 그것과의 거리를 한국의 역사와 문학의 위치를 가늠하는 데 적용하였다.

1960년대 중반 최인훈의 창작에서 변모를 확인할 수 있다. 초기작 『광장』과 『회색인』은 남성 지식인에게 초점화한 교양소설(Bildungsroman)의 형식이었다. 루카치는 교양소설이 내면성과 세계의 "화해가 힘든 싸움과 방황 속에서 추구되어야만 하지만 결국에는 발견될 수 있다는 형식적 필연성"을 가진다고 보았다.[83] 『광장』의 이명준과 『회색인』의 독고준은 내면과 세계의 불화를 통해 교양 형성을 수행한다.[84] 『회색인』의 독고준이 서구와 한국의 거리, 그리고 그것의 역사적 기원을 탐색하면서 아포리아에 봉착한 이후, 최인훈은 교양소설 형식에 거리를 둔다. 그는 '사건의 연속'으로서 '서사'라는 형식[85]에 거리를 두고, 다양한 서사적 실험으로 나아간다.

② 식민지 문학의 전통을 되짚으며 발견한 보편성의 원리

1 겹쳐 쓰기를 통한 후식민지 근대 문학의 '전통' 탐색

최인훈은 자신에 앞서 같은 고민을 하였던 선배 작가의 문학적 실천에 대한 '겹쳐 쓰기'를 통해 형식적 실험을 수행하였다.[86] 물론 식민지 시기 한국문학 역시 완미한 근대 문학은 아니었고, 당대 문학평론가들은 그 완성도에 불만이 있었다. 최인훈은 완미하지 못한 식민지 시기 한국문학의 역사적 경험과 유산에 자신의 문학을 겹쳐 쓰는 방식으로 후식민지 한국문학을 하나의 '전통'으로 형성할 가능성을 탐색하였다.

최인훈이 관심을 가졌던 대표적인 작가는 이광수다. 이광수는 『회색인』에서 정치학도 독고준의 비평의 대상이 되며, 『서유기』(1966-1967/1971)에서는 직접 등장하여 성찰적 시선으로 '자아비판'을 수행하였다. 문학 연구자 서은주가 지적했듯, 최인훈은 이광수를 소환하여 "이광수의 존재로 비롯되는 한국의 근대 문학 혹은 근대 지성사의 빈곤과 상처에 대한 재인식"을 하였다. 최인훈에게 이광수는 작가이기보다는 "식민화된 지식인"의 전형이었다.[87] 또한 문학 연구자 이철호가 지적하였듯, 1960년대 중반 최인훈은 이광수의「민족개조론」이 남긴 탈식민적 과제의 해법으로 민족성이나 국민성을 대체하는 개념으로 '문화형'을 제안하였다. 나아가『서유기』의 비균질적이며 불가해한 시간을 통해 계몽, 진보, 역사주의에 대한 급진적 해체를 수행하였다.[88] 1960년대 중반에서 1970년대 초반까지 최인훈은 한국 근대 문학 선배 작가의 소설에 겹쳐서 자기 소설을 쓴다. 최인훈의 '겹쳐 쓰기'는 세 가지 방식으로 ㄱ. 전문 인용, ㄴ. 흔적 삽입, ㄷ. 기법의 차용이 그것이다. 최인훈 소설에서 겹쳐 쓰기 ㄱ., ㄴ., ㄷ.의 과정은 순차적으로 수행되는데, 그것은 후식민지에서 서구적 양식으로서 근대 소설을 쓴다는 것의 의미를 탐색하는 최인훈의 고민과 모색이 진화하는 과정이었다.

ㄱ. 전문 인용을 통한 식민지 문학이라는 망각된 '전통'의 제시

최인훈 소설에서 전문이 인용되는 작품 중 첫 번째는『회색인』에 인용된 정지용의「향수」이다. 김학은 고향 경주로 내려가 해군 장교 형과 함께 토함산에 올라 '향토(鄕土)'로부터의 구원 가능성을 토론한다. 그날 밤, 김학의 형은 정지용의「향수」를 읊어 준다. 이때 서술자는 정지용의「향수」를 전문 인용하여 제시한다. 김학은 형에게 고향을 사랑하는가, 라고 묻고, 형은 자신이 고향을 사랑하기보다는 "고향이 자신을 사랑하는 것을 알게 됐"다고 대답한다. 김학은 끝내 형의 의견에 공감하지 못한다. 오히

〈그림10〉『정지용 시집』(건설출판사, 1946)

려 그는 "엷은 졸음에 겨운 늙으신 아버지가 짚베개를 돋아 고시는 고향의 밤이 어떤 시대의 젊은이에게는 차라리 반역하고 싶은 아픔일 수도 있다."는 것을 느끼며 민주주의를 위한 "혁명"이 필요하다는 결론에 도달한다(회색-5, 1963: 352-353).

정지용의 「향수」는 김학에게 울림을 주지 못하였지만 『회색인』의 서술자는 정지용의 「향수」를 전문 인용하였다. 몇 군데 글자의 출입과 줄 갈음 등 약간의 차이가 있지만 최인훈은 『정지용 시집』의 「향수」를 인용한 것으로 추론할 수 있다.[89] 최인훈은 김학을 정지용의 이름 정도 들어 본 사람으로 설정하고, 김학의 형을 「향수」를 암송할 수 있는 사람으로 설정한다. 당시 시인 정지용은 월북 작가로 한국에서 망각된 전통이었다. 최인훈은 식민지를 경험하고 그 시기 문학의 전통을 기억한 형이, 1950년대 후반 대학에 다니며 이후 4·19 혁명을 주도할 동생 세대에게 식민지 근대 문학이라는 '전통'을 환기하는 것으로 설정하였다.[90]

전문 인용을 수행한 또 한 편의 작품은 「총독의 소리」(『신동아』, 1967.8.)이다. 「총독의 소리」는 "불란서의 알제리아 전선의 자매단체이며 재한 지하 비밀 단체인 조선 총독부 지하부의 유령 방송"을 기록한 것으로(총독, 1967: 483), 방송의 발신인은 '총독'이고, 방송의 수신인은 '충용한 제국 신민

〈그림11〉 조선총독부 지하부 총독(『월간중앙』, 1968.4.)

여러분'으로 설정되어 있다. 문학평론가 구재진의 지적처럼, '총독의 방송'을 통해 최인훈은 스스로를 타자화함으로써 해방 이후 한국에 잔존하는 '식민지'의 유제를 고발하고 비판하였다.[91] 동시에 총독은 "제국의 종교는 무언가? 식민지인 것입니다. (…) 식민지 없는 독립은 인정하지 않습니다."(총독, 1967: 480)라는 언급에서 보듯, 식민지 없는 제국은 존재하지 않고 식민지에서 보편이 불가능하다는 인식 위에 서 있었다. '총독'은 '반도'의 시인의 시를 전문 인용한다.

> 오 아시아의 땅! / 몇 번이고 영혼의 태양이 뜨고 몰(歿)한 이 땅 /
> 역사의 추축을 잡아 돌리던 / 주인공들의 수많은 시체가 / 이 땅 밑에 누워 있음이여
> 오 그러나 이제 이단과 사탄에게 침해되고 / 유린된 세기말의 아시아의 땅
> 살육의 피로 물들인 / 끔찍한 아시아의 바다 빛이여 ― 2연 일부

> 아시아의 밤이 동 튼다 / 오 웅혼하고 장엄하고 영원한 / 아시아의 길이
> 끝없이 높고 깊고 멀고 길고 / 아름다운 동방의 길이 / 다시 우리들을 부른다 ― 7연 일부 (총독, 1967: 476-477)

'총독'은 제국 일본은 '강자의 나라'로 정신적 '여유'가 있기에 '비국민'적인 시가 창작될 여지가 있는 데 반해, 식민지 시기 한국에서는 식민주의 및 전쟁 이데올로기를 철저히 내면화했다는 것을 위의 시로 예거한다. 시의 전반부는 아시아의 쇠락한 형상을 제시하고, 후반부는 아시아의 부활을 선언하는데, '총독'은 아시아태평양 전쟁에 동원된 '아시아주의'의 전형적인 구도로 이 시를 독해한다. 서구 오리엔탈리즘에 의해 타자화되고 유폐된 동양이, 막다른 길에서 몰락 중인 서구를 포함하여 세계를 구원한다는 것이다. 문학 연구자 이행미가 밝혔듯, 이 시는 오상순의 마지막 발표작 「아세아의 여명」(『예술원보』 8, 1962.6.)이다.[92] 1946년 여름 오상순

은 이 시를 탈고한 후 낙원동 단골집에서 열정적인 목소리로 시를 낭독한 후, "해방된 또는 되어가고 있는 아시아와 특히 한국의 전정(前程)을 눈빛에 불을 올리시면서 열변"을 토하였다.[93] 당대 역사적 맥락과 시 창작에 관한 회고를 신뢰한다면, '총독'은 오상순의 시를 '시기'와 '주제'의 측면에서 오독한 셈이다. 하지만 몰락한 동양의 부활을 형상화한 오상순의 시 본문에서 하나의 '주제'를 특정하는 것은 무리이다. 서구

〈그림12〉 오상순

와 동양의 이항 대립과 동양의 부활을 다룬 시적 형상은 발화의 맥락에 따라 다르게 읽힐 수 있기 때문이다. 오상순의 「아세아의 여명」은 특정한 해석을 도출하기 위해서가 아니라, 전문 인용을 통해 망각된 실천과 '전통'의 존재를 환기하는 기능을 수행한다고 볼 수 있다.

1950년대 대학 시절 최인훈은 명동의 청동다방을 찾아 오상순을 만났으며, 그 경험은 소설 「우상의 집」(『자유문학』, 1960.2.)의 창작으로 이어졌다.[94] 문학 연구자 이은지가 밝혔듯, 1920년대 오상순은 동아시아의 국경을 횡단하여 각국의 아나키스트들과 교류하였으며, 새로운 공동체 건설의 이상을 실천하였다. 시라카바파 문인들과 교류한 오상순은 무샤노코지 사네아쓰(武者小路實篤) 등이 주장한 '새로운 마을(新しき村)' 운동에 동의하였다. 이후 그는 중국 베이징(北京) 및 텐진(天津)에서 이상촌(理想村)을 건설했던 우관(又觀) 이정규(李丁奎)를 비롯하여, 루쉰(魯迅)과 저우쭈어런(周作人) 형제, 그리고 러시아의 시인 바실리 에로셴코 등과도 교유하였다.[95] 냉전으로 인해 휴전선 이남을 벗어나지 못했던 1950년대 최인훈과 달리, 1920년대의 오상순은 현해탄과 황해를 횡단하여 제국 일본 및 반식민지 중국의 아나키스트와 연대하였다. 오상순의 「아세아의 여명」은 대

항 제국주의적 연대와 실천의 장소(topos)로서의 아시아를 환기한다. 하지만 오상순이 꿈꾸었던 아시아는 동아시아의 냉전 도래 이후 망각되었다. 최인훈은 「아세아의 여명」의 전문을 인용하여 망각된 아시아에 대한 상상을 환기하는 동시에, 1920년대 국경을 넘었던 (반)식민지 주체들의 이동과 연대, 그리고 다른 삶에 대한 상상이라는 역사적 경험을 환기했다.

『회색인』와 「총독의 소리」는 양식상으로는 차이가 있지만, 식민지 없는 민주주의가 가능한가라는 질문을 공유하였다. 이 질문은 곧 비서구(후)식민지에서 보편성이 가능한가라는 질문이었다. 1960년대 중반 최인훈이 수행한 겹쳐 쓰기 ㄱ.은 전문 인용의 방식으로 한국문학의 망각된 전통을 현재화하고 망각된 실천과 주체의 고민을 복원하였다.

ㄴ. 흔적 삽입을 통한 (후)식민지 주체의 정체성 탐색

두 번째 형식은 어구와 흔적의 삽입이다. 예를 들자면 「크리스마스 캐럴 3」(『세대』, 1966.1.)에서 부자의 대화 중 아버지는 아들 철에게 "왜 그리 경풍 들린 아해처럼 놀라느냐? 경풍 들린 십삼인의 아해들처럼."(캐럴3, 1966, 437)이라고 질문한다. 여기서 "경풍 들린 십삼인의 아해"라는 표현은 "십삼인(十三人)의아해(兒孩)는무서운아해(兒孩)와 무서워하는아해(兒孩)와그렇게뿐이모였오."[96]라는 이상의 「오감도 시제일호」에서 가져온 것이다.

〈그림13〉 이상

「총독의 소리 3」(『창작과비평』, 1968.12.) 과 「주석의 소리」(『월간중앙』, 1969.6.)에 등장하는 식민지 지식인의 형상과 흔적 삽입은 뚜렷한 의도를 가졌다. 두 소설은 지하 단체로 설정된 가상의 조선 총독부 총독과 '환상'의 상하이 임시 정부의 주석의 라디오 방송 형식을 공유한다. 「총독의 소리 3」은 가와바타 야스나리의 노벨상 수상을 배경으로 하고 있다. '총독'은 "국수(國粹)로 이름난 소설가가 상을 받게 된 것은 지극히 만족스러우며 본국의 귀축 미영 추종자들에게 좋은 경종이 될 것"이라고 자부하였다(총독3, 1968: 623). 방송의 마지막에서 '총독'은 국수의 꽃을 피우기 위해 얼마나 많은 고생을 겪어야 했는지 긴 문장으로 제시한다.

> 이런 꽃을 피우기 위하여 타향의 적지(敵地)에서 철조망의 이슬로 사라진 충용한 장병이 무릇 기하(幾何)이며 웅지를 품고 대륙의 산천을 헤매면서 나라를 위하다가 불령 현지인의 손에 목숨을 잃은 자 무릇 기하이며 〔…〕 ㉠ 별과 고문실(拷問室) 사이를 잇는 우주와 역사의 신비를 위하여 헛되게 잠을 설친 식민지 대학생의 귀성한 밤의 시간의 총량은 무릇 기하이며 Ⓐ 자욱한 안개 속 シナノキル 속에서 민중의 종교에 불을 붙여 물고 바이칼의 바람이 스산한 고향의 하늘 밑에서 고량이삭처럼 멋쩍었던 첫사람의 밤을 회상하는 샹하이의 소녀는 무릇 기하이며 〔…〕 ㉡ 현해탄의 파도 위에서 운명한 희망과 절망은 무릇 기하이며 ㉢ 태평양 파도 깊이 누워서 제국의 미래의 시간을 지키는 눈자위에 게들이 집을 지은 백골들은 무릇 기하이며 〔…〕 ㉣ 그래도 옛날이 좋았다는 민간신앙의 뿌리를 깊이 내리기 위하여 순교한 관리와 헌병과 구(舊)귀족들과 아편꽃과 입도선매와 노가다와 메밀꽃 필 무렵이 무릇 기하이며 〔…〕 달려간 사람들의 선봉에 서서 타향의 적지(敵地)에서 철조망의 이슬로 사라진 충용한 장병들이 무릇 기하인지. 본인은 다만 가슴 벅찰 뿐입니다. / 충용한 군관민 여러분 오늘을 당하여 권토중래의 믿음을 더욱 굳게 하는 것만이 반도에서 구령을 지키는 우리들의 본분이라고 알아야 하겠읍니다. / 제국(帝國)의 반도(半島) 만세. (총독3, 1968: 628-629)

어미 "幾何 l 며"는 「기미독립선언서」에서 식민 지배의 폐해를 나열

〈그림14〉 윤동주

할 때 사용하였던 어미이다. 총독은 이를 절취하여 '국수'의 우수성이 드러나기까지 제국 일본이 경험하였던 '감내'와 '수난'의 역사를 나열하는 어구로 활용하였다.[97] '수난'의 처음과 끝은 적지(敵地) 곧 일본이 일으킨 전쟁에서 아시아의 전선(戰線)에 나가 유명을 달리한 "충용한 장병"의 '감내'를 언급하고 있다. 문학 연구자 정창훈이 지적하였듯, 「총독의 소리」는 '말'과 '힘'의 합일을 추구한 정치적 이데올로기의 분열의 징후를 드러내며, 그 자체의 허위성을 노출한다.[98] 총독이 제시하는 '수난'의 역사 역시 그것이 온전히 제국 일본의 '충용한 신민'의 경험인 것이 아니라, (반)식민지였던 한국과 중국 민중의 폭력의 경험이기도 했다는 점이 드러나며, 그 허구성이 드러난다. 서술자는 ㉠~㉣에서 식민지 시기 한국문학의 흔적과 경험에 겹쳐서 한국이 식민지로 경험했던 폭력의 경험과 고민의 흔적을 서술한다.[99]

㉠에서 '별'과 '우주', 그리고 '식민지 대학생'은 윤동주의 「별 헤는 밤」을 떠올리도록 하며, '별'과 '고문실'은 안타까운 그의 생애를 압축한 표현이다. ㉢에서 아시아태평양 전쟁으로 출정했다가 태평양에 가라앉아 풍화하는 '백골'의 이미지는, 윤동주의 「또 다른 고향」에 등장하는 "어둠 속에 곱게 풍화작용하는 / 백골"[100]의 이미지를 전치한 것으로 읽을 수 있다. ㉡에서 '현해탄'의 물결 위에서 '운명'한 '희망'과 '절망'은 임화가 시 「현해탄」에 기록해 둔 결의인 "청년들은 늘 / 희망을 안고 건너가 / 결의를 가지고 돌아왔다. 〔…〕 비록 청춘의 즐거움과 희망을 / 모두 다 땅속 깊이 파묻는 / 비통한 매장의 날일지라도 / 한 번 현해탄은 청년들의 눈 앞에 / 검은 상장(喪帳)을 내린 일은 없었다."[101]를 떠올리게 해 준다. ㉣은 어

구의 뜻 자체는 명징하지 않으나 이효석 소설의 제목에 겹쳐 쓴 것이다.

식민지 시기 한국문학의 흔적은 「주석의 소리」에서 제시되는 시인의 상념에서도 확인할 수 있다. "환상의 상해 임시 정부"의 '주석'은 방송을 통해 르네상스 이후 500여 년의 유럽 근대사와 제2차 세계대전 이후 냉전 체제의 성격을 분석하면서 보편으로서 서구 역사를 제시한다. 그는 "근 대 유럽의 선진, 중진국들이 길게는 4세기 짧게는 1·2세기에 걸쳐 이룬 과 정을 우리는 겨우 어제오늘에 시작했다는 사실"을 인정하면서(주석, 1969: 367), 정부, 기업인, 지식인, 국민의 과제를 제시한다. 방송이 끝난 후에는 시인의 내면과 무의식이 많은 이미지의 나열과 함께 제시된다. 시인의 내 면과 무의식이 단 하나의 문장으로 서술되는데, 이는 문학사적으로 박태 원이 「방란장 주인」에서 시도한 '장거리 문장'을 차용한 것이다.[102]

방송이 끊긴 후 시인은 창가로 가서 후식민지 한국 도시의 밤을 조망 하고, 서술자는 도시를 살아가는 한국인의 피로한 일상과 내면을 길게 제 시한다. 그 가운데 "밤을 몰아내기 위해 횃불을 밝힌다는 것이 반딧불 흘 러가는 여름밤의 냇가처럼 아무 일 없고 그저 아무 소용없"다는 서술이 있고, "도시의 새벽을 마중 나가는 오늘과 내일을 보내면서도 그러나 여 전히 서마서마한 무서움이 어디서 오는가를 알 것 같은 무서움에 떨면서 두렵다는 느낌이 삶의 온 힘이 되어버린 인간"의 형상이 제시된다(주석, 1969: 373, 376). 시인은 주석이 요청한 당위로서 후식민지 한국의 주체적인 모습과 일상의 무게 속에 지친 저개발국 한국인의 내면 사이에 서 있었다. 밤을 몰아내는 이미지는 윤동주의 「또 다른 고향」의 밤을 새워 어둠을 짖 는 "지조 높은 개"[103]의 이미지를 떠올리지만, 시인의 상상에서는 밤을 몰 아내기는커녕 무기력한 모습으로 제시된다. 또한 일상에서 경험하는 "서 마서마한 무서움"이라는 표현은 "시계 소리 서마서마 무서워."라는 정지 용의 「무서운 시계」의 시구에서 가져온 것이다.[104]

'총독'과 '주석'은 모두 20세기 전반 한국의 식민지 경험에 관한 판단 과 의견을 제시하는 (가상의) 역사적 주체들이다. '총독'은 해방 이후 한국의 식민성을 포착하며 재식민화를 기도하는 부정적 인물이다. '주석'은 세계사와의 거리를 줄이기 위해서 한국 사회의 각 주체와 영역이 주체화하고 근대화하는 길이 진정한 탈식민의 요로임을 강조한다. 최인훈은 '총독'의 목소리에 식민지의 폭력에 대한 기억과 현해탄을 오갔던 식민지 주체의 고민을 겹쳐 두고, '주석'의 목소리를 들은 시인의 상념 안에 일상의 무게감을 제시한다. 서술자는 윤동주, 정지용, 임화 등의 식민지 문학자가 창작한 시의 어구를 빌려와서 식민지 주체의 고민에 후식민지 주체 최인훈의 고민을 겹쳐 쓴다.

최인훈이 「총독의 소리 3」과 「주석의 소리」에서 호명한 윤동주, 정지용, 임화, 그리고 이상은 모두 식민지 주체로서 현해탄을 건넌 작가였다. 임화는 시 「현해탄」에서 "식민지 조선의 "靑年들은 늘 / 希望을 안고 건너가, / 결의를 가지고 돌아왔다. / 〔…〕 / 어떤 사람은 건너간 채 돌아오지 않았다. / 어떤 사람은 돌아오자 죽어갔다. / 어떤 사람은 永永 生死도 모른다. / 어떤 사람은 아픈 敗北에 울었다. / ─ 그 중엔 希望과 결의아 자랑을 욕되게도 내어판 이가 있다면, / 나는 그것을 지금 기억코 싶지는 않다."라고 노래하였다.[105] 이들은 최인훈에 앞서서 제국과 식민지의 낙차를 발견하였고, 현해탄을 횡단한 경험 이후 한국(인)이라는 정체성을 탐색하면서 자신의 문학적 세계를 구축해 갔던 작가들이었다.

겹쳐 쓰기 ㄴ.의 흔적 삽입은 겹쳐 쓰기 ㄱ.의 전문 인용과 달리 파편화되고 간접화된 방식으로 제시된다. 파편화된 구절을 인용하는 방식은 식민지 시기 한국 근대 문학에서 이미 시도된 바 있기 때문이다. 선배의 시구를 빌려와 자신이 창작물 안에서 겹쳐 쓰는 방식은 1930년대 이상이 「실화」에서 시도했던 방식이다. 현해탄을 건너 도쿄에 갔던 이상은 그 자신에 앞서 도일했던 정지용의 「카페 프란스」한 절을 「실화」에 삽입하였다.[106] 문학평론가 방민호의 지적처럼, 이 기법은 이상이 정지용의 "식민지 지식인으로서의 자각"을 공감하는 것에 더하여, 정지용이 "10년 전에 이미 절감했던 사실을 이제야 깨달았다는 뒤늦은 자각"과 탄식을 포함한 기법이었다.[107] 최인훈, 윤동주, 정지용, 임화 인용 또한 이상의 기법을 참조한 것이라 볼 수 있다.

ㄷ. 서사 기법의 적극적 차용을 통한 서사의 확장 가능성

최인훈은 한국 근대 문학의 서사 기법과 모티프를 탐색하면서 그것을 자신의 서사 구성에 적극 활용하였다. 그는 이상 시의 '거울' 모티프를 『회색인』의 절정에서 독고준이 거울 앞에서 자신이 누구인지 질문하는 장면의 구성에 활용한다. 또한 「날개」의 근대 도시의 산보객 모티프와 '겨드랑이 톳' 모티프를 「크리스마스 캐럴 5」(『한국문학』, 1966.6.)의 서사 구성에 활용한다.[108] 『회색인』의 경우는 시의 모티프를 빌려와서 소설의 절정 부분의 장면화를 시도한 것이다. 또한 「크리스마스 캐럴 5」의 경우는 「날개」에 등장하는 식민지 근대의 주간 산책을 냉전하 야간 통행 금지 시대의 야간 산책으로 재구성하였으며, 날개가 돋아날 듯한 '겨드랑이 톳'의 움직임을 반복적으로 포착함으로써 일상성과 초극 가능성의 문제를 탐색하였고,[109] 이를 4·19 혁명에 대한 애도로 이끌어갔다. 1960년대 중반 「총독의 소리」와 「주석의 소리」에 등장하는 시인의 내면과 연상 서술에는 박태원이 「방란장 주인」에서 보여 준 '장거리 문장'의 기법을 활용하였다.

1970년대 후반에 최인훈이 수행한 겹쳐 쓰기 ㄷ.은 한국문학의 서사 기법을 좀 더 본격적으로 숙고함으로써 자신의 서사 구성을 확장하고 변형하면서 서사의 폭과 재현의 가능성을 확장하는 방식이었다.

1970년에 발표된 「하늘의 다리」(『주간한국』, 1970.5.3.-8.30.)는 서사의 확장 가능성을 예시적으로 보여 준다. 「하늘의 다리」의 주동 인물인 화가 김준구는 어느 날부터 하늘에 떠 있는 다리를 발견한다. 이후에도 그는 하늘에 떠 있는 다리의 환상을 거듭 목도하며 그것을 그림으로 재현하지만, 계속 실패한다. 하늘에 떠 있는 다리의 환상은 이 소설에서 일상으로 주저앉은 예술가인 김준구가 다시금 예술적 실천을 수행하도록 이끄는 매개이다. 하늘에 떠 있는 다리라는 형상은 한국 근대 문학에서 다소 낯선 형상인데, 김윤식은 하늘에 떠 있는 다리의 형상을 1920년대 고월 이장희의 「청천(靑天)의 유방」(1922)과 겹쳐 읽을 가능성을 제시하였다.[110]

> 어머니 어머니 라고 / 어린 마음으로 가만히 부르고 싶은 / 푸른 하늘에 / 다스한 봄이 흐르고 / 또 흰볕을 놓으며 / 볼록한 유방이 달려 있어 / 이슬 맺힌 포도송이보다 더 아름다워라 / [···] 이 복스러운 유방 / 쓸쓸한 심령 이여 쏜살같이 날라지어다 / 푸른 하늘에 날라지어다[111]

하늘에 매달린 유방은 "쓸쓸한 심령", 곧 우울한 시적 주체의 내면을 지탱하는 절대적 대상인 동시에, 지상에 있는 시적 주체가 순간적으로 비상할 수 있는 예술적 승화의 힘을 부여하는 존재이다.[112] 하늘에 떠 있는 다리 또한 준구에게 예술적 승화의 가능성을 제시한다. 그는 '하늘의 다리'를 캔버스에 재현하고자 하는 시도를 통해 삽화가의 일상을 떠나서 일찍이 포기했던 화가의 삶을 다시금 선택하며, 현실의 고난을 예술로 승화하는 계기와 가능성을 발견한다.[113] '청천의 유방'과 '하늘의 다리'는 예술적 승화의 가능성을 심문하는 미학적 장치이다. 다만 문학 연구자 김진규의 지적처럼, 김준구가 시도한 예술적 승화는 타자와 단절된 상태에서의 자기 정위 시도였기에 결국 실패하고 만다.[114] 최인훈은 이장희의 미학적 성취에 겹쳐서 「하늘의 다리」를 창작하였다. 최인훈과 이장희를 잇는 매개는 오상순이었다. 오상순은 1920년대 고월 이장희와 절친한 관계였으며, 해방 이후 이상화와 이장희의 시가 한 권의 책으로 간행될 때 발문을 붙였다.[115]

최인훈의 『소설가 구보씨의 일일』(1970-1972/1973) 창작 및 편집 과정은 「소설가 구보씨의 일일」에서 『천변풍경』으로 나아갔던 1930년대 식민지의 문학자 박태원의 문학적 행보를 후식민지 문학자 최인훈 자신이 반복하며 자기화했던 과정이었다.[116] 1973년 김윤식과 김현은 박태원 소설의 문학사적 유산으로 전단 및 광고의 대담한 삽입, 행갈이로 인한 서정성

획득, 장거리 문장의 시도, 중간 제목의 활용, 콤마의 사용 등을 지적하였다.[117] 이 가운데 행갈이는 최인훈의 소설에서 특별히 찾아보기 어렵지만, 콤마의 사용은 「총독의 소리」와 「주석의 소리」의 시인의 상념에서, 그리고 광고의 삽입, 장거리 문장 기법, 중간 제목의 활용은 최인훈의 『소설가 구보씨의 일일』에서 찾아볼 수 있다. 최인훈은 박태원의 문학적 고민에 겹쳐서 소설을 쓰면서, 주인공 형상과 성격이라는 내용상의 공통점에서 나아가 서사 형식, 문체를 참조하고 있었으며, 다른 한편으로는 선배 문학자의 문학적 행보와 고민의 길을 따라갔다.

최인훈 문학의 원천에는 그가 유년 시절에 숙독하였던 작가 조명희가 자리한다. 해방 이후 북한의 원산고등중학에서 최인훈은 과제물로 제출한 「낙동강」의 독후감으로 '작가'라는 칭찬을 받았고 이후 작가를 꿈꾼다.[118] 조명희와 「낙동강」은 최인훈의 『화두』의 발상과 서사 진행을 지탱하는 주요한 서사적 자원이었다.[119] 「낙동강」의 독서 흔적은 1970년대 초반에 발표된 「두만강」(『월간중앙』, 1970.7.)에서도 확인할 수 있다.

[1] 그뿐만 아니다. 독립운동가들은 이 강을 넘어 썩고 잠들은 백성에게 민족의 정기를 불어 넣으려 온다. / 이 강은 H의 상징이요, 어머니다. / 어머니 두만강. / 이 고장 사람이라는 지방 의식은 두만강을 같이 가졌다는 것으로 뚜렷해진다. / 이 강은 현씨에게도 경선에게도 한의사에게도 그리고 애국자들에게도 생활에서 뗄려야 뗄 수 없는 존재다. (두만강, 1970: 420)

[2] 얼마나 많은 사람들이 이 강을 건넜던가? 〔…〕 내 몸도 물들세라 비루하고 더러운 원수의 종 되는 출세의 길을 박차고 성스러운 지도자의 품 안에 온몸을 바치려 이 강을 건넌 젊은이가 그 얼마나 많았던가? (두만강, 1970: 434)

「두만강」에 등장하는 두만강 관련 서술은 조명희의 「낙동강」과의 관계 속에서 이해할 수 있다. [1]에서 서술자는 소설의 배경이 되는 공간인 H읍을 두만강이라는 환경과의 관계에서 묘사하였다. [2]에서 서술자는 두만강을 '강을 건넌 젊은이'들의 역사적 경험과의 관련 속에서 제시한다. 조명희는 역시 「낙동강」에서 (1) 소설의 배경인 구포벌을 낙동강이라는 환경과의 관계에서 이해하였고, (2) 낙동강을 해방을 몽상했던 혁명가의 도강(渡江)의 장소로 형상화하였다.[120]

물론 차이도 있다. 조명희의 「낙동강」은 '형평 운동'과 계급 투쟁, 그리고 백정 여성의 주체적 각성을 주제로 하는 소설이며, 최인훈의 「두만강」은 1943~1944년의 H읍의 일상을 통해 "일상 속에 주저앉은 비극"[121]을 제시한다. 나아가 조명희의 「낙동강」과 최인훈의 「두만강」은 각 소설이 누락한 요소를 상호 보충하고 있다. 1990년 한 좌담에서 최인훈은 1970년 발표 당시 「두만강」에서 삭제한 부분은 소년의 시각에서는 감당하기 어려운 독립 운동가의 등장 부분이라고 언급하였는데,[122] 이는 「낙동강」의 서사가 의미하는 바이다. 최인훈은 식민지의 일상이라는 유년 시절의 경험과 자신의 경험을 초과하는 식민지 근대 문학 텍스트를 교차하면서 자신의 서사를 확장하였다. 최인훈의 「두만강」 또한 조명희의 「낙동강」을 보충한다. 「낙동강」의 서사는 식민지 조선을 동족 공간과 단일 언어 공간으로 형상화하며, 이민족을 성격(character)이 아니라 전형(stereotype)으로 재현하였다. 최인훈의 「두만강」은 배경인 H읍을 일본인과 한국인이 갈등 속에 공존하는 지역으로 재현하며, 그 공존을 통해 정형화된 식민지에 대한 인식을 넘어서게 된다.[123] 후식민지 주체 최인훈의 「두만강」은 식민지 주체 조명희의 「낙동강」에 근거한 동시에, 그것을 넘어선 현실 인식과 상상력을 보여 주는 방식으로 상호보완적 관계를 구성한다.

전체적으로 볼 때, 겹쳐 쓰기 ㄱ.(1960년대 중반, 전문 인용), 겹쳐 쓰기 ㄴ.(1960년대 후반, 흔적 삽입), 겹쳐 쓰기 ㄷ.(1970년대 초반, 기법의 차용)은 순차적으로 진행되면서 기법 역시 고도화된다. ㄱ.과 ㄴ.은 소설의 일부에 삽입된 양상이었지만, ㄷ.은 소설의 서사 구성 방식 자체와 관계된다.[124] 1960년대 초반 남성 지식인이 중심이 되는 교양소설을 창작하였던 최인훈은 1960년대 중후반 전통적 의미의 서사 파괴를 무릅쓴 형식 실험을 수행하였고, 1970년대 초반 다양한 인물을 통해 이전보다 더욱더 확장된 서사를 제시한다. 이 과정은 서구적 양식인 교양소설에 근거하여 창작을 시작하였던 최인훈이 형식의 모색을 거쳐, 식민지 시기 한국문학을 자원으로 삼아 다시금 서사를 회복하는 과정이었다.

'신문학 60년'인 1968년 최인훈은 서구의 역사적 맥락에서 생산된 문화적 구성물이 비서구로 전달될 때, '왜곡과 당착'이 초래된다고 지적하였다. 그는 서구의 '관념'은 서구의 '풍속'과 서구의 '방법' 사이의 이원적(二元的), 변증법적 긴장 가운데에서 형성되지만, '관념'이 비서구에 전달될 때 긴장은 상실되고 "방법과 풍속성이 유합(癒合)해 버린 일원적인, 즉 물적 존재"로 물신화한다고 진단하였다. 한국 근대 문학의 언어가 완미한 문학성을 갖추지도 못하고 현실과의 충분한 긴장을 형성하지 못한 것은 그 때문이었다.

> 신문학의 출발이 계몽적 정서에서 출발했다는 것은 유럽적 근대 관념이 그 원동력이었다는 말이며, 유럽적 관념이 그 본래의 방법과 풍속의 가변적 결합이라는 성격이 자각되지 못하고 받아들여졌다는 것은 관념과 그것이 형성된 사회와의 유기적 관계까지 투시할 힘이 없었다는 것이며, 그런 한계가 근본적이기 때문에 계몽이라는 이름은 흔히 말하듯이 이광수의 문학적 개인적 성격이 아니라 현재에도 그 극복이 문제인 신문학의 전반적 기조라고 해야 할 것이다.[125]

최인훈은 한국 근대(문학)의 선배들이 서구의 '관념'을 받아들이면서 '방법'과 '풍속'의 긴장을 유지할 정도의 '정신적 장치'(주체성)를 갖추지 못하였고 그 결과 '방법'과 '풍속'이 유착된 서구의 '관념'을 수용했던 것을 한국 근대 문학의 문제점으로 파악하였다. 하지만 그는 후배의 위치에서 사후적으로 선배의 실수를 판단하는 것에 거리를 두었다. 그가 선택했던 길은 한국문학이 걸어온 '실패'의 역사를 직시하는 길이었다. 최인훈은 겹쳐 쓰기를 수행하면서 주변부 한국 근대의 역사적 경험을 탐색하고, 식민지 시기 선배 작가의 문학적 실천과 한계를 자기화하였다. 최인훈의 겹쳐 쓰기는 후식민지 주체의 정체성 구성과정(ㄱ., ㄴ.)인 동시에 한국적 근대 소설의 형식을 탐색하고 구성해 가는 과정(ㄷ.)이었다.

② 실패의 '전통'를 되짚으며 발견한 보편성의 원리

후식민지 한국은 식민지와 냉전이라는 조건 아래에서 근대를 경험하였다. 한국의 지식인과 문학자들은 보편사로서 서구와의 단계적 차이와 괴리에 근거한 '비동시적인 것의 동시성'이라는 조건, 곧 '후진성'이라는 조건 속에서 한국을 인식하였다. 그들에게 비서구 아시아의 시간은 서구 근대의 비동시성과 시간적 격차로서 이해되었다.[126]

　　최인훈 역시 식민지로 세계사에 접속한 한국에는 서구에 비근한 전통이 부재하다고 판단하였다. 최인훈은 근대 소설이라는 서구적 양식과 한국의 현실 사이의 낙차를 인식하였으며, 서구적 근대의 전통이 부재한 후식민지 한국에서 소설의 형식에 대해 질문하였다. 그는 자신에 앞서 같은 고민을 했던 식민지 시기 한국 작가의 문학에 겹쳐서 소설을 썼다. 식민지 시기의 한국문학 역시 완미한 근대성을 갖춘 것은 아니었지만, 최인훈은 겹쳐 쓰기를 통해 실패의 역사인 한국 근대 문학을 '전통'으로 구성하였다. 겹쳐 쓰기라는 조응이 가능했던 이유는 두 문학의 문제의식이 공명하였기 때문이다. 이 점에서 최인훈의 겹쳐진 '해도(海圖)'와 최인훈의 겹쳐 쓰기 역시 보편성을 실체가 아니라 원리로서 인식하고 형상화하는 과정이었다.

　　1967년 박정희 정권의 관권 부정선거를 배경으로 한 「총독의 소리」

의 '총독'은 식민지 없는 민주주의란 불가능하다고 역설하는 한편, 한국에서는 혁명이 불가능할 것이라고 조소한다.

> 대저 반도인들은 주기적으로 집단적 지랄병을 일으키는 버릇이 있어서 저 기미년 삼월에도 그 발작이 있었던 것입니다. 잘 나가다가 이러는 속을 모를 노릇입니다. 그 사월의 지랄병 무렵에 본인은 매우 우려했습니다. (총독, 1967: 481)

하지만 '총독'은 3·1 운동과 4·19 혁명 등 민주주의를 지향한 (후)식민지 민중의 봉기가 식민성 극복의 계기가 될 수 있음을 인식하고 있었다. 수잔 벅모스(Susan Buck-Morss)는 헤겔의 서구 중심의 시각에서 제안하였던 '보편적 자유의 기획'을 비서구의 시각으로부터 탈구축하고자 하였다. 그가 주목한 것은 "카리브해 연안 지역 노예들이 자기 주인에 대항하여 실제로 성공시킨 혁명은 인정의 변증법 논리가 세계사를 관통하는 주제, 곧 자유의 보편적 실현의 이야기로 가시화되는 순간"이었다. 벅모스는 보편성을 실체로서 이해한 것에 거리를 두면서, 보편성의 원리가 충만하게 드러난 하나의 순간, 곧 "노예들의 자각"의 순간에 보편성이 존재한다고 보았다. 벅모스가 제안한 보편성은 관념이나 규범으로 존재하는 것이 아니었고, 노예들의 고유한 역사적 경험과 문화, 언어 등이 자원이 되어 그것들이 비선조적으로 조응(corresponces)하거나 리좀적으로 연결된 것이었다.[127]

'총독의 소리'가 끊긴 후 등장하는 시인이 어둠 속에서 흐느끼며 귀에 담았던 소리 중에는 "눈구멍에 최루탄이 박힌 아이의 신음 소리"(총독, 1967: 483)가 있었다. 눈에 최루탄이 박힌 아이의 신음 소리를 통해 시인은 위기의 순간에 섬광처럼 과거로부터 귀환하는 4·19 혁명의 '형상'과 기억을 대면하게 된다.[128] 1960년대 중반에 최인훈이 발표한 「크리스마스 캐럴」 연작과 「총독의 소리」 연작에 4·19 혁명의 이미지가 자주 출몰하는 것 역시 같은 맥락에서 이해할 수 있다.[129] 4·19 혁명은 실패로 끝났지만, 혁명의 순간에 자유와 민주주의라는 원리가 충일했다. 주변부의 역사적 상황 안에서 원리로서의 보편성은 도출된 셈이다. 최인훈은 민주주의와 혁명을 서구의 전유물로 이해하고 한국에는 부재한다고 보는 시각에서 벗어나, 한국에 역사적으로 존재했던 혁명의 경험을 보편성의 원리로서 재인식하였다.

최인훈이 겹쳐 쓰기를 통해 현재화한 한국 근대 문학의 전통은 실체로서 존재하는 연속적인 전통이 아니라, 과거와 현재가 조응하는 순간에 존재하는 비연속적인 전통이었다. 최인훈의 전통 인식은 1940년대 전시체제기의 임화와 1960년대 4·19 이후 김수영에게서도 확인할 수 있다.

> 예술사 위에는 비연속적인 것을 연속하는 것, 즉 전승의 결과가 표현되어야 한다. 이것이 전통이라고 불려질 수 있을 것이 아닐까. 예술사에 있어 정신적인 것이나 형식적인 것이나 모두 면면히 흘러내려 오는 것이 사실이다. 이것은 단순히 고전과 고전 사이를 매개하는 것도 아니요, 오히려 고전과의 단속과 독립해서 연속되어 있는 것이다. 이것은 고전의 특수적인 측면을 대표하는 것이다. 고전은 일정한 시대에만 아니라, 특수한 풍토, 고유한 민족 가운데 나서 독자(獨自)의 사고와 감수(感受)의 양식 가운데 안아졌음에 불구하고 보편적인 것으로 세계와 영원 가운데 나아가서 독립한 것이다. 그러므로 전통이란 전승한 자에 의하여 소유된 고전들이다. 즉 나의 고전이란 말은 전통에서 성립한다. 사람이 고전에서 발견하는 것은 세계의 고전이나, 들어가는 길은 항상 나의 고전이다.[130]

임화는 기술과 과학의 역사가 연속적으로 연속하는 것과 달리, 예술과 문화의 역사는 비연속적으로 연속한다고 이해하였다. 그는 특수한 시대, 풍토, 민족에 위치한 개인이 고전에 반응할 때, 보편적인 세계로 나아갈 수 있다고 보았다. 또한 개인이 고전을 발견하고 소유하고 전승하는 과정 자체를 전통으로 이해하였다.

후식민지의 시인 김수영에게 4·19
혁명은 근대의 혁명을 '4월의 광장'에서
목격한 사건이었다. 4·19 혁명을 계기로
김수영은 한국의 낙후한 현실에 뿌리
를 내린 '현대 시'를 쓸 수 있다는 가능
성을 발견한다.[131] 1964년 김수영이 보
여 준 전통은 후식민지 한국의 역사적
맥락에 밀착해 있었다. 그는 「거대한 뿌
리」에서 "전통은 아무리 더러운 전통이
라고 좋다."라고 일갈하면서, "요강, 망
건, 장죽, 종묘상, 장전, 구리개 약방, 신
전, / 피혁점, 곰보, 애꾸, 애 못 낳는 여
자, 무식쟁이, 이 모든 무수한 반동이 좋
다."라고 썼다.[132] 김수영은 1960년대 당
대에 서구적 근대화를 지향한 민족주의
가 실체화한 전통에 비판적 거리를 두
고, 서구의 근대와 제국주의의 폭력적
시선에 포착된 19세기 조선의 식민지성
과 후진성의 상징을 길어 올려 그것을
전통으로 현재화한다. 그는 "놋주발보
다 더 쨍쨍 울리는 추억"을 환기하며 연
속적인 시간을 정지한 상태에서, "전통

〈그림15〉 임화

〈그림16〉 김수영

은 아무리 더러운 전통이라도 좋다."라고 거듭 선언하였다. 문학 연구자
박연희가 지적했듯, 김수영은 자유와 사랑이 착종된 혼돈을 후식민지 한
국의 역사적 경험에 근거한 '전통'으로 제시하였다.[133]

임화, 김수영, 최인훈은 비서구 한국의 역사적 경험에 근거하여 보편
성을 탈구축하였다. 이들은 조응의 순간에 원리로서 존재하는 전통을 인

〈그림17〉 발터 벤야민

식하였다. 보편성을 탈구축하는 시간은 서구와 한국을 위계적으로 인식한 시간이 아니라, 한국의 역사적 경험에 토대를 둔 시간이었다. 발터 벤야민은 혁명의 수도 모스크바를 새것과 옛것이 혼재되어 있고 실현되지 못한 꿈과 현실이 공존하는 초현실주의적 공간으로 이해하였다. 그는 전위적이며 '진보적'인 역사의 과제와 전근대적인 생활 양식이, 그리고 첨단 기술과 원시적 실존이 뒤섞인 모스크바의 시간을 두고 '아시아적'이라고 명명하였다.[134] 비서구 한국의 역사적 경험 역시 과거와 현재가 뒤섞여 있었다. 최인훈은 아시아의 후진성 자체와 역사적 경험을 존중하면서, 새로운 시간 인식의 가능성을 제시한다.[135]

1960년대 최인훈은 겹쳐 쓰기를 통해 후식민지의 역사적 경험을 현재화하며 주변부성을 직시하였다. 그는 서구와의 단계적 낙차 속에서 이해한 직선적 시간 의식에 거리를 두고, 아시아의 후진적 경험 그 자체에 기반한 새로운 시간 의식을 제안하였다. 1960년대 중반 최인훈은 아시아의 시간을 새롭게 인식하였다.

(3) 망각된 한국 민중의 꿈으로 다시 쓴 인류의 이상 - 『화두』

냉전 체제의 종식 직후 최인훈은 『화두』를 통해, 20세기의 세계사를 거슬러 올라간다. 식민지와 냉전은 최인훈 문학 전체를 통괄하는 화두였다. 탈냉전기에 발표된 소설 『화두』(1994)에서 최인훈은 '명문에 걸맞은 현실'을 찾아서 소련 기행에 나섰다가 '현실에 걸맞은 명문'을 발견하였다. 또한 그는 조명희와 이태준의 문장 등 한국문학의 문장으로 레닌의 문장을 탈구축하였다. 최인훈은 『화두』에서 제1차 세계대전 이후 혁명의 시간으로 도약한다. 최인훈이 발견한 시간은 인류라는 보편성의 시간이면서, 식민지 민중의 주변부의 시간이었다. 최인훈은 탈식민화와 사회적 연대에 근거한 인류의 이상으로서 사회주의의 의미를 다시 음미하였다. 최인훈은 결국 실패한 소련의 역사적 경험으로부터 탈식민화와 사회적 연대를 뒷받침한 사회주의라는 이념을 구출하여 인류의 이상이라는 본래의 자리로 되돌리고자 하였다. 최인훈이 시공간을 거슬러 올라가서 발견한 최초의 사회주의라는 이념을 "슬픈 육체를 가진 짐승이 내는 별들의 토론 소리"로 명명할 수 있다.

① 냉전이 끝난 후 소련에서 생각한 것

① 소련 해체와 『화두』라는 후일담

1991년 12월 25일 오후 끄렘린궁에서 붉은 기 내려지다. (화두-2, 1994:343)

소련이 망한 이듬해인 1992년 첫가을의 어느 맑은 날 김포공항에 한 무리의 시인 작가들이 모여서 지금은 구소련이라고 불리는 러시아로 가는 비행기를 기다리며 담소하고 있었다. 그 속에 나도 있었다. (화두-2, 1994:344)

1970년대 미국 닉슨 대통령의 특사 헨리 키신저가 파키스탄을 거쳐 베이징에서 중화인민공화국 수상 저우언라이와 회담을 한다. 동아시아에서 냉전 체제의 변동이 감각되는 데탕트의 시작을 알리는 사건이었다. 최인훈은 동아시아 데탕트의 나날을 『소설가 구보씨의 일일』이라는 소설로 기록하였다. 다시 20년. 1991년 12월 소비에트 연방이 해체된 이듬해 가을 최인훈은 러시아 작가 협회의 초청으로 몇몇 작가와 함께 소련 기행에 올랐다. 소련 기행 중 최인훈은 『소설가 구보씨의 일일』의 한 대목을 떠올리면서 "23년 전 글인데 지금 읽어 보면 얼마나 딴 세상 이야기 같은가. 실지로 딴 세상이라고 봐야 할 것이다."(화두-2, 1994: 352)라고 소회를 기록하였다. 1994년 3월 최인훈은 소설가로서 오랜 침묵을 깨고, 식민주의와 냉전

이 겹친 그 자신의 생애사를 창작의 자원으로 삼고 있는 2권 분량의 장편소설『화두』를 간행한다.『화두』의 제1권은 1970년대 중반 미국행을 중심에 두고 있으며, 제2권은 1990년대 초반 소련 기행을 중심에 두고 있다.

> 객 : 다시 말해『화두』(제2부)란 무엇인가. 한갓 후일담이 아니겠는가. 〔…〕조금 전에 선생께서 깨알같이 써 놓은『화두』독후감을 잠시 엿보았는데, 거기엔『화두』제2부에 대해 썩 비판적이더군요. 흡사 부록처럼 취급되어 있던데요. 〔…〕제2부의 구소련 여행기가 너무 요란하다는 선생의 지적도 엿보았는데요. 그러니까 그토록「낙동강」의 작가에게 매료된 사람이 기껏해야 모스크바나 페테르부르크 주변을 맴돌고, 제3자를 통해 조포석의 자료 수집에 멈추고 말 수 있을까. 조포석을 찾아 시베리아라도 헤매야 했던 것이 아닐까. 기껏해야 관광 수준에 멈춘 것이 아닐까. 그런 것이 헤겔 이후라는 뜻입니까?[136]

『화두』간행 직후 같은 '황국 신민 세대' 문학자인 1936년생 문학평론가 김윤식은『화두』가 소련 해체의 '후일담'이라는 점, 최인훈 혹은『화두』의 서술자가「낙동강」의 작가 조명희에게 매혹되었다는 점, 최인훈의 소련 기행 여정이 무척 소략하다는 점 등에 주목하였다. 김윤식의 진단처럼, 최인훈의 소련 기행은 그에 앞서 소련(기)행을 선택했던 선배 문학자 조명희와 이태준의 문학과 실천의 의미를 되짚고 있다. 이 점에 유의하여 최인훈의『화두』를 식민지 시기 조명희의「낙동강」과 냉전기 이태준의「해방전후」및『소련 기행』과 겹쳐 읽기를 수행하고자 한다.『화두』의 서술자는 "한 개인에게는 자기가 사는 시대라는 환경은 절대적이다. 우리가 과거의 사람들을 판단할 때의 함정은 우리에게는 이미 파악된 지난날의 환경 속에 자기를 놓는 일이다. 그래서 자동적으로 옛사람들보다 현명한 사람들이 된다, 이것은 야바위다."(화두-2, 1994: 60)라고 언급하였다. 최인훈은 후배로서 자신이 선배 작가의 선택과 입장을 사후적으로 재단하는 것을 경계하였다. 그는 선배 세대의 고민에 겹쳐 그 길을 걸어갔다.

2 소련이라는 난제에 균형 잡기 – 모순의 유보와 현실의 무게

탈냉전기 문학평론가 김윤식은 『화두』를 읽으면서 프랜시스 후쿠야마
(Francis Fukuyama)가 냉전 체제의 종식 앞에서 제출한 『역사의 종언』(1992)이
라는 논제를 염두에 두고, "헤겔 이후 또는 역사 이후"에도 "인류사와 운
명을 나란히 하는 예술장르"로서 소설은 가능한가라는 질문을 제기하였
다.[137] 김윤식의 질문처럼 『화두』는 소련 해체를 중심으로 하는 냉전 종식
이라는 세계사적 사건 직후에 예민한 반응으로 쓰인 소설이었다.

	시간적 배경	장	정치적 서사	'나'의 서사	비평적 서사
①	1989년 초여름	1장	납월북작가 해금 이후	서울예대 교원 생활, 지도원 선생과 작문 선생	이용악 이태준 조명희
		2장		문자 해독 이전 다섯 개의 기억	
		3장		수연산방 방문	이태준
		4장		귀갓길	
②	1989년 가을	5장	베를린 장벽 붕괴	빌리 브란트의 대담, 조선과 독일·소련	
		6장		군 생활	
		7장		베를린 장벽 붕괴	
③	1990년 5월 –1991년 12월 16일	8장	소련 붕괴	조명희의 비극적인 죽음 확인, 명문과 현실의 낙차, 다큐멘터리 〈카레이츠의 딸〉 시청	조명희
	1989년 12월 –1991년 12월 25일	9장		차우세스크의 총살, 고르바초프의 연설, 소련의 붕괴	이태준 박태원
④	1992년 가을	10장	소련 붕괴 이후	소련 기행(모스크바, 레닌그라드 등 방문), 연설문 발견	조명희
		11장		귀국 후 『화두』 집필 시작	

〈표1〉 『화두』 제2권의 시간적 배경 및 세 층의 서사

『화두』 제2권의 서사는 1989년에서 1992년에 이르는 시기 베를린 장벽의 붕괴와 소련의 해체를 정점으로 하는 냉전 체제의 종식을 시간적 배경으로 삼고 있다. 구체적으로 ① 1989년 초여름(월북 작가의 해금 이후), ② 1989년 가을(베를린 장벽 붕괴 직전), ③ 1989년 겨울에서 1991년 겨울(소련의 붕괴 과정), ④ 1992년 가을(소련 붕괴 이후)이다. 『화두』는 시간의 진행과 연동하면서 냉전 체제의 종식 과정을 중심으로 한 정치적 서사, 최인훈의 사유와 이동을 중심으로 한 '나'의 서사, 그리고 선배 문학자에 대한 비평적 서사라는 세 층의 서사로 구성된다.

『화두』에서 '나'의 서사는 북한의 청소년 시절 최인훈의 두 가지 근원적 경험에서 출발한다. 하나는 잘못을 충분히 인지하지 못한 상태로 경험한 지도원 선생이 진행한 자아비판회였다. 서술자는 이 경험으로 "나의 '자아'는 부정당했던" 것으로 의미화한다(화두-2, 1994: 77). 또 하나는 고등학교 1학년 문학 시간에 「낙동강」 독서 감상문을 발표한 경험이다. 그 시간에 작문 선생은 그의 감상문을 "「낙동강」에 대한 감상이 또 하나의 이야기가 된 것"(화두-2, 1994: 83)으로 고평하고, 그의 평가는 최인훈의 미래에 관한 "치명적 예언"의 기능을 수행한다. 이 점에서 『화두』는 "역사와 운명에 대한 '치명적 예언'을 수행하는 명문을 무한히 신뢰하고 아끼는 예술가의 정신을 담은 텍스트"였다.[138]

> 이 해의 첫눈이 푸득푸득 날리는 어느 날 늦은 아침 구포역(龜浦驛)에서 차가 떠나서 북으로 움직여 나갈 때이다. 기차가 들녘을 다 지나갈 때까지, 객차 안 동창으로 하염없이 바깥을 내어다 보고 앉은 여성이 하나 있었다. 그는 로사이다. <u>그는 돌아간 애인의 밟던 길을 자기도 한 번 밟아 보려는 뜻인가 보다.</u>[139]

문학 연구자 천정환의 지적처럼, 「낙동강」(1927)의 여성 인물 로사는 사회주의에 의해 호명된 주체이자 봉건제에서 막 탈출한 민중의 표상인 동시에, 민족과 계급으로 환원될 수 없는 개별적인 주체성을 형성한 '앎'의 주체였다. 새로운 이름을 얻은 로사는 박성운의 걸음을 밟아서 북으로 가는 열차에 올랐다.[140] 작가 조명희 역시 「낙동강」을 발표한 이듬해 자신 작품의 이념과 예언에 따라 소련으로 망명하였다. 최인훈의 선배 작가 이태준은 조소 문화협회 제1차 방소(訪蘇) 사절단의 일원으로 1946년 8월 10일부터 10월 17일까지 소련을 방문하였고, 북한에 남았다.[141]

1988년 월북 작가의 해금으로 한국에서도 조명희와 이태준의 작품을 읽을 수 있게 되었다. 『화두』의 서술자는 "「낙동강」의 주인공이 살아서 해방된 조국으로 돌아왔다면, 그는 소년단 지도원 선생이 됐을 것인가."(화두-2, 1994: 84)라는 질문을 거듭 던진다. 질문의 반복은 이 질문이 최인훈에게 곤혹스럽고도 절실했다는 것을 방증한다. 만약 「낙동강」의 박성운이 죽지 않고 귀환했다면, 참여했을 사회주의 체제는 20세기 안에서 폭력과 실패로 귀결되었다. 그 자신을 매혹한 인물과, 그 인물이 지향한 체제 사이에서 최인훈은 분열을 경험한다.

최인훈은 현실 사회주의 체제의 모순을 일방적으로 부정하는 태도에 신중한 거리를 두고 있다. 그는 자신이 고민하는 문제가 "20세기의 생각 있는 사람들이 소비에트 러시아에 대해, 그 정권이 존재한 이후 해결을 보지 못한 문제"라는 점을 언급하면서, 그것이 난제라는 사실을 인정한다. 그는 "현실로 존재한다는 것은 다소간 그만한 까닭 없이는 가능하지 않"을 것이라고(2:87) 언급하면서, 현실의 무게를 무겁게 받아들였다. 그는 "현실"은 항상 자신의 "예상"과 "상상"을 훌쩍 벗어난 것임을 염두에 두었다(화두-2, 1994: 210, 245).

조명희가 소련을 택한 것도 당시로서는 옳은 일이었다. 소련은 식민지로 분할된 당시의 세계에서 해방 세력이었다. 그런데 외부 세계에 대한 그의 그러한 의미에도 불구하고 소련은 조명희가 망명할 무렵 이미 그 안에 살고 있는 인민 자신에게는 억압의 세력이었다. 어느 쪽이 참다운 소련의 모습인가? 두 모습 모두 참다운 소련의 모습이었다. 소련은 피압박 민족에게는 해방의 세력으로서, 그 자신의 인민에게는 억압의 구조로 존재하였다. 노예에 의해 구성된 노예해방의 요새였다. 소련의 두 얼굴의 어느 하나가 가상(假像)인 존재가 아니라, 그 두 가지가 모두 참모습인 모순 − 현실의 모순이었다. 참이 아니면 거짓인 언어의, 따라서 논리의 모순이 아니라 현실로 존재하는 모순 − 그것이 소련이었다. (화두-2, 1994: 258)

소련은 식민지/제국 체제의 세계에서 탈식민화(decolonization)의 이념, 곧 인간 해방을 지향한 국가였다. 19세기 후반 식민화(colonization)에는 개발 정책을 비롯한 비식민화(decolonization)의 방향 역시 잠재하고 있었고, 산업의 발달과 교육의 보급은 민족의식의 자각으로 이어졌다. 노동자, 농민만이 아니라 식민지의 인민을 동원한 총력전인 제1차 세계대전으로 각성한 민족 의식은 민족 운동의 분출로 이어졌다. 제국주의 국가 역시 비식민화의 흐름을 무시할 수 없었고, 1917년 러시아 혁명 직후 블라디미르 레닌(Vladimir Lenin)은 민족 자결과 무배상·무병합의 원칙에 따라 강화를 주장하는 〈평화에 관한 포고〉를 발표하였다. 이후 우드로 윌슨(Woodrow Wilson)의 민족 자결 원칙 제창과 1919년 파리 강화 회의, 1920년 국제 연맹 결성이 이어졌다.[142] 하지만 1930년 전후 소련은 내부의 인민을 억압하는 국가였다. "1938년이라는 시점에서는 모든 것이 어느 쪽으로도 가능"(화두-2, 1994: 261)했다. 최인훈은 해방과 억압, 양자의 모순 자체를 소련의 모습으로 인식할 것을 제안한다. 다만 그는 "식민지 대중의 눈에 비친 소비에트 러시아"는 "억압 상태로부터의 해방"의 강한 조력자로 보이는 것이 자연스러웠고(화두-2, 1994: 157), 육체는 식민지의 '노예'였지만 정신은 높았던 박성운과 조명희는 인류의 해방을 위하여 "자발적으로" 소련행을 선택했다. 최인훈은 선택에 대한 책임으로 박성운과 조명희가 "고난과 기율", 그리고 "의무"를 자발적으로 짊어졌다고 보았다.[143]

최인훈은 1930년대 모스크바 대숙청의 '자기비판'과 그 무렵 사회주의를 떠난 지식인의 행보 역시 같은 맥락에서 이해한다. 그는 모스크바 재판의 피고가 파시즘의 발흥이라는 세계사적 상황과 러시아의 후진성을 바라보면서 "억울한 점이 있다고 가정하더라도, 그 억울함을 밝히는 일은 더 큰 대의(大義), 역사 자신의 큰 줄기의 이익에 대해 해가 될 염려가 있"다고 판단했고 "진보"를 지향하면서 자기를 비판하는 "도착된 논리"를 승인했다고 판단하였다. 또한 사회주의를 비판하였던 조지 오웰이나 아서 케스틀러 등도 "한때 그 밑에서 죽어도 좋으리라던 그 깃발이 여전히 나부끼고 있었고, 그들 자신보다 지성과 의지가 모자란다고 할 수 없는 사람들이 여전히 그 성벽 안에서 그 깃발 아래 있"는 상황을 외면하지 않고, "이탈자"로서 "자신의 선택을 스스로에게 납득시키기 위해서 끊임없이" 써야 했다고 판단한다.

> <u>〈현실〉이란 그런 것이었다. 그리고 그들이 믿은 이념에서 현실이란 것은 최대의 권위가 있는 말이었다. 현실로 있다면 그것은 있을 만해서 있는 것이었다.</u> 눈앞에 이성에서 벗어난 소행을 보면서도 그 깃발이 내려가기 전까지는 그것-혁명 권력은 그것에 대하여 마지막 말을 하기가 어려운 어떤 가능성이었다. (화두-2 , 1994:252-253)

명문 경험과 자아비판회 경험. 작문 교사와 지도원 교사, 사회주의의 이념과 현실 사회주의, 해방자 소련과 억압자 소련 등. 최인훈은 사회주의를 둘러싼 이항 대립과 모순 앞에서 해답을 유보하고 현실의 무게를 존중하는 방식으로 논리적 균형을 유지하였다. 하지만 1990년 5월 최인훈은 조명희가 스스로가 선택한 나라 소련에서 스파이로 몰려서 비극적 최후를 맞았다는 보도를 접한다. 그 보도로 인해 최인훈의 균형은 "일시에 허물어"진다.

③ '명문에 걸맞은 현실'과 '현실에 걸맞은 명문'

30년대 소련에서 몰아친 숙청 선풍은 이렇게 나 자신의 문제가 되어, W
의 중학교의 그 밤과, 고등학교 문학 교실에서의 감상문 사건 사이에 내
가 유지시켜 온 구도를 일시에 허물어뜨렸다. 고등학교 문학 시간의 한
단원에 대한 완전 학습이 이루어지자면 이렇게 한 생애가 필요하고, 역사
가 갈 데까지 가기 전에는 정답이 나오지 않는 것이 내가 산 세월의 문학
시간이었다. 「낙동강」이란 명문만 있었을 뿐, 『자본론』이란 〈명문〉만 있
었을 뿐, 그에 걸맞은 현실도 지구의 그 부분에는 없었다는 결론인가? (화
두-2, 1994: 270)

조명희의 비극적 최후는 최인훈에게 큰 충격으로 다가왔다. 최인훈
은 논리의 균형을 넘어서 소련의 현실을 대면해야 했다. 소련의 억압적
인 정치 체제를 인정하면서, 그는 카를 마르크스의 『자본론』이라는 명문
에서, 혹은 조명희의 「낙동강」이라는 명문에서 감동하고 만났던 사회주
의의 이상향은 과연 현실에 존재하
는가, 라는 질문을 도출한다. 그것은
'명문에 걸맞은 현실이란 존재하는
가?'라는 화두였다.

조명희의 소련행은 「낙동강」 서
술자의 언급처럼 "농이 참이 되는"
실천이었고, 『화두』 서술자의 언급
처럼 "꿈이 현실이 되게 하려"는 이
동이었다. 러시아 작가 협회의 초청
으로 진행된 최인훈의 소련 기행은
"포석 조명희는 모스끄바에 와 보았
을까"(화두-2, 1994: 394)라는 질문처럼

〈그림18〉 조명희

조명희의 이동을 떠올리고, 1980년대 말 그가 읽었던 이태준의 『소련기행』의 여정을 되짚어가는 여정이었다.

> 소련의 멸망에 대해서 인상을 적어 보려고 하면서 이태준의 「해방전후」를 생각하는 까닭은 두 가지가 있다. 하나는 두 경우(해방과 탈냉전-인용자) 모두 역사적인 큰 전환 사건이라는 점에서이다. 나머지 이유는 소련 멸망은 이태준의 「해방전후」의 후일담의 의미를 가지기 때문이다. 「해방전후」에는 소련이 거대한 등장인물이었고, 이태준 자신이 그 거대한 등장인물을 찾아가서 만나 본 기록인 「소련기행」을 남겼고, 그의 죽음의 순간까지 그는 소련이라는 힘의 장 속에 있었기 때문에 소련은 다른 많은 사람들에게처럼 − 조명희가 그 전형인 − 운명이었기 때문이다. 내가 선택한 생업의 대선배들의 그토록 많은 부분에게 '운명'이었던 존재의 결말에 대해 잡다하게라도 '전후'를 적어 두는 일은 필요할 것 같다. (화두-2, 1994: 279)

최인훈은 이태준을 통해 해방 직후의 시간과 탈냉전의 시간을 겹쳐 두었다. 해방 직후 이태준은 자신이 선택한 사회주의의 이념을 「해방전후」와 『소련기행』에 기록하였다. 이 점에서 소련 붕괴는 「해방전후」와 『소련기행』의 후일담이었다. 최인훈은 이태준이 선택하고 기록한 사회주의의 이념에 비추어, 당시 붕괴한 소련의 폐허를 진단한다.

최인훈은 소련 기행을 통해 '명문에 걸맞은 현실'의 역사적 조건을 탐색하면서, 결정론에서 벗어난 현실에 근거한 사유와 실천의 범례를 발견하였다. 그는 모스크바에서 조명희와 그의 동료의 재판 서류에 합철된 연설문을 입수한다. 연설문은 소련 성립 5년 무렵 신경제정책(NEP)의 필요성을 역설한 것이었다. 1921년 3월 제10차 소련 당 대회는 강제 징발을 중지하고 수확량에 따른 현물세를 도입하는 신경제정책을 시작하는데, 이것은 1917년 러시아 혁명 이후 주요 생산 및 유통 수단을 국유화하였던 소런이 도시와 농촌에 자본주의 경제 관계를 일부 허용한 것이었다. 레닌은 신경제정책이 정치적 양보나 이데올로기적 타협을 의미하지 않고 여전히 마르크스주의적이라는 것을 강조하였고, "시월 혁명 이래 당이 선택하였으나 내전으로 중단된 길, 즉 사회주의로 가는 길을 다시 여는 길"이라는 것을 역설하였다.[144] 최인훈이 발견한 연설문 역시 신경제정책이 소련의 현실에 필요한 이유를 논리적이면서 성숙한 시선으로 기술하였다.

> 경제 계산의 이 같은 사회주의적인 방법은 선험적으로 사색에 의해 혹은 사무실의 네 벽 안에서 만들어질 수는 없다. 그것은 오직 가용한 물적 자원과 그 잠재적인 가능성과 사회주의 사회의 새로운 필요에 관한 현재의 실제적인 계산 방법을 점차 채용하는 일에서부터 시작하여 성장할 수 있을 뿐이다. (화두-2, 1994: 491)

로자 룩셈부르크(Rosa Luxemburg)는 러시아 혁명 이후의 시급한 문제로 평화와 토지 문제를 지목했다. 그는 정치 투쟁과 경제 투쟁의 관계를 다양성으로 이해하였고 양자가 과잉 결정하면서 통일화를 이룬다고 판단하였다. 룩셈부르크의 입장은 '역사적 필연성'이라는 경직된 이해에 거리를 두면서 '사회적인 것'의 계기를 도입한 것이었다.[145] 연설문의 필자 역시 "혁명은 세계라고 하는 것은 결코 '경제적 합리성'에 의해서 지배되는 것이 아님을 분명히 보여 주는 사건임을 유념하지 않으면 안 된다."(화두-2, 1994: 487)라고 강조한다. 그는 선험적으로 주어진 법칙과 공리에 따라서 실천을 규정할 것이 아니라, 현실의 상황을 존중하고 민중의 현실에 근거하여 실천의 가능성을 모색하였다.

> 우리들의 신경제정책은 시간과 공간의 특수 조건에 맞게 계산되어 있다. 그것은 아직 자본주의의 포위 속에 살고 있으나 유럽 혁명의 가능성 위에 바탕을 둔 노동자 국가의 가동적인 정책이다. 쏘비에트 공화국의 운명을

점치는 경우에 자본주의, 그리고 사회주의라는 절대적인 카테고리와 그리고 이와 같은 하부구조에 곧이곧대로 대응한 정치적 상부구조라는 도식을 가지고는 전환기 사태를 전혀 이해할 수 없다. 그런 방법은 스콜라철학의 표지일 뿐 마르끄스주의자의 표지가 아니다. 우리가 정치적 계산에서 '시간'이라는 요소를 결코 배제할 수 없다. (화두-2, 1994: 508)

연설문의 필자는 전환기의 소련 사회를 경직된 도식이 아니라, "시간과 공간의 특수 조건"에 충분히 유의하여 진단한다. 그는 '결정론'의 도식이나 '허무주의'적 태도 양자 모두에 거리를 두면서, 현실의 조건이라는 "일정한 제약"을 충분히 유의하면서 "역사 발전"을 추구할 수 있다고 보았다(화두-2, 1994: 508). 연설문의 필자는 현실을 존중하는 자기 입장이 오히려 "마르끄스는 절대로 옳았다."라는 신념을 실천하고, 혁명의 "가능성을 확대하고 가능성 하나하나마다를 끝까지 추구하는 방향"으로 이어질 것이라고 확신하였다(화두-2 , 1994: 494). 러시아 혁명 이전 레닌은 "맑스주의 자체를 현실에서 실행하는 것과 러시아 운동을 맑스주의 노선에 따라 이끌어 나가는 것" 모두를 고민하였는데, 연설문 필자의 태도 역시 이와 공명한다.[146]

결정론도 없고 허무주의도 없다. 〔…〕 알 만한 것을 다 알고, 검토할 만한 것을 다 검토하고, 실무자의 자상함까지 다 지니면서도, 해야 할 일을 하는 것 말고는 이 땅 위에서 달리 할 일이 없는 것을 알고 있던 이만한 문체로 연설할 수 있는, 저만한 그릇의 사람들이 이 세기의 새벽 무렵에 저 성 안에서 인간의 운명을 놓고 신들과 언쟁하고 신들에 상관없이 할 일을 시작한, 그렇게 된 곡절이었군요. 이처럼 조리 있게 시작된 출발이 주인을 쫓아낸 찬탈자들에 의해 다른 길에 들어서면서 자기도 속이고 남도 속여 오다가 결국 망한 것이군요. 자기를 빼앗기면 지금 이 도시처럼 이렇게 된다. 〔…〕 선생님은 저 환호 속에 계시는군요. 저 연설 속에 계시는군요.

아니, 저 연설이 선생님이시군요. 모스끄바에서 저를 기다려주셨군요. 보잘것없는 후배의 러시아 문학기행을 도와주시기 위해서. 너 자신의 주인이 되라. 문학 공부는 어려우니라. 알아들었습니다, 선생님. (화두-2, 1994: 510-511)

'명문에 걸맞은 현실'을 찾아 떠난 최인훈의 소련 기행은, 결국 20세기 초 식민지에서 소련으로 이동한 한 한국인 혁명가가 쓴 '현실에 걸맞은 명문'을 발견하는 장면으로 맺어진다. 20세기 초반 소련은 마르크스와 레닌의 이념과 문장에만이 아니라, 비서구 한국의 혁명가가 현실에 기대어 진단한 명문에도 근거하면서 시작되었다. 탈냉전 직후인 1990년대 초반 사회주의 체제의 붕괴를 마주하면서, 최인훈은 역사를 거슬러 20세기 초반 소련을 성립시켰던 이념, '현실에 걸맞은 명문', 현실의 조건에 유의한 사회주의라는 이념을 길어 올린다. 그 이념은 "구조적 제약의 총체성"에 유의한 "반성하고 상호소통하는 다수의 주체성"에 근거한 '현실에 걸맞은 명문'의 이상이었다.[147] '현실에 걸맞은 명문'에 대한 환호 한가운데에서 최인훈은 작가 조명희를 발견하였다.

② 슬픈 육체를 가진 짐승이 내는 별들의 토론 소리, 혹은 탈식민화와 사회적 연대

① '레닌의 문장'의 비서구적 탈구축 – 혁명과 꿈, 혹은 현실과 민중

『화두』는 문학사적 맥락을 거슬러 조명희의 「낙동강」 및 이태준의 『소련기행』과 겹쳐 읽을 수 있다. 『화두』에서 조명희의 「낙동강」과 이태준의 『소련기행』은 비대칭적으로 위치된다.[148] 최인훈의 소련 기행은 이태준의 소련 기행 경로를 밟아간 것이면서도 그에 대한 언급은 삼갔다. 문학평론가 피에르 마슈레(Pierre Macherey)는 작품 안에서 중요한 것은 바로 작품이 말하지 않는 것이며, 그 침묵을 측정할 필요가 있다고 역설한 바 있다.[149] 최인훈의『화두』에 나타난 이태준의『소련기행』에 대한 침묵의 의미 역시 주목할 필요가 있다.『소련기행』에 대한 침묵은 의미적으로 혁명가 레닌과 연결된다.

레닌의 묘. 1946년 냉전 초기의 이태준은 "그처럼 위대한 것을 외치고 써내고 하셨던가! 인간은 위대하다! 실재는 적으나 인간은 무한히 클 수 있도다!"라는 감동을 통해[150] 탁월한 문장가로서 레닌의 존재를 감동적으로 부각한다. 1992년 최인훈은 잠든 레닌의 외모를 묘사한 후, "이것이 레닌이었다."(화두-2, 1994: 385-386)라고 담담히 기록할 따름이었다. 하지만『화두』곳곳에서 최인훈은 '레닌의 문장'에 대해서 서술하였다. 특히 1989년 겨울에서 1991년 겨울에 이르는 시기 베를린 장벽의 붕괴 이후 소비에트 연방의 붕괴에 대하여,『화두』제2권 제9장은 그 과정을 단장 형식으로 기록한다. 기록의 서두에서 그는 "소련의 모든 것이 다 나빴고, 개선될 가능성은 전혀 없었다는 말로 이해돼서는 안 된다."라고 서술하였고, "그런(개혁의-인용자) 가능성은 물론 있었고 소련 인민의 고통의 최소화라는 의미에서는 그렇게 되는 것이 옳았다."라고 단서를 붙였다(화두-2, 1994: 288-289).

『화두』의 서술자는 붕괴 무렵 소련의 정치 지도자들이 '레닌의 이름'을 앞세웠지만, 실제로는 '레닌의 문장'을 부정한다고 보았다. 서술자는 당시 소련의 정치 지도자가 앞에 세웠던 "레닌의 이름"이었다. 고르바초프 등은 "레닌의 전통과 유산"에 의거하여 개혁을 선포하였고 "모든 사람은 그것을 믿었"지만, 개혁의 "결과는 레닌 자체를 부인하는 곳"에서 종결되었다(화두-2, 1994: 290). 또한 그들은 자신의 문장으로 자기 생각을 표현하지 못하고, "상대방의 수사법으로" "상대방의 의지를" 표현하였고, "서방 삼류 기자들의 속류 경제학"의 문장에 따라 "모든 인류 국가에 항존하는 '부패'"를 사회주의 "'체제' 모순"으로 전치한 것으로 진단하였다(화두-2,

1994: 292, 337-340).

레닌은 혁명적 미사여
구에 대해 분명히 거리를 두
면서, 일상의 언어를 통해 혁
명을 사유하였다. 그는 일방
적인 명명을 반대하고 언어
와 대상의 새로운 관계 형성
을 지향하였다.[151] 레닌의 문

〈그림19〉 블라디미르 레닌

장은 객관적이며 평이하고 강력했고, 선명하며 명쾌하고 간결한 문체를
갖추어, 충실성과 진정성을 주었다.[152] 1970년대 중반 이후 최인훈 역시 미
국 체류를 계기로 언어와 대상의 관계를 새롭게 구축하기 위해 노력하였
다. '나의 생각을 나의 문장(언어)으로 발화한다.'라는 명제는 최인훈 문학
이 근거했던 중요한 준칙이었다.[153] 하지만 역사학자 브루스 커밍스(Bruce
Cumings)가 지적했듯, 레닌 이후의 지도자였던 스탈린은 "인간보다 선철
(銑鐵)을, 식량보다 기계를, 생각보다 다리(脚)를, 마르크스의 민주주의적
본능보다 지도자의 의지를 중시했다." 또한 그는 사회주의 리얼리즘의 교
의를 문화 영역에 적용하면서, 예술가와 작가는 '영혼의 기술자'로서 스탈
린 자신의 통치라는 보편적 은유(metaphor)에 봉사해야 한다고 했다.[154]

『화두』의 서술자는 소련 정치 지도자의 타락한 문장을 비판하면서,
'레닌의 문장'의 구체적인 조건을 제시한다. 첫 번째 문제는 "위대한 선배
들의 인간적인 능력과 자기희생 자체가 구조적 구성 부분이었던 '제도'를
마치 최신 '기계'를 상속한 것처럼 그 위에 안주"한 것이었다. 소련의 지도
자는 혁명의 정신과 그것의 실현인 '제도'를 "창의적 노력과 도덕성에서
의 솔선수범"으로 계승하지 않고 그것에 안주하다가, 더는 문제가 개선될
여지가 없는 상황까지 몰리자 "자신들도 그 '기계'에 깜빡 속았다고 먼저
호들갑을 떨면서 민중의 탄핵을 회피하는 한편으로, 어제까지의 '계급의
적'들과의 뒷거래로 민중들의 혼란 속에 밀어 넣으면서 자신들의 기득권

을 수호하였다."(화두-2, 1994: 341) 두 번째 문제는 "혁명의 진행을 이보다는 사려 깊게, 자신들 인생과 보다 더 내면적으로 연결된 것으로 인식하면서 지도하고 참여할 수 있는 실로 방대한 인간 자원"을 완전히 말소한 스탈린 숙청 이후, 혁명과 스스로의 주체성을 연결한 "계급으로서의 노동자들의 목소리"가 들리지 않았던 것이었다.

소련 정치 지도자의 언어 비판을 바탕으로 최인훈이 주목한 '레닌의 문장'은 두 가지 조건을 가진다. 첫째, 혁명의 제도화를 거부하면서 창의적 노력을 멈추지 않는 것. 둘째, 민중의 목소리를 존중하면서 그것을 현실로 만드는 것. 최인훈은 '레닌의 문장'의 첫째 문제를 조명희 문학을 읽으면서 검토하였고, 둘째 문제를 이태준 문학을 읽으면서 검토하였다.

최인훈의 조명희 문학 읽기는 혁명의 제도화를 거부하고, 인간의 꿈에 주목하였다. 최인훈은 인간을 동물과 구분하는 계기로서의 꿈과 고뇌에 주목한 바 있다.

스스로 있는 자연처럼 혼자 흘러가는 역사의 타성에 노예가 된다면 사람은 고뇌라는 것과 인연 없는 한평생을 지낼 수 있다. 이 타성을 휘어잡고, 그것의 주인이 되자고 할 때 비로소 인간은 짐승에게서 갈라선다. 노예에게는 고통은 있지만 고뇌는 없다. 고뇌(苦惱) - 마음의 아픔이다. 마음이 없으면 마음의 아픔도 없다. 마음은 아직, '밖'에는 없는 것을 자기 안에서 꿈꾼다. 이 꿈과 현실을 비교한다. 꿈이 현실이 되게 하려고 행동한다. 그는 성공하기도 하고, 좌절하기도 한다. 좌절하더라도 그는 인간이었기 때문에 좌절한 것이다. / 포석 조명희도 그래서 소련으로 갔다. (화두-2, 1994: 253)

역사의 타성에 노예가 되는 삶이 아니라, 역사의 주인이 되는 삶. 최인훈은 인간의 주체성을 '꿈을 현실이 되게 하는 것'으로 이해하였고, 조명희 역시 꿈에 근거하여 소련행을 택했다고 판단하였다. 조명희에 대한 이러한 인식은 해방공간 임화의 조명희 문학 이해를 계승한 것이다. 최인훈은 조명희의 『낙동강』 재판(건설출판사, 1946)을 소장하였다(화두-2, 1994: 263-264). 『낙동강』의 「중간사(重刊辭)」에서 문학평론가 임화는 「낙동강」을 두고 "자유에 대한 누를 수 없는 희원(希願)"을 담은 "우리 신문학 가운데 가장 아름다운 재산"이라고 높이 평가하였다.[155] 이 평가에 앞서서 1930년대 중반 임화는 "꿈을 가진 것으로써 비로소 인간이(동물이 아닌!)된 것이다."라고 지적하였고, 마르크스의 『자본론』을 "행동과 함께 있는 꿈" 혹은 "창조의 꿈"을 담은 대표적 저작으로 들었다.[156] 조금 더 거슬러 올라가면, 청년 마르크스는 『1844년 경제학 철학 초고』에서 "동물은 단지 육체적 욕구에 지배되어서 생산할 뿐이지만, 한편 인간 그 자체는 육체적 욕구로부터 자유롭게 생산하고, 나아가 육체적 욕구로부터의 자유 가운데에서 비로소 참으로 생산한다."라고 언급하였다. 마르크스는 인간이 "그에 의해 창조된 세계 가운데에서" 스스로를 "유적 존재"로 인식한다고 통찰하였으며, "풍부한 그리고 모든 감각을 충분히 갖춘 인간"을 공산주의적 인간의 이념형으로 제시하였다.[157]

최인훈은 소련의 국가 체제가 제도적으로 경직화되면서 정치가 공산주의적 인간형의 이념과 실천에서 멀어져 있다고 판단하였다. 최인훈은 1930년대 임화와 마찬가지로 "꿈이 현실이 되게 행동"하는 것을 "인간"의 조건으로 보았다. 최인훈의 언급은 조명희의 「낙동강」에서 서술자가 박성운이 로사에 이름을 지어 주는 장면과 함께 제시한 "농이 참 된다."라는 진술과 공명하면서 그 언급에 깊이를 부여한다. 동시에 70여 년의 시차를 두고 있지만 「낙동강」의 '농'과 『화두』의 '꿈'은 공명하면서, "꿈이 현실이 되게 하려고 행동한다."라는 비서구 한국의 하층 계급 여성 로사의 지향에 높이를 부여한다.[158] 최인훈은 인간이기 때문에 꿈과 고뇌가 있고, 그 꿈과 고뇌가 조명희 소련행의 근거로 보았다. 나아가 최인훈은 꿈과 고뇌를 심미적 소통의 근거로 보았다.

'박성운'은 지도원 선생님보다 더 높은 인물이었고, 박성운을 창조한 포석 조명희는 '박성운'보다도 더 높은 인물이었다. 내 마음속에서 '박성운'을 등장시킨 독서 감상문을 문학 선생님으로부터 인정받은 사실이 마치 포석 조명희로부터 인정받기나 한 것처럼 전이가 이루어져 있었다. 그것은 전혀 얼토당토않는 일이라고는 할 수 없었다. 나의 인격 일부는 '박성운'과 통할 수 있었다는 말이요, 그러므로 포석과도 통할 수 있다는 말이었다. 〔…〕「낙동강」이라는 명문에서 경험한 심미적 감동은 나에게는 그런 식으로 정치적 신뢰로 작용하였다. 학식이 모자라므로 마르크시즘을 이론적으로 확인할 수 없는 나는 내가 접한 명문에 대한 감동을 그에 대신한 것이었다. 그렇게 아름다운 글을 가능하게 한 바탕이 된 이념에는 그만한 이성적 보편성이 있다고 나는 환산(換算)하였고 그 환산을 육신으로 보장한 존재가 포석이었다. (화두-2, 1994: 269~270)

최인훈은 「낙동강」과 독서 감상문이라는 텍스트 두 편을 매개로, 작문 선생-최인훈-박성운-조명희 사이의 소통이 가능하다고 보았다. 그 소통은 이성과 감성 모두에서 보편성을 가지며, 나아가 "정치적 신뢰"의 바탕이 된다. 인간의 꿈에 기반한 심미적 새로운 정치적 공동체 구축의 근거가 된다.

〈그림20〉 이태준

최인훈의 이태준 문학 읽기는 현실적인 민중의 형상과 지식인의 위치라는 문제에 주목하였다. 월북 작가 해금 이후 "근래에 나온 전집에서 이태준의 글 모두를 읽"었다는 고백처럼(화두-2, 1994: 53), 최인훈은 특히 이태준 문학을 공들여 읽었다. 최인훈은 텍스트 내부의 다성적 시선과 그 긴장에 유의하면서 이태준의 문학을 읽었다. 이태준의 단편소설은 "적당한 분량의 작가의 자아가 작중 인물들에게 주어지고 남은 자아는 이편에서 그들을 바라보"는 "이중 구조"에 기반하고 있으며, 두 자아의 "거리가 모든 작품을 예술이게 하고 있다."라고 평하였다. 거리와 긴장을 유지하지 못한 작품은 비판적으로 평가하였다. 예컨대 「사상의 월야」를 제외한 장편소설은 작가와 작중 인물 사이에 거리가 유지되지 못하여, '남는 자아'가 없기에 "그 많은 장편에서 단 한 편도 읽을 만한 것이 없다."라고 비판하였다. 「해방전후」역시 "이상적 자아에서 현실적 자아로 나가는 과정"이 충분한 거리를 갖추지 못했다는 점에서 "허술"했다(화두-2, 1994: 53-54, 64-65).

또한 최인훈은 역사의 전망이 부재한 상황에서 참조의 대상으로서 이태준의 소설을 읽었다. 「해방전후」는 이상과 현실을 거칠게 봉합했다는 점에서 허술했지만, 김 직원이라는 문제적인 인물을 형상화했다는 점에서는 의미가 있었다.

한 치 앞은 보이지 않는 것이 역사다. 그래서 별자리가 제일 잘 보인다. 그들과 우리 사이에 바른 대응 관계를 찾자면, 우리 환경에 대한 우리 태도를 객관화시키는 작업을 해야 한다. 그럴 때의 대수적 거울로서 옛사람-옛 시대는 도움이 된다. 〔…〕 이태준의 「해방전후」를 나는 이 관점에서 이해한다. 「해방전후」에서 주인공-작가 자신-은 해방 직전에 시골로 내려
(가) 〔…〕 거기서 만난 '김직원(直員)'이라는 옛 선비와 어울리기도 한다. 이 김직원은 '대한제국'의 회복을 바라는 사람이다. 그것이 그의 민족의식, 역사의식, 정치의식, 선비의식, 지식인의식, 인간성의 표현이다. 이 노인의 경우에는 우리 역사의 구체성과 노인 자신의 성품의 구체성이 어우러져 한 덩어리가 되어 이것들을 살아 있는 형상이 되어 있는데 그 형상이 곧 '김직원' 노인이다. 왕손을 다시 한번 황제의 자리에 모신 세상에서 살아보고 싶다는 바람이 이 노인의 인간성의 구체적 표현이다. 그의 인격은 '한일 합방'의 시점에서 동결돼 있다. 그에게 구체적 전쟁 인식이 있는

것은 아니다. 막연한 기대가 전부이다. (화두-2, 1994: 60-61)

역사의 '한 치 앞'을 보지 못하는 상황에서 최인훈은 옛 시대-옛 작가를 참조하였다. 그것을 '대수적 거울'로 삼아서 자기 객관화의 계기로 삼기 위해서였다. 최인훈은 역사(현실)의 구체성과 인물(인격)의 구체성을 갖춘 인물 형상에 주목하였다. 「해방전후」의 김직원은 구시대적이며 완고하며 막연한 현실 인식을 가진 인물이었다. 하지만 최인훈은 김직원을 특정한 시기 특정한 인물의 현실 인식을 '구체적'으로 반영한 형상으로 판단한다. 최인훈은 혁명의 이상을 갖춘 민중뿐 아니라 미성숙하고 때로 모순되는 민중의 형상 역시 존중하였다.

> 말할 것도 없이 이 거울은 모순의 거울이었다는 것, 즉 직선적으로 명확한 역사적 직진의 궤도를 조명하는 거울이 아니라, 잡다한 농민적 사상과 욕구의 협잡물로 인하여 복잡화된 그것이었다. / 다시 논문의 저자는 단순한 의미의 사회주의적 평가를 경계하고 있다. 〔…〕 '톨스토이'의 민주주의적 평가는 결코 진정한 의미의 사회주의적 평가와 본질적으로 모순하는 것이 아니라 오히려 양자는 이러한 방법으로만 일치하고 또 이러한 방법만이 비평 특히 문학적 평가에 있어 비로소 과학적일 수 있다는 것이다. 왜 그러냐 하면 '톨스토이'에 있어서와 같이 일정 시대의 역사적 사회적 조건이 주는 바의 제 한정 가운데서 그들은 객관적으로 현실을 자기의 예술적 창조 우에 반영하고 그것으로써 역사 발전의 객관적인 전진 운동 과정 가운데서 한 개 추진력의 요소일 수 있었든 때문이다.[159]

1935년 임화는 레프 톨스토이(Lev Tolstoy)의 작품을 '러시아 혁명'에 대한 '모순의 거울'로 이해한 레닌의 「혁명의 거울로서의 톨스토이」를 소개하였다. 레닌에 따르면 톨스토이가 러시아 혁명의 거울인 이유는 그가 노동계급의 입장에서 혁명을 다루고 있는 것이 아니라 러시아의 후진적이고 모순적인 현실을 반영하고 있기 때문이었다. 레닌은 톨스토이가 1905~1906년 병사 폭동에서 농민과 프롤레타리아로 구성된 병사의 "자주성"에 주목한다고 보았다. 톨스토이가 주목한 자주성은 "가부장적 농촌의 동요와 '경제적 소농(小農)'의 보잘것없는 비굴을 반영"한 것이기도 했다. 톨스토이의 문학은 "겹겹이 쌓인 증오, 보다 좋은 삶을 향한 성숙한 노력, 과거로부터 자신을 해방하려는 희망을 촉발한다. 하지만 그뿐 아니라 어설픈 꿈, 정치교육의 결여, 혁명의 동요 또한 제시"하였다.[160] 임화는 레닌의 톨스토이론을 참조하면서 역사 발전의 법칙에 따라서 현실을 재단하는 태도에 거리를 두고, 러시아 사회의 후진성이라는 역사적 조건에 유의하면서 현실에 근거한 예술적 창조의 가능성에 주목하였다.

　최인훈 역시 역사 발전의 법칙에 따라 현실을 재단하는 인물과 사유를 경계하였다. 그는 「해방전후」에서 해방 이전 '해내'에 있던 현이 일본의 패망을 예감하는 서술이 현실성을 갖추지 못한 것은 아닌가 "의심"하였고, 해방 이후 이태준이 이상적 자아로 경도되면서 서사의 밀도가 오히려 느슨해진 것 아닌지 비판적으로 검토하였다(2:61, 65).

> 상허(尙虛)의 모든 단편의 인물들 역시 저항할 힘이 없는 사람들, 굴복한 사람들, '역사'가 아니라 '세월'을 사는 사람들이다. 그러나 유독 그런 사람들만 골라서 그려내는 작가의 소재 '선택' 자체는 세월의 바람만 쐬는 붓길이라 할 수 없다. 드러내지 못하는 슬픔의 기운이 있는 붓끝이다. 그래서 그의 단편의 모든 인물들은 이용악의 시에 나오는 인물들의 이웃인 것을 우리는 알아보게 된다. 이쪽은 유랑할 팔자도 못돼서 그저 살던 자리에 있을 뿐이다. (화두-2, 1994: 54-55)

　최인훈이 주목한 이태준 단편소설의 인물은 "저항할 힘이 없는 사람들, 굴복한 사람들, '역사'가 아니라 '세월'을 사는 사람들"이었다. 그는 이태준의 소설을 통해서, 한국의 역사적 조건 안에서 인격의 구체성을 갖춘 민중의 구체적인 형상을 발견하였다. 최인훈은 1970년 데탕트를 전후하여 역사나 역사의 '한 치 앞'을 가늠하기 어려울 때, 박태원의 「소설가 구보씨의 일일」과 『천변풍경』을 문학적 자원으로 활용하여 『소설가 구보씨의 일일』(1970-1972/1973)을 창작하였다. 그는 『소설가 구보씨의 일일』을 통해 민중의 일상에 대한 존중과 친밀성에 근거한 대안적 공공권을 지향하였다. 20년 후 최인훈은 냉전 체제의 붕괴 앞에서 이태준 문학을 읽으면서 다시금 현실 안의 민중 형상을 고민하였다.

탈냉전기 최인훈은 비서구 한국문학의 역사적 경험을 통해 '레닌의 문장'의 조건을 탈구축하였다. 그는 임화, 이태준, 조명희, 나아가 마르크스에까지 문학사적 맥락을 거슬러, 인간의 주체적 조건으로서 꿈을 발견하고, 한국의 역사적 경험 안에서 인격의 구체성을 갖춘 민중의 형상을 포착하였다.

② 사회주의라는 이념형 – 탈식민화와 사회적 연대

최인훈은 특정한 공간에서 그곳에 쌓인 시간의 지층을 거슬러 올라가곤 하였다. 그는 이태준이 살았던 성북동 수연산방을 나서면서 이태준에게 마음의 인사를 전한다. "대문을 나서서, 이 집 담이 끝나는 언저리에서 돌아본다. 상허 선생님, 허락도 없이 이렇게 왔다 갑니다. 용서하십시오. 돌아보는 시늉 속에 누군가 얹히는 느낌이다. 그가 이 집을 마지막으로 나섰을 때도 필시 이렇게 돌아보았을까."(화두-2, 1994: 114) 소련 기행에서도 최인훈은 공간의 이동에서 시간의 지층을 탐색한다. 그는 레닌그라드(이하 상트페테르부르크)로 향하는 길목에서 90대 러시아인 할머니를 떠올리면서 그의 생애사가 "'영민(領民)-신민(臣民)-공민(公民)-시민(市民)'이라는 각기 질을 달리하는 시간의 퇴적으로 이루어진 '시간구성체'"일 수 있다고 상상한다. 한 사람의 생애사에 다양한 정치적 시간의 지층으로 구성될 수 있는 셈이다. 자연스럽게 최인훈 "나 자신이 바로 그런 시간 구성체가 아닌가."라는 통찰 역시 도출된다(화두-2, 1994: 433).

> 그리고 그 '시간'이란 나의 전 생애였다. 렘브란트의 작품이 여러 폭 있고,
> 루벤스의 작품도 여러 개 되며, 고갱, 피카소까지 있었다. 그러나 내게는
> 이곳은 에르미따즈 미술관이기에 앞서 '동궁(冬宮)' – 네바강에 들어온 전
> 함 오로라 호의 포격을 받은 혁명의 무대였다. 아니다. 그렇게 말하려던
> 일이 아니었다. 그런 혁명의 무대였다고, 「플랜더스의 개」에 열중하던 그
> 같은 나이에 어른들로부터, 선생님들에게서, 신문에서, 책에서 접하기 시
> 작하고 평생 그 의미를 생각하면서 지냈던 그 모든 시간의 응축이었다.
> (화두-2, 1994: 419-421)

상트페테르부르크 네바강의 옛 동궁에서 최인훈은 루벤스, 렘브란
트, 고갱, 피카소의 그림을 감상하기보다는 그곳에 새겨진 "시간의 응축"
에 유의한다. 그곳은 바로 "혁명의 무대"였다. 1960년 최인훈은 『광장』에
서 '공문으로 시달된 혁명'만 있던 북한의 상황을 비판적으로 진단하면서,
"바스티유의 감격도 없고, 동궁(冬宮) 습격의 흥분도 없다. 〔…〕 그들은 혁
명의 풍문만 들었을 뿐이다."(광장, 1961: 153)라고 서술하였다. 1992년 혁명
의 무대였던 동궁에 다시 선 최인훈에게 동궁의 의미망은 한국의 4·19 혁
명을 거쳐 해방공간 한국의 역사적 경험으로 거슬러 올라간 것이었고 그
의 생애사적 시간을 거슬러 올라가는 것이었다.

하지만 최인훈이 거슬러 올라간 시간이 한반도에 한정된 것은 아니
었다. 상트페테르부르크에서 최인훈은 통역자로 대학생 블라디미르와
조우한다. 블라디미르는 구소련 대학생으로 한국어를 발화하는 외국인
이다. 그가 "가야 역사 전공이노라."고 대답하자 "차 안은 순간 차분해졌
다."(화두-2, 1994: 414)

지금 보시는 건물들은 스딸린 시대의 아파트지만, 제국의 권위를 과시하

는 식의 고전양식인 것을 아실 것입니다. 저것이 전철역입니다. 전철역에도 돔형 지붕이 많습니다. 왼쪽이 시청입니다. 제국(帝國)의 정치주의적 건축양식입니다. '제국'이라는 말이 쉽게 나온다. 다르기는 '다른 시간'의 축적 속에 들어오기는 한 모양이다. (화두-2, 1994: 416)

한국에서 온 최인훈은 블라디미르가 설명 중에 '제국'이라는 단어를 쉽게 발화한다는 것에 놀라면서, 제국의 경험을 가진 러시아가 후식민지 한국과 '다른 시간'의 축적 안에 있다는 것을 발견한다. 단편적이긴 하지만 최인훈의 '다른 시간'에 대한 발견은 러시아의 고유한 역사적 경험과 문화적 역량에 대한 주목으로 이어진다. 『모스크바 일기』에서 발터 벤야민이 황금색 쿠폴라를 보면서 "설탕에 버무린 오리엔트"를 떠올렸듯,[161] 『화두』에서 최인훈 역시 상트페테르부르크를 러시아의 역사적 경험에 기반한 "전통적 정취가 기조가 되어 있는 도시"로 인식한다(화두-2, 1994: 415).

다만, 최인훈은 러시아 청년이 구사하는 유창한 한국어의 사회적 맥락을 파악하지는 못한다. 이 문제는 이태준의 『소련기행』에서 보다 풍요롭게 다루어진다. 이태준은 소련 기행 여정 곳곳에서 소련에서 간행된 한국어 서적의 목록을 성실하게 기록하였다.

1933년 이후 외국 노동자 출판부를 주심으로 출판된 조선어의 사상, 문예 서적은 6, 70종에 달하리라 한다. 조선 안으로 들여보낼 수가 없어 37년 이후는 중단되었다 하며 지질과 제본이 실질적이게 튼튼했고 백 페이지 넘는 것은 헝겊 뚜껑을 썼다. 잠깐 주독(走讀)해 보아, '매우 힘들었다'를 '모질게 빠뼛다'투의 함북 사투리가 많고 문맥이 유창치 못한 듯하나 태도만은 진실한 것이 느껴졌다. 물론 쏘련으로서 세계에 향한 중요 과업의 하나였겠지만, 백여 종의 번역이란 번역자들의 노력도 쉬운 것이 아니었을 것이다. 특히 조선과 같이 국내에서 노예 생활을 하고 있는 동포들을 위해 이미 입에 서툴러진 모어(母語)로 한 마디 한 줄씩 뇌이고 다듬고 했을, 이 이역에서 고국을 향한 진실했던 침묵의 노력을 생각할 때, 나는 가슴이 뜨거워졌다. 그리고 여기서 생각나는 것은, 이런 일에 응당 그분의 힘이 많았을 것 같은 포석(抱石) 조명희(趙明熙) 씨였다.[162]

이태준은 소련의 한국어 서적이 "국내에서 노예 생활을 하고 있는 동포들"을 위해 "서툴러진 모어(母語)로 한 마디 한 줄씩 뇌이고 다듬고 했을" 진실한 노력의 결과일 것이라고 판단한다. 소련 기행이 이어지면서 이태준은 점차 소련에서 한국어 서적이 간행되는 양상과 그 과정에 개입한 한국인의 실천을 구체적으로 포착한다. 그는 사회주의 국가인 소련의 출판 제도 및 네트워크와 소련에서 성장한 한국인의 실천을 배워 간다.

1992년 최인훈이 만난 "알맞게 큰 키에 말랐으며, 금발에 유별나게 어려 보이는 젊은이", 곧 가야사를 전공하는 통역자 티코노프 블라디미르는 한국사 연구자 박노자이다.[163] 박노자의 스승 미하일 박은 1918년 연해주 하연추에서 출생하여 1930년대 농촌 협동화의 혼란 가운데에서 원동(遠東) 곳곳을 전전하였다. 1936년 그는 모스크바의 철학·문학·역사 대학(MIFLI)에 입학하였으며, 1937년 고려인 강제 이주에 휩쓸려 카자흐스탄 크즐오르다시에서 계봉우의 가르침으로 한국 역사 연구에 입문하였다. 1938년 안타깝게도 그의 부친이 무고로 비극적 최후를 맞이한다. 1949년부터 미하일 박은 모스크바 국립대학에서 한국 역사 강좌를 담당하였고, 그의 학설은 북한에 번역 소개되어 논쟁을 촉발하기도 했다.[164] 블라디미르의 유창한 한국어는 1945년 이전 소련 각지를 이동하였던 한국인 민중의 언어와 역사적 경험, 그리고 학술에 근거한 것이었다.

최인훈 역시 1945년 이전 한반도의 외부를 이동하면서 혁명에 참여한 한국인의 모습에 귀 기울였다. 이태준은 해방 후에 개정한 『증정 문장강화』(박문출판사, 1948)에서 자신이 집필한 「재외 혁명동지 환영문」을 '식사문(式辭文)'의 예로 새로 삽입한다. 최인훈은 소설 「해방전후」가 '이상적 자아'와 '현실적 자아'로 나아가는 과정이 허술하다고 비판하였지만, 「재외 혁명동지 환영문」에서 "애국자들의 이상적 인격과 현실적 인격은 통일돼 있는 데 비하여, 화자의 이상적 인격과 현실적 인격은 분열돼 있다는 사실"을 장점으로 들었다(화두-2 :65).

나는 재내(在內) 3천만의 하나로서 개선입성(凱旋入城)하는 동포, 특히 혁명동지 여러분을 환영하는 말씀을 드리고자 한다. / 역사 오랜 민족으로 흥망 없는 민족이 있으리오만, 이번 우리처럼 외적에게 심각한 제압을 받은 민족은 인류사상에 그 유(類)가 드물 것이다. 같은 피압박민족에게서도 우리는 그 환경과 비중을 달리해 '민족자결'을 표방하던 국제연맹 시대에도 우리 수족은 풀리지 못하였었다. 안으로는, 민족의 최후재(最後財)인 모어(母語)와 예속(禮俗)까지도 소멸되는 위기에 직면했었고, 밖으로는, 국경 이북과 자유도시 상해(上海)까지도 적세(敵勢) 권내에 들어, 세계는 넓다 하나 우리 혁명동지는 기(旗) 들 하늘이 없도, 칼 짚을 땅이 없었던 것이다. 우리 민족의 자유란 백년하청을 기다림같이 망막(茫漠)한 것이었는데, 문득 오늘, 이 해방과 자유의 종소리란 과연 무슨 꿈인가! / 경이일 뿐, 꿈은 아닌 것이다. 이 세계 혁신의 대현실 앞에 꿈이 있을 리 없는 것이다. 우리는 상기(相起)하기에 얼마나 명료한가? 적의 강제적 보호조약을 비롯해, 합당 당시며, 3·1 운동 때며 또는 적의 착취 수단이 고도의 자본주의화할 때마다 일어나 허다한 사상전(思想戰), 혹은 투혹, 혹은 축방(築防), 혹은 피살, 동지 여러분은 그중에서 구사일생을 얻어, 후에 이날 있을 것을 산맹해서(山盟海誓)하고 천애(天涯)에 표표히 망명하였던 것 아닌가? 〔…〕 더욱, 생각하면, 우리는 얼굴 둘 곳이 없노라. 희랍의 어떤 철인(哲人)은, 금수가 아니라 인간으로 태어난 것, 야만이 아니라 희랍인으로 태어난 것을 운명의 신에게 감사하노라 하였다. 적의 가지가지 간책(奸策)과 폭정하에, 우리는 적을 위하는 총을 들어야 했고, 우리는 피처럼 아픈, 뜻 아닌 말과 글을 배앝아야 했다. 호소할 곳이 없이 유린될 대로 유린된 민족의 정조, 오오, 우리는 차라리 금수와 만인(蠻人)으로 못 태어났음을 얼마나 한하였던가! 이제 무슨 낯으로 성한(聖汗)에 젖은 동지들의 위용 (偉容)을 우러러볼 것인가![165]

문학 연구자 김민수에 따르면, 「해방전후」의 김직원 영감은 '임시 정부-해외'와 인접성의 의미망을 형성하는데, 이것은 현이 인접한 '조선문학가동맹-박헌영'의 의미망과 긴장을 일으킨다.[166] 김직원 영감이 쇠락한 대한제국이라는 한반도의 사라진 국가의 시간과 연결된다면, 「재외 혁명동지 환영문」은 "국경 이북과 상해"의 공간, 혹은 "3·1 운동"의 시간 나아가 "'민족 자결'을 표방한 국제 연맹 시대"의 시간과 연결된다. 이태준은 "세계 혁신의 대현실"인 탈식민의 상황에서 「재외 혁명동지 환영문」을 통해 제1차 세계대전 직후의 시간을 환기하였다. 제1차 세계대전 직후의 시간은 3·1 운동의 시간, 국제 연맹의 시간, 혹은 러시아 혁명의 시간이었다.

1930년대 소련 역사학은 국제주의적 시각에서 국가주의적 시각으로 강조점을 이동하였으며, 냉전 형성기 북한 역사학 역시 그러한 이동을 공유하였다.[167] 20세기 사회주의 역사학의 성격 변화라는 역사적 맥락을 염두에 둔다면, 최인훈은 이태준의 「재외 혁명동지 환영문」을 통해서 망각된 3·1 운동의 시간을 "섬광"[168]처럼 귀환하도록 한 셈이다.

제1차 세계대전은 제국과 식민지라는 기존의 세계 질서를 다시금 분할하는 전쟁이었다. 또한 "사회적 진화의 후진성 때문에 '자본주의의 약한 고리'라고 불린, 제정(帝政) 러시아에서 혁명이 일어"났으며, "마르크스와 엥겔스에 의해 구출된 이론틀을 중심으로 삼고, 그 실천 방안으로 자연발생적이 아닌 직업 혁명가의 전위 조직에 의한 계획적 혁명 추진과 경제 투쟁에 그치지 않는 정권 획득에 의한 국가 단위의 체제 변화를 목표"로 삼아 시월 혁명이 일어난다(화두-2, 1994: 153-154).

한국에서는 제1차 세계대전과 3·1 운동 이후 비로소 '나-사회-국가-세계'로 이어지는 인류의 단일성을 발견하고 세계적 의제를 동시대적으로 고민하는 주체가 탄생한다.[169] 조명희의 「낙동강」에서 농업 학교를 졸업하고 군청 농업 조수로 한두 해 근무하면서 '식민지 중견 인물'의 길을 걷던 박성운이 사회주의라는 새로운 삶을 개척한 계기 역시 3·1 운동이었다.[170] 최인훈은 "통나무배 대신에 무쇠배를 타게 되었다고 해서 '문명'이라고 부를 수" 없다고 단언하면서 인류가 하나의 세계를 공유한다는 의식을 '문명'의 조건으로 판단한다. 그리고 소련은 "인류 전체가 형제가 아닐까(!), 지구 전체가 한 지붕 밑이 아닐까 하는 데까지 인간의 의식을 볶아대게 되고, - 바로 그렇다, 인류가 한 형제, 라고 선언했을 뿐 아니라 그것이 실천 가능하고, 실천하고 있다고 비친" 나라였다. 소련은 탈식민화 이후의 세계에서 인류라는 이상에 기반하여 형성된 국가였다. 최인훈은 조명희가 '인류'라는 이상에 동의했기에 소련행을 선택하였다고 보았다(화두-2, 1994: 262, 269).

1946년 이태준 역시 소련의 공산주의 실험이 "절대 평등에 의한 진정한 평화향"을 목표로 한 "인류 자체에 거대한 변혁"이라고 판단하였다.[171] 다만, 최인훈이 해방 후 이태준의 소설에서 비판적으로 진단한 것처럼, 이태준의 판단은 이상과 현실의 거리를 충분히 고려한 것은 아니었다. 최인훈은 인류라는 계기를 강조하면서도 자신이 몸을 담고 있는 주변부성 또한 직시하였다. 모스크바의 톨스토이 기념관을 방문한 최인훈은 1905년 러시아 혁명과 1917년 러시아 혁명 사이에 타계한 톨스토이로부터 인류라는 보편성과 노예의 눈물이라는 주변부성을 함께 읽어 낸다.

톨스또이는 누구보다 러시아적인 것을 사랑한 작가였지만, 우리들 식민지 생활을 겪은 나라의 예술가들에게는 다른 대국이나 식민지 소유 경력이 있는 나라의 작가들과는 다른 성격이 있다. [⋯] 오늘날 그의 조국의 운명이 결국 그것을 증명하듯이 <u>그가 살았던 동안의 그의 조국도 덩치만 대국이었지 내수용(內需用) 인권의 분배도 넉넉지 못한 허약한 대국이었기 때문에 개인을 넘어선 전체의 문제를 해결된 것으로 보는 것을</u> 그의 마음은 허락할 수 없었다. 서양 작가들에게는 자신들의 진화된 인간성 속에 – 그 깊이와 섬세함과 과학성과 상상력 속에 – 노예들의 눈물이 있는 것을 의식하는 흔적이 없는데, 똘스또이에게는 그것이 있다. 그가 그의 『예술론』에서 나타내는 서방 예술에 대한 혐오는 형식논리의 입장에서는 분명히 지나친 것이지만, 역사와 사회라는 구체적인 문맥 속에 놓고 보면, 그것은 서방 예술의 염치 없음과 경박성, 인류라는 전체에 대한 시야가 없는 이기주의에 반대하는 목소리라는 의미에서 정당하다. 형이상학적으로는 잘못이지만, 변증법적으로는 정당하다, 고나 할까 그런 입장이다. (화두-2, 1994: 401)

최인훈은 레닌의 시각과 마찬가지로 톨스토이의 문학으로부터 인류의 보편성과 러시아의 주변성을 함께 읽어 냈다. 그는 보편성과 주변성 모두를 변증법적으로 인식하는 것이 온당한 현실 파악이라고 판단하였다. 신경제정책을 지지한 연설문의 필자 역시 소련 사회의 모순에 대한 온당한 파악을 기반으로 한 연대를 강조하였다. 그는 "외부의 적과의 심각한 투쟁을 거쳐, 그리고 필요하다면 내부의 적과의 심각한 투쟁에 의하여 그 대열을 정비할" 필요성을 강조하였고, "인간의 착취에 바탕을 둔 사회를 인간의 연대성에 바탕을 둔 사회로" 전환해야 한다고 강조하였다(화두-2, 1994: 510, 506).

『화두』가 러시아 혁명의 시간으로 거슬러 올라가서 발견한 '사회주의의 이념'은 탈식민화와 사회적 연대였다. 당시 소련의 이념은 레닌의 문장 『국가와 혁명』에서도 확인할 수 있다.

우리는 공상주의자가 아니다. 우리는 어떻게 하면 바로 어떤 통치 없이, 복종 없이 일을 할 수 있을까, 라고 '공상하는 인간'이 아니다. 이것은 프롤레타리아 ××(독재-인용자)의 임무를 이해하지 못한 무정부주의적 환상이며 마르크스주의와는 근본적으로 (대립하는) 별개의 것이며, 실제적으로는 사회××(주의-인용자)를 인간이 완전히 (별종의 형태로) 달라질 때까지 지연시키는 데 쓸모있을 따름이다. 하지만 <u>우리는 현재 모습 그대로 인간으로, 즉 복종 없이는, 통제 없이는, '감독과 부기(簿記)' 없이는 일을 해 나갈 수 없는 인간으로 사회 혁명을 하려고 한다.</u>[172]

레닌은 러시아의 현실 안에서 모순을 품은 민중과 함께 혁명을 만들어 가고자 하였다. 레닌의 제안은 "인류의 역사상 가장 철저"한 "민중적 민주주의 개혁"의 기도였다. 하지만 레닌은 국가 건설에는 성공하였지만 소비에트 민주주의 건설에는 실패하였고 "노동자 조직의 자율성, 독자성, 참여성의 이상"이라는 과제는 유산으로 남겨진다.[173]

레닌의 실패와는 별개로, 그의 시대를 살아갔던 주변부의 민중들은 자신의 현실에 근거하여 주체를 구성하고 실천을 수행하였다. 역사학자 홍종욱의 표현을 빌리면, 주변부의 민중은 "식민지성, 주변부성을 직시하는 용기"를 가졌다.[174] 이들은 새로운 사회를 꿈꾸었다. 1946년 이태준의 『소련기행』 역시 그가 충분히 의미화하지 못하였지만, 한국 민중의 꿈과 실천을 증언하는 장면이 등장한다.

끝으로는 선생의 '데드 마스크'의 봉안실이 있었다. 선생의 기세(棄世)를 슬퍼하는 <u>세계 모든 개인과 단체와 국가들의 조문들과 당시 신문 호외들까지도 진열된 수천 점 속에서 나는, 순 한문의 "애호 아열령선생 하시 재현어차세호(哀呼 我列寧先生 何時 再現於此世乎)"로 끝을 맺은 '1924년 3월 27일 대한민국 농민 연병호(延秉昊) 읍고(泣叩)'의 인찰지에 쓴 글월을 발견하였다.</u>[175]

이태준은 레닌의 죽음을 슬퍼하고 그의 이상을 애도하는 세계 각국의 호외와 조문을 살펴보다가 그사이에 순 한문 인찰지를 발견한다. 한문과 농민의 조합, 1924년과 대한민국의 조합은 여러모로 어색하다. 인찰지가 증언하는 정체성은 무척 어색하지만, "주변부 세계에서의 혁명"을 현실화했던 "인민적 대중 정체성은 계급 정체성과 달랐으며 그보다 포괄적" 이었다.[176] 이 점에서 인찰지가 증언하는 어색한 조합 자체가 레닌이라는 이상에 공명하였던 주변부 민중의 탈식민화와 사회적 연대의 실상이었다. 『화두』에서 포착하였지만, 충분히 서술하지 못한 러시아 혁명의 시간은 인류라는 보편성의 시간이면서 동시에 주변부 민중의 시간이었다.

③ 슬픈 육체를 가진 짐승이 내는 별들의 토론 소리

문학평론가 권성우의 지적처럼, 최인훈은 "식민지의 질곡과 세파를 온몸으로 통과한 진보적 문인들의 고뇌와 전통을 창조적으로 계승한 작가"였다.[177] 시공간을 거슬러 최초의 사회주의라는 이념을 발견한 이후, 최인훈은 『화두』의 집필에 착수하였다. 그가 선택한 첫 문장은 "낙동강 칠백 리, 길이길이 흐르는 물은 이곳에 이르러 곁가지 강물을 한 몸에 뭉쳐서 바다로 향하여 나간다."였다(화두-2, 1994: 543). 바로 그가 소장하였던 해방 이후 건설출판사 판본 『낙동강』의 첫 문장이다.[178] 얼마 후 최인훈은 조명희의 문학을 모은 그의 전집에 서문을 붙이면서 다음과 같이 기록하였다.

> 내용과 형식에서 '문학'이 전제하고 있어야 할 어떤 본질이 식민 통치하에서 가능한 한계를 몸으로 보여줌으로써, <u>문학이란 과연 무엇이고, 인간사회의 본질은 과연 무엇인가, 하는 근본적 질문과 우리를 직면하게 하는것,</u> 이것이 포석 조명희의 문학과 생애가, 특히 망명 후의 그의 존재가 우리 문학사에 대해서 지니는 최대의 의미라고 필자는 생각한다.[179]

현실이라는 조건에 유의하면서도 역사의 발전과 민중의 생활을 신뢰하며 인간의 이상을 지향한 문학. 혹은 '현실에 걸맞은 명문'. 최인훈은 조명희의 문학이 제기하는 문학사적 질문이 그것이라고 판단하였다. 물론 그 질문의 이면에는 '명문에 걸맞은 현실'이란 무엇인가, 라는 질문 역시 존재했다.

식민지와 냉전은 최인훈 문학 전체를 통괄하는 화두였다. 탈냉전기에 발표된 소설 『화두』(1994)에서 최인훈은 '명문에 걸맞은 현실'을 찾아서 소련 기행에 나섰다가 '현실에 걸맞은 명문'을 발견하였다. 또한 그는 조명희와 이태준의 문장 등 한국문학의 문장으로 레닌의 문장을 탈구축하였다. 최인훈은 『화두』에서 제1차 세계대전 이후 혁명의 시간으로 도약한다. 최인훈이 발견한 시간은 인류라는 보편성의 시간이면서, 식민지 민중의 주변부의 시간이었다. 최인훈은 탈식민화와 사회적 연대에 근거한 인류의 이상으로서 사회주의의 의미를 다시 음미하였다.

냉전의 종식이 이야기될 무렵, 최인훈은 20세기의 세계 역사를 거슬러 올라갔다. 그는 소련의 역사적 실패로부터 탈식민화와 사회적 연대를 뒷받침한 사회주의라는 이념을 도출하여, 인류의 이상이라는 본래의 자리로 되돌리고자 하였다. 최인훈이 시공간을 거슬러 올라가서 발견한 사회주의라는 이념, 혹은 소련이라는 질문을 두고 "슬픈 육체를 가진 짐승이 내는 별들의 토론소리"(화두-2 , 1994:510)라고 명명하고자 한다.

아시아의 원리

연대와 공존을
기반으로 한
새로운 세계사의
원리

4장

서세동점(西勢東漸) 이전의 동양은 '야만'이 아니라 문명한 '농업' 사회. 이것이 우리에게 제일 오래된 그리고 제일 긍정할 수 있는 민족 관계의 계급의 패턴입니다. 지금도 우리는 혹종의 이른바 '근대화' 이론이 '후진국'의 성격 표징으로써 부족주의적 전(前) 국민성과 합리적 사유의 결핍이라는 말을 할 때 사실 어리둥절합니다. (…)

유교적 정치 감각. 이른바 '불행한 사태'라고 불리는 일련의 움직임에 따라 역사는 이루어졌습니다. 오늘 우리는 그 '사태' 후의 때에 살고 있으며 아직도 우리 선조들이 이루었던 문명한 균형에 이르지 못하고 모색 중에 있습니다. 지금 온고지신하는 마음으로 우리 서로가 잘 아는 역사의 슬기를 돌이켜 보고 싶은 것입니다.

최인훈, 「일본인에게 보내는 편지」, 『최인훈 전집 11 – 유토피아의 꿈』, 문학과지성사, 1980, 94~95쪽.

H읍 사람들은 일본 사람에 대하여 조금도 나무레는 감정을 가지고 있지 않다. / 자기네들 끼리 몇 집썩 무리를 지어 조선 사람의 집과 처마를 접하고 살고 있는 일본인의 집이라든가 (…) 이 모든 것은 동물적 친근감 – 같은 하늘 아래에서 같은 수도물을 길어다 먹고 같은 날에 같은 국기를 게양하기를 한 삼십 년만 하면 대개 생기는 감정이다.

최인훈, 「두만강」, 『월간중앙』, 1970.7, 473쪽.

그는 사자와 양이 어울려 사는 이 세상에서 양들이 씨가 마르지 않으면서 차츰 사자가 되는 법을 만들어 낸 기술자다. 아이세노딘은 아직 사자는 아니다. 그러나 양이 아닌지는 벌써 오래다. 마찬가지로 모든 약한 나라들이 아이세노딘 방법을 따라 그 어려운 때에 사자들의 이빨을 면하고, 이제는 다시는 사자들이 마음대로 못 할 다른 종자가 돼 버렸다. 이것은, 아이세노딘이 앞장선, 슬기로운 국제적 뭉침의 전술에서 비롯된 약소국들의 끈질긴 싸움의 결과다.

최인훈, 「태풍」, 문학과지성사, 1976, 476~477쪽.

4장에서는 최인훈 문학에 나타난 아시아의 '원리'를 살펴본다. 근대 유럽은 제국주의와 자본주의의 확장과 함께 비서구 식민지를 경영하면서 선진국으로 자부하였다. 20세기 아시아 아프리카의 저개발 탈식민 국가들은 선진국과 후진국의 양자 대립 앞에서 선진국을 목표로 경제 개발에 힘썼다. 하지만 이 과정에서 또 다른 나라를 억압하거나 환경 파괴가 일어나는 등 여러 문제가 대두하였다. 최인훈은 근대 유럽 중심의 세계사 인식을 점검하는 한편, 개별 국가 단위가 아니라 문명권 단위로 역사를 바라볼 필요성을 확인한다(「주석의 소리」). 특히 그는 식민지 시기와 겹쳐진 자신의 유년 시절을 돌아보면서 여러 민족이 갈등을 조정하며 공존할 지역 사회의 가능성을 탐색한다(「두만강」). 나아가 최인훈은 침략과 연대가 얽혀 있는 '아시아주의'를 역사적으로 성찰한다. 그는 근대 유럽 중심의 세계사 인식을 상대화하고, 개별 국가를 넘어선 공존과 조절에 기반한 새로운 세계사 인식을 제안한다. 최인훈은 선진국과 후진국의 이항 대립을 넘어서, 양(탈식민 저개발 국가)도 아니고 사자(제국주의 국가)도 아닌 상태의 공존과 조절 가능성을 제안하였다(『태풍』).

(1) 근대사를 다시 생각하다 - 「주석의 소리」

최인훈의 「주석의 소리」는 근대사를 재인식하고 광역권을 발견한 소설이었다. 주석은 세계사를 재인식하면서 '제국'의 원리를 발견하였는데, 제국의 원리는 일국사적인 것이 아니라 지역을 공유한 여러 민족과 국가의 공존 가능성에 대한 고민을 열어 주었다. 제국의 원리는 고대의 아시아 여러 나라, 서구의 로마, 전통 시대 동아시아에서 확인할 수 있는 질서였으며, 그는 제국과 제국주의를 대별하면서 일본의 제국주의를 비판하였고, 광역권의 시각에서 세계사를 이해하게 되었다. 주석은 세계사를 인식하면서 국민 국가의 경계를 넘어서는 광역권이라는 새로운 문제의 영역을 발견하지만, 그 문제를 현실화할 가능성을 발견하지 못한다. 그의 문제 설정은 '문명권' 혹은 '제국'의 단위에서 주어졌지만, 그의 대답은 '국민 국가' 안에 한정되었고 앞으로 어떠한 주체를 형성해야 하는지에 대한 질문 또한 누락하였다. 이 질문의 답을 찾아가는 과정에서 최인훈은 「두만강」과 『태풍』을 창작한다.

① 국민 국가의 역사를 넘어서는 새로운 세계사 쓰기의 조건

① 효창공원에 가지 않은 독고준

「주석의 소리」(『월간중앙』, 1969.6.)는 「총독의 소리」 연작과 마찬가지로 '방송의 소리' 형식을 취하고 있지만, 차이 역시 상당하다. 「총독의 소리」는 "불란서의 알제리아 전선의 자매 단체이며 재한 지하 비밀 단체인 조선총독부 지하부의 유령 방송"이고 발신자는 총독이며, 「주석의 소리」는 "환상의 상해 임시 정부"의 방송으로 발신자는 임시 정부 주석이다(총독, 1967: 483; 주석, 1969: 372). 또한 「총독의 소리」가 당대적 현실에 예민하게 반응하고 평가하는 데 반해서, 「주석의 소리」는 서구 유럽 중심의 근대사를 개괄하는 한편, 국가, 기업인, 지식인 등 한국 사회의 다양한 주체를 호명하면서 각자의 과제를 제안한다. 「주석의 소리」는 "근대 유럽 국가들의 발전 과정과 한국의 현실을 대조하여 소개하고, 이에 근거한 한국 사회의 발전 방향을 분석적으로 제시하고 있"으며 "한 편의 사회과학 논문을 연상시키게 하는" 소설이다.[1]

「주석의 소리」의 발신자는 주석, 곧 김구였다. 1950~1960년대 한국 사회에서 상하이 임시 정부의 주석 김구의 위치는 다소 유동적이었다. 김구는 남한의 단독 선거에 반대하며 북한에 다녀온 인물이었기 때문에 1949년 6월 26일 타계 이후 그의 정치적 유산은 망각되었고, 그는 침묵에 붙여졌다. 김구가 다시금 공적 영역에서 복권된 것은 1960년 4·19 혁명 이후였으며, 같은 해 6월 22일 김구 11주기 추도식은 많은 인파 속에서 성대히 거행되었다.[2] 최인훈 또한 4·19 혁명과 김구의 복권의 연관성을 염두에 두고 있었다. 그는 4·19 혁명 직전을 배경으로 한 『회색인』(『세대』, 1963.6-1964.6; 『회색의 의자』)에서 효창공원 참배의 스릴을 장면화함으로써, 4·19 혁명과 김구의 관계를 환기한다. 이 소설에서 귀향을 앞둔 김학을 비롯한 '갇힌 세대' 동인들은 1958년 가을 김구의 묘소가 있는 효창공원을 방문하였다.

> 그들은 김구 선생 묘 앞에 섰다.
> "기분이 묘한데."
> 승은의 말.
> "왜?"
> 김학.
> "쑥스럽다."
> 김명식.
> "애국자의 묘 앞에서 쑥스럽다는 것은?"
> 김학.
> "글쎄 그러니깐 말이야."
> 김명식.
> "내 말은 그게 아니야."
> 오승은.
> "그럼?"
> 김명식.
> "스릴이 있단 말이야."
> 오승은.
> "스릴?"

김학.

"대통령이 지나가는 연도에서 손뼉을 치는 것과 꼭 반대의 일을 하고 있단 말이야 우리는, 지금…… 앗, 앉아라!"

그들은 일제히 주저앉았다.

그리고 꼭 같이 주변을 재빨리 살폈다.

"핫핫하………."

승은은 좋아서 깔깔 웃으면서 잔디풀 위에 딩굴었다. 〔…〕 그들 네 사람은 승은의 장난에 대해서 나타낸 자기의 반응이 뜻하는 것을 생각하면서 누워 있었다. 이윽고

"지사(志士)의 묘를 방문하면서 스릴을 느낀대서야." (회색-3, 1963: 361)

한국광복군 총사령 참모를 역임한 김학규는 "선생이 돌아가신 후 몇 해 동안은 선생 묘지로 되어 있는 효창공원에 형사를 배치해 놓고 특별히 이름있는 날이면 오고 가는 사람까지 감시 대상으로 하였"다고 회고하였다.[3] 김학규의 회고는 『회색인』의 재현에 현실성을 부여한다. 1950년대 후반 효창공원에 가서 김구를 참배하는 것은 연도에 서서 대통령 행렬에 박수를 치는 행위와 반대되는 의미를 가지고 있었고 '스릴'을 각오해야 하는 것이었다. 최인훈은 '갇힌 세대' 동인의 효창공원 참배 장면을 통해 김구라는 표상에 대한 언급조차 불가능했던 4·19 혁명 이전 1950년대 한국의 정치적 조건을 비판적으로 제시한다.

『회색인』은 '혁명'의 불가능성 속에서도 혁명을 신뢰하는 김학에 초점화한 '교양'의 서사와 '사랑과 시간'에 기투한 독고준에 초점화한 '환멸'의 서사라는 이중 서사로 구성되어 있다.[4] 김학의 입장은 "혁명이 가능했던 시대라는 건 어디도 없었어. 그래서 혁명이 일어났던 거야. 이런 역설의 논리는 인간의 의지에 의해서만 돌파되었어."로 요약할 수 있다(회색-1, 1963: 306). 김학의 혁명론은 김구의 묘소에 와서도 스릴을 느껴야 하는 1950년대 후반의 정치적 상황을 염두에 두면서도 '인간의 의지'를 신뢰하

<그림1> 1960년 효창공원 내 김구의 묘소(『경향신문』, 1960.6.11.)

며 혁명을 몽상하는 역설적인 입장이었다. 다만, '갇힌 세대' 동인의 효창
공원 방문은 김학의 귀향 직전으로 설정된다. 최인훈은 한국에서 '혁명'을
주장하는 인물에게 '고향'이라는 조건을 부여하고 있다.

　월남인으로서 고향을 잃은 독고준은 그날 효창공원에 가지 않았다.
문학평론가 방민호의 지적처럼, 『회색인』에서 독고준이 선택한 길은 잃
어버린 고향의 자리에 '에고'를 대입하며, 개체를 억압하는 인식소와 구조
를 해체 및 재구성하여 사랑과 시간 속에서 미래의 혁명을 기획하는 것이
었다.[5] 최인훈은 『회색인』에서 고향을 가진 김학의 혁명론과 고향을 잃은
독고준의 '사랑과 시간'을 대별하면서 후자에 조금 더 무게를 두었다. 최
인훈은 『회색인』의 장면을 통해 김구와 4·19 혁명의 연관성을 환기하지만,
그러한 장면 제시가 김구라는 망각된 정치적 유산의 복원 및 계승으로 이
어진 것은 아니었다.

　하지만 이후에도 최인훈은 김구와의 대화를 멈추지 않았다. 잃어버
린 고향인 W시로 이동해 가는 『서유기』(1966-1967/1971)의 독고준은 라디
오와 전화 수화기를 통해 상하이 임시 정부로부터의 방송을 두 번 청취한
다.[6] 첫 번째 "상해 정부"의 방송은 『서유기』 초반 독고준이 열차 안에서
라디오를 통해 듣는다. 두 번째 "상해 임시 정부"의 방송은 『서유기 후반』

독고준이 다른 방송과 함께 수화기를 통해 듣는다(서유기-4, 166:265; '주석', 서유기, 1971: 248). 첫 번째 '상해 정부의 방송'과 두 번째 '상해 임시 정부의 방송'('주석의 소리') 사이에는 상당한 거리가 존재한다.[7] 첫 번째 '상해 정부의 방송'을 듣는 부분은 1966년 후반에 발표되었다. 이 방송에서 주석은 "신성하고도 당연한 권리로서" 상하이 임시 정부만이 "민족의 이름으로 정통(正統)을 주장"할 수 있음을 천명한다. 그는 남북 분단을 거부하고 비도덕적인 자들이 정권을 잡은 상황을 개탄하며 "거사(擧事)", 곧 "사생결단의 피비린내 나는 결전", 즉 혁명을 결의한다(서유기-4, 166:265-266). 문학평론가 김주현의 지적처럼, 주석의 방송은 김구가 정권을 잡았다면 친일 세력의 척결이 이루어졌으리라는 바람을 담은 목소리이자 "혁명의 목소리"였다.[8] 첫 번째 '상해 정부의 방송'은 『회색인』에 등장하는 '갇힌 세대'의 독고준과 유사한 인식을 보인다. 하지만 『서유기』의 첫 번째 '주석의 방송'은 정통성을 담지한 당당한 목소리가 아니라 노쇠하고 우스꽝스러운 목소리이다.

> 친애하는 동지 여러분, 류마티스에 비틀어진 우리들의 발목 대기를 채찍질하고 만주 벌판의 누런 먼지에 골병이 든 눈깔들을 다시금 부릅뜨고 거사(擧事)의 시간을 기다립시다. 다행히 고물상이나 엿장수들에게 손자놈의 성화에 못 이겨 헐값으로 팔아넘기지 않은 동지들은 육혈포(六穴砲)를 언제든지 사용 가능하도록 손질하시오. 〔…〕 조국은 또다시 우리들의 육혈포와 수류탄을 부르고 있읍니다. 이것은 우리들의 장기입니다. 하르빈 역두의 바람이여. 홍구공원의 아비규환이여, 서울역두의 놀램이여. 아이쿠! 여, 배운 도적질을 하나밖에 없으니 아하 팔뚝은 쑤셔라, 가슴은 뛰어라. (서유기-4, 1966: 266-267)

첫 번째 '상해 정부의 방송'은 해방 이후 한국의 분단이 개인의 이익을 따라 움직인 기회주의자들의 행동으로 야기되었음을 강조하면서 그것에 대한 '단죄'를 다짐한다. 하지만 『서유기』의 서술자는 도덕성과 정통성을 강조하는 주석의 목소리를 류머티즘에 고통받는 노인의 목소리로 희화하여 제시한다. 『서유기』의 서술자는 상하이 임시 정부의 도덕적 정당성은 인정하면서도 그 정당성이 당대 한국에서 현실적인 힘과 가능성을 충분히 갖추지 못했던 상황을 비판적으로 인식한다. 첫 번째 '상해 정부의 방송'은 혁명 위원회의 쿠데타로 인해 정지된다. "주석 이하 전원은 국가 지도에 있어서의 중대한 과오를 심판받기 위해서 혁명 재판소에 기소"되고, 혁명 위원회는 상하이 임시 정부의 "혁명적 전통"을 "오늘의 현실", 즉 한국의 상황에 맞추어 수정하여 계승하겠다고 말한다(서유기-4, 1966: 267-268). 임시 정부 계승을 자임하면서 쿠데타의 정당성을 강조하는 혁명 위원회의 입장은 5·16 쿠데타 이후 군사 정권이 상하이 임시 정부라는 기호를 전유하였던 1960년대 초반 한국의 정치적 현실을 반영한 것이다.[9] 최인훈은 4·19 혁명 이후 복권된 김구의 정당성과 도덕성에 동의하면서도 그 입장을 현실적인 대안으로 승인하지는 못하였다. 독고준 또한 첫 번째 '상해 정부의 방송'과 군사 위원회의 방송에 별다른 반응을 남기지 않는다. 하지만 이것으로 주석이 『서유기』에서 퇴장한 것은 아니었다.

2 두 개의 '주석'의 소리

1971년에 출판된 단행본 『서유기』의 후반에서 주석은 다시 한번 등장하여 두 번째 '상해 임시 정부의 방송'을 한다.[10] 첫 번째 '상해 정부의 방송'이 조급하고 우스꽝스러운 목소리로 등장했다면, 두 번째 '상해 임시 정부의 방송'에 등장하는 목소리는 진지하며 근대 이후 세계사의 전개 과정과 유럽의 사회 원리, 한국의 식민지 경험에 대해 논리적으로 제시한다. 『서유기』의 후반부에서 독고준은 수화기를 통해 북한 정권의 방송, '이성 병원'의 방송, '상해 임시 정부의 방송', 대한불교관음종의 방송을 순서대로 듣는다. '상해 임시 정부의 방송'과 북한 정권의 방송이 민족주의 및 사회주의라는 역사적 실체에 근거하며, '이성 병원'의 방송과 대한불교관음종의 방송은 비판적 성찰을 위한 메타 담론이라는 점에서, 최인훈의 인식적 지향이 '이성 병원'의 방송과 대한불교관음종의 방송에 더 가깝다고 볼 수 있다.[11] 방송의 내용을 분석해 본다면, 북한 정권의 방송은 월남 이전 독고준의 유년 시절 경험과 관련되고 '이성 병원'의 방송은 최인훈의 문학적 실천과 관련이 있다.[12] 또한 북한 정권의 소리와 '이성 병원'의 소리는 방송 말미에서 독고준을 찾는다. 하지만 '상해 임시 정부의 방송'과 대한불교관음종의 방송은 독고준 혹은 최인훈의 삶과는 크게 관련이 없으며 방송 말미에서 독고준을 찾지도 않는다. 방송이 끝난 후 서술자는 독고준이 두 방송을 "주의해서 들었는데도 마지막 낱말의 마지막 음절이 끝나자" "이야기를 깡그리 잊어버렸"다고 서술한다(서유기, 1971: 255). '상해 임시 정부의 방송'과 대한불교관음종의 방송은 『서유기』에 삽입되지만, 독고준의 사유와 실천에 직접 개입하지는 않으며 서사의 후경으로 밀려난다.

후경화되지만 『서유기』(1971)의 후반에 등장하는 '상해 임시 정부의

〈그림2〉 상해 임시 정부 주석의 소리(『월간중앙』, 1969.6.)

방송'은 비슷한 시기에 집필된 것으로 추정할 수 있는 단편 「주석의 소리」(『월간중앙』, 1969.6.)와 여러 점에서 공명한다. 이 책은 『서유기』(1971) 후반에 삽입된 '상해 임시 정부의 방송'은 '주석의 소리'로 지칭하고, 단편 「주석의 소리」는 「주석의 소리」로 지칭하겠다. '주석의 소리'와 「주석의 소리」에서 주석은 공히 진지한 목소리로 발화하며, 세계사의 전개 과정을 검토한다. 『서유기』의 '주석의 소리'는 간략하고 원리적이지만, 단편 「주석의 소리」는 보다 상세하

며 체계적이다. 『서유기』의 '주석의 소리'는 한일 관계의 역사와 남북 정권에 대한 비판적 진단을 포함하고 있고, 단편 「주석의 소리」는 세계사의 검토 위에서 한국 사회가 나아가야 할 길을 사회 영역별로 서술한다는 점에서 차이가 있지만, 이 차이는 상보적으로 독해할 수 있다. 이 책은 '주석의 소리'와 「주석의 소리」를 겹쳐 읽고자 한다.

> 해방된 조국의 양쪽에는 결코 바람직하지 못한 정권들이 섰습니다. 북쪽에는 몽둥이로 개 잡는 식의 견식밖에 없는 점령군의 추종자들이 정권을 잡았으며 남에서는 옛동지들을 버리고 국내에서 다소간에 적에게 부역한 세력과 손잡은 자가 집권하여 민주주의라는 이름 아래 독재와 부패의 정치를 폈습니다. 우리 상해 임시 정부는 정통(正統)의 연속과 옹호만이 민족의 살길이며 외세에 대한 자주적 용기를 가진 사람들이 이 정통을 계승하는 때가 민족의 문제가 해결되는 진정한 길이라고 믿는 것입니다.
>
> ('주석', 서유기, 1971: 247)

'주석'은 "과거 역사의 특정한 상황 속에서 정당성을 확보한 존재"이지만,[13] 현재 '해방된 조국의 양쪽' 모두와는 불화하는 위치에 있다. 북한은 소련군 점령군의 추종자가 정권을 잡은 상황이었고, 한국은 '부역' 세력이 민주주의의 이름 아래 독재와 부패를 이어가면서 상하이 임시 정부의 정통성을 횡령한 상황이었다. 상하이 임시 정부가 방송을 송출한다면, 그 방송이 한국 정부의 방송을 통하지 못하고, "환상(幻想)의 상해 임시 정부(上海臨時政府)"(주석, 1969: 360)의 이름으로 소음과 함께 발신되었던 것은 그 때문이다.

1930년대 중반에 태어난 최인훈의 세대는 1945년 8월 15일 일본 히로히토 천황의 항복이라는 말이 등장하지 않는 항복 선언, 1950년 6월 26일 김일성의 평양 방송, 같은 날 한국의 반복되는 휴가 장병 원대 복귀 공지 방송, 서울에 머물기를 독려한 이승만의 방송, 1960년 4월 26일 오후 1시

이승만의 하야 선언, 1961년 5월 16일 오전 5시 쿠데타 직후 박정희의 혁명 공약 등 "역사적 장면을 증언하는 라디오 방송에 귀 기울이며 살았던" 공통적인 경험을 가지고 있었다. 문학평론가 김동식의 지적처럼, 최인훈 세대에게 "방송의 목소리는 일종의 개인의 의지나 결단을 넘어서 있는 초월적 영역에서 들려오는 목소리"였다.[14] 1969년 당시 전국에 라디오 202만 4천 대, 스피커 130만 7천 대, 텔레비전 21만 대, 앰프 7,466대가 보급된 결과, 거리에서도 라디오 방송 소리를 쉽게 들을 수 있게 된다. 박정희 정권은 '앰프촌(村)'을 건설하여 국가의 정책을 선전하는 방송을 송출하였다. 하지만 라디오에는 체제 외부의 '붉은 소음'이 개입하기도 했는데, 당대 한국에서는 라디오를 통해 중국과 일본의 방송뿐 아니라 북한의 방송 또한 어렵지 않게 청취할 수 있었다.[15]

　　1960년대 라디오는 "온갖 억압된 것들의 소리"를 귀환하도록 하였고, "유령의 목소리"를 현전하도록 하는 매체였다.[16] 「총독의 소리」 연작이 '지하 방송'을 자처하고 「주석의 소리」가 '환상'을 자처하는 것, 나아가 불안정한 전파 속에서 소음으로 전달되는 것은 대중적인 매체이면서 '불온' 한 소리 또한 확산하였던 라디오의 미디어적 특징을 극대화한 설정이라 할 수 있다. 문학 연구자 공임순의 지적처럼, 최인훈은 '민족주의'를 전유한 1960년대 군사 정권에 대한 비판적 거리를 유지하면서, '주석'으로 대표되는 '임시 정부'의 이념을 보존하고 "임정을 하나의 정치적 이상(유토피아)으로 남겨 두"었다."[17] 따라서 최인훈은 '임정'의 위치와 이념을 고정화된 실체로 제시하지 않고, '임정'을 '환상'의 소리와 '유령'의 소리를 통해 출몰하도록 설정한다.

③ 세계사의 발견과 '제국주의'의 재인식

'주석의 소리'와 「주석의 소리」에서 최인훈은 ① 세계사의 검토를 통한 '제국주의'의 재인식, ② 동아시아의 역사와 식민지의 문제, ③ 한국 사회의 각 영역에 대한 제안 등 세 가지 논점을 제시하고 있다.「주석의 소리」초반 주석은 '제국주의'의 시각에서 세계사를 재인식하는 것을 자신의 방송 목적으로 설정하였다.

> 어떤 흔 민족이 즈본주의 초기에 있어서 봉건 제도와 억읍을 투푸하고 스병에 분산 고립흐는 고로 광대흔 민족국구로 통일 집중흘 것을 급히 꾀흔다. 어떤 흔민족은 즈본주의 볼전둔계에 있어서 승업즈유에 의하여 세계시즁과 성손병법의 통일 등으로 부득불 지벙민족적 고립과 쇄국주의를 투푸흐고 민족과 민족의 교역을 증구하고 아울러 송호 의존성을 더 구흐게 흐니 이로 인흐여 민족적 병위선을 돌푸히서 도리어 국제연계를 확디했드. <u>이는 이른부 최고 둔계의 독점 즈본주의로 이윤증구를 위해 흔 구대 제국주의 국구로서 본드시 디두수의 약소국 민족을 유린흐여 즈기에게 예속시켜 식민지 또는 본식민지로 보는 것이드. 연이나 비록 이들 지역에서 능히 즈본주의의 볼전을 도흔드 훌지루도 동시에 그 식민지의 궁핍과 본흥을 도볼 조즁흔드.</u> ─ 이 같은 근본적 인식을 이 시점에서 다시 확인하고 풀이하는 것이 이 방송 목적이올시다. (주석, 1969: 360-361)

옛 한글 표기를 활용한 표기한 주석의 목소리는 블라디미르 레닌(Vladimir Lenin)의『제국주의론』(1917)이었다. 레닌은 근대 초기의 자본이 봉건 제도를 타파하고 민족 국가를 통합하는 역할을 했다고 보았다. 이후 자기 증식의 결과, 자본은 국경을 넘어서 "최고 단계의 독점 자본주의", 곧 제국주의로 나타난다. 레닌은 제국주의를 자본주의 일반의 기본적인 속성의 발전과 계승이자 독점 자본주의로 이해하였다. 자유 경쟁이 지배하던 초기 자본주의에서 국제 교역은 '상품 수출'의 형태로 이루어졌지만, 20세기의 독점 자본주의는 상품이 아니라 자본 자체를 수출한다. 자본 수출은 후진국에 자본을 수출함으로써 과잉 자본을 통해 이윤을 창출한다. 레닌은 금융 자본이 자본 수출을 통해서 전 세계 모든 나라에 그물을 던지고, 세

계를 실제로 분할했던 것을 비판적으로 분석하였다.[18] 주석은 레닌의 제
국주의론을 옛 한글로 표기하면서, 제국주의에 대한 근본적인 재인식을
요청하고 있다.

> 그, 결과 그(맑스-인용자)는 자본주의 사회의 모순의 극대화를 결론하고 혁
> 명의 필지를 예언했읍니다. 그러나 그는 자기 생전에 영국의 더욱 더한
> 번영과 독일과 프랑스에서의 사회주의의 좌절을 보아야 했으며 러시아
> 에 대해서는 난처한 예언을 했읍니다. 이와 같은 사실을 설명하고 맑스의
> 이론을 보완한 것이 레닌의 제국주의에 대한 견해인데, 그는 식민지 수탈
> 이라는 점으로 난점을 극복하려 한 것입니다. 그러나 그의 방법도 역시
> 제국주의 단계에서의 자본주의라는 구조 분석이었읍니다. 그러나 그들
> 은 모두 빠뜨린 것들이 있읍니다. (주석, 1969: 365-366)

주석은 자본주의의 모순의 결과 혁명이 필연적으로 발생하리라 예언
한 마르크스와 제국주의 및 식민지 수탈을 통해서 혁명을 설명하였던 레
닌이 파악하지 못한 것이 있다고 지적한다. 그것은 자본주의의 "변질"이
다. 마르크스와 레닌이 예상한 것보다 생산성의 발전 정도는 컸고, 생산성
의 증대는 자본의 "질적 변화"라는 객관적 조건의 변화를 가져왔고, 그것
은 "기업의 자제와 국민의 권리 투쟁"이라는 주관적 행위를 가져왔다. 국
가 내부에서는 "선진의 자본주의 사회에서의 부(富)의 균배, 기업의 공익
성에 대한 조처, 복지적 제도의 발전"이 이루어졌고, 국제적으로는 "국제
정책에서의 수탈에서 공영으로의 변화"(주석, 1969: 366)가 발생한다. 레닌
의 예상과 달리 자본주의의 최후 단계로서 제국주의는 사회주의 혁명의
전야가 되지 못하였다.
　주석은 제2차 세계대전 이후 자본주의의 변화를 염두에 두면서, 다
시금 역사를 거슬러 올라가 "근대 유럽이 자기 자신을 성숙시키고 자기를
지구사(史)의 보편적 주체로까지 완성시키는 과정"을 추적한다. 주석은

근대 유럽의 팽창을, 근대 국가의 "구조적 모순"을 "해외로의 진출, 더 솔직히 말하면 식민지의 취득과 확대라는 방향으로 해결하고자"한 과정으로 이해한다(주석, 1969: 362). 이때 주석은 근대 유럽 국민 국가의 원리와 제도를 고대 로마 제국의 그것과 비교한다.

> 유럽은 인류 문명의 발상지는 아닙니다. 유럽 지역은 아주 늦게 문명과 국가가 정비되었는데 현재까지 유럽이 폭발적인 힘을 가지게 됐던 조건에 대한 만족할 만한 통설은 없습니다만 그 첫째로 유럽 문화의 혼합성을 들 수 있습니다. 그리스와 이스라엘과 아랍과 로마 그리고 이집트의 문화가 지중해를 매개로 하여 이 유럽 지역에 혼혈하여 독특한 잡종 문화를 형성하였읍니다. 유럽 문화는 그러므로 도시형 문화이며 엑조티시즘의 유입과 잡혼을 허락하는 문화입니다. 이런 문화는 지방형 순수문화에 비하여 매우 탄력성이 풍부하고 변화성이 좋으며 기민하고 실제적입니다. 〔…〕 유럽 문화는 이집트·바빌론·아테네·바그다드·로마가 그러했듯이 한 도시 속에 각기의 민족이 각기의 습관대로 섞여 사는 도시의 혼돈의 생명력을 본질로 합니다. 이 점에서 로마는 이미 유럽 문명의 논리적 형태를 모두 갖추었다고 할 수 있읍니다. ('주석', 서유기, 1971: 244)

한나 아렌트(Hannah Arendt)는 『전체주의의 기원』(1951)에서 제국은 다수의 민족 및 국가를 통합하는 원리를 갖추었으나 국민 국가에는 그 원리가 부재한다고 보았다. 따라서 통합의 원리를 갖추지 못한 국민 국가가 확대되어 타민족·타국가를 지배하는 경우 제국이 아니라 '제국주의'로 전화한다고 판단하였다.[19] 가라타니 고진(柄谷行人)은 『제국의 구조』(2014)에서 아렌트의 견해에 동의하면서, 제국을 한 국가의 확장으로 보지 않고 다수의 국가 사이에 형성되는 것으로 이해하였다. 제국은 다수의 부족이나 국가를 복종이나 보호라는 '교환'으로 통합하는 시스템이다. 제국의 원리는 피지배자가 지배자에게 복종함으로 보호를 받는 정치적인 관계이며 지배

〈그림3〉 한나 아렌트

〈그림4〉 가라타니 고진

자에게 세금이나 공물을 바친다는 점에서는 경제적인 관계이다. 동시에 제국의 원리는 정복한 상대에 대한 전면적인 동화를 요청하는 것은 아니었고, 공공사업, 복지 등의 형태로 재분배가 이루어졌다. 제국은 외견상으로는 복속되고 조공하는 형태를 취하지만, 실제로는 상대와 공존하는 원리 위에 작동하였다.[20] 주석은 로마 제국의 원리를 '제국'의 질서 아래 여러 민족이 공존하는 문화적 다양성의 질서로 이해하였고, 유럽 문명의 원리를 다양한 민족의 잡거로 이해하였다. 주석에게 제국의 원리는 균질적인 동화의 원리가 아니라, "정복자의 법과 토착법이 이원적으로 공존"(주석, 1969: 362)하는 공존의 원리였고, 유럽 문명은 제국의 원리에 근거하여 다양성과 역동성을 갖추었다. 또한 주석은 '제국'의 질서를 로마 제국에서 나아가 이집트, 바빌론, 페르시아 등 아시아 제국의 원리로 이해하여서 서구 중심성의 시각에서 벗어나 있었다.

  가라타니에 따르면 제국과 달리 제국주의는 '네이션=국가'의 확장으로 하나의 네이션이 스스로 확장하며 다른 네이션을 지배하는 형식이었으며 화폐와 상품 교환이라는 교환 양식에 근거한 것이었다. 주석은 근대 이후 지리적 확장에 따라 유럽의 각국이 제국이 된 것을 "하나의 로마로 서는 감당 못 하도록 넓어진 생활권을 통제하기 위하여 여러 개의 로마가 생긴 것"이었다고 설명한다. 다만 근대에 새롭게 생겨난 제국들이 제국의 원리를 존중했다면 "각국의 수도는 그들의 식민지를 거느린 각기의 로마 제국들로서 유럽은 세계의 도시가 되고 세계의 다른 지방은 유럽의 사이 (四夷)가" 되어 여러 제국이 존재하는 체제가 형성되어야 했겠지만, 실제 역사는 이와 달랐다('주석', 서유기, 1971: 244).

주석은 "근대 유럽의 이념과 제도"는 보편성 및 개방성을 갖추지만, "민족 국가" 단위로 수정된다. "민족 국가"는 "인류사적인 진보성에 비 교할 경우, 그에 어울릴 만한 높이에 이르지 못할" 정치적 제도였다(주석, 1969: 363). 가라타니와 마찬가지로 주석 또한 제국주의를 국민 국가의 원리 가 확장된 것으로 이해하면서 "나치스 독일의 순수주의야말로 낡은 유럽 의 사망 선고"이자 "가장 비유럽적인 발상"으로 비판하였다('주석', 서유기, 1971: 245). 또한 유럽의 제국주의 국가는 자본주의의 발전 과정에서 유럽에 서 발생한 '불평등'의 문제를 "식민지라는 후진 지역의 희생"을 통하여 해 소하였다(주석, 1969: 363). 자본주의가 '비자본주의적 환경'을 전제로 해서 야 성립할 수 있다는 인식은 로자 룩셈부르크가 『자본축적론』(1913)에서 제시한 통찰이다.[21]

주석은 제2차 세계대전 이후 탈식민지화가 진행되고 지구적 냉전 질 서가 형성된 1960년대까지 제국주의 질서가 해소되지 못한다고 판단하였 다. 이 문제는 자본주의 진영과 공산주의 진영 모두가 가진 문제였다. 유 럽의 자본주의 국가들은 여전히 자기 국민 국가의 이익을 위해 다른 국민 국가를 수탈하면서도 "지난날의 피식민지 국가와의 공영 유대를 성립"하 는 이중적인 태도를 취하였다. 또한 유럽의 공산주의 국가들은 '공산 체 제'라는 새로운 체제의 원리를 현실화하지만, "정치 권력의 단위가 여전 히 민족 국가의 형태"에 머물렀기 때문에 "공산주의적 보편 이념과 민족

국가의 이념"사이의 충돌과 모순에 직면하였다(주석, 1969: 364).

주석은 레닌의 제국주의론을 비판적으로 진단하면서, 세계사를 제국과 제국주의의 관계로 다시 읽었다. 그는 문화적 다양성과 역동성을 가능하게 하는 제국의 원리에 주목하였다. 그리고 제국의 원리를 동아시아 문명권에서 탐색한다.

② 뒤늦게 마주한 화두, 동아시아 문명권

[1] '문명권'으로서의 동아시아

1967년『문학』에 연재한『서유기』에서 독고준은 "우리 민족의 역사에서 식민지성"의 문제를 탐구하였다.[22] 독고준은 논개, 이순신, 이광수 등 한국의 역사에서 일본과 관계가 있었던 인물을 차례로 만나면서 한국의 후식민성을 논제로 구성하였다. 1971년에 단행본으로 편집한『서유기』에 실린 '주석의 소리'는 일본 제국주의와 역사적으로 존재했던 동아시아의 주변으로서 일본을 구분하고 있다. 주석은 19세기 유럽과 만나기 이전의 동아시아를 하나의 문명권으로, 곧 "한·중을 주축으로 한 동양 세계"이자 하나의 "천하"로서 파악한다('주석', 서유기, 1971: 243).

> 우리 민족은 옛부터 그들 일본에게 터럭만 한 해를 가함이 없었고 한토의 글과 천축의 법을 전하여 그들 삶의 어둠으로부터 보다 밝은 빛의 세계로 인도하는 벗임을 증명하였읍니다. 〔…〕 백제 ·고구려 ·신라는 학자와 기술자를 자진하여 그들의 땅에 보냈읍니다. 그들은 군대를 파견하는 대신 문화사절을 보낸 것입니다. 이것은 국가의 원조 밑에 이루어졌읍니다. 그 국가로서는 문화 사절 다음에는 무언을 보낸다는 생각은 전혀 없었읍니다. 〔…〕 당시의 우리 조상들은 당시의 문명과 국제 정세와 지리 감각에

대한 일종의 고전적 원리를 가지고 있었읍니다. 그것은 민족의 판도는 하늘이 준 것이며 영토적 확장을 타민족에게 기도한다는 것은 일종의 패륜이라고 생각한 현상 유지의 원리입니다. <u>그것은 윤리적 노력의 자제심이나 극기의 결과에서 온 것이 아니라 원시적 지방주의, 지방자치의 원칙이 세련된 형태였읍니다. 이러한 감각에서 선인들의 대일 정책은 전통적으로 불간섭·평화·원조·공존이었읍니다.</u> ('주석', 서유기, 1971: 242)

주석은 한국이 일본을 침략하지 않았던 역사적 사실을 온순함이나 겁 많음 등 한국인의 종족적 심성으로 이해하는 태도를 거듭 경계하였다. 대신 주석은 중국과 한국과 일본이 하나의 '질서'를 이루고 공존하였다는 역사적 사실과 공존의 원리에 주목한다. 주석은 한국과 일본의 교류와 공존에 주목하였고, "우리(한국인-인용자) 선인은 중국과 그 국제적 정책에서 견해를 같이했"다는 것 역시 환기하였다('주석', 서유기, 1971: 243). 그는 동아시아 국가 사이에 "당시의 문명과 국제 정세와 지리 감각에 대한 일종의 고전적 원리"가 존재했으며, 동아시아 국가가 "원시적 지방주의", 혹은 "지방자치의 원칙"에 따라 움직이는 하나의 문명권을 형성하였다고 보았다. 동아시아 문명권은 한문이라는 서기 체계와 불교라는 세계 종교를 공유하면서 "불간섭·평화·원조·공존"의 질서 위에 형성하였다. 물론 주석의 진술은 생산 양식 및 교환 양식을 비롯한 경제의 원리를 구체적으로 진단하지 못했고, 중국에 대해 추상적으로 서술한다는 미흡한 점이 있다. 하지만 주석은 동아시아의 역사를 하나의 광역권으로 파악하면서 새로운 역사 이해를 시도하였다.

제프리 파커(Geoffrey Parker)는 인류 역사상 두 번의 군사 혁명이 일어났는데, 한 번은 고대 중국의 춘추전국시대에, 또 한 번은 유럽의 근대에 일어났다고 보았다. 군사 혁명은 행정력, 정치력, 경제력이 충분히 발전할 때 일어난다. 첫 번째 군사 혁명의 결과, 중국은 진(秦)으로 통일되었고 대륙의 문명을 하나의 질서로 포괄하면서 제국을 형성하였다. 두 번째 군사 혁명의 결과 15~16세기 유럽은 200~300년간 전쟁을 이어갔지만, 유럽 대륙은 하나의 제국을 형성하지 못했고 유럽 바깥에서 각자 제국주의를 경영하게 된다. 파커는 고대 중국의 1차 군사 혁명은 제국 질서를 낳았고, 근대 유럽의 2차 군사 혁명은 제국주의로 귀결되었다고 평하였다.[23] 가라타니 고진 또한 진의 통일과 한(漢)의 성립으로 약탈과 재분배를 넘어서 증여와 답례의 성격을 갖는 교환 양식을 구축하고 유교 관료제를 확립하였고, 당(唐)의 출현으로 중국이 온전한 제국으로 탄생하였다고 보았다.[24] 주석은 당이 '제국'의 원리를 갖추었을 때, 일본과 한국도 같은 체계 안에서 교류했다고 판단하였다. 주석은 '문명권'으로서 동아시아를 살아갔던 사람들을 "문화인"이라 명명하였다('주석', 서유기, 1971: 243).

최인훈은 산문 「일본인에게 보내는 편지」에서 서세동점 이전 한국, 중국, 일본 세 나라가 동아시아의 문명권을 형성하여 "삼국 간의 평화적 공존"을 오랫동안 유지해 왔음에 유의하였다.

> 더욱 주목하고 싶은 것은 이 세 나라에 모두 고도의 관료 제도가 발달하여 당시의 생산 기술과 견주어 비교적 공평한 제 계급 간의 안정을 보장함으로써 반(半)항구적 법치의 형태를 인간의 의당한 생활로 여기게 하는 상태를 이루었던 것입니다.
> **서세동점(西勢東漸) 이전의 동양은 '야만'이 아니라 문명한 '농업' 사회.** 이것이 우리에게 제일 오래된 그리고 제일 긍정할 수 있는 민족 관계의 계급의 패턴입니다. 지금도 우리는 혹종의 이른바 '근대화' 이론이 '후진국'의 성격 표징으로써 부족주의적 전(前) 국민성과 합리적 사유의 결핍이라는 말을 할 때 사실 어리둥절합니다. (…) 서세동점에 따른 우리들의 과제는 모름지기 앞서 말한 삼국 간의 국제-국내 질서형의 존중과 선용 위에서 새로운 기술 형태를 섭취하여 생활을 재편성하는 것이었습니다. 그러나 그렇게 되지 않았습니다.
> **유교적 정치 감각.** 이른바 '불행한 사태'라고 불리는 일련의 움직임에 따

라 역사는 이루어졌습니다. 오늘 우리는 그 '사태' 후의 때에 살고 있으며 아직도 우리 선조들이 이루었던 문명한 균형에 이르지 못하고 모색 중에 있습니다. 지금 온고지신하는 마음으로 우리 서로가 잘 아는 역사의 슬기를 돌이켜 보고 싶은 것입니다.[25]

전통 시대 동아시아 문명권은 관료제의 발달 및 생산 기술의 발달을 바탕으로 비교적 공평한 계급의 안정을 보장하면서 유교에 기반하여 '반(半)항구적 법치'를 이룩한 "'문명'한 '농업' 사회"였다. 서세동점 앞에서 동아시아 삼국의 과제는 기존의 질서를 존중하면서 생활을 재편하는 것이었지만, 그것에 실패하여 이제껏 '문명한 균형'을 회복하지 못한 상태이다. 전통 시대 동아시아 문명권에 대한 최인훈의 감각은 동아시아 소농 사회론과 공명할 여지가 있다.

미야지마 히로시(宮嶋博史)는 서구의 역사 발전 단계를 기준으로 동아시아의 역사를 파악하는 시각을 비판하면서, 동아시아의 역사적 경험을 존중하여 동아시아의 경제, 사상, 정치, 사회구조를 유기적으로 이해하고자 하였다. 그는 동아시아의 인구 증가와 농업 기술 변혁에 근거하여 중국에서는 송대(宋代)로부터 명대(明代)에 걸쳐, 한국에서는 조선 후기에, 일본에서는 도쿠가와 전기(前期)에 소농 사회가 형성되었다고 주장하였다. 소농 사회의 형성은 중국에서 주자학이 창안되고 한국과 일본에서 수용되는 시기와 겹치며, 세계사적으로 근대로의 이행과 동일한 시기였다. 정치 지배계층의 대규모 직영지의 결여와 독립 소경영 농민 계층의 편재(遍在)를 특징으로 하는 동아시아 소농 사회의 성립은 농업의 형태, 촌락의 구조, 가족 및 친족 제도 등 사회 구조 전반을 재편하였다. 소농 사회의 성립과 함께 형성된 동아시아 사회의 구조와 특징은 19세기 이후에도 계승된다. 이후 그는 주자학의 '근대적 성격'에 주목하여 명대 이후의 동아시아를 서구의 근대와 대등한 '유교적 근대'로 이해할 것을 제안하였다.[26] 최인훈은 '문명한 농업 사회'를 형성한 동아시아 각국의 '문명'의 교류에 관심

을 둔다는 점에서 동아시아 사회 구조를 역사적으로 해명하고 서구 근대
와의 만남 이후 동아시아 역사의 전개 및 분기에 관심을 두었던 미야지마
의 입장과는 강조점에 차이가 있다. 하지만 두 사람은 동아시아의 역사적
경험을 존중하고 내재적으로 이해하고자 하는 태도를 공유하고 있으며
그 점에서 대화의 가능성이 열린다.

　　1970년 전후 주석 역시 전통 시대 동아시아를 하나의 문명권으로 이
해하였으며, 제국의 원리를 통해 중국, 일본, 한국이 공존하면서 평화를
창출하였다고 보았다. 다만 주석은 경제라는 계기에 대해서는 충분히 유
의하지 않았고, 중국사 역시 한족(漢族)을 중심으로 이해하였다. 주석이 동
아시아를 문명권으로 이해하면서도 정치적·문화적 관련성이 높은 중국,
일본, 한국 세 나라만을 시야에 두었지만, 중앙아시아와 동남아시아를 누
락한 것은 그 때문이다. 나아가 지구에 존재하는 다른 제국 질서와 동아시
아의 제국 질서를 연동하여 이해할 가능성 역시 유보된다.[27] 주석은 "서양
동점"('주석', 서유기, 1971: 243)이 이루어진 19세기 이전의 동아시아를 유럽과
는 별개의 '천하'로 이해하였다. 한족에 정통성을 부여하는 방식으로 중국
을 이해하였기 때문에, 정주민의 원리에 근거한 한족 사회와 달리 유목민
의 원리에 근거한 몽고의 등장과 그로 인한 세계 제국의 성립을 "이단적
반란"('주석', 서유기, 1971: 243)으로 이해할 뿐, 13~14세기의 몽골제국의 성립
과 '세계사적 관점'이라는 유산이 이후 세계의 역사에 계승되는 양상을 인
식하지 못했다.[28] 주석은 "지구상에 아주 오랜 주기로 덮쳐드는 변화의 시
대"('주석', 서유기, 1971: 247)가 있다고 언급하면서, 직선적인 역사의식이 아
니라 '주기' 혹은 '순환'의 형식으로 세계사를 이해할 가능성을 발견하지
만 정작 그것을 구체화하지는 못한다.

　　주석은 인도와 동남아시아를 거쳐 유럽이 동아시아를 찾아오자 19세
기 "동양 삼국의 정치가들은 매우 어리둥절했던 것이 아닐까."라고 진단
하였다('주석의 소리', 245). 그는 동양 3국을 "농사짓고" 사는 사람들로 형상
화하고, 유럽을 "산더미 같은 배를 몰고 총칼로 장사하자는" "장삿군"으로

형상화하였다('주석', 서유기, 1971: 245-246). 유일한 예외는 일본이었다.

> 그런데 정통의 동아의 국제 정국에서 항상 촌놈이던 일본은 이해했읍니다. 그들은 우리보다 변화의 포착에 천재적이었던가. 아닙니다. 그들에게는 경험이 있었읍니다. 그들은 임진왜란 때 이미 개국하였던 것입니다. [···] 일본의 개국은 뛰어난 상황 판단이나 국학정신의 탄력성 같은 관념적 원인에서가 아니라, 부유한 국내 세력이 현실적으로 개국을 강력히 필요로 하는 이해관계를 가지고 있었으며 그것은 또 막부의 권력을 탈취하는 기회도 제공한다는 현실적인 정치 경제적 조건에서 추진된 것입니다. 뿐만 아니라 남방의, 유신에 주동력이 된 개국 세력에는 유럽의 막대한 정치자금이 제공되었으며 명치유신은 유럽의 정치자금에 의한 쿠데타였다는 것이 진상입니다. ('주석', 서유기, 1971: 246)

주석은 일본의 근대화를 일본의 민족성으로 설명하거나 일본의 근세 국학이 선취한 근대성으로 설명하는 일본의 근대화론을 탈신화화한다. 주석은 일본의 근대화를 일본 및 유럽의 이해 부합이라는 정치 및 경제적 측면에서 분석한다. 주석은 근대화의 조건으로 전통 시대 동아시아 문명권 주변이었던 일본의 역사적 위치를 든다. 가라타니는 중국의 제국 질서를 중심인 중국, 주변인 한국, 아주변(亞周邊)인 일본으로 구분한다. 주변은 중심에 의해 직접 지배될 수 있지만, 아주변은 중심에서 떨어져 있기에 문명을 선택적으로 섭취할 수 있다.[29] 그는 동아시아 문명권의 아주변이라는 위치로 인해, 일본은 중국과 한국보다 근대 세계 질서에 더욱더 용이하게 접근할 수 있었다고 보았다. 동시에 일본은 아주변이었기에 제국의 원리에 무지하였는데, 메이지 유신으로 일본이 국민 국가 형성에 성공한 후 제국주의로 전화한 것은 그 때문이다.[30]

주석의 시각 역시 가라타니의 시각과 공명하는 바가 있다. 중국도 비교적 일찍 서구와 관계를 맺고 통상을 시작하지만, 통상의 양은 '제국'의 중심이었던 중국이 "현실적인 변혁을 결심할 조건을 내부에서 성숙"시킬 정도에 이르지 못했고, 한국은 "이도 저도 아닌" 곤란한 상황 속에 놓여 있었다('주석', 서유기, 1971: 246). 결국 동아시아 근대에서 문명권의 질서는 전도되어 일본은 제국주의로 전화하고, 한국은 식민지를, 중국은 (반)식민지를 경험하게 된다.

② 주변부 한국과 '문명의 감각'

1970년 전후 주석이 제시한 한국의 식민지 경험에 대한 논술은 후식민성에 대한 최인훈의 입장과 연속되면서 보다 진화한 것이었다. 주석은 식민지 지배의 결과, 한국의 주체성을 올바로 형성하지 못했다는 논점을 제시하였다. 주석은 식민지 경험은 "한국의 패배를 관념적이며, 현상을 고립해서, 실체론적으로 해석하고 그 해석을 정책적으로 추악하게 과장하여 한국인의 영혼에 오래 가시지 못할 상처"('주석의 소리', 247)를 주었다고 평가한다. 주석의 판단은 1960년대 초반 『광장』과 『회색인』을 통해 후식민성의 문제를 발견한 최인훈의 인식과 연속되는 것이었다.[31] 변화도 있다. 1960년대 초반 『회색인』의 독고준은 '갇힌 세대'의 동인지에 기고한 글은 "만약 우리나라가 식민지를 가졌다면 참 좋을 것이다."(회색-1, 1963: 299)라는 상상을 제시하였고, '갇힌 세대' 동인들은 그의 글에 적극 동의하였다. 하지만 1960년 후반 주석은 한국인이 "만일 일본이 합병하지 않았더라면 어떻게 되었을까 하고 상상하는 것은 부질없는 일입니다."('주석의 소리', 246)라고 단언하였다.

식민지를 바라보는 시각이 변화한 것은 세계사의 전개 과정과 동아시아 광역권의 구조에 대한 역사적 탐색의 결과였다. 주석은 동아시아의 '중심'(중국)도 '아주변'(일본)도 아니었던 '주변'인 한국에 대하여, "당시의 정세로 우리는 식민지를 면할 수 없었"다고 냉정하게 판단한다('주석의 소리', 246). 1960년대 후반 주석은 역사에 대한 원한과 가정(假定)이 아니라,

원리와 현실에 기반한 정확한 이해를 요청하였다. 또한 그는 패배를 부인하는 것을 넘어서 "한국의 패배를 역사의 깊고 넓은 시야 속에서 과학적으로 평가하는 문명 감각"을 요청하였다('주석의 소리', 247). 역사성과 과학성을 갖춘 문명의 감각으로 바라본 한국의 위치는 주변부(the Periphery)였다.

> 오늘 우리가 살고 있는 이 생활의 터를 오늘날과 같은 모습으로 만든 주역들의 이야기는 끝났습니다. 그들의 그와 같은 주도적 행위의 결과로 오늘 우리는 이 자리에 이런 모습으로 있습니다. 세계는 분명히 하나가 되었고, 서로 연결되고, 이러한 상태로 존재합니다. 이것은 현실이자 결과입니다. 우리도 그 현실 그 결과 속에 있습니다. 그러나 이 현실, 이 결과는 우리들의 발상, 우리들의 주도에 의해서 이렇게 된 것이 아닙니다. 더 구체적으로 말하면 우리는 근대 유럽에서 시작된 지구 시대로의 길고 먼 과정에서 선진국, 중진국들이 중요하고 결정적인 행위가 끝난 다음에 겨우 지구 사회의 공민권을 얻게 된 것입니다. (주석, 1969: 366)

한국은 비서구 제국 일본의 식민지로서 세계사에 접속하였고, 주역이 아니라 주변부로서 근대를 경험하였다. 한국은 식민지 시기에는 일본어 중역(重譯)의 형식으로 서구의 근대를 경험해야 했고, 해방 이후에는 냉전 하에서 후식민성을 고민해야 했다. 주석은 1960년대 후반 당대 한국의 문화적 후진성이 한국인의 '발상'과 '주도'에 의한 것이 아님을 분명히 했다.

1960년대 중반 『서유기』의 초반부의 첫 번째 '상해 정부의 방송'에서 주석은 "민족의 이름으로" 상해 임시 정부의 정통성을 주장하였다. 그 정통성은 "신성하고도 당연한 권리"로서 제시된 것이었다(서유기-4, 1966: 265). 1971년 단행본 『서유기』 후반부의 두 번째 '상해 임시 정부의 방송'에서도 주석은 "상해 임시 정부는 현실을 똑똑히 볼 수 있는 유일한 민족적 시점"으로 자부하였다('주석', 서유기, 1971: 248). 첫 번째 '상해 정부의 방송'의 정통성은 민족주의적 감정에 근거한 표현이었다면, 두 번째 '상해 임시 정부의 방송'이 자부한 민족적 시점은 세계사의 전개 과정과 한국의 위치에 대한 현실적이고 객관적인 인식에 근거한 표현이라고 볼 수 있다. 주석은 주변부의 후식민성에 절망하는 것에 머물지 않았다. 그는 주변부 한국의 주체가 마주한 "난관"을 분석하고 "상황의 구조"를 파악하는 것을 "과제" 로 제시하였다. 그리고 한국의 주체는 '과제'에 반응하여 그것을 "슬기롭게 해결"하기를 기대하였다('주석', 서유기, 1971: 366-367).

주석은 "근대 유럽의 선진, 중진국들이 길게는 4세기, 짧게는 1·2세기에 걸쳐 이룬 과정을 우리는 겨우 어제오늘에 시작했다는 사실"을 직시하면서, 서구 유럽의 근대와 주변부 한국의 근대가 시간적으로 비동시적이라는 것과 경험의 시간적 양 또한 비대칭적이라는 것을 인식하였다. 주석에 따르면, 한국은 서구의 근대를 지체와 압축 속에서 경험하였기 때문에 "현실" 감각을 잃어버리거나 스스로를 "소외"시키며 "주체로서의 자신을 잃어버"릴 위험성이 컸다(주석, 1969: 367). 위험에 대한 경계를 전제하면서, 주석은 정부, 기업인, 지식인, 국민 등 한국 사회의 여러 주체가 감당할 과제를 제안하였다.

근대 유럽 국민들이 막강한 인습과 권력의 힘에 항거하여 정치 권력을 손에 쥔 역사적 경험은 아마 우리들의 정서적 상상력을 넘는 것일지도 모릅니다. 그러나 우리도 인간인 이상, 그와 완전히 동일한 역사적 세부까지를 추체험하는 것은 불가능하더라도, 그와 동일한 형태의 생명의 경험은 가지고 있습니다. 그것은 가장 가까운 것으로만 보더라도 3·1운동과 4·19에서 표현된 국민의 주권 의사입니다. [⋯] 권력의 행사에 있어서의 국민의 주도권을 우리는 민주주의라고 부르고 있으며, 이것은 오늘의 세계에서 민족 국가가 대외적으로 힘을 발휘할 수 있는 최대의 무기입니다.
(주석, 1969: 368)

주석은 '정부'에 대하여 민주주의의 원리를 요청하였다. 그의 요청은 1960년대 '민주주의'에 대한 최인훈의 고민이 진화한 과정의 핵심을 제시한 것이다. 1960년대 초반 최인훈은『광장』과『회색인』을 통해 한국에서는 혁명을 통해 민주주의를 쟁취한 "역사적 경험"이 부재하다고 판단하였다.[32] 하지만 1960년대 중반 그는 다양한 선배 문학자의 유산에 겹쳐 쓰는 문학적 실험을 통해, 3·1 운동과 4·19로부터 서구의 혁명과 "동일한 형태의 생명의 경험"을 추출하며, 주변부 한국의 역사적 경험에서 보편성을 원리로서 인식할 가능성을 탐색하였다.[33] 주석은 주변부의 위치에서 비동시성과 비대칭성을 직시하면서 한국의 근대와 민주주의의 의미와 가능성을 심문하였다.

기업인의 과제를 논의하면서 주석은 '사회'를 고민하였다. G.W.F. 헤겔(Georg Wilhelm Friedrich Hegel)은『법철학 강의』(1824-1825)에서 "시민사회의 시민(Bürger)적인 개개인은 자신의 이윤을 목적으로 하는 사적(私的) 인격(Privatpersonen)이다."라는 언급으로 시민사회의 주체로서 부르주아에 주목하였다.[34] 주석 또한 "근대 유럽 민족 국가가 부르조아 민족 사회라고 불리듯이 민주주의의 주도적 담당자는 상공업자들이었"다고 명시한다(주석, 1969: 369). 그는 서구와 달리 한국에서 '사회'라는 공적인 영역이 형성되지 못했던 이유를 한국의 역사적 경험으로 설명하였다.

> 후진국에 있어서의 기업가 계층은 대부분 민족 국가의 주권이 박탈된 상태에서 자라났다는 점에 그 치명적 약점이 있읍니다. 역사적인 이 같은 사정은 그들에게서 공익성에 대한 감각이 사실상 함양될 기회를 주지 않았읍니다. 함양이라는 말을 쓴다고 해서 무슨 유별난 도덕적 심성을 표현하는 것은 아닙니다. 오히려 반대로 건강한 이해 감각을 말하는 것입니다. 〔…〕일본 제국주의의 통치가 우리들에게 국가와 사적 활동 사이에 있는 건전한 감각을 해체시키고 망국적인 이기주의의 심성을 배양한 것은 틀림없읍니다. 그러나 지금은 다릅니다. 자기의 이익이 국가의 이익과 직

결돼 있다는 것을 알아야 합니다. (주석, 1969: 369)

주석은 식민지의 경험이 '공적인 것'에 대한 감각을 약화시켰고, 한국에서는 사회를 형성할 계기를 가지지 못했다고 판단하였다. 하지만 주석은 식민 지배의 종결 이후, 한국에서도 사회가 형성될 수 있다고 주장하였다. 주석이 '지식인'을 별도의 범주로 설정한 것 또한 사회의 형성 가능성 문제와 연결된다. 주석은 근대의 제도를 도덕적인 것이 아니라 기능주의적인 것으로 파악하였다. 정부의 권력은 남용될 수도 있고 민주주의를 창달할 수도 있고, 기업가의 부는 반사회적 이윤을 추구할 수도 있고 사회적 부를 증대할 수도 있다. 주석은 권력과 부가 억압적 체제에 순치되거나 상품화되지 않도록 그 "남용"을 감시하고, 사회에 이익이 되는 방향으로 여러 기능이 함께 작동하도록 하는 것을 지식인의 임무라고 판단하였다. 남용을 감시하여 사회를 형성하는 것. 지식인에게 주어진 "진리의 옹호"라는 임무였다(주석, 1969: 370).

주석의 시각은 부르주아라는 주체를 통해 시민사회의 형성을 탐색한다는 점에서 헤겔과 공명하지만, 사회를 인륜(人倫)의 실현으로 파악하기보다는 이익과 부를 추구하는 기능주의적 시각을 견지하였다. 주석은 사회를 정부, 기업, 지식인으로 분절하고, 지식인은 다시금 학술, 예술, 언론 등 전문화된 분업적 체계로 대별하였다. 주석은 사회의 구성 원리를 "분류", 곧 분업과 연대로 이해하였다(주석, 1969: 371). 에밀 뒤르켐(Émile Durkheim)은 『사회분업론』(1893)에서 전통적인 민족주의 등의 집단 의식

〈그림5〉 에밀 뒤르켐

이나 인간의 존엄성을 강조하는 개인주의로는 현대 사회의 갈등을 해결할 수 없다고 판단하였다. 그는 전문적인 기능으로 분업화된 사회의 각 부분이 유기적으로 결합한 '분업에 의한 연대'를 사회의 원리로 판단하였다.[35] 주석 역시 전문직에 의한 분업화를 염두에 두고 한국 사회를 상상하였다.

탈식민 이후 한국 사회에 대한 주석의 요청은 민주주의의 원리에 대한 존중과 사회의 형성으로 정리할 수 있다. 주석은 민주주의와 사회의 주체로서 '국민'을 제시하였다. 주석은 민주주의를 사유하면서 정체(政體)로부터가 아니라, 국민 개개인의 입장과 민주주의에 대한 감각을 중시하였고, "개인의 책임이 민주주의의 주체적 조건"임을 강조하였다. 동시에 사회의 각 "조직에서 구체적으로 움직이는 것은 바로 개인"임을 강조하였다(주석, 1969: 371-372).

민주주의와 사회에 대한 주석의 요청은 이후 1970년대 최인훈이 지속적으로 고민한 주제였다. 1970년대 초반 데탕트가 도래하면서 지구적 냉전이 누그러들고, 동아시아 냉전 질서에 변화 가능성이 감지되자 최인훈은 조심스럽게 주석의 고민을 소설로 제시한다. 「주석의 소리」(1969) 이후에 발표한 『소설가 구보씨의 일일』(1970-1972/1973)이 그 결과물이다. 최인훈은 『소설가 구보씨의 일일』을 통해서 지역사회라는 민중의 생활 공간을 발견하고, 친밀성에 기반한 공공성 형성 가능성을 탐색하였다.[36]

③ 질문과 답변의 어긋남

「주석의 소리」와 '주석의 소리'를 통해 최인훈은 세계사의 전개 과정 안에서 주변부 한국의 위치를 발견하고 과제를 논술하였다. 다만, 주석의 논리에서 문제 제기와 대안은 다소 어긋나 있다. 주석은 세계사를 재인식하면서 '제국'의 원리를 발견하였는데, 제국의 원리는 일국사를 넘어 지역을 공유한 민족과 국가의 공존 가능성에 기반한다. 하지만 주석이 제안한 후식민지 한국의 과제는 국민 국가의 시각을 전제하고 있다.

주석은 과제를 제안하면서 국민 국가와 세계라는 틀에 근거하여 사유하였다. 주석은 논리 전개 과정에서 "국제 사회"와 "민족 국가"라는 개념쌍을 활의 개념쌍을 활용한다(주석, 1969: 367). 또한 주석은 지식인의 임무로 "① 국학의 개발과 발전에 의한 민족의 연속성의 유지와 특수성의 인식, ② 지구인으로서의 보편적인 감각을 고려해야 하며 ③ 그러한 구체적인 매개 위에서 근대 유럽의 이념인 민주주의와 이성의 현실에 기여하는 인간상을 모색"하는 것을 제시하였다(주석, 1969: 371). 주석의 과제에서 '국민 국가'는 '세계'와 바로 연결될 뿐, 그 사이에 존재할 수 있는 '문명권' 혹은 '광역권'에 대한 고민은 주석의 대안에서 사라진 것을 볼 수 있다.

하지만 주석의 대안은 한국이라는 영역에 한정되고 있다. 질문과 답변의 어긋남이 극적으로 드러나는 부분은 식민지에 대한 주석의 판단에서이다. 「총독의 소리」(『신동아』, 1967.8.)에서 총독은 서구의 근대 국가의 발전은 식민지를 기반으로 이루어졌고, 민주주의 또한 식민지라는 물질적 토대에 근거하여 가능했음을 강조하였다(총독, 1967: 480). 역사적으로 본다면 민주주의의 시대는 식민지의 시기였으며, 민주주의의 '구성적 타자'인 '야만인'은 단지 은유가 아니라, 서구 민주주의의 경제적인 기반인 식민지의 존재를 환기하는 용어였다.[37] 이 점을 감안한다면, 하나의 국민 국가에서 민주주의의 물적 토대를 어떻게 지탱할 수 있는지는 숙고가 필요하다.

주석은 정부의 항목을 통해서 서구의 혁명과는 다르면서도 그 '원리'를 공유하였던 3·1 운동과 4·19 혁명의 보편성을 탐색하였다. 그가 정부에 요청한 것은 원리와 이념형으로서의 민주주의였다. 동시에 주석은 기업가, 지식인, 국민의 항목을 통해서 식민지가 종결된 상황에서 한국의 사회 형성을 요청하였다. 다만, 사회를 어떻게 형성할 것인지의 문제 앞에서 주석은 머뭇거린다.

식민지와 높은 생산성, 유럽 국가들에게 있었던 이 두 가지가 우리 기업가들에게는 모두 없습니다. 우리는 그들에게 자기 자신의 근면과 창의를 그들의 식민지로 삼으라고 권하고 싶습니다. 그렇지 않고 국민 대중을 자기들의 식민지로 삼을 때, 그들은 가장 어리석은 짓을 했다는 심판을 받을 것입니다. 이 같은 공익성의 감시는 물론 정부에 그 책임이 있습니다.
(주석, 1969: 370)

서구의 근대화와 민주주의는 식민지를 기반으로 성립한 것이지만, 한국의 기업가는 식민지를 가질 수 없다. 주석의 대안은 한국인의 근면을 식민지로 삼으라는 제안에 머문다. 경제사학자 하야미 아키라(速水融)는 근대 영국에서 자본을 투입하여 노동생산성을 증가시키면서 농업혁명과 산업혁명으로 나아갔지만, 에도 시대 일본은 자본의 비율을 감소시키고 인간의 노동을 대량으로 투입하는 근면 혁명(industrious revolution)으로 나아갔다고 판단하였다. 근면 혁명의 과정에서 노동시간 및 강도는 증가하지만, 농민은 생활수준 향상의 욕구를 실현하였고, 노동을 미덕으로 여기게 되었다. 근면 혁명은 인력(man-power)이 축력(horse-power)을 대체했기 때문에, 서구의 경제발전과는 반대방향으로 진행된 것이었지만, 1인당 생산량 증대를 통해 일본형 '발전'을 이루었다. 근면 혁명의 결과 등장한 성실 근면한 농민은 향후 일본 공업화의 주체가 되었다.[38] 하지만 근면 혁명은 일본 사회의 구조 안에서 농민이 생활 수준의 향상을 기대하고 농업 경영을 스스로 책임지면서, 주체적으로 선택하였던 역사적 경험이었다. 근면 혁명은 근면을 식민지로 삼는 방식으로 실현할 수 있는 것은 아니었다.

주석은 세계사를 인식하면서 국민 국가의 경계를 넘어서는 광역권이라는 새로운 문제의 영역을 발견하지만, 정작 그 문제를 현실화할 가능성은 발견하지 못한 셈이다. 주석의 질문은 '문명권' 혹은 '제국'의 단위에서 주어졌지만, 그의 대답은 '국민 국가' 안에 한정되었다. 이는 최인훈 개인의 부주의함이라고만 보기는 어렵다. 사회사학자 김학재의 지적처럼, 유럽은 유럽 공동체로 대표되는 광역권(Großraum)이나 지역 단위로 냉전을 경험하였지만, 동아시아의 경우 분단과 국민 국가의 단위에서 냉전을 경험하였다. 유럽은 베스트팔렌 조약(1648) 이후 꽤 오랜 시간 동안 국민 국가의 체제가 정착한 상태에서 냉전에 접어들었으며, 1949년부터 1955년에 걸쳐 냉전이 점차 구조화되었다. 동아시아는 '해방' 이후 새로운 독립 국가의 수립이라는 탈식민의 과제가 분단 정부 수립으로 귀결되었고, 곧이어 한국전쟁이라는 열전이 발발하여 동아시아 냉전은 급격히 구조화되며, 탈식민 국가 형성의 과정은 순조롭지 못하였다. 미국 주도의 '자유' 진영은 중국과 북한을 배제하고 정전 협정으로 한국을 탈정치화하였으며, 일본을 냉전의 파트너로 호명하고 샌프란시스코 평화 조약을 체결함으로써 동아시아 냉전 질서를 구조화하였다.[39] 제2차 세계대전의 '종식'을 위한 강화 조약이었던 샌프란시스코 평화 조약(1951.9.8.)은 완전 강화가 아니라 단독 강화에 그쳤고, 제국 일본의 피해국인 중화인민공화국, 타이완, 한국과 북한 등은 조약 체결에 참여하지 못하였다. 결국 동아시아의 냉전은 국민 국가 단위의 역사적 경험이었다.

　냉전을 분단된 국민 국가 단위로 경험해야 했던 한국에서는 국민 국가를 넘는 '문명권', 혹은 '광역권'을 어떻게 논제화해야 할지에 대해서는 여러 가지 곤란이 따른다. 주석 역시 논리적 곤경에 빠져 있었고, 세계와의 조우 이전 전통 시대의 동아시아 문명권을 언급할 수밖에 없었다. 하지만 1970년대 초반 데탕트를 전후하여 최인훈은 국민 국가 단위가 아니라 광역권이라는 시각에서 역사를 이해하는 가능성을 우발적으로 발견하고 탐색하게 된다. 그것은 역설적으로 그의 유년 시절 식민지 체험의 기억에서 찾을 수 있었다. 그리고 「두만강」(1970)과 『태풍』의 창작을 통해 최인훈은 「주석의 소리」의 질문에 대한 대답을 탐색한다.

(2) 식민지를 다시 생각하다 - 『두만강』

최인훈의 「두만강」(1970)은 소설가 자신의 유년 시절 경험을 토대로, 1943~1944년 아시아태평양 전쟁 아래 H읍의 풍속을 재현하였다. 하지만 그 재현은 투명하거나 순조롭게 진행된 것이 아니었으며, 유년 시절 기억과 민족의 공적 기억의 충돌과 그로 인한 억압 아래에서 가능한 것이었다. 그 결과 「두만강」의 서술자는 식민지에 대한 두 가지 이질적인 목소리를 가졌으며, 「프롤로그」를 통해 그 두 목소리를 봉합하였다. 「두만강」의 서술자는 억압과 수탈이라는 식민지에 대한 전형적인 재현으로부터 벗어나서 '식민'을 '이주'로서 이해하고 피식민자 한국인과 식민자 일본인이 갈등 속에서 공존하는 '지역'으로서 H읍을 형상화하였다. 또한 서술자는 구체적인 생활 공간으로서 지역을 공유하는 피식민자와 식민자의 관계를 '동물적 친근감'이라고 명명하였다. 최인훈의 유년기 식민지 경험에 근거한 (피)식민자 2세의 형상은 '동물적 친근감'을 지역에 근거한 친밀성으로 전화할 가능성을 탐색하는 서사적 기능을 수행하였다. 나아가 「두만강」이 재현한 '지역'은 '민중'의 주체성, 사회적 질서를 구성하는 역사의 중층성, 그리고 환경이라는 조건을 발견하는 토대가 된다.

① 유년기 추억에 겹쳐진 식민지의 곤혹

① 쓰이지 못한 에필로그, 「두만강」의 뒤늦은 도착

1970년 7월 최인훈은 자신의 첫 소설 「두만강」을 뒤늦게 발표한다. 최인훈의 다른 소설과 비교할 때 「두만강」의 소설적 완성도가 높지 못하다는 인식으로 인해 이 소설은 많은 관심을 받지 못했다. 「두만강」은 최인훈이 유년 시절을 보낸 고향 회령을 상기시키는 H읍을 배경으로 1943~1944년 아시아태평양 전쟁 당시 H읍 사람들의 삶과 욕망, 그리고 풍속을 묘사한 소설이다. 최인훈은 몇몇 지면을 통해 「두만강」이 1952년 자신이 피난지 부산에서 창작을 시도한 첫 소설이지만, 창작적 훈련의 미흡으로 글감과 주제를 조율하지 못하였고 결국 700매의 분량에 이르고도 그것을 발표하지 못했다고 증언하였다.[40] 이후 그는 「두만강」과는 다른 성격의 소설인 「그레이구락부 전말기」(『자유문학』, 1959.10.)를 통해 문단에 등단하였고 10년의 창작 활동을 진행한 후 첫 소설 「두만강」을 발표하였다.

　　1970년 7월호 『월간중앙』에 「두만강」을 발표하면서 최인훈은 「작가의 변(辯)」을 덧붙인다. 최인훈은 「두만강」에 대하여 "전문 비평가나 까다로운 독자를 제외한다면 나의 작품 가운데서는 「광장」과 더불어 제일 보편적인 전달이 가능한 소설입니다."라고 자부하였다.[41] 하지만 작가의 자신감에도 불구하고 「두만강」은 주목을 받지 못했다. 최인훈은 「작가의 변」을 통하여 「두만강」의 본문이 "쓰여진 분량은 좀 더 길지만, 그대로의 완결성을 주기 위해 뒷부분을 잘라 버렸"다고 밝혔다.[42] 「두만강」은 중심 인물인 20대를 전후한 여성 현경선(玄京仙)과 '소학교'[43] 3학년 남학생 한동철(韓東哲)에 초점을 맞추어 각각의 연애와 우정을 제시한 소설이다. 발표된 「두만강」의 초반에는 연애와 우정의 서사가 진행되지만, 주요 인물 중 한 명인 현경선의 고민이 본격적으로 진행되려는 순간 서사가 단절된다. 문학평론가 손정수의 지적처럼 「두만강」은 "어느 시점 이후에 애초의 구도는 사라"지면서 서사가 "비대칭, 불균형"을 면치 못한다.[44] 최인훈의 바람과 달리 「두만강」은 1952년 부산에서 "피난지 학교생활의 어려움에서 잠시 벗어나기 위한 회고에 다름 아니었을 터"라고 평가받으며 실패한 미완의 첫 소설로 이해되었다.[45]

「두만강」에 대한 접근을 주저하도록 하는 또 하나의 곤란은 최인훈의 다른 소설들과의 양식적 내용적 거리이다. 「두만강」 발표 직후 문학평론가 김윤식은 「두만강」과 최인훈의 다른 소설들 간의 차이로 인해 "사람들은 약간 당황했을지도 모른다."라고 당대의 반응을 기록하였다.[46] 「총독의 소리」 연작이나 「크리스마스 캐럴」 연작 등 실험적인 형식의 소설을 발표하던 최인훈이 자신의 유년기 일상을 그린 「두만강」을 발표하자 평론가들은 의문을 표시했다. 문학평론가 천이두는 「두만강」이 「그레이구락부 전말기」나 『광장』 등 최인훈은 1960년대 초반 소설과 비슷하게 "문장부터가 그의 다른 초기 작품들과 마찬가지로 평명한 사실주의적 묘사가 주축을 이루고, 작중 현실 역시 일상적 차원 위에 설정되어 있다."라고 판단하였다.[47]

하지만 최인훈의 1960년대 초반 작품과 「두만강」 사이의 거리는 상당하다. 「그레이구락부 전말기」 『광장』 『회색인』 등 최인훈의 1960년대 초중반 소설들은 (A) 남성 지식인이 서사의 주동 인물이 되어, (B) 식민지와 냉전 아래 한국의 역사적 조건으로 인한 곤혹과 그 극복의 문제를 서사화하였다. 이 소설은 (C) 동족 공동체로서 한국 사회를 전제하고 있으며, (D) 풍속의 재현 자체에는 큰 관심이 없다. 하지만 「두만강」은 (a) '소학교' 남학생과 '소학교 교원'인 젊은 여성을 초점 화자로 설정하고 그 주변 민중의 삶을 형상화하며, (b) H읍은 어느 정도 자족적인 사회를 형성하고 있고, 유년의 초점 화자는 결핍을 그다지 느끼지 못하는 삶을 산다. 「두만강」에서 (c) H읍은 '동족 공간'이 아니라, 일본인들과 한국인이 잡거(雜居)하는 지역으로 형상화되며, (d) 그 사회의 체험적인 풍속이 구체적으로 재현된다.

형식뿐 아니라 내용 역시 「두만강」의 해석에 곤란을 가져왔다. 「두만강」이 재현하는 "일본인과 식민지 조선인들이 섞여 살아가는 H읍의 일상은 지극히 평화롭고 아늑하다."[48] 소학교 남학생 한동철은 한국인 친구들의 괴롭힘 때문에 고통스러워하고, 일본인 여성 친구인 유다끼 마리꼬에게 친근감을 느낀다. 소학교 교원 현경선은 자신의 연애가 지지부진한 것에 곤란을 느낀다. 그들 주변에는 식민지 권력에 대한 '협력'의 태도를 가지거나 창씨 개명을 하고 자연스럽게 일본식 생활을 하는 한국인의 일상이 제시된다. 일찍부터 「두만강」을 "우리가 살았던 한 치욕적인 시대의 풍속도"를 그린 소설로 이해한 것은 그 때문이다.[49]

최인훈은 「두만강」의 미완에 대한 설명을 몇 차례 시도한 바 있다. 최초의 진술인 「작가의 변」에서는 다음과 같이 설명하였다.

여러 가지 사정이 겹쳐서 집필이 중단되고, 그 후에 다른 작품을 가지고 문단의 한 사람이 됐습니다. 그 '사정' 가운데서 순전히 문학적인 그리고 가장 주요하기도 한 사정만을 말한다면 이 소설을 써 가면서 애초에 예상하지 못한 국면들이 새롭게 나에게 질문해 왔기 때문입니다. 저술을 하는 사람이면 으레 겪는 일입니다. 그것들은 어렵고 갈피를 잡을 수 없이 헝클어진 것들입니다.[50]

최인훈은 「두만강」을 집필하면서 '예측하지 못한 국면'을 마주하였고, 그 국면이 자신에게 '질문'을 했다고 고백한다. 「두만강」의 서사 자체가 글쓰기의 곤혹을 초래한 셈이다. 1989년 최인훈은 구상 단계에서 서사에서 제외했던 요소들이 집필 과정에서 출몰했지만, "그것을 끝까지 배제할 만한 신념이 없었"다고 진술하였다.[51] 「두만강」의 미완은 서사 창작 층위의 문제뿐 아니라 주체의 윤리적 층위에 대한 질문과 연관되어 있으리라 추론할 수 있다.

2 유년기에 겹쳐진 식민지의 형상 – 어느 '황국 신민 세대' 문학자의 경우

「두만강」의 배경은 최인훈의 고향인 H읍, 곧 회령이다. 최인훈은 회령에서 태어나 유년 시절을 그곳에서 보냈다. 그와 가족은 원산으로 이동하여 원산고등중학 2학년이었던 1950년 12월 LST를 타고 월남하였다. 1960년대 중반 최인훈은 『회색의 의자』와 『서유기』를 통해, 남성 지식인 독고준이 중등학교 시절을 보냈던 W시, 곧 원산으로 회귀하도록 하였다. 원산은 1960년대 중반 최인훈의 소설을 구성하는 주요한 공간으로 "유형지이자 피난지 의식으로 가득 차 있"는 곳이었다.[52] 하지만 청소년 시절의 원산과 달리 유년 시절의 고향 회령은 최인훈 소설에 쉽게 등장하지 못하였다.

회령을 배경으로 한 「두만강」은 먼저 창작이 시도되었으나 마무리되지 못하였고, 결국 1970년을 전후하여서 발표될 수 있었다. 최인훈의 원산 경험은 중등학교의 체험 및 해방 후 냉전 및 열전의 경험이었던 것에 반해, 그의 회령 경험은 유년기의 체험 및 식민지와 전시 체제하 일상의 경험이었다. 최근의 연구는 「두만강」이 1970년에 발표되었다는 사실에 주목하면서 이 소설에 등장하는 "동철, 경선, 그 밖의 많은 인물들이 성장해서 1960-70년대 한국 사회의 주류를 이루고 있다는 사실을 환기"함으로써, 해방 이후의 식민주의적 무의식을 비판했다고 평가하였다.[53] 또 다른 연구는 「두만강」이 발표된 1970년이 "식민지 경험을 망각하려는 경향으로부터 어느 정도 벗어나 그것을 기억의 대상으로 인식할 수 있는 시간적 거리를 어느 정도 확보한 시점이었으면서도, 과거 식민 지배자와의 극적인 관계 변화를 받아들일 만한 사회적 합의는 이루어지지 못한 시점"이었다고 평가하였다.[54]

1934년생 최인훈은 아시아태평양 전쟁기에 식민지 회령의 북국민학교에 입학하였다.[55] 그는 군사화된 사회와 학교 안에서 남성화된 일본어로 교육을 받았고 해방 이후에는 역으로 일본어를 통해 세계에 관한 지식을 형성하였다. 하지만 이 세대에게 일본은 지식의 투명한 매개(medium)가 아니었다. 앞선 세대 역시 식민지를 경험하고 해방 후에도 필요한 경우 일본어 독서를 수행했지만 1930년대 중반 세대는 전시 체제하에서 유년 시절을 보냈다는 특징이 있다. 이들에게 유년 시절의 서정적인 체험적 기억과 전쟁과 수탈이라는 '민족'의 공적 기억이 충돌한다.

나는 경남 김해군 진영이라는 곳에서 한 가난한 농민의 장남으로 태어났고, 지금도 선명히 기억하는 것은 일본 순사의 칼의 위협과 식량 공출에 전전긍긍하던 부모님들 및 동리 사람들의 초조한 얼굴입니다. 국민학교에 입학한 것은 1943년으로, 진주만 공격 2년 후이며 카이로 선언이 발표된 해에 해당됩니다. 10리가 넘는 읍내 초등학교에서 「아까이도리 고도리」, 「온시노 다바꼬」, 「지지요 아나다와 쓰요갓다」, 「요가렌노 우다」 등을 무슨 뜻인지도 모르면서 불렀읍니다. 혼자 먼 산을 넘는 통학길을 매일매일 걸으면서 하늘과 소나무와 산새 틈에 뜻도 모르는 노래를 흥얼거리며 외로움을 달래었던 것입니다. 내가 아는 리듬이란 그것밖에 없었기 때문입니다. 마을에서는 이 무렵 가끔 지원병 입대 장정의 환송회가 눈물 속에 있었고, 아버지의 징용 문제가 거론되는 불안 속에 우리는 이따금 관솔 따기로 수업 대신 산을 헤매었읍니다. 동리에서도 할당된 양을 채우기 위해 관솔 기름을 직접 짰던 것입니다. 그리고, 놋그릇 공출이 잇따르고…… 이러한 일들은 내 유년 시절의 뜻 모르는 서정성으로 남아 있는 것입니다. 내가 어른이 되어 1년 동안 체일했을 때 '야스쿠니신사(靖國神社)'에 가끔 가서 느낀 것은 의외에도 이 나의 유년 시절의 뜻 모르는 서정성의 아픔이었읍니다.[56]

1936년생 김윤식은 1943년 8세의 나이로 '국민학교'에 입학하여 일본 가요〈빨간 새 작은 새(赤い鳥小鳥)〉등과 일본 군가〈은사의 담배(恩賜の煙草)〉,〈아버지, 당신은 강하셨어요(父よ、あなたは強かった)〉〈예과연습생의 노래(予科練の歌)〉등을 뜻 모른 채 즐겨 따라 불렀다. 1974년 김윤식은 곤혹스러운 어조로 자신의 유년 시절을 회고하는데, 마을 어른들은 징병, 징용, 공출 등 전시체제의 압력과 폭력 앞에 노출되었지만, 유년이었던 그 자신은 '뜻 모르는 서정성'의 시간을 보내고 있었다. 성장한 김윤식은 일본의 야스쿠니신사(靖國神社)에 가서 서정성을 아픔으로 새긴다. 그는 자신을 두고 "의식의 차원에서는 반일 감정이 역사의식으로서 엄존"하더라도, "무의식의 차원에서는 '황국 신민'의 세대는 짙은 향수에 젖어 있음도 사실"임을 고백하면서, 그것을 '혼(Seele)과 논리의 갈등'이라고 명명하였다.[57] 그는 "자신의 기원에 새겨진 식민지적 혼종성과 굴절을 정면으로 직시"하였다.[58]

김윤식은 식민지 시대와 유년 혹은 청춘이 겹친 자신의 세대를 '황국 신민 세대'라고 명명하였다. 용어 '황국 신민'은 1937년부터 조선총독부 학무국장을 역임한 시오하라 도키사부로(塩原時三郎)의 신조어로, '자기를 버리고 덴노(天皇)를 위해 기꺼이 목숨을 바치는 인간'을 의미한다.[59] 김윤식은 최인훈 문학을 다룬 평론에서 "우리 세대의 극히 짧은 식민지 시대에 받은 교육"이 갖는 의미를 특기하였다.[60] 이들 세대에게 식민지 교육을 받았다는 것, 그 경험이 개인의 의식에 적지 않은 영역을 차지하고 있다는 죄의식은 정신적 외상을 형성한다. 문학 연구자 윤대석의 통찰처럼 교과서에 나오는 일본 노래나 군가를 따라 부른 것 자체가 문제가 아니라, 유

〈그림6〉 임종국

년기의 자신이 그러한 행위를 하면서 즐거워했던 것이 사후적으로 정신적 외상이 된다.[61] 최인훈과 김윤식이 사석에서 "우는 아이를 달래기 위해 노래를 불러야 할 자리에서 저도 모르게 일본 군가가 튀어나"온 경험을 공유하였기도 하였다.[62] 문학 연구자 권보드래가 '황국 신민 세대'를 '해방 세대'로 명명하였듯, 이들은 유년 시절에 해방을 경험하고 탈식민 한국 사회에서 활동한다. 이들은 1965년 한일기본조약 체결 이후 '황국 소년 및 소녀'로서 자기를 '내 안의 일본'이라는 난제를 정직하게 성찰하였고, 개발 독재 체제와 대결하였던 '항일' 담론의 근저를 구성하기도 하였다.[63] 최인훈보다 조금 연배가 높은 1929년생 임종국이 『친일문학론』(1966)의 「자화상」에서 "식민지 교육 밑에서, 나는 그것이 당연한 줄만 알았을 뿐 한번 회의조차 해 본 일이 없었다. 한국어를 제외한 모든 관념, 이것을 나는 해방 후에 얻었고 민족이라는 관념도 해방 후에 싹튼 생각이었다. 이제 친일문학론을 쓰면서 나는 나를 그토록 천치로 만들어 준 그 무렵의 일체를 증오하지 않을 수 없었다."라고 쓴 까닭도 이 때문이다.[64]

1970년에 이르기까지 최인훈이 회령에서의 유년 시절 경험을 배경과 소재로 한 소설을 발표하지 않았던 것 역시 유년 시절의 식민지 기억이 억압된 것을 방증한다. 후일 『화두』(1994)에서 최인훈은 회령 시절의 삶을 보다 온전한 형태로 회고하였다.

마침내 항복하고야 말 전쟁을 치르느라고 일본 점령자들은 생활의 모든 것을 통제하고 있었다. 조선말 신문은 벌써 없어지고, 조선말 교과서도 없어지고, 곳곳에 일본 귀신을 모시는 일본 성황당이 서고 명망 있는 조선 지도자들도 '대세'가 조선인이 일본 사람 되기를 조선인의 살길이라고 타이르는 사상 통제 아래에서, 모든 억압과 고통은 세월이 이런 세월인가 보다고 체념시켰다. 〔…〕 아버지가 집안을 일으켜 시골 읍의 조촐한 성공자가 된 것은 일본 점령의 마지막 10년 시기였다. 아버지한테는 그 시기가 인생의 황금기였고 그의 가족들은 거기서 나오는 여유에 대한 자각 없는 수혜자였다. 지금 질서가 자연스럽다고 믿어지는 가장 자연스러운 계층에 우리 가족은 속해 있었다. 나의 주변에는 이 질서에 대해 무서운 심판의 말을 들려줄 사람은 아무도 없었다. 그 질서가 무너지자 우리는 H를 떠나야 했다. (화두-1, 1994: 30)

최인훈의 유년 시절 기억은 억압과 고통 아래 체념하는 한국인 민중과 시골 읍의 조촐한 성공자로 일본 점령 마지막 10년을 황금기로 경험한 가족을 대비하는 방식으로 구조화된다. 최인훈의 유년 시절 식민지 경험은 '민족'의 공적인 역사와 개인의 사적인 경험의 이질성과 충돌 안에서 재현될 수 있었다. 이 회고가 냉전에서 벗어난 1990년대에야 가능했다는 것은, 그 충돌과 모순이 최인훈에게 강한 억압이었음을 방증한다. '황국 신민 세대'의 작가 최인훈에게 식민지는 충분한 거리를 확보한 재현의 대상이 아니었다. 그에게 식민지는 자신의 사적 경험과 '민족'의 공적 기억의 충돌, 그로 인한 억압과의 긴장 속에서 재현 가능한 대상이었다. 「두만강」의 서사에서도 식민지에 관한 시차(時差/視差)를 가진 서술자의 두 가지 목소리가 등장하고 두 목소리의 충돌과 봉합을 확인할 수 있다.

③ 공존과 갈등 – 식민지 재현의 곤란과 「두만강」 서술자의 두 가지 목소리

「두만강」의 중심인물은 현경선과 한동철이다. 한동철은 소학교 3학년 학생이며, 현경선은 지방 유지로 두만강 변에서 공장을 운영하는 현도영의 딸이다. 소설의 서술자는 ① 학교와 그의 가정을 중심으로 한 한동철의 일상생활 및 주변 사람들과의 감정 교류 등을 하나의 축으로 삼고, ② 현경선과 한동철의 형이자 서울에서 전문학교를 다니는 한성철의 지지부진한 연애 과정을 또 다른 축으로 삼아 소설을 서술한다. ③ 두 사람을 둘러싼 주변 인물들을 설명하는 과정에서 그들의 부모 세대에 해당하는 지역 유지로 공장을 경영하는 현도영과 아내 김 씨, 일본 의과대학을 졸업한 의사 한 씨와 아내 송 씨를 비롯하여 한국인의 내력과 특징을 서술한다. 한국인의 주변에 ④ 회령에 거주하였던 일본인을 배치하는데, 이들은 학교, 회사, 군대, 경찰 등의 장치(dispositif)를 공유하면서 한국인과 접촉한다. 서술자는 ①-④의 각 인물에 초점화하여 인물 사이의 충돌과 소통을 서술하는 동시에, ⑤ H읍의 역사와 식민화 과정 등에 대한 정보 제시와 서술적 논평을 덧붙인다.

그런데 ①-④ 인물에 초점화한 사건의 서술을 서술하거나 그와 관련된 풍속을 재현할 때 서술자의 목소리와 ⑤ H읍의 역사와 식민화 과정을 제시할 때 서술자의 목소리 사이에는 거리가 있다.

[1-1] 그것은 일본이 전쟁을 시작하여 영국의 요새 '싱가폴'을 함락시킨 것을 축하하느라고 열린 '죠찡 행렬'(초롱불 행진)의 밤이었다. 온 읍은 흥성흥성 잔칫날 기분에 온통 파묻혀 있었다. [⋯] 조선 사람들은 일본 사람들이 서두는 통에 자기도 모르게 기분이 감염되서 통털어 거리로 나왔다. (두만강, 1970: 406)

[1-2] 복잡한 정세를 그러안은 채 일천구백사십삼 년은 가고 새해가 되었다. 새해 첫날은 맑고 싱싱한 날씨다. [⋯] 사람들은 전쟁이 빨리 끝나기를 기다리고 있었다. / 여기에 모인 사람들 역시 그러했다. 일본이 이길 것은 틀림없는 일이었지만 되도록 빨리 때려눕혔으면 했다. / 첫째 물건이 귀해 고통이다. / 흔하던 일용잡화를 비롯해 전쟁 초기까지도 활발히 나돌던 물자까지도 인제 와서는 몹시 귀해지고 배급 물자가 돼 버렸다.

(두만강, 1970: 445-446)

[1-3] 이처럼 정초는 유쾌했다. / 이 지방은 일본인들 영향을 받아서 양력 정초를 성대히 지낸다. / 그리고 따라오는 구정도 역시 못지않게 축하한다. 결국 비중이 똑같은 정초를 두 번 맞이하는 것이다. / 일본 사람들은 일본 사람들대로 기뻐하고 조선 사람은 조선 사람대로 흥겨워한다. 아래 위 깍듯이 일본 예복을 차리고 새해 인사하러 다니는 일본 사람과 아래위 희게 차린 조선 사람들의 모습은 가열한 전쟁을 하고 있는 나라 같지 않은 풍경이다. (두만강, 1970: 451-452)

[2-1] 그뿐만 아니다. 독립운동가들은 이 강을 넘어 썩고 잠들은 백성에게 민족의 정기를 불어 넣으려 온다. / 이 강은 H의 상징이요, 어머니다. / 어머니 두만강. / 이 고장 사람이라는 지방 의식은 두만강을 같이 가졌다는 것으로 뚜렷해진다. / 이 강은 현 씨에게도 경선에게도 한 의사에게도 그리고 애국자들에게도 생활에서 뗄려야 뗄 수 없는 존재다. (두만강, 1970: 420)

[2-2] 두만강을 건너 진리의 씨를 뿌리려 들어오려는 자와 불의의 영화를 끝끝내 지키려고 그것을 막는 자와의 사이에 피비린내 나는 싸움이 계속되어 왔다. 질투에 마음이 뒤집힌 두 사나이 가운데 낀 연약한 계집처럼 두만강은 눈물의 역사를 더듬어 왔다. / 삼십여 년 전 이 나라 국권이 완전히 일본의 손에 들어갔을 때 다시 한번 조국의 영광을 돌이킬 날을 기약하고 끓어 넘치는 적개심과 고고한 애국심을 가슴에 품고 이 강을 흐느껴 떠는 사나이의 애절한 슬픔으로 건너던 한말의 의병들의 눈물과 이어 서른 몇 해를 줄곧 애처로운 지사의 눈물이 방울방울 맺힌 두만강의 흐름이었다. (두만강, 1970: 434)

[1] 계열은 전시 체제 H읍의 일상과 풍속을 묘사하는 서술자의 서술이다. 이 계열의 서술에서는 한국인과 일본인이 함께 살아가는 공간으로서 H읍의 형상이 두드러진다. 한국인의 생활은 일본인의 생활과 연관되어 있거나, 혹은 일상적인 갈등을 주고받으면서 움직인다. 하지만 [2] 계열은 한국과 일본 두 민족의 관계를 갈등과 충돌, 혹은 점령과 저항을 전제로 승인한 서술자의 서술이다. 그런데 [1] 계열의 서술은 「두만강」에 등장하는 한국인과 일본인 여러 인물의 구체적인 행동 및 정서, 사건과 직접적으로 연결되지만,[65] [2] 계열의 서술은 등장인물의 행동과 정서와 무관하게 제시된다.

서술자는 한국인과 일본인의 관계에 관해서 [1]과 [2] 두 가지 목소리를 가지고 있다. 서술자는 [1]의 인물이나 구체적인 사건과 관련된 서술에서 한국인과 일본인이 H읍이라는 하나의 지역에서 공존하고 있다는 것을 부각하고, [2]의 인물과 무관한 서술에서는 한국과 일본의 갈등과 대립 관계를 부각하고 있다. 나아가 [1]에서는 '조선 사람'과 '일본 사람'이라는 중립적인 명칭을 사용하고 있는 데 반해, [2]에서는 '조국' '애국' '지사' '눈물' 등 민족주의적 감성에 기반한 단어를 사용한다. 다만 서술자는 서로 다른 지향과 의미소를 거느린 [1] 계열과 [2] 계열의 관계를 해명하지 않았고, 두 목소리의 충돌을 외면하면서 하나의 목소리인 듯 연결하여 제시한다.

[1] 계열의 주요한 초점 인물 중 한 명인 한동철은 1943년 소학교 3학년생으로 그의 나이는 작가 최인훈의 실제 나이와 거의 비슷하다. 문학평론가 김윤식의 회고와 비슷하게 한동철이 다녔던 '소학교' 벽면에는 「황국 신민의 서사」가 걸려 있었고, 친구들 앞에서 노래를 불러야 할 때 그는 "시오노 하마베노"로 시작하는 일본 노래를 불렀다(두만강, 1970: 455, 463). [1] 계열의 서술은 최인훈의 유년 시절 식민지 회령 경험과 밀접하다. [2] 계열의 서술은 해방 이후 탈식민 국가에서 식민지의 역사를 민족의 억압과 저항의 시각에서 이해하는 방식과 밀접하다. 서술에서도 그 흔적을 발견할 수 있다. [2]에서 제시된 두만강을 건너는 독립운동가의 형상은 조명

희의 「낙동강」에서 강을 건너는 혁명가의 형상을 계승한 것이다.[66] 최인훈이 「낙동강」을 읽은 것은 해방 이후 북한의 학교에서였다. 즉 [2] 계열의 서술에는 해방 이후의 경험과 인식이 개입해 있는데, 서술자는 [2-2]의 '삼십여 년 전'이라는 표현에서 보이듯, 그것을 1943~1944년 당대의 인식으로 삽입해 두었다.

「두만강」의 배경이 되는 1943~1944년은 전시 체제기였다. 이 시기는 학생들은 일상적으로 군수 자원 수집에 동원되었고,[67] 그들은 일상적으로 군가를 부르며 남성화된 일본어를 체화해야 하는 시기였지만,[68] 서술자와 동철 모두 이것을 억압과 강제로만 받아들이지 않는다.

개인의 기억과 공적인 민족의 기록이 충돌할 경우 후자가 전자를 억압하며 사후적으로 죄의식을 가지는데, 「두만강」의 서술자는 두 인식의 갈등을 전면화하기보다는 병치하고 봉합한다. 「두만강」의 본문에 앞서 제시되는 「프롤로그」는 봉합을 위한 서술적 장치이다. 「프롤로그」는 [2] 계열의 서술을 전면화한 역사 인식을 보여 준다. "빼앗긴 들에도 봄은 온다는 것은 슬프고 무섭고 - 멍하도록 신비한 일이다. 1943년의 H읍, 북쪽의 대강 두만강 변에 있는 소도시다."로 시작하는 「프롤로그」는 다음과 같이 맺어진다.

> 침략자와 피침략자 사이에 가장 비극적인 시기는 언제일까? 암살의 방아쇠가 당겨지고 가죽조끼가 울고, 기름불이 튀고 주재소(지서)가 타오르는 시기일까? 비극의 큰 윤곽이 원경(遠景)으로 물러가고 피침략자가 침략자의 언어로 조석(朝夕) 인삿말을 하게 되는 때다. 일상속에 주저앉은 비극. 비극의 구도 속에서의 희극, 아니 그 속에 있는 당자들은 희극이라고도 느끼지 않는다. 심판의 바로 전날까지 아물거리는 아지랑이 - 계절의 양기(陽氣). 〔…〕 1943년의 H읍은 이런 아지랑이 속에 있다.[69]

식민지의 설움을 대변하는 이상화의 유명한 시구로 시작하여, 끝까

지 비타협의 태도를 견지했던 한용운의 시를 경유한「프롤로그」는 '침략자'의 언어가 '피침략자'의 일상에 내려앉은 것을 비극이라고 규정하고, 전시 체제의 회령이 '일상 속에 주저앉은 비극'을 경험했다고 서술한다. 「프롤로그」의 존재는 이어지는「두만강」의 본문을 아지랑이의 '비극'으로 읽도록 이끈다.「프롤로그」에는 "고꼬와 죠오센 호꾸단노(여기는 조선 북단하고도)"라는 〈朝鮮北境警備の歌(조선북경경비의 노래)〉의 첫 소절을 간략히 인용한 후, 〈눈물 젖은 두만강〉(1938)의 1절 가사 전체를 인용한다. 이 노래의 '내 님'은 흔히 독립운동가로 이해된다. 〈눈물 젖은 두만강〉 발표 직후 어느 정도 호응을 받지만 1943년 총독부가 금지곡으로 지정한다. 1964년 KBS 라디오 〈김삿갓 북한 방랑기〉의 시그널 음악으로 사용된 후 널리 유행한다.[70]「프롤로그」 또한 식민지 이후에 알려진 식민지 인식과 문화적 재현물에 근거하고 있다.

「두만강」의 본문에는 [1] 계열과 [2] 계열의 시선이 모두 존재하지만, 「프롤로그」는 [2] 계열의 목소리를 전면화한다. 1970년 당시 [1]과 [2]의 목소리가 함께 제시된 소설을 발표하는 것에 대해 작가가 부담을 느꼈을 수 있다. 침략과 피침략, 민족 간 대립의 구도가 뚜렷한 [2] 계열의「프롤로그」를 본문 앞에 제시하는 것은 비판으로부터 일종의 안전망을 마련한 것으로 볼 수 있다. 작가 최인훈 개인의 곤란 역시 염두에 둘 수 있다. [1]과 [2]의 병치 이상의 서술을 할 수 없던 최인훈은 [2]를 전면화한「프롤로그」를 통해 그 두 계열의 봉합을 시도한 것으로 보인다.

이제부터는 [2]의 시각으로만 설명되지 않는 [1]의 시각에서「두만강」을 살펴보고자 한다. [2]의 시각에서 보면 [1]의 시각은 비극이나 어리석음, 혹은 비윤리로 보일 수 있지만, 최인훈 개인에게 [1]은 공적인 기억과의 충돌 속에서, 그 자신의 유년 시절을 분석하고 서술하는 과정이었다. 또한 최인훈은 [2]가 전제하는 침략과 피침략, 혹은 억압과 저항으로만 설명되지 않는 H읍 민중의 구체적인 생활이라는 경험과 기억을 [1]을 통해 제시한다.

② 지역의 일상으로 쓴 식민지의 작은 역사

1 '이주'로서의 식민 – '동물적 친근감'의 경험과 (피)식민자 2세의 형상

「두만강」의 서술자는 한국인과 일본인이 함께 살아갔던 H읍의 형상을 제시한다. 적지 않은 식민지 시기 역사 서술은 억압자 일본인과 피해자 한국인의 구도를 취하거나, 혹은 향토사(鄉土史)에서 일본인의 흔적을 삭제하는 경우가 많다는 점을 염두에 둔다면,[71] 「두만강」 서술자의 태도는 독특하다. 소학교 3학년 학생 한동철의 서사와 그의 부모 세대를 중심으로 한 서사를 통해 서술자는 한국인과 일본인이 공유하는 지역으로서 H읍을 제시한다.[72] 이것이 한국인과 일본인의 갈등 없는 공존을 의미하는 것은 아니었고, 서술자는 H읍이 성장한 이유가 제국 일본의 확장 때문이며, H읍의 일상이 식민 지배 아래서 영위된다는 사실을 포착하였다.

H읍은 "만주 개척"(두만강, 1970: 410)의 물자와 인원이 거쳐 갈 수밖에 없는 통로였고, 산업이 발달한 것은 그 결과였다. 한국 지역사회의 '식민지화' 과정은 지방 지배 체제의 전환 및 일본인 식민자의 이민이라는 두 가지 계기로 살필 수 있는데, 전자는 다시금 식민 권력의 폭력 장치인 군대 및 경찰의 진주와 관료제의 형성으로 나누어 볼 수 있다.[73] H읍에는 식민지 시기 한반도에 상설 주둔했던 일본군인 '조선군' 2개의 사단 중 하나인 제19사단의 1개 연대가 주둔하였다.[74] 전황을 비관적으로 언급한 한국인 인부 성칠이 곧장 헌병대에 끌려가는 것에서 볼 수 있듯, 일본군은 언제든 한국인의 일상을 정지하고 폭력을 가할 수 있는 존재였다. H읍은 식민지 행정 체제로 재편되었고, 식민 권력의 정책에 따라 H읍에는 '도립 병원' '학교' '은행' 등이 설립된다. 일본인들과 그 가족들은 군, 관, 상업 등에 종사하며 지역에서 일본인 사회를 형성하였다.[75]

헌병대에 끌려간 성칠을 구하기 위해 교섭하러 간 경선의 아버지 현도영에 초점화하여 서술자가 포착한 바와 같이, H읍 역시 공간적으로 군대 지역, 일본인 지역, 한국인 지역으로 그 거주 공간이 분할되어 있었다. 공공기관, 교육시설, 편의시설 등은 일본인 거주 지역에 존재하고, 일본인과 한국인은 별도의 학교에서 교육받았다.

「두만강」의 식민지 공간과 일본인 재현은, 식민지 공간과 일본인을 재현하는 통상의 서사 관습에서 벗어나 있다. 식민지 시기 한국의 문학은 식민지와 도시의 공간 분할을 염두에 두면서 한국인의 공간을 동족 공간으로 묘사하거나 한국어만 사용하는 공간으로 재현하였다. 식민지 시기 한국문학 작가가 발표한 소설에서 일본인은 전형(stereotype)으로만 소설에 등장할 뿐, 성격(character)으로는 등장하지 못하였다.[76] 그러나 「두만강」에 등장하는 일본인은 H읍에 삶의 뿌리를 내린 이들이며 동시에 성격으로 재현된다. 성격으로서 일본인 재현이 가능했던 이유는 유년 인물이 중심인물이라는 것에서 찾을 수 있다. 유년 인물은 경험을 우선적인 기준으로 대상을 인식하게 된다. 한동철은 자신을 괴롭히는 한국인 학생 창호에게는 울먹이는 표정과 함께 질색을 감추지 못하였고, 자신이 호감을 가지고 있으며 동시에 자신에게 호감을 보이는 유다끼 마리꼬에게는 친근감을 느끼고 서사의 진행과 함께 그 우정과 친밀감이 깊어진다.[77]

「두만강」의 서술자는 일본인들의 조선 체류 경험이 30여 년에 달하게 되면서 그들 역시 H읍이라는 지역에 뿌리내린 존재들임을 강조하고 있다. 서술자는 식민 권력의 존재와 생활에 가해지는 억압을 인정하면서도, 일본인을 악역이나 침략자 등 평면적으로 이해하는 것이 아니라 각자 사정과 내력, 내면을 가진 인물로 제시한다. 동철이 마음을 주고 있는 유다끼 마리꼬의 아버지는 식산은행의 H읍 지점장인데, 그의 성공 경력은 식민지 시기 한국에 진출한 일본인의 전형적인 입신출세담이었다.

시어머니가 돌아가셨을 때 젊은 부부는 새 운명을 개척하러 이 땅으로 건너왔다. / 조금만 총명한 일인(日人)이면 그보다 열 배나 우수한 이 땅의 사람을 제쳐놓고 좋은 자리에 앉을 수 있고, 수지맞는 청부를 받을 수 있고, 헐값으로 거의 뺏는 거나 다름없이 토지를 수탈할 수 있는 법을 꾀 많은 선배들이 이미 마련한 후였으므로 유능한 청년이었던 유다끼는 무난히 오늘의 사회적 지위를 얻었다. / 인제 이 H의 왕 아니냐. 정들면 내 고향. 유다끼 부인은 영원히 이 땅에서 살리라 하였고 유다끼도 그러했다.

(두만강, 1970: 436)

일본에서 불안정한 삶을 살던 유다끼 부부는 '새 운명을 개척'하기 위해 조선으로 넘어왔고, 결국 "H읍에서는 빼놓을 수 없는 인물"이 된다(두만강, 1970: 410). H읍에 뿌리를 내리고 중견 인물이 된 유다끼 부부는 앞으로도 "영원히" H읍에서 살고자 마음을 먹고 있었다. 서술자는 식민지에서 일본인이 가지는 이니셔티브를 현실로서 인정하고[78] 그들에 대한 이질감을 숨기지 않지만, H읍이 일본인들에게 생활의 영역이라는 사실 또한 부정하지 않는다. 아오모리(青森)에서 건너온 군인 출신 교장 역시 "이 H의 자연이 고향의 그것과 비슷하다고 하여 인젠 이곳을 고향으로 삼아 여기에 뼈를 묻을 생각"을 가진 인물이었다(두만강, 1970: 468~469).

「두만강」의 H읍 재현은 식민지에 대한 새로운 이해의 가능성을 제안한다. 제국 일본의 식민지 정책학자 야나이하라 다다오(矢內原忠雄)는 식민지를 주권과 정치의 문제가 아니라, 경제와 사회의 문제로 이해할 것을 제안하면서 식민(植民)을 "사회군이 새로운 지역으로 이주하여 사회적 경제적으로 활동하는 현상"으로 정의하였다.[79] 「두만강」의 서술자 역시 식민지를 식민자의 이민과 피식민자의 반응 사이의 상호과정을 통해 형성된 것으로 이해하는 동시에, 식민자가 30년의 짧지 않은 시간 동안 식민지의 지역에서 생활하였다는 역사적 경험을 존중한다. 서술자는 이주자이자 식민자인 일본인을 H읍에서 일상을 영위하는 주체로서 이해한다. 특히 동철에 초점화한 서술자는 또래인 일본인 2세에 대한 친근감을 감추지 않는데, H읍에서 태어난 일본인 2세는 동철과 고향을 공유하기 때문이다.

식민지에서 자란 기미에는 고국의 산천을 상상해 볼 뿐이었다. / 여기 H읍으로 오기 전에 R에서 그 어린 시절을 보냈으므로 자기들 고향이라는 '규우슈'는 그림엽서에서 얻은 지식이 있을 뿐이었다. (두만강, 1970: 436)

유다끼 기미에는 동철이 좋아하는 마리꼬의 언니이다. 식민의 기간이 30여 년을 넘어가면서 일본인 역시 H읍이라는 지역의 주체가 되었다. 식민자 2세의 존재는 그들의 고향이 조선이라는 점에서 '이주'로서 식민의 역사적 시간이 짧지 않았음을 보여 주는 상징적인 형상이다. 각 개인의 처지와 내면, 그리고 그들과의 상황에 근거한 개별 주체에 대한 친밀한 관심과 재현은, 일본인에 대한 전형적인 이해에서 벗어날 가능성으로 이어진다. 역으로 한국인 또한 전형적이지 않고, 성격이 다층적으로 재현된다.

서술자는 H읍의 한국인을 사회적 지위와 창씨 여부 등으로 비균질성을 가진 것으로 제시한다. 문학 연구자 배지연의 지적처럼, 중견 인물 현도영은 군부의 수요와 협조에 기반하여 제재 공장의 호황을 이어가고 있었으며, 식민지 근대화론을 내면화한 인물이다.[80] 하지만 그는 한국의 생활 양식을 고수하였으며, 새해를 맞아서는 김치, 만둣국, 밤, 대추로 만든 조선식 요리를 고집한다. 인부 성칠이 헌병대에 붙잡혀 가자 직접 헌병대를 찾아가서 간부와의 친분을 내세워 일본인 헌병을 윽박지르며 교섭한다. 공장을 경영하면서 직접 식민 권력과 접촉하는 현도영과 달리 도립 병원에서 10여 년을 근무했던 의사 한 씨는 살림 방식과 가구를 모두 일본식으로 바꾸고자 한다. 그의 인식의 근거에는 유학 시절 경험한 도쿄(東京)의 "선한 추억"(431)이 자리하고 있다. 그는 일본이 전쟁에서 승리할 것이라는 언론의 언설을 그대로 받아 말하면서도 얼른 종전하여 '민간인'에게 좋은 약을 쓸 수 있기를 바라는 선량한 의지를 가지고 있다.

서술자가 재현한 H읍의 한국인 중견 인물들은 식민 권력에 적극 협조하면서도 한국의 성을 유지하고 있지만,[81] 한국인 민중 가운데는 창씨를 한 후 교사직으로 가족의 생계를 꾸려가거나, 헌병 군조에 들어가서 생활하는 이들도 있었다. 동철이 호의적인 요시노(吉野) 선생은 순옥이라는 이름의 한국인이었고,[82] 현도영이 찾아간 헌병은 가네야마(金山)라는 한국적인 씨로 창씨한 이였다.[83] 한국인 '중견 인물'은 창씨를 하지 않고 한국인 민중은 창씨를 한 것으로 설정한 데에 특별한 의도가 있는 것은 아닌 듯하다.[84] 초점 화자 동철이 유년이기 때문에, 그의 만남과 시각을 통해 재현할 수 있는 사회적 영역 자체에 제한이 있기 때문으로 보인다.

「두만강」의 서술자는 H읍의 다양한 정체성과 지향을 가졌던 한국인과 일본인은 H읍이라는 하나의 지역을 공유하면서 살아갔다.

> H읍 사람들은 일본 사람에 대하여 조금도 나무레는 감정을 가지고 있지 않다. / 자기네들 끼리 몇 집씩 무리를 지어 조선 사람의 집과 처마를 접하고 살고 있는 일본인의 집이라든가 […] 이 모든 것은 동물적 친근감 – 같은 하늘 아래에서 같은 수돗물을 길어다 먹고 같은 날에 같은 국기를 게양하기를 한 삼십 년만 하면 대개 생기는 감정이다 – 이라든지 경제적 우월에 대한 당연한 존경, 관료적 위험에 대한 절대적 복종, 군사적 위력에 대한 은근한 신뢰, 이런 감정을 이르키는 건전한 역할을 하는 데 도움이 될 뿐이다. / 일본 사람이 전기와 같은 모든 면에서 자기들보다 우월한 지위에 있다고 생각하는 것은, 사실 그런 생각도 하지 않는 것이었으나 H읍 사람들에겐 조금도 이상하거나 하물며 불쾌할 일이 아니었다. (두만강, 1970: 473)

서술자는 식민지가 폭력과 함께 구축되었다는 것을 인정한다. "일본 사람들은 그 편협성을 족히 발휘해서 이 식민지의 무지한 인간들과는 될 수 있는 대로 자리를 같이하지 않기로 생각하고 있"었고, 한국인 또한 저항하지는 않지만 적극 "동화"하는 입장은 아니었다(두만강, 1970: 476). 그럼에도 불구하고 식민지화와 함께 진행된 일본인의 이주와 정착은 지역 H읍의 변모를 가져왔고, 생활의 영역을 공유한 일본인들과의 접촉은 H읍

한국인의 삶을 바꾸어 갔다.[85]

서술자의 관심은 짧지 않은 시간 영향을 주고받으면서 변모해 가는 H읍이라는 지역과 그곳에서 살아가는 민중의 감정에 주목하였다. 서술자는 30년 동안 식민자 또한 지역 H읍에 뿌리를 내리고 "같은 하늘 아래서 같은 수돗물을 길어다 먹고 같은 날에 같은 국기를 게양하기"를 해온 결과 피식민자와 식민자 사이에 '동물적 친근감'이 형성되었다고 논평하였다. 주디스 버틀러에 따르면 신체는 나의 것인 동시에 나의 것이 아니다. 신체는 공적인 차원에 있으며, 사회적 삶의 도가니 안에서 경험하고 형성된다. 의지보다 선행하여 선택하지 않는 타자와도 나의 신체는 연결될 수 있으며 "전혀 의도하지 않은, 일차적인 타자들과의 가까움"이 형성되기도 한다.[86] 「두만강」의 서술자가 포착한 식민지 30년에 걸쳐 형성된 한국인과 일본인의 '동물적 친근감' 역시 '가까움'의 일종으로 이해할 수 있다. 최인훈은 '동물적'이라는 표현을 통해 그 '친근감'이 의지에 선행하는 신체적인 것임을 강조한 것으로 보인다.

H읍의 한국인 민중은 피식민자와 식민자의 차이를 인지하면서도, 일본인과 지역을 공유하면서 생활한다는 것을 인정하였고 서술자는 민중의 감각을 존중한다. H읍의 한국인 민중은 식민 권력의 폭력성과 한국에 이식된 일본식 풍속의 생경함을 인지하면서도, 자의로 혹은 타의로 일본의 풍습을 시행했다. H읍에서는 일본식으로 양력설을 성대히 치르며, 후에 한국식으로 구정을 다시 쇠었다(두만강, 1970: 451-452). 「두만강」의 서술자가 주목한 것은 동철과 마리꼬에게 두 번의 설이 모두 즐거운 경험이었다는 사실이다.

「두만강」의 서술자는 한국인과 일본인이라는 차이를 인지하면서도, 종족적 특성으로 인물을 설명하지 않는다. 「두만강」에는 한국인과 일본인의 식별이 불가능한 인물도 등장한다. 에구찌(江口), 도모야마(友山), 도미다(冨田) 등 식민지 소학교의 남성 교사들이 그들이다.[87] 동철에게 남성 교사는 에구찌라는 이름의 '교사'였고 그를 학교에서 만난다는 것이 중요했을 뿐, 조선인과 일본인이라는 구별은 중요하지 않았다.

「두만강」 서술자는 조선인과 일본인이라는 명명 아래의 비균질성을 포착하였고, 각기 다른 사정과 내력, 세대 등의 조건과 함께 인물을 개별적으로 형상화하였다. 「두만강」에서 형상화한 H읍의 식민자 일본인과 피식민자 한국인은 공간을 분할하였지만, H읍이라는 지역을 공유하는 존재들이었다. 일본인과 한국인이 격의 없이 어울린 것은 아니었지만, 공간을 공유하면서 갈등과 협력을 통해 지역 H읍에서 일상을 영위하였다.

최인훈은 자신의 유년기 식민지 경험을 참조하여 식민자 2세와 피식민자 2세의 형상을 제시하였다. 「두만강」의 초점 인물인 동철과 소통하는 유다끼 마리꼬와 기미에는 한국의 식민지화를 경험한 세대의 2세였다. 경선의 아버지 현도영이 3·1 운동을 냉소적으로 회상하는 것에서 알 수 있듯,[88] 동철과 경선의 부모는 한국의 '식민지화'를 경험하였던 세대였다. 마리꼬의 부모는 식민지화의 흐름 속에서 한국으로 이주한 식민자였다. 식민지화를 경험하였던 부모 세대와 달리, 피식민자 2세인 동철과 식민자 2세인 마리꼬는 모두 H읍을 고향으로 가졌고 서로의 삶을 존중하고 친밀감을 느낀다는 점에서 "구체적인 타자의 삶·생명에 대한 배려·관심에 의해 형성·유지"되는 친밀권(親密圈, intimate sphere)을 형성할 수 있었다.[89] 정치학자 사이토 준이치(齋藤純一)에 따르면, 친밀권은 타자를 자신의 코드에 회수하지 않는 관계, 타자성에 대해 더욱 수용적인 인간관계를 발견할 계기를 포함한 감정의 공간인 동시에 공공권(公共圈, public sphere)으로 전화할 가능성 또한 내포하고 있다.[90] 서술자는 "천구백사십사년 일월 A소학교에는 진짜 선량하고 안심한 사람들의 웃음소리가 높았다."(두만강, 1970: 476)라는 진술을 통해 친밀권이 (피)식민자 2세의 유년기 우정에 한정되지 않고, 지역 H읍을 공유하는 민중의 삶에서도 형성 가능하다는 것을 제시한다.[91] 「두만강」은 (피)식민자 2세로 제시된 인물을 통해, H읍의 식민자와 피식민자가 경험한 '동물적 친근감'을 지역에 근거한 친밀성으로 전화할 가능성을 탐색한다.

친밀권의 발견이 내선 일체로 연결되는 것은 아니다. 서술자는 '동물적 친근감'의 사회적 의미와 영향이 크지 않다는 것을 인지하고 있었다. 동철의 한국인 소학교가 개최한 학예회에 참석한 관객 중 일본인은 유다끼 마리꼬와 그의 언니 기미에가 전부라는 설정이 그 상황을 예시한다. 현실적인 미약함과는 별도로 「두만강」의 서술자는 '이주'로서 식민이라는 문제를 포착하고, 지역에서 살아가는 민중의 구체적인 생활 감각으로 식민지 사회를 파악하는 관점을 마련하였다.

다만, 최인훈이 '이주'로서 식민이라는 문제로 진행할 서사의 방향에 대해서는 충분한 결론을 내리지 못한 것으로 보인다. 전황이 악화되고 생활과 사회가 피폐화하는 1944년 「두만강」의 서사는 중단된다. 전쟁의 격화와 해방 이후 일본인의 '인양(引揚)'으로 인해 동철과 마리꼬의 친밀성에 어떠한 변화가 생기는지 최인훈은 침묵한다. 「두만강」은 식민지의 지역을 풍요롭게 서사화하는 데까지 나아가지 못한다.

② '지역'의 발견 – 민중의 자기 주체화, 역사의 중층성, 환경이라는 심급

식민지를 수탈과 억압의 공간으로 보는 것이 아니라, 민중의 생활과 일상의 영역으로 이해하는 시각은 식민지에 대한 새로운 이해를 열어 준다. 「두만강」이 서사화하는 식민지 시기 H읍의 일상과 그곳에서 생활하는 주체의 감각은, 1970년 당대 한국의 일상 및 주체의 감각과 상당히 달랐다. 문학평론가 김윤식은 "어떤 작품이든 현역 작가가 현시점에서 발표한 작품이면, 그리고 그것이 가치 있는 것이라면 언제 최신의 작품일 따름이리라. 이러한 상식을 모를 리 없는 그(최인훈-인용자)가 새삼스러운 문청(文靑)투의 소리(「작가의 변」-인용자)를 공언해 놓았다는 것은 필시 그다운 '음모'가 아닐 수 없으리라."라고 평하면서, 1970년 「두만강」 발표의 현재성을 강조하였다.[92] 김윤식의 언급을 존중한다면, 「두만강」의 H읍 재현은 식민지의 지역과 일상을 새롭게 이해할 수 있는 다양한 계기를 포함하였다. '민중'의 자기 주체화, 풍속의 역사적 중층성, 그리고 환경이라는 심급 등이 새로운 발견이다.

　동철의 서사로부터 다소 벗어나 있지만 경선의 서사 역시 「두만강」의 주요한 서사이다. 동철과 부모 세대에 관한 서술은 한국인과 일본인이 함께 생활하는 전시 체제하 H읍이라는 지역의 재현이라는 점에서 한자리에 두고 읽을 수 있지만, 경선의 서사는 그것만으로 해명되지 않는 계기를 포함하고 있다. 「두만강」에서 서술자는 경선의 태도를 특히 두 가지로 제시한다. 하나는 막연한 방법으로나마 자기를 주체화하는 모습이고, 또 하나는 H읍이라는 지역의 관습에 곤혹스러워하는 태도이다.

> 경선은 자기도 그런 축에 빠지지 않기 위하여는 열심히 노력해야 한다고 생각한다. 그러나 중요한 그 노력이란 것이 막연한 것이다. / 경선은 글씨를 못 쓰는 것을 안타깝게 생각하여 매일 습자 연습을 한다. 그리고 책도 읽는다. 많이 알아야 하지 않겠나. 이 세상에 태어났다가 알 수 있는 것은 될 수 있는 대로 많이 알아야 된다고 생각했다. (두만강, 1970: 416)

　경선은 자신이 한 번도 서울에 가보지 못했다는 사실, 즉 근대적인 것, 문화적인 것으로부터 소외된 것에 콤플렉스를 가지고 있다. 그가 콤플렉스를 극복하는 방법은 자기 나름으로 할 수 있는 것에 "열심히 노력"하는 것이었다. 서술자도 직접 평가하듯, 경선의 노력은 무척이나 막연한 것이었지만, 그는 최선을 다해 자기 주체화를 시도한다. 이것은 경선뿐 아니라 H읍의 민중들로부터도 발견할 수 있는 모습이었다. 그들은 습자, 소설 읽기, 그리고 근면한 생활을 통해 자기를 주체화하였다. 경선은 서양 소설에 나오는 인물들의 사상과 감정을 간접적으로 경험하였고, 서울에서 전문학교를 다니는 성철 또한 이광수의 『사랑』을 통해 안 박사와 석순옥의 사랑에 감격하며 인격이 높은 남녀 사이의 예의와 사랑을 배웠다(두만강,

1970: 440, 457). 민중들은 새로운 배움을 위한 계기로 생활을 활용하였다. 경선에 비해 여유롭지 못한 한국인 여성 요시노(순옥)는 자신과 경선의 차이를 인정하면서, "야미 쌀 값이 점점 올라가는 것, 비누 배급이 충분치 않은 것, 담배 질이 나빠지는 것, 농촌에선 사람손이 모자라는 것"(두만강, 1970: 479) 등 시장의 재화와 물자의 흐름에 대한 체감으로부터 경제에 대한 감각을 얻고 자기 계발의 계기로 삼았다.

소설책과 시장을 통해 배운 "막연한 생활 감정"이 "학생 시절의 한낱 추억"에 그치거나 "실생활에 있어서는 그다지 중요한 가치를 가져오지 않는다는 것"도 사실이었다(두만강, 1970: 440). 하지만 근세 일본의 민중은 지배 계급의 이데올로기인 유교 도덕을 통속화하여 자기 형성 및 자기해방의 계기로 삼았다. 역사학자 야스마루 요시오(安丸良夫)에 따르면, 근면·검약·정직·효행·인종(忍從)·겸양을 비롯하여 일본 민중의 '통속 도덕'은 자기규율의 원리이면서, 동시에 일본 근대 사회의 변혁 및 일본 근대화의 원동력으로 기능하였다.[93] 경선을 비롯한 H읍 주민들의 자기 주체화 역시 자신의 삶을 새로운 방향으로 바꾸고자 하는 움직임이었다.[94] 「두만강」에서 재현된 민중의 자기 주체화는 의식과 지향의 수준에 머물렀고, 야스마루역시 일본 민중의 '통속 도덕'은 태도나 마음의 문제이기 때문에 객관적인 현실 인식이나 사회 변혁에 도달하지 못했기에 모순과 한계를 노정한다고 평가하였다. 「두만강」 역시 민중의 자기 주체화가 가진 다양한 면모에 주목하였다. 일본인 교장은 자신이 한국에서 경험한 식민지의 교육 경험을 다음과 같이 진술한다.

4년 동안 남선(南鮮)(남쪽 조선 – 인용자)의 이곳저곳 그것도 작은 읍이나 농촌으로만 돌아다녔기 때문에 남선 지방 풍물에는 꽤 소상하였다. / 그의 말을 빈다면 남선은 아직도 개화하지 못했다는 것이다. / 생도들의 가정을 방문해 보아도 그 부형들은 대개 문맹이고 일 년 중 아무 취미도 없이 소처럼 일하는 빼빼 마른 아낙네들은 보기에 안되었더라고 말했으며 한

번은 어떤 생도가 오래 나오지 않기에 가 보았더니 어두운 방에 병든 아이가 누어 있는 머리맡에 무당이 써준 부적을 모셔 두었는데 그 후 보름 만에 죽어 버렸다고 말하면서 고개를 젓는 것이었다.

"그러나 인정은 있는 사람들이었지요. 여름철이면 오이, 파, 가지 등속은 밀리도록 갖다주고 가을이면 또 가을대로 감, 호박, 완두콩, 배추를 쪄다 주군 했지요. 어떤 학부형은 담배를 피우다 들킨 자기 아들에 대한 퇴학 처분을 풀어 달라고 애걸하러 오는 길에 막걸리를 한 병 들고 왔었는데 덕택에 한바탕 그 영감의 신세타령의 말동무가 되지 않았겠소? / 전에는 그대로 남 부럽지 않은 집안이었는데 지금은 이 꼴이 됐다고 하면서, 그러나 고향을 버리고 되놈 땅(만주)으로 갈 생각은 없다고 탄식합니다. / 그 후부터는 그분의 '도부로꾸(막걸리)'의의 찡하고 텁텁한 맛이 잊히지 않아서 지금도 쪼이쪼이(쩔꿈 쩔꿈)하지요. 허허허허……." (두만강, 1970: 469)

일본인 교장은 한국 농촌의 민중 가운데는 여전히 예전의 가치와 관습을 고수하며 근대적 삶으로 나아가지 않는 이들이 많다고 언급한다. 동시에 그는 학생의 퇴학 처분을 풀기 위해 막걸리를 들고 한국인 노인과 어울렸던 추억을 떠올리면서, 한국의 민중을 지역을 사랑하고 인정이 넘치는 사람들로 재현한다. 「두만강」의 서술자가 주목한 한국 민중의 주체화는 역사적 조건과 관습의 현실적인 규정성과 길항하는 것으로, 시행착오를 포함하면서 단계별로 진행되는 것이었다.

경선의 서사는 지역에 존재하는 역사적 시간의 다층성 및 사회적 질서의 형성에 관여하는 환경이라는 조건의 존재 또한 환기한다. 경선은 서울에서 전문학교를 다니는 동철의 형인 성철과의 연애가 지지부진한 것이 불만이다. 서술자는 H읍의 지역성을 연애가 부진한 이유로 들었다. [가]는 경선이 적극적으로 연애를 하지 못하는 까닭에 대한 서술자의 진술이며, [나]는 조선인 남성으로 추정되는 교사 도모야마의 연애에 대한 생각이다.

[가] 눈 깊은 북쪽의 이 자그마한 도시에서는 연애란 비공식의 어떤 것이었다. / 저건 어느 집 몇째 아들이고 이건 뉘집 몇째 딸이라는 것을 제 손금 보듯이 다 아는 이 H 같은 곳에서는 애인끼리 길을 같이 걸어가는 것은 고사하고 어느 사나이와 어느 여자가 좋아하는 사이라는 것도 오늘날에 와서는 담화의 다반사적인 고십거리가 되고 있고 또 그때도 다른 큰 도회인에겐 역시 그러했을런지 모르나 H에서는 힘써 숨겨야 할 일이었다. 〔…〕남녀관계에 대한 관념이 수백 년 전의 조상들과 별 다름이 없는 이 시골 사회에서는 연애란 일종의 천시할 물건이요 더구나 양가의 자녀들에게는 더욱 그러해야 할 물건이었다. / 가문의 망신이기 때문이다. / 이 '연애'란 말이 가진 이감은 굉장히 천하다. (두만강, 1970: 428)

[나] 그(도모야마-인용자)는 경선이가 인물은 요시노 선생보다 났기는 하나 요시노 선생도 별로 떨어지지는 않는다고 생각했다. / 그리고 그의 마음이 요시노 선생에게로 가장 크게 쏠리게 한 것은 경선과 자기는 어차피 신분이 어울리지 않는다는 이유였다. 자기는 시골 농부의 아들인데 비해, 이 H읍의 당당한 유지의 딸인 경선은 무엇인가 높이 우러러봐야 할 사람이었던 것이다. (두만강, 1970: 471)

H읍에도 자유 의지를 가진 근대적 개인을 생산하는 장치인 학교가 설치된다. 학교는 "근대적 교육기관인 동시에 연애 가능성이 충만한 공간"이었으며, "집과 학교를 오가는 등하굣길 주변"에는 "연애의 맹아"가 잠재되어 있었다.[95] 하지만 서술자는 H읍을 연애의 장소였던 등하굣길을 가지지 못한 공간으로 지적한다. 1910년대 경성에서는 "학교-신문-기차가 형성하고 있는 소통의 네트워크"가 "탈인격화된 중매쟁이"로서 기능하면서 연애가 가능했지만,[96] 1940년대 H읍의 사회적 관계는 여전히 젊은 남녀로 하여금 '거리'를 걷지 못하도록 규제하며 연애를 비공식적인 것으로 후경화하였다.

역사학자 홍종욱은 서구의 특정한 스타일이나 양식의 이입을 '양식으로서의 근대'로 이해하고, 양식으로서의 근대가 침투하는 과정에서 빚어진 모순이나 갈등까지를 포함하여 '구조로서의 근대'를 이해할 것을 제안한다. '구조로서의 근대'는 농촌이 도시에 의해 소외되고, 식민지가 종주국을 지탱한다는 점에 주목하여, 식민지와 농촌을 근대의 외부로 상정하는 것이 아니라, 민중의 동경, 좌절, 무관심까지를 전제 혹은 필수조건으로 하여서, 그 위에 종주국과 도시가 군림하는 구조 자체를 식민지 근대로 파악하는 시각이다.[97] [가]에서 드러나듯, 서술자는 H읍 민중의 삶이 수백 년 전 조상의 삶과 별다르지 않다고 생각한다. H읍은 아직 '양식으로서의 근대'를 완미하게 성취하지 못했기 때문이다. 하지만 H읍 민중의 삶은 이미 '구조로서의 근대'를 경험하면서 변모하였다. H읍의 경선은 연애라는 새로운 삶의 형식을 인지하였으며 그것을 통해 자기를 주체화하고 있다는 점에서는 이미 '구조로서의 근대'를 경험하고 있었다. 일본인 교장이 만났던 문맹이었지만 인정이 있고 자녀의 퇴학을 걱정하는 한국의 민중 또한 '구조로서의 근대'에 적응하고 있었다.

서술자의 판단으로 H읍에서 연애의 차질은 '소문'("고삽거리")이라는 전근대적인 미디어 때문인 동시에 '양가' '가문' '망신' '신분' 등으로 표현되듯, '수백 년'의 시간 동안 지역 H읍에서 역사적으로 존재했던 사회적 질서의 규정성 때문이었다. 서술자는 식민지 근대화론만으로 설명되지 않는, H읍이 사회적 질서를 구성하는 다양한 역사성을 포착하였다. 서술자는 연애의 불가능에 대한 탐색을 ① "수백 년 전의 조상들과 별다름이 없는 이 시골 사회", 즉 역사의 지속성 및 다층성 및 ② "눈 깊은 북쪽의 이 자그마한 도시", 곧 환경이라는 조건에 대한 관심으로 이어간다.

①에서 보듯, 서술자는 H읍의 사회적 질서는 다양한 시간적 층의 중첩으로 형성된다는 인식을 보여 준다. 식민지 근대와 함께 도입된 철도, 학교, 연애 등의 미디어에 의해 구성된 시간이 있는 한편, 수백 년째 지속되는 삶의 질서에 근거한 시간도 있었고, 두 개의 시간을 구조적으로 결합

하였다. 인류학자 이타가키 류타는 한국 지역 사회의 식민지 경험을 이해하기 위해서는 식민지화 이전의 역사적인 동태를 중시하면서 식민지화로 인해 새로이 더해진 변화가 무엇인가를 파악하는 지역으로부터의 내재적인 시점의 필요를 주장하였다. 그는 식민지 근대의 한국 지역 사회를 "근세 이래의 역학(dynamics)이 지속되면서 '근세'와 '근대'가 절합(節合)"한 사회로 이해할 것을 제안하였다.[98] 「두만강」에서 재현한 H읍의 삶은 '근세'와 '근대'의 절합으로 구조화되어 있다.

「두만강」의 지역 재현은 H읍의 역사를 "'근대'로의 포섭이나 관여의 측면만이 아니라, 배제나 자율성 혹은 '비근대적'인 요소들의 광범위한 존재, 토착적·일상적인 저항의 양상까지를 동시대인인 구조"[99]로 파악할 가능성을 열어 준다. '비근대적 요소'와 지역의 구조는 짧은 시간이 아니라 '수백 년 전' 곧 조선시대로부터 이어진 것이며, 농업과 주자학의 보급에 근거한 17세기 이래 '동아시아 소농 사회'라는 역사적 맥락에서 형성된 것이었다. 역사학자 미야지마 히로시에 따르면, 동아시아 소농 사회는 정치적 지배층이 대규모 직영지를 가지지 않고, 독립 소경영 농민 계층이 사회의 대부분인 사회를 의미한다.[100] 「두만강」의 서술자의 H읍에 대한 인식은 지역의 역사성과 복잡성, 다양한 시간적 지층의 존재를 인식할 가능성을 열어 준다.

서술자는 ② H읍의 공간적 특성, 특히 환경의 문제에 관심을 가진다. 지역의 구체적인 환경이라는 조건에 따라서 사회의 형태와 관습이 다양하게 구조화될 수 있기 때문이다. 서술자와 인물은 H읍을 지시하며 '눈 많은 고장'이라는 표현을 거듭 사용한다. 이는 H읍 기후의 특징을 언급한 것이며, 다른 지역과 구별되는 H읍의 지역성에 주목할 계기를 마련한다. 최인훈은 환경이라는 요소가 H읍의 민중의 일상을 규정하는 한편, 개인이 세계를 이해하는 데 중요한 역할을 하는 것으로 제시한다. 경선은 "눈 많은 것밖에는 자랑할 것이 없는 이 북쪽 시골에 한 재목상의 딸로 태어났다는 사실"(두만강, 1970: 440)을 통해 자신을 인식하고, 중심인 서울과의 문화적 시차를 가진 주변부로서 H읍의 위치를 인식하도록 한다. 동철과 아이들은 폭설로 인해 귀가하지 못한 채 학교에서 하룻밤을 보내며, 경선에게 「플란다스의 개」이야기를 듣는 경험을 하기도 한다.

「프롤로그」또한 환경이 H읍의 생활을 형성하는 중요한 조건임을 분명히 제시하고 있다. 「프롤로그」에서 서술자는 H읍을 "북쪽의 대강(大江) 두만강 변에 있는 소도시"로 설명하는데, 조선 초 육진(六鎭)의 설치 이래 여진족이 관내에 거주하였고 "강 건너 '만주(滿洲)' 쪽과의 정(正)·밀무역(密貿易)이 성"하여 상업이 발달하였다고 보았다. 또한 H읍을 한국인, 일본인, 여진족, 중국인, 백계(白系) 러시아인, 캐나다인 등 다양한 종족이 잡거하는 지역으로 설명한다. 서술자는 환경이라는 조건 속에서 다양한 종족이 잡거하는 구체적인 일상에 대한 관심을 가진다.

> 백계 '러시아'인은 양복집, 모피상, 화장품 가게 같은 걸 한다. 여진족은 화전(火田), 숯구이 따위, 중국인은 야채 재배, 그리고 어디서나 하는 호떡집, 요릿집. 일인(日人)은 군, 관과 그 가족, 그리고 상인, 지주. 나머지가 조선인이다.[101]

역사학자 가지무라 히데키(梶村秀樹)에 따르면, 19세기 중후반에서 식민지화 이전까지, 한국의 관북 지역은 '만주'와 러시아 블라디보스토크를 오가는 '소농(小農)'의 독자적인 대외 무역의 확대에 힘입어 경제가 성장하였다. 그 결과 지역 내부에서는 소농 경영을 기반으로 한 지역 경제가 전반적으로 활성화되었고, 상품 교류의 증대와 더불어 상업 및 고리대 자본의 축적을 촉진하였다. 20세기 초 관북 사회는 무척 활기찼는데 특히 회령은 북간도와 길림 방면의 통로였다. 식민지화 이후에도 한동안 지역의 한국인 경제는 식민지화 이전의 활기와 지역권 내의 자급적 성격을 유지하였다. 다만 식민지적 제도가 구조화되면서 그 발전의 전망을 잃게 된다.[102]

「두만강」에서도 다양한 종족의 흔적을 발견할 수 있다. 아시아태평양전쟁 개전 이후 캐나다 선교사가 "개전과 거의 함께 본국으로 가버"리자, 그들의 집은 학교의 일본인 관사로 사용된다. 또한 서술자는 "누구 하나 이 고장 말마따나 아진 까뻬이카도 도와주는 사람이 없었다."라는 문장처럼 '한 푼'을 의미하는 러시아어 '아진 까뻬이카(один копéйка)'를 자신의 언어에 삽입한다(두만강, 1970: 476, 436). 「두만강」은 전시 체제기의 학교를 시공간적 배경으로 하고 유년 인물에 주목하기에 한국인과 일본인의 관계가 부각된다. 실제 H읍의 일상은 「두만강」의 재현보다 더욱 다양한 종족과 언어가 함께 존재하였으리라 추측할 수 있다.

지역 H읍을 재현하고 민중의 일상에 주목하는 것은 서울이라는 중심에 주목하여 한국을 균질적으로 이해하는 태도에서 벗어나 지역 고유의 특성을 발견하는 가능성을 열어 준다. 최인훈은 「두만강」을 통해 역사적 시간과 행동의 양식이 중첩되고 충돌하면서 형성한 지역의 시간적 다층성을 이해하고, '환경'이라는 조건에 유의하여 지역 고유의 삶을 형성해 간 민중의 주체성을 발견한다.

③ 무의식으로서의 아시아, 새로운 프롤로그를 위하여

식민지 경험은 최인훈 세대만의 것이 아니다. 최인훈보다 조금 윗 연배인 1920년대생 작가의 경우, 그 자신이 징병과 징용의 직접적 대상이었다. 그들은 아시아태평양전쟁과 한국전쟁 등 두 번의 전쟁을 경험하였고, 해방 공간의 정치적 혼란 역시 또렷이 기억하였다.[103] 그들보다 연배가 높았던 이들은 식민지의 시기 자신의 행적에 대한 신원과 책임의 문제에서 자유롭지 못하였다. 식민지를 유년에 경험한 최인훈은 이전 세대의 곤란으로부터 한 걸음 비껴 있었다. 「두만강」에서 발견한 지역으로서의 식민지와 '동물적 친근감'이라는 문제의 발견은 역설적으로 최인훈이 유년 시절에 식민지를 경험했기에 가능했다. 그 경험은 정신적 외상과 억압을 초래하기도 하였으나, 이전과 다른 식민지의 재현 가능성에 도달한다.

최인훈이 「두만강」을 발표한 시기는 첫 창작 시도로부터 시간이 많이 경과한 1970년이었다. 해방 이후 한국은 냉전의 상황과 탈식민의 과제가 얽히면서, 탈식민의 실천은 지연되면서 충분히 해결되지 못하였다.[104] 또한 광역권으로 냉전을 경험한 유럽의 경우와 달리 동아시아에서는 국민 국가의 단위에서 탈식민지화와 냉전을 경험하였다.[105] 이러한 상황은 일본과 일본의 관계를 제국과 식민지의 1:1 대칭적 관계로 상상하고 재현하도록 이끌었다. 더욱이 냉전 체제는 "사고의 틀을 남북 대결의 코드 이하로 제한·단순화하고, 사유의 단위 또한 대립하는 두 정체(政體) 이상으로 확장하지 않을 것을" 요구하였다.[106] 식민지라는 문제 상황에 대한 해석과 해결 방법 자체가 냉전이 정한 사유의 임계를 넘지 못했고, 주체의 이동이 제한되면서 공간적 이동에 따른 문화적 상상과 몽상 또한 차단되었다. 최인훈 역시 1960년대 중반 『회색인』와 「총독의 소리」에서는 한국과 일본의 관계를 대칭적으로 이해하고, 억압과 수탈의 관계로 그것을 이해하였다. 그는 역설적으로 자신의 유년 시절을 되돌아보면서, 그는 동아시아 냉전의 제한을 넘어 식민지/제국 체제의 외부를 상상할 수 있었다. 특히 그것은 동아시아의 데탕트 직전에 발표되었다.

　　「두만강」에서 발견한 지역으로서의 식민지와 '동물적 친근감'에 대한 상상은 이후 1970년대 데탕트를 통해 동아시아를 실감되면서 상상의 심도가 깊어지고 범위가 확장된다. 「두만강」에서 발견한 민중의 일상은 『소설가 구보씨의 일일』(1970-1972/1973)에도 확인할 수 있고, 지역을 공유하는 식민자와 피식민자의 '동물적 친근감'은 『태풍』(1973)에서 중요한 계기가 된다. 최인훈은 다른 시간과 공간, 그리고 역사를 가상화한 식민지/제국의 관계를 상상하여 '식민지'라는 문제를 보다 깊이 탐색해 간다. 이 점을 감안하여 눈길을 끄는 것은 「두만강」에서 지역에 대한 인식이 아시아에 대한 발견과 겹쳐서 제시된다는 사실이다. 「두만강」의 서술자는 아시아에 대한 하나의 징후(symptom)를 남겨 두고 있다.

미개한 아세아에서는 눈 많은 것밖에는 자랑할 것이 없는 이 북쪽 시골에 한 재목상의 딸로 태어났다는 사실은 경선에겐 무서운 실감을 수반한 절망을 주었다. (두만강, 1970: 440)[107]

『광장』(1960/1961)에서 이명준의 '만주' 경험을 재현한 이후로 최인훈 소설의 심상 지리는 한반도라는 공간으로 축소되었고 그것은 1960년대를 거쳐 지속되었다. 냉전과 식민지는 최인훈에게 이동의 곤란과 상상의 제한을 가한 셈이다. 하지만 그는 자신의 유년 시절의 기억과 경험을 재발견하면서, 이동과 상상의 제한을 넘어갈 계기와 가능성을 발견한다. 최인훈은 국경의 도시인 H읍에 주목하면서 한반도의 경계에 한정되지 않는 생활권에 기반한 지역에서 다양한 종족이 동서했다는 역사적 사실에 관심을 두었다. 1970년 「두만강」에서 최인훈의 시선은 다시금 '만주'의 문턱에 도달하게 되며, 그것은 '아시아'에 대한 무의식과 함께였다.

(3) 세계사를 다시 생각하다 - 『태풍』

최인훈의 『태풍』(1973)은 제국과 식민지의 이항 대립을 벗어나, 새로운 세계사의 원리를 탐색한 소설이었다. 식민지의 경험과 지구적 냉전이 중층 결정하여 구성된 동아시아 냉전 질서는 탈식민의 상상 또한 특정한 방향과 규정된 범위 안에 한정하였다. 1970년 초반의 데탕트를 통해 냉전의 사회적 분위기가 누그러질 무렵, 최인훈은 유년기 식민지 기억을 대면하면서, 식민자와 피식민자가 갈등 속에 공존했던 지역으로서 식민지의 형상을 제시하였다. 동시에 그의 유년기에 겹쳐진 '아시아태평양전쟁'을 떠올리면서, 아시아의 여러 민족이 경험한 식민지 경험의 다양성을 인식하게 된다. 『태풍』은 인도네시아를 배경으로, 식민지 민중의 삶에 근거한 '아시아주의'를 수행적으로 재구성한 소설이다. 이 소설을 창작하면서 최인훈은 베트남을 직접 방문할 기회를 얻는다. 그 경험을 통해 최인훈은 아시아를 실감하였고, '환경'이라는 조건에 유의하여 세계사를 재인식하게 된다. 주변부 지식인 최인훈은 선진과 후진이라는 서구적 원리와 구별되는 세계사 인식의 원리를 아시아 민중의 삶으로부터 도출하고자 하였다. 최인훈이 '아시아의 원리'에 근거하여 제안한 세계사 인식을 '주변부의 세계사'라고 명명하고자 한다.

① 적도에서 마주한 아시아주의의 유산

① '회색인'의 냉전과 식민지 경험

해방 후 한국에서 식민지와 냉전이 중층 결정(overdetermination)한 결과, 탈식민화의 과제 및 냉전의 외부를 향한 문제틀 형성 자체에 상상과 실천에 제약이 있었다. 1960년대 최인훈 또한 식민지와 냉전의 중층 결정으로 인해 문제 설정에 한계가 있었지만, 1970년대에 들어서면서 데탕트의 분위기 속에서 문제틀을 달리 구성할 가능성을 발견하게 된다.

1963~1964년 한일 국교에 관한 사회적 논란 속에서 집필되었으며, 1950년대 후반 4·19 혁명 직전의 제1공화국을 배경으로 하는 최인훈의 『회색인』(『세대』, 1963.6.-1964.6.;『회색의 의자』)은 한국에서 냉전과 식민지의 겹침을 보여 주는 소설이다. 김학과 독고준은 현실을 규제하는 냉전의 압력과 여전히 미해결 상태의 식민지 문제를 동시에 경험하는 20대 대학생들이다. 정치학과 학생 김학은 '갇힌 세대' 동인들과 효창공원에 가서 김구의 묘소를 참배하는데, 그곳에서 감시의 시선을 자칭하여 장난을 치다가도 "지사(志士)의 묘를 방문하면서 스릴을 느낀대서야"라고 자조했다(회색-3,

1963: 361). 귀향한 김학은 장교인 형으로부터 원양 훈련 중 요코하마에 정박했을 때 공포와 희열 속에 경험했던 "자기 민족을 괴롭힌 외국의 항구도시를 포격하고 싶다는 충동"에 관해 듣게 된다(회색-5, 1963: 343). 김학은 당대 한국의 후진성의 극복을 위해서는 '혁명'이 필요하다고 진단한다. 권위주의 독재에 대한 반대와 여전히 해소되지 못한 식민지 책임 및 그 유제에 대한 성찰을 바탕으로 그는 민주주의를 요청하였다.[108]

김학의 친구였지만 월남인으로서 정체성을 가졌기에 김학의 '혁명'에 끝내 동의할 수 없었던 독고준은 『회색인』 첫 회에서 한 편의 논고를 『갇힌 세대』 동인지에 싣는다. 그 글은 "만일 우리나라가 식민지를 가졌다면 참 좋을 것이다."라는 문장으로 시작한다. 독고준의 글에서 '우리나라'는 나빠유(NAPAJ)라는 식민지를 거느린 덕분에 완미한 문화를 가졌으며, 민주주의를 온전히 수행하는 나라로 제시된다. 그 결과 빈은 '오스트리(아)의 '서울''이라고 명명되며, 허균은 조너선 스위프트의 대선배로 칭송을 받는다.

독고준의 논문은 '주변부(the Periphery)'로서 그리고 비서구 제국의 식민지로서 19세기 말에서 20세기 초 세계사에 접속한 한국의 역사적 경험을 역상으로 제시한 것이다. 주변부 한국은 자신의 '이름'으로 스스로를 표상하지 못하고, '동방의 ○○', '한국의 ○○'이라는 이름으로 표상되었는데,[109] 독고준의 글에서 빈을 '오스트리아의 '서울''이라고 일컫는 것은 그 역사적 경험을 뒤집은 것이다. '조너선 스위프트'의 스승으로 '허균'이 제시되는 것 또한 1922년 안확이 집필한 『조선문학사』의 서술을 뒤집은 것이다.[110]

'우리나라가 식민지를 가졌다면?'이라는 상상을 추동한 욕망은 독고준 스스로 고백한 것처럼 "국민사(史)인 것이 바로 인간사(史)"일 수 있는 조건(회색-1, 1963: 300), 스스로를 보편적 주체로 정위하고자 하는 욕망이었다. 문제는 보편의 조건이 '식민지'라는 폭력을 토대로 해서야 가능했다는 점이었다. 고대 그리스 폴리스의 민주제가 노예제의 오이코스(Oikos)에 기반한 전사 공동체의 민주주의였으며, 근대 제국의 민주제는 식민지에 근거하고 식민지를 민주주의로부터 배제함으로써 성립할 수 있었다는 통찰에 근거한다면,[111] 독고준의 문제 제기는 충분히 가능하다. 식민지를 통해서야 민주주의에 도달할 수 있다면, 해방된 옛 식민지는 무엇을 어떻게 할 것인가? 독고준 역시 "식민지 없는 민주주의는 크나큰 모험이다."라는 진술에서 논지를 더 전개해 가지 못한다. 결국 독고준이 도달한 것은 '사랑'과 '시간'에의 기투를 통한 주체 형성이었다.

1960년대 중반 최인훈은 '식민지에서 민주주의란 가능한가?'라는 질문을 지속적으로 제기하였다. 『회색인』의 결론을 넘어서 그가 선택한 길은 서사의 형식적 붕괴를 감수하면서 질문의 심도를 높이는 방식이었다. 탈식민 한국에서 지하 조직으로 활동하는 '총독'이 발신하는 방송이라는 형식을 차용한 「총독의 소리」(『신동아』, 1967.8.) 역시 '식민지'와 '국가'의 관계를 질문하였다. 이 소설은 '한일 협정'과 1967년 박정희 정권의 관권 부정 선거를 배경으로 하고 있다.[112]

> 제국의 종교는 무언가? 식민지인 것입니다. 〔…〕 식민지 없는 독립은 인정하지 않습니다. 무릇 국가는 비밀을 가져야 합니다. 그의 경륜의 가슴 깊이 사무친 비밀을 가져야 합니다. 반도의 영유(領有)는 조국의 비밀이었습니다. 〔…〕 대저 반도인들은 주기적으로 집단적 지랄병을 일으키는 버릇이 있어서 저 기미년 삼월에도 그 발작이 있었던 것입니다. 잘 나가다가 이러는 속을 모를 노릇입니다. 그 사월의 지랄병 무렵에 본인은 매우 우려했습니다. (총독, 1967: 480-481)

총독은 방송을 통해 '식민지'를 노예로 가진 상태에서 국가가 존재할 수 있는 것이라 역설하였다. 그는 3·1 운동이나 4·19 혁명 등 민주주의를 위한 (후)식민지 민중의 봉기가 식민지 극복의 계기가 될 수 있음을 강조하며 경계하지만,[113] 당대 한국 독재 정권이 수행한 관권 선거를 감안한다면 '민주주의'란 요원한 것이었고 조소의 대상일 따름이었다. 총독은 구 '식민지' 한국에 대한 구 '제국'의 '재래(再來)'가 가까웠음을 거듭 역설하는데, 근거는 두 가지였다.

[1] 전후 정세는 아측에 지극히 이롭게 전개하여 패전 전야에는 다가올 심판에 전전긍긍하던 아측은 뜻밖의 관대한 처분으로써 부흥을 이룩하였습니다. 그에 반해 반도는 일본을 신하여 전쟁의 배상을 치른 느낌이 없지 않습니다. 〔…〕 그들은(영미귀축은-인용자) 제국을 달래기 위하여, 온갖 편의를 보아주었습니다. 본토는 부흥하고 지난날에 황군(皇軍)의 무위(武威)로 차지했던 영예를 산업으로써 차지하고 있는 듯이 보입니다."(총독, 1967: 474, 480)

[2] 그들은 본인을 부르고 있습니다. 40년의 경영에서 뿌려진 씨는 무럭무럭 자라고 있으며 이는 폐하의 유덕을 흠모하는 충성스런 반도인의 가슴 깊이 간직되어 있는 희망의 꽃입니다. (총독, 1967: 482-483)

총독은 [1]과 같이 냉전 체제와 미국의 동아시아 정책에 의해 일본이 전쟁의 책임을 면제받고, 한국전쟁을 기반으로 경제적으로 '부흥'하였다는 역사적 상황에 주목한다. 또한 [2]와 같이 탈식민국가에 잔존하고 있는 식민지 유제 혹은 후식민지 주체(postcolonial subject) 내부의 '식민성'에 주목한다. 식민지성은 언어로부터 사상과 제도에 이르기까지 남아 있는 식민주의(자)의 흔적이다.[114] 문학평론가 차미령의 지적처럼, 최인훈이 '신뢰할 수 없는 서술자'로 설정한 총독이 "우려하는 바와 독려하는 바를 역전(counter-reading)해서 읽"으면,[115] 당대 한국의 여러 장치와 주체로부터 식민주의(자)의 흔적의 발견 및 비판에 대한 최인훈의 요청을 읽을 수 있다. 「총독의 소리」는 식민지/제국 체제와 그 유산에 대한 『회색인』의 문제의식을 이어받고 그 문제의식을 1960년대 중반 한국이라는 역사적 맥락 속에서 변증한 소설이었다.

독고준과 총독 모두 '제국 일본'과 '(후)식민지 조선(한국)'의 관계를 1:1 대칭적 구도로 이해한다. 이는 국민 국가 단위를 전제로 둘 경우에는 무리가 없는 인식이다. 하지만 문학 연구자 이혜령의 지적처럼, 탈식민 현실에서 구 제국과 후식민지의 관계에서는 비대칭성은 두드러진다. 후식민지 주체는 민족을 통해 자기를 인식하는 반면, 그가 마주하는 대상은 민족이 아니라 국가나 개별자이다. 피식민의 상황은 민족 전체가 이민족의 식민 지배 및 정책 아래 식민자와의 관계 속에서 재구성된 생활을 경험하는 것이며, 식민지 주체는 의식뿐 아니라 물리적, 신체적 지각 경험에서 피식민자라는 구속적 정체성을 부여받게 된다. 따라서 그것의 해소는 어렵다.[116] 광역권이라는 단위를 전제하였던 유럽의 냉전과 달리, 미국의 동아시아 반공 블록 안에 있으면서도 식민지 지배의 책임 판별과 탈식민의 과제가 지연된 채, 국민 국가 단위로 사유와 실천을 전개해야 했던 동아시아 냉전의 대별점이 두드러지는 것은 이 지점에서이다.[117] 최인훈의 식민지/제국에 대한 인식에 변화가 감지되는 것은 1970년대 초반 데탕트 국면에서였다.

② 데탕트와 식민지의 문제화(problematization)

1970년을 전후하여 프랑스 및 서독의 독자 외교, 중소 대립으로 인한 냉전의 다극화가 전개되면서, 미국과 소련의 군사력이 대등해진 상황은 지구적 냉전 체제의 강고함이 누그러지는 데탕트 국면을 형성하였다.[118] 데탕트가 동아시아에 조금 더 직접적인 실감과 충격으로 다가오게 된 사건은 1971년 7월 미국 대통령 특사 헨리 키신저의 방중과 저우언라이와의 회담이었다. 이 소식은 세계를 충격에 빠뜨렸으며, 군사 독재 아래에서 반공을 국시로 하였던 한국에도 큰 반향을 일으켰다.

냉전의 누그러짐을 전후하여 최인훈은 새로운 방식으로 식민지를

'문제화(problematization)'한다. 그 과정은 뚜렷한 자각 속에서 수행한 것이기보다는 우발적이며 예기치 못한 인식의 변화였다. 1970년대 초반 최인훈은 자신의 유년 시절이 생각보다 더욱 식민지의 경험과 얽혔다는 사실

〈그림7〉 최인훈과 이호철(이호철, 『우리네 문단골 이야기』 2, 자유문고, 2018)

을 발견한다. 그 얽힘은 자신의 주체성 형성과 인식 및 감성의 형식과 밀접하였기에 그 사실을 대면하는 것은 곤혹스러운 경험이었다. 「두만강」(1970)은 최인훈의 유년 시절 회령 경험을 근거로 창작한 소설이었다. 「두만강」은 민중의 생활과 지역이라는 조건에 유의하면서 '식민지'를 서사화하였다. 서술자는 피식민자와 식민자가 갈등 속에 공존하였던 지역에 주목하고, 그들의 감정을 "동물적 친근감"이라 명명하였다. 또한 H읍을 통해 역사적 시간의 중층성과 환경이라는 계기를 발견한다.[119]

최인훈은 데탕트의 월차 보고서를 기록하면서 남북 관계의 변화 여부를 예민하게 추적하면서 『소설가 구보씨의 일일』(1970-1972/1973)을 창작한다.[120] 동시에 그의 일상에서 예기치 않게 식민지 기억이 떠오르기도 하였다. 1972년 1월의 어느 하루 역시 최인훈이 식민지의 기억을 대면한 날이었다. 소설가 이호철과 함께였다.

김홍철 씨가 걸음을 멈추고 대사관 지붕을 올려다본다. 지붕 꼭대기에 일본기가 꽂혀 있다.

"아노 하타오 우테."

구보씨는 깜짝 놀랐다. 난데없이 들려온 그 소리였다. 저 기를 쏘아라. 하는 일본 말이었다. 구보씨가 소학생이던 일본 점령 시대에 구보씨는 그런 제목의 영화를 보았던 것이다. '보어전쟁'의 이야기를 담은 영화였다.

〔…〕쓰러져가면서 희생자들이 부르짖는 소리. "아노 하타오 우테" 그들
이 저주와 미움으로 쏘라고 웨친 기는 영국기였다. 진격해 오는 영국군
대열 속에 나부끼는 아노 하타오 우테. 그런데 일본기를 보고 있는 구보
씨의 귀에 그 먼 소년 시절에 본 영화 속의 부르짖음이 함성처럼 들려온
것이다.

"아노 하타오 우테."

또 한 번 소리가 들렸다. 이번에는 훨씬 뚜렷했다.

"그런 영화가 있었지?"

그것은 김홍철 씨 목소리였다. 구보씨는 비로소 소리의 임자를 알았다.

(갈대-8, 1972: 424-425)

'한일 국교 정상화' 이후 한국에서 일본기를 다시 보았을 때의 섬뜩
함에 대한 고백적 진술, 탈식민의 요청과 그 실천의 지난함에 대한 성찰
로 이어지는 일상적인 대화는, 하나의 망각 혹은 기억의 전치를 숨겨 두고
있다. 영화〈저 기를 쏘아라(あの旗を撃て)〉(1944)는 구보씨의 기억과 달리
보어전쟁에 관한 영화가 아니다. 1944년 2월에 공개된 이 영화는 1941년
12월 일본군의 마닐라 진주를 다룬 것으로, 식민자 미국을 증오하지 않던
피식민자 필리핀인을 '미몽'에서 깨어나도록 이끌고, 그들을 동양인의 피

〈그림8〉 영화〈저 기를 쏘아라〉 장면. (좌) 일본군 병사의 구연 동화를 흥미롭게 듣는 필리핀 유년들. (우) 일본
군의 행진을 보며 다시 걷는 필리핀 유년(『隔週刊 東宝·新東宝戦争映画DVDコレクション 27 -〈あの旗を
撃て〉(1944)』, 2015)

를 가진 자로 주체화하는 것을 주서사로 하는 대동아 공영권을 선전하는 제국 일본의 프로파간다 영화였다.[121] 이 영화는 미군에 대한 일본군의 승리를 주된 서사로 하면서 마닐라에 진주한 일본 군인과 점령지 필리핀 유년들의 친밀성 형성을 또 다른 서사로 제시하였다. 일본 군인은 필리핀 유년들에게 일본의 전통 설화를 구연하며 친밀성을 구축하고, 다리를 다친 필리핀 아이의 치료를 기꺼이 맡아 준다. 아이들 또한 일본 군인과의 만남을 기꺼워한다.

최인훈이 영화 〈저 기를 쏘아라〉를 보았는지는 확정할 수 없다. 보지 못하고 소식만 들은 영화를 본 것처럼 말한 것일 수도 있고, 다른 영화와 단순히 착각한 것일 수도 있으며, 알면서도 짐짓 은폐한 것일 수 있다. 영화의 제목을 착각한 것일 수도 있다.[122] 적어도 그와 비슷한 세대적 경험을 가진 이호철이 이 영화를 알고 있었다는 점, 최인훈 역시 유년기에 몇몇 영화를 보았다는 점 등은 승인할 수 있다.[123] 김홍철과 구보씨의 대화에 등장하는 영화 〈저 기를 쏘아라〉는 '아시아태평양전쟁'이라는 역사적 경험을 환기한다.

'아시아태평양전쟁'과의 조우는 두 가지 의미가 있었다. 첫째, 한반도에 한정되었던 최인훈 소설의 심상 지리가 확장된다. '아시아태평양전쟁'은 동아시아로부터 동남아시아에 걸치는 넓은 지역에서 벌어졌고, 일본인, 한국인, 중국인뿐 아니라, 동남아시아에서 살아가는 다양한 종족의 아시아인의 삶과 죽음에 관여하였던 광역권(Großraum) 단위의 사건이었다. 둘째, 최인훈은 제국과 식민지를 1:1의 대립적 구도로 이해하는 것에서 벗어난다. 반식민지이자 전선(戰線)이었던 중국, 서구의 식민지였던 인도네시아 등 아시아라는 광역권은 그 안에서 살아갔던 여러 민족의 서로 다른 식민지와 전쟁 경험을 환기하기 때문이다.

1970년대 초반 최인훈은 유년 시절과 대면하면서, 제국과 식민지의 관계를 보다 많은 관계의 함수 속에서 사유할 필요성을 인식하게 된다. 식민자와 피식민자가 갈등 속에서 일상을 영위하는 지역으로서의 식민지,

민중의 생활 감각, 특정 지역의 고유한 환경, 전쟁의 슬로건인 '대동아 공영권'으로 지칭되었던 광역권의 재인식, 아시아 여러 민족의 식민지 경험의 다양성 등의 논제가 그것이다. 이러한 논제는 『태풍』의 서사 구성의 자원이 된다.

③ '아시아주의'의 수행적 재구성

『태풍』(『중앙일보』, 1973.1.1.-10.13.)의 중심인물은 식민지 애로크[한국]의 주체임에도 제국 나파유[일본]의 사관학교 출신 장교보다 더욱 군인다웠던 오토메나크[창씨명 가네모토(金本)]이다. '아시아태평양전쟁'이 진행되면서 그는 아이세노딘[인도네시아]에서 근무한다. 그는 아이세노딘 독립운동가인 카르노스[수카르노] 감시를 담당하지만, 제국 니브리타[영국/네덜란드] 총독부의 비밀 문서고를 발견하고 카르노스[수카르노]와의 소통 속에서 식민지 주체로서 자기를 성찰한다. 하지만 오토메나크는 포로 교환 임무 수행 중 태풍으로 표류하자 부하에게 제국 군인으로 '옥쇄'를 요청하는 등 갈팡질팡한다. 전쟁이 끝난 후 그는 카르노스의 권유에 따라 옛 이름을 버리

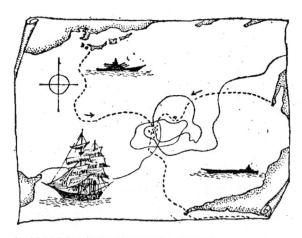

〈그림9〉 아이세노딘(김영덕 그림, 『중앙일보』, 1973.1.1.)

고 아이세노딘 사람으로 거듭나 탈식민 투쟁에 참여한다. 30년 후 그는 새로운 사회적 주체로 부활한 모습을 보여 준다. 냉전의 해체 직전인 1989년 최인훈은『태풍』의 창작을 돌아보면서 다음과 같이 회고하였다.

> 곧이어 나는「태풍(颱風)」을 썼다. 나는 이 소설을 쓰면서 ① '유럽' 문학의 바탕에라든지, 고전 '아시아' 세계에 존재했던 어떤 문화권을 머리에 그리면서 썼다. 즉 ② 그 지역의 사람이면 국경을 넘어서도 이해할 수도 있고 시인할 수도 있는 그런 형식으로 써 보았다. ③ 국경 밖에서도 통하는 어떤 정신의 기준 화폐를 생각하고, 모든 인사(人事)를 그 화폐에 대한 환율에 따라 표시하는 방법이다. ④ 그 화폐란 부활의 논리이다. 숙명론과 물물교환적 현물주의 대신 국제통화에 의한 신용결제의 논리로서 '부활'을 생각해 보았다. 〔…〕 자기비판에 의해서 몇백 번이든 개인은 천사처럼 청정하게 거듭날 수 있다. 이것이 미래의 부활, 천당의 영생이 보이지 않게 된 이 잔인한 우리 시대에 우리 힘으로 가능한 자력 구원의 길이라는 생각에서였다.[124]

최인훈의 회고에 따르면 ① 그는『태풍』을 쓰면서 유럽 혹은 아시아 등 문화권(문명권)을 염두에 두었다. ② 문화권(문명권)을 염두에 두는 것은 국경을 넘는 주체 형성의 가능성과 계기를 탐색하는 과정이다. ③ 국경 바깥, 곧 문화권(문명권)에서 유통되는 정신의 어떠한 원리를 탐색하고자 하였다. ④ 그 원리는 부활의 원리이며, 자기비판을 통한 자력 구원의 길을 열어 주는 것이다.

「주석의 소리」(『월간중앙』, 1969.6.)에서 최인훈은 제국의 원리와 문명권에 관심을 가졌다. 그리고 그는『태풍』에서 '아시아태평양전쟁'을 따라 동남아시아의 전장에 주목하면서 오토메나크라는 개인의 주체 재구성 과정과 함께 아시아라는 '문명권(문화권)'을 논제로 제시하였다. 최인훈이 '아시아태평양전쟁'과 아시아라는 범위를 상상하면서 특히나 유의했던 점은, 일본의 "대동아전쟁은 식민지 침략 전쟁인 동시에 제국주의에 대한 전쟁"이라는 이중성을 가진다는 것이었다.[125] 동남아시아의 여러 나라는 일본군의 점령 이전 수백 년간 서구의 식민 지배를 경험하였다. 일본의 전쟁은 '침략'인 동시에 '해방'인 이중성을 가졌으며, 최인훈은 동남아시아 민중의 식민지 경험과 인식을 참조하여 한국의 식민지 경험 역시 새롭게 검토할 수 있다. 또한 유럽의 동진(東進)과 근대화 과정에서 식민지가 되었던 동남아시아의 식민지 경험을 탐색하는 것은 근대 이후 세계사를 새롭게 이해할 가능성을 열어 준다.

애로크[한국]가 나파유[일본]의 식민지가 된 후 2세로 성장하여 "생각하는 것을 필요로 하"지 않는 상태를 "정통"이라 믿었던 오토메나크는 니브리타[영국/네덜란드] 총독부의 비밀 문서고를 우연히 발견한다. 그는 비밀 문서를 "재독"하고 "제대로 음미"하면서 식민지 역사의 진실을 알아가고, 자신의 주체성을 성찰한다.[126] 제국 나파유 군인보다 더욱 나파유 군인다운 군인이고자 했던 식민지 애로크의 오토메나크는 자신의 식민지성을 발견하면서, 나파유와 애로크의 관계를 규정하는 논리이자 나아가 전쟁의 논리였던 '아시아주의'에 대하여 고민하게 된다.

오토메나크는 작전 참모의 아시아주의와 자신의 상관 아나키트 소령의 아시아주의를 대별하면서 자신은 후자의 길을 가기로 다짐한다. "아니크[중국] 사변을 일으킨 영관 그룹의 한 사람"(태풍, 1973: 185)으로 소개되는 작전 참모는 아시아의 다른 민족과 국가를 적대하고, 전쟁이라는 폭력으로 아시아를 제국 나파유에 합병하려는 인물이다. 매파인 그는 전쟁의 승리를 위해서 아이세노딘의 아니크인들을 집단 학살하였다. 아나키트 소령은 먼저 문명 개화한 나파유가 서구의 식민 지배에 맞서서 아시아를 해방해야 한다고 믿는 인물이다. 그는 '아시아태평양전쟁'의 대의로 아시아의 해방을 견지한 인물로 "우리는 해방자로서 이곳에 왔"다는 자의식을 놓지 않는다(태풍, 1973: 270). 오토메나크는 신중한 고민 끝에 후자 아나키트 소령의 길을 선택한다.

〈그림10〉 오토메나크(김영덕 그림, 「중앙일보」, 1973.1.4.)

참으로 이상한 일이다. 삼백 년 식민지 통치를 한 니브리타 놈들이 아이
세노딘 게릴라를 조종하고 그들을 쫓아낸 나파유군이 민중을 두려워하
게 되다니. 매파니, 비둘기파니 하는 것은 나파유 군대 안에서 가릴 시비
고 민중의 눈에는 나파유 군대는 한덩어리다. (태풍, 1973: 335)

나파유군의 입장에서라면 매파와 비둘기파의 구별이 유의미하고, 비
둘기파 오토메나크는 매파의 행동에 충분한 비판적 거리를 두었다. 하지
만 전쟁 이전 서구 제국의 식민지를 경험하였고, 일본군의 점령 아래에 있
는 아이세노딘 민중의 시각에서 보면 양자의 차이는 의미가 없었다. 최인
훈은 『태풍』에서 식민지 아이세노딘 민중의 시각에서 '아시아주의'의 한
계와 가능성을 재구성하고자 하였다.

1973년 1월 1일부터 『태풍』을 연재하기 시작했던 최인훈은 5월 15일
고은과 더불어 서울 시내 일본어 서점에 들렀고, 그곳에서 수카르노
(Sukarno)의 전기를 구입한다.[127] 당시 일본에 간행되었던 수카르노의 전기
는 다니구치 고로(谷口五郎)의 『수카르노 - 폭풍 속을 가다(スカルノ - 嵐の中
を行く)』(朝日新聞社, 1966)와 수카르노 자신의 『수카르노 자전 - 신디 아담스

〈그림11〉 수카르노 전기 『수카르노 - 폭풍 속을 가다』(아사히신문사, 1966)

에게 구술하다(スカルノ自傳 - シンディ·アダムスに口述)』(角川書店, 1969) 등이 있었다. 다니구치의 저작은 수카르노의 일생을 구성하면서, 1945년 이전 그가 인도네시아 민중의 바람을 예민하게 관찰하고 그것을 대변한 사람이었다는 점에 강조하였다.

다니구치의 전기에 따르면 네덜란드 총독부의 식민정책에 협력하였던 고위 관료 일부를 제외한 인도네시아 민중 대부분은 네덜란드군에 대한 일본군의 승리를 기뻐하였고, 아이들은 '히노마루'를 들고 연도에 나와 일본군을 환영하였다.[128] '대동아전쟁'의 이중성 가운데 유럽 제국주의에 대한 저항이라는 측면에 인도네시아 민중들이 동의한 것이었다. 일본군의 인도네시아 점령 결과, 네덜란드에 대한 반식민 투쟁으로 9년 동안 수감되었던 수카르노는 풀려난다. 수카르노는 인도네시아 민중의 바람을 일본군에 대변하는 역할을 하였다. 그는 일본군에 협력하면서, 일본군정의 의도를 인도네시아 민중에게 설명하고, 또한 인도네시아 민중의 요망을 일본군에 전달하는 조정자의 역할을 맡았다. 다니구치는 비록 일본군은 그를 군정의 액세서리 정도로 생각했을지 몰라도, 수카르노는 민중을 대변하는 역할을 수행하였고 이를 통해 그가 민중의 광범위한 지지를 얻을 수 있었다고 평하였다.[129] 인도네시아가 아시아태평양전쟁 시기에 경험했던 일본군은 침략과 해방의 이중성을 가진 존재였다. 또한 인도네시아 민중과 수카르노 또한 저항과 협력의 이분법으로 환원되지 않는 태도로 일본군과 접촉하고 관계를 형성하였다.

최인훈은 『태풍』의 서사에서 수카르노를 모델로 한 카르노스에게 이러한 역할을 부여하지 않았다. 『태풍』의 카르노스는 오토메나크에게 지혜를 빌려주며 그의 '부활'을 제안하고 지지하지만, 소설에서 그는 연금 상태로 아이세노딘[인도네시아] 민중과 격리되어 있다. 다니구치의 전기에서 수카르노의 역할을 『태풍』에서 수행한 인물은 '아이세노딘의 호랑이'라는 별명을 가진 토니크 나파유트라는 나파유[일본] 이민자 2세였다. 그의 부모는 전쟁 전 나파유에서 아이세노딘으로 이민을 왔으며, 나파유트는 아이세노딘에서 성장하였다. 그는 부랑아였지만, 나파유 군대의 진격시 제국 니브리타[영국/네덜란드]군의 후방을 공격하여 나파유군의 승리에 기여하였다. 그는 나파유군이 호명하고 조작한 전쟁의 영웅이었지만, 동시에 스스로도 나파유군의 진주가 아이세노딘과 아시아의 해방으로 이어질 것이라 굳게 믿었다. 그가 해방하고자 했던 아이세노딘은 아이세노딘인과 이민자 나파유[일본]인, 아니크[중국]인 등 다양한 종족이 함께 생활하는 지역으로서의 아이세노딘이었다. 나파유군이 점령 기간 중 아이세노딘 민중에게 폐를 끼칠 때마다, 나파유트는 아이세노딘 민중의 입장을 대변하면서 문제를 해결하고 민중을 보호하였다.

하지만 작전 참모의 결정으로 나파유군은 '이적 행위'를 했다는 명목으로 아이세노딘의 아니크[중국]인을 학살하였다. 토니크 나파유트는 '아시아 공동체'에 대한 믿음이 배반당한 것에 항의하고 아니크계 동료들에게 면목이 없다는 이유로 스스로 목숨을 거둔다. 오토메나크는 나파유트에 대해 아이세노딘 민중의 입장에 서서 "아시아 공동체를 말 그대로 믿고 실천하고 죽"은 인물이자 스스로의 행위에 대해 책임지는 사람이라고 고평하였다(태풍, 1973: 299). 토니크 나파유트가 "자신의 잘못을 벌하고 식민주의 세력의 폭력성에 항거"하기 위해 스스로를 "처벌"하자,[130] 비둘기파 아시아주의자 아나키트 소령은 그의 죽음을 '테러에 의한 타살'로 날조한다. 하지만 오토메나크는 "다른 사람이 어떻게 이용하건 말 그대로" 아시아 공동체를 믿고 행하였던 그의 신념과 실천의 일치를 보면서 "완벽한 삶"이라 생각한다(태풍, 1973: 299). 토니크 나파유트의 장례식에서 오토메나크는 그의 죽음을 애도하는 아이세노딘 민중을 만나게 된다.

> 오랜 니브리타 점령으로 쌓인 이 사람들의 슬픔은, 토니크 나파유트의 전
> 설 속에 그들의 민족적 영웅을 보고 있는 것이었다. <u>그가 외국인이라는</u>
> <u>것이 더 신비스러웠고 나파유 사람이지만 점령군이 아니라 이 거리의 골</u>
> <u>목에서 자란 일이 대견했고,</u> 소학교도 다니지 못한 처지가 통했던 것이
> 다. (태풍, 1973: 301)

오랫동안 네덜란드의 지배를 받은 인도네시아에서는 "하얀 얼굴의
지배가 마친 후, 노란 얼굴의 해방자가 온다."라는 죠요보요 전설이 기백
년 널리 전승되었다.[131] 『태풍』의 아이세노딘 민중은 이민자이자 외국인
이지만 토니크 나파유트가 전설 속의 '민족적 영웅'이라는 사실에 적극 동
의하였다. 다만 아이세노딘 민중은 나파유트를 점령군 영웅이 아니라, '이
거리의 골목에서 자란' 사람이라는 점에 무게를 두어 기억하였다.

장례식을 전후하여 오토메나크는 비밀 문서고의 문서를 되짚어 읽으
며 식민주의의 역사를 인식하고, '학살' 이후 아나크계 아이세노딘 민중을
만나고 그들을 재인식한다. 아이세노딘의 민중이 '힘없는' 얼굴을 가졌다

〈그림12〉 토니크 나파유트의 장례식(김영덕 그림, 「중앙일보」, 1972.6.21.)

고 생각했던 오토메나크는 자동차 폭발 사건이라는 피식민지인의 저항을 경험한 후 "겉보기에 그토록 힘없는 아이세노딘 사람들의 얼굴은 아이세노딘의 얼굴의 반쪽일 뿐"이며, "다른 반쪽의 얼굴들은 분노하고 울부짖고, 배신하고, 뉘우침으로 흐느끼고 있었다."는 사실을 깨닫는다(태풍, 1973: 143). 아이세노딘 민중의 다른 얼굴을 발견한 오토메나크는 식민지 체제 아래 민중의 주체성을 생각하게 된다.

> 이런 경우(니브리타인의 머슴, 식모, 막벌이꾼이 되는 길과 교육을 받아 그들을 감독하는 길 – 인용자)의 어느 것도 마음에 차지 않는 아이세노딘 사람들도 있다. 이들이 독립 운동자가 된다. 이들은 특별히 어느 층에서 나온다고 지목할 수 없다. 앞에 말한 모든 층에서 나오는 반항자들이다. 똑똑하면 똑똑해서 억울하고, 무식하면 무식해서 한이 맺힌 사람들이 반항자가 된다. / 어제오늘 시작된 일이 아니다. 아이세노딘에 흰 살갗을 가진 해적들이 발을 디딘 이후 줄곧 사람들은 싸웠다. (태풍, 1973: 374)

'흰 살갗'의 '해적'이 발을 디딘 후부터 아이세노딘의 민중은 종족의 위계에 근거한 정치 및 문화의 차별을 경험하였고, 종족 내부의 차별까지 중첩되었다. 하지만 아이세노딘의 민중은 스스로의 주체성을 가진 주체들이었다. 어떤 이들은 식민지 질서에 순치되었고, 어떤 이들은 '한이 맺힌' 반항자가 되어 식민지 질서에 반대하여 투쟁하였으나, 그들은 각각 자신의 주체성을 보존하였다.

『태풍』에서 카르노스 또한 민중의 주체성을 강조한다. 그는 "나파유[일본]가 아이세노딘[인도네시아]을 쉽게 점령한 것은, 사람들이 니브리타[영국/네덜란드]를 미워했고, 나파유 군대를 도와줬기 때문입니다."라고 설명한다(태풍, 1973: 377). 카르노스의 발언은 인도네시아 민중이 일본군을 환영했던 것은 일본군이 그들의 "독립운동에 있어 유리했기 때문"이었다는 문학평론가 다케우치 요시미(竹内好)의 의견과 공명한다.[132] 카르노스의 인식은 나파유군의 아시아주의라는 명분과 힘에 근거하여 현실을 이해했던 오토메나크의 입장을 근본적으로 전복한다. 이후 오토메나크도 아이세노딘 민중의 주체성에 주목하며, 단지 가련하다고 생각했던 아이세노딘 민중의 얼굴로부터 "패전의 날에 모든 부역자들을 기다리고 있는" 심판자의 얼굴을 발견하기도 하였다(태풍, 1973: 337).

서술자와 아이세노딘 사람들이 아이세노딘 민중을 규정할 때, 종족의 본질적인 특징을 선험적으로 전제하지 않는다. 아이세노딘 여성 아만다는 아이세노딘인은 다양한 종족의 피와 생활이 섞여 형성된 '민족'임을 강조한다. 그는 역사적으로 다양한 인종과 민족이 아이세노딘에 도래하였으며, "그렇지만 온 다음에는 다 아이세노딘 사람이 됐어요."라고 평가한다(태풍, 1973: 267). 후일 카르노스가 오토메나크에게 "당신은 아이세노딘 사람도 될 수 있습니다."라고 권유할 수 있는 역사적 맥락이었다(태풍, 1973: 493).

"작전참모의 설명에 의하면 아니크[중국]계(系)는 아이세노딘[인도네시아] 국민의 원한과 질투의 대상이라는 거야. 이 나라에 와서 좋은 경제적 자리를 잡고 니브리타 놈들의 앞잡이가 되어 아이세노딘을 좀먹어 왔다는 거야. 그런 아니크계를 탄압한다는 것은 아이세노딘 국민에게 나쁜 인상을 안 준다는 것이지. 하나만 알고 둘은 모르는 난폭한 판단이야. 아니크계는 어제오늘 이 나라에 사는 사람들이 아니야. 아니크계라지만 이곳의 아니크계는 다른 어느 곳보다 아이세노딘 사람과의 통혼(通婚)율이 높아. 수백 년을 그렇게 내려왔어. 그들이 단결해서 아니크의 생활 양식대로 사는 것은 일종의 경제적 상표(商標) 구실을 하고 있는 것이야. 그들은 아이세노딘 국민과 고립돼 있기는커녕, 아이세노딘 국민과 뗄 수 없이 맺어져 있어. 아니크계를 치면, 아이세노딘도 피를 흘린다 이 말이야." (태풍, 1973: 270-271, 아나키트 소령의 언급)

작전 참모는 아시아주의를 전쟁의 목표로 내걸었지만, '국민' 혹은 '민족'을 단위로 아시아를 사유했고 민족 간의 관계를 적대로 파악하였고 결국 민족 단위의 학살을 저지른다. 하지만 아나키트 소령의 언급에 따르면, 아이세노딘 민중들과 아니크계 민중들은 수백 년의 시간 동안 생활을 공유하며 '사회'를 형성하였다.[133] 아이세노딘 민중들에게 국민 혹은 민족의 생활 관습은 경제적 이유에 따른 편의적인 하나의 지표(index)일 따름이었다. '민족'의 입장에 선다면 아니크인과 아이세노딘인은 구별이 가능하지만, 현실에서 그들은 아이세노딘이라는 지역에 근거하여 삶의 구체성과 친밀성을 공유하면서 공공성을 형성하였다. 아이세노딘 민중은 나파유계 이민 2세인 토니크 나파유트 역시 점령군이나 일본인 이전에 같은 지역의 이웃으로 인식하였다. 그들은 토니크 나파유트를 "나파유 사람일망정 아이세노딘 물을 마시고 자란 2세요, 바로 이 로파그니스[아이세노딘의 도시] 거리에 산 사람"으로 인식한다(태풍, 1973: 301).

　　아이세노딘 민중이 토니크 나파유트에 대해 가지는 인식은 「두만강」에서 한국인 민중이 일본인 식민자에 대해 가지는 인식과 같다. H읍의 한국인 민중은 일본인 식민자에 대하여 "같은 하늘 아래에서 같은 수돗물을 길어다 먹고 같은 날에 같은 국기를 게양하기를 한 삼십 년만 하면 대개 생기는 감정", 곧 '동물적 친근감'을 가졌다(두만강, 1970: 473). 「두만강」의 서술자는 식민을 이주로 이해하면서, H읍이 한국인뿐 아니라 식민자 일본인에게도 생활의 근거가 되었다고 보았다. H읍은 30년의 시간 동안 동화와 이화가 동시에 작동했기에, 피식민자와 식민자는 '동물적 친근감'을 느끼는 정도에 머물렀고, 피식민자 2세 한동철과 식민자 2세 유다끼 마리꼬가 친밀성을 형성했을 뿐 공공성이나 '사회'의 형성에 이르지 못했다.[134] 수백 년의 시간 동안 이민을 경험한 아이세노딘은 이민자들에게 보다 개방적인 사회를 형성하였다.[135]

　　최인훈은 나파유계 이민 2세인 토니크 나파유트를 "조국[나파유]과 아이세노딘을 모두 사랑"하여 "아시아 공동체"를 위해 투신하고 서구 제국

〈그림13〉 쓰루미 슌스케(1970.6.21. 미일안보조약 연장 항의 농성)(『일본비평』 27, 2022.8.)

에 대해 저항하는 적극적인 인물로 형상화한다(태풍, 1973: 209). 나파유트가 전쟁이라는 폭력에 협력하고 제국 나파유의 아시아주의에 이용을 당한 것도 사실이었지만, 그는 아이세노딘 민중의 삶을 판단의 근거로 하여 새로운 아시아를 상상하고 실천하였다. 철학자 쓰루미 슌스케(鶴見俊輔)는 '대동아 공영권'에 대한 철저한 반성과 그것이 국가로 회수되어서는 안 된다는 전제 아래, 여러 종족이 접촉하여 생활 속에서 서로를 알아갔던 경험은 아시아주의의 유산으로 계승할 수 있다고 보았다.

실제 인도네시아 전선에 종군하였던 쓰루미는 '점령군'으로서 인도네시아에 도달한 자신과 달리, 전쟁 이전부터 인도네시아에 이민해서 살았던 일본인 이주민들이 보여 준 "인도네시아 독립에의 몰두가 진짜"임을 느꼈다고 회고하였다.[136] '아시아태평양전쟁'에 참전하여 인도네시아에 온 쓰루미와 전쟁 이전에 인도네시아로 이민하였던 일본인 이주민의 관계는, 오토메나크와 토니크 나파유트의 관계에 대응한다. 수십 년간 지역과 생활을 공유하였던 일본인 이주민과 인도네시아인의 신뢰와 경험을 존중하였던 쓰루미의 입장에서 본다면, 토니트 나파유트의 아이세노딘 '독립'에 대한 몰두 또한 '진짜'라 할 수 있다.

최인훈은 '황국 신민 세대'였던 자신의 식민지 유년 경험을 성찰함으로써 침략과 연대의 이중성을 가진 '아시아주의'를 수행적으로 재구성하였다.[137] 최인훈은 유년기 자신과 친밀성을 형성하였던 이주자로서 식민자 2세의 존재를 참조하여 토니크 나파유트의 형상을 제시하였고, 제국 일본의 이데올로기와 식민지 교육을 내면화한 '식민지 주체'였던 자신의 형상을 참조하여 오토메나크의 형상을 창조하였다. 나파유트와 오토메나크는 별개의 인물이지만, 최인훈의 경험을 나누어 가졌다는 점에서는 각각 서로에게 또 다른 자아(alter ego)이기도 하였다. 최인훈은 토니크와 오토메나크에게 '아시아주의'를 분유(partage)하고, 한계와 가능성의 연쇄를 통해 '아시아주의'의 원리를 도출하였다.[138]

토니크 나파유트는 아이세노딘 민중의 삶에 근거한 '아시아주의'를 신념하고 실천하였지만, 그의 실천은 침략으로서 아시아주의에 동원된다. 나파유트는 아니크인 학살에 저항하여 스스로를 '처벌'하는 방식으로 침략에 동원된 아시아주의에 대해 반성과 비판을 수행하였다. 최인훈은 나파유트의 자기 처벌을 통해 그가 신념하였던 아시아주의의 본의를 보존할 수 있었다. 『태풍』의 서술자는 아이세노딘 민중이 자기를 처벌한 토니크 나파유트에게 동의하였다고 강조하면서, 식민지 민중의 삶과 에너지에 근거한 새로운 '아시아주의'의 형성 가능성을 포착하였다.[139] 토니크 나파유트의 아시아주의와 대면하는 것은 전쟁 이데올로기로서 아시아주의를 내면화했던 식민지 주체 오토메나크의 주체 재구성의 계기가 된다. 오토메나크의 주체 재구성은 문서고를 통해 식민의 역사를 재인식하는 것에서 촉발된다. 하지만 보다 본격적인 주체의 재구성은 스스로를 설명하는 서사적 노력이 실패하였던 오토메나크가 '실패'를 인정한 다음에 수행되었다. 주디스 버틀러의 표현을 빌리면, 오토메나크는 토니크 나파유트의 자기 처벌에 공명하면서 자기 밖에서 '자기'를 발견하며 스스로를 탈중심화하는 과정을 통해 주체를 재구성하였다.[140] 나아가 문학 연구자 신지영의 지적처럼, 아시아주의를 수행적으로 재구성하는 과정은 "피해-가해의 구조를 반복하는 아시아 내부의 관계성을 벗어날 수 있는" 가능성을 탐색하는 것이었다.[141] 최인훈은 '아시아주의'를 한 사람에게 독점시키거나 고정된 정체성으로 확정하지 않고, 그의 유년기 식민지 경험을 토대로 창조한 두 인물에게 분유하였다. 나아가 토니크 나파유트와 오토메나크의 '자기 처벌과 주체 재구성'의 연쇄로서 '아시아주의'를 수행적으로 재구성하였다. '아시아주의'의 수행적 재구성은, 문학 연구자 차승기의 언급을 빌리면, "과거의 상처를 향해 개방된 상태를 유지함으로써 그 과거성과 타자성을 현재에 합체시켜 중화시켜 버리지 않는 태도"인 방법적 멜랑콜리의 실천이라 할 수 있다.[142]

오토메나크의 주체 재구성은 나파유트의 자기 처벌에 반응하여 일회로 완료되지 않았다. 그의 주체 구성은 자기 동일성 구축이 실패한 상황에서 자기 인식의 한계를 인정하고 또 다른 타자에게 말을 거는(address) 과정의 연쇄에서 수행되었다. 종전 직전 오토메나크는 자신이 애로크[한국]인이라는 것을 카르노스에게 고백하면서 스스로를 "동포들에게 죄지은 사람"이라 부르며, 고국으로 돌아갈 면목이 없기에 죽고자 한다(태풍, 1973: 493). 카르노스는 오토메나크에게 새로운 삶으로의 '부활'을 권유하는데, 그 제안은 근거 없는 전신에의 권유는 아니었다. 오토메나크가 민족의 층위에서 속죄와 용서를 고민했다면, 카르노스는 아이세노딘 지역과 민중이라는 기반에 근거하여서 "사회적 주체"로서의 부활을 제안하였다. 그는 오토메나크에게 아이세노딘 '사회'의 구성원으로 반식민 투쟁에 참여할 것을 요청하였다.[143] 카르노스는 오토메나크에게 반식민 투쟁이 종료된 후, 니브리타가 더는 식민지를 거느린 제국이 아니라 또 다른 하나의 '사회'가 된다면 그때는 오토메나크가 "니브리타 사람도 될 수 있을 것"임을 덧붙인다(태풍, 1973: 493).

오토메나크의 부활을 "애로크적 정체성의 복원이 아니라, 아이세노딘적 정체성의 탄생"[144]으로 이해했던 문학 연구자 박진영의 통찰을 새롭고도 두터이 읽을 필요가 있다. '아이세노딘적 정체성'이란 '식민주의의 바깥'에서 삽입되었거나 '카르노스라는 초월적 형상'에 지나치게 의존한 것이라고만은 볼 수 없다. 이중 언어 세대의 주체가 '한국적인 것'의 구성과 그에 대한 기투를 당위가 아니라 가능성으로 받아들였듯,[145] 최인훈이 『태풍』에서 제안한 '아이세노딘적 정체성' 또한 당위로서가 아니라 새로운 가능성을 형성하기 위한 실험과 모색이었다. 오토메나크가 구성한 바냐킴이라는 아이세노딘적 정체성은 식민지의 역사적 경험 내부로부터, 지역에서 살아가는 민중의 구체적인 생활에 근거한 것이었다. 오토메나크의 새로운 정체성은 여러 이민자들이 충분한 시간 동안 지역에 뿌리내리며 형성된 아이세노딘 '사회'에서, 새롭게 이주한 개인이 짧지 않은 동안 수행한 '도야(Bildung)의 과정'[146]을 통해 형성한 것이다. 문학평론가 김종욱의 지적처럼, 오토메나크와 바냐킴은 완전히 다른 존재이면서도 깊이 연관되어 있는 존재로 화해하게 된다. 다만, 그것은 과거에 대한 무조건적인 용서를 의미하는 것은 아니었다.[147] 『태풍』의 에필로그가 「로파그니스 - 30년 후」라는 제목인 것은 이 때문이다. '30년'의 시간은 「두만강」에서 식민자 일본인이 식민지 H읍에 도래한 시간인 동시에, 오토메나크가 아이세노딘 지역에서 '아이세노딘인'으로서 살아간 시간이었다.[148]

나파유주의를 신념한 애로크인으로부터 수행적으로 재구성된 아시아주의를 수행하는 아이세노딘인, 혹은 사회적 주체로. 오토메나크의 주체성 재구성은 양칠성(梁七星)·야나가와 시치세이(梁川七星)·코마르딘(Komarudin)이라는 세 이름을 가진 인도네시아의 한국인 포로 감시원의 역사적인 실천을 떠올린다. 식민화된 난민이었던 그는 아시아태평양전쟁 중에는 고려 독립당의 일원으로 인도네시아 농민 봉기에 연대하였고, 종전 후에는 잔류 일본 군인과 함께 인도네시아 독립 운동에 참여하면서 인종주의적 한계에 육박하며 인민 연대의 잠재성을 수행하였다.[149] 최인훈의 문학적 상상력은 재현의 임계를 넘어 역사에 닿은 셈이다.

문학 연구자 연남경의 지적처럼, 최인훈은 『태풍』에서 과거의 역사를 그대로 옮긴 것이 아니라, "대항 역사 기술"을 수행하였다.[150] 1973년은 독재자가 되었던 수카르노가 실각한 지 상당한 시간이 지난 후였고, 그가 주장했던 '비동맹 노선' 역시 냉전의 역학 속에서 현실적 힘을 잃었던 상태였다.[151] 문학 연구자 권보드래의 지적처럼, "『태풍』은 가능성에 바쳐진 서사라기보다 봉쇄에 바치는 조사에 가깝다고 할 수 있다." 하지만 최인훈은 봉쇄에 기초한 탈식민의 가능성을 탐색하였다.[152] 1973년 최인훈은 인도네시아의 역사적 경험과 수카르노라는 인물을 참조했다. 하지만 수카르노의 1950년대와 역사적 실천으로서의 '비동맹'과는 거리를 두고, '아시아주의'를 식민지 민중에 삶에 근거한 하나의 '원리'로서 도출하고자 하였다. 그것은 그 자신 유년 시절의 기억에서 건져낸 이민자 2세의 신념에 합치한 실천과 자기 처벌, 그리고 그에 연쇄하여 반응한 '식민지 주체'의 반성과 주체 재구성의 과정을 통해 수행적으로 구성된 '아시아주의'였다.[153]

최인훈은 『태풍』을 통해 제국주의의 전쟁 이데올로기로부터 '아시아주의'라는 사상을 비판적으로 추출하며, 당대 현실적인 동력을 잃었던 냉전 너머를 향한 아시아·아프리카 탈식민 국가의 모색과 실천을 반성하며 '아시아주의'를 원리로서 재구성하였다. 식민지와 냉전 너머를 지향하며 그가 제시한 '아시아주의'는 아이세노딘 지역과 그곳에서 생활하는 민중의 삶과 '사회'에 정초한 것이었던 동시에, 선진과 후진이라는 서구적 원리와 다른 방식으로 세계사를 인식할 가능성으로 이어진다.

② 주변부의 세계사, 혹은 연대와 공존의 꿈

① 세계사 다시 쓰기

『태풍』의 세계사 재인식은 두 가지 조건으로 가능했는데, 하나는 동남아시아가 서구의 식민지였다는 역사적 사실 때문이다. 동남아시아의 식민지 경험을 논의하는 것은 근대 이후 세계사의 재인식으로 이어질 가능성이 있었다. 또 하나는 최인훈 개인의 다소 우연적인 체험에서 왔는데, 그 자신이 동남아시아 국가 중 하나이며 열전 중인 베트남을 방문하였다. 구제국 일본의 작가 홋타 요시에(堀田善衞)가 1955년 아시아·아프리카작가회의 참석을 위해 인도를 방문할 수 있었던 것과 달리, 최인훈은 분단된 한

반도의 외부를 경험할 수 없었다. 『태풍』을 연재하면서도 최인훈은 인도네시아를 방문하지 못하였다. 다만 『태풍』의 연재를 시작한 직후 그는 철수 직전의 베트남에 파병된 한국 부대를 방문할 기회를 얻는다. 선우휘의 기획으로 1973년 1월 9일 고은, 이호철, 최인훈 등은 김포공항을 출발하여, 미군기를 타고 필리핀을 거쳐 "베트남 주둔 한국군 사령부의 문인 초청 방문길"에 올랐다.[154]

[가] 평탄한 지형에, 방대한 시설이다.

난방이 필요 없는 건물들은 말쑥하고 시원스런 지음새다. 남방 식물들은 매우 낙천적으로 보인다. 구김새 없이 쑥쑥 빠졌다. 색깔도 마음껏 호사스럽다. 빼거나, 멋을 부른다는 티가 없다. 나의 느낌으로는 패러다이스란 말의 감각은 모름지기 남방적인 것이 아닌가 한다. / 저녁에 기지촌에 나가 본다. 기지촌이라지만, 어엿한 소도시다. / 우리나라나, 일본 · 중국이 있는 극동하고는 전혀 다른 고장을 발견한다. 스페인이나, 포르투갈이다. 〔…〕 갈색 피부에 이빨이 하얀 아가씨들이다. / 매끄럽고 부드러워 보이는 갈색 피부다. 인류는 원래 이런 빛깔로 창조되었는데, 북쪽으로 이동한 종족들이, 태양과 외기에서 차단된 생활을 하는 동안에 탈색된 것이, 백인종 · 황인종이다— 이런 생물학적 영감이 순간, 내 머리 속에 이루어진다.[155]

[나] 짧은 날짜에, 부대 방문으로 꽉 짜인 예정이어서 베트남 그 자체에 대해서는, 정작 할 말이 없다. 산천과 사람과 거리를 감각으로 접했다는 것뿐이다. 이 지구 위에 베트남이라는 곳이 정말 있는 줄 알게 됐다는 것이, 가장 분명한 경험이다. 나는 이것을 작은 일이라 생각하지 못하겠다. 베트남에 대한 모든 복잡한 지식에 육체를 마련한 셈이기 때문이다. 기억에 담긴 이 먼 나라의 경험이 육체를 잘 키우고, 바르게 이용하는 것은 이제부터 시작되는 나의 즐거움에 속한다.[156]

[가]는 첫날 저녁 필리핀의 미군 클라크 공군기지(Clarck Air Base)에 도착한 저녁 최인훈의 기록이며, [나]는 짧은 방문을 마친 후 한국에서 원고를 마무리하다가 베트남전 '휴전' 소식을 들은 직후의 소감이다. [나]에서 최인훈은 그 자신이 베트남 사회를 본 것이 아니라, 베트남에 있는 한국인들을 만나고 온 것에 불과함을 분명히 인식하였다. 동시에 그는 "이 지구 위에 베트남이라는 곳이 정말 있는 줄 알게 됐다."는 것을 가장 큰 성과로 삼는다. 그는 베트남의 "산천과 사람과 거리를 감각으로 접"한 경험이 베트남에 대한 자신의 지식에 '육체'를 부여할 것이라 기대하였다.

　첫날의 인상을 기록한 [가] 또한 베트남에 대한 실감으로 이해할 수 있다. '남방'에 대한 전형적인 이국적인 감상이나 인종에 대한 신중하지 못한 진술은 비판적으로 살펴야 하겠지만, 최인훈은 필리핀의 지형, 건물, 피부 등을 보면서 이곳이 "우리나라나, 일본·중국이 있는 극동하고는 전혀 다른 고장"이라는 사실을 "발견한다." 10일 정도의 짧은 기간이었지만, 이전까지 한반도를 벗어나지 못했던 최인훈은 필리핀과 베트남 방문을 통해서, 동아시아의 영역을 넘어서는 '아시아'를 직접 경험하고 체험하였다. 그 때문에 그는 "열흘쯤 되는 짧은 기간이었지만, 나에게는 충분하였다."라고 만족하였다.[157]

　1973년 최인훈의 경험은 1955년 아시아·아프리카 작가회의 참석을 위해 인도를 방문했던 일본 작가 홋타 요시에의 경험을 상기시킨다. 인도 방문을 통해 홋타는 그동안 자신이 아시아를 관념적으로 인식했던 것을 깨닫고, 처음으로 아시아를 실감할 수 있었다. 인도에서 홋타의 첫 반응 역시 자신이 중국을 제외한 아시아에 대해 전혀 모른다는 깨달음이었다.[158] 아시아와 아프리카 곳곳을 갈 수 있었던 구 제국 작가 홋타와 달리, 후식민지 작가 최인훈의 이동은 제한되었다. 홋타의 깨달음으로부터 20여 년 이후, 최인훈은 전쟁의 틈을 타 베트남 파병 한국군의 초대라는 역설적인 조건 속에서야 아시아를 직접 경험하였고, 홋타의 깨달음을 실감하였다. [나]에서 최인훈은 "먼 나라의 경험"을 새로운 앎의 자원으로 활용하리라 다짐한다.

최인훈이 발견한 아시아는 『태풍』에서 그 단서를 찾을 수 있다. 처음 아이세노딘에 도착한 오토메나크는 아이세노딘의 기후, 환경, 건축, 인종적 특성 등에 놀란다. 그는 로파그니스[아이세노딘의 도시]에 사는 사람들의 외형적 특징이 동아시아 사람들의 특징과 상이하다는 점, 서구 식민지배의 결과 "사진이나 그림에서 보아 온 유럽 남쪽의 휴양 도시를 연상"시키는 건물들이 즐비하다는 점, 동아시아와 전혀 다른 환경 및 생태적 조건을 보면서, "여기는 아시아가 아

〈그림14〉 훗타 요시에 『인도에서 생각한 것』(이와나미 서점, 1957)

니군요?"라는 질문을 거듭한다(태풍, 1973: 37-38). 최인훈의 베트남 체험과도 연결되는 이 언급을 통해, 오토메나크는 동남아시아를 단지 논리로서가 아니라, 구체적인 삶의 감각으로서 경험하였다.

오토메나크에 초점화한 서술자가 "자연─. 이만한 자연을 마주 대하고 보면, 사람은 오랜 진화(進化)의 나그넷길을 순간에 거슬러 올라가서 그 앞에 자기도 맨 처음의 자연이 되어 서게 된다."(태풍, 1973: 133)라고 서술한 것에서 볼 수 있듯, 『태풍』은 자연과 환경에 대한 관심을 곳곳에 내포하고 있다. 최인훈의 관심은 ① 동아시아와 다른 동남아시아의 자연환경의 조건과 그것이 인간의 삶에 미치는 영향, ② 식민지 및 근대화라는 인간의 역사와 문화가 생태적 환경과 조건을 변형하는 과정에 대한 관심으로 정리할 수 있다. 두 가지 인식을 바탕으로 최인훈은 제국주의를 환경에 대한 변형으로 재인식하고, 세계사를 다르게 인식할 여지를 열어 준다.

오토메나크가 가장 먼저 직감했던 것은, 동남아시아는 동아시아와 자연환경이 다르며 그에 따라 사람들의 피부색과 생김새가 다르다는 가시적인 차이였다.

남쪽에 온 이래로 어지간히 눈에 익었으면서도 오토메나크는 남쪽의 식물들이, 대개는 눈여겨볼 여유가 있을 때마다 약간 이상스럽게 느껴지는 것이었다. 〔…〕 그의 나라인 애로크나, 그의 정신의 나라인 나파유만 하더라도 그런 느낌은 괴물스런 풍경이어야 했다. 그러나 이 늘 푸른 나라에서 보는, 이 나무의 그러한 느낌은 훨씬 자연스럽게 보였다. 〔…〕 식물들은 훨씬 부드럽고, 장난스러웠다. ― 그의 고향에 비해서. 오토메나크의 고향인 애로크나, 식민지 모국인 나파유의 식물들은, 한결같이 생활에 찌들었거나 찌푸린 정신주의의 느낌을 준다. 이곳의 식물들은 활달하고 덩치 큰 어린아이 같은 데가 있다. 오토메나크는 원주민들에게서도 같은 느낌을 받았다. (태풍, 1973: 32-33)

오토메나크의 시각은 서술자도 지적하듯 "이방인의 눈이 남의 나라 풍경을 마음대로 보고 있는 것뿐"이었고(태풍, 1973: 33), 동남아시아의 이국적인 모습을 젠더화하는 남성적 시선의 전형적인 재현에서 그리 떨어진 것은 아니었다.[159] 하지만 그는 환경이 다르면 식물이나 인간의 외양적인 특징도 다르게 발현된다는 것을 인식하고 그 차이에 주목하였다.

〈그림15〉 아이세노딘의 식물(김영덕 그림, 「중앙일보」, 1972.1.6.)

"식민지도 이만큼 오래되면, 원주민들도 어느새 주인과 마찬가지 인종이 되겠읍니다." (오토메나크의 언급-인용자)

"3백 년이나 되니 그럴 만도 하지. 그러나 아이세노딘 사람들이 이곳에 살기 시작한 것은, 3백 년이란 세월조차 눈 깜짝할 사이밖에 안 될, 오랜 옛날부터야. 저 사람들을 보게. 분명한 아시아인이 아닌가." (아나키트 소령의 언급 - 인용자)

그러나 소령의 말도, 반은 진실이었으나, 나머지 반은 진실이 아니었다. 거리에서 물건을 파는 사람들, 오가는 사람들 속에는 혼혈의 얼굴이 적지 않게 눈에 띈다. 아이세노딘 사람도 아니고, 니브리타 사람도 아닌 얼굴, 유럽인과 태평양 남방 민족의 결합으로 만들어진 이들의 얼굴은 독특한 형을 이루고 있다. (태풍, 1973: 39)

아이세노딘에 갓 도착한 오토메나크와 어느 정도 그곳에서 지냈던 아나키트 소령의 대화에서는 두 사람의 시각뿐 아니라 용어에도 차이가 있다. 오토메나크와 그에 초점화한 서술자는 원주민(아이세노딘인), 주인(식민자 니브리타인), 그리고 혼혈을 모두 개별적으로 파악한다. 아나키트 소령은 차이를 부각하지 않으면서 '아이세노딘 사람들' 혹은 '아시아인'이라는 명칭을 사용한다. 오토메나크는 각 사람의 피부색이나 얼굴 형태 등의 차이를 부각하지만, 아나키트는 차이에도 불구하고 아이세노딘의 자연환경을 공유한 생활과 외모의 공통성을 보다 강조하였다. 오토메나크가 민족의 골상학적, 인류학적 특징에 주목한다면, 아나키트는 환경 및 지리의 규제성에 유의하였다.

아이세노딘에서 지내는 기간이 길어지면서 서술자는 오토메나크의 외모가 점점 바뀌어 가는 것으로 서술한다. 아이세노딘에 온 지 2~3년 후의 오토메나크는 "해에 그을린 얼굴이 아이세노딘 사람으로도 보이는 젊은 남자"였다(태풍, 1973: 315). 30년 후 오토메나크의 얼굴을 본 코드네주는 그가 "애로크 출신이란 것은 적어도 지금 얼굴에서는 짐작할 수 없었다.

아이세노딘 사람 눈에도 토박이 아이세노딘 사람이라고 볼 것이 확실하다."라고 평한다(태풍, 1973: 482-483). 서술자는 한 사람의 생애사 안에서도 환경에 따라 외모가 변모할 수 있다고 판단하며, 그 변화는 민족적 차이를 뛰어넘을 정도였다고 판단하였다.

아이세노딘에 머무는 시간이 길어지면서, 오토메나크는 아이세노딘의 자연환경을 보다 구체적으로 인식한다. 아이세노딘의 환경에 대한 발견은, 오토메나크가 총독부의 비밀문서를 발견하여 식민지의 실상을 깨닫고, 자동차 폭발 사건을 겪으며 아이세노딘 민중의 성난 얼굴을 마주한 것과 같은 시기였다. 오토메나크는 '우기'라는 계절적 요인에 촉발하여 아이세노딘의 환경과 지리적 특징에 관심을 가진다. 임무를 마치고 귀환하던 그의 차량은 장마로 엉망이 된 도로 사정으로 옴짝달싹 못 하게 된다.

> 열대의 장마철 비는 이 고장 식물이 그런 것처럼 시원스럽고 걸차다. 지금보다 수풀이 더 많고 거주 구역이 더 작았을 때는 이 쏟아붓는 비가 내려도 다 자연이 삼켜 버렸을 것이다. 그러나 지금은 수풀 면적이 작아진 데 비해서, 노출된 부분을 흐르는 자연수 관리는 허술하다. / 식민지 당국은 지난 백년 동안, 우선 따먹기 좋은 곶감만 골라서 빼먹기에 바빴던 것이다. 그렇기 때문에 장마철에는 아이세노딘은 으레 홍수 소동이 벌어진다. 교통이 끊어지고 논밭이 잠기고, 마을이 떠내려가곤 한다. 그러나 워낙 늘 여름의 조건 때문에 회복도 빠르다. 자연은 휘저어 놓고는 곧 아물려 준다. (태풍, 1973: 158)

「두만강」의 서술자는 H읍을 "미개한 아세아에서는 눈 많은 것밖에는 자랑할 것이 없는 이 북쪽 시골"(두만강, 1970: 440)이라 명명하면서, 눈이 많이 내린다는 기후적 특성이 '북선(北鮮)'의 문화를 규정한다고 보았다.『태풍』의 서술자는 밀도 높은 정보와 관심으로 아이세노딘의 환경을 서술하는데, 그는 지금의 아이세노딘의 환경과 지리적 특징 또한 영속적이고 고정적인 것으로 보고 있지 않는다. 서술자에 따르면 제국 니브리타가 아이세노딘을 점령한 이래, 자연의 자원을 수탈하여서 수풀의 면적이 줄어들었고, 홍수의 피해는 그 결과였다. 중세 유럽에는 광대한 숲이 있었기에, 문명(Civilization)은 숲을 없애고 사람이 사는 곳으로 만드는 과정을 의미했다.[160] 제국주의 국가가 식민지에서 대규모의 목재를 수입한 결과, 식민지의 삼림은 대폭 축소되었다.[161] 근대 초기의 해상 팽창은 2억 년 전부터 독자적으로 이어진 각 대륙 진화의 결과가 맞부딪치면서 지구 생태계에 격변을 초래한 사건이었다.[162] 『태풍』의 서술자는 제국주의에 의한 개발을 인간에 의해 생태적 조건이 변화하는 과정으로 이해하였고, 홍수라는 결과를 식민지에 거주하는 사람들이 감당하게 되었다고 보고 있다.

　서술자는 아이세노딘이 "몇천 개"의 섬으로 이루어진 "군도(群島)"라는 점을 강조한다(태풍, 1973: 338). 인도네시아의 면적은 한반도의 8~9배로 생태적 다양성이 공존한다. 오토메나크가 니브리타 여성 포로 교환을 위해서 항해하는 과정을 제시하면서 서술자는 "섬들도 지질적인 나름이 같지 않기 때문에, 모르는 사람일지라도 여러 가지 모양의 신기함은 곧 알아볼 수 있다."라고 하면서 아이세노딘의 생태적 다양성을 포착하였다(태풍, 1973: 338). 동시에 서술자는 아이세노딘이 앞쪽의 '도회지'와 뒤쪽의 "제대

〈그림16〉 아이세노딘의 바다와 섬(김영덕 그림, 『중앙일보』, 1972.8.7.)

로 된 것이 없는 지방"으로 나누어져 있다는 사실을 정확히 포착한다.

　이 배가 가고 있는 바닷가는 아이세노딘의 뒤쪽이었다. 뒤쪽이라는 뜻은 큰 항구나 도시가 없고, 길도 제대로 된 것이 없는 지방이란 말이다. 침략이나 문명은 모두 반대쪽, 고노란 해협이 있는 쪽에서 왔다. 로파그니스 같은 도회지에서 오래 있으면, 불편한 데 없는 도회지의 모습이 아이세노딘 모두의 모습으로 알기 쉽다. 그러나 로파그니스는 말할 것도 없고, 몇몇 도회지는 니브리타가 이 섬나라에서 단물을 빨아 올리기 위해 마련한 빨대 같은 곳이다. 자연 그들의 입에 맞는 여러 시설을 만들게 마련이다. 몇 개의 그런 도시에서 한 발만 밖에 나가면, 이 섬이 생겨 사람이 살기 시작한 이래부터 달라진 게 별로 없는 살림을 하는 사람들이 살고 있다. 그들은 체격부터 도회지 사람들하고는 다르다. 깡마르고 빨리 늙는다. 키도 작다. 그런 사람들이 불볕에서 모를 심고 김을 맨다. 여러 식구가, 때로는 4대, 5대가 한집에 산다. 도회지가 경기 좋다는 소식을 들은 젊은 사람들이 마을을 빠져 나가는 수가 있다. 또 가뭄이나 홍수를 만나면 식구 모두가 도시에 흘러든다. 가 봐야 별수가 없다. 허드렛일이 있다 말다 하는 게 아이세노딘 도회지의 벌이다. (태풍, 1973: 373-374)

　제국 니브리타는 식민지 아이세노딘을 공간적으로 분할하여 이중적으로 통치하였다. 아이세노딘의 '앞쪽'에는 식민지적 개발이 이루어졌지만, '뒤쪽'은 개발하지 않고 농업 중심의 아이세노딘 전통적인 삶의 방식을 이어갔다. 니브리타는 '앞쪽' 도회지를 매개로 자원을 수입·수탈하였는데, 아이세노딘의 '앞쪽' 도회지는 '뒤쪽'으로부터 노동력과 식량을 공급받았다. 아이세노딘의 사회는 '뒤쪽'의 노동력과 농업을 통해 '앞쪽'의 산업을 지탱하는 구조였다. 아이세노딘의 '뒤쪽'은 제국 니브리타와 '앞쪽'에 의해 이중적으로 착취되고 있었다.
　로자 룩셈부르크(Rosa Luxemburg)는 자본주의란 비자본주의적 환경을 전제로 해서만 성립할 수 있다고 보았다.[163]『태풍』의 서술자 역시 서양의 근대화를 비서구의 자원, 노동력의 기반 위에서 형성된 것으로 이해함으로써 서양과 아시아를 선진과 후진의 구도로 이해하는 인식으로부터 거리를 두었다. 1960년대 중반 최인훈은 제국이 식민지에 근거하여 성립하였다는 인식을 가졌는데,『태풍』은 그 인식을 세계사 속에서 변증하고 서구의 근대가 식민지의 자연에 대한 착취와 변형 위에서 이루어졌다는 것을 확인한다. 이 인식은 서구의 보편성을 상대화하고 세

〈그림17〉 로자 룩셈부르크

계사를 새로운 원리로 이해할 가능성을 열어 주는데,『태풍』에서 그 원리는 중국의 재인식으로 제시된다.

아니크—넓은 땅이었다. 그 넓이를 다 메울 병력은 없으니 나파유군은 도시와 도시를 연결하는 한 줄기 전진을 하는 수밖에 없었다. 그때만 해도 오토메나크는 그 넓은 땅덩어리에 아무것도 해 놓은 것이 없는 아니크의 무능을 경멸하였다. 조상들이 차지한 땅을 몇 천 년 그저 그 식으로만 파먹고 산 역사를 경멸하였다. / 장비도 허술하고 전투에도 익숙하지 못한 아니크 군대를 경멸하였다. 그는 아니크를 정복한 나파유 군인의 눈으로 그 땅과 사람들을 보았다. 그러나 지금은 그때와는 달리 되새겨진다. 니브리타를 비롯한 숱한 유럽 나라들이 어쩌다 앞질러 만들어 낸 무기를 가지고 쑤시고 저며내고 했는데도 끝내 삼키지 못하고 만 아니크, 나파유군이 그 속에서 매번 싸움에 이기면서 아직도 숨통을 누르지 못하고 헤매고 있는 아니크 대륙. 이 열대의 반도에까지 밀려나와 악착같이 살고 있는

아니크 인종— 〔…〕 아니크의 그 커다란 덩치는, 유럽의 폭력에 대항해서 이길 수 있을 때까지, 아시아 사람들이 숨 돌리기 위해, 몸을 뜯어 먹히면 서 막아선, 역사의 방파제가 아니었을까 하고. 세상은 그렇게도 볼 수 있 었구나 싶으면서 그런 지각이 없었던 자신의 어제까지의 시간이 어둡고 깊은 낭떠러지처럼 그를 어지럽게 했다. (태풍, 1973: 135-136)

오토메나크는 선진적 서구·일본과 후진적 중국이라는 당대 일본 아 시아주의의 전형적 인식을 수용하고 있었지만, 아이세노딘에서의 삶은 오토메나크의 생각을 바꾸어 놓는다. 그는 유럽의 근대화를 "어쩌다 앞질 러 만들어 낸" 문명의 결과로 이해하고, 중국을 유럽의 식민지화에 밀려 가면서도 '악착같이' 그것에 '저항'하며 아시아를 지키고 있는 '역사의 방 파제'로 재인식한다. 다케우치 요시미는 저항을 방기한 선진적인 일본의 시각에서 저항을 방기하지 않는 중국이 후진적으로 보이지만, 일본의 문 화는 주체성을 결여한 노예의 문화일 뿐이라 보았다. 중국의 문화는 "노 예가 노예임을 거부하고 동시에 해방의 환상도 거부하는 것, 노예라는 자 각을 품은 채로 노예인 것, 바로 꿈에서 깨어난 '인생에서 가장 고통스러 운' 상태"의 절망을 견지하면서 저항하는 문화였다.[164]

오토메나크는 선진과 후진, 폭력을 앞세운 제국주의 유럽의 원리에 대항하여, "땅과 사람들", 곧 민중의 생활에 근거한 중국의 모습을 긍정하 였다. 그의 '중국'이란 역사적으로 실체를 가졌던 중국이라는 국가의 고유 명을 의미하기도 하지만, 보다 근본적으로는 다케우치의 시각처럼, 서구 유럽의 폭력을 받아들이면서도 유럽의 원리인 폭력으로 대항하지 않는 입장을 환유하는 '이념형'으로 이해하는 것이 보다 생산적이다.

애로크[조선]가 전쟁 후에 겪은 고통은 거의 강대국의 고의적인 정책 탓이 었는데, 말할 것도 없이 거기서 나온 어려운 문제는 애로크 자신이 앞으 로도 져야 할 짐이 되고 있다. 그나마 전후 이십 년 남짓해서 애로크가 통일될 수 있었던 것은, 강대국들의 등살에 시달리면서도 슬기롭게 새로운 국제 질서의 본보기를 만들어 낸, 약소국들의 뭉친 힘이었다. 그런 뭉침의 솜씨를 만들어 낸 고장이 아이세노딘이었다. 〔…〕 그(카르노스-인용자)는 사자와 양이 어울려 사는 이 세상에서 양들이 씨가 마르지 않으면서 차츰 사자가 되는 법을 만들어 낸 기술자다. 아이세노딘은 아직 사자는 아니다. 그러나 양이 아닌지는 벌써 오래다. 마찬가지로 모든 약한 나라들이 아이세노딘 방법을 따라 그 어려운 때에 사자들의 이빨을 면하고, 이제는 다시는 사자들이 마음대로 못 할 다른 종자가 돼 버렸다. 이것은, 아이세노딘이 앞장선, 슬기로운 국제적 뭉침의 전술에서 비롯된 약소국들의 끈질긴 싸움의 결과다. (태풍, 1973: 476-477)

『태풍』의 에필로그 「로파그니스 – 30년 후」가 충분히 서사화되지 못했다는 점에서 한계가 분명하다.[165] 하지만 문학평론가 이명원의 지적처럼, 최인훈은 『태풍』의 에필로그에 결코 성취되지 못했지만 강한 의지와 희망으로 잠재적 미래를 기입해두었다.[166] 「로파그니스 – 30년 후」를 새로운 세계사의 원리라는 측면에서 검토할 필요가 있다. 『태풍』은 1960년대 중반 아시아·아프리카 회의의 현실적인 동력이 떨어지고, 인도네시아의 수카르노가 '변절' 후 실각한 이후에 발표되었기 때문에, 「로파그니스 – 30년 후」에서 제시한 "카르노스의 중립 비동맹 외교와 섬에서 발견한 석유광의 교묘한 연결"(태풍, 1973: 500)에 근거한 아시아·아프리카 탈식민 국가의 연대는 비현실성과 우연성으로 비판을 받았다.

공교롭게도 오토메나크 등이 표류했던 섬에서 석유광이 발견되어 그것이 탈식민 국가 아이세노딘의 정치와 경제를 지탱하고, 카르노스의 '중립 비동맹 외교'의 현실적 기반이 되었다는 서술자의 설정은 우연적이다. 경제사 분야의 최근 연구를 참조하면, '우연성'을 재인식할 가능성이 열린다. 역사학자 케네스 포메란츠(Kenneth Pomeranz)는 산업혁명 이전 영국, 중국, 일본, 인도 등의 경제 발전을 분석한 결과, 비슷한 수준의 경제 발전 단계에 있었다고 판단하였다. 각 나라는 인구가 늘면서 경제가 성장했지만, 자원의 부족 등 생태적 한계로 '발전의 덫'에 걸린 상태였다. 유럽은 두 가지 계기, 해외 식민지의 획득과 부존 자원의 활용을 통해 생태적 곤경을 돌파(breakthrough)한다. 식민지를 통해 식량과 자원을 강제적으로 획득하여 유럽 내부의 위기를 벗어나고, 영국의 노상 석탄을 활용함으로 산업혁명이 이루어졌고 1820년을 전후하여, 중국과 유럽의 대분기(Great Divergence)가 일어난다. 두 계기는 모두 우연적이었다. 해외 식민지는 유럽 사회의 내부 구조로부터 발생한 필연적 현상이 아니라 외부로부터 더해진 조건이라는 의미에서 우연적(contingent)이었으며, 노상 석탄의 존재는 전적으로 운에 의한 것이었다는 점에서 우연적(accidental)이었다. 유럽의 산업혁명과 세계사의 헤게모니 장악은 '우연' 및 '폭력'의 결과로 이해할 수 있다.[167]

『태풍』의 서술자는 유럽이 아니크[중국]를 앞지른 것이 "어쩌다 앞질러 만들어 낸" 무기 덕분이라고 서술하면서 우연성을 강조한다. 그는 유럽이 기술과 산업 발전을 통해 아니크보다 먼저 근대화를 달성한 것을 우연으로 이해하였다. 이 입장은 서구 근대를 하나의 표준이자 필연으로 이해했던 『회색인』의 독고준을 비롯한 후식민지 남성 지식인의 입장에 거리를 둔 것이었다. "카르노스의 중립 비동맹 외교와 섬에서 발견한 석유 광의 교묘한 연결"의 비현실성에 대한 비판은 타당하지만 그다지 생산적이지는 않다. 중요한 것은 '우연'을 '필연'으로 재정위하는 것에 거리를 두고, '우연'을 '우연' 자체로 인식하며 주어진 조건을 새로운 삶의 형식을 위한 자원으로 구성하는 것이다.

『태풍』의 서술자는 '사자도 아니며 양도 아닌' 상태에서 '슬기로운 국제적 뭉침'으로 사자의 위협으로부터 스스로를 지킨 아이세노딘의 길을 제시하였다. 그는 아이세노딘의 길을 고정된 하나의 입장으로 이해하기보다는, 우연히 주어진 상황과 맥락에서 타자와의 공존을 통해 평화와 공존을 지혜롭게 창출하는 행위 그 자체로 제시한다. 역사학자 가지무라 히

데키의 언급을 빌린다면, '사
자도 아니며 양도 아닌' 상
태는 외부의 문명을 따라잡
으려 하지 않고, 독립 문명을
향하는 몽상에 빠지지 않으
면서, 스스로가 '주변'에 몸
을 두고 있음을 자각하고 그
곳에서 몸을 가다듬는 자세
라 할 수 있다.[168]

〈그림18〉「해방 후의 재일조선인운동」을 주제로 강연하는 가
지무라 히데키(1979.7., 고베학생청년센터) (『抗路』1, 2015.9.)

　'역사의 방파제'로서 '민중'의 삶을 존중했던 아니크와 식민지를 경험
했지만 환경이라는 우연을 활용하여 '중립 비동맹 외교'를 현실화하는 과
정 중에 있는 아이세노딘의 거리는 그다지 멀지 않다. 아니크와 아이세노
딘은 공히 서구의 폭력에 노출되었지만, 선진과 후진이라는 서구의 원리
를 반복하지 않고, 주어진 환경과 그곳에서 민중의 삶을 존중하면서 또 다
른 원리의 가능성을 모색하였다. 최인훈은 주변부의 세계 인식을 고정된
하나의 규준과 정체성으로 명시화하지 않은 채, 새로운 세계사 인식의 잠
재적인(virtual) 가능성으로 제시한다. 새로운 세계사 인식의 가능성은 수행
적으로 재구성된 아시아주의의 '원리'와 합류한다.

② 주변부의 세계사

제2차 세계대전이 끝난 후, 1955년 아시아·아프리카의 여러 나라들이 반
둥에 모였던 것은 냉전 질서 너머의 새로운 질서와 원리를 모색하기 위함
이었다. 아시아·아프리카 회의는 "좋은 이웃으로서 서로 평화롭게 살아야
하며 우애롭게 협력을 발전시켜야 한다."고 선언하면서 냉전 너머의 평화
를 명시하였지만, "아시아-아프리카 지역의 경제 발전" 역시 시급히 요청
하였다. 아시아·아프리카 회의의 선언은 탈식민 독립 국가에 의한 새로운

인류사를 지향하였지만, 서구적 근대화와 개발에는 무비판적이었다.[169] 홋타 요시에는 『후진국의 미래상(後進国の未来象)』(新潮社, 1959)에서 후진국인 아시아 인민이 가진 "'미래'라는 신앙"이 제3세계를 변혁할 에너지가 될 것으로 전망하였다.[170] 홋타의 바람 역시 "선진국 대 후진국이라는 유럽적 원리"[171]를 수용한 것이었다. 다소 순진했던 홋타의 바람과는 달리 노예가 주인이 되고자 가졌던 '미래'라는 신앙은 후진국 경제 성장론이라는 목적론적 서사로 회수되었고 아시아·아프리카의 연대에 차질을 빚었다. 1960년대 한국의 '진보적' 지식인 역시 아시아·아프리카 탈식민 국가의 움직임을 '민족 국가'의 '이익'이라는 관점에서 이해하였다.[172]

'해방' 이후 새롭게 구성할 세계의 조건과 원리에 대한 성찰이 필요한 것은 이 때문이다. 1960년대 초반 냉전과 식민지가 중층 결정한 후식민지에서 주체 형성의 가능성을 심문하였던 『회색인』으로 거슬러 올라가 논의의 보조선을 작성해 보도록 하겠다. 『회색인』의 서술자는 독고준을 비롯한 후식민지 주체가 "수인(囚人)의 언어",(회색-3, 1963: 359-360) 곧 '노예의 언어'로 말하고 있었다고 언급하였다. 『회색인』이 제안하는 후진국의 '노예'가 나아갈 수 있는 길은 크게 세 가지였다. 첫 번째, '노예'의 환상에 잠드는 길. 두 번째, 서양이 제시한 문제틀 자체를 거부하는 길. 세 번째, 노예의 '환상'에 사로잡히지는 않지만, 스스로 '주인'이 되고자 하며 유비와 도식을 통해 재귀적으로 보편을 선언하고 그 불가능성을 마주하는 길.

세 번째 길은 주인과 노예의 관계를 정지하고자 주저앉는 길이었다. 첫 번째 길과 두 번째 길은 방향은 달랐지만 어디론가를 향해 혹은 누군가를 따라서 가고 있다는 점은 공통적이었다. 하지만 주저앉는 길은 움직임을 멈추고 후진국 경제 성장론이나 보편 및 진보를 향한 욕망에 대해 '부정적'으로 사유할 계기를 마련한다. 다만, 세 번째 길 역시 '단번에 역전시킬' 것을 그 목적으로 한다는 점에서는, 다시금 '주인'이 되고자 하는 욕망으로 회수될 여지를 남긴다. 독고준은 주인과 노예, 제국과 식민지라는 문제틀이 가진 문제성을 발견하고 그것을 새로운 방식으로 사유하고자 하였지만 그것을 충분히 논리화하지 못했다. 1960년대 초반 최인훈이 미처 찾지 못한 질문의 대답은 1970년대 냉전의 완화와 함께 아시아를 발견하면서 찾을 수 있었다.

『태풍』의 오토메나크는 "식민지에 태어났으면서도, 자기를 종으로 삼고 있는 나라를 적으로 생각해 보지 못"했다는 것을 뒤늦게 깨닫고 "스물 몇 해를 살아온 인생이 와르르 무너져 버"리고서도 여전히 스스로를 "아시아인"(76)으로 자칭할 정도로, 자타가 공인하는 "아시아주의자"(189)였다. 그는 아시아주의가 침략의 이데올로기였음을 확인한 이후에도 그는 아만다를 바라보면서 "꼭 결혼하마. 아시아 공동체의 이념대로"(265)라고 다짐한다든지, 난파 후에도 니브리타[영국]와 아키레마[미국]를 두고 "아시아 사람에게 그들은 틀림없는 귀축(鬼畜)들"(453)이라고 언급하는 것처럼, 오토메나크에게 아시아란 인종적인 구별이나 지리적 위치 등 고정적인 정체성으로 존재하였다. 이항 대립에 근거한 '아시아주의'는 유럽에 대한 적대의 결과였으며, 19세기 이래 아시아에 존재했던 '탈아입구'라는 지향의 역상이었다. 19세기 말 후쿠자와 유키치(福澤諭吉) 이래 탈아입구론은 외부의 타자인 "서양 문명을 목적으로" 설정하여, '야만→반개→문명'의 단계를 제시하였다. 탈아입구의 지향과 논리는 20세기 아시아와 아프리카 곳곳에서도 반복되었다.[173] 이것은 양이 사자가 되고자 하는 입장으로 구성된 세계이다.

문학평론가 다케우치 요시미는 '유럽적 원리'와 다른 세계 인식과 주체 구성의 원리를 '아시아적 원리'라고 명명하였다.[174]『태풍』에 포착한 '아시아의 원리'는 서구의 원리와 그 결을 달리한다. 최인훈은『태풍』을 통해 '아시아주의'를 신념하고 실천하는 주체의 자기 처벌과 주체 재구성의 연쇄를 통해 '아시아주의'를 수행적으로 재구성하였다. 오토메나크의 '부활'은 한순간의 깨달음과 반성으로 완료된 것이 아니라, 지역과 민중의 삶에 근거한 신념과 실천의 일치가 연쇄적으로 일어나는 가운데 수행적으로 구성되었다. 수행적 재구성은 30년의 시간을 필요로 했고 오토메나

〈그림19〉 다케우치 요시미

크의 외양 역시 아이세노딘인으로 변모한다. 오토메나크[창씨명 가네모토(金本)]는 옛 연인 아만다와의 인사말이었던 '바냐왕가'와 오토메나크의 창씨 개명 이전 애로크[한국] 이름인 '김(金)'을 합쳐서 '바냐킴'이라는 혼종적인 이름으로 아이세노딘 사회의 민중으로 '부활'한다. 또한 자신이 수송했던 니브리타 여성 포로 메어리나와 가족을 이룬다. 30년 후의 에필로그는 바냐킴에게 '아시아'는 지리적 인종적 지표가 아니라, 그 자신의 실천과 수행이 근거하는 하나의 '원리'로서 기능하고 있음을 보여 준다.

　『태풍』이 제안한 '아시아의 원리'는 개별 주체의 인식과 실천에만 한정된 것이 아니었으며, 선진과 후진의 대립적 구도가 아니라, 현실적으로 가능한 연대의 형식으로 제안된다. "강대국들의 등쌀에 시달리면서도 슬기롭게 새로운 국제 질서의 본보기를 만들어 낸, 약소국들의 뭉친 힘"이 그것이었다. 서술자는 이를 두고, '사자로 변해 가지만 아직 사자는 아닌 상태의 양들이 슬기롭게 뭉친 세계'라고 명명하였다. 최인훈은 '아시아의 원리'에 근거한 세계를, 주변부성을 자각한 형성 과정의 주체가 주변부의 다른 주체와 상호작용 속에서 새로운 세계 인식 및 실천의 원리를 상상하고 그것을 현실화하기 위한 모색을 이어가는 세계로서 제시하였다. 이러한 최인훈의 문화적 상상을 두고 '주변부의 세계사(The World History in the Periphery)'라고 명명하고자 한다.

　최인훈은 「일본인에게 보내는 편지」에서 서세동점 이전의 동아시아를 관료제가 고도로 발달하고 생산 기술의 발달 정도를 감안할 때 비교적 공평한 계급의 안정을 보장하여 '반(半)항구적 법치'를 이룩한 "'문명'한

'농업' 사회"로 이해하였다.[175] 동시에 그는 "서구라는 말로 우리가 연상하는 문화적 제 가치는 결코 고정 특유하고 단일한 어떤 실체가 아니라 거의 이 지구상의 모든 제력(諸力)이 특정 시기에 지표상의 서구라는 부분에서 행복하게 조합된 어떤 현상이며 그것이 지구의 여타 지역에 퍼졌을 때의 그들과 우리들의 환상까지 곁들인 매우 애매한 현상"이었다는 의견을 제시하면서, 그 행복한 '조합'은 지구의 "여러 시대의 여러 지역의 민족들의 심신의 노동의 결과가 우여곡절하여 근대 서구에서 그러한 형태로 나타"난 것임을 거듭 강조하였다. 최인훈은 서구의 '기술'조차도 석탄의 매장과 마찬가지로 서구라는 지역의 '토산'이 아니라는 점을 강조하였다. 그는 서구의 '근대'와 자본주의가 제국주의적 수탈과 비자본주의적 환경에 근거한 것임을 인식하였으며, "기술이건 무엇이건 간에 어떤 가치와 그 가치의 소유(所在)나 주체를 물신(物神)처럼 유착시켜 생각하는 것은 자칫 오만과 비하를 피차간 가지게 되기 쉽"다고 경고한다.[176] 그는 아시아의 역사적 경험을 내재적 시각에서 이해하는 한편, 서구의 역사를 필연으로 이해하는 시각에 거리를 두고 지구적 문명의 교류로서 세계사를 상상하였다.

　　1973년 냉전이 완화되기 시작할 무렵 최인훈이 『태풍』을 통해 도달한 새로운 문제의 영역은, 작가 자신의 미국행과 유신체제의 강화와 더불어 한국 사회에서 충분히 의미화되지 못하고 잊힌다. 하지만 여전히 인류가 서로를 존중하면서 살아갈 원리와 가능성을 충분히 현실화하지 못한 지금 최인훈이 『태풍』을 통해 제시한 '아시아의 원리'는 여전한 '궁리'의 제목이다. 식민지와 냉전 너머의 아시아에 대한 상상, 그리고 새로운 주체의 형성 가능성과 세계사 인식 가능성이 그것이다.

최인훈,

아시아를
생각하다
/살다

5장

최인훈과 아시아라는 사상

한국 근대의 역사적 경험은 단일한 정체성을 가지는 것이 아니라, 지역(지방)·한국·동아시아·세계라는 다층적인 역학과 복합적인 인식이 동시에 작용하는 역동적인 정체성을 가진다. 그동안 한국과 세계의 표상은 비교적 주목을 받았지만, 그에 비해 동아시아의 표상은 충분히 의미화되지 못하였다. 이 책은 1960~1970년대 최인훈 문학을 분석하여 동아시아라는 표상의 재현 가능성을 탐색해 보고자 하였다. 소설가 최인훈은 1934년생으로 유년 시절 식민지에서 제국 일본의 교육을 받았으며 소년 시절 북한에서 사회주의 교육을 받았고, 한국전쟁 중에 월남하였으며 한국에서 대학을 다니고 소설가로 활동하였다. 이 책은 최인훈 문학을 세 가지 시각에서 분석하였다. 동아시아 냉전 질서의 변동과 아시아의 공간, 비서구 근대의 후진성 인식과 아시아의 시간, 주변부의 세계사 인식과 아시아의 원리가 그것이다.

최인훈 문학의 정치적 상상력은 동아시아 냉전 질서의 변동과 밀접한 관련을 가진다. 1960년 4·19 혁명과 일본의 안보 투쟁은 동아시아 냉전 질서의 변동 가능성을 가늠하도록 하였는데, 최인훈은 동아시아 냉전 질서가 형성했던 해방 후 8년을 포착하면서 '중립'의 상상을 기입하였다. 하지만 쿠데타로 혁명이 실패한 이후, 1960년대 중반 최인훈은 한국 지식인의 이동 불가능성과 재현 불가능성에 유의하면서 '통일'의 이념을 조심스럽게 재현하였다. 1970년대 초반 데탕트의 국면에서 그는 비지식인 주체의 생활에 근거한 '민주주의'와 사회적 분업에 기반한 '사회적 평화'의 형성 가능성을 탐색하였다.

아울러 최인훈 문학은 비서구 근대의 후진성에 대하여 예민한 감각을 가졌다. 1960년대 초반 최인훈은 서구적 양식인 교양소설을 통해서, 서구 근대라는 이념과 한국의 현실 사이의 낙차를 선진과 후진이라는 시간적 거리로 포착하고, 한국의 문화적 조건을 후식민지(postcolony)라는 문제틀로 이해하였다. 하지만 1960년대 중반에서 1970년대 초반 최인훈은 그에 앞서 같은 고민을 하였던 1920~1930년대 식민지 조선의 문학자들의 문학에 자신의 문학을 겹쳐 쓰면서, 한국 근대 문학의 유산에 근거한 양식 실험을 수행하였다. 최인훈의 '겹쳐 쓰기'는 서구의 근대와 달리 완미하지 못했던 한국의 근대를 '전통'으로 구성하는 시도였다. 이를 통해 그는 직선적 발전의 시간이 아니라 과거와 현재가 공존하는 다층성에 근거한 아시아의 시간적 경험을 재구성하였다. 탈냉전기 최인훈은 해금된 월북 작가의 문학을 독해하고 뒤늦게 소련으로 이동하면서 탈식민화와 사회적 연대라는 이상을 새로 발견하였다.

최인훈 문학은 주변부의 역사적 경험을 바탕으로 세계사를 재인식하고자 하였다. 1970년을 전후하여 그는 세계사를 재인식하면서, 광역권에 근거한 공존의 원리를 탐색하였다. 논리적으로 인식하였던 광역권의 원리를 현실 속에서 고민할 수 있게 된 계기는 데탕트 시기에 우발적으로 마주친 유년기 식민지 기억이었다. 최인훈은 식민을 이주로 파악하면서, 식민자와 피식민자가 갈등 속에 공존했던 지역으로서 식민지의 형상을 제시하였다. 또한 그는 유년기에 겹쳐진 '아시아태평양전쟁'을 상기하면서, 아시아의 여러 민족이 경험한 식민지 경험의 다양성을 인식하였다. 그는 식민지 민중의 삶에 근거하여 '아시아주의'를 수행적으로 재구성하였으며 '환경'이라는 조건에 유의하여 세계사를 재인식하였다. 주변부 지식인 최인훈은 서구적 원리와 구별되는 세계사 인식의 원리를 아시아 민중의 삶으로부터 도출하였다.

아시아는 서구라는 타자에 의해 주어진 명명이었다. 1945년 이후 동아시아는 탈식민지화와 냉전이 중첩되었기 때문에 국민 국가의 영역 이상을 상상하는 것이 쉽지 않았다. 하지만 1960~1970년대 최인훈은 동아시아 냉전 질서의 변동에 유의하면서 점차 아시아의 공간, 아시아의 시간, 아시아의 원리를 발견하였다. 그가 아시아를 사상으로서 구성하는 과정은 한국이라는 주체를 재구성하고 새로운 세계 인식의 가능성을 탐색하는 과정이기도 하였다.

최인훈과 이름 찾기

사상사 연구자 김항에 따르면, 최인훈은 20세기의 역사 안에서 '내전'의 연쇄 안에서 응답 가능성을 박탈 당했던 '난민'의 위치에서 문학적 실천을 수행하였다. 20세기를 한계점까지 살아갔던 최인훈의 문학적 실천은 "노예의 자리를 인식함으로써 노예에게서 벗어나는 올바른 읽기"의 과정이기도 하였다.[1] 최인훈의 이름 찾기는 그러한 난민이 수행하였던 (불)가능한 응답의 한 양식이었다.

아시아는 아시아의 민중 스스로가 붙인 이름이 아니었다. 유럽인들은 에게해로부터 흑해까지의 가상의 선을 긋고 그 동쪽을 아시아라고 명명하였다. 아시아는 타자의 지칭이었다. 『회색인』의 첫 부분 독고준이 쓴 논문에서는 비서구 후진국으로 세계사에 등장하여 자신의 이름을 가지지 못한 한국의 문화적 상황이 등장한다. 한국은 자신의 '이름'을 가지지 못한 채 '동방의 ××'의 형태로만 세계사에 등재될 수 있었다.

『회색인』의 결론은 "유다나 드라큐라의 이름이 아니고 너의 이름으로 하라. 파우스트를 끌어 대지 말고 너 독고준의 이름으로 서명을 하라."(회색-13, 1964: 413)라는 자기 정위의 명제였다. 독고준은 자신의 이름으로 서명하면서 한국인으로 근대 세계를 살아가겠다는 주체성을 드러낸다. 다만 서구의 사유와 양식을 모방하면서 근대적 주체성을 구성하고자 했던 독고준의 시도는 무척 불안정한 것이었다. 그가 후속작 『서유기』에서 인간의 본원적 조건을 돌아보면서 비인(非人)으로서 자기를 다시금 인식해야 했던 것은 그 때문이었다.[2]

『태풍』에서 식민지 애로크[한국] 출신의 나파유[일본]주의자 오토메나크[창씨명 가네모토(金本)]는 '바냐킴'으로 다시 이름을 바꾼다. 이 변화는 카르노스가 "당신은 아이세노딘[인도네시아] 사람이 될 수 있습니다. 아니 니브리타[영국] 사람도 될 수 있을 것입니다. 사람은 육체로서는 한 번 나는 것이지만, 사람으로서는, 사회적 주체로서는 몇 번이고 거듭날 수 있습니다."(태풍, 1973: 492)라는 설득에 힘입는 바였다. 아시아라는 계기를 만나고 사회적 주체로 살아가면서 오토메나크는 자신의 정체성을 단일하고 고정적인 것으로 승인하지 않는다. 바냐킴은 옛 연인 아만다와의 인사말이었던 '바냐왕가'와 오토메나크의 창씨 개명 이전 애로크 이름인 '김(金)'을 합쳐서 만든 혼종적인 이름이다. 이제 오토메나크는 한국적인 것과 아시아적인 것이 교차하는 정체성을 이름으로 삼는다.

'최인훈의 아시아'는 이름을 가지지 못한 타자로서 세계에 등장한 한국인이 자신의 이름을 탐색하는 과정에서, 아시아의 사회라는 지평에서 새로운 이름을 찾아가는 수행적 과정을 보여준다. 만약 최인훈이 또다른 사회 안에서 삶을 구성한다면, 그는 또다른 이름으로 나아갈 것이다.

최인훈이 새로운 이름을 찾는 과정이 과거의 흔적을 일소하는 것은 아니다. 바냐킴에 오토메나크라는 옛사람의 이름이 남았듯, 그는 30년 전 과거 자신의 이름에 여전히 책임을 진다. 그것은 책임을 진다는 태도의 표명을 넘어선다. 문학평론가 정과리의 지적처럼, 바냐킴은 자기 내부의 '억압된' 과거가 회귀할 때마다, 그것에 고통스럽게 저항해야 했다.[3] 사상사 연구자 요네타니 마사후미(米谷匡史)의 언급을 빌린다면, 새로운 이름을 찾는 실천은 자신의 과거에 책임을 지면서 자신을 주체적으로 만들어 가는 과정이자, 애로크[한국]인으로 자신과 아시아가 얽혀 있는 모순·갈등을 역사적으로 자각하고 사상을 갖추어 아시아에 책임을 지는 삶을 살아가는 것이라 할 수 있다.[4] 주체적으로 새로운 이름을 찾아가는 과정에 대해 최인훈은 "우리 시대의, 우리의 어제의 나쁜 유산들을 해독하는 인간의 지혜로서의 '부활'"이라고 명명하였다.[5] 최인훈의 아시아는 우리의 이름이 무엇인지 묻는다.

최인훈의 아시아가 멈춘 곳

1970년대 초반 데탕트와 중국의 국제사회 복귀라는 역사적 맥락을 배경으로 최인훈은 아시아를 발견한다. 이 책을 갈무리하면서 한 가지 거듭 고민하고 싶은 점은 최인훈이 아시아라는 문제의식을 발견하고 사유를 심화하는 과정이 순탄하지 않았고 여러 점에서 지체되었다는 사실이다. 냉전의 질서는 분단국에서 살아가는 후식민지 주체의 상상과 이동을 제한하였다. 최인훈 또한 1970년이라는 다소 늦은 시간에 베트남 전쟁이라는 '열전'에 미군의 동맹군으로 참전한 한국군을 경유하고서야 동남아시아를 방문하였고 처음으로 아시아를 실감할 수 있었던 역설과 곤란을 경험해야 했다. 그는 자신이 식민지에 유년 시절을 보냈다는 세대적 감각에 근거하여 식민지에 대한 새로운 인식을 제시하지만, 재현 과정에서는 정신

적 외상과 곤혹을 감당해야 했다. 냉전의 규제성으로 인해 최인훈이『태
풍』에서 제안한 문제는 시기적으로 늦게 도착하였다. 데탕트의 국면은 이
미 냉전 너머를 꿈꾸던 '비동맹'의 노선이 좌절한 이후였다. 늦었기 때
문에 그는 문제에 대한 근본적인 성찰을 시도할 수 있었지만, 동시에 그의
진단은 어떤 현실적 맥락을 가지기는 어려웠다.

　최인훈의 아시아가 발견했지만 충분히 논의하지 못한 문제의 영역
역시 존재한다. 첫 번째는『태풍』에서 '역사의 방파제'로서 제시한 '중국'
에 관한 이해이다. 1934년생인 최인훈은 일본이라는 경로를 통하여, 아시
아의 역사적 경험을 이해하였다. 그가 제국 일본이 일으킨 '아시아태평양
전쟁'의 전장(戰場)이었던 동남아시아의 역사적 경험을 참조하고 식민지
주체의 자기 처벌과 주체 재구성에 근거하여 '아시아주의'의 재구성을 수
행한 것은 이 때문이었다. 하지만 '중국'을 다시 인식하는 것은 동아시아
의 역사적 경험과 문화적 유산, 그리고 중국이 수행하는 '대안적 발전'의
창출 가능성 등을 고민하며 일본을 경유한 회로와는 다른 방식으로 아시
아를 상상할 가능성과 조건을 열어 준다.

　두 번째 영역은『태풍』의 에필로그「로파그니스 – 30년 후」에서 간략
히 제시되는 남과 북의 '통일'이다. 남과 북의 통일은 전 지구적으로 구조
화된 냉전의 질서와 역사적으로 존재했으며 여전히 규제적인 동아시아의
질서를 인정하면서도 그 질서를 다른 형태로 전화하기 위한 현실적 가능
성을 탐색하는 과정이다.

　두 가지 문제는 최인훈이 수행적으로 제시한 '아시아주의'라는 이념
형과 '주변부의 세계사'라는 문화적 상상을 다시금 하나의 규범으로 고정
화하거나 그 필요성과 당위성을 강조하는 데 머물지 않고, 한국과 동아시
아라는 구체적인 장소에서 현실적인 맥락과 근거를 구성하기 위해 논의
해야 할 문제들이었다. 동시에 한국의 시각에서 동아시아를 내재적으로
사유할 때 경유해야 할 조건들이기도 하였다. 하지만 최인훈은 이후 이 문
제에 대한 고민을 충분히 이어가지 못했다.

1970년대 초반 최인훈의 아시아가 발견했지만 충분히 논의하지 못한 두 문제의 영역은 탈냉전과 중국의 '부상'을 배경으로 1990년대 중반에서 2000년대에 제출된 '동아시아론'을 성찰하는 과정에서 다시금 음미된 논점이기도 하다.[6]

지금 다시, 최인훈의 아시아?

1934년생 최인훈은 황국 신민 세대 작가로 일본어를 통해 세계를 이해하고 사유하였다. 냉전기 한국의 언론이 충분히 세계의 동향을 보도하지 않을 때 그는 일본어 서적과 잡지를 통해 세계를 이해하였다. 아시아에 대한 최인훈의 사유 역시 일본의 사상인 아시아주의를 경유하였다. 경유가 수용에 그치는 것은 아니었다. 최인훈은 유년 시절을 돌아보면서 한국의 시각에서 일본의 아시아주의를 재구성하였으며, 주변부 민중의 시각에서 아시아를 바라보고 새롭게 세계사를 이해할 시각을 제안하였다. 하지만 일본의 아시아주의를 경유한 최인훈의 사유는 아시아태평양전쟁 시기 제국 일본의 전선을 따라 인도네시아를 거쳐 중국의 문턱 앞에 멈추었다. 문학평론가 황호덕의 언급처럼, "국가 단위의 기억 체제가 학문적 성과를 사취/전유하는 작금의 상황과 글로벌 모더니티 속에서 이제 포스트콜로니얼리즘 연구는 비평가, 번역가, 투사라는 실천적 과제를 동시에 수행하는 한편, 사회적 장소 '내부'에 그어진 분할선들을 다시 그려나가야 하는" 과제를 마주하고 있다면,[7] 지금의 현실 속에서 아시아에 대한 연결선 혹은 분할선을 새롭게 그려야 한다.

최인훈과 다른 아시아. 시인 고정희는 여성의 시각에서 바라본 아시아를 제안한다. 한국이 'NICs형 종속 발전'으로 자본주의의 고도 성장을 이루었던 1990년 9월 고정희는 필리핀 정부의 초청으로 마닐라에 6개월간 체류한다. 필리핀에서 고정희는 젠더와 민중이라는 시각에서 아시아

〈그림1〉 고정희

의 역사를 살피고 아시아 여성에게 가해지는 중층의 억압을 목도한다. 고정희는 식민주의와 전쟁으로 인한 억압, 수탈, 성폭력이 이어진 아시아 역사를 되짚으면서 "아시안의 피눈물로 얼룩진 독립 만세의 국기를 혈관에 실"은 후, "당한 역사는 잠들지 않는다."라고 새긴다.[8] 고정희는 「아시아의 밥상 문화」에서 인도, 중국, 일본, 미국, 한국 등 여러 나라의 밥상을 관찰하면서 "밥 먹는 모습이 바로 그 나라 자본의 얼굴"임을 깨닫는다. 하지만 시인 고정희는 문화의 차이를 문화의 위계로 인식하는 태도에는 거리를 둔다.

> 아니다 그렇지 않다 밥은 다만 나누는 힘이다, 상다리밥은 마주앉는 밥이다, 지렛대를 지르고 나서
> 문득 우리나라 보리밥을 생각했습니다.
> 겸상 합상 평상 위에 차린 보리밥
> 보리밥 고봉 속에 섞여 있는 단순한 땀방울과
> 보리밥 고봉 속에 스며 있는 간절한 희망 사항과
> 보리밥 고봉 속에 무럭무럭 솟아오르는 민초들의 뜨겁디뜨거운 정,
> 여기에 아시아의 혼을 섞고 싶었습니다.[9]

고정희가 떠올린 것은 아시아 민중이 한 상에 둘러앉아 밥을 나누어 먹는 모습이다. 그는 5월 광주의 주먹밥을 통해 돌봄 행위가 가진 정치적 역량에 주목한 바 있다. 「아시아의 밥상 문화」는 아시아의 민중이 각자의

바람에 대한 상호 존중을 바탕으로
연대하고 서로 돌볼 때 형성할 수 있
는 새로운 공동체에 대한 기대를 담
고 있다.

1992년 고정희의 아시아는 나누
어 먹는 밥을 통해 형상화된다. 고정
희의 아시아는 생명과 신체에 밀착
해 있다. 그리고 나눔과 돌봄, 그리고
새로운 공동체의 원리에 대한 실천
을 요청하였다.[10]

역사학자 디페시 차크라바르티
(Dipesh Chakrabarty)는 행성이라는 시각
에서 바라본 아시아를 제안한다. 포

〈그림2〉 디페시 차크라바르티

스트콜로니얼 역사학자로서 그는 제국주의에 편승한 유럽의 지식인뿐 아
니라, 발전과 근대화를 신념한 제3세계 지식인 또한 유럽의 역사적 경험
을 보편적인 것으로 인식하고 지구적으로 확산했다고 날카롭게 진단하였
다. 인류세의 도래와 전 지구적 기후 위기 앞에서 차크라바르티는 순수하
게 지구적인 것(the global)의 시대는 끝났고, 우리는 "지구적인 것과 행성적
인 것(the planetary)이 마주치는 끝점"에 서 있다고 진단한다.[11] 그는 한 동료
의 언급에 비판적으로 동의하면서 다음과 같은 과제를 제시한다.

아프리카, 아시아, 라틴 아메리카의 대중이 인간 문명의 결실을 누리고
참으로 민주적인 선택을 하는 데 필요한 능력을 획득하고자 한다면, 점점
커지는 인간의 에너지 소비 욕구를 인정하는 규범적 틀이 필요하다.[12]

폭력의 20세기 역사는 글로벌 노스(Global North)와 글로벌 사우스
(Global South)의 불평등을 낳았다. 인도와 중국 등 아시아의 개발과 미래는

기후 위기의 중요한 조건이 되었다. 차크라바르티는 인간 문명의 결실을 누리고 민주주의를 실천하는 아시아 민중의 바람을 존중하면서도 그것을 인간의 에너지 사용과 연관하여 고민할 필요성을 제안한다. 이를 위해 그는 지구적인 것을 넘어 행성적인 것에 대한 인식을 요청한다. 인간과 생물 종(種), 문화의 역사와 지질학적 시간, 기록된 역사와 깊은 역사의 긴장과 상호 재인식이 필요하다.[13]

2021년 차크라바르티의 아시아는 인간 종(種)의 자유와 거주적합성 (habitability)을 질문한다. 차크라바르티의 아시아는 인간을 넘어선 생물 종 (種)과 환경, 그리고 지질학적 시간에 대한 상상을 요청한다. 그리고 욕망의 조절과 공존의 원리를 제시하였다.

철학자 요한나 옥살라(Johanna Oksala)는 여성과 식민지가 "자연"으로 상상되기만 하는 것이 아니라, "자연"으로서 착취되었다는 점을 강조하였다.[14] 그의 통찰처럼, 여성, 식민지, 그리고 자연의 연결에 대한 고민은 지금-여기를 위한 과제이다. 팬데믹을 경유하고, 기후 위기를 마주하면서 한국인은 돌봄과 행성적인 것에 귀 기울이고 있다. 고정희의 아시아를 통해 최인훈의 아시아를 다시 읽는 것. 혹은 차크라바르티의 아시아를 통해 최인훈의 아시아를 다시 읽는 것. 지금 다시 '최인훈의 아시아'를 질문한다.

다시, 아시아의 최인훈? 세계의 최인훈?

최인훈이 아시아 민중의 삶으로부터 새로운 세계사의 인식 가능성을 발견하던 1970년대는 잠시나마 아시아인의 시대가 열렸던 시기였다. 1965년 한일기본조약체결 이후 일본의 연구자와 평론가들이 한국으로 건너왔으며, 반대로 한국의 연구자와 평론가들이 일본으로 건너갔다. 일본의 한국문학 연구자 다나카 아키라(田中明)는 그중 이른 시기에 현해탄을 건너 한국에 체류했던 연구자이자 문학평론가, 그리고 번역가였다.

> 나는 지배한 자가 지배당한 자의 심정을 절대로 이해할 수 없다고 생각하
> 고 있다. 하물며, 민족 단위로 범해진 수탈의 역사를 한 사람의 개인이 사
> 죄하려는 행동 양식에는, 나는 어떤 의심스러움조차 느끼는 한 사람이다.
> 거기에는 납득 불가능한 것을 납득했다고 생각하는 나르시시즘이 엿보
> 이기 때문이다. 거기에는 '반일'이라 이름 붙인 한국인의 모든 언동에, 오
> 로지 황송한 자세를 보임에 의해 그 '반일'의 실질을 똑바로 보지 않는 태
> 정(怠情)만이 있을 뿐이다.[15]

1926년생인 다나카는 유년 시절을 식민지였던 한국에서 보낸 경험이
있는 '재조 일본인'으로 '패전' 후 도쿄대학을 졸업하고 저널리스트로 활
동하였다. 한일 협정 후 1970년대 초 고전문학 연구자로서 다시 현해탄을
건너 한국에 체류하기도 했지만, 그는 구 제국 일본인과 후식민지 한국인
의 소통과 이해를 낙관하지는 않았다. 그는 양자 사이에 소통이 불가능하
다는 것을 분명히 전제하였으며, 그 소통 불가능성의 심연을 개인의 심정
적인 '결단'이나 '도약'으로 메우는 것에 대해 불편한 의심을 거두지 않았
다. 다만, 그가 소통 불가능성의 확인에 멈추었던 것은 아니다. 그는 '반일'
의 '실질'을 명징하게 응시할 것, 곧 반일의 유무나 강약이 아니라, 반일 감
정의 '질감'을 발견하고 판별할 것을 요청하였다. 반일 감정의 구체적인
판별을 위해 그가 선택한 길 중 하나는 한국문학의 번역이었다. 다나카가
선택한 작품은 최인훈의 「총독의 소리」(『신동아』, 1967.8.)였다. 번역을 마치
고 다나카는 다음과 같이 썼다.

> 여기에 번역하여 소개하는 「총독의 소리」는 1967년 『신동아』 8월호에 실
> 린 것으로, 그해 치러진 한국의 부정 선거가 직접적인 계기가 된 듯하다.
> 하지만 우리 일본인으로서는 작가가 한일 협정 체결 후 슬그머니 다가오

는 '구 일본'의 발소리를 예민한 촉수로 포착하고, 그것과 관련하여 한국의 현실에 대한 비판을 그리고 있다는 점에서 가볍게 읽어 넘길 수는 없다고 느껴진다.[16]

다나카는 한국과 일본의 소통 불가능성을 직시하면서, 그 불가능성을 넘어갈 길을 탐색하였다. 그는 최인훈의 소설 「총독의 소리」를 읽으면서 텍스트의 문면으로부터 한국 정치의 현실에 대한 비판과 민주주의에 대한 희구를 경청하였다. 그리고 텍스트의 이면으로부터 한일 협정 이후 은밀히 다가오는 '구 일본'의 발걸음 소리에도 예민하게 귀 기울였다. 다나카는 '최인훈의 아시아'를 읽으면서, '나의 아시아'와 '일본의 아시아'를 성찰하였다.

다나카 아키라가 번역한 「총독의 소리」는 1970년 12월 조선문학의 회(朝鮮文学の会)의 기관지 『조선문학 – 소개와 연구(朝鮮文学 - 紹介と研究)』 창간호에 실렸다. 조선문학의 회는 한일기본조약 체결로 변화하는 한일 관계를 바라보면서 일본인의 시각에서 한국문학을 연구하고 번역하기 위해 결성한 동인이었다.

우리 회에는 회칙이 없다. 그러나 최소한, 이 모임이 일본인에 의한, 적어도 일본인을 주체로 한 모임이라는 점, 백두산 이남에서 현해탄에 이르는 지역에서 살았던, 또한 살아가고 있는 민족이 낳은 문학을 대상으로 한다는 것이 원칙이라는 점을 확인하자. 우리 마음속에 38선은 없다. / 우리는 발을 내딛었다. 어쨌든 간에, 우리의 기분은 무겁다. 기세 좋은 진군 나팔소리는 들려오지 않는다. 서두르지 말자. 서둘러서는 안 된다. 비수에 찔리어도, 피를 흘리면서도, 우리는 쉬지 않고 걸어갈 것이다.[17]

창간호에 실린 「동인의 변」에서 한국문학 연구자 오무라 마스오(大村益夫)는 자신들의 마음에 38선이 없다고 말한다. 일본인 한국문학 연구자의 시각에서 냉전의 경계를 넘어 한국문학이라는 총체를 연구하겠다는 뜻이었다. 문학을 통해 마음에 그어진 경계를 넘는 것. 오무라는 그것이 가능하다고 생각하였지만, 희망과 낙관으로 그 길을 걸은 것은 아니었다. 오히려 기세 좋은 나팔 소리는 들리지 않지만 서두르지 않고 걸어가는 길. 비수에 찔리고 피 흘려도 쉼 없이 가는 길. 그것이 오무라가 스스로 다짐한 길이었다.

〈그림3〉 오무라 마스오(곽형덕 편, 『오무라 마스오와 한국문학』, 소명출판, 2024)

오무라는 이미 10년 전 한국과 일본이 완벽하게 이해하는 날은 절대 오지 않으리라 확신한 터였다. 그는 희망을 쉽게 언급하기보다는 절망을 응시하는 편에 자신의 자리를 두었다. 하지만 그는 절망을 응시하면서 자신이 할 수 있는 일에 최선을 다했다. 당시 고교 교사였던 그는 가장 친한 친구가 귀화한 조선인이라는 사실을 알고 둘 사이에 '뛰어넘을 수 없는 선'이 그어진 것을 안타까워했던 일본인 학생에게 다음과 같이 말하였다.

> 어쩔 수 없어요. 그것은. 아무리 사이좋은 친구라 해도, 혹 부부라 해도 민족이라는 벽을 넘어설 수는 없는 거예요. 그래도 포기해서는 안 되지요. 두 나라가, 상대방 나라를 향해 다리를 놓아가는 노력은 포기해선 안 돼요. 일본과 조선의 경우는 더욱 특별해요.[18]

한국과 일본의 미래를 낙관하지 않지만, 서로를 위한 다리를 놓는 노력을 멈추지 않겠다는 다짐. 아마도 오무라는 "길은 본래부터 지상에 있는 것은 아니다. 왕래하는 사람이 많아지면 그때 길은 스스로 나게 되는 것이다."라는 루쉰의『고향』마지막 문장을 떠올렸는지도 모른다.[19] 오무라가 단호하면서도 신중히 열어간 길에는 일본으로 건너간 한국인 문학 평론가의 마음 또한 보태진다. 1970년 김윤식이 일본을 방문하자 오무라는 그를 환대하였고, 이후 짧지 않은 시간동안 현해탄 이편과 저편에서 김윤식과 오무라가 함께 자료를 수집하고 공유하는 과정을 통해, 한국문학 연구의 토대가 갖추어졌다.

한일 양국의 1970년대는 아시아인의 시대로 시작되었다. 최인훈과 김윤식은 식민지에 겹쳐진 유년 시절을 돌아보면서 혼과 논리의 갈등을 응시하고, 아시아와 세계를 새롭게 상상하였다. 현해탄 건너 일본에서는 오무라 마스오와 다나카 아키라 등이 일본의 현재를 진단하면서 한국문학을 읽고 번역하며 새로운 아시아를 열어갔다. 그 움직임과 가능성은 곧 닫혔지만, 아시아인들이 수행한 문학적 실천의 기록은 최인훈의 문학과 함께 문서고에 남아 있다.

식민지와 냉전을 마주했던 최인훈의 문학이 지금 다시 아시아인을 위한 문학으로, 혹은 세계인을 위한 문학이 될 수 있을까. 지금 아시아인과 세계인은 최인훈의 문학으로부터 무엇을 읽어야 할까. 이 책은 이 질문에 대한 답을 '최인훈의 아시아'를 통해 탐색해보았다.

사자와 양이 어울려 사는 이 세상에서 양들이 씨가 마르지 않으면서 사자가 되기 전의 상태에 머무는 법. 슬기로운 국제적 뭉침의 전술에서 비롯된 약소국들의 끈질긴 싸움. 그것은 외부의 문명을 따라잡으려 하는 것도 아니며, 독립 문명으로 향한다는 몽상에 빠지지도 않으면서, '주변'에 몸을 두고 있음을 자각하고 그곳에서 자세를 가다듬는 태도. 자신의 식민지성과 주변부성을 직시하면서 공존과 연대를 꿈꾸는 용기. 지금, 최인훈의 아시아가 질문한다.

1장 최인훈, 아시아를 질문하다

1 서영채, 「목숨을 건 책임의 자리 - 최인훈과 『광장』의 증상」, 『죄의식과 부끄러움』, 나무나
무출판사, 2017, 168-169쪽.

2 최서윤, 「이중 언어 세대와 주체의 재정립 - 박인환의 경우」, 『인문과학연구논총』 35(4),
명지대 인문과학연구소, 2014, 55쪽.

3 1960년대 이후 일본은 세계 제2위의 경제대국으로 성장하였으며, 한국, 타이완, 홍콩, 싱
가포르 등 NICs(Newly Industrialized Countries)의 발전이 두드러졌다. 가지무라 히데키
는 세계사적 규정 조건과 내재적 요인 모두에 유의하면서 한국의 NICs현상을 해명하고자
하였다. 그는 한국의 'NICs형 종속발전'의 외재적 요인으로서 선진국과 후진국의 수직적
국제분업 구조를 진단하는 한편, NICs형 고도성장을 지탱한 민중의 노동, 희생과 저항에
주목하였다. 홍종욱, 「가지무라 히데키의 한국 자본주의론 - 내재적 발전론으로서 '종속
발전'」, 강원봉 외, 『가지무라 히데키의 내재적 발전론을 다시 읽는다』, 아연출판부, 2014,
187-193쪽.

4 권헌익, 이한중 역, 『또 하나의 냉전』, 민음사, 2013, 25쪽; 『세계』 1960.5. 특집 〈동학 창도
100주년 기념 특집 - 한국의 루쏘·최수운. 위대한 근세민중사상의 선구자〉

5 안확, 『조선문학사』, 한일서점, 1922, 99쪽. 안확의 자국학이 '보편성의 독자적 구현'이라
는 이념을 수행하는 논리와 양상에 관해서는 류준필, 『동아시아의 자국학과 자국문학사
인식』, 소명출판, 2013, 337-343쪽.

6 "셰익스피어와 인도를 바꾸지 않겠노라."라는 문장은 칼라일의 "인도 제국은 언젠가 사라
질 것이다. 하지만 셰익스피어는 사라지지 않고 우리와 언제까지나 함께할 것이다. 우리
는 결코 셰익스피어를 포기할 수 없다."라는 문장이 잘못 알려진 것이다. 하지만 대영제국
이 역사 속으로 사라진 후에도 세계 각국에서 셰익스피어가 공연되는 것에서 볼 수 있듯,
칼라일의 예언은 몹시 전도된 방식으로 결국 실현되었다. S. Viswanathan, "Shakespeare's
Plays and an Indian Sensibility: A Possible Sense of Community," *Images of Shakespeare*, ed.
Werner Habicht, D.J. Palmer, and Roger Pringle, University of Delaware Press, 1986, p. 269.

7 이 책의 4장 3절 참조.

8 테오도르 아도르노, 이순예 역, 『부정변증법 강의』, 세창출판사, 2012, 232-233쪽 참조.

9 김건우, 「역사주의의 귀환 - 한국현대문학 연구방법론 소고」, 『한국학연구』 40, 인하대 한
국학연구소, 2016, 502쪽.

10 '역사화(historicize)'에 대한 서술은 김건우, 「역사주의의 귀환 - 한국현대문학 연구방법론

소고」, 496-517쪽; 손유경,『슬픈 사회주의자』, 소명출판, 2016, 23-27쪽; 오혜진,「'식민지 남성성'은 무엇의 이름인가」,『황해문화』96, 새얼문화재단, 2017, 393쪽을 참조하여 서술하였다.

11 김윤식,「한국문학은 어떻게 아시아를 만나는가」,『한국문학, 연꽃의 길』, 서정시학, 2011, 57-58쪽.

12 植村邦彦,『アジアは〈アジア的〉か』, ナカニシヤ出版, 2006, 3-16頁.

13 요네타니 마사후미, 조은미 역,『아시아/일본』, 그린비, 2010, 50-52쪽.

14 야마무로 신이치, 정선태·윤대석 역,『사상과제로서의 아시아』, 소명출판, 2018, 22-45쪽.

15 정한나,『억눌린 말들의 연대』, 소명출판, 2024, 294-389쪽.

16 류준필,「한국학의 동아시아적 지평에 대하여」,『비교한국학』23(2), 국제비교한국학회, 2015, 593쪽.

17 한국의 동아시아론에 대해서는 윤여일,『동아시아 담론』, 돌베개, 2016 참조.

18 다케우치 요시미, 윤여일 역,「근대의 초극」(1959), 마루카와 데쓰시·스즈키 마사히사 편,『다케우치 요시미 선집 1 - 고뇌하는 일본』, 휴머니스트, 2011, 143쪽.

19 한국 호적상으로 최인훈은 1936년생이다. 최인훈은 1934년 4월 13일에 탄생하였지만 월남 이후 고등학교 진학 문제로 한국의 호적에는 1936년으로 등록하였다. 방민호,「고독한 문명의 항해사 최인훈 선생」,『대학신문』, 2018.11.18.; 전소영,「최인훈 연보」, 방민호 편,『최인훈 - 오디세우스의 항해』, 에피파니, 2018, 19-25쪽 참조.

20 권헌익, 이한중 역,『또 하나의 냉전』, 민음사, 2013, 17-18쪽.

21 김학재,「'냉전'과 '열전'의 지역적 기원 - 유럽과 동아시아 냉전의 비교 역사사회학」,『사회와역사』114, 한국사회사학회, 2017, 212-222쪽.

22 김학재,『판문점 체제의 기원』, 후마니타스, 2015, 332-357쪽.

23 〈그림2〉의 세로축은 정근식,「동아시아 냉전·분단체제의 형성과 해체」, 임형택 외,『한국학의 학술사적 전망』2, 소명출판, 2014, 53-73쪽을 참조하였다.

24 권보드래·천정환,『1960년을 묻다』, 천년의상상, 2012, 116쪽.

25 라인하르트 코젤렉, 황선애 역,『코젤렉의 개념사 사전 2 - 진보』, 푸른역사, 2010, 114-115쪽.

26 라인하르트 코젤렉, 한철 역,「'근대' - 현대적 운동개념의 의미론」, 문학동네, 1998, 364쪽.

27 라인하르트 코젤렉, 황선애 역,『코젤렉의 개념사 사전 2 - 진보』, 94-97쪽.

28 G.W.F. 헤겔, 서정혁 역,『세계사의 철학』, 지식을만드는지식, 2009, 76쪽.

29 곤자 다케시, 이신철 역,『헤겔과 그의 시대』, 도서출판b, 2014, 135쪽.

30 G.W.F. 헤겔, 서정혁 역,『세계사의 철학』, 76쪽.

31 디페시 차크라바르티, 김택현 외 역,『유럽을 지방화하기 - 포스트식민 사상과 역사적 차이』, 그린비, 2014, 93쪽.

32 민두기,『시간과의 경쟁』, 연세대출판부, 2001, 2-3쪽.

33 미야지마 히로시, 『일본의 역사관을 비판한다』, 창비, 2013, 1, 2장.

34 김동식, 「진화·후진성·1차 세계대전 – 『학지광』을 중심으로」, 『한국 근대문학의 궤적』, 소명출판, 2023, 145-156, 160-165쪽.

35 임화, 「개설 신문학사」(1939-1941), 임규찬 편, 『임화문학예술전집 2 – 문학사』, 소명출판, 2009, 57쪽.

36 손유경, 『슬픈 사회주의자』, 소명출판, 2016, 49-50쪽.

37 수잔 벅모스, 김성호 역, 『헤겔, 아이티, 보편사』, 문학동네, 2012, 184쪽.

38 수잔 벅모스, 김성호 역, 『헤겔, 아이티, 보편사』, 90, 161, 175쪽.

39 서은주, 「소환되는 역사와 혁명의 기억 – 최인훈과 이병주의 소설을 중심으로」, 『상허학보』 30, 상허학회, 2011, 142-152쪽.

40 「〈광장〉의 최인훈, 서울법대 명예졸업장 받았다」, 『한겨레』, 2017.2.24.

41 곤자 다케시, 이신철 역, 『헤겔과 그의 시대』, 108-123쪽.

42 植村邦彦, 『「近代」を支える思考 – 市民社會·世界史·ナショナリズム』, ナカニシヤ出版, 2001, 2장 참조.

43 찰스 테일러, 이상길 역, 『근대의 사회적 상상 – 경제·공론장·인민 주권』, 이음, 2010, 264쪽.

44 E. デュルケム, 井伊玄太郎 訳, 『社會分業論』 上, 講談社, 1989, 215-218頁; 吉本惣一, 『蘇る 「社會分業論」』, 創風社, 2016, 61頁.

45 ローザ·ルクセンブルク, 長谷部文雄 訳, 『資本蓄積論』 下, 岩波書店, 1934 참조.

46 케네스 포메란츠, 김규태 외 역, 『대분기』, 에코리브르. 2016, 5장; 주경철, 『대항해시대 – 해상 팽창과 근대 세계의 형성』, 서울대학교 출판부, 2008, 42-43쪽.

47 미야지마 히로시, 『미야지마 히로시, 나의 한국사 공부』, 너머북스, 2013, 44-81, 324-348쪽.

48 이타가키 류타, 홍종욱·이대화 역, 『한국 근대의 역사민족지 – 경상북도 상주의 식민지 경험』, 혜안, 2015, 29-37쪽.

49 정과리, 「21세기에 다시 읽는 최인훈 문학의 문제성」, 『글숨의 광합성 – 한국 소설의 내밀한 충동들』, 문학과지성사, 2009, 36-37쪽.

1   「타고오르의 시」, 『새벽』, 1960.1, 28-29쪽.

2   다케우치 요시미는 인도와 마찬가지로 식민지 상황이었던 중국은 타고르에게서 '반항의 공감대'를 읽어 낼 수 있었지만, 일본은 무력에 의존하여 서양의 근대화를 흉내 내면서 이웃 나라를 괴롭히는 것은 안 된다는 타고르의 충고를 약한 나라의 시인의 우는 소리로만 이해했다고 비판하였다. 다케우치 요시미, 윤여일 역, 「방법으로서의 아시아」(1960), 마루카와 데쓰시·스즈키 마사히사 편, 『다케우치 요시미 선집 2 – 내재하는 아시아』, 휴머니스트, 2011, 52-53쪽 참조.

3   홍석률, 「4월민주항쟁기 중립화 통일론」, 『역사와현실』 10, 한국역사연구회, 1993, 77-81쪽.

4   브루스 커밍스, 김동노 외 역, 『브루스 커밍스의 한국현대사』, 창비, 2001, 494-486쪽.

5   최인훈, 「작자소감 – 풍문」, 『새벽』, 1960.11, 239쪽.

6   김현, 「사랑의 재확인 – 「광장」의 개작에 대하여」, 최인훈, 『최인훈 전집 1 – 광장/구운몽』, 문학과지성사, 1976, 343쪽.

7   오제연, 「4월혁명 직후 학생 통일운동조직의 결성과 분화」, 『사림』 67, 수선사학회, 2019, 296-313쪽.

8   동아시아의 냉전 질서는 세계적 차원, 지역적 차원, 분단국가와 민족적 차원, 현실공동체로의 국가를 지칭하는 국민적 차원, 그리고 지방적 차원 등 다섯 개의 층위로 구성되며, 각각의 차원은 위계적인 동시에 고유한 속성을 가지고 구성된다. 정근식, 「동아시아 냉전·분단체제의 격자구조와 '냉전의 섬'들」, 박명규·백지운 편, 『양안에서 통일과 평화를 생각하다』, 진인진, 2016, 290쪽.

9   김효재, 「1950년대 종합지 『새벽』의 정신적 지향(1)」, 『한국현대문학연구』 46, 한국현대문학회, 2015, 286, 290쪽.

10   「편집후기」, 『새벽』, 1960.11, 300쪽. 편집후기의 마지막에는 집필자가 '문(門)'으로 기록되어 있다. 신동문(辛東門)의 마지막 글자이다.

11   정규웅, 『글동네에서 생긴 일』, 문학세계사, 1999, 84쪽; 김판수, 『시인 신동문 평전』, 북스코프, 2011, 96-97쪽.

12   백철, 「하나의 돌이 던져지다」, 『서울신문』, 1960.11.27.

13   김치수·최인훈, 「4·19정신의 정원을 함께 걷다」(대담), 『문학과사회』, 2021.2, 315쪽.

14   K.S.티미야, 라윤도 역, 『판문점 일기』, 소나무, 1993, 260-261쪽.

15   장세진, 「한국식 냉전 주체의 기원 – 포로수용소의 생명정치」, 『숨겨진 미래』, 푸른역사, 2018, 112-114쪽. 1950년대에 한국전쟁 포로들의 수기와 그들에 관한 르포가 간헐적으로 발표되지만, 그것은 '반공포로'의 것이었다. '중립국 포로'에 대한 르포는 1980년대 중반부터 등장한다(한수산, 『제3국으로 간 반공포로들의 그후』, 계몽사, 1985). 중립국을 선택한 포로 76인의 이동과 정체성 구성에 대해서는 정병준, 「중립을 향한 '반공포로'의 투쟁 –

한국전쟁기 중립국행 포로 76인의 선택과 정체성」,『이화사학연구』 56, 이화사학연구소, 2018 참조.

16 이어령,「주어 없는 비극」(『조선일보』, 1958.2.10.-11.),『저항의 문학』, 경지사, 1959, 19-20쪽.

17 권보드래,「『광장』의 전쟁과 포로 – 한국전쟁의 포로 서사와 중립의 좌표」,『한국현대문학연구』 53, 한국현대문학회, 2017, 174-185쪽 참조.

18 정병준·최인훈,「『광장』과 4·19의 연관성 – "무엇을 쓰는지, 의미를 알지 못했다. 쓰고 싶었을 뿐이다"」(대담),『역사비평』 126, 역사문제연구소, 2019.봄, 120쪽.

19 김치수·최인훈,「4·19정신의 정원을 함께 걷다」(대담), 311, 321쪽.

20 최인훈,「나의 첫 책 – 제3국행 선택한 '전쟁포로' 이야기」,『출판저널』 82, 1991.4, 22쪽.

21 정병준·최인훈,「『광장』과 4·19의 연관성 – "무엇을 쓰는지, 의미를 알지 못했다. 쓰고 싶었을 뿐이다"」(대담), 113, 118쪽.

22 김현숙,「소설은 결국 '현실'이었다 –『광장』의 삶을 선택한 전쟁포로 주영복 씨와 작가 최인훈 씨의 만남」,『시사저널』, 1990.6.17. https://www.sisajournal.com/news/articleView. html?idxno=109338 (접속: 2024.8.1.).

23 김윤식,「토착화의 문학과 망명화의 문학 – 이호철과 최인훈」,『문학사의 라이벌의식』 3, 그린비, 2017, 422-423쪽.

24 권보드래,「『광장』의 전쟁과 포로」,『한국현대문학연구』 53, 한국현대문학회, 2017, 155쪽.

25 「장편소설 – 광장」,『동아일보』, 1961.2.7.

26 이어령,「주어 없는 비극」, 19쪽.

27 최인훈,「추기 – 보완하면서」,『광장』, 정향사, 1961, 4쪽.

28 "당신 그 책을 단행본으로 맨들어주겠다. 근데 원고가 좀 모자라. 원고를 더 썼으면 좋겠다. 그랬더니 당연히 그렇게 하겠다는 거야. 당연히 자기는 그렇게 하겠다는 거야. 그리고 증보를 했지. 그 때부터 다시 쓰기가 된 거야." [최인훈 문학] 광장 초판 탄생 비화, 강민 선생님께서 말씀하시는 광장」(2019.8.31.), 최인훈연구소, https://youtu.be/HHObuzgvArM (접속: 2024.8.1.)

29 김삼규는 1908년 전라남도에서 출생하여 도쿄제국대학 독문과를 졸업하고 무산자사의 동인으로 활동하였으며, 1931년 고경흠과 함께 검거되었다. 해방공간에서는 동아일보 편집국장 겸 주필로 활동하였고, 단독정부 수립 후 통일문제를 주제로 여러 글을 발표하였다. 한국전쟁 중 국민방위군부정사건과 거창양민학살사건을 신랄히 비판했으며, 1951년 8월 가족과 함께 일본으로 망명하였다. 김윤식,『임화연구』, 문학사상사, 1989, 264-265쪽; 홍석률,「4월민주항쟁기 중립화 통일론」, 68쪽 참조.

30 김삼규,「조국에의 붙이는 글」,『새벽』, 1960.7;「이승만과 김일성의 비극」(신상초와의 좌담)」,『세계』, 1960.8.;「한국의 중립화는 가능하다」,『세계』 1960.8;「통일독립공화국의 길」,『사상계』, 1960.9;「국토민족의 통일방안」,『서울신문』, 1960.9.19.;「오해된 중립화

통일론」,『서울신문』, 1960.11.18.;「중립국통한론을 해명한다」,『새벽』, 1960.12. 홍석률,
「4월민주항쟁기 중립화 통일론」, 85쪽 참조.

31 국제신보사 논설위원,『중립의 이론』, 90-95쪽; 홍석률,「4월민주항쟁기 중립화 통일론」,
    85-94쪽.

32 홍석률,「중립화 통일 논의의 역사적 맥락」,『역사문제연구』 12, 역사문제연구소, 2004,
    68쪽.

33 김삼규,「중립국통한론을 해명한다」,『새벽』, 1960.12, 90쪽.

34 홍석률,「4월민주항쟁기 중립화 통일론」, 87쪽, 102쪽; 강광식,『중립화와 한반도 통일』,
    백산서당, 2010, 199-201쪽.

35 김삼규,「통일독립공화국에의 길」,『사상계』, 1960.9, 128-129쪽.

36 김삼규,「조국에 붙이는 글」, 119-121쪽.

37 김삼규,「통일독립공화국에의 길」, 128쪽.

38 김삼규,「중립국통한론을 해명한다」, 91-93쪽.

39 최인훈,「작자소감 - 풍문」,『새벽』 1960.11, 239쪽.

40 홍석률,「중립화 통일 논의의 역사적 맥락」, 73쪽.

41 오제연,「1960~1971년 대학 학생운동 연구」, 서울대 박사논문, 2014, 64-65쪽; 임헌영,
    『한국소설, 정치를 통매하다』, 소명출판, 2020, 105-106쪽. 신진회 회원들은 영국 노동당
    이나 독일 사회민주당 노선을 지향하면서, 라스키, 시드니 웹, 베른슈타인, 네루 등의 영문
    저서,『자본론』,『공산당선언』,『모순론』,『실천론』,『국가와 혁명』 일본어 마르크스주의
    서적, 해방공간의『자본론』(전석담 역),『시론』(김기림),『문장강화』(이태준) 등과 함께
    김삼규의『금일의 조선(今日の朝鮮)』을 읽었다.

42 발터 벤야민, 최성만 역,「역사의 개념에 대하여」(1940),『발터 벤야민 선집 5 - 역사의 개
    념에 대하여 외』, 길, 2008, 335쪽; 강동원,「근대적 역사의식 비판 - 아도르노와 벤야민의
    이론을 중심으로」, 고려대 석사논문, 2007, 62쪽.

43 쑨거, 윤여일 역,『다케우치 요시미라는 물음』, 그린비, 2007, 270쪽에 근거하여 서술하
    였다.

44 권헌익, 정소영 역,『전쟁과 가족』, 창비, 2020, 43-79쪽.

45 손유경,「잔해의 목격 -『인간사』론」,『삼투하는 문장들 - 한국문학의 젠더 지도』, 소명출
    판, 2021, 86-90쪽.

46 金三奎,『朝鮮の眞實』, 至誠堂, 1960, 11-12頁.

47 김수영,「저 하늘 열릴 때 - 김병욱 형에게」(1960),『김수영 진집』 2, 민음사, 2003, 162-
    163쪽. 김수영과 4·19혁명에 관해서는 박지영,『'불온'을 넘어, '반시론'의 반어』, 소명출판,
    2020, 380-399, 415-426쪽 참조.

48 장문석,「밤의 침묵과 자유의 타수 - 김수영의 해방공간과 임화의 4·19」, 민족문학사연구
    소 프로문학연구반 편,『혁명을 쓰다 - 사회주의 문화정치의 기록과 그 유산들』, 소명출

판, 2018, 557-570쪽.

49 권보드래, 「『광장』의 전쟁과 포로」, 183쪽.

50 권보드래·천정환, 『1960년을 묻다』, 천년의상상, 2012, 515-517쪽.

51 유진오·이어령, 「일본을 말한다」(대담), 『새벽』, 1960.7, 129-133쪽.

52 日高六郎, 『1960年 5月 19日』, 岩波書店, 1960, 46-47頁, 71-88頁, 274頁; 쑨거, 윤여일 역, 『다케우치 요시미라는 물음』, 261쪽.

53 주디스 버틀러·아테나 아타나시오우, 김응산 역, 『박탈 - 정치적인 것에 있어서의 수행성에 관한 대화』, 자음과모음, 2016, 315쪽.

54 김항, 「알레고리로서의 4·19와 5.19 - 박종홍과 마루야마 마사오의 1960」, 『상허학보』 30, 상허학회, 2010, 176-178쪽.

55 日高六郎, 『1960年 5月 19日』, 261頁.

56 下斗米伸夫, 『アジア冷戦史』, 中央公論社, 2004, 83-85頁. 미국의 권유로 46개국은 일본으로부터의 배상을 포기하였다. 또한 소련과 중화인민공화국을 비롯한 '공산권' 국가와 일본의 침략을 받았던 아시아의 나라들은 미국 주도의 '강화' 시도에 반대하였다. 결국 인도, 미얀마, 유고슬라비아, 중화인민공화국, 타이완, 대한민국, 조선민주주의인민공화국은 불참하거나 초대받지 못한 상태에서 일본과 연합국 48개국은 '단독강화'를 체결하였다.

57 신동문은 『일본전후문제작품집』('세계전후문학전집' 7권, 1960.8.)에 이시하라 신타로(石原慎太郎)의 「태양의 계절」과 다자이 오사무(太宰治)의 「요양」의 번역자로 참여하였고, 『일본 아쿠타가와상 소설집(日本芥川賞小說集)』('세계 수상 소설선집' 1권, 1960.12.)에도 번역자로 참여하였다. 두 번역집에 모두 역자로 참여한 사람은 신동문과 계용묵뿐이다. 또한 이어령과 신동문은 1960년대 신구문화사의 '세계전후문학전집', '현대한국문학전집', '한국수필문학전집', '현대세계문학전집' 등 여러 출판물의 편집 및 기획자로 활동하였다. 이종호, 「1960년대〈세계전후문학전집〉의 발간과 전위적 독서주체의 기획」, 『한국학연구』 41, 인하대 한국학연구소, 2016, 86-87쪽. 1960년 중반 이미 신동문과 신구문화사의 관계가 형성되었다면, 신동문이 1960년 12월에 간행된 『일본 아쿠타가와상 소설집』의 서문을 작성하는 상황도 추론이 가능하다.

58 편집실, 「芥川賞 小說集을 읽는 독자에게」, 계용묵 외 역, 『일본 아쿠다카와상 소설집(日本芥川賞小說集)』, 신구문화사, 1960, 3쪽.

59 竹内好, 「堀田善衛著『広場の孤独』」(1952), 『竹内好全集』 12, 筑摩書房, 1981, 228-229頁; 竹内好, 「堀田善衛著『歴史』」(1954), 『竹内好全集』 12, 265-266頁.

60 신동문, 「역자해설 - 廣場의 孤獨」, 계용묵 외 역, 『일본 아쿠다카와상 소설집(日本芥川賞小說集)』, 신구문화사, 1960, 376쪽.

61 高榮蘭, 『出版帝国の戦争 - 不逞なものたちの文化史』, 法政大学出版局, 2024, 298~302頁.

62 최인훈, 「작자소감 - 풍문」, 239쪽.

63 홋타의 「광장의 고독」과 한국전쟁에 관해서는 水溜真由美, 『堀田善衞 - 乱世を生きる』, ナカニシヤ出版, 2019, 40-47頁.

64 김진규, 「선을 못 넘은 '자발적 미수자'와 선을 넘은 '임의의 인물' - 최인훈의 『광장』 (1961)과 홋타 요시에의 『광장의 고독』(1951)」, 방민호 편, 『최인훈 - 오디세우스의 항해』, 에피파니, 2018, 773-788쪽 참조.

65 마루카와 데쓰시, 장세진 역, 『냉전문화론』, 너머북스, 2010, 145쪽.

66 崔仁勳, 「小説 広場」, 民族問題研究所 編, 『コリア評論』 5(39), コリア評論社, 1961.4, 50-60頁; 崔仁勳, 「小説 広場(第二回)」, 民族問題研究所 編, 『コリア評論』 5(40), コリア評論社, 1961.5, 54-61頁.

67 오무라 마스오, 「일본에서의 남북한문학의 연구 및 번역 상황」(『한국문학』, 1992.3·4-5·6), 『오무라 마스오 저작집 1 - 윤동주와 한국 근대 문학』, 소명출판, 2017, 614-617쪽; 호테이 토시히로, 「해방 후 재일 한국인 문학의 형성과 전개 - 1945-60년대 초를 중심으로」, 『인문논총』 47, 서울대 인문학연구원, 2002, 87-88쪽.

68 최인훈, 「[나의 첫 책] 제3국행 선택한 한 '전쟁포로' 이야기 - 개작 거듭한 장편소설 「광장」」, 『출판저널』 82, 1991.4, 22쪽.

69 조은애, 『디아스포라의 위도』, 소명출판, 2021, 310쪽.

70 국제신문사 논설위원, 『중립의 이론』, 118쪽.

71 문학 연구자 차승기는 식민지와 제국 사이의 차별이 구조화된 연루를 포착하기 위해 '제국/식민지 체제'라는 개념을 제안한다. '제국/식민지 체제'는 식민지와 제국 사이의 상호 의존성과 존재론적 차이, 그것을 (재)생산하는 장치의 네트워크를 지칭한다. 차승기, 『비상시의 문/법』, 푸른역사, 2016, 257-263쪽 참조

72 崔仁勳, 金素雲 訳, 「広場」, 『現代韓国文学選集 第1巻』, 冬樹社, 1973; 崔仁勳, 田中明 訳, 『韓国文学名作選 1 - 広場』, 泰流社, 1978.

73 가라타니 고진, 조영일 역, 『헌법의 무의식』, 도서출판b, 2017, 80-88쪽.

74 竹内好, 「共通の広場」(1952), 『竹内好全集』 7, 筑摩書房, 1981, 332頁.

75 다케우치 요시미, 서광덕·백지운 역, 「일본의 아시아관」(1964), 『일본과 아시아』, 소명출판, 2004, 205쪽.

76 이병주, 「조국의 부재 - 국토와 세월은 있는데 왜 우리에겐 조국(祖國)이 없는가?」(『새벽』, 1960.12.), 국제신보사 논설위원 일동, 『중립의 이론』, 142쪽.

77 임경순, 「1960년대 검열과 문학, 문학제도의 재구조화」, 『대동문화연구』 74, 성균관대 대동문화연구원, 2011, 115쪽.

78 국제신보사 논설위원실, 「통일에 민족 역량을 총집결하자 - 서문에 대신하여」, 국제신보사 논설위원 일동, 『중립의 이론』, 샛별출판사, 1961, 2쪽.

79 「징역 10년을 선고 - 전(前) 국제신보 이(李) 주필 등 두 명」」, 『동아일보』, 1961.12.8.; 「모두 상소기각 판결」, 『경향신문』, 1962.2.2.; 황호덕, 「끝나지 않는 전쟁의 산하, 끝낼 수 없는

겹쳐 읽기 – 식민지에서 분단까지, 이병주의 독서편력과 글쓰기」, 『사이間SAI』 10, 국제한국문학문화학회, 2011, 18–19쪽; 안경환, 『황용주 – 그와 박정희의 시대』, 까치, 2013, 361쪽.

80 김윤식, 「『세대』와 『사상계』 – 1960년대 지식인의 현실과 이상 인식」, 『문학사의 라이벌의식』 3, 그린비, 2017, 154–155쪽.

81 「새 세대의 역사적 사명과 자각 – 획기적인 시대정신으로 세계사조의 광장에 나아가자」(창간사), 『세대』, 1963.6, 25쪽.

82 최인훈, 『현대한국문학전집 16 – 최인훈집』, 신구문화사, 1968.

83 편집실, 「「회색의 의자」를 연재하며」, 『세대』, 1963.6, 297쪽.

84 최인훈, 「광장 이후 – 장편 「회색의 의자」 발표에 앞서」, 『세대』 1963.6, 298쪽.

85 최인훈, 「작자 소감 – 풍문」, 『새벽』, 1960.11, 239쪽; 『광장』에서 풍문과 현장의 대립에 대해서는 서호철, 「루멀랜드의 신기료장수 누니옥(NOOHNIIOHC)씨 – 최인훈과 식민지/근대의 극복」, 『실천문학』, 2012 여름. 참조.

86 손유경, 「최인훈의 『광장』에 나타난 만주의 '항일 로맨티시즘'」, 『프로문학의 감성 구조』, 소명출판, 2012, 439쪽.

87 송건호, 「'민족'의 새로운 의미 – 구 세대의 민족관과 새 세대의 민족관」, 『세대』, 1963.6, 60쪽.

88 권보드래, 「최인훈의 『회색인』 연구」, 『민족문학사연구』 10, 민족문학사연구소, 1997, 231–242쪽; 방민호, 「'데가주망'의 논리 – 최인훈 장편소설 『회색인』」, 『어문론총』 67, 한국문학언어학회, 2016, 164–173쪽; 반재영, 「1960년대 한국 민족주의와 최인훈 소설의 담론적 대응에 관한 연구」, 57–97쪽 참조.

89 전상기, 「일본, 근대 한국인 정체성의 그림자 – 『세대』지의 '한일국교수립' 전후의 일본담론과 『회색의 의자』(『회색인』)」, 『한국학논집』 72, 계명대 한국학연구원, 2018 참조.

90 전두영, 「『회색인』에 나타난 독서 행위와 탈식민주의적 양상 연구 – 독고준의 「제물로 바쳐진 알」과 「아프리카의 조각」 독서를 중심으로」, 『어문논집』 90, 중앙어문학회, 2022, 329–339쪽.

91 임헌영, 『한국소설, 정치를 통매하다』, 소명출판, 2020, 114쪽.

92 황용주, 「맥카시즘의 한국적 구조 – 통일에의 비전을 살피면서」, 『세대』, 1964.8, 40쪽.

93 황용주, 「강력한 통일정부에의 의지 – 민족적 민주주의의 내용과 방향」, 『세대』, 1964.11, 83–84쪽.

94 남시욱, 「소탈하고 박식했던 그와의 귀중한 추억」, 이광훈문집간행위원회 편, 『이광훈문집 3 – 추모글, 꺾이지 않는 문향이여』, 41쪽; 안경환, 『황용주 – 그와 박정희의 시대』, 422쪽; 김건우, 「운명과 원한 – 조선인 학병의 세대의식과 국가」, 『서강인문논총』 52, 서강대 인문과학연구소, 2018 128–130쪽.

95 『세대』, 1965.2, 434쪽.

96 「편집자의 말」, 『세대』, 1965.6, 334쪽.

97   김경수,「이병주 소설의 문학법리학적 연구」,『한국 현대소설의 문학법리학적 연구』, 일조 각, 2019, 241쪽.

98   안경환,『황용주 - 그와 박정희의 시대』, 433-435쪽 참조.

99   남재희,「소설가 이병주와 얽힌 화제들, 동년배의 친구 같았던 이광훈 씨」, 이광훈문집편 찬위원회 편,『이광훈 문집 3 - 추모글, 꺾이지 않는 문향이여』, 32쪽.

100 임유경,「1960년대 문학과 '북한'이라는 알레고리 - 한국문학은 북한을 어떻게 재현해왔 는가」,『동방학지』190, 연세대 국학연구원, 2020, 87-103쪽.

101 이호철,『우리네 문단골 이야기』2, 자유문고, 2018, 146-149쪽.

102 이호철,「소시민」2,『세대』, 1964.8, 353쪽.

103 『소시민』의 개략과 지적 자원에 관하여는 방민호,「월남문학의 세 유형 - 선우휘, 이호철, 최인훈의 소설을 중심으로」, 방민호 편,『최인훈 - 오디세우스의 항해』, 에피파니, 2018, 117-126쪽 참조.

104 이호철,「소시민」1,『세대』, 1964.7, 330쪽.

105 이호철,『우리네 문단골 이야기』1, 자유문고, 2018, 37-39쪽.

106 한국전쟁기 부산에서의 문학적 실천을 환도를 수동적으로 기다리는 '임시'와 '예외'의 시 간으로 이해한 선행 연구에 거리를 두면서, '피난지 문단'을 "피난지에서의 장소 만들기와 장소 투쟁의 일환"으로 재해석하고자 한 나보령의 시각에서 시사를 받아, 이 문장을 서술 하였다. 나보령,「피난지 문단을 호명하는 한 가지 방식 - 김동리의「밀다원시대」에 나타 난 장소의 정치」,『한국현대문학연구』54, 한국현대문학회, 2018, 408쪽.

107 장세진,「원한, 노스탤지어, 과학 - 월남 지식인들과 1960년대 북한학지(學知)의 성립 사 정」,『숨겨진 미래』, 푸른역사, 2018, 220쪽; 안용희,「이호철의『소시민』에서 '제사' 모티 프의 의미」,『관악어문연구』38, 서울대 국어국문학과, 2013, 248-258쪽.

108 이호철,「소시민」5,『세대』, 1964.11, 359쪽.

109 발터 벤야민, 최성만 역,「역사의 개념에 대하여」(1940),『발터 벤야민 선집 5 - 역사의 개 념에 대하여 외』, 길, 2008, 336쪽; 강동원,「근대적 역사의식 비판 - 아도르노와 벤야민의 이론을 중심으로」, 고려대 석사논문, 2007, 56-57쪽.

110 이호철,『우리네 문단골 이야기』2, 136-140쪽 참조.

111 「비극으로 통한 극적 해후 신금단 부녀 - 슬픔은 겨레의 것」,『경향신문』, 1964.10.10.;「도 쿄 하늘 아래 보여진 민족적 비애의 한 토막」,『조선일보』, 1964.10.17.;「신금단 부녀의 비 극 초래케 - 북괴만행을 규탄」,『동아일보』, 1964.10.14. 등

112 이병한,「스포츠와 냉전 - 가네포를 아십니까?」,『붉은 아시아 - 1945-1991 동아시아 냉 전의 재인식』, 서해문집, 2019, 108쪽.

113 이병한,「스포츠와 냉전 - 가네포를 아십니까?」, 132, 354쪽.

114 김건우,「1960년대 담론 환경의 변화와 지식인 통제의 조건에 대하여」,『대동문화연구』 74, 성균관대 대동문화연구원, 2011, 137-142쪽.

115 김원우, 「최인훈 소설의 허실」, 『편견예찬』, 시선사, 2020, 61-63쪽.

116 안서현, 「최인훈 소설과 보안법」, 『한국현대문학연구』 55, 한국현대문학회, 2018, 331-338쪽 참조.

117 임헌영, 『한국소설, 정치를 통매하다』, 소명출판, 2020, 100쪽.

118 「크리스마스 캐럴 5」의 시공간 설정에 관해서는 김민지, 「최인훈 소설의 대화형식 의미 연구」, 서울대 석사논문, 2019, 72-75쪽 참조.

119 フランツ・ファノン, 海老坂 武 他訳, 『黒い皮膚・白い仮面』, みすず書房, 1970, 131, 20頁

120 フランツ・ファノン, 海老坂 武 他訳, 『黒い皮膚・白い仮面』, 136頁.

121 "나는, 승강대로 올라서며, 속에서 분노가 치밀어 올라와서 이렇게 부르짖었다. '이것이 생활이라는 것인가? 모두 뒈져버려라!' 찻간 안으로 들어오며 '무덤이다. 구더기가 끓는 무덤이다!'라고 나는, 지긋지긋한 듯이 입술을 악물어보았다. 〔…〕 우중충한 램프 불은 웅크리고 자는 사람들의 머리 위를 지키는 것 같으나, 묵직하고도 고요한 압력으로 사뿟이 내리누르는 것 같다. 나는 한 번 휙 돌려다본 뒤에 '공동묘지다! 구더기가 우글우글하는 공동묘지다!'라고 속으로 생각하였다." 염상섭, 「만세전」(『만세전』, 고려공사, 1924), 김경수 편, 『만세전 - 염상섭 중편선』, 문학과지성사, 2005, 126-127쪽.

122 에드워드 사이드, 박홍규 역, 『오리엔탈리즘』, 교보문고, 2007, 339쪽.

123 김예림, 『국가를 흐르는 삶』, 소명출판, 2015, 309쪽.

124 김항, 『제국 일본의 사상 - 포스트제국과 동아시아론의 새로운 지평을 위하여』, 창비, 2015, 164-167쪽.

125 반재영, 「1960년대 한국 민족주의와 최인훈 소설의 담론적 대응에 관한 연구」, 93-132쪽 참조.

126 김주현, 「구상에서 추상으로 - 최인훈 문학론」, 『계몽과 심미 - 한국 현대 작가·작품론』, 경북대출판부, 2023, 107쪽.

127 『성경』(개역한글판), 「요한복음」 18:3-8. 대한성서공회 http://www.bskorea.or.kr (검색 : 2024.8.1.)

128 장세진, 「미국도 소련도 아닌 다른 길은 없는가 - 반둥회의와 한국 지식인들의 아시아 상상(1955~1965)」, 『숨겨진 미래』, 푸른역사, 2018, 166-168쪽 참조.

129 권보드래, 「중립의 꿈, 1945~1968 - 냉전 너머의 아시아, 혹은 최인훈론을 위한 시론」, 『상허학보』 34, 상허학회, 2012, 308쪽. 1960년대 주요 공안사건과 검열 관계 사건에 관해서는 임유경, 『불온의 시대 - 1960년대 한국의 문학과 정치』, 소명출판, 2017, 62-63, 222-225쪽 참조.

130 최인훈·김인호, 「작가의 세계 인식과 텍스트의 자기 증명」(대담), 김인호, 『해체와 저항의 서사 - 최인훈과 그의 문학』, 문학과지성사, 2004, 273-274쪽.

131 강동원, 「근대적 역사의식 비판 - 아도르노와 벤야민의 이론을 중심으로」, 고려대 석사논문, 2006, 78-79쪽.

132 최하림, 『김수영 평전』, 실천문학사, 2001, 328쪽.

133 최인훈, 「문학과 현실」(「문학 활동은 현실비판이다-문학과 현실」, 『사상계』, 1965.10.), 『현대한국문학전집 16 - 최인훈집』, 신구문화사, 1968, 536쪽. 「문학과 현실」에 대한 텍스트 비평은 정영훈, 「최인훈 전집 『문학과 이데올로기』의 제 문제」, 『국제어문』 74, 국제어문학회, 2017, 421-422쪽 참조.

134 권보드래, 「중립의 꿈 1945-1968 - 냉전 너머의 아시아, 혹은 최인훈론을 위한 시론」, 『상허학보』 34, 상허학회, 2012, 262쪽, 주석 3. 이 책의 분석은 권보드래의 언급에서 시사 받은 바 적지 않음을 밝히며, 감사의 인사를 기록해 둔다.

135 권보드래, 「중립의 꿈 1945-1968 - 냉전 너머의 아시아, 혹은 최인훈론을 위한 시론」, 262쪽 및 구재진, 「최인훈의 고현학, '소설노동자'의 위치 - 『소설가 구보씨의 일일』 연구」, 『한국현대문학연구』 38, 한국현대문학회, 2012, 325쪽의 정리를 인용하였다.

136 1976년 김우창은 "구보씨의 생활은 그 좁은 일상성으로 특징지어진다."라고 평하였으며, 이후의 연구들은 이에 동의하였다. 서은주는 "구보는 신문이나 방송을 통해 미·소의 해빙 무드 등의 국제정세를 파악하고, 문단 주변의 사람들과 정치와 문화 등에 대해 이야기를 나누고, 동물원 구경이나 미술 관람을 통해 내면적 사유를 즐기는 것이 대부분이다. 고향 친구들과의 만남에서 가끔 어린 시절을 추억하는 것 외는 지극히 건조하고 담담한 일상의 반복이다."라고 평하였다. 김우창, 「남북조시대의 예술가의 초상」(해설), 최인훈, 『최인훈 전집 4 - 소설가 구보씨의 일일』, 문학과지성사, 1976, 401쪽; 서은주, 「최인훈 소설 연구」, 연세대 박사논문, 2000, 98쪽.

137 「닉슨 발표 전문」, 『경향신문』, 1971.7.16; 「신화사 발표 키신저·주은래 회담」, 『동아일보』, 1971.7.16; 「닉슨 명 5월 이전 중공 방문」, 『동아일보』, 1971.7.16; 「중공서도 동시 발표」, 『경향신문』, 1971.7.16. 등.

138 「'놀라운 사실' 외무부」, 『경향신문』, 1971.7.16; 「세계의 충격 - 닉슨 중공 방문 선언」, 『경향신문』, 1971.7.17.; 「대전환 시대의 개막」, 『동아일보』, 1971.7.16.; 「북경 밀사 키신저」, 『경향신문』, 1971.7.17.

139 홍석률, 「냉전의 예외와 규칙 - 냉전사를 통해 본 한국 현대사」, 『역사비평』 110, 역사문제연구소, 2015, 120쪽; 권보드래·천정환, 『1960년을 묻다』, 116쪽.

140 이남희, 『민중 만들기』, 후마니타스, 2015, 58쪽.

141 下斗米伸夫, 『アジア冷戦史』, 140-144頁; 홍석률, 「1970년대 초 남북대화의 종합적 분석 - 남북 관계와 미중관계, 남북한 내부 정치의 교차점에서」, 『이화사학연구』 40, 이화사학연구소, 2010, 297-322쪽; 우승지, 「남북화해와 한미동맹관계의 이해, 1969-1973」, 『한국정치외교사논총』 26(1), 한국정치외교사학회, 2004, 97-122쪽; 김연철, 「7·4 남북 공동 성명의 재해석 - 데탕트와 유신체제의 관계」, 『역사비평』, 99, 역사문제연구소, 2012, 224-248쪽 등 참조.

142 서사 기법으로서 몽타주(montage) 기법은 이질적인 텍스트를 삽입하여, 서사의 시간과

공간을 낯설게 하는 기법을 의미한다. 서사의 시간적 연속성을 해체하고 연관성이 없는 쇼트들을 병치하여 독자에게 일상적인 시간을 능가하는 경험을 제공하고, 전체적인 의미에서 순간을 포착하도록 한다. 이소영, 「1930년대 후반 김남천 소설의 이체(異體) - 「장날」과 「이리」에 나타난 몽타주(montage)와 구상력(構想力)을 중심으로」, 민족문학사연구소 프로문학연구반 편, 『혁명을 쓰다 - 사회주의 문화정치의 기록과 그 유산들』, 소명출판, 2018, 173-181쪽.

143 김연철, 「7·4 남북 공동 성명의 재해석 - 데탕트와 유신체제의 관계」, 255쪽.

144 김지형, 「7·4공동성명 전후의 남북대화」, 『사림』 30, 수선사학회, 2008, 37-39쪽; 박광득, 「7·4 남북 공동 성명(1972)의 주요 내용과 쟁점분석」, 『통일전략』 14(3), 한국통일전략학회, 2014, 27쪽.

145 조은애, 『디아스포라의 위도』, 소명출판, 2021, 358쪽.

146 김욱동, 『『광장』을 읽는 일곱 가지 방법』, 문학과지성사, 1996, 239-240쪽.

147 김연철, 「7·4 남북 공동 성명의 재해석 - 데탕트와 유신체제의 관계」, 244-245쪽; 김지형, 「7·4 공동성명 전후의 남북대화」, 『사림』 30, 수선사학회, 2008, 40-44쪽; 우승지, 「남북화해와 한미동맹관계의 이해, 1969-1973」, 113-119쪽.

148 이남희, 『민중 만들기』, 55-124쪽.

149 구재진은 『소설가 구보씨의 일일』 가운데 [4], [8], [9]를 독해하면서, "1970년대의 구보, 나아가 최인훈은 지식인의 위치 조정이 민중의 문제에 대한 천착과 동시에 이루어지고 있다는 점"에 주목하였고, 민중에 대한 구보씨의 시각에 민중의 이상태와 민중의 현실태 사이의 분열이 존재한다고 지적하였다. 구재진, 「최인훈의 고현학, '소설노동자'의 위치 - 『소설가 구보씨의 일일』 연구」, 316-319쪽. 이 책은 역시 이 의견에 동의하면서, 『소설가 구보씨의 일일』 전체 서사에 대한 검토를 바탕으로, 구보씨가 민중과 삶을 공유한 경험 위에서 자기이해를 수행했다는 것을 살펴보았다.

150 梶村秀樹, 「朝鮮語で語られる世界」(『自主講座朝鮮論』 6, 1975.12.), 『梶村秀樹著作集 1 - 朝鮮史と日本人』, 明石書店, 1992, 81頁; 홍종욱, 「일본 지식인의 근대화론 비판과 민중의 발견 - 다케우치 요시미와 가지무라 히데키를 중심으로」, 『사학연구』 125, 한국사학회, 2017, 122-123쪽.

151 다케우치 요시미, 윤여일 역, 「지도자 의식에 대하여」(1948), 『일본 이데올로기』, 돌베개, 2017, 17-18쪽.

152 7·4 남북 공동 성명 이후 한국의 종교계는 통일에 대한 논의를 제안하고 이어갔다. 이찬수, 「한국 종교의 평화 인식과 통일 운동 - 기독교계를 중심으로」, 『종교문화비평』 23, 한국종교문화연구소, 2013, 287쪽.

153 김윤식, 「최인훈론 - 유죄 판결과 결백 증명의 내력」, 『작가와의 대화』, 문학동네, 1996, 14쪽.

154 「소설가 구보씨의 일일」 연작 가운데 [4]에는 예외적으로 구체적인 생활 공간이 등장한

다. [4]의 초두에서 구보씨는 꿈을 꾸고 잠에서 깨어 집을 나선다. 집주인의 딸 이름과 동네에 대한 간략한 묘사 역시 등장한다. 다만, [4]의 말미에 구보씨의 귀가 장면은 등장하지 않는다. 민중의 구체적인 삶에 대한 관심이 [4]에서 징후나 맹아로 존재했다가, 「갈대의 사계」 연재분에서 전면화한 것이다.

155 장문석, 「'우리 말'로 '사상(思想)'하기?! - 후기식민지 한국과 『광장』의 다시 쓰기」, 『사이間SAI』 17, 2014, 398-402쪽.

156 사이토 준이치, 윤대석 외 역, 『민주적 공공성』, 이음, 2009, 110-111쪽 참조.

157 박홍규, 『반항과 창조의 브로맨스, 에밀 졸라와 세잔』, 틈새의시간, 2023, 397-399쪽.

158 김윤진, 「해방기 엄흥섭의 언어의식과 공동체의 구상」, 민족문학사연구소 프로문학연구반 편, 『혁명을 쓰다 - 사회주의 문화정치의 기록과 그 유산들』, 소명출판, 2018, 483-508쪽 참조.

159 '광장으로 나오는 공공의 통일론'이라는 개념은 인류학자 권헌익이 제안한 '광장으로 나오는 공공의 냉전 역사'라는 표현을 손질한 것이다. 권헌익, 「냉전의 다양한 모습」, 『역사비평』 105, 역사문제연구소, 2013, 234쪽.

160 이문구의 『월간 문학』 편집의 경위와 특징에 관해서는 야나가와 요스케, 「창작과 편집 - 이문구의 편집자 시절을 중심으로」, 『상허학보』 49, 상허학회, 2017, 311-326쪽.

161 『월간 문학』 1972년 6월호 「가와바타 야스나리(川端康成)는 왜 자살했나?」에 글을 쓴 문인 25명의 명단은 다음과 같다. 박화성, 황순원, 안수길, 박재삼, 송상옥, 장수철, 홍윤숙, 임중빈, 김요섭, 박경수, 손소희, 최인훈, 유경환, 신동한, 이인석, 강신재, 송병수, 이추림, 임헌영, 윤병로, 김우종, 이근배, 서기원, 이호철, 이형기.

162 이소영, 「김원일·이문구 소설에 나타난 고아의 형상화 연구 - 민주주의와의 관련성을 중심으로」, 서울대 석사논문, 2016, 87-115쪽.

163 김윤식, 『내가 살아온 20세기 문학과 사상 - 갈 수 있고, 가야 할 길, 가버린 길』, 문학사상, 2005, 14-19쪽.

164 김윤진, 「해방기 문학과 어문 공동체의 구상」, 서울대 박사논문, 2024 참조.

165 손유경, 『슬픈 사회주의자』, 소명출판, 2016, 10-15쪽.

166 이봉범, 「냉전과 월북, (납)월북의제의 문화정치」, 『한국의 냉전문화사』, 소명출판, 2023, 656-696쪽.

167 1970년대 초반 일본의 한국문학 연구자 단체인 '조선문학의 회(朝鮮文学の会)'는 월북작가 및 월남작가의 작품을 함께 편집하고 번역하여 『현대조선문학선(現代朝鮮文学選)』 제2권(創土社, 1974)을 출판한다. '조선문학의 회' 창립동인인 오무라 마스오(大村益夫)는 『현대조선문학선』 제2권의 출판을 두고, "무의식적으로 해방공간에서 '통일'을 모색하는 느낌이 있었다."라고 회고하였다. 장문석, 「1960-1970년대 일본의 한국문학 연구와 '조선문학의 회(朝鮮文学の会)'」, 『한국학연구』 40, 인하대학교 한국학연구소, 2016, 195-196쪽.

168 정영훈, 「1970년대 구보 잇기의 문학사적 맥락」, 방민호 편, 『최인훈 - 오디세우스의 항

해』, 에피파니, 2018, 514-533쪽.

169 임미주, 「『천변풍경』의 정치성 연구」, 『구보학보』 10, 구보학회, 2014, 234-242쪽.

170 송민호, 「도시공간에 대한 미디어적 인식과 소설의 서사 - 박태원의 소설과 공간으로서의 서울」, 『구보학보』 11, 2014, 161-165쪽.

171 박태원의 고현학에 관해서는 김흥식, 「고현학 수용과 박태원 소설의 정립」, 『한국 근대 문학과 사상의 논리』, 역락, 2019, 195-221쪽 참조. 아이카와 타쿠야는 박태원의 「소설가 구보씨의 일일」을 다양한 계층과 젠더로 구성된 경성 사람들의 세계를 지식인 구보가 관찰하는 소설로 이해하며, 각각이 소설 언어의 표기에서 한글과 한자로 재현됨을 지적하였다. 소설 말미의 "창작(創作)하겠소."라는 구보의 다짐은, 도쿄에서 입은 트라우마를 극복하여 경성 사람들의 생활을 재현할 수 있는 직업적 소설가로서의 정체성을 형성한 것을 의미하는데, 이것은 구체적으로는 '나'와 지식인이라는 한계를 넘어서 "경성에 존재하는 타자의 세계와 만남"으로 나아가는 것을 의미한다. 아이카와 타쿠야, 「경성 소설가의 글쓰기 - 박태원의 초기 소설가 소설」, 『반교어문연구』 41, 반교어문학회, 2015, 422-431쪽.

172 최인훈, 「문학과 이데올로기」, 『최인훈 전집 12 - 문학과 이데올로기』, 문학과지성사, 1979, 327쪽; 오윤호, 「최인훈 문학의 기원과 진화론적 상상력」, 『서강인문논총』 56, 서강대 인문과학연구소, 2019, 88쪽.

173 E. デュルケム, 井伊玄太郎 訳, 『社会分業論』 上, 講談社, 1989, 215-218頁; 吉本惣一, 『蘇る 「社会分業論」』, 創風社, 2016, 61頁.

174 E. デュルケム, 井伊玄太. 訳, 『社会分業論』 上, 203頁; E. デュルケム, 井伊玄太郎 訳, 『社会分業論』 下, 講談社, 1989, 218頁.

175 김학재, 『판문점 체제의 기원』, 후마니타스, 2015, 560-563쪽. 뒤르켐에 근거한 '분업에 의한 연대'와 '사회적 연대로서의 평화'라는 개념은 김학재의 연구에서 배울 수 있었다.

176 장문석, 「밤의 침묵과 자유의 타수 - 김수영의 해방공간과 임화의 4·19」, 민족문학사연구소 프로문학연구반 편, 『혁명을 쓰다 - 사회주의 문화정치의 기록과 그 유산들』, 소명출판, 2018, 531-536쪽.

177 「"한국 전시 기쁘다" 샤갈 옹의 말」, 『조선일보』, 1971.8.11; 「프랑스 현대유화전 개막」, 『조선일보』, 1971.8.21; 「관람인파 1만명 돌파 - 프랑스 유화전 연일성황」, 『조선일보』, 1971.8.26; 「샤갈 작품에 발걸음 멈춰」, 『조선일보』, 1971.9.4.

178 박홍규, 『총과 칼을 거두고 평화를 그려라 - 반전과 평화의 미술』, 아트북스, 2003, 243-244쪽.

179 강동호, 「한국 근대 문학과 세속화」, 연세대 박사논문, 2016, 158쪽.

180 김우창, 「남북조시대의 예술가의 초상」(해설), 348쪽. 샤갈은 예술 수업을 위해, 그리고 정치적 박해를 피해 고향을 떠나 평생 돌아가지 못했다(ポーラ美術館学芸部 編, 『ピカソとシャガール - 愛と平和の讃歌』, ポーラ美術館, 2017, 38, 92-93頁). 이중섭은 최인훈과 마찬가지로 한국전쟁 중 "월남"하였다(갈대-10, 1972: 409).

181 김병로, 「한반도 통일과 평화구축의 과제」, 『평화학연구』 15(1), 한국평화통일학회, 2014, 20쪽.

182 김수영, 「시의 '뉴 프런티어'(1961.3.)」, 『김수영 전집』 2, 민음사, 2003, 241쪽; 김수영, 「저 하늘 열릴 때 – 김병욱 형에게(1960.)」, 위의 책, 162-163쪽; 장문석, 「밤의 침묵과 자유의 타수 – 김수영의 해방공간과 임화의 4·19」, 549-557쪽.

183 임화, 「고전의 세계 – 혹은 고전주의적인 심정」(『조광』, 1940.12.), 하정일 편, 『임화문학예 술전집 5 – 비평2』, 소명출판, 2009, 285-289쪽.

184 梶村秀樹, 『朝鮮史 – その發展』, 東京: 講談社, 1977, 216-217頁.

185 홍종욱, 「일본 지식인의 근대화론 비판과 민중의 발견 – 다케우치 요시미와 가지무라 히 데키를 중심으로」, 『사학연구』 125, 한국사연구회, 2017, 116-123쪽.

186 브루스 커밍스, 조행복 역, 『브루스 커밍스의 한국전쟁』, 현실문화, 2017, 71쪽.

1 송하춘,「한자어를 우리말로 풀어쓴 소설 – 최인훈의『광장』」,『새국어생활』 18(3), 국립 국어원, 2008, 169쪽.

2 김현,「최인훈의 정치학」(1973),『사회와 윤리』, 일지사, 1974, 202쪽.

3 장지영,「정신사의 알레고리와 지식의 지정학 – 최인훈의「라울전」,「광장」을 중심으로」, 『반교어문연구』 58, 반교어문학회, 2021, 272쪽.

4 백철,「문학을 뜻하는 학생에게」,『사상계』, 1955.6, 122쪽.

5 서은주,「1950년대 대학과 '교양' 독자」,『문학, 교양의 시간』, 소명출판, 2014, 204-221쪽 참조.

6 최인훈,「제3국행 선택한 한 '전쟁포로' 이야기 개작 거듭한 장편소설「광장」」,『출판저널』 82, 1991.4, 22쪽.

7 조남현,『한국현대소설의 해부』, 문예출판사, 1993, 246-249쪽.

8 성 아우렐리우스 아우구스띠누스, 최민순 역,『고백록』, 성바오로출판사, 1965, 181-182쪽. "때마침 이웃 집에서 들려오는 소리가 있었습니다. 소년인지 소녀인지 분간이 가지 않으나 연달아 노래로 되풀이 되는 소리는 "집어라, 읽어라. 집어라, 읽어라."는 것이었습니다. 〔…〕 이는 곧 하늘이 시키시는 일, 성서를 펴들자 마자 첫눈에 띄는 대목을 읽으라 하시는 것으로 단정해 버린 것입니다. 〔…〕 집어들자, 펴자, 읽자, 첫눈에 들어온 장귀는 이러하였습니다. "폭식과 폭음과 음탕과 방종과 쟁론과 질투에 (나아가지 말고) 오직 주 예수그리스도를 입을지어다. 또한 정욕을 위하여 육체를 섬기지 말지어다"(로마, 13·13) 더 읽을 마음도 그럴 필요도 없었습니다. 이 말씀을 읽고난 찰나, 내 마음엔 법열이 넘치고, 무명의 온갖 어두움이 스러져 버렸나이다."

9 김현,「사랑의 재확인」, 343쪽.

10 황호덕,「해방과 개념, 맹세하는 육체의 언어들 – 미군정기 한국의 언어정치학, 영문학도 시인들과 신어사전을 중심으로」,『대동문화연구』 85, 성균관대 대동문화연구원, 2014, 100쪽.

11 이수형,「『광장』에 나타난 1945~60년의 시간 중첩」,『상허학보』 22, 상허학회, 2022, 373-394쪽 참조.

12 브루스 커밍스, 김범 역,『한국전쟁의 기원 2-1 – 폭포의 굉음 1947-1950』, 글항아리, 2023, 460-470쪽.

13 서호철,「루멀랜드의 신기료장수 누니옥(NOOHNIIOHC)씨 – 최인훈과 식민지 / 근대의 극복」,『실천문학』, 2012.여름. '풍문'과 '현장'의 대립으로 최인훈 문학을 이해하는 관점은 이 글에서 배운 바가 크다. 감사의 마음을 담아 기록해 둔다.

14 최인훈,「작자의 말」,『광장』, 정향사, 1961, 1-2쪽.

15 장지영,「정신사의 알레고리와 지식의 지정학 – 최인훈의 라울전 , 광장 을 중심으로」,『반

교어문학』 58, 반교어문학회 2021, 287-288쪽.

16 게오르크 루카치, 김경식 역,『소설의 이론』, 문예출판사, 2007, 161-163쪽을 참조하여 서술하였다. 복도훈은『광장』을 해방 후의 혼란한 현실과 전쟁의 파국 속에서 한 젊은이의 성장과 교양 의지가 좌절되는 과정을 다룬 교양소설로 읽고 있다. 그는 이명준을 교양 의지를 충실히 수행할 임무를 지니고 세계와 자아의 불화를 각인하는 동시에, 그럼에도 타자와 더불어 창조적으로 살아야 할 공동체를 적극적으로 꿈꾼 인물로 해석하였다. 복도훈,「어느 젊은 자코뱅주의자의 중립국행 – 최인훈,『광장』읽기」,『자폭하는 속물』, 도서출판b, 2018, 97-101쪽.

17 『광장』에는 이명준이 "사상과 애인"을 등가로 놓고, 둘 모두를 잃자 절망하는 장면이 등장한다. 또한 이명준은 "사유(思惟)란 이름의 요부(妖婦)"(광장, 1961: 32)라는 표현에서 볼 수 있듯, 지식을 젠더화하여 표상하였다. 이명준은 여성을 타자화하면서 자기의 주체를 정립하고자 했던 한국 근대소설의 남성 지식인 재현의 계보를 잇고 있다. 이혜령,「동물원의 미학 – 한국 근대소설의 하층민의 형상과 섹슈얼리티에 대하여」,『한국소설과 골상학적 타자들』, 소명출판, 2007, 17-44쪽 참조.

18 최인훈,「광장 이후 - 장편「회색의 의자」발표에 앞서」,『세대』1963.6, 298쪽.

19 魯迅, 竹內好 訳,「自序」(1922.12.3.),『魯迅文集』1, 筑摩書房, 1983, 8-9頁; 루쉰, 공상철 역,「서문」,『루쉰 전집 2 – 외침·방황』, 그린비, 2010, 26쪽.

20 루쉰, 이육사 역,「고향」(『조광』, 1936.12.), 홍석표 주해,『이육사 총서 4 – 이육사의 중국 평론과 번역』, 소명출판, 2022, 216쪽.

21 다케우치 요시미, 서광덕 역,『루쉰』, 문학과지성사, 2003, 58-68쪽.

22 칼 마르크스, 강유원 역,「헤겔 법철학 비판 서문」,『헤겔 법철학 비판』, 이론과실천, 2011, 9쪽, 13-14쪽.

23 디페시 차크라바르티, 김택현 외 역,『유럽을 지방화하기』, 그린비, 2014, 114-120쪽.

24 김동식,「진화·후진성·1차 세계대전 -『학지광』을 중심으로」,『한국 근대문학의 궤적』, 소명출판, 2023, 145-156, 160-165쪽 참조.

25 방기중,『한국근현대사상사연구』, 역사비평사, 1992, 167-169쪽; 박형진,「1930년대 아시아적 생산양식 논쟁과 이청원의 과학적 조선학 연구」,『역사문제연구』38, 역사문제연구소, 2017, 259-265쪽; 홍종욱,「제국의 사회주의자 – 마르크스주의 역사학자 이청원의 삶과 실천」,『상허학보』63, 상허학회 2021, 133-141쪽.

26 브루스 커밍스, 조행복 역,『브루스 커밍스의 한국전쟁』, 현실문화, 2017, 150-154쪽.

27 조기준,『나의 인생 학문의 역정』, 일신사, 1998, 20-27쪽; 김용섭,『역사의 오솔길을 가면서』, 지식산업사, 2011, 98쪽.

28 나르마데쉬와 프라샨, 강봉식 역,「아시아 사회의 정체성 - 과거의 유산」,『사상계』, 1955.9; 김준엽,「아시아 사회의 후진성에 관한 일고찰」,『사상계』, 1955.9; 조기준,「아시아적 침체성의 제문제」,『사상계』, 1957.8.

29 홍정완,『한국 사회과학의 기원 - 이데올로기와 근대화의 이론 체계』, 역사비평사, 2021, 213-251쪽 참조.

30 라그나르 럭시, 박동섭 역,『후진국 자본형성론』, 대한재무협회출판부, 1955.

31 W.W. 로스토오, 이상구·강명규 역,『경제성장의 제단계』, 법문사, 1961; W.W. 로스토오, 이상구 역,『반공산당선언 - 경제성장의 제단계』, 진명문화사, 1960; 브루스 커밍스, 김동노 외 역,『브루스 커밍스의 한국현대사』, 창비, 2001, 436-437쪽; 박태균,『원형과 변용 - 한국 경제개발계획의 기원』, 서울대출판부, 2007, 109-182쪽; 마이클 레이섬, 권혁은 외 역,『근대화라는 이데올로기』, 그린비, 2021, 95-97쪽. 로스토의『경제성장의 제단계』에 관한 당대의 '충격'에 관한 회고와 의미는 김윤식,『내가 살아온 한국 현대문학사』, 문학과지성사, 2009, 19-21쪽; 권보드래·천정환,『1960년을 묻다』, 천년의상상, 2012, 486쪽 등 참조.

32 홍정완,『한국 사회과학의 기원 - 이데올로기와 근대화의 이론 체계』, 역사비평사, 2021, 299쪽

33 염상섭,『염상섭 전집 7 - 취우』, 민음사, 1987, 141쪽.

34 유진오,『구름위의 만상』, 일조각, 1966; 유진오,『양호기』, 고려대학교출판부, 1977; 백철,『속 진리와 현실』, 박영사, 1976.

35 『회색인』다음에 발표된『서유기』에서 등장하는 논개의 형상이 이와 연관된다. 서은주는『서유기』에 등장하는 논개에 관해 "300년 동안 계속 고문당하고 있는 그녀의 형상은 한국의 식민성이 현재 진행형임을 의미한다"고 분석하였다. 서은주, 「소환되는 역사와 혁명의 기억 - 최인훈과 이병주의 소설을 중심으로」,『상허학보』30, 상허학회, 2010, 161쪽.

36 라인하르트 코젤렉, 한철 역,『지나간 미래』, 문학동네, 1996, 405쪽.

37 발터 벤야민, 최성만 역, 「역사의 개념에 대하여」(1940),『발터 벤야민 선집 5 - 역사의 개념에 대하여 외』, 길, 2008, 339쪽; 강동원, 「근대적 역사의식 비판 - 아도르노와 벤야민의 이론을 중심으로」, 고려대 석사논문, 2007, 16쪽.

38 이혜령, 「친일파인 자의 이름 - 탈식민화와 고유명의 정치」,『민족문화연구』54, 고려대 민족문화연구원, 2011, 31쪽; 이순진, 「한국전쟁 후 냉전의 논리와 식민지 기억의 재구성」,『기억과 전망』23, 민주화운동기념사업회, 2010, 95-96쪽; 브루스 커밍스, 김동노 외 역,『브루스 커밍스의 한국현대사』, 창비, 2001, 449쪽; 권헌익, 이한중 역,『또 하나의 냉전』, 민음사, 2013, 17-18쪽 참조.

39 이화진, 「'65년 체제'의 시각 정치와 〈총독의 딸〉」,『한국근대문학연구』18(1), 한국 근대문학회, 2017, 277-294쪽.

40 김우창·김상환, 「오렌지 주스에 대한 명상 - 서양적인 것의 유혹과 반성」,『춘아, 춘아, 옥단춘아, 네 아버지 어디 갔니?』, 민음사, 2001, 392-393쪽.

41 이 책에서 제안하는 '후식민지'와 유사한 개념으로는 '후기식민지'(황호덕, 권보드래·천정환), '식민 이후'(윤대석), '포스트식민사회'(한수영) 등이 있다. 황호덕,『벌레와 제국』, 새물결, 2011, 567-598면; 권보드래·천정환,『1960년을 묻다』, 천년의상상, 2012, 278-282쪽;

윤대석,『식민지 문학을 읽다』, 소명출판, 2012, 269쪽; 한수영,『전후문학을 다시 읽는다』, 소명출판, 2015, 5쪽.

42 1950년대 국어국문학과 학계는 1930년대 후반에서 1945년에 이르는 식민지의 '국민문학' 을 '암흑기'로 봉인하였다. 정종현,『동양론과 식민지 조선문학』, 창비, 2011, 15-20쪽.

43 에드워드 사이드, 최영석 역,『권력·정치·문화』, 마티, 2012, 200쪽.

44 임화,「본격소설론」(「최근 조선 소설계 전망」,『조선일보』, 1938.5.24.-28.), 신두원 편,『임 화문학예술전집 3 - 문학의 논리』, 소명출판, 2009, 291쪽.

45 임화,「복고현상의 재흥」(『동아일보』, 1937.7.15.-20.), 신두원 편,『임화문학예술전집 4 - 평론1』, 소명출판, 2009, 776-777쪽.

46 박태균,『원형과 변용』, 160-162쪽; 정재정,『주제와 쟁점으로 읽는 20세기 한일 관계사』, 역사비평사, 2014, 92-98쪽.

47 한수영,『전후문학을 다시 읽는다』, 84쪽. 한수영은 '식민지 주체'와 '포스트식민 주체'를 시간적으로 통합하기 위한 방법적 개념으로 '식민화된 주체'라는 개념을 제안한다. '식민 화된 주체'는 다양한 식민주의의 경험과 기억을 가지고 있으면서, '식민주의 이후'에도 여 전히 그것으로부터 자유롭지 못한 '주체'를 가리킨다. 한편으로는, 그 식민주의의 영향과 흔적으로부터 벗어나고자 노력하지만, 다른 한편으로는 식민주의의 '기억'과 '감성'의 관 성에서 여전히 자유롭지 못한 '주체'이다.

48 김윤식,「관념의 한계 - 최인훈론」,『한국현대소설비판』, 일지사, 1981, 9쪽; 윤대석,「최인 훈 소설의 정신분석학적 읽기」,『한국학연구』16, 인하대 한국학연구소, 2007, 178쪽; 이에 관해서는 이 책의 4장 2절 참조.

49 이혜령,「인격과 스캔들 - 임종국의 역사서술과 민족주의」,『민족문화연구』56, 고려대 민족문화연구원, 2012, 443쪽.

50 김용섭,「양안의 연구(상) - 조선후기의 농가경제」,『사학연구』7, 한국사학회, 1960; 김용 섭,『조선후기농업사연구』, 일조각, 1970; 윤해동,「'숨은 신'을 비판할 수 있는가? - 김용 섭의 '내재적 발전론'」, 도면회·윤해동 편,『역사학의 세기 - 20세기 한국과 일본의 역사 학』, 휴머니스트, 2009, 247-284쪽.

51 푸코는 서구의 사유체계에서 유비를 인간을 중심에 두고 방사형의 관계로 자연을 설명하 는 방식으로 설명한다. 미셸 푸코, 이규현 역,『말과 사물』, 민음사, 2012, 52-54쪽 참조.

52 김동식,「비평과 주체 - 김기림·최재서·임화의 비평 겹쳐 읽기」,『한국 근대문학의 궤적』, 소명출판, 2023, 489-498쪽.

53 이경림,「독고준의 이름, 자기 서사의 출발」, 방민호 편,『최인훈 - 오디세우스의 항해』, 에피파니, 2018, 394쪽.

54 권보드래,「최인훈의『회색인』연구」,『민족문학사연구』10, 민족문학사연구소, 1997, 242쪽.

55 손유경,「백낙청의 민족문학론을 통해 본 1970년대식 진보의 한 양상」,『삼투하는 문장들

- 한국문학의 젠더 지도』, 소명출판, 2021, 199-206쪽.

56 ヘーゲル, 長谷川宏 訳,『法哲学講義』, 作品社, 2000, 363頁.

57 독고준의 선언에 대해서는 다른 해석도 존재한다. 서은주는 "가족이 없다, 그러므로 자유다. 이것이 우리의 근대선언이다."라는 독고준의 선언을 의지적인 선택이 아니라, 주어진 운명에 가까웠다고 이해한다. 독고준은 자신의 의사와 무관하게 가족과 고향을 잃었기 때문에 이 선언은 '비극적'이라고 판단하였다. 위의 '근대선언'에도 불구하고, 독고준이 가족, 혈연, 고향에 향수를 느끼고, 조부의 흔적과 일가를 찾으러 안양 인근 P면으로 향한 것은 그때문이다(서은주,「최인훈 소설 연구」, 56쪽). '가족'이라는 계기는 특히 소설 속 인물 독고준과 현실의 최인훈이 갈라지는 지점이기도 하다. 보통 독고준의 성격 구성에는 최인훈의 자전적 요소가 상당히 관여한 것으로 이해되지만, 독고준의 월남이 단신이었던 것과 달리 최인훈의 월남은 가족과 함께였고, 국가도 사회도 없는 곳에서 그는 끝내 가족과 함께였다. 탈냉전기에 발간한 자전적 소설『화두』의 첫 권은 이미 이민한 가족을 따라서 미국에 머물 것인가, 아니면 한국에 돌아갈 것인가라는 양자택일의 문제를 통해 서사의 긴장을 얻는다. 이 고민은 실제 최인훈이 1970년대 중반 도미 중에 겪었을 고민일 가능성이 높다. 독고준의 당위적 '선언'과 최인훈의 '현실' 사이의 간극은 상당하였는데, 이 간극이 주체에게 어떤 부담으로 기능하며 어떤 미적 효과를 가져오는지는 별도의 고찰이 필요하다.

58 곤자 다케시, 이신철 역,『헤겔과 그의 시대』, 도서출판b, 2014, 116-117쪽.

59 '개인' - '가족' - '사회' - '국가'를 도식적으로 사유하는 동시에 그 범주의 혼동 앞에서 혼란스러워하는 모습은『광장』에서도 찾을 수 있다. 두 가지 장면에서 찾을 수 있는데, 첫째, 이명준이 아버지를 이유로 경찰서에 끌려가 육체적 폭력을 당하고 나오는 곳에서, 그는 "분하고 서러웠다. 보람을 위함도 아니면서. 아버지 때문에? 어쩐지 아버지를 위해서 얻어맞아도 좋을 것 같았다. 멀리 있던 아버지가 바로 곁에 있다는 사실을 그는 깨달았다."라고 하면서,(광장, 1961: 69) 개인과 가족의 범주가 혼동되는 상황, 곧 헤겔이『안티고네』를 분석하며 지적한 바인 친족과 국가의 경계가 혼란한 상황을 경험하게 된다(G.W.F. 헤겔, 임석진 역,『정신현상학』, 한길사, 2005, VI-1장 참조). 또 하나의 풍경은 그의 상상 속에서 무척이나 낭만적이고 평화로운 공간으로 그려진 중립국에 관한 첫 정의가 다름 아닌 "아무도 나를 아는 사람이 없는 땅"이라는 점이다(광장, 1961: 196).

60 이수형,「해방공간의 나라 만들기와 가족 로맨스」,『1960년대 소설 연구 - 자유의 이념, 자유의 현실』, 소명출판, 2013. 87-89쪽.

61 권보드래,「최인훈의『회색인』연구」, 242쪽.

62 홍정완,『한국 사회과학의 기원 - 이데올로기와 근대화의 이론 체계』, 역사비평사, 2021, 363-365쪽.

63 김항,『제국 일본의 사상 - 포스트제국과 동아시아론의 새로운 지평을 위하여』, 창비, 2015, 218-220쪽.

64 다케우치 요시미, 윤여일 역, 「근대란 무엇인가 - 일본과 중국의 경우」(1948), 마루카와 데쓰시·스즈키 마사히사 편, 『다케우치 요시미 선집 2 - 내재하는 아시아』, 휴머니스트, 2011, 248-249쪽.

65 류준필, 『동아시아의 자국학과 자국문학사 인식』, 소명출판, 2013, 163-164쪽.

66 최서윤, 「이중 언어 세대와 주체의 재정립 - 박인환의 경우」, 『인문과학연구논총』 35(4), 명지대 인문과학연구소, 2014, 55쪽.

67 이에 관해서는 이 책 4장 3절 참조.

68 서은주, 「'한국적 근대'의 풍속 - 최인훈의 「크리스마스 캐럴」 연작 연구」, 『상허학보』 19, 상허학회, 2007, 459쪽.

69 ヴィットコップ, 高橋健二 訳, 『ドイツ戦没学生の手紙』, 岩波書店, 1938. 김윤식, 「학병 세대와 교양주의 - 「관부연락선」의 경우」, 『한일 학병세대의 빛과 어둠』, 소명출판, 2011, 130-134쪽. 1936년생 문학평론가 김윤식 역시 유년 시절 이 책을 읽은 적이 있다고 회고 하였다. 김윤식, 『비도 눈도 오지 않는 시나가와 역』, 솔, 2005, 36-38쪽.

70 「크리스마스 캐럴 4」에서 한국의 전통부재에 대한 초점화자 '나'의 절망은 '구토'로 나타 난다. '나'의 구토는 세계와의 근원적 괴리로 인한 로캉탱의 구토를 염두에 둔 것으로 보인 다. 하지만 로캉탱의 구토가 붕괴될 인간 세계를 가진 서구인의 구토인 것에 반해, '나'의 구토는 안간힘을 쓰고 붙들어 할 타인, 사물, 세계와의 관계가 없는 구토이다. 김진규, 「한 국 전후소설에 나타난 자기소외의 극복 - 행동과 주체 정립을 중심으로」, 서울대 박사논 문, 2017, 240쪽.

71 임화, 「신문학사의 방법」(「조선문학연구의 일과제 - 신문학사의 방법론」, 『동아일보』, 1940.1.13.~1.20.), 신두원 편, 『임화문학예술전집 3 - 문학의 논리』, 소명출판, 2009, 647쪽.

72 임화, 「본격소설론」(「최근 조선 소설계 전망」, 『조선일보』, 1938.5.24.-28.), 신두원 편, 『임 화문학예술전집 3 - 문학의 논리』, 소명출판, 2009, 292-293쪽.

73 김동식, 「비평과 주체 - 김기림·최재서·임화의 비평 겹쳐 읽기」, 『한국 근대문학의 궤적』, 소명출판, 2023, 489-498쪽. 최재서, 「현대시의 생리와 성격 - 장편시 「기상도」에 대한 소고찰」, 『문학과지성』, 인문사, 1938; 최재서, 「「천변풍경」과 「날개」에 관하야 - 리아리즘 의 확대와 심화」, 같은 책; 최재서, 「'단층'파의 심리주의적 경향」, 같은 책; 이원조, 「아카 데미·저너리즘·문학」, 『사해공론』, 1938.7; 이원조, 「비평정신의 상실과 논리의 획득」, 『인 문평론』, 1939.10; 이원조, 「대(代) 6월 창작평문」, 『인문평론』, 1940.7; 김남천, 「조선적 장 편소설의 일고찰 - 현대 저널리즘과 문예와의 교섭」, 『동아일보』, 1937.10.19-23. 등.

74 장성규는 "최인훈의 후기-식민지로서의 남한에 대한 인식은 곧 그의 '소설' 장르가 지닌 식민성의 문제로까지 진전될 수밖에 없"었다고 지적하였다. 장성규, 「후기·식민지에서 소 설의 운명 - 최인훈의 고전 서사 장르 전유를 중심으로」, 『한국 근대 문학연구』 31, 한국 근대 문학회, 2015, 208쪽.

75 최인훈, 「야누스의 얼굴을 가진 작품들 – 어떤 서평」, 『역사와 상상력』, 민음사, 1976, 144-145쪽. 이 글의 초출 서지는 추적 중이다. 최인훈의 첫 문학론집인 『문학을 찾아서』 (현암사, 1971)에는 수록되지 않았고, '오늘의 산문 선집' 17권으로 간행된 『역사와 상상력』(민음사, 1976)에 수록되어 있다. 1970년대 초중반에 쓴 글로 추측하는 것이 무리가 없을 것이다. 후에 『최인훈 전집 12 – 문학과 이데올로기』(문학과지성사, 1979)에 수록된다.

76 김남천, 「조선적 장편소설의 일고찰 – 현대 저널리즘과 문예와의 교섭」(『동아일보』, 1937.10.19.-23.), 정호웅·손정수 편, 『김남천 전집』 1, 박이정, 2000, 279쪽.

77 임화, 「조선신문학사론 서설」(『조선중앙일보』, 1935.10.9.-11.13.), 임규찬 편 『임화문학예술전집 2 – 문학사』, 소명출판, 2009, 394쪽. 이러한 입장은 「개설 신문학사」, 「소설문학의 20년」에서도 유지된다. 박진영, 「임화의 문학사론과 신문학사 서술」, 『책의 탄생과 이야기의 운명』, 소명출판, 2013, 422-425쪽. 1930년대 중후반 루카치의 「부르주아 서사시로서의 장편소설」을 포함하여 소련 콤아카데미의 문예백과전서 시리즈가 일본어로 번역되었다. ルカッチ, 「ブルジョア叙事詩としての長篇小說」, 熊澤復六 訳, 『短篇·長篇小說』, 清和書店, 1937, 98-189頁. 책의 간행은 1937년 6월이며, 앞서 인용한 김남천의 글은 1937년 10월의 것이다.

78 김철, 『우리를 지키는 더러운 것들』, 뿌리와이파리, 2018, 141쪽.

79 남정현·한수영, 「환멸의 역사를 넘어서 – 기억의 편린을 더듬는 한 전후세대 작가의 시간 여행」, 『실천문학』, 2012 여름, 97-98쪽; 김윤식, 『내가 살아온 20세기 문학과 사상 – 갈 수 있고, 가야할 길, 가버린 길』, 문학사상, 2005, 570-573쪽.

80 G.W.F. 헤겔, 서정혁 역, 『세계사의 철학』, 지식을만드는지식, 2009, 76쪽. 서구의 역사를 표준이자 보편사로 이해한 헤겔의 입장은 이후 마르크스주의자들에 의해 생산양식의 발전사로 전유되면서, 역사발전의 법칙으로 정식화되었다. 또한 아시아를 보편사로부터 벗어난 '아시아적 생산양식'으로 이해하는 시각의 근거가 된다.

81 「〈광장〉의 최인훈, 서울법대 명예졸업장 받았다」, 『한겨레』, 2017.2.24.

82 김윤식은 등단 추천 평론 중 하나인 「역사와 비평」에서 루카치의 「리얼리즘 예술의 기초」를 인용하였다. 김윤식, 「역사와 비평」(『현대문학』, 1962.9.), 『한국문학의 논리』, 일지사, 1974, 48쪽. 김윤식은 헌책방을 통해 1930년대 소련콤아카데미의 문예백과전서의 번역서를 접했을 수도 있다. 1955년 루카치의 『소설의 이론』 역시 일본어로 번역되었다. ルカーチ, 原田義人 訳, 『小説の理論』, 未來社, 1955.

83 게오르그 루카치, 김경식 역, 『소설의 이론』, 문예출판사, 2007, 157-161쪽.

84 최인훈의 『광장』과 『회색인』의 교양소설로 검토한 대표적인 선행 연구는 다음과 같다. 권보드래, 「최인훈의 『회색인』 연구」, 『민족문학사연구』 11, 민족문학사연구소, 1997, 231-242쪽; 복도훈, 『자폭하는 속물』, 도서출판b, 2018, 77-134쪽; 이경림, 「독고준의 이름, 자기 서사의 출발」, 방민호 편, 『최인훈 – 오디세우스의 항해』, 에피파니, 2018, 379-394쪽.

85 H. 포터 애빗, 우찬제·이소연·박상익·공성수 역, 『서사학강의』, 문학과지성사, 2010, 35쪽.

86   '겹쳐 쓰기'는 제라르 쥬네트의 Palimpsestes(1982)로부터 아이디어를 얻은 것이다. 팰럼시스트(Palimpsestes)는 '처음에 적은 글자를 지우고 그 위에 다른 문자를 기록한 양피지'이다. 하지만 원래의 글자가 완전히 지워지지 않았기에, 새로운 문자 아래에 옛 문자가 비쳐(겹쳐) 읽혔다. 쥬네트는 팰럼시스트에 착안하여 어떤 텍스트는 항상 다른 텍스트를 숨기고 있으며, 하나의 텍스트는 새로운 텍스트와 옛 텍스트가 중첩하는 장(場)으로 존재한다고 이해하였다. 그는 중첩한 텍스트에 대한 '이중(二重)의 읽기'가 가능하다고 판단하면서, '관계성의 읽기'(팰럼시스트적 읽기)를 시도하였다. ジェラール ジュネット, 和泉涼一 訳,『パランプセスト―第二次の文学』, 水声社, 1995, 726-727頁 참조.

87   서은주,「해방 후 이광수의 '자기서술'과 고백의 윤리」, 박헌호 편,『센티멘탈 이광수 - 감성과 이데올로기』, 소명출판, 2013, 185-191쪽; 전소영,「전유와 투쟁하는 전유 - 역사의 동원과 해소로 현재와 길항하기,『서유기』(1966)」,『화두와 여정 - 최인훈 문학의 형성 경로』, 예옥, 2024, 252-254쪽 참조.

88   이철호,「도래하는 이광수 - 최인훈의『회색인』과『서유기』를 중심으로」,『동악어문학』 58, 동악어문학회, 2021, 54~58쪽.

89   정지용,「향수」,『정지용 시집』, 건설출판사, 1946, 39-41쪽. 최인훈이 참고했던『정지용 시집』은 시문학사(1935)본인지 건설출판사(1946)본인지는 확인은 어렵다. 다만, 최인훈은 조명희의『낙동강』을 건설출판사본으로 소장하였다(화두-2, 1944: 263-264). 해방공간의 출판물은 1950년대 헌책방에서 수득이 어렵지 않았다. 오제연,「1960-1971년 대학 학생운동 연구」, 서울대 박사논문, 2014, 62-66쪽.

90   훗날 최인훈은 1980년대 말 '식민지시대 좌익작가'의 작품집이 잇달아 출간되는 것을 보면서, 시대의 변화를 감지하였다. 그에게 1960-70년대는 월북작가에 대한 언급과 환기가 가장 강도 높은 억압 아래 있던 시기였다. "'해방'에서 대한민국 출발 사이에 합법 비합법으로 개방되던 역사의 진보적 흐름 속에서도 정치적 흐름이 막힌 다음에도 비교적 융통성이 살아 있던 좌파언론은, 6·25전쟁을 고비로 완전히 금기(禁忌) 사항이 되었다가, 4·19에서 5·16군대반란 사이에 다시 살아났다가, 5·16 이후 60년대와 70년대 전부를 통해 다시 최대의 금기 사항이 되었던 것이었다."(화두-2, 1994: 55)

91   구재진,「타자화 전략과 식민담론의 전유 -「총독의 소리」」,『한국문학의 탈식민과 디아스포라』, 푸른사상, 2012, 187-188쪽.

92   오상순,「아세아의 여명」(『예술원보』 8, 1962.6.), 이은지 편,『공초 오상순 전집』, 소명출판, 2022, 260-264쪽; 이행미,「부활과 혁명의 문학으로서의 '시'의 힘 - 최인훈의 연작소설「총독의 소리」를 중심으로」, 방민호 편,『최인훈 - 오디세우스의 항해』, 에피파니, 2018, 568-572쪽.

93   박상훈,「선친의 옛 벗」, 구상 편,『시인 공초 오상순』, 자유문학사, 1988, 42-44쪽. 수필가 박상훈은 이 시를 쓰고 낭송하였던 오상순의 모습은 희망과 행복에 찬 만취한 모습이었다고 회고하였다.

94 최인훈, 「원시인이 되기 위한 문명한 의식」, 『길에 관한 명상』, 청하, 1989, 33쪽.

95 김시준, 「루쉰이 만난 한국인」, 『중국현대문학』 13, 한국중국현대문학회, 1997, 131-133쪽; 이동매, 「동아시아의 예로센코 현상」, 『한국학연구』 45, 인하대 한국학연구소, 2017, 193-220쪽; 이은지, 「1920년대 오상순의 예술론과 이상적 공동체상」, 김재용·장문석 편, 『한국 근대 문학과 동아시아 2 - 중국』, 소명출판, 2018, 75-79쪽.

96 이상, 「오감도 시제일호」(『조선중앙일보』, 1934.7.24.), 임종국 편, 『이상전집 2 - 시집』, 태성사, 1958, 22쪽.

97 정영훈, 『최인훈 소설의 주체성과 글쓰기』, 태학사, 2008, 192쪽.

98 정창훈, 『한일관계의 '65년 체제'와 한국문학』, 소명출판, 2021, 103-106쪽.

99 Ⓐ는 중국의 경험이다. 여기서 'シナノヨル'는 리샹란(李香蘭)이 주연한 영화 〈지나의 밤(支那の夜)〉(1940)을 가리키는데, 이 영화는 반식민지인 중국의 소녀가 가진 식민지 종주국 일본의 남성에 대한 사랑을 포착한 것인데, 강간이라는 폭력을 사랑으로 합리화하는 서사를 취하고 있다. 이행미, 「부활과 혁명의 문학으로서의 '시'의 힘 - 최인훈의 연작소설 「총독의 소리」를 중심으로」, 573-576쪽.

100 윤동주, 「또 다른 고향」, 『하늘과 바람과 별과 시』, 정음사, 1955, 36쪽.

101 임화, 「현해탄」(『회상시집』, 건설출판사, 1947), 김재용 편, 『임화문학예술전집 1 - 시』, 소명출판, 2009, 449쪽.

102 정영훈, 『최인훈 소설의 주체성과 글쓰기』, 193-195쪽. 정영훈은 박태원의 「방란장주인」의 경우 한 문장의 형식으로 창작된 소설이지만, 어느 정도의 서사가 가능하도록 통사적인 기술을 하였지만, 「총독의 소리」의 '한 문장'은 행위가 없기에 서사의 진행이 거의 일어나지 않는 차이가 있음을 밝혔다. 정영훈의 평가는 「주석의 소리」에도 충분히 적용가능하다.

103 윤동주, 「또 다른 고향」, 『하늘과 바람과 별과 시』, 정음사, 1955, 36쪽.

104 정지용, 「무서운 시계」, 『정지용 시집』, 건설출판사, 1946, 101쪽.

105 임화의 시에 그러한 형상이 잘 드러나 있다. 그는 임화, 「현해탄」(『회상시집』, 건설출판사, 1947), 김재용 편, 『임화문학예술전집 1 - 시』, 소명출판, 2009, 449쪽.

106 "마담을 루파시카. 노―봐는 에스페란토. 헌팅을 얹은 놈의 심장을 아까부터 벌레가 연해 파먹어 들어간다. 그러면 시인 지용이여! 이상은 물론 자작의 아들도 아무것도 아니었읍니다 그려!" 이상, 「실화」(『문장』, 1939.3.), 임종국 편, 『이상전집 1 - 창작집』, 태성사, 1958, 84-85쪽.

107 방민호, 「알레고리의 절정과 쇠락, 「날개」와 「실화」」, 『이상 문학의 방법론적 독해』, 예옥, 2015, 170쪽.

108 방민호, 「'데가주망'의 논리」, 『어문론총』 67, 한국문학언어학회, 2016, 181-183쪽; 유예현, 「최인훈 소설에 나타난 공포와 죄의식 연구」, 86-96쪽.

109 임종국은 이상의 「날개」 마지막 장면을 두고 다음과 같이 평하였다. "'날개'―박제가 되

어버리기 전의 의식의 자연적 비상—을 잃고, 또 오늘 '인공의 날개'—박제가 되어버린 후의 의식의 인위적 비상, 즉 농성(籠城)의 생활—도 잃어버렸음을 의식하는 '나'의 독한 절망…… 이런 속에서도 날개의 재생을 희구했다는 것은 확실히 '걷던 걸음'을 멈추려는, 즉 과거를 초극하려는 격렬한 의지의 섬광이다." 임종국, 「이상연구」, 임종국 편, 『이상전집 3 – 수필집』, 태성사, 1956, 300쪽.

110 김윤식, 「어떤 한국적 요나의 체험 – 최인훈론」(『월간문학』, 1973.1.2.), 『한국 근대작가논고』, 일지사, 1974, 300쪽.

111 이장희, 「청천의 유방」, 백기만 편, 『상화와 고월』, 청구출판사, 1951, 76쪽.

112 조은주, 「이장희의 시, 우울의 '기원'」, 『한국현대문학연구』 37, 한국현대문학회, 2012, 80쪽.

113 서세림, 「짝패들을 통한 예술가의 자기 복제과정과 후일담 – 최인훈의 「하늘의 다리」 연구」, 『인문논총』 41, 경남대 인문과학연구소, 2016, 348쪽.

114 김진규, 「전도된 묵시문학으로서의 「하늘의 다리」」, 『민족문학사연구』 67, 민족문학사연구소, 2017, 451-457쪽.

115 "고월(古月)의 시혼은 고월 그대로 어디까지나 고답적이요 고독하고 청고(淸高)하고 모랄이나 윤리를 모를 지경으로 철두철미 미학적이요 심미적이요 탐미적이었다." 오상순, 「고월과 고양이 – 고월은 죽고 고양이는 살다」, 백기만 편, 『상화와 고월』, 청구출판사, 1951, 189쪽.

116 이에 관해서는 1장 3절 참조.

117 김윤식·김현, 『한국문학사』, 민음사, 1973, 197쪽.

118 "교사 – (손을 들어 그만을 하면서) / 다들 잘 썼습니다 / 다들 훌륭한 평론가들입니다 / 그런데 / 지금 읽은 …… 동무의 작문은 / 조금 다릅니다 / 역시 잘 썼는데 / 그 잘 쓴 방식이 다릅니다 / 이것은 작문이 아니라 / 소설입니다 / (조용해지는 교실) 〔…〕 「낙동강」에 대한 감상이 / 또 하나 이야기가 된 것입니다" (화두-2, 1994: 82-83)

119 정호웅, 「최인훈의 『화두』와 일제강점기 한국문학」, 방민호 편, 『최인훈 – 오디세우스의 항해』, 에피파니, 2018; 손유경, 「혁명과 문장 – 최인훈의 『화두』론」, 『삼투하는 문장들 – 한국문학의 젠더 지도』, 소명출판, 2021 참조.

120 낙동강과 구포벌의 관계에 대한 서술은 박성운이 지은 노래 가사 "「봄마다 봄마다 / 불어 내리는 낙동강물 / 구포벌에 이르어 / 넘처 넘처 흐르네 – 흐르네-에-헤-야."에서 확인할 수 있다. 또한 서술자는 "어느 때 이른 봄에 이 땅을 하직하고 멀리 서북간도로 몰려 가는 한떼의 무리가, 마지막 이강을 건늘 제, 그네들 틈에 같이 끼어 가는 한청년이 있어, 배ㅅ전을 두다리며 구슬프게 이 노래를 불러서, 가득이 이 슬퍼하는 이사ㅅ군들로 하여금 눈물을 자아 내게 하였다한다." 라고 서술하면서 낙동강을 강을 건넌 혁명가의 형상으로 이해한다. 조명희, 「낙동강」, 『낙동강』, 건설출판사, 1946, 14면, 8쪽.

121 최인훈, 「프롤로그」, 『월간중앙』, 1970.7, 395쪽.

122 이창동,「최인훈의 최근의 생각들」(대담),『작가세계』4, 1990, 47쪽.

123 이에 관해서는 4장 2절 참조.

124 쥬네트는 '텍스트가 명시적이든 암묵적이든 다른 여러 가지의 텍스트에 관계하고 있는 모든 것'을 초텍스트성(transtextualité)이라 정의하고, 초텍스트성을 상호텍스트성, 파라텍스트성, 메타텍스트성, 하이퍼텍스트성, 아르시텍스트성 등 다섯 유형으로 제시하였다. 최인훈의 겹쳐 쓰기 ㄱ.과 ㄴ.은 최인훈의 텍스트 안에 다른 텍스트가 인용(citation)과 암시(allusion)를 비롯하여 다양한 형태로 실제 존재하기에 상호텍스트성(intertextualité)의 관계이며, ㄷ.은 단순한 언급이 아니라 여러 가지 변형(transformation)의 조작에 의해 선행텍스트에 결부된다는 점에서 하이퍼텍스트성(hypertextualité)의 관계이다. ジェラール・ジュネット, 和泉涼一 譯,『パランプセスト―第二次の文学』, 15-24, 727-728頁 참조.

125 최인훈,「계몽·토속·참여」,『사상계』, 1968.10, 105쪽. 이 글에 대한 보다 집중적인 논의는 배지연,「최인훈 문학의 관념성 연구 – 최인훈의 문학 에세이를 중심으로」,『한국언어문학』78, 한국언어문학회, 2011, 304-410쪽; 정영훈,「최인훈의 초기 비평 연구 – 참여의 의미를 중심으로」,『한국현대문학연구』50, 한국현대문학회, 2016, 498-506쪽 참조.

126 김동식,「비평과 주체 – 김기림·최재서·임화의 비평 겹쳐 읽기」,『한국 근대문학의 궤적』, 소명출판, 2023, 489-498쪽.

127 수잔 벅모스, 김성호 역,『헤겔, 아이티, 보편사』, 문학동네, 2012, 90, 161, 175, 184쪽.

128 발터 벤야민, 최성만 역,「역사의 개념에 대하여」(1940),『발터 벤야민 선집 5 – 역사의 개념에 대하여 외』, 길, 2008, 334쪽.

129 차미령,「최인훈 소설에 나타난 정치성의 의미 연구」, 서울대 박사논문, 2010, 90-95쪽; 유예현,「최인훈 소설에 나타난 공포와 죄의식 연구」, 3장 참조.

130 임화,「고전의 세계 – 혹은 고전주의적인 심정」(『조광』, 1940.12.), 하정일 편,『임화문학예술전집 5 - 비평2』, 소명출판, 2009, 289쪽.

131 4·19 혁명 이후 김수영은 매문(賣文)의 경험 위에서 '역설의 속물'로 스스로를 규정하면서 자기 인식의 모호함(vagueness)을 마주하게 된다. 이후 자코메티적 변모를 통해 김수영은 '모호성'을 인식의 대상이 아니라, 감각-경험의 대상으로 이해하게 된다. 최서윤,「김수영의「풀」다시 읽기 – 자유의 효과로서의 '새로움'과 죽음을 중심으로」, 연구집단 '문심정연',『김수영 연구의 새로운 진화 ― 이중언어, 자코메티, 그리고 정치』, 보고사, 2015, 385-392쪽.

132 김수영,「거대한 뿌리」(1964.2.),『김수영 전집』1, 민음사, 2003, 286-287쪽.

133 박연희,「김수영의 전통 인식과 자유주의 재론 -「거대한 뿌리」(1964)를 중심으로」,『상허학보』33, 상허학회, 2011, 219-237쪽.

134 발터 벤야민, 김남시 역,『발터 벤야민 선집 14 – 모스크바 일기』, 길, 2015, 21, 296-297쪽.

135 임화, 김수영, 최인훈의 경우는 후식민지의 역사적 경험과 시간적 다층성 자체를 역사철학 인식의 계기로 삼았다면, 이상은 분열을 통해 직선적 역사철학에서 이탈한 사례이다.

이상은 다른 식민지 시기 한국의 모더니스트와 마찬가지로 도쿄행을 선택하였으나 죽음으로 인해 그 귀환을 완수하지 못하고 중도에서 좌절함으로써 역사철학적 이탈을 수행한다. 근대를 추구했던 식민지 조선의 모더니스트들은 현해탄을 두 번 건넘으로써 식민지 조선의 결핍을 한계로 직면하는 동시에 미래의 시간 지평에 대한 유토피아적 희망을 생산하게 하였다. 두 번의 현해탄 건넘을 통해 그들은 근대라는 초월적 소실점에 의거하여 원근법적 역사 행로에 몸을 담게 된다. 하지만 이상은 도쿄로부터 귀환하지 않음으로써 그 행로에서 이탈하고 모더니티에 대한 매료와 실망 사이에서 분열함으로써, 근대적 미래를 지향하는 원근법적 직선운동의 근대적 시간성으로부터 이탈하는 예외적 운동 가능성을 제시하였다. 강동호, 「한국 근대 문학과 세속화」, 연세대 박사논문, 2016, 154-158쪽 참조.

136 김윤식, 「최인훈론 - 유죄판결과 결백증명의 내력」, 『작가와의 대화』, 문학동네, 1996, 31쪽.

137 김윤식, 「역사의 종언과 소설의 운명」, 『발견으로서의 한국현대문학사』, 서울대출판부, 1997, 3-7쪽; 김윤식, 「최인훈론 - 유죄판결과 결백증명의 내력」, 31쪽. 역사를 자유의 전개로 이해하고 인간의 이성이 역사의 진보에 개입할 수 있다고 생각하는 헤겔의 역사의식에 근거하여, 루카치는 근대소설을 시민사회의 서사시로 규정하였다. 문학평론가 김윤식과 헤겔-루카치적 문제틀에 관해서는 황호덕, 「김윤식 비평과 문학사론, 총체성과 가치중립성 사이 - 신비평에서 루카치로의 행로」, 『현대문학의 연구』 57, 한국문학연구학회, 2015; 서영채, 「충동의 윤리 - '실패한 헤겔주의자' 김윤식론」, 『우정의 정원』, 문학동네, 2022 참조.

138 손유경, 「혁명과 문장 - 최인훈의 『화두』론」, 『삼투하는 문장들 - 한국문학의 젠더 지도』, 소명출판, 2021, 378쪽.

139 조명희, 「낙동강」, 『낙동강』, 건설출판사, 1946, 30쪽.

140 천정환, 『대중지성의 시대』, 푸른역사, 2009, 274-275쪽.

141 임유경, 「소련기행과 두 개의 유토피아 - 해방기 '새조선'의 이상과 북한의 미래」, 『민족문학사연구』 61, 민족문학사연구소 2016; 조영추, 「정치적 유토피아와 전통지향적 미학의 이합(離合)관계 - 이태준의 소련·중국 기행문과 소설 「먼지」 겹쳐 읽기」, 『민족문학사연구』 71, 민족문학사연구소 2019 참조.

142 홍종욱, 「3·1운동과 비식민화」, 한국역사연구회 3·1운동 100주년 기획위원회 편, 『3·1운동 100년 3 - 권력과 정치』, 휴머니스트, 2019, 300-301쪽. 'decolonization'의 번역어로서 '비식민화'와 '탈식민화'의 역사적 맥락에 관해서는 같은 글, 297-300쪽 참조.

143 최인훈은 소련에서 박성운과 조명희의 태도를 유년 시절 그가 원산에서 읽었던 『강철은 어떻게 단련되었는가』의 주인공이 가진 태도와 유비한다. 그는 "공산당원이라는 신분을 특권이라 생각하지 않"으면서 "그 자리를 가장 어려운 일을 제일 먼저, 제일 많이 해야 하는 자리로 받아들인다. 그래서 그는 혁명이 성공한 나라에서 고생만 한다."(화두-2, 1994: 258-259). 최인훈이 해방 직후 북한에서 읽었던 『강철은 어떻게 단련되었는가?』는

1986년 2월 15일 한국에서도 간행되는데(전 2권, 조영명 역, 온누리) '시판금지' 처분을 받기도 하였다. 정종현, 「'해금' 전후 금서의 사회사」, 김성수·천정환 외, 『해금을 넘어서 복원과 공존으로 – 평화체제와 월북 작가 해금의 문화정치』, 역락, 2022, 240쪽.

144 케빈 맥더모트 외, 황동하 역, 『코민테른』, 서해문집, 2009, 62쪽; 로버트 서비스, 김남섭역, 『레닌』, 교양인, 2017, 636-638, 675-690쪽.

145 ローザ·ルクセンブルク, 伊藤成彦·丸山敬一 訳, 「ロシア革命論 – 獄中草稿から」(1918), 『ロシア革命論』, 論創社, 1985, 10頁; 에르네스토 라클라우 외, 이승원 역, 『헤게모니와 사회주의 전략』, 후마니타스, 2012, 35-49쪽.

146 에드먼드 윌슨, 유강은 역, 『핀란드 역으로 – 역사를 쓴 사람들, 역사를 실천한 사람들에 관한 탐구』, 이매진, 2007, 534쪽.

147 루츠 니트함머, 이동기 역, 『역사에서 도피한 거인들』, 박종철출판사, 2001, 208-209쪽.

148 조명희의 「낙동강」과 이태준의 『소련기행』의 비대칭성에 관해서 손유경은 "조명희의 「낙동강」에 인물(로사)과 작가(조명희), 그리고 독자(최인훈)의 미래에 대한 예언이 깃들어 있었다면, 이태준의 『소련기행』에는 자신이 직면할지 모르는 어떤 과거(혹은 현재)로부터 도피하려는 작가의 불안한 심리가 희미하게 엿보인다."라는 분석을 제출한 바 있다. 손유경, 「혁명과 문장 – 최인훈의 『화두』론」, 392-393쪽.

149 피에르 마슈레, 윤진 역, 『문학생산의 이론을 위하여』, 그린비, 2014, 128쪽.

150 이태준, 『쏘련기행』(조쏘문화협회·조선문학가동맹, 1947), 『이태준 전집 6』, 165쪽.

151 ヴィクトル·シクロフスキイ 他, 桑野隆訳, 『レーニンの言語』, 水声社, 2005, 18頁.

152 에드먼드 윌슨, 유강은 역, 『핀란드 역으로 – 역사를 쓴 사람들, 역사를 실천한 사람들에 관한 탐구』, 529-530쪽.

153 장문석, 「'우리 말'로 '사상(思想)'하기?! – 후기식민지 한국과 『광장』의 다시 쓰기」, 『사이間SAI』 17, 국제한국문학문화학회, 2014, 382-414쪽 참조.

154 브루스 커밍스, 김범 역, 『한국전쟁의 기원 2-1 – 폭포의 굉음 1947-1950』, 글항아리, 2023, 436쪽.

155 임화, 「중간사」, 조명희, 『낙동강』, 건설출판사, 1946, 107-108쪽.

156 임화, 「위대한 낭만적 정신 – 이로써 자기를 관철하라!」(『동아일보』 1936.1.1.-1.4.), 신두원 편, 『임화문학예술전집 3 – 문학의 논리』, 소명출판, 2009, 33-34쪽. 임화의 『문학의 논리』는 1989년 서음출판사에서 재간행되었다. 1930년대 임화 비평과 공산주의적 인간형에 관해서는 손유경, 「임화의 유물론적 사유에 나타나는 주체의 '입장(position)'」, 『프로문학의 감성 구조』, 소명출판, 2012, 137-163쪽 참조.

157 カル·マルクス, 城塚登 他 訳, 『経済学·哲学草稿』, 岩波書店, 1964, 96-97, 140頁.

158 조명희, 『낙동강』, 26쪽, 28쪽. 최인훈의 『화두』에서 「낙동강」의 '농이 참이 된다'는 진술이 갖는 의미는 손유경, 「혁명과 문장 – 최인훈의 『화두』론」, 385-386쪽 참조.

159 임화, 「'거울'로서의 톨스토이」, 『조광』, 1935.1, 377쪽. 이 글은 임화의 필명 쌍수대인으로

발표되었다.

160 レーニン, 佐野学 訳,「ロシヤ革命の鏡としてのトルスト」,『宗教について』, 1927, 79-80頁

161 발터 벤야민, 김남시 역,『발터 벤야민 선집 14 - 모스크바 일기』, 길, 2015, 316쪽.

162 이태준,『쏘련기행』(조쏘문화협회·조선문학가동맹, 1947),『이태준 전집 6』, 20-21쪽.

163 강성만,「"한국 존립하려면 힘들더라도 이민사회 본격 준비해야" - 노르웨이 오슬로대 한국사학자 박노자 교수」,『한겨레』, 2018.9.16.

164 박노자,「러시아 한국학의 개척자-미하일 박 교수」,『한국학』 25(3), 한국학중앙연구원, 2002, 294-293쪽; 박노자,「계봉우와 미하일 박의 한국학-근현대사 서술을 중심으로 해서」,『한국학연구』 29, 인하대 한국학연구소, 2013, 211-231쪽; 홍종욱,「북한 역사학 형성에 소련 역사학이 미친 영향」,『인문논총』 77(3), 서울대 인문학연구원, 2020, 33-42쪽 참조.

165 이태준,「재외 혁명동지 환영문」,『증정 문장강화』, 박문출판사, 1947, 171-172쪽.

166 김민수,「해방기 문학의 '전후' 담론과 그 표상 - 전후문학 개념의 재고를 위한 하나의 시론」,『한국현대문학연구』 54, 한국현대문학회, 2018, 296-304쪽.

167 조호연,「스탈린 시대의 역사학」,『인문논총』 14, 경남대 인문과학연구소, 2001, 193쪽; 홍종욱,「북한 역사학 형성에 소련 역사학이 미친 영향」, 15-26쪽 참조.

168 발터 벤야민, 최성만 역,「역사의 개념에 대하여」(1940),『발터 벤야민 선집 5 - 역사의 개념에 대하여 외』, 길, 2008, 334쪽.

169 권보드래,『3월 1일의 밤』, 돌베개, 2019, 239쪽, 249쪽; 권보드래,「진화론의 갱생, 인류의 탄생 - 1910년대의 인식론적 전환과 3·1 운동」,『대동문화연구』 66, 성균관대 대동문화연구원, 2009, 249쪽.

170 조명희,「낙동강」,『낙동강』, 17쪽. "그리다가, 마침 ○○○○이 ○○하였다. 그는 단연히 결심하고 다니던 것을 헌신짝 같이 집어던지고는, ○○○○에 ○○하였다. 일마당에 나서고 보니는 그는 열렬한 투사였다. 그때쯤은 누구나 예사이지마는 그도 또한 일년 반동안이나 철창 생활을 하게 되었었다."

171 이태준,『쏘련기행』(조쏘문화협회·조선문학가동맹, 1947), 183쪽.

172 レーニン, 大田黒研究所 訳,『国家と革命』, 政治研究社 1930, 59頁.

173 박노자,「레닌, 반(反) 자유주의적 민주주의 혁명의 흥망」, 박노자 외,『레닌과 미래의 혁명』, 그린비, 2008, 118-141쪽.

174 홍종욱,「주변부의 근대 - 남북한의 식민지 반봉건론을 다시 생각한다」,『사이間SAI』 17, 국제한국문학문화학회, 2014, 208쪽.

175 이태준,『쏘련기행』(조쏘문화협회·조선문학가동맹, 1947),『이태준 전집 6』, 169쪽.

176 에르네스토 라클라우 외, 이승원 역,『헤게모니와 사회주의 전략』, 126쪽.

177 권성우,「근대문학과의 대화를 통한 망명과 말년의 양식 - 최인훈의『화두』에 대해」,『한민족문화연구』 45, 한민족문화학회, 2014, 67쪽.

178 조명희, 「낙동강」, 『낙동강』, 7쪽. 정의진은 프루스트의 『잃어버린 시간을 찾아서』와 비교하면서 『화두』의 서사가 "텍스트의 끝이 곧 시작인 순환구조로 구성되어 있다"라고 지적하였다. 정의진, 「최인훈 문학관의 한국적 특수성 -『화두』를 중심으로」, 『서강인문논총』 56, 서강대 인문과학연구소, 2019, 58쪽.

179 최인훈, 「문학사에 대한 질문이 된 생애」, 조명희, 『포석 조명희 전집』, 동양일보출판국, 1995, 쪽수없음.

1   서은주, 「최인훈의 소설에 나타난 '방송의 소리' 형식 연구」, 『배달말』 30, 배달말학회, 2002, 212쪽.

2   4·19 혁명 이후 김구의 복권 과정과 사회적 추도에 관해서는 공임순, 「1960년과 김구 – 추모·진상규명·통일론의 다이어그램」, 박헌호 편, 『백 년 동안의 진보』, 소명출판, 2015, 288-297쪽.

3   김학규, 「혈루(血淚)의 고백」, 백범김구선생전집 편찬위원회, 『백범김구전집 12 – 「암살」 진상』 12, 대한매일신보사, 1999, 353쪽.

4   권보드래, 「최인훈의 『회색인』 연구」, 『민족문학사연구』 10, 민족문학사연구소, 1997, 230쪽.

5   방민호, 「'데가주망'의 논리 – 최인훈 장편소설 『회색인』」, 『어문론총』 67, 한국문학언어학회, 2016, 164-173쪽.

6   『서유기』에 삽입된 다양한 방송에 관해서는 「최인훈 소설의 대화형식 의미 연구」, 서울대 석사논문, 2019, 95-98쪽 참조.

7   『서유기』에 대한 서지학적 연구가 필요하다. 『서유기』는 1966년 5월에서 1967년 1월까지 「서유기」라는 제목으로 『문학』에 9회 연재되었는데, 현재 1967년 2월 이후 잡지는 전하지 않으며, 따라서 이후의 연재분이 있었는지 확인이 불가능하다. 현재와 같은 분량을 갖춘 『서유기』는 1971년 5월 20일 을유문화사에서 『현대한국신작전집』 제7권으로 간행된 『서유기』에서부터 확인할 수 있다. 『최인훈 전집』 3판(2009) 기준으로 본다면, 『문학』에 연재된 부분은 8-236쪽이며, 이후 1971년 단행본에 처음 발표된 부분은 237-353쪽이다. 1967년 1월에 발표된 「서유기」 9회분에서 소설이 종료되어도 큰 무리가 없게 느껴진다는 점에서, 1971년 단행본 삽입 부분이 『문학』 연재 시기(1966-1967)에도 집필된 것인지는 불확실하다. 두 부분에 등장하는 '상해임시정부의 방송'의 성격이 다르다는 점에서 둘 사이에 어느 정도 거리 역시 존재한다. 선행 연구가 주목한 최인훈의 비인(非人)의 주체 구성이나, 내공간 이론으로 해석이 가능한 『서유기』의 난해한 기호와 공식, 혹은 그래프 등은 모두 1966-1967년 연재분이 아니라, 1971년 단행본 『서유기』에서 확인할 수 있다. 김진규, 「한국 전후소설에 나타난 자기소외의 극복 모색 – 행동과 주체 정립을 중심으로」, 서울대 박사논문, 2017, 279-307쪽; 정영훈, 「내공간의 이론과 『서유기』 해석」, 『우리문학연구』 40, 우리어문학회, 2011, 478-499쪽.

8   김주현, 「구상에서 추상으로 – 최인훈 문학론」, 『계몽과 심미 – 한국 현대 작가·작품론』, 경북대출판부, 2023, 109쪽.

9   공임순, 「1960년과 김구 – 추모·진상규명·통일론의 다이어그램」, 309-314쪽.

10 두 번째 '상해 임시정부의 방송' 부분이 1966년 『문학』에 연재된 『서유기』의 앞부분과 함께 집필되었는지, 이후에 집필되었는지는 확인할 수 없다. 첫 번째 '상해정부의 방송'과 두

번째 '상해 임시정부의 방송'의 거리를 감안한다면 추가로 집필되었다고 보는 것 또한 가능하다. 내용상의 유사성을 감안한다면 두 번째 '상해 임시정부의 방송' 부분은 단편 「주석의 소리」(『월간중앙』, 1969.6.)와 비슷한 시기에 집필한 것으로 추정할 수 있다.

11　서은주, 「최인훈의 소설에 나타난 '방송의 소리' 형식 연구」, 208-210쪽.

12　『서유기』에서 북한 사회에 대한 최인훈의 비판적 인식은 독고준에 초점화한 서술자의 다음 진술을 참조할 수 있다. "그 무렵 북한 사회는 새 사회가 아니었다. 그것은 회칠한 무덤. 봉건적·권위신봉적·폐쇄적·일본 군국주의적·관존민비적 삶의 근본태도 위에 공산주의라는 회칠을 한 추악한 무덤이었다. 너와 나 사이에, 몸짓 속에, 웃음 속에 배어들고 넘치지 못하는 어떤 공식론도 삶을 행복하게 할 힘을 갖지 못한다."(서유기, 1971: 225) 이 진술은 북한 정권의 방송 직전에 제시되며, 북한 정권의 방송은 독고준을 '간첩'이라 부른다. '이성병원'의 방송에서 독고준은 "본원의 연구원의 한 사람" 곧 '이성병원'의 구성원으로 소개되며, '이성'을 신뢰한 이로 제시된다. 또한 방송은 독고준을 '혁명'보다 '시간'을 선택한 이이자, "'라울'의 아픔"을 자기화하여 "그 자신이 비인(非人)이 됨으로써 인간적 문제에 대한 의무를 벗고자 한" 이로 명명한다(서유기, 1971: 233-235). 전자는 『회색인』에서 독고준의 결론을 연상시키고, 후자는 최인훈의 단편 「라울전」에서 라울의 고민과 단행본 『서유기』의 후반에 등장하는 비인의 주체성과 연관된다. 『회색인』, 「라울전」, 『서유기』에 관해서는 방민호, 「'데가주망'의 논리」, 168-173쪽; 「라울전」과 『서유기』에 관해서는 김진규, 「한국 전후소설에 나타난 자기소외의 극복 모색」, 295-307쪽 참조.

13　서은주, 「최인훈의 소설에 나타난 '방송의 소리' 형식 연구」, 209쪽.

14　김동식, 「「총독의 소리」와 「「주석의 소리」에 관한 몇 개의 주석」, 『기억과 흔적 – 글쓰기의 무의식』, 문학과지성사, 2012, 171쪽.

15　「음악의 남용」, 『경향신문』, 1969.12.13. 임태훈, 「국가의 사운드스케이프와 붉은 소음의 상상력 – 1960년대 소리의 문화사 연구를 위하여(1)」, 『대중서사연구』17(1), 대중서사학회, 2012, 298-299쪽, 302-307쪽.

16　김동식, 「「총독의 소리」와 「「주석의 소리」에 관한 몇 개의 주석」, 168쪽; 임태훈, 「국가의 사운드스케이프와 붉은 소음의 상상력 – 1960년대 소리의 문화사 연구를 위하여(1)」, 295쪽.

17　공임순, 「1960년과 김구 – 추모·진상규명·통일론의 다이어그램」, 338쪽.

18　レーニン, 宇高基輔 訳, 『帝国主義論』, 岩波書店, 1956, 144-145, 102-111頁.

19　한나 아렌트, 이진우 외 역, 『전체주의의 기원』1, 한길사, 2006, 207-271쪽.

20　가라타니 고진, 조영일 역, 『제국의 구조』, 도서출판b, 2016, 113쪽.

21　ローザ·ルクセンブルク, 長谷部文雄 訳, 『資本蓄積論』下, 岩波書店, 1934, 50-51頁.

22　구재진, 「탈식민적 기억하기와 차이의 시각 – 『서유기』」, 『한국문학의 탈식민과 디아스포라』, 푸른역사, 2012, 163쪽.

23　주경철, 『그해, 역사가 바뀌다』, 21세기북스, 2017, 215-219쪽.

24 가라타니 고진, 조영일 역,『제국의 구조』, 144-160쪽.

25 최인훈,「일본인에게 보내는 편지」,『최인훈 전집 11 - 유토피아의 꿈』, 문학과지성사, 1980, 94-95쪽.

26 미야지마 히로시,『미야지마 히로시, 나의 한국사 공부』, 44-81, 324-348쪽 참조.

27 지구사 연구는 제국의 원리를 가능하게 하는 화폐의 순환, 특히 '은(銀)'의 유통에 주목한다. 안드레 군더 프랑크는 15세기에서 18세기까지 중국은 전 세계의 은이 빨려드는 최종적인 세계의 '배수구'였다고 평한다. "조공이라는 호칭으로 불렸건 불리지 않았건 은을 결제수단으로 하는 이 상거래와, 중국·조선·일본·동남아시아·인도·서아시아·유럽·유럽의 식민지 사이에 전개된 중심-주변 관계는 18세기까지 세계경제에서 중심적인 역할을 했다. 〔…〕 동아시아와 동남아시아를 아우르는 중국의 '조공무역망'은 광범위한 아프로-유라시아 세계무역망과 맞물려 돌아가고 있었다." 안드레 군더 프랑크, 이희재 역,『리오리엔트』, 이산, 2003, 211-212쪽.

28 김호동,『몽골제국과 세계사의 탄생』, 돌베개, 2010, 4장 참조.

29 가라타니 고진, 조영일 역,『제국의 구조』, 275쪽.

30 가라타니 고진, 조영일 역,『제국의 구조』, 331-332쪽.

31 이에 관해서는 이 책의 3장 1절 참조.

32 이에 관해서는 이 책의 3장 1절 참조.

33 이에 관해서는 이 책의 3장 2, 3절 참조.

34 ヘーゲル, 長谷川宏 訳,『法哲学講義』, 作品社, 2000, 374頁.

35 E. デュルケム, 井伊玄太郎 訳,『社会分業論』上, 講談社, 1989, 215-218頁; 吉本惣一,『蘇る「社会分業論」』, 創風社, 2016, 61頁; 김학재,『판문점 체제의 기원』, 후마니타스, 2015, 555-563쪽.

36 이에 관해서는 이 책의 2장 3절 참조.

37 조르조 아감벤 외, 김상운 외 역,『민주주의는 죽었는가』, 난장, 2012, 155, 94쪽.

38 하야미 아키라, 조성원·정안기 역,『근세 일본의 경제 발전과 근면혁명 - 역사인구학으로 본 산업혁명 vs 근면혁명』, 혜안, 2006, 291-301쪽.

39 김학재,「'냉전'과 '열전'의 지역적 기원 - 유럽과 동아시아 냉전의 비교 역사사회학」,『사회와역사』114, 한국사회사학회, 2017, 212-222쪽.

40 최인훈,「원시인이 되기 위한 문명한 의식」,『길에 관한 명상』, 청하, 1989, 31-34쪽.

41 이 문장은「작가의 변」의 마지막 문장인데, 이후『최인훈 전집』에「작가의 말」로 제목이 바뀌어 수록되면서는 삭제되었다.

42 최인훈,「작가의 변」,『월간중앙』, 1970.7, 395쪽.

43 제국 일본의 칙령 제148호 '국민학교령'(1941.3.1.)에 의해 초등교육기관의 명칭은 '소학교'에서 '국민학교'로 변경된다.「두만강」의 서술자는 '국민학교'라는 명칭도 일부 사용하지만, 대부분 '소학교'라고 지칭하였다. 이 책은 '소학교'라는 서술자의 지칭을 따르고 따

옴표로 표시하였다.

44 손정수,「환상으로 존재하는 삶」(해설),『최인훈 전집 7 – 하늘의 다리 / 두만강』, 문학과지성사, 2009, 349쪽.

45 김윤식,「토착화의 문학과 망명화의 문학 – 이호철과 최인훈」,『문학사의 라이벌 의식』3, 그린비, 2017, 392쪽.

46 김윤식,「어떤 한국적 요나의 체험 – 최인훈론」(『월간문학』, 1973.1.2.),『한국 근대작가 논고』, 일지사, 1974, 367쪽.

47 천이두,「추억과 현실의 환상」(해설),『최인훈 전집 7 – 하늘의 다리 / 두만강』, 문학과지성사, 1978, 318-319쪽.

48 류동규,「유년기의 식민지 기억과 그 재현 – 하근찬과 최인훈의 경우」,『식민지의 기억과 서사』, 박이정, 2016, 270쪽.

49 천이두,「추억과 현실의 환상」(해설), 320쪽.

50 최인훈,「작가의 변」, 394쪽.

51 최인훈,「원시인이 되기 위한 문명한 의식」, 34쪽.

52 김윤식,「토착화의 문학과 망명화의 문학 – 이호철과 최인훈」, 389-398쪽.쪽; 방민호, 「'데가주망'의 논리 – 최인훈 장편소설『회색인』; 서세림,「망명자의 정치 감각과 피난의 기억 – 최인훈『서유기』론」,『현대소설연구』58, 한국현대소설학회, 2015; 김진규,「한국 전후소설에 나타난 자기소외의 극복 모색 – 행동과 주체 정립을 중심으로」참조.

53 배지연,「최인훈 소설에 나타난 일제강점의 기억과 풍속 재현의 글쓰기 –『두만강』을 중심으로」,『우리말글』71, 우리말글학회, 2016, 406-407쪽.

54 류동규,「유년기의 식민지 기억과 그 재현 – 하근찬과 최인훈의 경우」, 255쪽.

55 전소영,「최인훈 연보」, 방민호 편,『최인훈 – 오디세우스의 항해』, 에피파니, 2018, 19쪽.

56 김윤식,「어느 일본인 벗에게」,『한일문학의 관련양상』, 일지사, 1974, 1-2쪽.

57 김윤식,「어느 일본인 벗에게」, 3쪽; 김윤식,「한국에 있어서 일본이란 무엇인가」,『한일문학의 관련양상』, 일지사, 1974, 23쪽.

58 김철,『우리를 지키는 더러운 것들』, 뿌리와이파리, 2018, 144쪽.

59 宮田節子·金英達·梁泰昊,『創氏改名』, 明石書店, 1992, 20-21頁.

60 김윤식,「'우리' 세대의 작가 최인훈 – 어떤 세대의 자화상」(해설),『최인훈 전집 9 – 총독의 소리』, 문학과지성사, 1980, 533쪽.

61 윤대석,『식민지 문학을 읽다』, 소명출판, 2012, 272쪽.

62 김윤식,「최인훈론 – 유죄 판결과 결백 증명의 내력」,『작가와의 대화』, 문학동네, 1996, 13쪽.

63 권보드래,「내 안의 일본 – 해방세대 작가의 식민지 기억과 '친일' 문제」,『상허학보』60, 상허학회, 2020, 397-442쪽.

64 임종국,『친일문학론』(평화출판사, 1966), 이건제 교주, 민족문제연구소, 2013, 13쪽.

65 [1-1]은 동철과 마리꼬가 처음 만나는 사건, [1-2]는 1944년 정월(正月)을 맞아 한 의사의 집에 모인 한국인의 신년 모임과 연관된 서술이다. [1-3]은 정월을 맞은 H읍의 한국인 및 일본인의 풍속에 대한 서술이다. 이는 동철과 마리꼬의 놀이 바로 다음에 제시된다.

66 "어느 때 이른 봄에 이 땅을 하직하고 멀리 서북간도로 몰려가는 한떼의 무리가, 마지막 이강을 건늘 제, 그네들 틈에 같이 끼어 가는 한청년이 있어, 배ㅅ전을 두다리며 구슬프게 이 노래를 불러서, 가득이 이 슬퍼하는 이사ㅅ군들로 하여금 눈물을 자아 내게 하였다한다." 조명희, 「낙동강」, 『낙동강』, 건설출판사, 1946, 8쪽.

67 "국민 학교 아동들이 선두를 서서 다니며 통조림 통, 빈병, 깨진 알미늄 그릇, 부러진 수저, 밑 바닥 뚫린 냄비, 잉크병, 녹쓴 자물쇠, 역시 녹이 쓸어 다 삭은 양철쪼각, 고무신, 지까다비, 헌겁 누더기, 바퀴가 달아난 세 발 자전거, 닳아 빠진 자전거 타이어, 소학생이 쓰다 버린 세모자, 연필 깍는 칼, 안경테, 찢어진 고무공, 장난감 지휘도, 선이 떨어진 전구, 리어카아의 뼈, 손 잡이가 떨어진 국자, 헌 잡지 – 이런 폐물들이 영예 높은 대일본 제국의 권위를 유지하는 일에 일익을 담당하기 위해 동원되었다." (두만강, 1970: 452) 서술자가 제시하는 넝마의 목록은 무척 자세한데, 이는 작가 최인훈의 구체적인 경험이 투영된 서술이라 판단된다.

68 소학교 생도들은 학교에서, 혹은 행진하며, 국가 〈기미가요(君が代)〉, 군가 〈바다에 가면(海ゆかば)〉, 〈눈 속의 행진(雪の進軍)〉, 스코틀랜드 민요 '올드 랭 사인(Auld Lang Syne)'에 가사를 붙인 창가 〈반디의 빛(蛍の光)〉 등을 제창하였다. 또한 싱가포르 함락 기념 초롱불행렬(提灯行列) 부분에서 서술자는 일본어 가사를 직접 인용하였다. 「두만강」에 한글로 표기된 일본어 가사와 서술자의 번역은 다음과 같다. "갓다조 닙뽕 단지데 갓다조(이겼다 일본 단연 이겼다) / 베이에이 이마꼬소 게끼메쓰다(미국 영국 이제는 그만) / 다이헤이요 노 데끼징에이와(태평양 적 진영은) / ………"(두만강, 1970: 406) 일본어로 옮겨 표기하면 다음과 같다. "勝ったぞ日本断じて勝ったぞ / 米英今こそ徹滅だ / 太平洋の敵陣営は ………" 'ぞ'는 스스로의 강한 다짐을 드러내거나, 대회 등에서 이겼을 때 함께 외치는 느낌의 남성적 어미이다.

69 최인훈, 「프롤로그」, 『월간중앙』, 1970.7, 395쪽.

70 허부문, 「국민가요 〈눈물 젖은 두만강〉의 '그리운 내 님'과 작사가 연구」, 『대중서사연구』 29(2), 대중서사학회, 2023, 243쪽.

71 이타가키 류타, 홍종욱·이대화 역, 『한국 근대의 역사민족지 – 경북 상주의 식민지 경험』, 혜안, 2015, 127쪽.

72 이 책에서는 식민자 일본인과 피식민자 한국인이 하나의 공간을 공유하며 갈등하면서도 공존하는 양상을 포착하기 위해, H읍을 '지역'이라는 시각에서 이해하고자 한다. 식민지 시기의 한국을 '민족'이 대립하는 공간으로 이해하는 것이 아니라, '지역'으로 이해하는 시각은 홍종욱 선생님(서울대)의 가르침으로부터 착안하였다. '지역으로서의 조선'이라는 시각을 제안한 김제정의 연구에 따르면, 식민지는 민족적 차별의 공간인 동시에 지역적

억압의 공간이었으며, 식민 본국에서 발생한 여러 모순과 문제를 배출하고 완화하는 기능을 떠안게 된다. 이때 피식민자 한국인뿐 아니라, 식민자 재조 일본인 또한 '지역'에 대한 차별로부터 자유롭지 못하였다. 1930년대 초반 조선미 이입제한 문제를 둘러싸고, 식민 본국의 정책과 총독부의 요구가 충돌할 때, 대립의 지점은 '민족'이 아니라 '지역으로서 조선'이었다. 식민지 시기 한국에서는 1920년대 후반 총독부 관리가 토착화하여 정책 결정의 주요 직책에 오르고, 각 집단이 이익공동체로서 지역을 인식하며, 외부로부터 자극이 주어지는 등 여러 조건이 갖추어진 결과, 1930년대 전반 '지역 의식'이 강하게 형성된다. 김제정, 「1930년대 전반 조선총독부경제관료의 '지역으로서의 조선' 인식」, 『역사문제연구』 22, 역사문제연구소, 2009, 74-75, 88, 105쪽.

73 이타가키 류타, 홍종욱·이대화 역, 『한국 근대의 역사민족지 – 경북 상주의 식민지 경험』, 126-127쪽.

74 서술자의 표현을 빌리자면, "나남사단중의 1개 연대가 있고 비행대가 있고 고사포대가 있는 것만 해도 말이 읍이지 특수지역"이었다. "제재공장, 팔프공장, 목축, 도자기 따위는 조선안에서도 유명하고 근처에 큰 유연탄광이 있다. 군사나 산업으로 보면 능히 부(府)에 해당한다."(두만강, 1970: 442)

75 재조 일본인들은 주로 상업, 교통업, 공무, 자유업, 공업에 종사하였다. 이타가키 류타, 홍종욱·이대화 역, 『한국 근대의 역사민족지 – 경북 상주의 식민지 경험』, 145쪽.

76 윤대석, 『식민지 문학을 읽다』, 71-72쪽; 이혜령, 「식민자는 말해질 수 있는가 – 염상섭 소설 속 식민자의 환유들」, 『대동문화연구』 72, 성균관대 대동문화연구원, 2012, 319-324쪽.

77 동철은 창호에게 괴롭힘을 당할 때마다, "마리꼬한테나 놀러갈걸 무엇하러 나왔나 싶었다."(두만강, 1970: 422)라고 후회하였으며, 서술자 역시 "동철은 거의 매일 마리꼬에게로 놀러 갔다. 동철은 마리꼬와 노는 것이 가장 좋다. 집에서는 아무 재미도 없고 학교에서는 창호 등쌀 때문에 재미를 붙이지 못한다."(두만강, 1970: 411)라고 서술하였다. 서사의 초반 마리꼬는 동철을 "뎃짱"이라고 부르, 동철은 처음에는 마리꼬를 부를 때 "마리꼬짱"이라고 부른다. 서사가 진행되면서 동철 역시 보다 친근한 명칭인 "마리짱"으로 칭한다(두만강, 1970: 405, 411, 449).

78 프랑스의 식민지였던 튀니지 출신의 작가 알베르 멤미는 식민자를 식민지의 '특권자'로 규정하였다. 식민자가 많은 수입과 특권을 창출하고 사회적 지위를 성취할 수 있었던 것은, 법으로부터 보호받지 못하고 기회로부터 배제된 피식민자의 삶에 근거했기 때문이었다. 식민자가 식민지에서 획득하고자 한 것은 피식민자와의 "관계"에 다름 아니었다. 나아가 '근면한 식민자'와 '나태한 피식민자'의 이항대립은 식민자의 특권을 합리화하고 피식민자의 빈궁을 정당화하는 전형적인 서사였다. アルベール メンミ, 渡辺 淳 訳, 『植民地 - その心理的風土』, 三一書房, 1959, 15-19, 98頁.

79 矢内原忠雄, 『矢内原忠雄全集』 1, 岩波書店, 1963, 14-23頁. 인용은 14頁. 야나이하라 다

다오의 식민정책론에 대한 개괄적인 비판적 이해는 요네타니 마사후미, 조은미 역, 『아시아/일본』, 그린비, 2010, 133-139쪽; 문명기, 「왜 『帝國主義下의 朝鮮』은 없었는가? - 야나이하라 타다오(矢內原忠雄)의 식민(정책)론과 대만·조선」, 『사총』 85, 고려대 역사연구소, 2015 참조.

80 배지연, 「최인훈 소설에 나타난 일제강점의 기억과 풍속 재현의 글쓰기 - 『두만강』을 중심으로」, 385-386쪽 참조.

81 1939년 11월 조선총독부는 「조선민사령 중 개정의 건」(1939년 제령 제19호)과 「조선인의 씨명(氏名)에 관한 건」(1939년 제령 제20호)을 나란히 공포하였다. 1940년 2월 11일 두 제령이 시행되면서 '창씨개명(創氏改名)'이 실시되었다. 창씨개명은 성(姓)과 명(名)의 조합인 조선인의 이름을, 씨(氏)와 명(名)의 조합인 일본인 식의 이름으로 바꾸기 위해 씨(氏)를 만들고 이름(名)을 다시 정하는 것이었으며, 공식적인 신분표식으로서 씨와 명의 조합을 등록 및 호칭의 단위로 삼는 제도였다. 다만 조선인이 기한(1940.2.11.-8.10.) 안에 씨설정계(氏設定屆)를 제출하여 일본인 식의 씨를 만드는 '설정창씨(設定創氏)'도 있었지만, 기안 안에 씨설정계를 제출하지 않은 경우 호주의 성을 그대로 씨로 삼는 '법정창씨(法定創氏)'도 있었다. 현도영과 한 씨는 모두 씨를 새로 만들지 않고 조선 이름의 성을 유지하고 있지만, 제도적으로는 창씨개명을 한 상태였다. 또한 창씨개명을 하면 한 명의 호주 아래 같은 호적에 오른 남녀는 모두 같은 씨를 사용하게 되는데, 「두만강」에서 현도영의 아내는 '김 씨'로, 한 씨의 아내는 '송 씨'라고 불린다. 이는 '법정창씨' 후에도 당대 일상에서는 조선 이름의 '성'을 그대로 사용한 것으로 볼 수 있다. 宮田節子·金英達·梁泰昊, 『創氏改名』, 41-65頁 참조.

82 "성철은 경선이 앞에서는 요시노 선생의 이름은 부르지 않았다. 순옥씨라고 해야할지 몰랐기 때문이었다."(두만강, 1970: 459) 최초 발표본에서 의미가 다소 모호한 이 부분의 서술은 전집으로 편집되면서 요시노 선생이 순옥이라는 사실이 명확하도록 보충되어 서술된다. "성철은 경선이 앞에서는 요시노 선생의 이름은 부르지 않았다. 순옥씨라고 해야 할지 요시노 선생이라고 해야 할지 몰랐기 때문이다." 최인훈, 「두만강」(『월간중앙』, 1970.7.), 『최인훈 전집 7 - 하늘의 다리 / 두만강』, 문학과지성사, 1978, 268쪽.

83 총독부는 창씨개명 제도를 실시하면서 차별적인 동화를 위해 한국인에게 기존 일본 씨의 사용을 금지하며, 한국의 지역성이 드러나는 씨를 사용할 것을 권유하였으나, 이에 대해서는 반발이 있었다. 水野直樹, 『創氏改名』, 岩波書店, 2008, 144-153頁. 결국 한국인은 가네야마처럼 조선의 지역성을 포함한 씨, 그리고 요시노처럼 일본에도 존재했던 씨 모두로 창씨개명을 하였다.

84 동철의 학교 친구는 창호, 만길 등 한국인 이름으로 등장하고, 한 씨의 집에 찾아온 의사 중에는 도요다[豊田]로 창씨한 한국인도 존재한다. 다만 소학교 학생이 아닌 H읍의 한국인 민중으로서 창씨를 하지 않은 이는 인부 성칠이 유일하다.

85 이타가키 류타, 홍종욱·이대화 역, 『한국 근대의 역사민족지 - 경북 상주의 식민지 경험』,

127쪽.

86 주디스 버틀러, 양효실 역,『불확실한 삶』, 경성대학교출판부, 2008, 54-55쪽.

87 「두만강」이 서술하는 1940년대 초반 당시 한국의 소학교에서는 한국인 학생들의 수업 또한 일본어로 진행되었다. 당대 한국인 학교에는 한국인 교원과 일본인 교원이 함께 근무하였다. 山下達也,『植民地朝鮮の学校教員』, 九州大学出版会, 2011, 20-30頁. 또한 소설의 상황이 이미 창씨개명 제도를 실시한 이후였기 때문에, 창씨를 한 한국인 교원도 존재하였다.

88 "그(현도영-인용자)는 속으로 생각했다. (미친놈! 세상이 어떻게 돌아가는 줄도 모르고 글쎄 그런 짓을 아직도 하고 있어. 우리 젊었을 시절에는 그래도 일본이 이처럼 강한 힘을 가지지 못했었지. 동지들과 민중이 단결하여 일본에 항거하고 굳세게 세계에 동정을 호소하면 일이 될 듯도 했다.)"(두만강, 1970: 412)

89 사이토 준이치, 윤대석 외 역,『민주적 공공성』, 이음, 2009, 106쪽. 다만 한국인 동철과 일본인 마리꼬의 친밀성 형성은 무척 예외적인 경우로 보인다. 1908년 경상남도 마산에서 출생한 식민자 2세 하타다 다카시(旗田巍)는 일본인과 한국인 공학이었던 소학교와 중학교에서 수학하였다. 그는 한국인 생도를 따돌리는 일이 없이 함께 놀고 함께 싸우기도 하였지만, 그럼에도 한국인 생도와 친하게 지낸 경험은 적었고 서로를 집에 초대한 경험도 없었다. 그들은 일본에 관해서는 배웠어도 한국에 관해서는 배울 수 없었으며, 일본인 소학생과 한국인 소학생은 다른 세계에 살았다. 旗田巍,『朝鮮と日本人』, 勁草書房, 1983, 288-291頁. 한국인 소학생과 일본인 소학생의 일반적인 관계와 달리, 동철과 마리꼬가 우정을 쌓을 수 있었던 이유는 동철의 아버지 의사 한 씨가 H읍에서 '중견인물'로서 사회적 지위를 가진 덕분이었다. 싱가폴 함락 기념 초롱불행렬의 밤, 일본인 여성들과 함께 있던 마리꼬의 어머니는 의사 한 씨로부터 동철을 소개 받자, "도런님 우리 마리꼬와 의좋게 놀아주세요"라고 부탁하면서 동철에게 마리꼬를 소개한다(두만강, 1970: 407).

90 사이토 준이치, 윤대석 외 역,『민주적 공공성』, 110-112쪽.

91 이 서술은 전집에 수록되면서 다음과 같이 수정된다. "1944년 1월 A소학교에는 아뭏든 선량하고 헤픈 사람들의 웃음 소리가 높았다." 최인훈,「두만강」(『월간중앙』, 1970.7.),『최인훈 전집 7 - 하늘의 다리 / 두만강』, 문학과지성사, 1978, 300쪽.

92 김윤식,「어떤 한국적 요나의 체험 - 최인훈론」, 369쪽.

93 安丸良夫,「日本の近代化と民衆思想」(『日本史研究』78·79, 1965),『日本の近代化と民衆思想』, 平凡社, 2016, 12-92頁 참조. 야스마루 요시오의 「일본의 근대화와 민중사상」은 1960년대 전반에 등장한 근대화론에 대한 비판 및 전후 계몽과 마르크스주의 역사학에 대한 비판의 맥락에 서 있다. 야스마루는 지배 이데올로기와 민중의 생활 사상을 방법적으로 구분하여, 후자의 영역을 상대적으로 자립된 분석 영역으로 파악하고, 그것을 바탕으로 광의의 이데올로기 지배가 성립하고 있다는 점에 유의하고자 하였다. 박진우,「야스마루 사상사 다시 읽기」,『일본비평』9, 서울대 일본연구소, 2013, 203-209쪽 참조.

94 한 선행연구는 「두만강」의 경선을 "기존질서에서 안주하는 것을 거부하고 새로운 변화와 관련된 참신한 삶을 기대하는" 여성으로 평가하였다. 칸 앞잘 아흐메드, 「최인훈 소설의 유토피아 의식 연구」, 경북대 박사논문, 2017, 162쪽.

95 김동식, 「연애와 근대성」, 『한국 근대문학의 궤적』, 소명출판, 2023, 96-99쪽.

96 김동식, 「연애와 근대성」, 94쪽.

97 洪宗郁, 『戰時期朝鮮の轉向者たち』, 有志舍, 2009, 21頁.

98 이타가키 류타에 따르면, '근세'는 경제적으로는 소농 경영의 보급과 지방 시장망의 발달, 지역사회의 지배계층이라는 점에서 재지사족(在地士族)의 정착, 문화사적으로는 서원이나 서당의 광범위한 전개 등을 그 요소로 한다. '근대'는 일본인 및 식민지 행정의 침투, 지주-소작 관계를 기초로 한 종속적인 상업적 농업의 진전과 지역 산업의 발흥, '신식' 학교의 도입, '유지(有志)', '청년(靑年)', '중견인물(中堅人物)' 등 새로운 타입의 엘리트의 등장, 독립 운동이나 실력양성론인 사회사업의 전개 등을 의미한다. 이타가키는 서구 중심성과 발전단계론에 거리를 두면서, 근세의 사회 동태의 연장선상에 근대를 위치짓는 시각을 요청하였고, 한국 지역 사회의 식민지 경험을 "'근세'와 '근대'의 절합"으로 이해하고자 하였다. 이타가키 류타, 홍종욱·이대화 역, 『한국 근대의 역사민족지 – 경북 상주의 식민지 경험』, 30-35쪽.

99 이타가키 류타, 홍종욱·이대화 역, 『한국 근대의 역사민족지 – 경북 상주의 식민지 경험』, 48쪽.

100 미야지마 히로시는 동아시아에서 인구의 증가와 농업 기술의 변혁을 전제로, 중국에서는 명(明) 전기, 한국과 일본에서는 17세기 무렵 소농사회가 형성되었다고 보았다. 그는 소농사회의 형성은 세계사적으로 근대로 이행하는 시기와 동시대였음을 강조하였다. 이것은 농업 형태 및 촌락 구조에만 영향을 미치는 것이 아니라, 지역 사회의 구조와 지방 시장망의 발달, 국가의 지배형태에도 영향을 미쳤다. 오늘날 우리가 '전통'이라 칭하는 것의 대부분은 소농사회의 형성과 함께 형성되었으며, 소농사회에서 형성된 사회적 관습과 '전통'은 이후 일방적으로 소멸되는 것이 아니라, 20세기 이래 재생 및 강화되거나, 새롭게 도래한 새로운 문화 및 제도와 절합하였다. 미야지마 히로시, 「동아시아 소농사회의 형성」, 『미야지마 히로시, 나의 한국사 공부』, 너머북스, 2013, 66-81쪽.

101 최인훈, 「프롤로그」, 394쪽.

102 梶村秀樹, 「旧韓末北関地域経済と内外の交易」(1989), 『梶村秀樹著作集 3 – 近代朝鮮社会経済論』, 明石書店, 1993, 161, 178-179, 182頁.

103 한수영, 『전후문학을 다시 읽는다 – 이중언어·관전사·식민화된 주체의 관점에서 본 전후세대 및 전후문학의 재해석』, 소명출판, 2015 참조.

104 이혜령, 「친일파인 자의 이름 – 탈식민화와 고유명의 정치」, 『민족문화연구』 54, 고려대민족문화연구원, 2011, 31-32쪽.

105 김학재, 「'냉전'과 '열전'의 지역적 기원 – 유럽과 동아시아 냉전의 비교 역사사회학」,

212-222쪽.

106 권보드래·천정환, 『1960년을 묻다』, 천년의상상, 2012, 116쪽.

107 인용문에서 "미개한 아세아"라고 표현한 것은 이후 『최인훈 전집』 단행본에서는 "뒤떨어진 아시아"로 수정된다. 최인훈, 「두만강」(『월간중앙』, 1970.7.), 『최인훈 전집 7 – 하늘의 다리 / 두만강』, 문학과지성사, 1978, 230쪽.

108 공임순, 「1960년과 김구 – 추모·진상규명·통일론의 다이어그램」, 314-347쪽; 이혜령, 「친일파인 자의 이름 – 탈식민화와 고유명의 정치」, 3-5쪽 참조.

109 1960년 5월 『세계』지는 수운 최제우를 '한국의 루쏘'라고 명명하면서 특집을 마련하였다. 또한 트루먼 대통령은 한국전쟁이 발발하자 한국을 '동아시아의 그리스'라고 불렀다. 권헌익, 이한중 역, 『또 하나의 냉전』, 25쪽.

110 1920년대 초반 안확은 '허균'의 문학적 성과를 '조너선 스위프트'라는 기준을 통해 설명하는 방식으로 한국문학의 보편성을 확증할 수 있었다. 안확, 『조선문학사』, 한일서점, 1922, 99쪽. 안확의 자국학이 '보편성의 독자적 구현'이라는 이념을 수행하는 논리와 양상에 관해서는 류준필, 『동아시아의 자국학과 자국문학사 인식』, 소명출판, 2013, 337-343쪽.

111 나카노 도시오, 권혁태 역, 「식민주의와 전쟁 민주주의」, 『황해문화』 92, 새얼문화재단, 2016, 254-256쪽.

112 연남경, 「냉전 체제를 사유하는 방식 – 최인훈의 「총독의 소리」를 중심으로」, 『상허학보』 43, 상허학회, 2015, 51쪽.

113 장세진, 「"식민지는 과연 사라졌는가" – 최인훈의 질문과 제3세계적 상상력」, 『숨겨진 미래』, 푸른역사, 2018, 325-327쪽; 유예현, 「최인훈 소설에 나타난 공포와 죄의식 연구」, 서울대 석사논문, 2016, 87-103쪽.

114 공임순, 「제국의 문화정치와 '탈' 식민 해방 투쟁」, 『스캔들과 반공주의』, 앨피, 2010, 39쪽.

115 차미령, 「최인훈 소설에 나타난 정치성의 의미 연구」, 서울대 박사논문, 2010, 141쪽.

116 이혜령, 「친일파인 자의 이름 – 탈식민화와 고유명의 정치」, 3-5쪽.

117 김학재, 「'냉전'과 '열전'의 지역적 기원 – 유럽과 동아시아 냉전의 비교 역사사회학」, 212-222쪽.

118 下斗米伸夫, 『アジア冷戦史』, 中央公論社, 2004, 140-144頁.

119 이에 관해서는 이 책의 3장 2절 참조.

120 이에 관해서는 이 책의 2장 3절 참조.

121 笹川慶子, 「日比合作映画 『あの旗を撃て』の幻影 – 占領下フィリピンにおける日米映画戦はいかにして戦われたか」, 『関西大学文学論集』 60(1), 関西大学文学会, 2010, 73頁; 『隔週刊 東宝·新東宝戦争映画DVDコレクション 27 – 〈あの旗を撃て〉(1944)』, 2015, 1-5頁.

122 전두영은 최인훈이 보어전쟁을 다룬 영화를 보았을 개연성을 제안하면서, 이 장면을 식민주의에 대한 최인훈의 사유가 아프리카로 확장되는 과정으로 독해한다. 전두영, 「『소설가 구보씨의 일일』에 나타난 탈식민성 양상과 전쟁의 본질 연구 – 영화 〈저 깃발을 쏘아라〉

와 〈솔저 블루〉 분석을 중심으로」,『상허학보』68, 상허학회, 2023, 86-94쪽.

123 제2차 보어전쟁(1899-1902)을 배경으로 한 독일 영화 〈Ohm Krüger〉(1941)는 〈세계에 고하다(世界に告ぐ)〉라는 제목으로 1943년 9월 일본에서, 1941년 10월 조선에서 개봉하였다. 이 영화는 저항하는 보어인에 대한 영국군의 학살과 보어인 지도자의 장엄한 죽음을 재현한 나치의 반영(反英) 프로파간다 영화로 1941년 베니스영화제에서 무솔리니컵 외국영화상을 수상하였다. 일본에서 제작된 영화의 포스터에는 "쏘아라 미영(撃て米英)!"이라는 문구가 삽입되기도 하였다. 추축국 영화 동맹을 표상하는 영화 〈세계에 고하다〉의 조선 개봉은 식민지의 극장이 '식민지인임'을 자각하도록 하는 정치적 잠재성의 공간이 아니라, 영화라는 시각 장치를 통해 관객을 '황민'을 주조하는 순치의 정치학이 작동하는 공간임을 보여준다. 한편, 1944년 2월 『일본연극(日本演劇)』 뒷표지에 실린 〈저 기를 쏘아라〉의 광고에는 병사가 미국 국기를 손가락으로 가리키는 이미지와 함께 〈저 기를 쏘아라〉라는 제목이 삽입된다. (『隔週刊 東宝·新東宝戦争映画DVDコレクション 27 - 〈あの旗を撃て〉(1944)』, 2015; 이화진, 『소리의 정치 - 식민지 조선의 극장과 제국의 관객』, 현실문화, 2016, 231-232쪽.) 보어전쟁에서 패배한 네덜란드인이 영국기를 가리키며 기를 쏘라고 분노에 싸여 외쳤다는 구보씨의 내면에 초점화한 서술자의 진술은, 〈세계에 고하다〉의 전쟁 장면과 포스터와 "쏘아라!"라는 광고 문구, 〈저 기를 쏘아라〉의 잡지 광고 이미지 등이 교차하고 착종하면서 사후적으로 만들어진 기억의 결과일 가능성을 조심스럽게 제시한다.

124 최인훈,「원시인이 되기 위한 문명한 의식」, 41쪽.

125 다케우치 요시미, 윤여일 역,「근대의 초극」(1959), 마루카와 데쓰시·스즈키 마사히사 편,『다케우치 요시미 선집 1 - 고뇌하는 일본』, 휴머니스트, 2011, 141쪽.

126 조지 오웰, 김병익 역,『1984년』, 문예출판사, 1968, 63쪽 및 195쪽. 최인훈의『태풍』은 조지 오웰의『1984년』의 서사 형식과 문제의식의 상당 부분을 창작의 자원으로 삼은 것으로 보인다. 전체주의 국가를 풍자한 것으로 알려진『1984년』은 제2차 세계대전과 '광역권' 개념을 역사적 배경으로 하고 있다는 점에서,『태풍』과 함께 논할 여지가 열린다.『1984년』의 빅브라더의 이념은 개별 주체들이 '생각하지 않는' 상태에 머무는 것이며, 윈스턴은 지하조직이 건네 준 문서를 '읽으면서' 역사의 진실에 근접한다. 아울러 이 책에서 논하는『태풍』의 '민중' 역시『1984년』의 '프롤(Proles)'과 유사한 점이 있다.『태풍』의 창작 직전인 1968년 김병익은 문예출판사에서『1984년』의 번역본을 출간하였다.

127 고은,『바람의 일기』, 한길사, 2012, 37쪽. 1973년 5월 15일 일기.

128 谷口五郎,『スカルノ - 嵐の中を行く』, 朝日新聞社, 1966, 83頁.

129 谷口五郎,『スカルノ - 嵐の中を行く』, 88頁.

130 정호웅,「존재 전이의 서사」(해설),『최인훈 전집 9 - 태풍』, 문학과지성사, 2009, 518-519쪽.

131 우쓰미 아이코·무라이 요시노리, 김종익 역,『적도에 묻히다 - 독립영웅 혹은 전범이 된

조선인들 이야기』, 역사비평사, 2012, 38쪽; 谷口五郎, 『スカルノ - 嵐の中を行く』, 21頁; 竹内好·橋川文三·鶴見俊輔·山田宗睦, 「大東亜共栄圏の理念と現実」, 『思想の科学』21, 思想の科学社, 1963.12, 11頁.

132 네덜란드를 몰아낸 일본군에 대한 인도네시아 민중들의 환영은 역사적 사실이었다. 하지만 다케우치 요시미는 그렇다고 해도 전후 일본의 언론이, 일본군이 인도네시아에서 환영받았다는 점만을 강조하는 것은 문제라고 비판하였다. 다케우치는 인도네시아 민중들이 그들의 주체적 입장에 따라서 일본군을 환영했음을 강조한다. 이후 일본군의 점령 과정에서 일본군과 인도네시아 민중 사이의 관계가 악화되었지만, 제2차 세계대전 후 다시금 네덜란드가 인도네시아에 재진주하였기에 상대적으로 일본의 악행이 가려지는 것뿐이었다. 竹内好·橋川文三·鶴見俊輔·山田宗睦, 「大東亜共栄圏の理念と現実」, 11頁. 다케우치의 비판적 의견은 다니구치의 『수카르노』에 대해서도 적용가능한 비판으로 보인다. 좌담회 「大東亜共栄圏の理念と現実」은 홍종욱 선생님(서울대)의 후의로 검토할 수 있었다. 이 자리를 빌려 감사드린다.

133 인도네시아 자바 지역에는 광둥(廣東), 푸젠(福建)에서 이주한 화교들이 많이 살고 있었고, 베이징 어를 구사하는 이들도 적지 않았다. 우쓰미 아이코·무라이 요시노리, 김종익 역, 『적도에 묻히다 - 독립영웅 혹은 전범이 된 조선인들 이야기』, 184쪽.

134 이에 대해서는 이 책 4장 3절 참조.

135 H읍의 조선인과 일본인 사이에는 종족적 차이뿐 아니라, 식민지와 제국이라는 차이와 차별이 있었고, 그 결과 '동물적 친근감' 이상의 관계 형성은 진행되지 않는다. 그 점에서 니브리타[영국/네덜란드]의 식민지 아이세노딘[인도네시아]에서 아이세노딘인, 아니크[중국]인, 나파유[일본]인이 '사회'를 형성한 것과 H읍의 상황을 직접 비교하는 것은, 관계의 성격과 이주의 기간 차이로 인해 무리가 있다. 하지만 이후 나파유가 아이세노딘을 해방·침략했던 사실, 후에 카르노스가 오토메나크에게 아이세노딘인뿐 아니라 니브리타인도 될 수 있다고 말하는 점을 볼 때, 최인훈은 식민지/제국의 차이를 넘어선 '사회' 형성의 가능성을 탐색했다고 볼 수 있다.

136 竹内好·橋川文三·鶴見俊輔·山田宗睦, 「大東亜共栄圏の理念と現実」, 13頁, 15頁.

137 '아시아주의'의 재구성 과정은 수행성에 대한 버틀러의 이론을 참조하여 서술하였다. "수행적 행위(the performative)는 이미 확립된 주체가 사용·하는 단수의 행동이 아니라, 사회 구석구석에 흩어져 있는 주체들이 사회적 존재로서 소환되고, 다양하게 널리 퍼져 있는 강한 해명요구들에 의해 사회성(sociality)에 눈 뜬 주체들이 강력하게 틈새를 파고드는 행동방식들 가운데 하나이다. 이런 의미에서 사회적 차원의 수행적 행위는 주체 형성의 중요한 일부일 뿐 아니라 목하 진행 중인 정치논쟁과 주체의 재(再)공식화 작업의 일부기도 하다." Judith Butler, *Excitable Speech: A Politics of the Performative*, Routledge, 1997, p. 160. 번역은 서유경, 「버틀러(J. Butler)의 '수행성 정치' 이론의 정치학적 공헌과 한계」, 『대한정치학회보』19(2), 대한정치학회, 2011, 19쪽을 참조하였다.

138 분유와 연쇄에 관해서는 니시타니 오사무의 진술을 참조하였다. "낭시는 하이데거를 오해하게 만든 '공존성'이라는 생각을 환골탈태시켰습니다. 자신의 작업 역시 어떤 의미에서는 선분적(線分的)으로 진행하고 있고, 그 선분의 조합, 혹은 분유(partage)를 생기(生起)시킴으로써 한계를 드러내며, 그 다음부터는 다른 이에게 이어줌으로써 릴레이가 성립할 수 있는 사고방식을 개념으로서 제시했기 때문입니다." 사카이 나오키·니시타니 오사무, 차승기·홍종욱 역, 『세계사의 해체』, 역사비평사, 2009, 268-269쪽.

139 다케우치 요시미는 19세기 말에서 20세기 중반까지 일본의 근대화가 일본 사회 내부의 결함과 모순을 대외 진출로 만회하는 방식으로 움직였는데, 이는 "인민이 허약"했기 때문에 나타난 현상이라고 보았다. 그는 민중의 건강함이, 새로운 아시아주의를 위한 가장 중요한 토대라고 보았다. 다케우치 요시미, 윤여일 역, 「일본의 아시아주의」(1963), 마루카와 데쓰시·스즈키 마사히사 편, 『다케우치 요시미 선집 2 − 내재하는 아시아』, 휴머니스트, 2011, 373쪽. 다케우치는 아시아의 침략 전쟁을 지지하였던 민중의 경험을 반성하면서, 미국 발 근대화론이 일본 내셔널리즘과 결합하면서 민중에게 두루 지지받았던 1960년대 초반의 상황 또한 비판적으로 인식하였다. 그는 일본 근대사를 되돌아보며, 내셔널리즘과 아시아주의로부터 제국주의로 회수되지 않는 민중의 에너지를 건져내고자 했다. 홍종욱, 「일본 지식인의 근대화론 비판과 민중의 발견 − 다케우치 요시미와 가지무라 히데키를 중심으로」, 『사학연구』 125, 한국사연구회, 2017, 109쪽.

140 주디스 버틀러, 양효실 역, 『윤리적 폭력 비판』, 인간사랑, 2013, 51쪽, 76-77쪽, 139쪽, 158쪽을 참조하여 서술하였다.

141 신지영, 「탈식민화의 '불/완결성'과 관계성의 계기들 − 최인훈의 「태풍」(1973), 선우휘의 「외면」(1976), 오시로 다쓰히로(大城立裕) 「솔로의 소나기」(ソロの驟雨)(1998)」, 『동방학지』 204, 연세대 국학연구원, 2023, 12쪽.

142 차승기, 『비상시의 문/법』, 그린비, 2017, 296-297쪽.

143 『태풍』의 서사에서 당시는 나파유 군대가 물러간 후 아이세노딘 민중이 재래(再來)한 제국 니브리타에 대한 반식민 투쟁을 전개해야 하는 상황이었는데, 카르노스는 오토메나크에게 그의 무기, 조직, 기술을 요청하였다. 인도네시아 역사에서 일본군의 항복 후 급진적인 인도네시아 청년들은 일본군과 거리를 두며 '혁명 선언'을 해야 한다고 주장했지만, 수카르노는 일본군의 무기를 인수하는 것을 주요한 과제로 생각했으며, 민중을 조직하여 네딜란드 군에 타격을 주는 것이 중요하다고 보았다. 谷口五郎, 『スカルノ − 嵐の中を行く』, 96頁.

144 박진영, 「되돌아오는 제국, 되돌아가는 주체」, 『책의 탄생과 이야기의 운명』, 소명출판, 2013, 460쪽.

145 최서윤, 「이중 언어 세대와 주체의 재정립 − 박인환의 경우」, 『인문과학연구논총』 35(4), 명지대 인문과학연구소, 2014, 55쪽.

146 헤겔은 인륜성의 영역을 가족, 시민사회, 국가로 분절하였는데, 이 세 단계는 각각 욕구,

이해관심사, 명예에 대응한다. 주체는 세 영역에 참여함으로써 '느낌', 목적합리성, 이성의 지평 안에 안착된 인지적 도식과 근거를 다루는 법을 단계적으로 배우게 되는데, 이 과정은 유기적으로 짜여있지 않던 자연적 개인성이 합리적으로 주형되는 과정인 동시에, 개인이 점차 탈중심화하면서 보다 많은 고유한 개인성을 획득하는 과정이었다. 헤겔에게 인륜성의 영역은 짧지 않는 시간 동안 진행되는 '도야(Bildung)'의 과정이었다. 악셀 호네트, 이행남 역, 『비규정성의 고통 – 헤겔의『법철학』되살리기』, 그린비, 2017, 100-101쪽 참조.

147 김종욱, 「무국적자, 국민, 세계시민 – 최인훈」, 『한국문학의 동아시아적 지평』, 역락, 2022, 464쪽.

148 1981년 최인훈은 '서울의 봄'과 빌리 브란트의 동방 정책 이후 냉전의 누그러짐을 목도하면서 희곡「한스와 그레텔」을 창작한다. 성찰과 회향이라는 주제를 담은 「한스와 그레텔」에서 최인훈은 다시 한 번 30년의 시간을 제시한다. 1981년은 최인훈이 월남한 지 30년이 되던 해였다. 그는 30년 만에 집으로 돌아가는 서사를 통해, 패권에서 평화로, 정치에서 삶으로 회귀하는 20세기인들의 상징적 귀향을 제시하면서, 전후 체제인 포스담 체제의 변화 가능성을 가늠하였다. 안서현, 평화 체제라는 새로운 소실점 – 최인훈의 〈한스와 그레텔〉연구」, 『한국극예술연구』71, 한국극예술학회, 2021, 337-338쪽.

149 신지영, 「'난민'과 '인민' 사이 – 梁七星·梁川七星·Komarudin·史尼育唔·中村輝夫·李光輝」, 『상허학보』48, 상허학회, 2016, 115-125쪽.

150 연남경, 『최인훈의 자기 반영적 글쓰기』, 혜안, 2012, 139쪽.

151 1945년 8월 17일 수카르노는 독립국가 '인도네시아 공화국' 탄생을 선언하였고, 1949년 네덜란드와의 전쟁을 종결한 후에 초대 대통령이 된다. 1950년대 전반 인도네시아는 총리가 수반이된 의회민주주의를 채택하였고, 경제영역에서 일정한 성과를 거두었으며 1955년 반둥회의를 성공적으로 개최하였다. 하지만 의회민주주의는 정치적 혼란을 초래하기도 하였고, 1957년 이후 수카르노 등은 '혁명'을 주장하면서 '인도네시아식 민주주의'로서 교도 민주주의(Guided Democracy) 체제를 확립하였다. 하지만 국민통합과 경제성장은 더디게 진행되었고, 1965년 군부의 쿠데타가 일어난다. 이후 수하르토 정권과 군부는 공산당원에 대한 숙청과 학살, 구금을 저질렀고 40여만 명이 희생되었다. 여운경, 「1950-60년대 인도네시아의 정치 변화와 수카르노의 '혁명'」, 『동양사학』138, 동양사학회, 2017, 93-119쪽; 서지원, 「인도네시아 수하르토 정권에 대한 국제인권압력의 유산」, 『국제정치논총』53(4), 한국국제정치학회, 2013, 407-408쪽.

152 권보드래, 「중립의 꿈 1945-1968 – 냉전 너머의 아시아, 혹은 최인훈론을 위한 시론」, 『상허학보』34, 상허학회, 2012, 297-299쪽.

153 최인훈은 「두만강」의 서사는 완결하지 못하지만, 『태풍』의 서사는 완결하였다. 최인훈 자신의 경험에 참조한 이민자 2세 토니크 나파유트의 자기 처벌은, 피식민자 2세로서 경험한 식민지를 평온한 일상으로 기억하고 그것을 서사화하였던 최인훈 자신에 대한 상징적

처벌이기도 하였다. 이 처벌은 『태풍』의 서사를 가능하도록 하였다.

154 최인훈, 「원시인이 되기 위한 문명한 의식」, 41쪽. 최인훈의 베트남 방문과 『태풍』 창작의 관계에 대해서는 김종욱, 「무국적자, 국민, 세계시민 - 최인훈」, 459-460쪽.

155 최인훈, 「베트남 일지」, 『최인훈 전집 11 - 유토피아의 꿈』, 문학과지성사, 1980, 117-118쪽.

156 최인훈, 「베트남 日誌」, 130쪽.

157 최인훈, 「원시인이 되기 위한 문명한 의식」, 41쪽.

158 堀田善衛, 『インドで考えたこと』, 岩波書店, 1957, 25頁.

159 정치적으로 올바르지 못한 오토메나크의 시각은 최인훈이 베트남 방문의 첫날에 보여 준 것이기도 하다. 박진영은 "아이세노딘, 로파그니스, 그리고 아만다에 대한 오토메나크의 시선은 늘 남성정복자이자 특권적인 관찰자의 눈길이다."라고 비판적으로 평가하였다. 박진영, 「되돌아오는 제국, 되돌아가는 주체」, 461쪽.

160 주경철, 『그해, 역사가 바뀌다』, 174-175쪽.

161 주경철, 『대항해시대 - 해상 팽창과 근대 세계의 형성』, 서울대출판부, 2008, 384-385쪽.

162 앨프리드 W. 크로스비, 효상안 역, 『생태제국주의』, 지식의풍경, 2000, 310-353쪽 참조. 『생태제국주의』에 대한 정리는 주경철, 『대항해시대 - 해상 팽창과 근대 세계의 형성』, 372-374쪽, 377-378면을 참조하였다.

163 ローザ・ルクセンブルク, 長谷部文雄 訳, 『資本蓄積論』 下, 岩波書店, 1934, 50-51頁. "적어도, 자본화될만한 잉여가치 및 자본주의적 생산물 가운데 이에 대응하는 부분은, 자본주의 사회의 내부에서는 결코 실현되지 않고, 무조건적으로 자본주의 사회의 외부에서, 즉 비자본주의적으로 생산하는 사회층 및 사회형태에서 그 구매자를 찾지 않으면 안 된다는 사실이다. / 이리하여 잉여가치가 생산되는 경우의 생산기간과, 잉여가치가 자본화된 경우 그것에 이어지는 축적의 사이에는 두 개의 상이한 거래 - 잉여가치의 그 순수한 가치형태로의 전형(轉形), 즉 현실과, 이 순수한 가치형태의 생산자본형태로의 전형 - 가 가로 놓여 있는 것이기에, 이 두 가지의 거래는, 자본주의적 생산과 그 주위의 비자본주의적 세계의 사이에서 이루어진다. 그렇기 때문에 잉여가치의 실현 및 불변자본의 여러 요소의 조달이라는 두 가지 견지에서 보자면, 세계 교역 - 즉, 주어진 구체적 사정(事情)의 근본에 있어서는, 본질적으로는 자본주의적 생산형태와 비자본주의적 생산형태 사이의 교환으로서 세계교역은 원래 자본주의의 역사적인 하나의 존재조건이다." 또한 로자는 "제국주의는 아직 압수되지 않은 비자본주의적 세계 환경의 남은 부분을 둘러싼 경쟁에 있어, 자본축적 과정의 정치적 표현이다."라고 규정하였다. 같은 글, 187頁.

164 다케우치 요시미, 윤여일 역, 「근대란 무엇인가 - 일본과 중국의 경우」(1948), 마루카와 데쓰시·스즈키 마사히사 편, 『다케우치 요시미 선집 2 - 내재하는 아시아』, 휴머니스트, 2011, 248-249쪽; 류준필, 『동아시아의 자국학과 자국문학사 인식』, 소명출판, 2013, 163-164쪽.

165 서은주, 「최인훈 소설 연구」, 연세대 박사논문, 2000, 116쪽; 구재진, 「식민지적 무의식과 흉내내기의 양가성 -『태풍』」, 『한국문학의 탈식민과 디아스포라』, 푸른사상, 2012, 225-226쪽; 차미령, 「최인훈 소설에 나타난 정치성의 의미 연구」, 154쪽; 김원우, 「최인훈 소설의 허실」, 『편견예찬』, 시선사, 2020, 119쪽.

166 이명원, 「상상된 유토피아로서의 '1975년 체제' - 최인훈의『태풍』(1973)을 중심으로」, 『한민족문화연구』 86, 한민족문화학회, 2024, 198-200면.

167 케네스 포메란츠, 김규태 외 역, 『대분기』, 에코리브르, 2016, 345-423쪽 참조. 『대분기』에 대한 정리는 주경철, 『대항해시대 - 해상 팽창과 근대 세계의 형성』, 42-43쪽을 참조하였다.

168 梶村秀樹, 「"やぶにらみ"の周辺文明論」(1985), 『梶村秀樹著作集 2 - 朝鮮史の方法』, 明石書店, 1993, 161-162頁.

169 「반둥 아시아-아프리카 회의 최종의정서(Final Communiqué of Asian-African Conference of Bandung)」(1955.4.24.), 이동기 편저, 『20세기 평화텍스트 15선』, 아카넷, 2013, 111쪽 및 100쪽; 이동기, 「제3세계, 민족자결과 비동맹의 코뮤니타스」, 이동기 편저, 『20세기 평화텍스트 15선』, 98-99쪽; 비자이 프라샤드, 박소현 역, 『갈색의 세계사』, 뿌리와이파리, 2015, 58-83쪽; 김도민, 「1950년대 냉전기 중립주의의 발흥과 남·북한의 반응」, 『역사와 현실』, 한국역사연구회, 2022, 111-118쪽.

170 水溜真由美, 『堀田善衞 - 乱世を生きる』, ナカニシヤ出版. 2019, 343-346頁.

171 다케우치 요시미, 윤여일 역, 「근대의 초극」(1959), 143쪽.

172 옥창준, 「냉전기 한국 지식인의 아시아 아프리카 상상」, 『한국문화연구』 28, 이화여대 한국문화연구원, 2015, 93-96쪽; 장세진, 「미국도 소련도 아닌 다른 길은 없는가 - 반둥회의와 한국 지식인들의 아시아 상상(1955~1965)」, 『숨겨진 미래』, 푸른역사, 2018, 171-173쪽; 김도민, 「1961~1963년군사정부의 중립국외교의전개와성격」, 『역사비평』 135, 역사문제연구소, 2020, 22-25쪽.

173 미야지마 히로시, 『일본의 역사관을 비판한다』, 창비, 2013, 186쪽; 류준필, 『동아시아의 자국학과 자국문학사 인식』, 소명출판, 2013, 163-164쪽.

174 다케우치 요시미, 윤어일 역, 「근대의 초극」(1959), 143쪽.

175 최인훈, 「일본인에게 보내는 편지」, 『최인훈 전집 11 - 유토피아의 꿈』, 문학과지성사, 1980, 94-95쪽.

176 최인훈, 「일본인에게 보내는 편지」, 95-96쪽.

1 김항, 「너무 많이 알아버린 남자 – 내전을 살다간 최인훈」, 『내전과 위생 – 인간의 출현과 자본-식민주의 비판』, yeondoo, 2024, 97-110쪽.

2 김진규, 「한국 전후소설에 나타난 자기소외의 극복 모색」, 서울대 박사논문, 2017, 301-307쪽.

3 정과리, 『글숨의 광합성 – 한국 소설의 내밀한 충동들』, 문학과지성사, 2009, 47-65쪽.

4 요네타니 마사후미, 조은미 역, 『아시아/일본』, 그린비, 2010, 29-30쪽을 참조하여 서술하였다.

5 최인훈, 「원시인이 되기 위한 문명한 의식」, 『길에 대한 명상』, 청하, 1989, 41쪽.

6 류준필, 「분단체제론과 동아시아론」, 이정훈·박상수 편, 『동아시아, 인식지평과 실천공간』, 아연출판부, 2010, 188-192, 204-208쪽 참조.

7 황호덕, 「탈식민주의인가, 후기식민주의인가 – 김남주, 그리고 한국의 포스트콜로니얼리즘 연구 20년에 대한 단상」, 『상허학보』 51, 상허학회, 2017, 355쪽.

8 고정희, 「외경 읽기 – 당한 역사는 잠들지 않는다」(『모든 사라지는 것들은 뒤에 여백을 남긴다』, 창작과비평사, 1992), 『고정희 시전집』 2, 또하나의문화, 2011, 508쪽.

9 고정희, 「밥과 자본주의 – 아시아의 밥상문화」(『모든 사라지는 것들은 뒤에 여백을 남긴다』, 창작과비평사, 1992), 『고정희 시전집』 2, 또하나의문화, 2011, 424-425쪽.

10 양경언, 「고정희의 『밥과 자본주의』 연작시와 커먼즈 연구」, 『여성문학연구』 53, 한국여성문학학회, 2021, 136-144쪽 참조.

11 디페시 차크라바르티, 이신철 역, 『행성 시대 역사의 기후』, 에코리브르, 2023, 329쪽.

12 디페시 차크라바르티, 이신철 역, 『행성 시대 역사의 기후』, 240쪽.

13 디페시 차크라바르티, 이신철 역, 『행성 시대 역사의 기후』, 65쪽.

14 Johanna Oksala, "Feminism, Capitalism, and Ecology," *Hypatia: A Journal of Feminist Philosophy* 33(2), Cambridge University Press, 2018, p. 223.

15 田中明, 김윤식 역, 「반일의 풍화」(*The Asahi Asia Review* 15, 1973.Autumn), 김윤식, 『한일문학의 관련양상』, 일지사, 1974, 379쪽.

16 山田明(田中明), 「作者紹介」, 『朝鮮文学 – 紹介と研究』 1, 朝鮮文学の会, 1970.12, 5頁.

17 오무라 마스오, 「진군 나팔 소리는 들리지 않는다 – 동인의 변(進軍のラッパは聞えない – 同人の弁)」(『朝鮮文学 – 紹介と研究』 1, 1970.12.), 오무라 마스오, 『오무라 마스오 저작집 1 – 윤동주와 한국 근대 문학』, 소명출판, 2016, 696-697쪽.

18 오무라 마스오, 「나와 조선(わたしと朝鮮)」(『朝陽』, 1963.3.), 『오무라 마스오 저작집 1 – 윤동주와 한국 근대 문학』, 소명출판, 2016, 694쪽.

19 루쉰, 이육사 역, 「고향」(『조광』, 1936.12.), 홍석표 주해, 『이육사 총서 4 – 이육사의 중국 평론과 번역』, 소명출판, 2022, 216쪽.

표 및 그림 일람

3장 아시아의 시간 – 비서구 근대의 경험에 기반한 보편성의 재인식

5장 최인훈, 아시아를 생각하다/살다

〈그림1〉 고정희, 366쪽

〈그림2〉 디페시 차크라바르티, 367쪽

〈그림3〉 오무라 마스오(곽형덕 편, 『오무라 마스오와 한국문학』, 소명출판, 2024), 371쪽

참고문헌

1. 기본자료

최인훈, 「GREY구락부 전말기」, 『자유문학』, 1959.10.

최인훈, 「광장」, 『새벽』, 1960.11.

최인훈, 「작자소감 – 풍문」, 『새벽』, 1960.11.

최인훈, 「광장」, 『새벽』, 1960.11.

최인훈, 『광장』, 정향사, 1961.

최인훈, 「회색의 의자」 1-13, 『세대』, 1963.6.-1964.6.

최인훈, 「광장 이후 – 장편 「회색의 의자」 발표에 앞서」, 『세대』, 1963.6.

최인훈, 「속 크리스마스 캐럴」, 『현대문학』, 1964.12.

최인훈, 「크리스마스 캐럴 3」, 『세대』, 1966.1.

최인훈, 「크리스마스 캐럴 4」, 『현대문학』, 1966.3.

최인훈, 「크리스마스 캐럴 5」, 『한국문학』, 1966.여름.

최인훈, 「서유기」 4, 『문학』, 1966.8.

최인훈, 「서유기」 6, 『문학』, 1966.10.

최인훈, 「총독의 소리」, 『신동아』, 1967.8.

최인훈, 「총독의 소리 Ⅱ」, 『월간중앙』, 1968.4.

최인훈, 「계몽·토속·참여」, 『사상계』, 1968.10.

최인훈, 「총독의 소리 3」, 『창작과비평』, 1968.12.

최인훈, 『현대한국문학전집 16 – 최인훈집』, 신구문화사, 1968.

최인훈, 「주석의 소리」, 『월간중앙』, 1969.6.

최인훈, 「소설가 구보씨의 일일」, 『월간중앙』, 1970.2.

최인훈, 「소설가 구보씨의 일일 2」, 『창작과비평』, 1970.봄.

최인훈, 「두만강」, 『월간중앙』, 1970.7.

최인훈, 「작가의 변」, 『월간중앙』, 1970.7.

최인훈, 「소설가 구보씨의 일일 3」, 『신상』, 1970.겨울.

최인훈, 『서유기』, 을유문화사, 1971.

최인훈, 「소설가 구보씨의 일일 3」, 『월간중앙』, 1971.3.

최인훈, 「소설가 구보씨의 일일 4」, 『월간문학』, 1971.4.

최인훈, 「갈대의 사계」 1-12, 『월간중앙』, 1971.8.-1972.7.

최인훈, 『소설가 구보씨의 일일』, 삼성출판사, 1973.

최인훈, 『역사와 상상력』, 민음사, 1976.

최인훈, 「두만강」(『월간중앙』, 1970.7.), 『최인훈 전집 7 - 하늘의 다리 / 두만강』, 문학과지성사, 1978.

최인훈, 「태풍」(『중앙일보』, 1973.1.1.-10.13.), 『최인훈 전집 5 - 태풍』, 문학과지성사, 1978.

최인훈, 「문학과 이데올로기」, 『최인훈 전집 12 - 문학과 이데올로기』, 문학과지성사, 1979.

최인훈, 「베트남 일지」, 『최인훈 전집 11 - 유토피아의 꿈』, 문학과지성사, 1980.

최인훈, 「일본인에게 보내는 편지」, 『최인훈 전집 11 - 유토피아의 꿈』, 문학과지성사, 1980.

최인훈, 「원시인이 되기 위한 문명한 의식」, 『길에 관한 명상』, 청하, 1989.

최인훈, 「나의 첫 책 - 제3국행 선택한 한 '전쟁포로' 이야기」, 『출판저널』 82, 1991.4.

최인훈, 『화두』 1-2, 민음사, 1994.

최인훈, 「문학사에 대한 질문이 된 생애」, 조명희, 『포석 조명희 전집』, 동양일보출판국, 1995.

이창동, 「최인훈의 최근의 생각들」(대담), 『작가세계』 4, 1990.

최인훈·김인호, 「작가의 세계 인식과 텍스트의 자기 증명」(대담), 김인호, 『해체와 저항의 서사 - 최인훈과 그의 문학』, 문학과지성사, 2004.

김치수·최인훈, 「4·19정신의 정원을 함께 걷다」(대담), 『문학과사회』, ##2010.2.

정병준·최인훈, 「『광장』과 4·19의 연관성 - "무엇을 쓰는지, 의미를 알지 못했다. 쓰고 싶었을 뿐이다"」(대담), 『역사비평』 126, 2019.봄.

「〈광장〉의 최인훈, 서울법대 명예졸업장 받았다」, 『한겨레』, 2017.2.24.

崔仁勳, 「小説 広場」 1-2, 民族問題研究所 編, 『コリア評論』 5(39)-(40), コリア評論社, 1961.4-5.

崔仁勳, 金素雲 訳, 「広場」, 『現代韓国文学選集 第1巻』, 冬樹社, 1973.

崔仁勳, 田中明 訳, 『韓国文学名作選 - 広場 1』, 泰流社, 1978.

고은, 『바람의 일기』, 한길사, 2012.

고정희, 『고정희 시전집』 2, 또하나의문화, 2011.

국제신보사 논설위원, 『중립의 이론』, 샛별출판사, 1961.

김남천, 정호웅·손정수 편, 『김남천 전집』 1, 박이정, 2000.

김수영, 『김수영 전집』 1-2, 민음사, 2003.

김윤식, 『한일문학의 관련양상』, 일지사, 1974.

박태원, 『소설가 구보씨의 일일』, 문장사, 1938.

백기만 편, 『상화와 고월』, 청구출판사, 1951.

백범김구선생전집 편찬위원회, 『백범김구전집 12 - '암살' 진상』, 대한매일신보사, 1999.

백철, 『속 진리와 현실』, 박영사, 1976.

안확,『조선문학사』, 한일서점, 1922.

염상섭,『염상섭 전집 7 - 취우』, 민음사, 1987.

염상섭, 김경수 편,『만세전 - 염상섭 중편선』, 문학과지성사, 2005.

오상순, 이은지 편,『공초 오상순 전집』, 소명출판, 2022.

유진오,『구름 위의 만상』, 일조각, 1966

유진오,『양호기』, 고려대학교출판부, 1977.

윤동주,『하늘과 바람과 별과 시』, 정음사, 1955.

이상, 임종국 편,『이상전집 1 - 창작집』, 태성사, 1958.

이상, 임종국 편,『이상전집 2 - 시집』, 태성사, 1958.

이상, 임종국 편,『이상전집 3 - 수필집』, 태성사, 1958.

이어령,『저항의 문학』, 경지사, 1959.

이태준,『증정 문장강화』, 박문출판사, 1947.

이태준, 상허학회 편,『이태준 전집 6 - 쏘련기행·중국기행 외』, 소명출판, 2015.

이호철,『우리네 문단골 이야기』1-2, 자유문고, 2018.

임종국,『친일문학론』(평화출판사, 1966), 이건제 교주, 민족문제연구소, 2013.

임화,「'거울'로서의 톨스토이」,『조광』, 1935.1.

임화, 김재용 편,『임화문학예술전집 1 - 시』, 소명출판, 2009.

임화, 임규찬 편,『임화문학예술전집 2 - 문학사』, 소명출판, 2009.

임화, 신두원 편,『임화문학예술전집 3 - 문학의 논리』, 소명출판, 2009.

임화, 신두원 편,『임화문학예술전집 4 - 평론1』, 소명출판, 2009.

임화, 하정일 편,『임화문학예술전집 5 - 비평2』, 소명출판, 2009.

정지용,『정지용 시집』, 건설출판사, 1946.

조명희,『낙동강』, 건설출판사, 1946.

최재서,『문학과 지성』, 인문사, 1938.

홋타 요시에, 신동문 역,「광장의 고독」, 계용묵 외 역,『일본 아쿠타가와상 소설집(日本芥川賞
小說集)』, 신구문화사, 1960.

金三奎,『朝鮮の眞實』, 至誠堂, 1960.

竹内好·橋川文三·鶴見俊輔·山田宗陸,「大東亜共栄圏の理念と現実」,『思想の科学』21, 思想の科
学社, 1963.12.

谷口五郎,『スカルノ - 嵐の中を行く』, 朝日新聞社, 1966.

堀田善衛,『広場の孤独』, 中央公論社, 1952.

堀田善衛,『インドで考えたこと』, 岩波書店, 1957.

「반둥 아시아-아프리카 회의 최종의정서(Final Communiqué of Asian-African Conference of

  Bandung)」(1955.4.24.), 이동기 편저,『20세기 평화텍스트 15선』, 아카넷, 2013.

『경향신문』,『동아일보』,『사상계』,『사해공론』,『새벽』,『서울신문』,『세계』,『시사저널』,『인문
  평론』,『한겨레』,『朝鮮文学 - 紹介と研究』

2. 단행본

강원봉·도베 히데아키·미쓰이 다카시·조관자·차승기·홍종욱,『가지무라 히데키의 내재적 발전
  론을 다시 읽는다』, 아연출판부, 2014.
구상 편,『시인 공초 오상순』, 자유문학사, 1988.
구재진,『한국문학의 탈식민과 디아스포라』, 푸른사상, 2012.
권보드래,『3월 1일의 밤』, 돌베개, 2019.
권보드래·천정환,『1960년을 묻다』, 천년의상상, 2012.
권헌익, 이한중 역,『또 하나의 냉전』, 민음사, 2013.
권헌익, 정소영 역,『전쟁과 가족』, 창비, 2020.
김경수,『한국 현대소설의 문학법리학적 연구』, 일조각, 2019.
김동식,『기억과 흔적 - 글쓰기의 무의식』, 문학과지성사, 2012.
김동식,『한국 근대문학의 궤적』, 소명출판, 2023.
김예림,『국가를 흐르는 삶』, 소명출판, 2015.
김용섭,『조선후기농업사연구』. 일조각, 1970.
김용섭,『역사의 오솔길을 가면서』, 지식산업사, 2011.
김욱동,『『광장』을 읽는 일곱 가지 방법』, 문학과지성사, 1996.
김원우,『편견예찬』, 시선사, 2020.
김윤식,『한국근대작가논고』, 일지사, 1974.
김윤식,『한국문학의 논리』, 일지사, 1974.
김윤식,『한국현대소설비판』, 일지사, 1981.
김윤식,『임화연구』, 문학사상사, 1989.
김윤식,『작가와의 대화』, 문학동네, 1996.
김윤식,『발견으로서의 한국현대문학사』, 서울대출판부, 1997.
김윤식,『내가 살아온 20세기 문학과 사상 - 갈 수 있고, 가야 할 길, 가버린 길』, 문학사상, 2005.
김윤식,『비도 눈도 오지 않는 시나가와역』, 솔, 2005.
김윤식,『내가 살아온 한국 현대문학사』, 문학과지성사, 2009.
김윤식,『한국문학, 연꽃의 길』, 서정시학, 2011.

김윤식, 『한일 학병세대의 빛과 어둠』, 소명출판, 2011.

김윤식, 『문학사의 라이벌의식』 3, 그린비, 2017.

김윤식·김현, 『한국문학사』, 민음사, 1973.

김종욱, 『한국문학의 동아시아적 지평』, 역락, 2022.

김주현, 『계몽과 심미 – 한국 현대 작가·작품론』, 경북대출판부, 2023.

김철, 『우리를 지키는 더러운 것들』, 뿌리와이파리, 2018.

김판수, 『시인 신동문 평전』, 북스코프, 2011.

김학재, 『판문점 체제의 기원』, 후마니타스, 2015.

김항, 『제국 일본의 사상 – 포스트제국과 동아시아론의 새로운 지평을 위하여』, 창비, 2015.

김항, 『내전과 위생 – 인간의 출현과 자본-식민주의 비판』, yeondoo, 2024.

김현, 『사회와 윤리』, 일지사, 1974.

김호동, 『몽골제국과 세계사의 탄생』, 돌베개, 2010.

김흥식, 『한국근대문학과 사상의 논리』, 역락, 2019.

류동규, 『식민지의 기억과 서사』, 박이정, 2016.

류준필, 『동아시아의 자국학과 자국문학사 인식』, 소명출판, 2013.

민두기, 『시간과의 경쟁』, 연세대출판부, 2001.

박태균, 『원형과 변용 – 한국 경제개발계획의 기원』, 서울대출판부, 2007.

박진영, 『책의 탄생과 이야기의 운명』, 소명출판, 2013.

박홍규, 『총과 칼을 거두고 평화를 그려라 – 반전과 평화의 미술』, 아트북스, 2003.

박홍규, 『반항과 창조의 브로맨스, 에밀 졸라와 폴 세잔』, 틈새의시간, 2023.

방기중, 『한국근현대사상사연구』, 역사비평사, 1992.

방민호, 『이상 문학의 방법론적 독해』, 예옥, 2015.

방민호 편, 『최인훈 – 오디세우스의 항해』, 에피파니, 2018.

박지영, 『'불온'을 넘어, '반시론'의 반어』, 소명출판, 2020.

복도훈, 『자폭하는 속물』, 도서출판b, 2018.

서영채, 『죄의식과 부끄러움』, 나무나무출판사, 2017.

서영채, 『우정의 정원』, 문학동네, 2022.

서은주, 『문학, 교양의 시간』, 소명출판, 2014.

손유경, 『프로문학의 감성 구조』, 소명출판, 2012.

손유경, 『슬픈 사회주의자』, 소명출판, 2016.

손유경, 『삼투하는 문장들 – 한국문학의 젠더 지도』, 소명출판, 2021.

안경환, 『황용주 – 그와 박정희의 시대』, 까치, 2013.

연남경, 『최인훈의 자기 반영적 글쓰기』, 혜안, 2012.

윤대석, 『식민지 문학을 읽다』, 소명출판, 2012.

윤여일, 『동아시아 담론』, 돌베개, 2016.

이광훈문집간행위원회 편, 『이광훈 문집 3 - 추모글, 꺾이지 않는 문향이여』, 민음사, 2012.

이남희, 유리·이경희 역, 『민중 만들기』, 후마니타스, 2015.

이병한, 『붉은 아시아 - 1945-1991 동아시아 냉전의 재인식』, 서해문집, 2019.

이봉범, 『한국의 냉전문화사』, 소명출판, 2023.

이수형, 『1960년대 소설 연구 - 자유의 이념, 자유의 현실』, 소명출판, 2013.

이혜령, 『한국소설과 골상학적 타자들』, 소명출판, 2007.

이화진, 『소리의 정치 - 식민지 조선의 극장과 제국의 관객』, 현실문화, 2016.

임유경, 『불온의 시대 - 1960년대 한국의 문학과 정치』, 소명출판, 2017.

임헌영, 『한국소설, 정치를 통매하다』, 소명출판, 2020.

정과리, 『글숨의 광합성 - 한국 소설의 내밀한 충동들』, 문학과지성사, 2009.

정규웅, 『글동네에서 생긴 일』, 문학세계사, 1999.

장세진, 『숨겨진 미래』, 푸른역사, 2018.

전소영, 『화두와 여정 - 최인훈 문학의 형성 경로』, 예옥, 2024.

정영훈, 『최인훈 소설의 주체성과 글쓰기』, 태학사, 2008.

정재정, 『주제와 쟁점으로 읽는 20세기 한일 관계사』, 역사비평사, 2014.

정종현, 『동양론과 식민지 조선문학』, 창비, 2011.

정창훈, 『한일관계의 '65년 체제'와 한국문학』, 소명출판, 2021.

정한나, 『억눌린 말들의 연대』, 소명출판, 2024.

조기준, 『나의 인생 학문의 역정』, 일신사, 1998.

조남현, 『한국현대소설의 해부』, 문예출판사, 1993.

조은애, 『디아스포라의 위도』, 소명출판, 2021.

주경철, 『대항해시대 - 해상 팽창과 근대 세계의 형성』, 서울대학교출판부, 2008.

주경철, 『그해, 역사가 바뀌다』, 21세기북스, 2017.

차승기, 『비상시의 문/법』, 푸른역사, 2016.

천정환, 『대중지성의 시대』, 푸른역사, 2009.

최하림, 『김수영 평전』, 실천문학사, 2001.

한수영, 『전후문학을 다시 읽는다』, 소명출판, 2015.

홍정완, 『한국 사회과학의 기원 - 이데올로기와 근대화의 이론 체계』, 역사비평사, 2021.

황호덕, 『벌레와 제국』, 새물결, 2011.

가라타니 고진, 조영일 역, 『제국의 구조』, 도서출판b, 2016.

가라타니 고진, 조영일 역, 『헌법의 무의식』, 도서출판b, 2017.

곤자 다케시, 이신철 역, 『헤겔과 그의 시대』, 도서출판b, 2014.

다케우치 요시미, 서광덕 역, 『루쉰』, 문학과지성사, 2003.

다케우치 요시미, 서광덕·백지운 역, 『일본과 아시아』, 소명출판, 2004.

다케우치 요시미, 마루카와 데쓰시·스즈키 마사히사 편, 윤여일 역,『다케우치 요시미 선집 1 - 고뇌하는 일본』, 휴머니스트, 2011.

다케우치 요시미, 마루카와 데쓰시·스즈키 마사히사 편, 윤여일 역,『다케우치 요시미 선집 2 - 내재하는 아시아』, 휴머니스트, 2011.

다케우치 요시미, 윤여일 역,『일본 이데올로기』, 돌베개, 2017.

루쉰, 이육사 역, 「고향」(『조광』, 1936.12.), 홍석표 주해, 『이육사의 중국 평론과 번역』, 소명출판, 2022.

루쉰, 공상철 역,『루쉰 전집 2 - 외침 · 방황』, 그린비, 2010.

마루카와 데쓰시, 장세진 역,『냉전문화론』, 너머북스, 2010.

미야지마 히로시,『일본의 역사관을 비판한다』, 창비, 2013.

미야지마 히로시,『미야지마 히로시, 나의 한국사 공부』, 너머북스, 2013.

미야지마 히로시 외 편,『동아시아는 몇 시인가? - 동아시아의 새로운 이해를 찾아서』, 푸른역사, 2015.

사이토 준이치, 윤대석 외 역,『민주적 공공성』, 이음, 2009.

야마무로 신이치, 정선태·윤대석 역,『사상과제로서의 아시아』, 소명출판, 2018.

이타가키 류타, 홍종욱·이대화 역,『한국근대의 역사민족지 - 경상북도 상주의 식민지 경험』, 혜안, 2015.

오무라 마스오,『오무라 마스오 저작집 1 - 윤동주와 한국근대문학』, 소명출판, 2017.

요네타니 마사후미, 조은미 역,『아시아/일본』, 그린비, 2010.

우쓰미 아이코·무라이 요시노리, 김종익 역,『적도에 묻히다 - 독립영웅 혹은 전범이 된 조선인들 이야기』, 역사비평사, 2012.

사카이 나오키·니시타니 오사무, 차승기·홍종욱 역,『세계사의 해체』, 역사비평사, 2009.

쑨거, 윤여일 역,『다케우치 요시미라는 물음』, 그린비, 2007.

하야미 아키라, 조성원·정안기 역,『근세 일본의 경제 발전과 근면혁명 - 역사인구학으로 본 산업혁명 vs 근면혁명』, 혜안, 2006.

게오르크 루카치, 김경식 역,『소설의 이론』, 문예출판사, 2007.

디페시 차크라바르티, 김택현 외 역,『유럽을 지방화하기 - 포스트식민 사상과 역사적 차이』, 그린비, 2014.

디페시 차크라바르티, 이신철 역,『행성 시대 역사의 기후』, 에코리브르, 2023.

라그나르 럭시, 박동섭 역,『후진국 자본형성론』, 대한재무협회출판부, 1955.

라인하르트 코젤렉, 황선애 역,『코젤렉의 개념사 사전 2 - 진보』, 푸른역사, 2010.

라인하르트 코젤렉, 한철 역,『지나간 미래』, 문학동네, 1998.

로버트 서비스, 김남섭 역,『레닌』, 교양인, 2017.

루츠 니트함머, 이동기 역,『역사에서 도피한 거인들』, 박종철출판사, 2001.

마이클 레이섬, 권혁은 외 역, 『근대화라는 이데올로기』, 그린비, 2021.

미셸 푸코, 이규현 역, 『말과 사물』, 민음사, 2012.

발터 벤야민, 최성만 역, 『발터 벤야민 선집 5 - 역사의 개념에 대하여 외』, 길, 2008.

발터 벤야민, 김남시 역, 『발터 벤야민 선집 14 - 모스크바 일기』, 길, 2015.

브루스 커밍스, 김동노 외 역, 『브루스 커밍스의 한국현대사』, 창비, 2001.

브루스 커밍스, 조행복 역, 『브루스 커밍스의 한국전쟁』, 현실문화, 2017.

브루스 커밍스, 김범 역, 『한국전쟁의 기원 2-1 - 폭포의 굉음 1947-1950』, 글항아리, 2023.

비자이 프라샤드, 박소현 역, 『갈색의 세계사』, 뿌리와이파리, 2015.

성 아우렐리우스 아우구스띠누스, 최민순 역, 『고백록』, 성바오로출판사, 1965.

수잔 벅모스, 김성호 역, 『헤겔, 아이티, 보편사』, 문학동네, 2012.

악셀 호네트, 이행남 역, 『비규정성의 고통 - 헤겔의 『법철학』 되살리기』, 그린비, 2017.

안드레 군더 프랑크, 이희재 역, 『리오리엔트』, 이산, 2003.

앨프리드 W. 크로스비, 효상안 역, 『생태제국주의』, 지식의풍경, 2000.

에드먼드 윌슨, 유강은 역, 『핀란드 역으로 - 역사를 쓴 사람들, 역사를 실천한 사람들에 관한 탐
    구』, 이매진, 2007.

에드워드 사이드, 박홍규 역, 『오리엔탈리즘』, 교보문고, 2007.

에드워드 사이드, 최영석 역, 『권력·정치·문화』, 마티, 2012.

에르네스토 라클라우 외, 이승원 역, 『헤게모니와 사회주의 전략』, 후마니타스, 2012.

조르조 아감벤 외, 김상운 외 역, 『민주주의는 죽었는가』, 난장, 2012.

조지 오웰, 김병익 역, 『1984년』, 문예출판사, 1968.

주디스 버틀러, 양효실 역, 『불확실한 삶』, 경성대학교출판부, 2008.

주디스 버틀러, 양효실 역, 『윤리적 폭력 비판』, 인간사랑, 2013.

주디스 버틀러·아테나 아타나시오우, 김응산 역, 『박탈 - 정치적인 것에 있어서의 수행성에 관
    한 대화』, 자음과모음, 2016.

칼 마르크스, 강유원 역, 「헤겔 법철학 비판 서문」, 『헤겔 법철학 비판』, 이론과실천, 2011.

케네스 포메란츠, 김규태 외 역, 『대분기』, 에코리브르. 2016.

케빈 맥더모트 외, 황동하 역, 『코민테른』, 서해문집, 2009.

찰스 테일러, 이상길 역, 『근대의 사회적 상상 - 경제·공론장·인민 주권』, 이음, 2010.

테오도르 아도르노, 이순예 역, 『부정변증법 강의』, 세창출판사, 2012.

피에르 마슈레, 윤진 역, 『문학생산의 이론을 위하여』, 그린비, 2014.

한나 아렌트, 이진우 외 역, 『전체주의의 기원』 1, 한길사, 2006.

G.W.F. 헤겔, 임석진 역, 『정신현상학』, 한길사, 2005.

G.W.F. 헤겔, 임석진 역, 『법철학』, 한길사, 2008.

G.W.F. 헤겔, 서정혁 역, 『세계사의 철학』, 지식을만드는지식, 2009.

H. 포터 애빗, 우찬제·이소연·박상익·공성수 역, 『서사학강의』, 문학과지성사, 2010.

K.S. 티미야, 라윤도 역, 『판문점 일기』, 소나무, 1993.

W.W. 로스토오, 이상구·강명규 역, 『경제성장의 제단계』, 법문사, 1961.

W.W. 로스토오, 이상구 역, 『반공산당선언 – 경제성장의 제단계』, 진명문화사, 1960.

魯迅, 竹内好 訳, 『魯迅文集』1, 筑摩書房, 1983.

植村邦彦, 『「近代」を支える思考 – 市民社会·世界史·ナショナリズム』, ナカニシヤ出版, 2001.

植村邦彦, 『アジアは〈アジア的〉か』, ナカニシヤ出版, 2006.

梶村秀樹, 『朝鮮史 – その発展』, 講談社, 1977.

梶村秀樹, 『梶村秀樹著作集 1 – 朝鮮史と日本人』, 明石書店, 1992.

梶村秀樹, 『梶村秀樹著作集 2 – 朝鮮史の方法』, 明石書店, 1993.

梶村秀樹, 『梶村秀樹著作集 3 – 近代朝鮮社会経済論』, 明石書店, 1993.

高榮蘭, 『出版帝国の戦争 – 不逞なものたちの文化史』, 法政大学出版局, 2024.

下斗米伸夫, 『アジア冷戦史』, 中央公論社, 2004

竹内好, 『竹内好全集』7, 筑摩書房, 1981.

竹内好, 『竹内好全集』12, 筑摩書房, 1981.

旗田巍, 『朝鮮と日本人』, 勁草書房, 1983.

日高六郎, 『1960年 5月 19日』, 岩波書店, 1960.

洪宗郁, 『戦時期朝鮮の轉向者たち』, 有志舎, 2011.

水溜真由美, 『堀田善衞 – 乱世を生きる』, ナカニシヤ出版. 2019.

水野直樹, 『創氏改名』, 岩波書店, 2008.

宮田節子·金英達·梁泰昊, 『創氏改名』, 明石書店, 1992.

安丸良夫, 『日本の近代化と民衆思想』, 平凡社, 2016.

矢内原忠雄, 『矢内原忠雄全集』1, 岩波書店, 1963.

山下達也, 『植民地朝鮮の学校教員』, 九州大学出版会, 2011.

吉本惣一, 『蘇る「社会分業論」』, 創風社, 2016.

アルベール メンミ, 渡辺 淳 訳, 『植民地 – その心理的風土』, 三一書房, 1959.

ヴィクトル·シクロフスキイ 他, 桑野隆 訳, 『レーニンの言語』, 水声社, 2005.

ヴィットコップ, 高橋健二 訳, 『ドイツ戦没学生の手紙』, 岩波書店, 1938.

カル·マルクス, 城塚登 他 訳, 『経済学·哲学草稿』, 岩波書店, 1964.

ジェラール ジュネット, 和泉涼一 訳, 『パランプセスト一第二次の文学』, 水声社, 1995.

フランツ·ファノン, 海老坂 武 他 訳, 『黒い皮膚·白い仮面』, みすず書房, 1970.

ヘーゲル, 長谷川宏 訳, 『法哲学講義』, 作品社, 2000.

ポーラ美術館学芸部 編, 『ピカソとシャガール – 愛と平和の讃歌』, ポーラ美術館, 2017.

ルカッチ,「ブルジョア叙事詩としての長篇小説」, 熊澤復六 訳, 『短篇・長篇小説』, 清和書店, 1937.

ルカーチ, 原田義人 訳, 『小説の理論』, 未來社, 1955.

レーニン, 佐野学 訳, 『宗教について』, 希望閣, 1927.

レーニン, 大田黒研究所 訳, 『国家と革命』, 政治研究社, 1930.

レーニン, 宇高基輔 訳, 『帝国主義論』, 岩波書店, 1956.

ローザ・ルクセンブルク, 長谷部文雄 訳, 『資本蓄積論』下, 岩波書店, 1934.

ローザ・ルクセンブルク, 伊藤成彦・丸山敬一 訳, 『ロシア革命論』, 論創社, 1985.

E. デュルケム, 井伊玄太郎 訳, 『社会分業論』上-下, 講談社, 1989.

Judith Butler, *Excitable Speech: A Politics of the Performative*, Routledge, 1997.

---

3. 논문

강동원,「근대적 역사의식 비판 - 아도르노와 벤야민의 이론을 중심으로」, 고려대 석사논문, 2007.

강동호,「한국 근대문학과 세속화」, 연세대 박사논문, 2016.

공임순,「1960년과 김구 - 추모·진상규명·통일론의 다이어그램」, 박헌호 편, 『백 년 동안의 진보』, 소명출판, 2015.

구재진,「최인훈의 고현학, '소설노동자'의 위치 - 『소설가 구보씨의 일일』 연구」, 『한국현대문학연구』 38, 한국현대문학회, 2012.

권보드래,「최인훈의 『회색인』 연구」, 『민족문학사연구』 10, 민족문학사연구소, 1997.

권보드래,「진화론의 갱생, 인류의 탄생 - 1910년대의 인식론적 전환과 3·1 운동」, 『대동문화연구』 66, 성균관대 대동문화연구원, 2009.

권보드래,「중립의 꿈, 1945~1968 - 냉전 너머의 아시아, 혹은 최인훈론을 위한 시론」, 『상허학보』 34, 상허학회, 2012.

권보드래,「『광장』의 전쟁과 포로」, 『한국현대문학연구』 53, 한국현대문학회, 2017.

권보드래,「내 안의 일본 - 해방세대 작가의 식민지 기억과 '친일' 문제」, 『상허학보』 60, 상허학회, 2020.

권성우,「근대문학과의 대화를 통한 망명과 말년의 양식 - 최인훈의 『화두』에 대해」, 『한민족문화연구』 45, 한민족문화학회, 2014.

권헌익,「냉전의 다양한 모습」, 『역사비평』 105, 역사문제연구소, 2013.

김건우,「1960년대 담론 환경의 변화와 지식인 통제의 조건에 대하여」, 『대동문화연구』 74, 성균관대 대동문화연구원, 2011.

김건우, 「역사주의의 귀환 – 한국현대문학 연구방법론 소고」, 『한국학연구』 40, 인하대 한국학
연구소, 2016.

김건우, 「운명과 원한 – 조선인 학병의 세대의식과 국가」, 『서강인문논총』 52, 서강대 인문과학
연구소, 2018.

김도민, 「1950년대 냉전기 중립주의의 발흥과 남·북한의 반응」, 『역사와 현실』, 한국역사연구회,
2022.

김민수, 「해방기 문학의 '전후' 담론과 그 표상 – 전후문학 개념의 재고를 위한 하나의 시론」,
『한국현대문학연구』 54, 한국현대문학회, 2018.

김민지, 「최인훈 소설의 대화형식 의미 연구」, 서울대 석사논문, 2019.

김병로, 「한반도 통일과 평화구축의 과제」, 『평화학연구』 15(1), 한국평화통일학회, 2014.

김시준, 「루쉰이 만난 한국인」, 『중국현대문학』 13, 한국중국현대문학회, 1997.

김연철, 「7·4남북공동성명의 재해석 – 데탕트와 유신체제의 관계」, 『역사비평』, 99, 역사문제연
구소, 2012.

김우창, 「남북조시대의 예술가의 초상」(해설), 최인훈, 『최인훈 전집 4 – 소설가 구보씨의 일
일』, 문학과지성사, 1976.

김우창·김상환, 「오렌지 주스에 대한 명상 – 서양적인 것의 유혹과 반성」, 『춘아, 춘아, 옥단춘
아, 네 아버지 어디 갔니?』, 민음사, 2001.

김윤진, 「해방기 엄흥섭의 언어의식과 공동체의 구상」, 민족문학사연구소 프로문학연구반 편,
『혁명을 쓰다 – 사회주의 문화정치의 기록과 그 유산들』, 소명출판, 2018.

김윤진, 「해방기 문학과 어문 공동체의 구상」, 서울대 박사논문, 2024.

김제정, 「1930년대 전반 조선총독부경제관료의 '지역으로서의 조선' 인식」, 『역사문제연구』 22,
역사문제연구소, 2009.

김지형, 「7·4공동성명 전후의 남북대화」, 『사림』 30, 수선사학회, 2008.

김진규, 「한국 전후소설에 나타난 자기소외의 극복 – 행동과 주체 정립을 중심으로」, 서울대 박
사논문, 2017.

김진규, 「전도된 묵시문학으로서의 「하늘의 다리」」, 『민족문학사연구』 67, 민족문학사연구소,
2017.

김진규, 「선을 못 넘은 '자발적 미수자'와 선을 넘은 '임의의 인물' – 최인훈의 『광장』(1961)과 홋
타 요시에의 『광장의 고독』(1951)」, 방민호 편, 『최인훈 – 오디세우스의 항해』, 에피파니,
2018.

김학재, 「'냉전'과 '열전'의 지역적 기원 – 유럽과 동아시아 냉전의 비교 역사사회학」, 『사회와역
사』 114, 한국사회사학회, 2017.

김항, 「알레고리로서의 4·19와 5.19 – 박종홍과 마루야마 마사오의 1960」, 『상허학보』 30, 상허학
회, 2010.

김현,「사랑의 재확인 - 「광장」의 개작에 대하여」, 최인훈,『최인훈 전집 1 - 광장/구운몽』, 문학
　　과지성사, 1976.

김효재,「1950년대 종합지『새벽』의 정신적 지향(1)」,『한국현대문학연구』46, 한국현대문학회,
　　2015.

나보령,「피난지 문단을 호명하는 한 가지 방식 - 김동리의「밀다원시대」에 나타난 장소의 정
　　치」,『한국현대문학연구』54, 한국현대문학회, 2018.

남정현·한수영,「환멸의 역사를 넘어서 - 기억의 편린을 더듬는 한 전후세대 작가의 시간여행」,
　　『실천문학』, 2012.여름.

류준필,「분단체제론과 동아시아론」, 이정훈·박상수 편,『동아시아, 인식지평과 실천공간』, 아연
　　출판부, 2010.

류준필,「한국학의 동아시아적 지평에 대하여」,『비교한국학』23(2), 국제비교한국학회, 2015.

문명기,「왜『帝國主義下の朝鮮』은 없었는가? - 야나이하라 타다오(矢內原忠雄)의 식민(정책)
　　론과 대만·조선」,『사총』85, 고려대 역사연구소, 2015.

박광득,「7·4남북공동성명(1972)의 주요 내용과 쟁점분석」,『통일전략』14(3), 한국통일전략학
　　회, 2014.

박노자,「러시아 한국학의 개척자-미하일 박 교수」,『한국학』25(3), 한국학중앙연구원, 2002.

박노자,「레닌, 반(反) 자유주의적 민주주의 혁명의 흥망」, 박노자 외,『레닌과 미래의 혁명』, 그
　　린비, 2008.

박노자,「계봉우와 미하일 박의 한국학-근현대사 서술을 중심으로 해서」,『한국학연구』29, 인
　　하대 한국학연구소, 2013.

박연희,「김수영의 전통 인식과 자유주의 재론 - 「거대한 뿌리」(1964)를 중심으로」,『상허학보』
　　33, 상허학회, 2011.

박진우,「야스마루 사상사 다시 읽기」,『일본비평』9, 서울대 일본연구소, 2013.

박형진,「1930년대 아시아적 생산양식 논쟁과 이청원의 과학적 조선학 연구」,『역사문제연구』
　　38, 역사문제연구소, 2017.

반재영,「1960년대 한국 민족주의와 최인훈 소설의 담론적 대응에 관한 연구」, 고려대 석사논
　　문, 2017.

방민호,「'데가주망'의 논리 - 최인훈 장편소설『회색인』」,『어문론총』67, 한국문학언어학회,
　　2016.

방민호,「월남문학의 세 유형 - 선우휘, 이호철, 최인훈의 소설을 중심으로」, 방민호 편,『최인훈
　　- 오디세우스의 항해』, 에피파니, 2018.

배지연,「최인훈 문학의 관념성 연구 - 최인훈의 문학 에세이를 중심으로」,『한국언어문학』78,
　　한국언어문학회, 2011.

배지연,「최인훈 소설에 나타난 일제강점의 기억과 풍속 재현의 글쓰기 -『두만강』을 중심으
　　로」,『우리말글』71, 우리말글학회, 2016.

서세림, 「망명자의 정치 감각과 피난의 기억 – 최인훈 『서유기』론」, 『현대소설연구』 58, 한국현대소설학회, 2015.

서세림, 「짝패들을 통한 예술가의 자기 복제과정과 후일담 – 최인훈의 「하늘의 다리」 연구」, 『인문논총』 41, 경남대 인문과학연구소, 2016.

서유경, 「버틀러(J. Butler)의 '수행성 정치' 이론의 정치학적 공헌과 한계」, 『대한정치학회보』 19(2), 대한정치학회, 2011.

서은주, 「최인훈 소설 연구」, 연세대 박사논문, 2000.

서은주, 「최인훈의 소설에 나타난 '방송의 소리' 형식 연구」, 『배달말』 30, 배달말학회, 2002.

서은주, 「'한국적 근대'의 풍속 – 최인훈의 「크리스마스 캐럴」 연작 연구」, 『상허학보』 19, 상허학회, 2007.

서은주, 「소환되는 역사와 혁명의 기억 – 최인훈과 이병주의 소설을 중심으로」, 『상허학보』 30, 상허학회, 2011.

서은주, 「해방 후 이광수의 '자기서술'과 고백의 윤리」, 박헌호 편, 『센티멘탈 이광수 – 감성과 이데올로기』, 소명출판, 2013.

서지원, 「인도네시아 수하르토 정권에 대한 국제인권압력의 유산」, 『국제정치논총』 53(4), 한국국제정치학회, 2013.

서호철, 「루멀랜드의 신기료장수 누니옥(NOOHNIIOHC)씨 – 최인훈과 식민지/근대의 극복」, 『실천문학』, 2012.여름.

손정수, 「환상으로 존재하는 삶」(해설), 『최인훈 전집 7 – 하늘의 다리 / 두만강』, 문학과지성사, 2009.

송민호, 「도시공간에 대한 미디어적 인식과 소설의 서사 – 박태원의 소설과 공간으로서의 서울」, 『구보학보』 11, 2014.

송하춘, 「한자어를 우리말로 풀어쓴 소설 – 최인훈의 『광장』」, 『새국어생활』 18(3), 국립국어원, 2008.

신지영, 「'난민'과 '인민' 사이 – 梁七星·梁川七星·Komarudin·史尼育唔·中村輝夫·李光輝」, 『상허학보』 48, 상허학회, 2016.

신지영, 「탈식민화의 '불/완결성'과 관계성의 계기들 – 최인훈의 「태풍」(1973), 선우휘의 「외면」(1976), 오시로 다쓰히로(大城立裕) 「솔로의 소나기」(ソ口の驟雨)(1998)」, 『동방학지』 204, 연세대 국학연구원, 2023.

안서현, 「최인훈 소설과 보안법」, 『한국현대문학연구』 55, 한국현대문학회, 2018.

안서현, 「평화 체제라는 새로운 소실점 – 최인훈의 〈한스와 그레텔〉 연구」, 『한국극예술연구』 71, 한국극예술학회, 2021.

안용희, 「이호철의 『소시민』에서 '제사' 모티프의 의미」, 『관악어문연구』 38, 서울대 국어국문학과, 2013.

양경언, 「고정희의 『밥과 자본주의』 연작시와 커먼즈 연구」, 『여성문학연구』 53, 한국여성문학학회, 2021.

여운경, 「1950-60년대 인도네시아의 정치 변화와 수카르노의 '혁명'」, 『동양사학』 138, 동양사학회, 2017.

연남경, 「냉전 체제를 사유하는 방식 - 최인훈의 「총독의 소리」를 중심으로」, 『상허학보』 43, 상허학회, 2015.

오윤호, 「최인훈 문학의 기원과 진화론적 상상력」, 『서강인문논총』 56, 서강대 인문과학연구소, 2019.

오제연, 「1960~1971년 대학 학생운동 연구」, 서울대 박사논문, 2014.

오제연, 「4월혁명 직후 학생 통일운동조직의 결성과 분화」, 『사람』 67, 수선사학회, 2019.

오혜진, 「'식민지 남성성'은 무엇의 이름인가」, 『황해문화』 96, 새얼문화재단, 2017.

옥창준, 「냉전기 한국 지식인의 아시아 아프리카 상상」, 『한국문화연구』 28, 이화여대 한국문화연구원, 2015.

우승지, 「남북화해와 한미동맹관계의 이해, 1969-1973」, 『한국정치외교사논총』 26(1), 한국정치외교사학회, 2004.

유예현, 「최인훈 소설에 나타난 공포와 죄의식 연구」, 서울대 석사논문, 2016.

윤해동, 「'숨은 신'을 비판할 수 있는가? - 김용섭의 '내재적 발전론'」, 도면회·윤해동 편, 『역사학의 세기 - 20세기 한국과 일본의 역사학』, 휴머니스트, 2009.

이경림, 「독고준의 이름, 자기 서사의 출발」, 방민호 편, 『최인훈 - 오디세우스의 항해』, 에피파니, 2018.

이동매, 「동아시아의 예로센코 현상」, 『한국학연구』 45, 인하대 한국학연구소, 2017.

이명원, 「상상된 유토피아로서의 '1975년 체제' - 최인훈의 『태풍』(1973)을 중심으로」, 『한민족문화연구』 86, 한민족문화학회, 2024.

이소영, 「김원일·이문구 소설에 나타난 고아의 형상화 연구 - 민주주의와의 관련성을 중심으로」, 서울대 석사논문, 2016.

이소영, 「1930년대 후반 김남천 소설의 이체(異體) - 「장날」과 「이리」에 나타난 몽타주(montage)와 구상력(構想力)을 중심으로」, 민족문학사연구소 프로문학연구반 편, 『혁명을 쓰다 - 사회주의 문화정치의 기록과 그 유산들』, 소명출판, 2018.

이수형, 「『광장』에 나타난 1945~60년의 시간 중첩」, 『상허학보』 22, 상허학회, 2022.

이순진, 「한국전쟁 후 냉전의 논리와 식민지 기억의 재구성」, 『기억과 전망』 23, 민주화운동기념사업회, 2010.

이은지, 「1920년대 오상순의 예술론과 이상적 공동체상」, 김재용·장문석 편, 『한국 근대문학과 동아시아 2 - 중국』, 소명출판, 2018.

이종호, 「1960년대 〈세계전후문학전집〉의 발간과 전위적 독서주체의 기획」, 『한국학연구』 41, 인하대 한국학연구소, 2016.

이찬수, 「한국 종교의 평화 인식과 통일 운동 - 기독교계를 중심으로」, 『종교문화비평』 23, 한국

종교문화연구소, 2013.

이철호, 「도래하는 이광수 – 최인훈의 『회색인』과 『서유기』를 중심으로」, 『동악어문학』 58, 동악어문학회, 2021.

이행미, 「부활과 혁명의 문학으로서의 '시'의 힘 – 최인훈의 연작소설 「총독의 소리」를 중심으로」, 방민호 편, 『최인훈 – 오디세우스의 항해』, 에피파니, 2018.

이혜령, 「친일파인 자의 이름 – 탈식민화와 고유명의 정치」, 『민족문화연구』 54, 고려대 민족문화연구원, 2011.

이혜령, 「인격과 스캔들 – 임종국의 역사서술과 민족주의」, 『민족문화연구』 56, 고려대 민족문화연구원, 2012.

이혜령, 「식민자는 말해질 수 있는가 – 염상섭 소설 속 식민자의 환유들」, 『대동문화연구』 72, 성균관대 대동문화연구원, 2012.

이화진, 「'65년 체제'의 시각 정치와 〈총독의 딸〉」, 『한국근대문학연구』 18(1), 한국근대문학회, 2017.

임경순, 「1960년대 검열과 문학, 문학제도의 재구조화」, 『대동문화연구』 74, 성균관대 대동문화연구원, 2011.

임미주, 「『천변풍경』의 정치성 연구」, 『구보학보』 10, 구보학회, 2014.

임유경, 「소련기행과 두 개의 유토피아 – 해방기 '새조선'의 이상과 북한의 미래」, 『민족문학사연구』 61, 민족문학사연구소 2016.

임유경, 「1960년대 문학과 '북한'이라는 알레고리 – 한국문학은 북한을 어떻게 재현해왔는가」, 『동방학지』 190, 연세대 국학연구원, 2020.

임태훈, 「국가의 사운드스케이프와 붉은 소음의 상상력 – 1960년대 소리의 문화사 연구를 위하여(1)」, 『대중서사연구』 17(1), 대중서사학회, 2012.

장문석, 「'우리 말'로 '사상(思想)'하기?! – 후기식민지 한국과 『광장』의 다시 쓰기」, 『사이間 SAI』 17, 2014.

장문석, 「1960-1970년대 일본의 한국문학 연구와 '조선문학의 회(朝鮮文学の会)'」, 『한국학연구』 40, 인하대학교 한국학연구소, 2016.

장문석, 「밤의 침묵과 자유의 타수 – 김수영의 해방공간과 임화의 4·19」, 민족문학사연구소 프로문학연구반 편, 『혁명을 쓰다 – 사회주의 문화정치의 기록과 그 유산들』, 소명출판, 2018.

장성규, 「후기·식민지에서 소설의 운명 – 최인훈의 고전 서사 장르 전유를 중심으로」, 『한국근대문학연구』 31, 한국근대문학회, 2015.

장지영, 「정신사의 알레고리와 지식의 지정학 – 최인훈의 라울전, 광장 을 중심으로」, 『반교어문학』 58, 반교어문학회 2021.

전두영, 「『회색인』에 나타난 독서 행위와 탈식민주의적 양상 연구 – 독고준의 「제물로 바쳐진 알」과 「아프리카의 조각」 독서를 중심으로」, 『어문논집』 90, 중앙어문학회, 2022.

전두영, 「『소설가 구보씨의 일일』에 나타난 탈식민성 양상과 전쟁의 본질 연구 – 영화 〈저 깃발을 쏘아라〉와 〈솔저 블루〉 분석을 중심으로」, 『상허학보』 68, 상허학회, 2023.

전상기, 「일본, 근대 한국인 정체성의 그림자 – 『세대』지의 '한일국교수립' 전후의 일본담론과 『회색의 의자』(『회색인』)」, 『한국학논집』 72, 계명대 한국학연구원, 2018.

정근식, 「동아시아 냉전·분단체제의 형성과 해체」, 임형택 외, 『한국학의 학술사적 전망』 2, 소명출판, 2014.

정근식, 「동아시아 냉전·분단체제의 격자구조와 '냉전의 섬'들」, 박명규·백지운 편, 『양안에서 통일과 평화를 생각하다』, 진인진, 2016.

정병준, 「중립을 향한 '반공포로'의 투쟁 – 한국전쟁기 중립국행 포로 76인의 선택과 정체성」, 『이화사학연구』 56, 이화사학연구소, 2018.

정영훈, 「내공간의 이론과 『서유기』 해석」, 『우리문학연구』 40, 우리어문학회, 2011.

정영훈, 「최인훈의 초기 비평 연구 – 참여의 의미를 중심으로」, 『한국현대문학연구』 50, 한국현대문학회, 2016.

정영훈, 「최인훈 전집 『문학과 이데올로기』의 제 문제」, 『국제어문』 74, 국제어문학회, 2017.

정영훈, 「1970년대 구보 잇기의 문학사적 맥락」, 방민호 편, 『최인훈 – 오디세우스의 항해』, 에피파니, 2018.

정종현, 「'해금' 전후 금서의 사회사」, 김성수·천정환 외, 『해금을 넘어서 복원과 공존으로 – 평화체제와 월북 작가 해금의 문화정치』, 역락, 2022.

정의진, 「최인훈 문학관의 한국적 특수성 – 『화두』를 중심으로」, 『서강인문논총』 56, 서강대 인문과학연구소, 2019.

정호웅, 「존재 전이의 서사」(해설), 『최인훈 전집 9 – 태풍』, 문학과지성사, 2009.

정호웅, 「최인훈의 『화두』와 일제강점기 한국문학」, 방민호 편, 『최인훈 – 오디세우스의 항해』, 에피파니, 2018.

조영추, 「정치적 유토피아와 전통지향적 미학의 이합(離合)관계 – 이태준의 소련·중국 기행문과 소설 「먼지」 겹쳐 읽기」, 『민족문학사연구』 71, 민족문학사연구소 2019.

조은주, 「이장희의 시, 우울의 '기원'」, 『한국현대문학연구』 37, 한국현대문학회, 2012.

조호연, 「스탈린 시대의 역사학」, 『인문논총』 14, 경남대 인문과학연구소, 2001.

차미령, 「최인훈 소설에 나타난 정치성의 의미 연구」, 서울대 박사논문, 2010.

천이두, 「추억과 현실의 환상」(해설), 『최인훈 전집 7 – 하늘의 다리 / 두만강』, 문학과지성사, 1978.

최서윤, 「이중 언어 세대와 주체의 재정립 – 박인환의 경우」, 『인문과학연구논총』 35(4), 명지대 인문과학연구소, 2014.

최서윤, 「김수영의 「풀」 다시 읽기 – 자유의 효과로서의 '새로움'과 죽음을 중심으로」, 연구집단 '문심정연', 『김수영 연구의 새로운 진화 ― 이중언어, 자코메티, 그리고 정치』, 보고사, 2015.

허부문, 「국민가요 〈눈물 젖은 두만강〉의 '그리운 내 님'과 작사가 연구」, 『대중서사연구』 29(2),

대중서사학회, 2023.

홍석률, 「4월민주항쟁기 중립화통일론」, 『역사와현실』 10, 한국역사연구회, 1993.

홍석률, 「1970년대 초 남북대화의 종합적 분석 - 남북관계와 미중관계, 남북한 내부 정치의 교차점에서」, 『이화사학연구』 40, 이화사학연구소, 2010.

홍석률, 「냉전의 예외와 규칙 - 냉전사를 통해 본 한국 현대사」, 『역사비평』 110, 역사문제연구소, 2015.

홍종욱, 「주변부의 근대 - 남북한의 식민지 반봉건론을 다시 생각한다」, 『사이間SAI』 17, 국제한국문학문화학회, 2014.

홍종욱, 「일본 지식인의 근대화론 비판과 민중의 발견 - 다케우치 요시미와 가지무라 히데키를 중심으로」, 『사학연구』 125, 한국사학회, 2017.

홍종욱, 「3·1운동과 비식민화」, 한국역사연구회 3·1운동100주년기획위원회 편, 『3·1운동 100년 3 - 권력과 정치』, 휴머니스트, 2019.

홍종욱, 「북한 역사학 형성에 소련 역사학이 미친 영향」, 『인문논총』 77(3), 서울대 인문학연구원, 2020.

홍종욱, 「제국의 사회주의자 - 마르크스주의 역사학자 이청원의 삶과 실천」, 『상허학보』 63, 상허학회 2021.

황호덕, 「해방과 개념, 맹세하는 육체의 언어들 - 미군정기 한국의 언어정치학, 영문학도 시인들과 신어사전을 중심으로」, 『대동문화연구』 85, 성균관대 대동문화연구원, 2014.

황호덕, 「끝나지 않는 전쟁의 산하, 끝낼 수 없는 겹쳐 읽기 - 식민지에서 분단까지, 이병주의 독서편력과 글쓰기」, 『사이間SAI』 10, 국제한국문학문화학회, 2011.

황호덕, 「김윤식 비평과 문학사론, 총체성과 가치중립성 사이 - 신비평에서 루카치로의 행로」, 『현대문학의 연구』 57, 한국문학연구학회, 2015.

황호덕, 「탈식민주의인가, 후기식민주의인가 - 김남주, 그리고 한국의 포스트콜로니얼리즘 연구 20년에 대한 단상」, 『상허학보』 51, 상허학회, 2017.

나카노 도시오, 권혁태 역, 「식민주의와 전쟁 민주주의」, 『황해문화』 92, 새얼문화재단, 2016.

아이카와 타쿠야, 「경성 소설가의 글쓰기 - 박태원의 초기 소설가 소설」, 『반교어문연구』 41, 반교어문학회, 2015.

야나가와 요스케, 「창작과 편집 - 이문구의 편집자 시절을 중심으로」, 『상허학보』 49, 상허학회, 2017.

칸 앞잘 아흐메드, 「최인훈 소설의 유토피아 의식 연구」, 경북대 박사논문, 2017.

호테이 토시히로, 「해방 후 재일 한국인 문학의 형성과 전개 - 1945~60년대 초를 중심으로」, 『인문논총』 47, 서울대 인문학연구원, 2002.

笹川慶子, 「日比合作映画『あの旗を撃て』の幻影 - 占領下フィリピンにおける日米映画戦はい

かにして戦われたか」,『関西大学文学論集』60(1), 関西大学文学会, 2010.

Johanna Oksala, "Feminism, Capitalism, and Ecology," *Hypatia: A Journal of Feminist Philosophy* 33(2), Cambridge University Press, 2018.

S. Viswanathan, "Shakespeare's Plays and an Indian Sensibility: A Possible Sense of Community," *Images of Shakespeare*, ed. Werner Habicht, D.J. Palmer, and Roger Pringle, University of Delaware Press, 1986.

4. 기타 자료

『성경』(개역한글판),「요한복음」18:3-8. 대한성서공회 http://www.bskorea.or.kr (접속: 2024.8.1.)

「[최인훈 문학] 광장 초판 탄생 비화, 강민 선생님께서 말씀하시는 광장」(2019.8.31.), 최인훈연구소, https://youtu.be/HHObuzgvArM (접속: 2024.8.1.)

『隔週刊 東宝·新東宝戦争映画DVDコレクション 27 -〈あの旗を撃て〉(1944)』, 2015.

찾아보기

작품

최인훈의 아시아:

연대와 공존의 꿈으로 세계사 다시 쓰기

ⓒ 장문석

초판 1쇄 2025년 4월 4일

지은이 장문석
본문 디자인 유예지
표지 디자인 유래어
펴낸이 이채진
펴낸곳 틈새의시간
출판등록 2020년 4월 9일 제406-2020-000037호
주소 경기도 파주시 하늘소로16, 104-201
전화 031-939-8552
이메일 gaptimebooks@gmail.com
페이스북 @gaptimebooks
인스타그램 @time_of_gap
ISBN 979-11-93933-06-0 (93800)